英语世界的中国传统戏剧研究与翻译

【广东中华文化王季思学术基金⊙黄天骥学术基金丛书之十六】

曹广涛 著

广东高等教育出版社

广州

图书在版编目（CIP）数据

英语世界的中国传统戏剧研究与翻译/曹广涛著. —2版.
—广州：广东高等教育出版社，2011.5
（广东中华文化王季思学术基金·黄天骥学术基金丛书）
ISBN 978 - 7 - 5361 - 4043 - 1

Ⅰ.①英… Ⅱ.①曹… Ⅲ.①古代戏曲 - 文学研究 - 中国　Ⅳ.①I207.37

中国版本图书馆 CIP 数据核字（2011）第 078554 号

广东高等教育出版社出版发行
地址：广州市天河区林和西横路/510500
营销电话：(020) 87551597
网址：www.gdgjs.com.cn
佛山市浩文彩色印刷有限公司印刷
850 毫米×1 168 毫米　32 开本　17 印张　450 千字
2011 年 5 月第 2 版　2011 年 5 月第 2 次印刷
印数：1 001 ~ 3 000 册
定价：38.00 元

前记一

黄天骥

中国古代戏曲和古代文学作品,是取之不尽用之不竭的宝藏。华夏子孙,有责任发掘开采,分析整理,让体现着东方文化的瑰宝,在世界民族之林中焕发光辉。自然,我们也不能一味陶醉在祖先遗泽之中,审视它,研究它,弃其糟粕,取其精华,使之有助于祖国精神文明建设,才是我们整理古代戏曲、古代文学的目的。

近几年,广东经济有了飞跃的发展,许多有识之士,认识到在这块热土中弘扬中华文化的重要性。因而采取多种方式,大力推动对中华文化的学术研究。因时际会,"广东中华文化王季思古代戏曲、古代文学研究基金"得以乘风御气,建立起来。有了这个条件,我们就有可能出版丛书,在研究我国传统文化的领域中,做一点力所能及的工作。

我们出版这套丛书,也是为了纪念王季思老师。

王起，字季思（1906—1996），浙江温州人。早岁师从孙诒让、吴梅先生，以《西厢五剧注》名世。20世纪40年代后期，王季思老师到广东中山大学任教，历任中文系主任、古文献研究所所长等职。数十年来，他热爱祖国，热爱中华文化，把全部精力投入到教学和科研的工作中，在古代戏曲、古代文学领域作出了巨大的贡献。"文化大革命"后，拨乱反正，王季思老师被聘为国务院学位委员会第一届学科评议组成员、国家古籍整理出版规划小组顾问，被公认是中国古代戏曲古代文学研究的权威。

　　王季思老师一生热爱学生，教育青年。他常说：学术乃天下公器。学生和后辈学者向他求教，他从来都认真、热诚地给予帮助。直到七八十岁高龄，他还培养硕士生、博士生，矻矻穷年，不遗余力。他经常强调建设祖国教育和文化事业，要有人继承，渴望薪火相传，让中华文化之光一代又一代照遍大地。

　　弘扬中华文化，继承王季思老师匡扶后进的精神，是受过他老人家教诲的学生的共同心愿。1993年，广州市政协和中山大学联合主办"庆祝王季思教授从教七十周年大会"。其后，诸位校友像杨资元、赖春泉等学长，深感为促进学术的发展，应做一些更加切实的工作，朱孟依先生积极支持。经过各方面的努力，我们决心出版这一套丛书，希望能实现王季思老师多年的心愿，帮助热心于中国古代戏曲古代文学而又甘心坐冷板凳的学者迅速成长，让学术之花也在生长红棉的土地上盛开。

学术的殿堂是靠一砖一石垒成的，我们希望扎扎实实地奋工添瓦，不想欣赏海市蜃楼。目前，我们的能力有限，更兼文化建设不可能一蹴而就。因此，我们的想法是：环绕着中国古代戏曲、古代文学的论题，逐年出版有较高水平的学术著作。只要持之以恒，锲而不舍，日积月累，代代相传，我们一定能在祖国学术领域的南天，垒筑起一座丰碑。

王季思老师曾有诗云：
人生有限而无限，历史无情还有情；
薪火相传光不绝，长留双眼看春星。

丛书付梓之际，我们抄录这首诗，作为奠基之石，以明旨意，兼励来者。

1996 年 6 月 16 日于中山大学

前记二

欧阳光　康保成

自 1996 年广东中华文化王季思学术基金丛书第一种出版以来，迄今已过去了整整十年。十年来，我们根据有限的财力，精心甄选入围选题，在广东高等教育出版社的大力支持下，以每年一到两种的节奏，已陆续出版了 13 种著作。

看着眼前这套积少成多渐成规模的丛书，不禁让人深深感慨。这套丛书的作者基本上都是中山大学中文系的中青年学者或博士学位获得者，选题以古代戏曲研究为多，同时也涵括了古代文学研究的其他领域。这些著作也许算不上什么鸿篇巨制，我们也没有像时尚所热衷的那样对它进行包装和宣传，在当今热闹非凡的学术著作出版大潮中，它甚至显得有些冷清和落寞，但这些著作都是对有关领域作了艰苦细致的研究之后的心得之作，或对有关研究领域有所开拓，或推动了有关研究向纵深发展，自有其难以掩盖的学术价值。丛书从总体上展现了中山大学中文系中青年学者的风采，也体现了中山大学中文系沉潜、严谨、包容、开放的良好学风。

最近，珠海市民营企业家李平秋先生捐资设立黄天骥学术基金，用于支持我系古代戏曲和古代文学等学科的发展。李平秋先生1983年毕业于中山大学中文系，之后投身于市场经济大潮，艰苦创业，努力打拼，取得了事业的成功；在事业有所成就的时候，却不忘回报社会。他有感于母系的培育之恩，倾心敬佩黄天骥先生的师德人品，因而出资设立以黄天骥先生命名的学术基金，其拳拳赤子之心，殷殷校友之情，令人感佩。

这样一来，我们除了王季思学术基金之外，又有了黄天骥学术基金。两个基金虽然命名不同，其宗旨则是一以贯之的，即为传承和弘扬我国优秀传统文化推进古代戏曲、古代文学的研究而添砖加瓦，略尽绵薄。根据这一宗旨，我们将把两个基金的增值部分合并在一起使用。其中继续资助出版中青年学者高质量的研究成果，帮助中青年学者在学术上更快地成长，仍然是两个基金的主要工作。

王季思先生是中山大学中文系古代戏曲、古代文学学科的开拓者、奠基人；黄天骥先生是继王季思先生之后中山大学中文系古代戏曲、古代文学学科的领军人物，在海内外学术界享有崇高的威望。两位先生的共同特点是不仅重视学术的创造，同时也注重学术的传承，他们都倾力培养后学，提携奖掖不遗余力，这也正是中山大学中文系古代戏曲、古代文学学科能够生生不息，始终充满活力，并不断有创造性成果涌现的原因。

学术的发展离不开传承，也离不开积累，我们所做的正是传承和积累的工作。这一工作也许一时半会儿看不出明显的效果，但正如黄天骥先生在本丛书的"前记一"中所说的："只要持之以恒，锲而不舍，日积月累，代代相传，我们一定能在祖国学术领域的南天，垒筑起一座丰碑。"

让我们以此互勉。

2006 年 11 月 16 日于中山大学

目 录

绪论 …………………………………………………………（1）
第一章 英语世界戏曲传播与研究的文化语境 ………………（15）
　第一节 戏曲在英语世界的传播 ……………………………（15）
　第二节 英语世界的戏曲研究概况 …………………………（25）
　第三节 中国因素对戏曲传播与研究发展流变的影响 ……（30）
　第四节 西方人的文化距离对学术研究的影响之评估 ……（34）
第二章 中国戏曲的起源与形成 ………………………………（40）
　第一节 中国戏曲的起源与形成研究概述 …………………（41）
　第二节 戏剧的概念之争：本质因素与非本质因素 ………（42）
　第三节 马克林的中国戏曲起源与形成研究 ………………（46）
　第四节 杜为廉的中国戏曲起源与形成研究 ………………（48）
　第五节 奚如谷的研究 ………………………………………（56）
　第六节 龙彼得的中国戏曲起源研究 ………………………（59）
　第七节 本章述评 ……………………………………………（61）
第三章 宋金杂剧与诸宫调研究 ………………………………（73）
　第一节 奚如谷的宋金杂剧研究 ……………………………（74）
　第二节 诸宫调研究 …………………………………………（79）
　第三节 本章述评 ……………………………………………（94）

第四章 宋元南戏研究 (117)
- 第一节 日比科夫斯基的南戏研究 (117)
- 第二节 孙玫的南戏研究 (124)
- 第三节 莫利根的《琵琶记》研究 (127)
- 第四节 本章述评 (133)

第五章 元杂剧研究 (146)
- 第一节 柯润璞的元杂剧研究 (151)
- 第二节 杜为廉的元杂剧研究 (161)
- 第三节 章道犁的元杂剧联套研究 (165)
- 第四节 元杂剧作家作品研究 (189)
- 第五节 本章述评 (193)

第六章 明清戏剧研究 (211)
- 第一节 熊程雨的戏曲行当研究 (216)
- 第二节 明代稀有戏曲选集的搜集整理研究 (222)
- 第三节 戏曲曲律研究 (229)
- 第四节 明清演剧形态研究 (233)
- 第五节 作家作品研究 (239)
- 第六节 戏曲与小说的关系 (261)
- 第七节 明清传奇剧本的翻译研究 (277)
- 第八节 明清花部戏剧的兴起与传播 (286)
- 第九节 本章述评 (291)

第七章 中国仪式戏剧研究 (316)
- 第一节 李亦园的仪式剧研究 (316)
- 第二节 龙彼得的法事戏研究 (321)
- 第三节 艾伦·卡根的傀儡开台戏研究 (324)

第四节　贺大卫的师公戏研究 …………………… (329)
第五节　华德英的香港粤剧神功戏研究 ………… (332)
第六节　元杂剧中的仪式因素 …………………… (339)
第七节　本章述评 ………………………………… (341)

第八章　傀儡戏、影戏研究 ………………………… (354)
第一节　英语世界中的中国傀儡戏研究 ………… (354)
第二节　英语世界中的中国影戏研究 …………… (377)
第三节　本章述评 ………………………………… (392)

第九章　地方戏和少数民族戏剧研究 ……………… (416)
第一节　欧美国家的京剧研究概况 ……………… (417)
第二节　京剧、粤剧音乐研究 …………………… (422)
第三节　京剧表演形态研究 ……………………… (439)
第四节　基于演出视角上的京剧剧本英译 ……… (449)
第五节　对中国现当代传统戏剧变革的反思 …… (475)
第六节　秧歌戏和藏族佛教戏剧研究 …………… (478)
第七节　本章述评 ………………………………… (485)

结语 ………………………………………………… (500)

参考文献 …………………………………………… (509)

后记 ………………………………………………… (529)

绪　论

一、选题缘起

西方中国学界对中国传统戏曲的关注已有相当悠久的历史，特别是近年来随着中国的崛起和中国经济的迅速发展，中国的国际地位和中国在世界事务中的影响力日益增强，西方学界研究中国问题的兴趣大增，相关论著数量逐年增加，出现了丰硕的研究成果。我的导师康保成教授与日本的田仲一成教授、韩国的吴秀卿教授、英国的杜为廉教授和龙彼得教授、新西兰的孙玫先生等海外戏曲学者私交甚厚，对国外戏曲研究现状有所了解，早就认识到西方的戏曲研究成果不容忽视。康先生明确指出，在戏曲研究中，西方有一些水平一流的学者，他们在戏曲研究领域，完全有资格与中国的一流学者进行学术对话。我本科和硕士阶段是英语专业，康保成老师根据我的专业特点，选择了"英语世界的中国传统戏剧研究与翻译"这个题目，认为由我来做这个题目比较合适，这叫做"扬长避短，取长补短"。在此之前，孙歌、陈燕谷、李逸津合著《国外中国古典戏曲研究》一书。该书比较侧重日本、俄罗斯的戏曲研究，对英语世界的戏曲研究的介绍和评价方面显得不太厚重，不全面，且较为侧重文本研究。因此，我完全可以在某些方面有所突破，比如可以集中地、更深入地、更系统地介绍英语世界的戏曲研究，可以更多地介绍他们关于戏曲表演形态的研究成果，以及他们对中国仪式戏剧、傀儡戏、影戏、京剧、粤剧、秧歌戏、藏戏、戏曲音乐、戏曲翻译的研究。

二、选题意义

英语世界的学者在研究戏曲时，有他们自身的优势和局限。如果片面强调文化隔阂和语言障碍等因素导致的局限性，是不能全面反映客观事实的。对西方学者自身具有的客观特点，我们也需要有所认识。

海外中国学研究者的优势之一体现在他们能够以西方人的眼光和内行人的功力进行学术研究。耶鲁大学历史系博士薛涌指出，中国学者中有些人形成了一种思维定式，觉得中国人的东西，外国人只能学到皮毛，不可能真懂。外国人写的东西总有个什么理论框架，谈中国如同隔雾看花，不是中国研究的正道，只有中国人才最了解中国人，只有当事者才最了解中国文化中的行为者的想法。果真如此吗？其实不然。在西方人看来，中国人和中国文化都不是整齐划一的概念，个体之间以及不同的地域都存在着程度不等的差异。与人们的印象相反，许多美国学者，做学问并不玩理论，而是用中国最传统的方法，刨根问底，最后终于有新的发现。你看不出他们和国内一些人津津乐道的"老先生"有什么区别。有些中国学家，更从来认为研究中国就要以中国为中心，以中国的问题为中心，警惕把西方人的问题当作中国研究的起点。其实，西方的学者有各种各样。有些中国学家很有理论意识，但并非生搬硬套，也不是以西方为出发点，所以很能击中中国问题的要害。一些国内的学者研究中国比不过外国人，常常并不是因为他们自己没有理论，而是因为他们总自以为是地觉得自己比西方中国学家更了解中国，最后反而因不能够突破流俗成见而难以得出新解。①

我们的思维定式有时使我们"不识庐山真面目，只缘身在此山中"。如在元杂剧研究上，美国华裔学者彭镜禧指出，大陆学者的研究有一段时间存在严重的倒退，很多研究狂热地关注社会政治内容，常常戴着阶级斗争论主宰的意识形态的有色眼镜来解读元杂剧；而对元杂剧的美学、艺术因素本体一笔带过，特别是当这些因素与他们的观点有抵触时尤其如此。那些包含有对元统治阶级猛烈抨击的剧作受到广泛持久的关注，而忽略了这类剧作在结构、语言和性格刻画上可能存在的明显的缺陷。尽管这种过分强调阶级斗争和忽略审美批评的教条主义倾向只是特定时期的现象，但也在一定程度上揭示了大陆学者自身的局限性。这种教条主义和牵强附会的解读对元杂剧来说实在是不公平的。②

除了上述研究视角的独特之处，西方中国学家还具有以下一些独特的优势。

第一个优势体现在资料方面。在研究资料方面，国外的学者也拥有一定优势。鸦片战争之后，西方列强为了达到侵略和掠夺的目的，曾派遣大量的传教士、商人、外交官、学者、记者、"探险家"等形形色色的人前来我国，搜罗了数量十分可观的文献资料。据估计，海外中外文（包括汉、满、蒙、藏、朝等中国文字）中国学藏书不会少于千万册之数。这些文献资料一般都相对集中，便于利用。英国大英博物馆东方书籍和抄本部收藏的敦煌文献达 8 000 件之多，此外还有在鸦片战争、英法战争和义和团运动时期从中国劫走的各种中国珍本和太平天国的史料。在美国至少有 500 万册以上中国学藏书。美国的燕京学社、美国

---

① 新京报，2005 年。
② Perng, Ching-Hsi. Double Jeopardy: A Critique of Seven Yuan Courtroom Dramas. Center for Chinese Studies The University of Michigan, 1978: 15~16.

国会图书馆收藏了大量的中国文献。据1972年出版的22卷本《美国国会图书馆远东语言书目》的记载，所收藏的中国书目达5 500种。

除了丰富的中文藏书，西方还有先进的图书服务设施。美国亚洲研究协会会员的地区分布大体与东亚藏书的地区分布一致，说明充足的图书情报资料供应是海外中国学的主要依托之一。其利用图书资料的方便程度，超过我们国内的图书文献服务。这些图书资料不仅借阅便捷，而且编制了种类繁多的索引、专题书目、工具书等，足以对学习研究进行指导。此外，海外除大量出版中国学书籍外，还有数百家报刊经常发表中国研究的文章。各种层次的中国学机构经常召开学术研讨会，促进学者间的切磋交流。由此可见，我国的学者在资料占有上并不拥有绝对的优势。加上国外科学技术的飞速发展，西方在信息储存、资料检索、复制利用等方面都已高度现代化。我们必须正视自己在这一方面的落后状况。研究经费的匮乏也在某种程度上影响了我国学术研究的发展。而在这方面，国外的中国学研究具有得天独厚的条件。①

第二个优势体现在西方有众多的中国学研究机构，有健全的学术平台。国外有众多的国家和机构在推进中国学研究。据美国社会科学研究理事会和美国学术团体理事会所属当代中国联合委员会前负责人林德贝克在题为《了解中国：美国学术研究的一个评论》(1971)的一个调查报告称，在20世纪60年代末，全世界具有充足设备和力量、有计划地进行研究中国的国家有12个，另有中国香港地区和19个国家在高等教育研究系统中设置若干个研究机构，进行一定限度的中国研究。这些国家是奥地利、比利时、匈牙利、印度、以色列、意大利、马来西亚、挪

---

① 包振南：《金瓶梅及其他》"应当重视国外中国学研究成果——代前言"，2页，长春：吉林文史出版社，1991。

威、菲律宾、波兰、新加坡、德意志民主共和国、智利、芬兰、印尼、墨西哥、韩国、泰国、新西兰。改革开放以来，世界上关注中国研究的国家有增无减，目前世界上至少有40个国家和地区设有一定规模的中国研究机构。其机构数，如果把军政界、企业界的中国研究亦包括在内，估计不会少于1 000个。其中公开出版过中国研究著作的机构，也至少有500个。① 美国的中国研究机构多达200余个。另有第二次世界大战以后，美国政府和各大基金会积极资助各大学和研究机构开展对中国的研究。获得资助的哈佛大学、伯克莱加利福尼亚大学、西雅图华盛顿大学、普林斯顿大学、芝加哥大学、耶鲁大学、密西根大学等高校，如今都成为美国的中国学基地。美国的中国戏曲研究大部分出自上述学校。

优势之三，国外中国学研究有一支可观的学术队伍。当今海外从事中国学研究，其水平相当于西方助理教授或高级讲师以上者，总数不会少于1万人。而且，这支队伍每年以数百名中国研究硕士和上百名中国研究博士的规模在扩充自己。这支高级的学术队伍和每年的增量，保证了国外中国研究的持续深入发展和研究范围的广泛。

建立在上述优势的基础上，西方的中国学研究出现了两个特点：研究领域广泛，绝少禁区限制；研究成果丰硕，有先进的学术理念。自从16世纪西欧传教士大批来华开始，在海外陆续发表的中国书简、笔记、报告、论文、专著、译著、工具书和教科书，以及海外华人在华发表的中外文中国学著作，据保守的估计，文献量累计不少于20万种。内容非常广泛，举凡社会科学与人文学科的所有部门，中国古代和现代自然科学与技术的各个领域，都在研究视野之内。中国的三教九流，三百六十行，都有

---

① 中国社会科学院：《世界中国学家名录》，3~4页，北京：社会科学文献出版社，1994。

专题著作。从元谋人、北京猿人，到20世纪80年代昆明东郊的撒梅族，上下数十万年，都有专题研究。从夏商周三代到中华人民共和国，对其间历朝历代史事莫不问津。对中国的活语言有研究，对中国的死语言，如西夏语，也有研究。即使某些素称"中国专利"的研究领域，也频繁被问津。这种敏而好求的精神，使研究呈现出异常生动活泼的气象，使西方的中国学研究充满了活力，研究视野不断开拓。①

作为西方中国学研究的一部分，英语世界的戏曲研究也具有研究范围广泛、研究成果丰硕的特点。在戏曲研究中，凡我们可以想象得到的领域，都有专题研究和专题著作，覆盖了中国原始戏剧、汉唐戏剧、宋金杂剧、宋元南戏、元杂剧、明清传奇、近代地方戏和中华人民共和国戏剧，研究的内容涉及汉族戏剧、少数民族戏剧、人戏、偶戏、皮影戏、娱乐戏剧、仪式戏剧、戏曲起源、版本考证、作家作品考证、戏剧表演、戏剧文体、人物形象、戏剧主题、戏剧翻译、演员、戏班、戏曲民俗、戏曲的传播与接受等。戏曲研究论文、专著数量极为可观。《百老汇的中国题材与中国戏曲》一书的附录列举1741年以来截至2001年的中国戏剧的英文译本，有291种；1836年以来介绍与评论中国戏曲的英文参考书目，列举了400种。②《中国戏曲：评论、批评及剧本英译》一书，列举的评论戏曲的英语论文和专著有1 550种。③ 根据笔者的粗略统计，英语世界的戏曲博士论文不少于

---

① 中国社会科学院：《世界中国学家名录》，4~5页，北京：社会科学文献出版社，1994。

② 都文伟：《百老汇的中国题材与中国戏曲》，206~272页，上海：上海三联书店，2002，附录。

③ Lopez, Manuel D. Chinese Drama: An Annotated Bibliography of Commentary, Criticism, and Plays in English Translation. The Scarecrow Press, Inc. Metuchen, N. J., & London. 1991: 3~156.

100种。

　　基于上述诸多原因，国外中国学家的研究成果的确不容忽视，他们在某些领域甚至能作出很突出的成就。例如，在中国史研究、敦煌学研究甚至戏曲史等研究领域，日本的中国学家都取得了杰出的成就。曾有相当长一段时期，他们还一度占据领先的位置。更有甚者，有"敦煌在中国，敦煌学在日本"之说。英国曾任驻宁波领事的中国学家翟理斯（H. A. Giles, 1845—1935）的《中国文学史》(1901)，是中国第一部文学史通史。英国著名的中国学家李约瑟博士对于我国自然科学史的研究，已为我国填补了一项空白。这已是众所公认的事实。在戏曲研究上，英语世界的成就逊于中国的学者，原因固然很多，但我们可能忽视了一个因素，即起步早晚和研究基础的问题。在英语世界，严格意义上的戏曲研究起步较晚。在20世纪50年代以前，英美国家的戏曲研究者不仅文献资料完全依赖中国的学者，就是分析和解释也常常追随中国的学者。诚如伊维德所言，西方中国学家需要花费很长时间来追赶他们的中日老师，才能填补西方中国学家在戏曲研究方面的空缺。但仅仅经过20年，到20世纪70年代，英语世界的戏曲研究就已有了巨大的发展。

　　英语世界的戏曲研究在解读戏曲文本的意图性上具有自身的独特视阈，因而有其自身长处。但也有明显的局限性。由于语言、文化与术语概念体系的不同，由于相应的中文原始文献爬梳能力上的客观限制，英语世界的戏曲研究者在某些方面很难赶上他们的中国同行。就研究的角度、方法、体系和成果的质量而言，我们也要作具体的分析，不能一概而论。中国人研究中国的问题，一般来说，感性知识较为丰富，对现实问题往往有切身感受，且往往倾向于从微观上看问题。就戏曲研究而言，考证、析疑、辨伪、质疑一类的论著俯拾皆是，而作宏观研究、理论分析的雄文力作较为罕见。而且，中国学者也会由于时代、流俗成见的局限而自我遮蔽，从而产生意义的误读或溢出。

英语世界的学者和中国的学者，其研究各有所长、各有所短，这意味着我们要有所辨别地、有所取舍地看待西方的研究成果。我们应以更开放的心态对待英语世界的戏曲研究，使我们在借鉴西方的研究成果时多一分严谨和审慎，少一些盲目和随意性，这对建设正确的学术话语主体并非全无意义。另一方面，在跨文化戏剧现象与规律的比较和联系中，西方学者亦有可能揭示出戏曲的本质的独特属性，从而对中国的学者有所启发。英语世界的戏曲研究，风格多样，方法多元。这些对于中国的学者来说，基本上还是一个尚未开启的丰富的资源库。

由于种种原因所造成的长期隔绝，我们对海外中国学界所知甚少，远不如海外同行对我们的了解。当然，海外同行对我们的了解也不那么充分。我们不应作茧自缚，对外面的戏曲研究现状和发展取向毫不知情。对英语世界的戏曲研究进行跟踪和评估，其重要性有以下几点：

（1）英语世界的戏曲研究成果，对于我们来说，是一项无需多大投资便可以加以利用的智力财富。如果这些研究成果得不到翻译和介绍，也就谈不上对其进行客观的评估和鉴别。而有些早已为英美学者研究解决的问题，由于信息不通，时隔多年，我国学者有可能仍在重复研究。应该说，这是学术研究领域中的一项浪费。事实上，这种浪费是存在的。这从另一方面说明了加强中外信息交流工作的必要性和重要性。

（2）英美是海外三大中国古代文学研究重地之一。由于他们英语的强势话语地位，从而使其学术影响愈加突出。在一定程度上代表着国际学术界对戏曲的认识和理解，影响国际社会对戏曲艺术的看法，是了解中国文化在国际上的形象和影响的一个重要方面。因此，我们应该高度重视他们。

（3）英语世界的戏曲研究者以其不同的视角、研究方法和手段对戏曲进行研究探讨，取得了不少有价值的成果。从学术观点来看，这些研究成果对我国的学术研究和发展也有重要的借鉴意义。了解国外戏曲研究的动向，有利于我们全面认识世界和客观了解自身，有助于推动我国学术研究的深入发展。

（4）我国学界非常想了解英语世界的专家学者对我国传统戏剧走向的分析。但目前，我国对此类研究的介绍却很不充分。季羡林先生曾提出，对中西文学交流史的研究，我们过去研究外国文学对中国文学影响者多，而研究中国文学对外国文学影响者少。这样一些偏颇，看似微末，影响实大。① 戏剧研究领域亦然，关注外国戏剧在中国的传播与研究者众，留意戏曲在国外的传播与研究者寡。这种倾向是不应该的，对于戏剧研究是不利的。

（5）英语世界戏曲研究的发展规模与成就，已经达到绝对不容国人忽视的地步，甚至达到了足以对国人自己的戏曲研究提出严重挑战的程度。正如《世界中国学家名录》一书中所说：

> 面对具有如此规模和生气勃勃的海外中国学，如果像过去那样采取闭目塞听的政策固然很不明智，即使我们采取"他山之石，可以攻玉"的开明态度，也已经不够开明了。因为，我们自己的研究未必全是美玉，他人的研究岂能都是顽石。在一个全球都在改革开放的信息时代，如果不充分利用世界的智力来研究中国，受到最大损失的，首先是我们自己。②

在戏曲研究上也是如此。如果我们不睁开眼睛看世界，死死

---

① 乐黛云等：《欧洲中国古典文学研究名家十年文选》季羡林"序"，南京：江苏人民出版社，1998。

② 中国社会科学院：《世界中国学家名录》，5页，北京：社会科学文献出版社，1994。

抱住"天朝大国"的思想不放,那么,我们就可能迈入固步自封的狭隘之中。

总之,基于英语世界的戏曲研究的蓬勃发展、研究水平和学术影响,我们需要更及时地向我国学术界报道英语世界研究中国古典戏曲的状况和动向,需要更深入而系统地介绍戏曲在英语世界的传播与研究状况,以及英语世界的同行研究戏曲的新成果、新进展,以满足我国学界的现实需要。我以前的专业是英语,在戏曲研究上才疏学浅,缺乏在戏曲起源、戏曲形成、戏曲专题的考证溯源等戏曲研究的重要研究领域进行耕耘的根基。我希望依靠自己的绵薄之力,在中西戏曲研究的交流上做一些搭桥铺路的工作。本书即以此为出发点,进行抛砖引玉之尝试。如果本书所选取的材料、所作的一些文献编译能给中国学界带来一些启发,所作的述评不至于太过外行,也就心满意足了。

三、前人研究综述

中国国内对英语世界戏曲传播与影响的关注在近代就开始了,成果相对较多。但是,系统地介绍和评述英语世界戏曲研究的工作相比起来要晚七十多年,可以说,这项工作才刚刚起步。

关于传播与影响方面的研究,可从20世纪20年代算起。1928年陈受颐以论文《十八世纪中国对于英国文化的影响》在美国芝加哥大学获得博士学位,里面论及《赵氏孤儿》在英国的传播及反响。1949年后,也出现了一些介绍英语世界对中国古典戏曲传播情况的论著。笔者所见到的涉及英语世界戏曲传播的论著主要有《中国古典文学在国外》、《中国古典小说戏曲名著在国外》、《中国文学在英国》、《中国文学在世界的传播与影响》、《英语世界中国古典文学之传播》、《二十世纪国外中国文学研究》、《百老汇的中国题材与戏曲》和《中英文学关系编年史》。

将西方戏曲研究的成果翻译引进到国内的论文集，就笔者目力所及，主要有《中国文学论著译丛》、《中国戏曲艺术国际学术研讨会论文集》、《中外比较文学译文集》、《国外学者看中国文学》、《英美学人论中国古典文学》、《〈金瓶梅〉西方论文集》、《〈金瓶梅〉及其他》、《中外比较文学的里程碑》、《欧洲中国古典文学研究名家十年文选》、《北美中国古典文学研究名家十年文选》、《东方戏剧论文集》、《白之比较文学论文集》、《中国古典文学论丛——戏剧之部》和《元杂剧的戏场艺术》。另外，《戏曲研究》、《民俗曲艺》等刊物上也收录少量国外研究译文。

上述文献主要涉及戏曲在西方的"传播"以及对英语世界的中国戏剧研究成果的"译介"，还不是深入系统的"评介"。国内第一部对国外戏曲的研究成果进行深入"评介"的专著，是孙歌、陈燕谷、李逸津合著的《国外中国古典戏曲研究》。该书主要介绍日本、欧美、俄苏的有关戏曲研究的情况，并加以解释和评价。全书述评结合，系统深入，分12章，涵盖了戏曲传播、戏曲史研究（分上、下两章）、戏曲体裁研究、主题研究与形象分析（分上、中、下三章）、语言与叙事研究、剧作家与版本研究、国外研究个案举隅（分上、下两章）以及戏曲的特殊影响等方面，是一部很有分量的专著。但由于全书覆盖国家地区太多，且述评重点放在日本与俄苏，所以该书对英语世界戏曲研究的评介显得比较简略。全书正文30多万字中，英语世界的篇幅仅占5万字，且基本上以英语世界出版的几部戏曲史论著为研究对象，主要关注戏曲史、诸宫调、戏曲主题研究与形象分析，而对戏曲表演、曲学、地方戏、木偶戏、影戏、仪式戏剧、戏曲音乐、少数民族戏剧、剧本英译等方面，未予以关注。英语世界的戏曲博士论文是英语世界戏曲研究成果的重要组成部分，该书对此也鲜有提及。综上，《国外中国古典戏曲研究》一书远未呈现英语世界戏曲研究的全貌。

国内学者对英语世界中国古典戏曲研究所进行的尝试才刚刚起步，前面的路还很长。英语世界作为文化圈范围很广，关于中国古典戏曲的资料非常丰富，但因为图书设备、通讯联络等方面的条件跟不上，要搜集这些资料却又异常困难，直接制约了研究的开展。另外，此项研究中存在的语言障碍也不同程度地制约了研究的深入进行。现代国外学术研究成果的检索系统日益发展，从网络或通过国外访学等途径进行国外戏曲研究成果目录的汇集工作，已经变得比以往更简便快捷，但如果要收集这些英文文献目录所有的原著、原文，并进一步对它们进行翻译和研究，则要困难得多。

四、概念界定和资料来源

为了把我们的考察限定在一个相对明确的范围之内，必须设立若干标准。笔者初步想到的，有以下几条：

（一）基础定义

戏剧是演员扮演角色，当众表演情节、显示情境之艺术。中国传统戏剧，也可谓之中国古典戏曲，是指现当代中国话剧（文明戏、改良戏、话剧）、舞剧、民族歌剧、音乐剧之外，源于中国本土的传统戏剧形式。本书中的古典戏曲与中国传统戏剧及中国戏剧的概念范围完全相同，泛指一切中国传统戏剧形式。近代地方戏是指1840年以来勃兴的中国民间传统戏剧，如京剧、豫剧、粤剧、川剧、汉剧、湘剧等。

本书中的古典戏曲或中国传统戏剧，包括宋元南戏、元明清杂剧、明清传奇、明清花部戏剧、近代地方戏（如京剧、豫剧、粤剧、川剧、汉剧、湘剧等），也包括唐戏、宋金杂剧院本、仪式戏剧、傀儡戏、影戏、民间小戏（如秧歌戏）。本书在行文中，中国传统戏剧、戏曲概念通用，均用来指称中国所有古代戏剧形式，除了通常所指称的人戏（由真人饰演剧中角色），傀儡戏、影戏等偶戏也归入戏曲范畴。地方戏的概念主要指的是与昆剧相对的"花部"戏曲，以京剧为代表，旁及其他地方戏剧种，如秦腔、粤剧等。

（二）其他界定

1. 本书所指的英语世界有两层含义

一指英语国家，主要包括英国、美国、加拿大、澳大利亚、新西兰等5个国家；二指研究戏曲的英语文献。英语世界介绍和研究戏曲的资料非常丰富，主要包括戏曲译本，发表在报纸和学术期刊上的戏曲评论文章，硕、博士学位论文，专著，英美大型百科全书有关戏曲的条目绪论等。

2. 本书英语文献不包含由其他语言转译为英语的文献

德、法、俄（苏）、日、韩、中国等非英语国家的学者的研究成果由其他语言译为英语的，这样的英语论著不包含在本书的英语文献之中。

纳入本书研究内容的英语文献，包括：

(1) 英语国家学者的论文、专著。

(2) 版权属于英语国家各高校的博士论文，其中包括英语国家华人博士论文。之所以将英语国家高校的华人博士论文包含在内，是出于如下考虑。以孙玫、王瑷玲、陈守仁等学者为例，他们都是华人，甚至赴美前就已研究戏曲，但他们在美国大学攻读博士学位，不同程度上受美国治学思想、学术传统熏陶和影响，而与国内学者有若干不同点，不能等同于国内戏曲研究。更重要的是他们的博士论文在版权上属于美国大学，我们是不能把他们的博士论文当作国内的研究成果的。

(3) 非英语国家的西方中国学家以英语撰写的中国戏剧论著，如日比科夫斯基的《早期南戏研究》。

(4) 西方中国学家在中国出版的研究戏曲的英文论著，如马克林和龙彼得在中国都出版有论著。

（5）由非英语国家移民到英语国家工作的西方中国学家的戏曲研究成果，如伊维德、米列娜、龙彼得等人的研究成果。

在对英语世界戏曲研究的考察中，笔者主要是根据这几条标准来进行介绍和评述的。当然，这样做不可避免会将一些不符合此一标准，但很可能也在英语世界传播并发生显著影响的英文材料排除在外（如钱钟书等以英语撰写的戏曲研究论文），但为了研究范围的相对明确，也只好这样了。

英语世界的期刊上刊登的戏曲研究论文，由于国内难以搜集这些期刊，对这部分材料，笔者暂未将其列入本书，留待日后努力。

第一章 英语世界戏曲传播与研究的文化语境

第一节 戏曲在英语世界的传播

以英语为母语和通用语的国家称为英语国家。以英语为母语的文化圈在发生学意义上仅限于英国；以英语为通用语的文化圈导源于英国殖民活动，其地理范围主要是英国的殖民地或前殖民地。这样的划分并不排斥各个层面相互转化的可能性，例如，英语在美国、加拿大、澳大利亚、新西兰已从通行语转变为国语，对它的大多数居民来说成为母语。

戏曲传入英语世界，可以追溯到18世纪下半叶《赵氏孤儿》改编本的出现。（W. Hatchett，1741；A. Murphy，1779）由于《赵氏孤儿》传播的影响，18世纪下半叶欧洲以中国为背景或撷取中国题材的戏剧风行一时。不少中国学者认为这是戏曲此后再不曾有过的胜利和荣耀，是中西文化交流史上的一座丰碑。对于这个文化事件的过程和意义，国内学者（如陈受颐、范存忠、钱林森、孙歌等）已作过详尽的叙述和分析。这些分析还欠全面，称之为"前所未有的胜利和荣耀"和"丰碑"，有沾沾自喜和受宠若惊之嫌。笔者认为，分析17世纪以来戏曲在英语世界的传播，应联系每一历史阶段的社会历史语境。英语世界戏曲的传播热潮，概括起来，可以从如下6个方面加以分析：

(一) 17—18世纪是欧洲历史上最和平安定的时期之一

始于16世纪的文艺复兴运动不仅结束了中世纪极端狂热宗教的黑暗和愚昧，还产生了一大批文化艺术巨匠，如达·芬奇、拉斐尔、米开朗基罗、培根和莎士比亚等，从而奠定了欧洲古典文化在世界文明史上的崇高地位。思想启蒙运动，又一次推进欧洲文化思想领域产生巨大飞跃。人们常用"启蒙运动"来形容18世纪欧洲的人文精神。这时的欧洲人已经达到了新的认知水平，首先是不再相信地心说，二是认识到上帝造人说的荒谬，三是认识到人的能动性和自我发展的可能性，认为人们的知识和认识要靠学习和积累而来。伟大的时代又使一批文化艺术巨匠应运而生，如康德、大卫·休谟、亚当·斯密、约翰·洛克、伏尔泰、孟德斯鸠、卢梭等。启蒙运动的先驱们认为拥有知识是一种美德，而愚昧则是丑恶。所以，追求知识和了解人们所生存的这个世界，包括异国异族文化的努力，一时间蔚然成风。到了18世纪末期，长期统治欧洲的专制主义开始走向灭亡，思想启蒙运动蓬勃兴起，资本主义也从萌芽状态日趋成熟。

在自身雄厚的文化底蕴基础之上，欧洲文化具备了吸收、消化，然后再弘扬外来文化的条件和能力，它以一种百川入海、坦荡开放的心态来接受外来文化，融会贯通外来文化的能力也证明了其民族自身文化的活力。在这一时期，大量的中国古籍被引进介绍到欧洲，例如，在1662年，西方传教士翻译出版了"中国的智慧"丛书，包括了中国儒家的经典《大学》、《中庸》、《论语》、《礼记》、《诗经》、《易经》和《孝经》等书籍，这些来自中国的书籍在学者和民间广为流传，并对欧洲启蒙思想家产生一定的影响。

(二) 欧洲人对中国文化的好奇、向往和接纳

18世纪的欧洲是一个奢华的年代。生活在那个被后世称为"伟大世纪"的人们，热衷于追求生活的乐趣与甜美。这种追求导致了当时的艺术处于多变、游戏和求新喜异的状态之中,人们不遗余力地追求新奇和多样性,渴望看到眼前见不到的事物。作为这种心态的一种反映,欧洲人把眼光投向遥远的异国文化。作为异国文化重要组成部分并极有影响力的中国文化,也吸引了欧洲人的极大关注。此时的欧洲哲学家们把中国当作一个近乎完美的国家来赞扬。14世纪出版的马可·波罗(Marco Polo)的《马可·波罗游记》、无名氏的《约翰·曼德维尔爵士游记》,16世纪出版的门多萨的《大中华帝国史》,17世纪出版的胡安·冈萨雷斯·门多扎(Juan Gonzalez De Mendoza)的《中国游记》、利玛窦(Matteo Ricci)的《中国札记》和约翰·纽霍夫(Johan Nieuhoff)的插图本《东印度公司遣使晋见中国鞑靼皇帝记》等关于中国的传奇式游记,在欧洲译为多种语言并被广为传播。这些书里面记叙了14世纪元代中国的商业大都市的富足和16—18世纪明清时期中国的安定繁荣,很多都是基本符合实际情形的,但也有不少夸张成分,从而将中国描绘成为遍地黄金珠宝而又高度文明的乌托邦,但却被人们当作事实而相信。

对于遥远的中国,欧洲人仅有只鳞片爪的了解。在他们的脑海中,存在的更多的是因好奇和欣羡而产生的"想象的中国"。中国对欧洲人来说是一个神秘奇异而值得羡慕的强大而富饶的庞大帝国。此种情形非常类似于20世纪80年代中国民众之看待西方尤其是美国。同中国的康乾盛世相似,17—18世纪,欧洲之繁荣兴盛与中国相当。但由于中国当时的政策是限制中西交流,欧洲人来中国颇为不易,所以越是不容易得到的东西就越有吸引力,越是到不了的地方就越神秘。这时候有幸到中国的西方商人或传教士,看到的是对那个时代来说可以算是一派国泰民安、生产发达、政治先进、文化丰富的景象,相对于刚从16世纪以前的战乱纷争中走出来的欧洲,中国几乎可以称为"理想之邦"。当更早时期从中国来的物品大量涌入欧洲的时候,东方艺术,特别是中国艺术,渐渐地为17世纪末和18世纪初的欧洲艺术家们所认识、接受,并为他们所欣赏,进而所模仿。

戏曲《赵氏孤儿》与当时笼罩欧洲戏剧文学和戏剧艺术的新古典主义及自然主义的写实戏剧迥然不同,并不遵从"三一律"戏剧创作原则。王丽娜在《〈赵氏孤儿〉在欧洲》一文中提出,相对于西方戏剧观和剧作方法论,戏曲的时空自由的写意性戏剧形式是新鲜的戏剧艺术。同时该剧所蕴含的反对统治集团内部互相倾轧、张扬人性和人道主义的精神,引起欧洲人的强烈共鸣,适应了那个时代的针砭现实的需要。那时也有一些欧洲艺术家和作家基于西方的传统审美观点来批评戏曲的表现手法,如英国评论家理查·赫德虽然主张不必用新古典主义的框子来贬低《赵氏孤儿》,但他仍然认为剧本的故事情节应加以集中,剧本开始与最后的复仇事件在时间上应接得更近。戏曲艺术中独特的表现手法随着中国风格影响的增大,在当时的欧洲社会却逐渐有了越来越多的观众,有了越来越多的欣赏者。

(三)文化利用和针砭现实的需要

异国文学的接受史同时就是一部重构改写的历史,是取我所需,"他山之石,可以攻玉"。传教士们关于中国的游记对于中国的描绘,为当时的西方社会提供了大量的关于中国的信息,除了在总体上描述中国的富足和文明之外,也有揭露中国社会弊端的,如利玛窦对中国人的弱点曾一针见血地作出批评。[1]

这种极端自大和顽固守旧与当时的欧洲精神是极其冲突对立的。以精密严谨著称的启蒙运动的先驱们不会不注意到,但他们完全不理会这一点,而是有选择地对中国文化艺术、政治体制、

---

[1] 许明龙:《欧洲十八世纪的"中国热"》,12~15页、78~110页,太原:山西教育出版社,1999;刘海翔:《欧洲大地的中国风》,46~58页,深圳:海天出版社,2005。

道德伦理进行文化上的利用和改造，并不重视对戏曲及中国文化原貌的忠实性呈现。他们改写《赵氏孤儿》的动力完全来自当时欧洲各国的历史语境。哈切特改写的《中国孤儿》影射当时的英国政治，伏尔泰对中国伦理的赞美则反映了启蒙思想家所面临的时代困惑，试图借鉴"他者"文化提出解决社会难题的努力，"使剧本内容与欧洲的现实相结合，赋予剧本以欧洲的时代的新意……改编者把中国戏剧的形式加以欧化，使之适合欧洲人欣赏习惯"①。所以，文化影响是以被影响一方的内在欲望为前提的。有了"欲望"的土壤，戏曲才得以在欧洲大行其道。但人的欲望是因时因地而变化的，戏曲在欧洲的接受也随之出现波动，这都是再正常不过的文化现象。

（四）19世纪与欧洲中心主义

19世纪欧洲的"中国热"在规模上继续升温，西方中国学达到了一个新水准。中欧贸易达到前所未有的规模，中国对于欧洲的重要性日益增长，因此了解中国、研究中国的欲望非但没有减弱，反而大为增长了。但这时的欧洲和中国的历史语境都已发生了巨大的变化，文化均衡的局面已向欧洲倾斜，欧洲经过工业革命和殖民主义的原始积累，经济、军事实力突飞猛进，催发了西方侵略东方、统治东方的野心。

为了使这种侵略和掠夺合理化、合法化，需要御用文人（东方主义者）和民间知识分子的共同努力，塑建一种合乎他们利益的话语系统。其方法是欧洲传统上惯用的二分法，是非此即彼的优劣评价，而需要巩固白人优越型和欧洲文化的正统性，就要不遗余力地贬低东方文化和东方人。在这种环境中成长的欧洲知识分子也变得庸俗起来，浅薄而又浮躁，奉行实用主义信条。即使伟大的思想家如黑格尔等人也不能免俗，在对待东方的态度

---

① 王丽娜：《〈赵氏孤儿〉在欧洲》，载《戏曲研究》，第11辑。

上采取媚俗的态度，傲慢而敌视。虽然也有个别的欧洲人依照自己的良知尽量客观评价东方文化，但他们的声音消失在有组织的大规模的东方文化妖魔化的尘嚣之中。18世纪那种开放的文化心态日益为傲慢和偏见所取代，但由于中欧之间的交流规模大增，就戏曲的传播而言，19世纪仍然取得相当可观的发展，所取得的成就远远超过18世纪。

19世纪以来，英美等殖民国家大肆进行经济掠夺和文化渗透。以此为背景，西方传教士、外交官和商人纷纷来华，广东、上海、北京等地的西文报纸和出版机构相继出现。上述来华外国人所起的历史作用是相当复杂的，他们当中自然不乏对中国怀有敌意或持不友好态度者，但也有人出于个人兴趣等方面的原因而成为中国文学的爱好者，在公务之余从事中国文学的收集、整理、翻译与评价。例如，英国外交官德庇时译出李渔《蜃中楼》(1815)、武汉臣《老生儿》(1817)、马致远《汉宫秋》(1829)，并撰写了《汉文诗解》(1834)；美国外交官卫三畏节译了《三国演义》(1849)和《聊斋志异》(1848)；英国传教士马礼逊刊行了《中国流行文学译本》(1812)；美国传教士吴板桥摘译了《西游记》(1895)。来华外国人所兴办的出版社和报刊从整体上服务于文化侵略之目的，但它们出于牟利或满足西方读者了解中国国情之需要等方面的考虑，出版了一批中国古典文学方面的书籍，发表了相关的论文和译文，客观上对戏曲西传作出了贡献。很多戏曲剧作被中国学家引进介绍到欧洲，如《老生儿》、《汉宫秋》、《西厢记诸宫调》、《灰栏记》、《㑳梅香》、《合汗衫》、《货郎担》、《窦娥冤》、《琵琶记》、《赚蒯通》、《昊天塔》、《抱妆盒》等，并产生一些兼有剧作翻译和从总体上介绍戏曲表演艺术的书籍，如斯坦顿（William Stanton）的《中国戏剧》(1899)等。

在19世纪，欧洲人根据本国文化消费的欲望和东方主义的欲望，对于戏曲的研究兴趣更浓，使欧洲的戏曲译介和研究更为繁荣。但中国国运的沉浮变化使西方人评价戏曲的态度产生了突转，由积极正面转向消极负面。欧洲殖民者依靠自己的坚船利炮打败清帝国，打破了中华帝国的神话，转而歧视中国的文明。充足的剧本翻译、对戏曲演出直接观看的经验、中国学者的戏曲研究成果，是西方中国学家研究戏曲的最重要参考文献。西方对戏曲剧作的翻译虽然在增多，但还是远远不够的，加之翻译水平的低劣和不完全（有的只翻译宾白，有的只翻译唱词），难以成为可信的戏曲资料。总之，由于对戏曲演出的隔膜、剧本翻译上的滞后，以及当时的中国学者对戏曲研究的忽略与轻视，都在很大程度上制约着西方的戏曲研究，故这一时期欧洲并无真正学术意义上的戏曲研究。

（五）20 世纪的文化利用

英语世界严肃认真地对待戏曲并开始从事研究，始于 20 世纪初期。20 世纪初的中国，推翻了帝制，除了在抗日战争期间之外，经济发展比较迅速，加之在"一战"和"二战"中都是属于盟军阵营，且同属于战胜国，英语世界对于中国所持有的傲慢与轻视的态度有所减弱，不同于 19 世纪。而欧洲经过两次世界大战，元气大伤，种族优越感和欧洲文化中心论的神话破灭，其 19 世纪具有的极端傲慢和自信心严重受挫，处于反思、困惑时期，在寻找救世良药。于是，他们又将目光投向了东方，对于戏剧艺术也是这样。正当西方戏剧革新潮流兴起、西方戏剧革新者要突破新古典主义"三一律"创作模式和自然主义写实戏剧观精神桎梏、渴求革新的时候，梅兰芳的到来如雪中送炭，将颇具自由想象神秘色彩的戏曲艺术送上了门，西方戏剧界再一次产生了对于戏曲进行借鉴模仿的欲望。

（六）戏曲积极主动地走向世界

20 世纪初叶，是戏曲打开世界通路，引起英语世界震动的时期。真正打开戏曲走向世界通路和震动英语世界的，是梅兰芳

1930年的访美和1935年的访苏,这是两次具有历史性意义的演出,可以说这两次演出是在世界戏剧史上矗立起西方戏剧交流和第一次确认戏曲审美价值的两座丰碑。梅兰芳在美国演出期间,被美国波英纳学院和南加利福尼亚大学授予名誉博士学位。这次访美演出,给美国戏剧界留下了深刻影响。如乔治·肯诺德指出的那样:"三十年代著名京剧演员梅兰芳在美国的访问演出证明:东方戏剧的假定性方法也能创造一种现实的假象,就像我们的写实戏剧一样令人信服,或许更令人佩服。"① 温斯莱格也说:"我们年轻的戏剧欢迎来自伟大的世界戏剧——佳吉列夫、梅兰芳、斯坦尼斯拉夫斯基、莱因哈特只是其中的一小部分——的各种剧团的访问演出。每次访问演出都将我们淹没于风格奇迹的浪潮中,都提出它自己特殊的纠正旧写实主义的药方。"② 自此,戏曲成了美国戏剧革新的重要借鉴。如美国剧作家桑顿·怀尔德在30年代探索新的戏剧形式时,就在他的《小城风光》中成功地运用了一些戏曲的程式。梅兰芳激起了西方戏剧家对戏曲的思考,开拓了西方艺术家们的视野,促进了西方戏剧形式的革新和对东方戏剧艺术的学习和借鉴,打破了卡尔·贾格曼颇具权威的《世界戏剧指南》中关于"中国戏剧处于十分幼稚的阶段……戏剧既没有精神价值,也没有审美价值,而只有提供感性的热闹场面的价值"的无知妄说,使西方世界第一次确认了戏曲的高度审美价值,为戏曲走向世界及将英语世界的戏曲研究推向严肃的学术性领域赢得了热情而科学的社会评价。

20世纪是戏曲广泛影响世界的时期。这一时期戏曲的对外

---

① Kin Leung, George. The Contributions of Mei Lan-fang to Chinese Drama, in Three Short Addresses and Articles, with a Bibliography of the Articles and Lectures on the Chinese Theatre. Shanghai, 1931: 163.

② 转引自高文升:《中国当代戏剧文学史》,368页,南宁:广西人民出版社,1990。

交流，又多集中在50年代中期和60年代初期，这时候的戏曲出国演出，是自觉的、有计划的、有组织的和具有一定规模的国家戏剧团体的广泛对外戏剧交流。如果说，先前戏曲在英语世界的传播主要依靠来自英语国家自身需要而产生的吸引力的话，20世纪50年代以来上述传播又增加了来自中国的推动力。中国将译介本国文学作品当成促进中外文化交流的大事，给予了相当的关注。以此为背景，外文出版社、英文版《中国文学》杂志等出版机构和刊物卓有成效地开展工作，不少艺术团体作为中国人民的友好使者到世界各国演出。据统计，仅1957年3月底以前，我国各艺术团体，如京剧团、越剧团、评剧团等就"访问了亚、欧、非、美、澳五大洲的42个国家。其中大多数国家去过两次以上。仅1956年一年内出国访问的艺术团就有18起，共约1 000人，访问的国家达35个"①。虽然这些艺术团不全是戏曲，也有话剧、民族歌剧和舞剧，但最能展示我们民族文化优势的戏曲无疑占主导地位。这些演出空前扩大了戏曲的国际影响，并确立了戏曲在世界戏剧中的重要地位。演出所到之地，无不引起莫大的震动，开拓了人们的艺术视野，提高了西方人对戏曲审美价值的认识。20世纪80年代是戏曲走向世界的又一个高潮。1980年以赵燕侠为代表的京剧团访美演出，使中国京剧再次轰动美国，从而引起了美国戏剧理论家们研究戏曲艺术的极大兴趣。出国访问的京剧流派、地方戏曲剧种及"文戏"、全本戏剧目明显增多，出国访问的戏剧团体也逐年有所增加，平均每年有10多个传统戏剧团体出国演出。

　　这些主动走出去的对外交流产生了明显的效果。其中还存在一种奇怪的现象，即自20世纪80年代初开始，戏曲市场在中国

---

① 李野光：《好花处处开——谈我国艺术团在各国访问演出》，载《戏剧报》，1957年3月号。

国内日益萧条，戏曲观众大量流失，青年人对包括戏曲在内的传统文化知道不多，而在美国却出现了中国"京剧热"，美国大学生多次组织英语京剧剧目演出。美国夏威夷大学戏剧系博士魏丽莎指出："在国外，京剧的成人观众在不断增加。从 8 年前开始，大量京剧团和演员、学者们纷纷到国外演出或讲学。通过他们和研究中国戏剧的外国学者们，在诸如梅兰芳于本世纪前半叶打下的基础上的不懈努力，外国人对京剧的兴致与爱好逐渐提高了。至少，在美国，人们渴望看到更多'严肃'的、有更多唱段的文戏。"①

除美国外，澳大利亚对于京剧也怀有很强烈的兴趣。1983年，国际剧协澳大利亚中心举办了中国戏剧问题研讨会，曾经出版过多本关于中国戏剧研究著作的伯列司班大学现代亚洲研究院院长马克林教授，就有专书论述中国京剧。自 20 世纪 80 年代以来，在美国出现"京剧热"的同时，也出现了令人瞩目的京剧研究热，尤其集中在美国高等学府对戏曲的突出研究上。对于京剧的武技表演、行当、戏服、脸谱、音乐、剧本翻译等方面都有专著进行论析，比中国国内的相关研究还要系统、深入。很多大学的东方艺术研究系，把戏曲作为东方戏剧艺术的代表来研究，夏威夷大学和班宁顿学院均开设有京剧课程，旧金山林肯大学1983 年增设了中国剧艺系，并把中国京剧列入西方学制，准颁学士与硕士两种学位证书，经常聘请中国京剧艺术家前往讲学和指导美国大学生进行京剧演出。除此之外，还有一些美国研究生到中国留学专攻戏曲，魏丽莎是其中最为知名的一位。这些高等学府荟萃了第一流的学者，开设了多种类型的中国古典文学课程，培养出一批批学有所长的学士、硕士和博士，产生了数量与

---

① Wichmann, Elizabeth：《一个美国人对今日中国京剧的看法》，载《戏剧报》，1986 年 10 月号。

质量上均颇为可观的学术成果。除上举美国的大学外，还有英国的牛津大学、剑桥大学、伦敦大学，加拿大的多伦多大学、不列颠哥伦比亚大学，澳大利亚的国立大学、悉尼大学等。

1949年以后至今，是戏曲更频繁和更大规模地走向世界、被举世公认为"是真正的、伟大的艺术"的时期，也是英语世界的戏曲研究真正形成大气候、产生研究成果最多最集中的时期。

在20世纪，主要的戏曲名作均有了英语译本，在剧本翻译的质量上有大的提高。仅《灰栏记》就有3种英语译本，其中一种是熊式一的译本，代表着英语学术界的最高成就。译者既有西方中国学家，如海登翻译了《陈州粜米》、《盆儿鬼》、《后庭花》，杜为廉翻译了院本《双斗医》、南戏《宦门子弟错立身》、元杂剧《秋胡戏妻》、明传奇《浣纱记》第七出、明杂剧《中山狼》、清初花部短剧《买盐记》、京剧《霸王别姬》、川剧《评雪辨踪》，白之译《牡丹亭》，奚如谷和伊维德合译《明刊本西厢记》，陈世骧和H. Acton合作译《桃花扇》(1976)，戴乃迭和杨宪益合译《长生殿》(1955)、《十五贯》(1957)，元秋（Yuan Qiu）译《醉菩提》(1980)，阮叟（U. M. Ronso）译《虎口余生》(博士论文,1945)。也有欧美华裔翻译家和中国翻译家的戏曲英译，如熊式一、杨福森、刘容恩、杨宪益等。这为英语世界的戏曲研究提供了文献上的便利。

第二节 英语世界的戏曲研究概况

在20世纪上半叶，英语世界的中国学家在戏曲研究方面有了质的提高。虽然严格意义上的学术研究基本上无从说起，还是出现了一批有关戏曲的书籍，如庄士敦（R. F. Johnson）的《中国戏剧》(1901)、凯特·巴斯（Kate Buss）的《中国戏剧研究》

(1922)、祖克（A. E. Zucker）的《中国戏剧》(1925)、阿灵顿（L. C. Alington）的《古今中国戏剧》(1930)、《戏剧之精华》(1937)。这些书籍多属于一般性介绍、对演出情形的描绘和对剧本故事梗概的简介，分析成分很少，但在保存原始资料方面仍是有着相当大价值的，如对当时京剧、昆剧及其表演规则、演出习俗仪式等方面的描绘就很重要，因为其中有的仪式和习俗后来逐渐消失或改变，我们若要了解原貌，就需要参考这些记述。孙歌、陈燕谷和李逸津合著的《国外中国古典戏曲研究》中说"战后新起的中国学家几乎从来不以任何方式（包括批评）征引这类书籍，足以说明它们完全不属于严肃的学术研究"，有些过于刻薄，也并不完全符合事实，至少阿灵顿的书在戏曲开场戏方面的记述被西方学者作为重要的参考资料而多次引用，况且所谓"严肃的学术研究"的概念也颇为主观。

从 20 世纪 60—70 年代以来，西方中国学界力求科学地重新认识中国的倾向日益增强，研究范围也较旧中国学为宽。[①] 这也是英语世界 20 世纪后半叶戏曲研究的重要历史背景。西方的戏曲研究成果绝大多数是 20 世纪 60 年代以来撰写的，这绝非偶然。在研究指导思想上英语世界的学者也逐渐摆脱欧美中心论的影响，这有利于客观、公正地理解和评价中国古典文学作品。英语世界的大多数学者因此能够摒弃过去常见的以欧美戏剧为标准而指摘戏曲的做法，丢弃诸如中国无悲剧等不公正的结论，进而尊重中国悠久的民族戏曲传统，探索戏曲艺术的特征，恰当地评价中国戏曲在世界戏剧中的地位。

英语世界的戏曲研究，按照研究者的组成，可以大体分为两类：西方中国学家和海外华人学者。

---

① 黄鸣奋：《近四世纪英语世界中国古典文学之流传》，载《学术研究》，1995 (3)：125~128。

美国是两次世界大战的最大赢家。"二战"后，欧洲百废待兴，元气大伤，而美国则成为史无前例的世界超级强国，在政治、军事、经济、科技、文化艺术、学术教育等所有方面遥遥领先，欧洲中心论解体了。世界各国包括欧洲的精英人才竞相涌入美国，其中包括科技人才和学术人才，西方中国学的中心也转移到了美国，美国一跃成为戏曲研究的重地。白之（Cyril Birch）、韩南（Patric Hanan）、伊维德（W. L. Idema）等欧洲学者移居美国，对美国的戏曲研究有着重要的推动作用。

　　本文涉及的海外学者，大部分来自美国。20世纪50年代以来，美国本土出现了一大批研究戏曲的论著和博士论文。美国学者柯润璞（J. I. Crump），从50年代以来发表了一系列重要的论文和专著，还翻译了3种元杂剧，是美国德高望重的元杂剧研究之父。柯润璞的3位高足奚如谷（Stephen H. West）、章道犁（Dale R. Johnson）和彭镜禧，在70年代以后也都成为戏曲研究的领军人物，其中奚如谷的金代戏剧研究、章道犁的元杂剧北曲词谱都是引用率很高的权威论著。韩南的学生海登（George A. Hayden）也是70年代崭露头角的学者，他的公案剧研究是同类研究中的代表作。韩南、白之是中国学者所熟悉的西方中国学家，在戏曲研究领域是公认的名家，但他们除了研究戏曲外，主要精力还是研究中国的白话小说。研究传奇的美国学者有《琵琶记》的英译者莫利根（Jean Mulligan）和李渔研究者埃里克·亨利（Eric P. Henry），前者重意象分析，后者则以独特的视角为李渔的为人处世及其作品进行欢呼。研究京剧的有夏威夷大学的魏丽莎，还有一些华裔学者如陈荔荔、时钟雯、刘若愚、王靖献、徐道经、卞赵如兰、张立礼、荣鸿曾等，各自都有相当大的建树。除此之外，就是大量的戏曲博士、硕士学位论文，其中出自美国的戏曲博士论文占整个英语世界戏曲博士论文总数的90%以上，很多论文以深入独到的学术性见称，有些论文得以正式出版，是论文作者的成名之作。

20世纪中叶以来，留学生在海外华人移民中所占比例显著上升，他们既熟悉中华文化，又相当熟练地掌握了英语等交际手段，有的甚至选择中国古典文学以及与之密切相关的中西比较文学作为自己的学习方向或职业，成为戏曲文学西传的推动力量，对于戏曲研究作出了很大贡献。

美国之外，其他国家和地区的戏曲研究阵容和规模相对要小，其中较为知名的戏曲专家在英国有龙彼得（Piet van de Loon）、杜为廉（William Dolby），前者以研究闽南戏和法事戏著称，后者以治戏曲史闻名。澳大利亚有中国戏剧史名家马克林（C. Mackerras），加拿大有从捷克移居过去的戏曲研究专家米列娜（Milena Delezelova-Velingerova）。新西兰有孙玫，著有研究南戏的博士论文。

在英语世界，就戏曲研究而言，元杂剧是研究得最为充分的戏剧形式，其次是对金元诸宫调、明清传奇的研究，内容涉及传统戏剧的互文性、主题分析、意象修辞分析、文体特征、作家研究、曲律、作品人物形象分析、剧本英译、戏剧声腔、戏剧音乐、舞台表演等方面，研究成果十分丰富。对京剧、粤剧、傀儡戏、影戏、师公戏、法事戏、藏戏、秧歌戏也都有论著加以研究。

近年来，英语世界戏曲研究水平的提升，主要有以下几种表现：

（1）中国改革开放以来有更多的欧美学者来到中国本土，有机会结交中国演员、体验戏院气氛、了解后台实情，并实地考察戏曲演出的习俗文化，从而拓展了英语世界的戏曲研究者的研究领域。

（2）他们从单纯的文本研究转向文本和戏曲表演、戏曲与民俗研究并重，利用民俗学、人类学的理论和方法对戏曲进行跨学科研究，充分利用田野考查的方法，在傀儡戏、影戏、法事戏等领域做出了突出成就，突破了戏曲文学研究的瓶颈。

（3）战后西方中国学进入了高等院校，研究者的学术背景和专业性大为提高，并有更好的条件和机会培养戏曲研究人员。

推动20世纪中叶以后西方戏曲研究继续发展的因素，我认为主要有以下几点：

（1）中国的国际地位和重要性继续吸引和维系着英语世界的关注。

（2）战后英语世界进入和平安定和经济繁荣的时期，产生了更为广泛的了解和研究戏曲的欲望。

（3）世界中国学的中心从欧洲转移到了美国，中美之间复杂而微妙的利益关系推动着美国的中国学研究，并对整个西方中国学研究产生深远影响，英语世界的戏曲研究也在这种影响之内。

（4）戏曲界主动地走出去，开展广泛的对外交流，例如，具有较高文化素养和外语水平的中国学者大力对外介绍和翻译中国戏剧，中国剧团陆续赴欧美巡回演出，中国学者赴欧美讲学、举办及参加学术会议等，进一步巩固了戏曲的国际地位，进一步创造了有利于戏曲研究的学术舆论和进行研究的文献条件。

（5）赴欧美的华人留学生越来越多，成为一支不可忽视的研究力量。

（6）从王国维以后，中国及日本学者已经在这一领域做了大量的基础性研究，为西方学者的戏曲研究打通了道路。

（7）20世纪中叶以来，西方中国学总体上开始倾向于对通俗文学的研究，戏曲比较符合这一学术风气转变的需要，成为新兴的研究方向。

（8）为戏曲所陶染的布莱希特等外国戏剧家大力推进西方变革，也在很大程度上引起了英语世界对中国戏剧研究的关注。

第三节　中国因素对戏曲传播与
　　　　研究发展流变的影响

　　文化的传播归根结底取决于一个国家的整体实力。自古以来，中国是世界重要的一极，在世界政治、文化、军事、经济上具有重要的影响。自秦汉以来两千多年，无论国势荣衰沉浮，中国一直吸引着世人的关注。戏曲在欧美的译介与研究，之所以能够繁盛，原因是多方面的，最根本的有两点，一是基于中国在世界上的重要影响，一是由于中国具有独特、丰富的传统戏剧资源。这两个原因催发西方人译介和研究戏曲的兴趣和欲望。其他原因，诸如国势的荣衰强弱变化、戏剧政策等，也很重要，会在一定程度上影响西方人对戏曲的价值评判以及影响特定时期研究与传播的繁荣与萧条，但不是根本的条件，其影响是暂时的、局部的，不应加以夸大和过分强调。研究戏曲在英语世界的传播与研究，认识到这一点是非常重要的。

　　20世纪美国中国学研究的兴盛与中美关系的重要性是相辅相成的。20世纪60年代，美国的中国学研究能够得到飞速发展，其中一个重要原因是政治因素。美国对新中国的成立特别敏感，它出于政治上的考虑，在1958年通过了所谓的"国防教育法案"，拨款资助东亚（尤其是中国）语言文学的学习和研究。本来就幸免于"二战"的美国汉学，从这时起遂得到了突飞猛进的发展，未出一二十年，设有东亚语言课程的大学由"二战"时的几所增加到五六十所，专业人员（包括博士生）由一二百人增至四五千人。1958年至1973年这段时间，被称为美国汉学的"黄金时代"。随后由于经济原因而稍有低落，但影响不大，直到目前美国汉学依然保持着蓬勃发展的势头。① 总之，美国政府视中国为重要的"利益相关者"和竞争对手。在过去的一个世纪，美中在利益关系上错综复杂，因此大力加强对中国的研究，设立专门基金，经济上大力扶持中国学研究，以知彼知己，占据上风。徐朔方先生有一段话或可作为此论点的注脚：

> 60年代，美国国会通过了"国防教育法"，政府根据这一法案拨出巨款，成立了三四十个中国问题研究中心，负责培训人才、搜集资料和开展课题研究。此外，福特基金会对中国问题尤为重视，制定了中国问题研究和培训计划，并为此进行了大量的投资。哈佛大学在60年代到80年代20年中培养了320余名研究中国和东亚问题的博士生。经过60年代的大发展，就研究经费、人员数量、研究机构和成果而言，美国开始成为在中国学研究方面可以与日本相抗衡的国家，尤其是在对中国的政治、军事和经济的研究方面，美国已处于领先地位。②

因此，中美之间的利害关系，是导致世界中国学中心的转移的根本原因，从而导致在中国学研究中美国的规模和研究成果及中国学繁荣程度达到其他任何国家所无法比拟的程度。

20世纪经历了两次世界大战以及战后美苏对抗、资本主义阵营与社会主义阵营国家的对抗、冷战和热战、和平演变、东欧剧变、苏联解体、"9·11"恐怖袭击、中国和平崛起等重大历史事件，国际政治、国际关系复杂多变，国家和国家集团之间利益交错，既有对抗和竞争，也有合作，冷战的结束和经济贸易的全球

---

① 夏康达，王晓平：《二十世纪国外中国文学研究》，234页，天津：天津人民出版社，2000。
② 徐朔方：《〈金瓶梅〉西方论文集》"前言：应当重视国外的中国学研究成果"，3页，上海：上海古籍出版社，1987。

化使世界各国相互依存的程度大为增强。处于这样的时代，世界各国出于自身利益的考虑，纷纷加强对与其利害相关的国家的研究。中国作为世界上最大的发展中国家、安理会常任理事国、有核国家、主要的社会主义国家、综合国力增长迅猛的大国，不能不受到其他各国的注意，无论是在美苏争霸的冷战时期形成的中美苏政治三角，还是在冷战结束后的一超多强的国际政治经济新格局中，中国无不占有重要地位，也是西方进行和平演变的主要对象国。其中，中美之间的关系尤其复杂，相互视为利害攸关的国家。所以在20世纪，中国持续成为最热门谈论和研究的国家之一。

美国中国学研究的繁荣与美国民众的中国印象并不完全吻合。美国的中国形象在20世纪的变化有着某种规律，每隔十几或二十年就出现一次反复。美国人眼中的中国形象千差万别，经常是从一个极端走向另一个极端。亨利·卢斯基金会的副董事长罗兹认为，美国人对中国的感情是一个爱恨交织的历史循环，对中国的看法也充满了矛盾。当中国国力衰弱、疆土分裂时，中国在美国的形象往往比较正面，但当中国强大并具备向外发展的潜力时，在美国的中国形象则易趋于负面。与这种时好时坏的中国印象相比，美国的戏曲研究则是呈直线上升的。

与中美关系相比，20世纪中英关系的重要性在逐步下降。英国在19世纪是世界霸主，而且是侵略中国的排头兵，在中国取得了最大的经济利益，与中国有着巨大的利害关系，对中国非常关注。但在20世纪，经过两次大战的打击，英国不仅失去了先前的霸主地位，逐渐沦为二流国家，且与中国的利害关系与19世纪相比大为降低，对中国的关注维持在一个相对较低的规模。英国政府决策偏于实用，因而出自财政上的考虑，就削减了对中国研究的支持。英国政府多次委托专门委员会调查与估价中国学的教学与研究满足商业与外交上的需要的情况，每次调查结论都对中国学发展不利。调查结论认为中国学研究供大于求，政府没有必要再扩大对中国学的支持。由于英国政府对中国学研究不重视，英国的中国学研究全面落后于其他欧美国家，在人类学、宗教研究、文学和古文书学（包括古代作品研究）方面，远远落后于美国。一个国家学术的繁荣，原本就是同国力的强盛紧密联系着的。在往昔的"日不落帝国"雄风丧失殆尽的今天，期望英国在西方中国学研究上取得领先地位，毕竟是种奢望，是不现实的。① 英国的戏曲研究也是积弱不振，与18、19世纪的中国热相比，20世纪英国对戏曲并未表现出多大的热情。在龙彼得去世、杜为廉荣休后已找不到合格的继任者，后继乏人。同样，澳大利亚、加拿大、新西兰三国的戏曲研究队伍也十分单薄，仅仅保持着涓涓细流的规模，很难形成宏大的声势。中国文学，包括中国戏曲，要以凯旋式走向这些国家，暂时还只能是光荣的梦想。

英语世界对于戏曲的译介和研究与欧美国内特定时期的社会历史语境和研究者的前景化话语结构密切相关。文学文本是由各种互相关联的和交互作用的因素构成的一个体系，其中存在占支配地位的因素和被无意识化了的处于被支配地位的因素，而占支配地位的因素就是被置于前景的因素。体系不是对等因素间自由的相互作用，确立体系就必须把一组（"占支配地位的"）因素置于前景，并损伤其他一组因素。在英语世界的戏曲研究中，不同的历史文化语境，产生不同的研究兴趣和研究欲望，奠基和不断重构着研究和译介者的前景化话语结构，直接或间接引起西人对戏曲的关注程度和评价上的变化。从某种意义上来说，欧美国家本身的历史语境和国运强弱的变化是影响其戏曲译介和研究的繁荣与萧条以及评判方向的内因和主因，"欲望"促进和制约着

---

① 张弘：《中国文学在英国》，339~347页，广州：花城出版社，1992。

研究,"前景化"影响着态度、立场、观点和话语权力,是中西文化此消彼长的强弱势力的变化作用于研究的"欲望"和"前景化"。中国国内的历史语境变化虽然重要,但不是主因,是外因,是第二性的。研究戏曲在英语世界的传播与研究应认识到这一点并走出过分片面强调我国历史语境的误区,而应把重心转向欧美世界在中国古典文学西传这400年中历史语境的变化。

戏曲走向世界的起步并不算晚,如果从18世纪的1735年法国传教士马若瑟在巴黎翻译出版元杂剧《赵氏孤儿》算起,它远比中国进步的现代知识分子于20世纪的1907年从日本译介进西方的话剧要早172年。然而,戏曲自译介到西方之时一直到今天,已过去270年,还没有作为一种独立的戏剧样式在任何一国安家落户,也没有任何迹象在将来会如此。西方话剧则不然,传入中国半个多世纪之后便以独立的戏剧品类,化为中国戏剧的一个重要组成部分。二者相比,戏曲走向世界的历史进程显然是缓慢的,对此我们要有清醒的认识。

中国在和平崛起,在世界上的地位和影响日益突出,中西方力量的消长正在发生有利于中国的变化。随着西方与中国的政治、经济、文化交流的日趋增多,相互之间的依赖程度日趋紧密,西方对中国的需求也在增长。但戏曲的黄金时期已经成为过去,文化的全球化和地方化在当前同时发生作用,强势的西方文化和弱势的中华文化既斗争又合作,世界范围内的戏剧艺术均处于低迷萧条时期。这些因素必将对戏曲在西方的进一步流传和研究的前景产生深远而复杂的影响。

第四节　西方人的文化距离对学术研究的影响之评估

对于英语世界的中国学家和华裔学者来说,研究戏曲必须面对文化差异这个事实。触发这一思考的是宁宗一先生在2005年4月河南大学戏曲文化国际研讨会上的发言，大意是，西方中国学家研究戏曲，终究要面对语言文化上的隔与不隔的难题。

王国维在《人间词话》第三十六则、第三十九则、第四十则、第四十一则词话中分析比较写情不隔及写景不隔之词。从《人间词话》所标举的评词之基准的境界说入手，来判断"隔"与"不隔"的理论基础，就会比较清楚。《人间词话》境界说之基础原是专以"感受经验"之特质为主的，因此要想求得一篇作品能够达到"有境界"的标准，就不得不具备两个条件：其一是作者对其所写之景物及情意须具有真切之感受，其二是作者对此种感受又须具有能予以真切表达之能力。如果我们对于《人间词话》这种境界说的基本理论有了认知，我们自然便会明白王国维先生所提的"隔"与"不隔"之说，其实原来就是他在批评之实践中，以"境界说"为基准来欣赏衡量作品时所得的印象和结论。如果在一篇作品中，作者果然有真切之感受，且能做真切之表达，使读者亦可获致同样真切之感受，如此便是"不隔"。反之，如果作者根本没有真切之感受，或者虽有真切之感受但不能予以真切之表达，而只是因袭陈言或雕饰造作，使读者不能获致真切之感受，如此便是"隔"。

《人间词话》之重视并推崇"不隔"，并不轻视词中之"联想作用"和"意内言外之旨"。不过，可注意的乃是王国维先生所赞美的寄兴深微富于言外之意的作品却一般都有着两点特色：其一是作品本身都是极为真切的"不隔"之作，其二是解说时全凭作品中的"境界"所予读者的直接感受为立说依据，而并不以猜测附会的方式作牵强解说。这种态度当然也仍然与他评词基准的境界说有密切关系，那就是一切都须以真切感受为主，不仅作者写词当以真切不隔为佳，即读者说词时也应以真切感受为解说依据，而不以猜测方式作牵强造作之说。这是我们在探讨

"不隔"时所不得不加以辨明的另一重要问题。①

依据上述王国维关于隔与不隔这一组联系紧密的相关概念的界定,我们可以确认,在诗词曲创作中,在同一文化内部也存在隔与不隔之分。依照这个标准,则在戏曲研究中,中国的学者能否体察戏曲文本的真义、本义,抑或是牵强附会,也存在隔与不隔的问题。符合本义的解读便是不隔,断章取义、望文生义、强合己意、扭曲原义便属于隔。然而,在很多情况下文本的本义真义是仁者见仁、智者见智,在有争议时,隔与不隔的标准是难以运用于实践的。

撇开同一文化内部的隔与不隔,我们只能退而求其次地将隔与不隔的标准放置在不同文化之间和中西学者之间,来判断他们属于当事者或是观察者,以当事者的身份从事戏曲研究便属于不隔,以观察者的身份从事戏曲研究便属于隔。属于不隔的戏曲研究由于研究者个体的差异,未必一定能够揭示戏曲文本的本义,有时甚至相差很远,但其解读从总体上还是在同一文化所允许的阐释范畴之内。而英语文化圈中的中国学家,他们或者以英语文化为评价的基点,这样的解读必然偏离文本的意图性;或尽量贴近其所理解的"中国文化"来解读戏曲文本,这种努力只能减少对于本义的偏离程度,而绝不可能从根本上改变文化的差异。因为他们所依据的中国文化至多是他们头脑中想象的中国文化,是经过无意识的英语文化过滤了的或添加了新化学元素的文化,这样的中国文化是需要加引号的。

以文化差别为标准,我们可以认为,中国的学者和英语世界的中国学家对于戏曲的观察与理解在隔与不隔上有着质的区别,但这种区别并不是等同地体现于戏曲研究的所有领域,在有些领

---

① 叶嘉莹:《王国维及其文学批评》,185~225页,石家庄:河北教育出版社,1997。

域会彰显一些、多一些，在另一些领域可能会不明显或者少一些。英语世界的中国学家由于存在着语言文化上的隔膜，从戏曲创作的角度和体察创作者的意图性方面，与中国的学者相比，从理论上讲应存在质的差距。这种总体上的差距所产生的结果，一方面，中国的学者在其文化的规则之内游刃自如，作为中国文化之内部观察者，其戏曲研究显得周密精到、灵活而有创造性，在表达风格上更容易表现出灵动细腻的鉴赏风格。另一方面，英语世界的中国学家作为中国文化之外部观察者则不具备这种文化知识，他不得不费力理解中国文化和戏曲的标准与规则，把它们明确化，并因而使它们变得粗略、刻板而笨拙，在戏曲的形而上和形而下两种层面的研究中，他们在对付复杂事物的圆通应变意识上可能会显得有些欠缺。华人移民虽然可能在语言上没有隔膜，但在文化上已存在不同程度的西方化，仍然存在隔的问题。留学生的情况比较复杂，因个体的文化认同而异，这种差异会同时产生文化上的隔或者不隔，但他们的研究一经用英语表达，就自然有了一层语言和术语表达上的隔。

根据上述分析，我们认为，虽然中国的学者和英语世界的中国学家在戏曲研究上各有所长，但由于隔与不隔的存在，从理论上讲，二者在戏曲研究的信度上并不能等而同之，中国的学者，其戏曲研究信度更高，作为当事者，自身具有更多优势，从而能够做出更大、更有价值的成就的可能性也更高。由于文化差异的客观存在，英语世界的戏曲研究存在文本误读的几率大为增加，这是最为致命的先天缺陷。除了误读之外，还有其他不利于开展戏曲研究的硬伤，如文献的缺乏、文献阅读上的困难、概念的干扰等。当然，这种误读并非全无价值，有时候，误读常常是创造性的，因而易于催生创造性的阅读。在中国文化之外部观察者的视觉下，他们还可以在跨文化戏剧现象与规律的比较和联系中揭示出一些戏曲的本质的独特的属性，从而对中国的戏曲研究有所启发并起到有力的补充作用。英语世界的戏曲研究，风格多样，方法多元，对于中国的学者来说，基本上还是一个尚未开启的丰富的资源库。

从文化差异上看，由于英美资本主义发展比较早，强调个性自由比较普遍。人文思想的差异造成了认识上的差异，因此英语世界的学者喜欢从形象学角度为李渔、莺莺、徐渭、负恩婚变中的书生、公案剧中的恶妇辩护。20世纪50年代以来，和平主义思想在英美越来越普及，许多人觉得打仗是不应该的，这也从很大程度上影响了他们对中国的看法及其戏曲研究，因而他们不大关注三国戏、水浒戏、杨家将戏中的战争主题戏的研究。政治制度的不同，也造成了英美人对中国的看法有偏差。在一般英美百姓中，有些人对社会主义、共产主义有错误的看法，认为大陆学者的戏曲研究都是意识形态的产物，缺乏科学性。一些中国学家甚至根本没到过中国，就有了这种先入为主的看法。在中国学家的戏曲研究中也存在这种成见，行文中对1949年以后的大陆学者的戏曲研究成就缺乏正确的认识，中国的学者中，除了王国维、周贻白、吴梅、任半塘、孙楷第、郑振铎、郑骞、冯沅君、欧阳予倩、赵景深等少数几位戏曲研究的先驱，其他重要的戏曲研究者的著作以及中国期刊网上的戏曲论文都极少为他们所引用和参考。这种成见和忽略在一定程度上对英语世界的戏曲研究质量与水平的提高无疑造成了消极的影响。

对待国外同行的研究成果，总的原则应是保持开放的心态，同时又不失去原则立场。一方面，在现当代，英语世界的人们对于中国的印象基本来自各国媒体。西方媒体的主体是揭露和批评，对本国如此，对于其他国家也是如此，对于中国的报道也不例外。人们所得到的中国形象基本上是负面的。这种大环境对于西方的中国学研究的基调肯定有直接或间接的影响，有的研究因此具有迎合社会舆论的一面。但学术研究又有自身的内在规律，在创新的欲望指引下,在总的客观性、科学性原则要求下,西方的戏曲研究又具有对传播舆论的偏见进行抵制反驳的一面。在这种情况下,戏曲研究同时具有对传统偏见的反驳和迎合两方面的特性。对于迎合社会偏见的部分,我们要有清晰的认识并加以辨别。英语世界的戏曲研究,某些中国学家的观点和结论可能有时比较偏激。对待这类文章,我想只要是事实,只要不是极端脸谱化的攻击性的话语,面对存在事实的批评,拿出勇气去正视,是比埋在沙堆里当鸵鸟,或者更进一步,否认存在的现象,转而互相攻击要正确得多。但我们也不要滑离自己应有的立场,丢弃独立思考,和着西方的声音说话。

另一方面,对待某些对于戏曲过誉的结论和观点,我们也应以事实为依据,克服沾沾自喜的鸵鸟心态。不能沉醉于借外国人的嘴来夸中国、夸戏曲艺术或吹捧戏曲界某种观点。中国人喜欢面子,却不像美国人一样喜欢自夸,于是就喜欢借着别人的嘴夸耀自己,以获取本不存在的虚荣感。这种倾向在各种"海外看中国"的报刊和电视报道中十分明显。从上述戏曲在英语世界的传播和研究情况来看,给人的感觉是戏曲在英语世界已广为人知,而且享有很高的声誉,甚至出现中国热、中国京剧热,研究领域也很热闹。实际上,可能这并不代表戏曲在英语世界已进入民众生活之中。真实的情况是,在普通欧洲民众中了解中国和戏曲的人是很少的,除了那些因商务或旅游到过中国的少数人外,普通欧洲人对中国的概念还是比较模糊。提起中国,他们也许知道那是个有着古老文明史的国家,人口众多,但对现代中国的了解却十分有限,而且负面印象居多。普通美国人对中国的知识与欧洲相比更少。由此可知,数百年来戏曲在英语世界的传播,在进程上还是很缓慢的。即使在西方学术研究领域,戏曲也是处于边缘的位置,远未成为中国学研究的中心话语。

第二章　中国戏曲的起源与形成

英语世界的学者们撰写戏曲史并非易事，敢于捉笔者，都堪称名家了。第一个敢于吃螃蟹的人是祖克（A. E. Zucker），他撰写了《中国戏剧》（1925），以一半篇幅叙述历史。杜为廉（William Dolby）于半个世纪之后完成了《中国戏剧史》（1976），将戏剧作为综合艺术来考察并论及相关的文学传统。澳大利亚学者马克林（Colin Mackerras）撰写了《京剧的起源》（1972）、《中国近代戏剧：从1840年到今天》，后又邀请杜为廉等人合力编写《中国戏剧：从起源到现在》（1983），接着又独立著就《中国戏剧：一个历史的考察》（1990）。此外，还有奚如谷（Stephen H. West）的《金代戏剧面面观》（1977）、柯润璞（J. I. Crump）的《忽必烈时代的中国戏剧》（1980）、时钟雯（Shih Chung-wen）的《元杂剧的黄金时代》（1976）、日比科夫斯基（Tadeusz Zbikowski）的《南宋的早期南戏》（1974）。那些试图超越朝代限制而勾勒戏曲发展轨迹的论文，事实上也和其作者对通史的兴趣不无关系，如白之（Cyril Birch）的《中国元明清戏曲史》（1967）、伊维德（Wilt Idema）与奚如谷合著的《中国戏剧史料：1100—1450》（1982）即为显例。在上述中国戏剧史论著中，涉及中国戏剧起源与形成的论著并不多。

第一节 中国戏曲的起源与形成研究概述

戏曲的起源与形成问题无论对中国学者还是英语世界的汉学家来说，都是一个最为棘手的问题。然而，这一问题对于戏曲研究尤其是治戏曲史家来说又非常关键、非常重要，不可回避。中国从明清以来，尤其是从王国维至今，不少学者致力于解决这一难题，利用文献文物双重佐证，从文学、戏剧学、人类学、民俗学等多学科角度，提出了近10种观点。尽管还没有得出最终的结论，然而，这些努力正在一步步拓宽人们对于戏曲本质的认识。

探讨戏曲的起源和形成问题，对英语世界的学者尤其困难。由于语言障碍、第一手文献资料的欠缺和文献考证方面的困难等客观原因，除非是专门的戏曲史家和戏曲通史家，其他戏曲研究者和戏曲断代史对这个问题不作论述，要么承袭成说，要么回避。回避的方式有时是直接的，有时是有托词或模棱两可的。在英语世界里，早在1888年写就、1899年出版的《中国戏剧》一书中，斯坦顿就提及中国戏剧起源的问题。他认为，公元前5世纪希腊悲剧兴起之际，中国尚未有戏剧，直到唐玄宗时代中国戏剧才形成。依据传说，唐玄宗为了取悦杨贵妃，想出新奇的娱乐方式，让经过训练的少年演员在贵妃生日演习历史故事，这是中国戏剧之始。[①] 这一说显然没有足够的文献可以支持。英国学者翟理思说："中国戏剧是在13世纪突然之间降生于世的。以目前有限的知识，我们无法说明它是如何以及为何发生的。我们不可能像古希腊戏剧那样，由合唱队的表演一步一步地追溯中国发

---

① Stanton, William. The Chinese Drama. Hong Kong: Kelly & Walsh, 1899: 1~2.

展的轨迹,而只能无条件地面对这个既成事实。"① 这其实并没有论及起源与形成的问题。

伊维德在为《中国文学史》撰写的戏曲文学史部分,则声称"由于本章是中国文学史的一部分,故不拟对中国戏剧历史发展进程作详细的追溯,而将直接分析历史上遗留下来的杂剧和传奇剧本"②,从而将戏曲起源问题回避了。柯润璞《忽必烈时代的中国戏剧》(1980)说:"从历史上看,中国元杂剧以成熟的面貌好像突然出现于文学的地平线之上,这种复杂、综合性的戏剧背后肯定有着悠久的历史,但涉及其历史渊源的文献已遗失殆尽。"③ 以此避开了复杂的戏剧起源问题。奚如谷的《金代戏剧面面观》(1977)也没有论及戏剧起源,直入金代的社会与戏剧。在英语世界里,主要也就只有杜为廉(1976,1978,1983)、马克林(1990)、日比科夫斯基和龙彼得等少数学者对中国戏剧起源和形成提出过明确的观点。

第二节　戏剧的概念之争:本质因素与非本质因素

探索戏曲的起源问题,首先要确定戏剧和戏曲的概念。通行的方式是先设一个"戏剧"或"戏曲"的定义,然后再寻找合于这一定义的事例,作为其形成的标志。所以分歧也往往在于如

---

① Giles, Herbert Allen. A History of Chinese Literature. New York: D. Appleton, 1931: 257~258.

② Mair, Victor H. The Columbia History of Chinese Literature. Columbia University Press, New York, 2001: 785.

③ Crump, J. I. Chinese Theater in the Days of Kublai Kha. Center for Chinese Studies, the University of Michigan. 1990: 3.

何统一概念。① 美国学者韩南指出:"中国戏剧的起源,可以确定在大约一千年的时间长河的任何一点上,因为这完全取决于将何种因素视为决定性的因素。"② 澳大利亚学者马克林认为,中国戏剧起源和形成的准确时间不明确,存在很大争议,这个问题的解答归根结底取决于我们为戏剧作一个什么样的定义。

在《中国戏剧简史》中,马克林指出,在世界戏剧语言辞典中,关于戏剧有不下9种解释,包括"一种文学样式,通常用于舞台演出","一个含义广泛的术语,包括一切正当的舞台演出","一种自然的模仿或扮演他人的行为"等,应该梳理戏剧的特点并确定哪些是本质的,哪些是非本质的。③

马克林认为,演出和文学性都不是戏剧的本质特点。演出虽然常与戏剧关联,但第一种定义显示,演出是非本质因素。该定义仅将戏剧界定为通常以舞台演出为目的。它们之所以成为非本质因素,是因为人们很可能将戏剧作为文学作品来阅读而不去观看舞台演出。在现当代,也有很多人购买戏剧录音带,只作为音乐剧来播放而不去剧场。对于中国戏剧,演出只能认定为重要特点。中国戏剧创作总是(或至少在绝大多数情况下如此)以表演(演出)为目的的。在中国戏曲史上,很多戏剧根本没有剧本,因而未被视为文学样式。准确地讲,文学只是贵族、文人、士大夫的事,而戏剧作为艺术样式却是大众性的。当然,多个世纪以来,也确乎有人可能只阅读剧本而不看戏剧演出,很多最早创作于13世纪的剧作提供了阅读资源。也有极个别剧作,其作者在某一特定时期内因各种顾虑而不希望上演,即使他们内心并

---

① 黄仕忠:《中国戏曲史研究》,17~18页,广州:中山大学出版社,1997。

② Hanan, Patrick D. The Development of Fiction and Drama, in Raymond Dawson, ed., The Legacy of China. Oxford, 1964: 122.

③ Mackerras, Colin. Chinese Drama: A Historical Survey. Beijing: New World Press, 1990: 5~26.

不愿如此，但这种情况是较为罕见的。

表演行为贯穿了世界上所有文明的各个方面，庆典、仪式以及人们的日常举动都或多或少有着表演因素。一个优秀的教师在传道授业解惑时可能会采取生动的表演方式。可见，表演对于戏剧极为重要，是戏剧的本质属性之一，但并非所有表演都是戏剧，有些表演与戏剧风马牛不相及。

马克林认为，装扮他人是戏剧的一个本质特点。如果舞台演出中没有表演者装扮成某一特定的他人，不可以称之为戏剧。人物装扮是所有文明中的戏剧家和演员必备的技巧之一，尽管其重要程度可能有所不同。需要注意的是，扮演他人也可以存在于戏剧之外，如在中国的讲唱艺术中，一个或多个艺人扮演他人至少是讲唱表演的有机组成之一。

在戏剧中，由演员扮演的戏剧角色之间应有一种相对来说较为复杂的互动关系，这种关系将戏剧与一般的宗教舞蹈仪式区别开来，因此可视为戏剧的本质因素。需要补充的是，只有一个戏剧角色也是很可能的，仍然可以表现相对复杂的人际关系，如果那个角色讲述他人及自己与他们的关系。在中国，有很多地方小戏只有两个角色，但毫无疑问它们是戏剧。

戏剧服饰和面部化妆可以视为戏剧的本质属性。在戏剧舞台扮演中，需要有戏剧服饰和面部化妆，这在中国有悠久的历史。很难想象一场正式的戏剧演出中演员会穿着常服且没有面部化妆。当然，正式演出前的排演例外。有无戏剧服饰和面部化妆这一特点将戏剧角色扮演者与同样扮演他人的讲唱艺人区分了开来。

马克林将故事视为戏剧的本质属性之一。有一部著名的百科全书将戏剧定义为"一种艺术形式，包含有艺术家设想的故事，由人物和事件组成，此事件并非由艺术家之口讲述和阐释"。这就提出了戏剧的另一重要特点，即故事和情节。同人物刻画一样,情节对于不同戏剧传统其重要性是不同的,但对于一场演出来说,如果根本没有包括任何故事在内,则不可能合法地认定其为戏剧。

马克林认为,音乐并非戏剧的本质属性。西方国家的戏剧形式通常完全没有音乐,话剧也是如此。但应补充的是,在20世纪之前,对于中国以及世界上其他文明中的多数戏剧形式来说,根本不含有音乐的戏剧是极为罕见的。

在马克林看来,舞台也并非戏剧的本质属性。虽然现代戏剧通常在剧场、舞台上或专门的建筑物内上演,但剧场之外场所的戏剧演出仍然是戏剧。在中国古代直到今天,戏剧经常在露天空地或寺庙高台(并非为演戏而建)上演出。事实上,在任何空地上演戏,甚至没有戏台,在中国都一度是相当正常的现象,在传统的藏戏演出中仍然保留着这一习俗。所以,虽然剧场艺术是对于包括中国的一些戏剧形式在内的戏剧研究的一个重要部分,舞台并非戏剧的本质属性。

根据以上分析,马克林认为戏剧的概念可以界定为:戏剧是表演艺术的一个分支,其中每一个剧作应包含有故事,在正式演出中,由一个或多个演员扮演他人,以戏剧服饰和面部化妆方式装扮成剧中人物,展现剧中两人或多人之间的相当复杂的互动关系。此定义包含以下几个要点:①表演;②扮演;③由一个或多个演员表演一个故事;④有戏剧服饰和化妆;⑤展现两个或多个剧中人物的相当复杂的互动关系。除了这些必不可少的条件之外,戏曲还包括音乐、舞台、剧本等非本质因素。① 在马克林看来,只有具备了上述戏剧的本质特点,才可以视为戏剧,这些本质特点将戏剧与其他表演艺术区别开来。中国具有悠久的歌舞和说唱传

---

① Mackerras, Colin. Chinese Drama: A Historical Survey. Beijing: New World Press, 1990: 1~8.

统，它们都对中国戏剧的形成与发展产生过影响，但它们本身并不是戏剧，因此只能作为戏剧的组成因素和影响因素来讨论。

第三节 马克林的中国戏曲起源与形成研究

在《中国戏剧简史》第一章"中国戏剧的前身"中，马克林依据他给戏剧下的定义，对中国戏剧的起源和形成进行了追溯。他提出，表演同中国的文明一样古老，在远古的宗教和世俗仪式中，在节日和庆典中，都有舞蹈和其他表演形式的活动。中国完全成熟的戏剧起源于多种表演艺术，它们都比戏剧古老，且多数到今天仍然存在。这些表演艺术包括歌舞、宗教仪式、宫廷倡优、百戏、傀儡戏、说唱、影戏和滑稽戏。这些表演艺术分支在戏剧形成之前的发展史，可以作为戏剧兴起极有用处的历史背景。

（1）中国戏剧的起源之一是巫舞和歌舞。仪式和民间舞蹈在中国极为古老，远古时期即已存在。中国的巫舞，其历史渊源如此古老，远至无法追溯其时间，巫舞中巫觋以舞蹈与神沟通或驱邪。

（2）宫廷表演也是中国戏剧的起源之一。公元前11世纪，周朝建立，设立专门的音乐管理机构，由歌舞组成的宫廷仪式用来歌颂周王的丰功伟绩。从周初开始，便有6种主要祈愿舞蹈，还有一些辅助性的献祭舞，由年轻贵族表演。这些舞蹈中最为著名的是《大武》，表现武王推翻商朝建立周朝的故事，已显示出非常明显的戏剧因素，有故事、有若干角色（包括周武王本人），有歌唱舞蹈、身姿手势、表演道具，毫无疑问的，还有戏剧服装。

（3）傀儡戏、影戏、说唱也对中国戏剧的形成有不同程度的影响。

马克林指出，在宋杂剧、金院本剧目中，也许有某些剧作已可称为真正的戏剧,但从总体上看,这两种表演艺术还不能归入真正的戏剧文类。它们的核心既非足够强烈的表演故事,也不是扮演角色,或揭示角色之间复杂的互动关系。但另一方面,至11世纪晚期,中国的表演艺术已经为真正成熟的戏剧创生准备好了一切必备的条件,万事俱备,只欠东风,真正成熟的戏剧已形成在即。产生于12世纪的南戏,是无可争议的第一种真正成熟完善的中国戏剧,因为其完整的故事、演员的扮演角色、对于戏剧服装和面部化妆的应用、所表现出来的角色之间复杂的互动关系,具备了成为戏剧的所有本质属性特点。①

马克林的研究明显借鉴了王国维以来中国学者的研究成果,他的主要结论是中国戏剧起源于上古歌舞(包括巫觋的巫舞),而形成于宋代南戏。

马克林对于戏剧定义的界定区分本质属性和非本质属性的做法,值得我们加以认真考虑。他对于中国戏剧最早起源于上古舞蹈表演的考察是认真的,但对于戏剧本质属性以及中国戏剧的形成问题所持的结论,则尚需进一步商榷。首先,在定义中,表演故事与表现角色之间相对复杂的互动关系这两点本质属性,在内涵上存在重复交叉。既然表演故事,则故事中已然隐含有故事角色的互动关系,无此则不成其为故事,至于复杂与否,则是相对的概念。马克林所谓"各个角色之间具有相对复杂的互动关系",其实就是西方戏剧概念中的"戏剧冲突",只是换一种说法而已。冲突论是亚里士多德《诗学》中提出的戏剧要素之一,其背景是针对古希腊话剧特点的。同样,它对于中国古代的说白戏、宋金话剧也是适用的,但对于中国古代的歌舞剧和后世的传统戏曲显然没有针对性,并不完全符合中国戏剧的实际,而且与

---

① Mackerras, Colin. Chinese Drama: A Historical Survey. Beijing: New World Press, 1990: 13~27.

戏剧故事的要求也有概念上的重叠，因而应从戏剧本质属性名单中删除。

由于定义上的不周延，马克林对于南戏之前的戏剧形式的定性也就成了问题，而且在论述宋杂剧和金院本时提出"虽然这些滑稽剧中有一些剧目可能已是真正戏剧，但从总体上看它们还不是真正的戏剧"，总体与个体与戏剧的形成到底是什么关系，"可能"是什么概念，都不甚严谨。依照此逻辑推理，是否可以认为西方虽然有个别国家如古希腊在公元前5世纪就形成了真正的戏剧，但从总体上西方世界在16世纪之前的表演艺术中，真正的戏剧还没有形成？在戏剧形成的时间上，西方世界远远晚于印度和中国？由此荒唐的结论可知上述逻辑显然是有问题的。而且马克林在论证中有一个明显的疏忽之处，即在论述汉代表演时竟漏掉《东海黄公》。《东海黄公》在中国戏剧史上很重要，黄天骥教授认为这是"以故事演歌舞"的中国第一个成型的最早的戏曲剧目。①

第四节 杜为廉的中国戏曲起源与形成研究

英国学者杜为廉对于中国戏曲的起源也进行了认真的考察，在《中国戏剧史》(1976)、《中国八剧》(1978)、《中国戏剧：从起源到现在》(马克林编著，杜为廉著第一章，1983)中，都有详细论述，但这3处论述观点并不相同，而是变化发展的。在最早的《中国戏剧史》中，第一章为"中国戏剧的起源和唐代戏剧"，杜为廉提出中国最早的戏剧形成于13世纪，而其起源多

---

① 不同于王国维的"合歌舞以演故事"，黄天骥先生认为戏曲的特点首要是表演，主要观赏点不是了解故事情节，因为在戏曲中，故事人们多已熟悉，故事主要是作为表演的依托，核心是欣赏其中的表演艺术。黄先生的观点是很有道理的。

有争议。由于中国戏剧是综合性很强的表演艺术,如歌曲、舞曲、音乐、表演、杂技,因而中国戏剧的起源也是很复杂而多元化的。对上述诸因素,杜为廉主要分析了对戏剧起源影响最大的宗教舞蹈和表演。

文献表明,在上古时期,中国就已出现两种或两种以上的表演艺术综合在一起的表演,这直接或间接地促进了戏剧的最终形成,并逐渐生发了中国人的戏剧意识。舞蹈是戏剧的最早起源,从舞蹈到戏剧,只有一步之遥。

表演是戏剧的另一个重要起源。在中国戏剧形成之前,表演艺术已经有很古老的历史。表演一词是一个内涵不断变化发展的概念。由于表演的概念在古代中国范畴过于宽泛,这使得将表演作为戏剧的起源充满了混乱。在周朝的倡优表演、乐人表演和戏剧的形成之间虽然有密切联系,有些表演甚至一跃就可以演变为戏剧,但没有证据表明优孟表演完成了这一看似简单的跳跃,甚至为戏剧的最终形成奠定了明确的基础或趋向于戏剧的起源。尽管如此,后世与此类似的滑稽剧和舞蹈对戏剧的推进作用还是很明显的。

杜为廉强调要区分"戏"与"剧"的观点,值得我们戏曲史界重视。在他看来,"剧"的要求是比较严格的,完整意义上的"剧",对于戏曲来说,要达到元杂剧的标准,才是真正的戏剧。等而下之者,如元之前的各种戏剧形式,如百戏和参军戏等都只能称为初级阶段的"戏"。

杜为廉认为,在中国戏剧孕育的过程中,印度戏剧可能也施加了影响。佛经宣讲和说唱艺术对早期中国戏剧表演无疑是有明显影响的,但却没有丝毫证据表明印度戏剧在中国戏剧的兴起中发挥了任何直接的作用。

杜为廉指出,佛经宣讲和说唱艺术对戏曲有影响但仍然缺乏直接证据,这种观点是比较实事求是的,而且也比较谨慎。我们对待"外来说"应该有正确的态度,一方面,这种学说不是结论,因为它没有直接的史料加以支持;另一方面,佛教对戏曲发展的明显影响却是不可否认的。

傀儡戏、影戏也对中国戏剧产生了影响,也是源头之一。南北朝、隋代有关于傀儡表演的详细记载。出土文物显示,傀儡表演早在汉代就已存在。根据文献,在唐以前,傀儡表演还未发展成为具有故事情节的戏剧。可能我们还需要等待出土更多的文物来佐证当时的傀儡表演已开始敷演故事。但可以肯定,在宫廷里,傀儡表演艺术的发展促进了人们对于表演观念的接受。

由两个或多个演员表演的滑稽讽刺短剧在唐代进一步发展,结构上趋向复杂的戏剧表演,其中参军戏尤为盛行。在晚唐出现了一种比参军戏故事性更强的娱乐形式,称为《樊哙排君难》戏,在文献中又有称为《樊哙排闷剧》,既称"戏",又称"剧",虽然已无法知道此戏的实际演出情形,但可能是舞蹈与故事性歌唱相结合,既然文献中罕见地称此为"剧",则可能此故事是有演员扮演角色加以敷演的。杜为廉还讨论了唐代傀儡戏、玄宗设置梨园、唐代宫廷舞蹈、唐传奇、俗讲变文对于戏剧形成的影响,指出唐传奇为戏剧的形成提供了题材来源,变文对于戏剧形成的影响是韵散相间、具有相当长度的文体方面而非戏剧内容,但对于这种影响,只能用"可能"二字来评价。

在第一章的结论中,杜为廉认为除了参军戏及其他一两种不同的文类和娱乐形式之外,再没有任何证据能显示还有其他能够不可逆转地导向产生真正戏剧世界之途的表演形式,所以真正戏剧的产生只能后推。① 在杜为廉看来,从宗教仪式和表演到戏剧只有一步之遥,在中国从周代到唐代这段历史中,它们对戏曲的形成有着重要的影响和不可忽视的作用,同时也显示出中国人的

---

① Dolby, A. W. E. A History of Chinese Drama. London, 1976: 1~13.

"戏剧意识"日趋成熟,但是没有证据表明,中国人在唐代跨出了这决定性的一步。

在第二章"宋金戏剧"一章中,在对宋杂剧、金院本和宋南戏分析之后,杜为廉认为,在宋代多种娱乐形式相结合的趋向进一步发展,杂剧受参军戏影响,故事敷演的特性更浓郁,有唱、白、诵念,但常用于宴会,穿插于歌队之间,滑稽闹剧的色彩仍很明显。院本也是如此,但与戏剧的产生有更为密切的关系。从现存的院本片段来看,其形式特征比主题特征更为重要,韵文的比重更大,在语言风格上有雅有俗、有文有白、有诗有曲,也有七言对句,在结构上重对偶、押韵。宋杂剧和金院本在行当、类型、功能、属性上进一步发展完善。在北宋末年的中国南方温州地区,则出现了南戏,并有完整的剧本留存下来,如产生于13世纪中叶的《张协状元》。温州南戏可能与宋杂剧属于同一事物,或为杂剧支脉。南戏后来居上,超过了宋杂剧,而成为更为发达的艺术形式。但从总体上说,宋代的南戏只局限于很小的地域范围,题材单一,从《张协状元》的开场和整体结构上看,滑稽闹剧的痕迹浓郁,艺术手法上仍很粗糙。同时期的傀儡戏和影戏也是对戏剧形成影响颇大的艺术形式,成熟的影戏最有可能兴起于北宋。不能武断地否定孙楷第的观点,不能低估傀儡戏与人戏之间密切的联系。但现存的证据表明,人戏不大可能来源于傀儡戏,然而二者之间相互有很大的影响。

宋代丰富的歌曲时调也对早期中国戏剧的形式和内容作了坚实的铺垫,唐宋词、大曲对戏曲的韵文有影响。尤其是诸宫调,在文本形式上非常类似戏曲,如联套安排、曲白相生、直白、对话等。诸宫调产生于11世纪下半叶。金代的诸宫调作者有的兼创作戏剧,诸宫调说唱艺人有的也是戏剧演员,这些都为真正戏剧的产生准备了条件。尤其是其戏剧性情节、代言体的叙述方式以及曲白穿插交替,都被后来的戏曲所吸收。宋代的职业说书人对戏剧的影响非常显著。说书市场的产生在8至9世纪或更早的时期就已出现，而以宋代为盛。说书对戏曲的影响不仅体现在题材内容上，也有语言上的影响。当然，戏曲对说书也有影响。不同门类的艺术相互借用题材和技巧，以取长补短，不像当代的艺术那样界限分明。傀儡戏与说书的关系也是这样。宋杂剧、金院本、说唱诸宫调、说书、傀儡戏、影戏艺术里面，都综合了两种以上的表演因素，都包括歌唱和舞蹈。戏剧舞台已经搭好，但上面有戏剧吗？① 对杜为廉来说，答案是否定的。在宋金时代，构成戏曲因素的多种表演艺术的成熟催发了戏剧意识，从而在精神上为真正戏剧的诞生铺平了道路，而且存在着各种可能发展为戏剧的因素和契机。但中国真正成熟的戏剧，在他看来，是形成于13世纪的元杂剧。由于杜为廉对于滑稽闹剧具有莫名其妙的很深的成见，对有剧本流传的宋代南戏，他都倾向于认定不是真正的戏剧，他的元杂剧情结也许过于浓厚了。

  杜为廉在《中国戏剧史》中将戏曲史的起源看成是多元的，其最早的起源时间是产生舞蹈表演的上古时期，也可从产生宗教性仪式和舞蹈及宫廷舞蹈的公元前11世纪的西周时期算起，历经周代的优孟表演、秦汉百戏、唐参军戏、踏摇娘、樊哙排闼、宋杂剧、金院本、宋南戏等漫长的孕育过程，并直接或间接地受到印度戏剧、唐传奇、俗讲变文、傀儡戏、影戏、说书、说唱诸宫调等表演艺术的影响，直到13世纪才形成基本定型的成熟的戏剧。在1978年出版的《中国戏剧8种：从13世纪到当代》一书的前言中，杜为廉重复了《中国戏剧史》里的观点，指出中国戏剧的起源在很大程度上是一个谜。宋代的南戏形成于12世纪，是宋杂剧的旁枝或与杂剧并行发展，至13世纪初期还未发展成为完善、复杂的戏剧形式。13世纪中叶形成于中国北方的

---

① Dolby, A. W. E. A History of Chinese Drama. London, 1976: 14~39.

元杂剧,通常被视为中国最早的真正意义上的戏剧。①

在 1983 年出版的由马克林主编的《中国戏剧:从起源到现在》一书里,杜为廉执笔的第一章"中国早期戏剧"以及第二章"元代戏剧"在中国戏剧的起源和形成问题上,基本还是他以前的观点。在第一章中,杜为廉的第一句话便是"中国完全成熟的戏剧形成于 13 世纪"②,但还是出现了一些轻微的变化。首先是对于组成戏剧的各艺术要素具有不同的重要性有了区分,对戏剧的宗教仪式和舞蹈起源的考据及阐述更为详尽。

杜为廉认为,中国古代的文献并没有戏剧起源的直接记载,还有待未来出土更多实物证据。在目前,只能将现代学者们通用的现存书面资料作为主体证据。显然,杜为廉的这种提法是很符合实际的。

杜为廉指出,到 13 世纪初期和中叶,关于戏剧的表演和其他戏剧前身的信息已经很广泛地散布于文献中,但完整而直接地揭示戏剧演出或戏剧内容的文献还缺乏,所以关于戏剧形成的宏观结论肯定带有很强的主观性。在可以肯定缺乏这样的文献时,其缺乏的原因仍然只能是假设。可能的原因包括对于戏剧的偏见、对于戏剧的司空见惯和不以为意、文学传统,以及文献的损毁亡佚。事实上,即使在戏剧形成以后,类似的忽略在后世的文献记载中仍然在继续。结果使学者们为了给中国戏剧勾画出一个更加清晰的轮廓,而不得不限定在表演术语和技巧等琐细定义的考究中,但无论如何,可以确信的是,在宋代末期,戏剧的形成已经呼之欲出了。③

杜为廉指出,毫无疑问,正是在元代,此前已经发展成熟的

---

① Dolby, A. W. E. Eight Chinese Plays. London, 1978: 7~9.
②③ Mackerras, Colin. Chinese Theater: From Its Origins to the Present Day. Honolulu, 1983: 7~31.

构成戏剧的诸因素才组合在一起,从而形成了真正的中国戏剧。由于元杂剧有大量的文献资料流传下来,很容易使人产生元杂剧是元代戏剧的全部以及元杂剧是最早的中国戏剧这样的认识。然而,事实上还有兴起并发源于中国南方的很显然比元杂剧更早的另一种戏剧形式,无论是艺术形式还是主题内容,都远远超出了宋金杂剧的水平。起初称为温州杂剧或永嘉杂剧,现常称其为南戏。根据徐渭的记载及其他文献,可知南戏形成于北宋末期,在南宋建立以后趋于繁盛,并因《赵贞女》、《王魁》二剧的革新而进入成熟的新阶段。南戏以曲辞的大量广泛运用、大容量的故事和处理完整故事情节的能力、爱情主题的喜剧而著称。南戏在元代继续上演。元前期,由于元杂剧的兴盛,南戏衰落。元后期,由于时尚改变,南戏复兴,并吸收了元杂剧之长,成为主流戏剧形式。有3种早期南戏剧本流传下来,其中一种是由南宋末期的书会才人创作的。[1]

在判断中国最早形成的成熟戏剧上,杜为廉的观点显然受到王国维的影响。王国维没有看到《张协状元》、《小孙屠》和《宦门子弟错立身》3个早期南戏剧本,所以无从认定南戏是成熟的戏剧。中国宋代南戏是中国最早的成熟戏剧,这已是国内外戏剧界公认的事实。杜为廉坚持元杂剧是最早成熟的中国戏剧,显然是错误的。杜为廉受王国维所称的"真戏剧"概念的影响,虽承认宋代南戏是比元杂剧形成更早的戏剧形式,但他仍然更重元剧而轻南戏,认为限于东南一隅的南戏只是一种地方戏,而元杂剧才是第一种中国的民族戏剧。在他看来,南戏主题比较单一,而元杂剧主题却丰富多彩;早期南戏无论从艺术水准和流行范围上都不能代表中国戏剧,故将早期南戏摒弃于最早成熟的

---

[1] Mackerras, Colin. Chinese Theater: From Its Origins to the Present Day. Honolulu, 1983: 31~32.

"中国戏剧"之外。①

这种判断戏剧是否形成的标准,同戏剧流行范围的大小、代表性、主题类型的丰富与否等非本质因素勉强联系在一起,必然导致错误的结论。

波兰学者日比科夫斯基则主张中国最早的名副其实的戏剧是南戏。这是他在1974年出版的《南宋的早期南戏》一书中提出的观点。戏曲虽然起源很早,但其形成和成熟则晚于古希腊和古印度戏剧。日比科夫斯基试图提供一种解释,他认为戏剧是从古代宗教祭祀仪式的歌舞中发展出来的,然而中国的歌舞表演却没有进一步发展为戏剧。日比科夫斯基认为,这是因为中国的表演艺术缺少一种为它提供故事的叙事文学。在他看来,古代世界各国的戏剧都是表演艺术和叙事文学结合的产物。在希腊文化和印度文化中很早就产生了史诗,希腊史诗如《伊利亚特》、《奥德赛》;印度史诗如《摩诃婆罗多》、《罗摩衍那》。所以,戏剧在这两种文化中很早就成熟定型了。相比较而言,中国早期的表演艺术却迟迟未能同叙事文学相结合,故戏曲走向成熟所需要的时间就特别长。

在中国文学史上,抒情诗长期占据主导地位。而早期的散文文学都是哲学和历史著作,并且尤其应予注意的是,它们都是用文言文写作的。日比科夫斯基相信:"文言文是阻碍戏剧发展的主要因素。"②

---

① Mackerras, Colin. Chinese Theater: From Its Origins to the Present Day. Honolulu, 1983: 31~32.

② Zbikowski, Tadeusz. Early Nan-hsi Plays of the Southern Sung Period. Warszawa: Wydawnictwa Uniwersytetu Warszawskiego, 1974: 16.

第五节 奚如谷的研究

　　同杜为廉过于看重著名文人对于戏剧形成的关键性作用不同，在英语世界，更多的学者是从民众的角度来探讨中国戏剧的形成的。韩南在《中国小说和戏剧的发展》一文中提出：中国戏剧的产生必须同整个通俗文艺体系的形成联系起来考察；而这个通俗文艺体系是唐代以后中国社会及文化结构巨大变化的产物。在这样的基本框架之中，韩南提出了他对于中国戏剧性质的判断：中国戏剧是一种商业性的平民艺术。韩南没有就戏曲的发展作出详尽的论述，从他曾利用《东京梦华录》所记载的演出《目连救母》这件事来看，他倾向于将戏曲的形成确定在北宋。奚如谷、白之、龙彼得、马克林等学者也是偏重这种研究角度，从总体上看，在英语世界的中国戏剧史研究中，民众主义戏剧史观和通俗文化史观占据主流。奚如谷提出，表演艺术或表演文学在北宋时期的迅速发展的动力不在于自我意识浓郁的文人，他们肩负着维护有两千多年历史的传统，看重的是忠君、社会责任和最终的历史评价。表演文学是服务于城市平民和农村大众的，像市集上的其他商品一样进行供需买卖，以适应不同对象的需要。①

　　奚如谷先是在《金代戏剧面面观》一书中，继而又在与荷兰学者伊维德合著的《中国戏剧史料：1100—1450》一书中，把戏曲的形成期的时间界定在北宋时期。② 奚如谷指出，元杂剧

---

　　① West, Stephen H. Vaudeville and Narrative: Aspects of Chin Theater. Franz Steiner Verlay Gmbh. Wiesbaden, 1977：2.

　　② Idema, W. L., West, Stephen H. Chinese Theater 1100—1450: A Source Book. Wiesbaden, 1983.

并非中国最早的成熟戏剧形式。他认为，这比其实际的成熟期至少要晚一百多年。奚如谷从文献、官本杂剧名目、院本残篇和文物等方面的分析比较，得出的结论是中国戏剧的形成期应当推至北宋时期。

奚如谷认为，中国最早的戏剧是一种话剧，是活跃在北宋舞台上的通俗民间话剧。奚如谷所称话剧，是指完整的杂剧演出中间一段的正杂剧。他根据《都城纪胜》，认为这种正杂剧既是一次完整演出的一部分，又是一种独立的戏剧形式。在把《都城纪胜》、《梦粱录》、《武林旧事》、《辍耕录》、《东京梦华录》、《西湖老人繁胜录》上的记载和杜善夫、高安道的散曲进行比较之后，他认为，在这一百多年的时间里，杂剧的演出形式保持着高度的连续性，这使得他倾向于把这种连续性上推到北宋时期。河南偃师出土的北宋墓杂剧雕砖被奚如谷视为支持他观点的最有力的证据。他指出，这些雕砖的发现意义重大，因为雕砖上化妆的演员正在上演一出相当复杂的戏，而这种戏剧比戏文或元杂剧要早一百多年。尤其重要的是，把北宋的杂剧雕砖同山西永乐宫元初的宋德方墓石棺前壁上的雕刻（这正相当于元杂剧发生的年代）相比较，我们在服饰化妆和表演动作上都没有发现明显的差异。这两种出土文物的相似性表明，从北宋到元代的戏剧装扮和表演确实保持着连续性。这些强有力的证据表明，就戏剧一词的基本意义而言，即由演员身穿剧中角色的服装，以对话表演故事，面对观众在舞台上演出，中国戏剧在元代之前很久就已经形成并存在了。① 笔者认为，奚如谷的这个观点值得重视。

奚如谷断定，北宋戏剧和《武林旧事》所录南宋的《官本杂剧段数》以及《辍耕录》所录金代的"院本名目"，大体上是同

---

① West, Stephen H. Vaudeville and Narrative: Aspects of Chin Theater. Franz Steiner Verlay Gmbh. Wiesbaden, 1977: 18～19.

一种戏曲形式。根据对《辍耕录》所列院本名目的分析,奚如谷认为,这些院本表演包括独角戏和集体演出,从进化的角度看,集体演出具有更重要的意义。根据考古发现,这些院本名目中有的在北宋和金代已被搬上舞台上演,从文献来看,它们采取了幺末或正杂剧的插演方式。尽管很明显的是以滑稽调笑为主要组成部分的话剧,但必须承认的是,从它们与后来的元杂剧在剧目上有很多同名的现象上可知,在这些院本话剧中同样也可能有严肃的戏剧剧目。戏曲中的一个重要因素曲牌联套,在北宋话剧中也缺乏,但并行发展的金代诸宫调可以提供这一因素。诸宫调在典型的北方联套音乐的基础上形成并发展起来,为戏剧提供了音乐框架。在以后不长的时间内,诸宫调就将戏剧从简单的话剧叙事表演飞跃到唱念做表俱全的音乐剧艺术——元杂剧。但我们应该清楚的是,中国戏剧并不全是音乐剧,我们不应对北宋和金代在话剧方面的探索视而不见,这次探索之后,中国古人选择了抛弃话剧,这一合情合理的抛弃本身也是具有极为重要的意义的。①

奚如谷认为,出土文物证明,在元代音乐剧兴起之前很久,中国就存在着一种严肃的戏剧传统,这种戏剧传统体现为一种话剧,滑稽讽刺为其主要特色,但是,它确实是戏剧。这种话剧是后来辉煌的元杂剧大厦得以构建的理论和实践基础,它唯一所缺乏的是音乐因素。具有讽刺意味的是,原本为杂剧表演的组成部分,诸宫调中的叙事性音乐形式,成为话剧的重要催化剂。北宋和金代话剧后来和音乐结合,才形成堪称世界上主要戏剧形式之一,也是中国戏剧史上第一种重要的戏剧形式的戏剧——元

---

① West, Stephen H. Vaudeville and Narrative: Aspects of Chin Theater. Franz Steiner Verlay Gmbh. Wiesbaden, 1977: 23~24.

杂剧。①

第六节 龙彼得的中国戏曲起源研究

龙彼得的《中国戏剧源于宗教仪式考》一文，对于中国戏剧的起源问题，提出了与前述观点都不相同的研究思路。②

许多研究中国戏剧史的学者都认为，中国戏剧是循一直线发展：由先民祀神的舞蹈，原始巫觋的表演，或散乐百戏，而发展为形式较复杂的戏曲。龙彼得对于上述的看法并不赞同。他认为，在中国，如同在世界任何地方，宗教仪式在任何时候，包括现代，都可能发展成为戏剧。决定戏剧发展的各种因素，不必求诸遥远的过去；它们在今天仍还活跃着。故重要的问题是戏剧"如何"兴起，而非"何时"兴起，尤其应该探讨戏剧在社会中有何种功能。

龙彼得指出，从近代的一些田野工作可知，中国存在各式各样以官话或方言演出的地方戏剧，以及各种不同的法事戏、祀神的舞蹈和民间百戏。需要强调的是，上述后一类的活动并非仅为过去的遗迹：一些通常具有季节性的民间表演，一直到近世还有演变成新的职业剧种的例子，如华中的花鼓戏，又如台湾的歌仔戏等。这种演变的发生，通常是由于来自乡间的小型歌舞杂耍团前往大都市谋生，而最后变成职业剧团所造成。12世纪兴起于浙江及其他各地的戏曲均具有相似的端源。

龙彼得认为，演戏基本的功能是表现敬意，娱乐只是次要的

---

① West, Stephen H. Vaudeville and Narrative: Aspects of Chin Theater. Franz Steiner Verlay Gmbh. Wiesbaden, 1977: 44.

② Loon, Piet van der. "Les origins rituelles du theatre chinois", Journal Asiatique CCLXV, et 2 (1977), 141~168. 王秋桂，苏友贞译，转载于《中国文学论著译丛》，王秋桂编，523~547页，台北：台湾学生书局，1985。

考虑。雇佣一班戏子演出一场或数场戏总不外是为了庆祝寿辰或考试及第,或在超度仪式中对死去的亲人表达崇敬之情。对大部分中国人而言,演戏最主要的功用还是在节庆中表现对神的敬意,而他们也是在这些场合中才有机会看到戏。戏台,不论是固定的或临时搭的,总是面对受礼之人或受祭之神。更具排场的是在他们面前摆上对台戏。能有其他的观众最好,但没有也无所谓;在白天演的或祭祀玉皇的傀儡戏上,常常是没有观众的。龙彼得探讨了正戏前后插演的例戏,如八仙戏、六国封相、跳加官等喜庆戏以及驱邪招魂的目连戏。喜庆戏是为了迎接新的到来,而目连戏的目的并非在于生动地描述目连或观音的一生,也不是为了给予道德教训或灌输善恶报应的宗教观念,其主要的关注甚至也不是对于祖先的崇拜,而是以直接的触目惊心的动作来驱除社区的邪祟、扫除疫疠的威胁,并安抚惨死、冤死的鬼魂。从目连及其他的故事看来,看似装饰的、额外的、穿插的一些戏剧成分,其实是仪式中不可或缺的部分,因此,这些演出不可被视为是原来情节上的附加物。相反的,戏剧的故事只是为这些表演提供一方面的架构,而这些表演其实是可以脱离故事而独立出现的。由此看来,目连戏和神舟逐祟的祭仪有着显著的相似之处。除此之外,戏班的破台、扫台仪式戏目,如跳灵官等,这种驱除不祥的仪式也是十分普遍的。龙彼得还讨论了田公元帅信仰以及啰哩嗹的意义,认为田公元帅是一喜神。而啰哩嗹并不是对神的祈求语,也不是驱邪的咒文,而是伴随并强调神的每一个动作的套语:神在幕后的准备,在幕前的出现及对玉帝致敬的舞步。田都元帅代表所有的傀儡行其敬意,因他是一喜神。

  龙彼得在结论中强调,民间的法事戏也同上述所论仪式戏剧一样,具有同样功用。以数十种较老的剧种所代表的职业剧团和民间百戏虽然有别,但两者都可用来表示崇敬及迎新,都可有效地用来驱邪和除旧。迎神和驱邪的功能,就如同文戏和武戏,是相辅相成的，它们只是同一仪式过程中的两面，它们的戏剧形式可能源自中国的原始宗教，这是较佛教和道教更为久远的巫教传统。

这篇文章是龙彼得教授最重要的研究成果，具有多方面的意义和价值，尤其在宗教仪式与中国戏剧的关系、仪式戏剧的属性特点、戏神、民俗等方面的形态描述和观点，经常为中国研究者所引用。他提出，由于可直接用来确定戏曲起源和形成时间的可靠文献的缺乏，与其探讨戏曲何时起源，不如探讨戏曲如何形成更有价值和意义。龙教授的这种观点对我们应该有启发意义。但是，从另一方面来看，既然不予探讨戏曲何时起源，这篇文章的内容与本章的主旨也就显得不怎么吻合了。

第七节 本章述评

（一）关于戏剧和戏曲的本质属性

对于中国戏剧的起源和形成等重要问题，中国学者的争论远远比英语世界的学者来得热烈和深入，产生了更多不同的观点，但至今还远没有达成共识。他们依据的基本是相同的文献，但得出的结论却大相径庭。不少学者已认识到，产生分歧的根本原因之一是对戏剧、戏曲的概念有着不同的界定，对戏剧、戏曲的本质存在不同的认识，对戏剧的远源与近缘有分歧，对何为起源、萌芽等概念，也有等同使用之嫌，在研究方法和治学态度上也有争论。诸家所说，既有观点的分歧，也有使用的概念不同，因而造成了观念的混乱。很多商榷和争论是"关公战秦琼"，并不在同一个平台上，但不论如何，在争论中产生的诸多论点还是从不同侧面加深了人们对于戏剧本质和发展规律的认识。对于中国学者的诸多观点的概述总结，已有不少专家做了这一工作，如曾永义、康保成、李春祥、徐振贵、赵山林、黄仕忠、徐洪火、刘荫柏、解玉峰①等，尤以曾永义先生的介绍为详。限于篇幅，这里不拟罗列，只打算谈一下个人对这个问题的认识。

在英语世界的中国戏剧戏曲研究中，杜为廉使用的是戏剧一词，但其内涵是王国维界定的"以歌舞演故事"的戏曲概念。他认为，元杂剧才是真戏剧，并强调元杂剧才是名副其实的最早的中国民族戏剧。笔者认为，在探讨中国戏剧的起源时，有必要区分戏剧和戏曲两个概念：如果使用广义的戏曲概念，则戏曲和中国戏剧概念重合。如果使用狭义的戏曲概念，探讨中国戏剧的起源问题，就犯了与戏剧概念不对等的错误。所以应严格区分戏曲的广义、狭义内涵。很多学者持有类似观点，如曾永义、康保成、黄仕忠等先生，认为戏剧、戏曲概念的混同造成很多纠缠不休的公案。笔者认为，如以戏曲指代整个中国戏剧的做法，则必须抛弃曲本位的观念。

在探讨中国戏剧形成时，无论中西学者，都存在两个倾向：一是运用戏曲的狭义概念，认为不是曲本位的戏，不是戏剧，从而认为中国戏剧形成很迟，从周代到宋金杂剧都不是戏剧，从南戏、元杂剧以来的戏剧才是真正的中国戏剧。奚如谷十分反对这种成见，认为宋金杂剧虽然是话剧，也同样是成熟的真正的中国戏剧，它比被认为是中国最早的成熟戏剧——元杂剧早一百多

---

① 分别参见曾永义：《戏曲源流新论》，19～58页，台北：立绪文化事业有限公司，2000；康保成：《20世纪的中国戏剧起源研究》，载《戏史辨》第三辑，胡忌、洛地主编，2002：95～126；李春祥：《元杂剧史稿》，1～21页，开封：河南大学出版社，1989；徐振贵：《中国古代戏剧通论》，3～19页，济南：山东教育出版社，2003；赵山林：《中国戏剧学通论》，34～92页，合肥：安徽教育出版社，1995；黄仕忠：《中国戏曲史研究》，1～16页，广州：中山大学出版社，2001；徐洪火：《中国古代戏曲史》，1～15页，重庆：西南师范大学出版社，1993；刘荫柏：《20世纪以前中国戏剧起源与形成问题述略》，载《东南大学学报》，2001（4）；解玉峰：《二十世纪中国戏剧起源研究之检讨》，载《戏史辨》第3辑，胡忌、洛地主编，2002：159～172。

年；二是运用戏曲的广义概念，将并非曲本位的戏剧形式也视为戏曲，戏曲与戏剧概念可以互换使用，认为戏曲形成很早，从而出现了春秋戏曲、先秦戏曲、汉代戏曲、三国时期戏曲、南北朝戏曲、隋代戏曲、唐代戏曲之说。

戏剧是"种"概念，从媒介看，包括话剧、歌剧、舞剧、哑剧、歌舞剧、音乐剧、唱念做打俱全的戏曲、电视剧、戏剧电影等；从演出与否，包括场上和案头；从剧本看，包括无剧本的即兴戏剧、幕表戏、有详细剧本的戏；从扮演者看，包括人戏、傀儡戏、影戏；从复杂程度和长短看，有大戏、小戏、连台戏、折子戏；从功能看，包括娱乐世俗剧、宗教仪式剧、例戏等；从主题风格看，有悲剧、喜剧、悲喜剧、正剧、闹剧、滑稽戏；从反映的内容看，有家庭剧、军事、历史、仙佛、爱情、政治斗争、哲学剧等；从分布和形式看，包括世界上所有国家和地区、所有民族的各种形式和各种成熟程度、复杂程度不等的古今戏剧。尽管包括的戏剧形式比较广泛，希腊戏剧、欧洲中世纪宗教戏剧、欧洲近现代以来的各流派戏剧、印度戏剧、东南亚戏剧、中国古代的滑稽戏、民间傩戏和歌舞小戏、戏曲、傀儡戏、影戏、朝鲜唱剧、日本能剧、歌舞伎等均在戏剧之列，但它们都必须符合戏剧的基本概念和戏剧的本质属性。

亚里士多德曾把悲剧的要素列为6项：旋律、情节、性格、思想、台词、场景。但这个概念是针对西方话剧的，这六要素也可以用于界定小说和"叙事史诗"。西方现代学者对戏剧的要求是：剧本、演员、剧场、观众、演出。更简单的概念是汉密尔顿对戏剧的要求：剧本、演员、观众。然而，剧本对于戏剧并不是本质的属性，没有剧本而演出的戏剧毫无疑问也是戏剧，这在中国早期戏剧、欧洲中世纪戏剧都是如此。中国古代民间戏剧，初期大都没有剧本可言，或随机应变，临时插科打诨，或依据一个大纲，上场后才杂凑而成。这些演出在民间迎神赛社的戏班仍然如此。欧洲中世纪时期，从宗教性的神秘剧到奇迹剧到滑稽戏，也没有什么剧本可言。后来摆脱了教会的控制，曾经风行于意大利的即兴喜剧，也仅有故事梗概大纲，其余全靠演员随机应变。①

　　狭义的戏曲是属概念，是戏剧的一部分，在符合戏剧本质属性的同时，又具有它自身的特点，即曲本位。因此，戏曲概念是在符合戏剧概念的基础上增加一些它自己的内容，即在唱、念、做、表四因素及四因素的综合之基础上，是以曲为主体的。包含音乐、曲因素的戏剧，不一定是戏曲，还必须以音乐和曲因素为主要因素，才是戏曲。

　　关于戏曲史以及戏剧本质问题，康保成教授认为戏剧的属性有本质、非本质之分，其本质属性是扮演，但并非所有的扮演都是戏剧。② 对于戏剧的本质和非本质属性进行区分和界定确实是十分必要的，无此便会引起更多的概念混乱。对于戏剧的扮演，必须有可以区分的形式上的明显的特征，它是"戏剧"的扮演，不仅仅是具有"戏剧性"的扮演，也不是一般的其他功能的扮演。这种戏剧扮演，第一，必须是从自我转变为非我，其本质是"表面上类似"，而非"完全等同于"。比如一个人同时扮演很多社会角色，如一个男人的社会角色有父亲、儿子、叔叔、伯伯、哥哥、弟弟、舅舅、孙子、侄子等，但这不是戏剧扮演。因为角色与所扮演的人之间没有自我与非我的转换。第二，这种戏剧扮演的意图是为了仪式或娱乐，必须有观众，或娱神，或娱人（不是纯粹的排他的自娱）。如果某甲扮成某乙，或蒙面人，去实行盗窃或谋杀或掩人耳目以达到不可告人的目的，当然在戏剧扮演之外。笔者认为，扮演对于戏剧确是重要的，这种扮演必须

---

① 唐文标：《中国古代戏剧史》，66~67页，北京：中国戏剧出版社，1985年。
② 康保成：《研究中国戏剧史的新思路》，载《湖北大学学报》，2005（5）：2~5。

是有明显的标识的，如神态模仿、面具、化装（正式演出前的彩排除外），尽管可以因为条件简陋速扮或追求滑稽效果而采用张庚所说的"不完全的化装"①，这毕竟还是有标志的。但仅仅具备扮演这一本质因素，还不能说某一种表演已经是戏剧了，还应该具备其他一些本质条件，如马克林所定义的表演性、故事性。不同的时期为戏剧的形成提供了不同的艺术营养。只要具备"戏剧扮演"、"一定的情节故事"、"以动作或语言或歌舞展现出来"、"用于祭祀或娱乐功能"，"并用于重复演出"这5个条件，就构成了戏剧。

（二）关于中国戏剧的起源与形成的辨析

德国著名艺术家格罗塞指出："多数的文学史家和美学家都认为戏剧是诗的最新的形式，然而，我们却有相当正确的理由断定它是诗的最古的形式。"尽管过于夸大戏剧之古老，但从事理上看，也并不是不可能的。韩南指出，中国小说和戏剧发展的法定性阶段是和中国城市的发展密切相关的，说唱文学在城市里以前所未有的方式繁荣起来，戏剧也是在城市里第一次诞生的。这两种艺术的密切关系及其演出场所的性质，在很大程度上说明了它们自身的性质，即商业性与平民性。戏剧不是一种自我娱乐、自我排遣的艺术，而是一种商业性的文化生产与文化消费。典型的中国艺人是在作为公共娱乐中心的勾栏瓦肆中为付钱的观众服务的。这种商业性是口语文学和白话文学的主要动力，也是同士大夫文人的正宗文学相区别的主要标志。这种商业艺术的从业人员不是业余的生手，而是分工严谨、训练有素的职业艺人。在正式下海之前，他们必须像西方的芭蕾舞演员那样接受长期的艰苦训练。中国戏剧，如同欧洲中世纪戏剧，是戏剧艺人的戏剧，顶梁柱是演员而不是剧作家。尽管在这些明星周围确实聚集了一批

---

① 张庚：《中国戏曲通史》，71页，北京：中国戏剧出版社，1992。

"作家",在这个非正统的文化—艺术世界里(以平民为主),观众是演员的上帝,而演员又是作家的上帝。至于那种纯粹的文人戏,是很久以后才出现的。① 基于中国戏剧与中国城市的发展有着密切的关系,考察中国城市的形成和发展,对中国戏剧的形成必然有一定的启发意义。

根据现有文献史料和考古实物证明,我国早期城市产生于原始社会末期向奴隶社会过渡的时期。具体地说,起源于传说时代的三皇五帝之都(约公元前26世纪初),初形于夏,形成于商代末期。② 根据韩南的话进行推测,我国戏剧的起源就有可能与我国城市的发展是并行发展的平行线。但这种推测尚未有文物文献加以支持。

且不论戏剧的成熟高级与否,在城市里演出的西周《大武》、屈原的《九歌》、春秋战国的优孟衣冠、汉代的角抵戏《东海黄公》,判断它们是否戏剧,需要看它们是否完全符合戏剧的基本定义。如果它们果真全部具备依据戏剧概念的5个本质属性,即表演、扮演、故事、戏剧服饰和化妆、剧中人物互动关系,就应承认它们是戏剧。由此观之,上述表演形式中,除了优孟扮演孙叔敖可能只是在楚王面前偶尔为之,不具有成为戏剧的充分必要条件外,其他几种都符合戏剧定义。虽然故事简单、扮演的手段不够复杂,仪式性和宗教的意味很浓,像后来的目连戏、师公戏、法事戏、仪式剧、地戏、锣鼓杂戏一样缺乏观赏价值,以及其他局限性,称它们为原始戏剧也好,初级戏剧、准戏剧或亚戏剧、小戏也可,但它们毫无疑问是戏剧。真戏剧的概念

---

① Hanan, Patrick D. The Development of Fiction and Drama, in Raymond Dawson, ed., The Legacy of China. Oxford, 1964.
② 顾朝林:《中国城镇体系——历史·现状·展望》,南京大学博士学位论文,1988。

与成熟戏剧的概念不能画等号,"真"可以是高级、优雅、复杂,"真"也可以是简陋、质朴、雄浑、粗犷。大戏是真戏剧,小戏也是真戏剧。

国内学者从王国维以来,探讨中国戏剧的成熟,是建立在狭义的戏曲概念之上的。狭义的戏曲概念包含两个根本因素:曲本位和剧本。国内学者大多视曲本位和剧本为戏剧的根本要素和成熟标志,这是中国戏剧晚出论形成的主要原因。在剧本的认定标准上也存在争议,如杨公骥、姚小鸥、赵逵夫认为西汉巾舞歌辞《公莫舞》是今天所能见到的我国最早的戏曲剧本[1];更多的学者则认为,西汉的《东海黄公》是我国最早的戏曲剧目。也有学者认同唐代的《踏摇娘》有人物、有故事、有歌、有白、有舞,而且是代言体的表演,它已具备了戏曲的各种因素,因此它标志着戏曲的形成。[2]

戏文《张协状元》发现以后,多数学者认为南戏是无可争议的中国最早的成熟戏剧。英语世界的学者也多持这样的观点,即戏曲形成于北宋末南宋初。剧本并非戏剧和戏曲的本质属性,有无剧本俱无碍,有了剧本只是查证更为容易,只要有证据说明该剧目是曲本位的戏剧,就可定性为戏曲剧目,即使故事简单的小歌舞剧,也不应影响定性问题。笔者个人倾向于以曲为主体的戏曲形成于唐代,此前的戏剧形式,虽然有曲的因素,但西汉巾舞歌辞《公莫舞》的主体可能是表现长袖善舞,《东海黄公》的主体可能是表现杂技角抵,可能都不是曲本位,将其作为戏曲形成的标志是比较勉强的。唐代的《踏摇娘》却具有以歌唱为主

---

[1] 杨公骥:《西汉歌舞剧巾舞〈公莫舞〉的句读和研究》,载《中华文史论丛》,1986(1);赵逵夫:《我国最早的歌舞剧〈公莫舞〉演出脚本研究》,载《中华文史论丛》,1989(1);姚小鸥:《〈巾舞歌辞〉与中国早期戏剧的剧本形态》,载《淮阴师范学院学报》,2001(2)。

[2] 许金榜:《中国戏曲文学史》,21页,北京:中国文学出版社,1994。

体的戏剧特征,如"北齐有人,姓苏……每醉辄殴其妻。妻衔悲诉于邻里。时人弄之,丈夫著妇人衣,徐步入场行歌。每一叠,旁人齐声和之云:'踏谣和来!踏谣娘苦和来!'以其且步且歌,故谓之'踏谣',以其称冤,故言'苦'。及其夫至,则作殴斗之状,以为笑乐……"① 王国维、周贻白(《戏曲论丛》)、刘大杰(《中国文学发展史》)等认为唐代《踏摇娘》主体在歌舞,称之为歌舞剧。任半塘则更认为,此剧是全能戏剧——戏曲。② 笔者认为,从崔令钦的描述看,此剧符合戏剧概念之外,又以歌唱为主体,堪称狭义的戏曲形成的标志了。由于《教坊记》记载的是中唐时期的教坊歌舞演出曲目剧目,可知此剧至迟在8世纪初就已经形成了。这也可能是狭义概念的戏曲形成的时间。

(三)日比科夫斯基的"文言文阻碍戏曲发展"说,应引起我们的注意

历史上文言文唯我独尊的崇高地位,对于白话文学、通俗文学包括戏曲的发展,笔者认为,确实是有一定阻碍作用的。尤其对早期文人从事戏曲创作有消极影响。元代以前,文人向以文言创作名于世,从文人的名利出发,文人难以借通俗戏曲创作扬名。从产生鸿篇巨制的文学作品的条件出发,文言文可能也难以胜任。以文言文为语言媒介的文学形式,除了史书以外,全为短篇诗文,确实具有局限性。文化落后的元代统治者入主中国后,科举的中断和文言文地位的削弱,相应引起白话文地位的上升,甚至成了官方语言。在元代的官方文告、奏章中都有不少口语化的内容。文人创作中,运用接近生活语言的白话、半文言,不再

---

① [唐]崔令钦:《教坊记》,15页,载《中国古典戏曲论著集成》(1),北京:中国戏剧出版社,1959。
② 任半塘:《唐戏弄》,上册,496页,上海:上海古籍出版社,1984。

是文学的禁忌，并逐渐得到社会认可和接受。运用白话、半文言创作，也同样可以立身扬名。白话被用于创作，也扩大了语言媒介使用范围，解放了文学"生产力"。所以，元代的戏曲文学、说唱文学、通俗小说的空前繁盛，很可能是白话文地位上升的副产品。当然，这种趋向并非肇始于元代。在唐代俗讲变文、宋代民间说唱表演中，白话、半白话的运用就已经趋于繁盛。

在20世纪初期的文学革命中提出的废除文言文、提倡白话文的主张，其功过问题在近几十年仍然引起很大的争议。就戏曲而言，笔者认为，废除文言文本身的功过与它对通俗文学的影响，是性质不同的两个问题。从文化传统的角度，文言文的确可能会迟滞戏曲文学的发展。

日比科夫斯基的观点，即文言文可能阻碍戏曲的成熟发展，也可以由文言文造成的言文分离得到解释。戏剧是以演出为目的的，在演出中它的唱词说白需要得到听众的即时理解。这与平时的阅读不同，阅读允许理解上的时间推后或延宕，可以有很多思考的时间。中国的文言文所用词汇是以秦汉时期的语言词汇为基本的。秦汉以来，作为书面语的文言文语汇基本没有发生大的变化。而随着社会历史的发展，口语却是一直在演变着、前进着，这样就造成了中国语言史上突出的"言"和"文"的分离和双轨。书面语和平时说的言语成为平行的两条线，直到宋元才开始有所变化，趋向结合。这种"言"、"文"的分离与结合对中国文学尤其是叙事文学的发展有着重要的影响。

刘晓明博士对这种"言"、"文"分离和结合造成的影响进行了深入分析。① 他指出，"语"、"文"分离的存在，造成了中国文学思维脱离语言而独自利用文字符号进行达意，即文字成为

---

① 刘晓明：《"语""文"的离合与中国文学思维特征的演进》，载《中国社会科学》，2002（1）：180~191。

中国文学思维的独立材料，这就和"语"与"文"统一使用表音文字的西方文学思维有很大的差异。由于中国文学的思维材料——文字及其组合关系一直处于流变之中，导致中国文学思维的演进呈现出明显的阶段性：从以单个文字为主体的单文思维阶段，过渡到以单个文字与组合文字相结合的合文思维阶段，再到以口语与文言相互结合并能描述语言的语文思维阶段，从而对中国文学的文体演进和文学观念产生重大影响。

　　刘晓明指出，所谓单文思维，指思维材料以单个文字为主体的文学思维。单文思维是中国进入文字时代后至先秦以前最初的文学思维阶段，它的影响是多方面的，无疑也是十分巨大的，其最重大者，恐怕当数口语表达与文字表达的分离，形成中国独有的文言文学系统。由于单个文字以及以单个文字为表达单位的书面语无法和口语一一对应，以文字为载体的"文言"文学与以语言为载体的"语言"文学就此两分，文言文学早在先秦就已卓然独立。中国最初的诗何以由句式较短的二言、三言或四言组成，一个重要原因就是单文思维的限定。由于单文成为思维材料的主体，这就决定了当时诗歌的句式不宜太长。

　　所谓合文思维，按照刘晓明的界定，是指思维材料以单个文字与组合文字相结合而进行的文学思维。自两汉以来，汉字中的复音词尤其是双音词的大量出现，使组合文字在整个文字中的比例大幅度增加，成为文学思维的重要材料。刘晓明认为，合文思维给文学带来了广泛的影响。与单文思维相比，合文思维时代的文学具有更为丰富的达意材料，尤其是组合文字比重骤增，文字的双字组合、三字组合、四字组合乃至句子格式化造成达意材料的多样性，使文学样式发生重大变化，导致五言、七言诗的正式形成。中国最初的诗为何以四言为主而非五言？五言诗仅仅比四言诗多了一个字，却晚出了近千年之久，原因何在？个中因缘固然复杂，但合文思维应该是其主因之一。合文思维对文体的发展也起了巨大的推动作用：汉赋的演进与骈文的产生皆以合文思维为前提。

所谓语文思维，刘晓明的界定是指思维材料以口语与文言相互结合并能描述语言的思维。他认为，合文思维虽然也汲取了口语的部分语汇，但只是文言的补充，这种思维材料既不以描述当时的语言为己任，也不能完全描述语言。语文思维材料既非纯粹的口语也非纯粹的文言，它以口语为主又吸收了大量的文言，是一种"雅化"的口语。其"雅化"的程度随时间的推移而不断地减弱，即愈古愈雅，愈近愈口语化。从时间区位来看，语文思维萌芽甚早，六朝就已出现，但发展甚缓，一直是文学思维的潜河暗流，至元朝方始登大雅之堂，仅仅在刚刚告别的20世纪才成为文学思维的主流。

在刘晓明看来，语文思维是中国文学思维的一次革命，它对文学发展走向的影响比以往任何时候都大得多。它不仅由于汲取口语语汇而极大地扩充了书面词汇，而且由于在句式语法上对语言的复制使文学完全描述语言成为可能，从而大大增强了文学的表现能力。语文思维对文学最显而易见的影响是生发了一批语体文学的样式，如变文、曲子词、语录、俗赋、话本小说、评话等，使文学从文人的象牙塔走出来，成为真正的大众文学。

总之，刘晓明的观点是，中国文体的演进的序列是多种因素综合作用的结果，但在诸多因素中有一个最基本的因素，这就是文学思维进化，而这一进化又是由思维材料的演变导致的。单个文字为主体的时代，必然会对诗句的言数有所限制，四言诗遂应运而生；而需运用大量组合文字的五言诗、七言诗、赋骈只能产生于合文思维时代；当口语大量进入并能被文字描述时，方有元曲、明清小说。从这个意义说，文体演变的序列早已被思维的演进预先设定了。

刘晓明的观点表明，用于演出的戏曲剧本文学晚出的原因之一，是文言文造成的"语"、"文"分离。他的分析透彻深入，很有理论性。日比科夫斯基的观点在实质上无疑表达的也是这层意思。按照日比科夫斯基的观点，戏曲必须等到白话叙事文学发达之后才有可能产生。他和其他许多西方学者一样，认为中国的白话叙事文学始于唐代变文，然而他强调，对戏剧产生影响的最大和最直接的因素，还是在宋代繁荣起来的职业说唱文学。也正是在宋代的职业说唱文学里，文言文所造成的阻碍开始消解，"语"和"文"趋向一致，有了这样的语言艺术，成熟戏剧的产生已经不远了。

第三章　宋金杂剧与诸宫调研究

在英语世界的中国戏曲研究中，涉及宋代以前戏剧形式的研究专论很少。除朱克尔（A. E. Zucker）的《中国戏剧》、杜为廉的《中国戏剧史》、马克林的《中国戏剧：一个历史的考察》等著作有所涉猎外，只有屈指可数的几篇论文，如日比科夫斯基的《论中国早期戏剧演出》（1962），布陵（A. Buling）的《汉代艺术中的史剧》（1967/1968）和索帕尔（A. C. Soper）的《世界是个大舞台》（1968，论及汉代戏剧），列昂（G. K. Leung）的《三国时期的戏剧》（1927）。此外，埃科（E. Eyke）有译作《中国唐代的戏剧》，载于《亚洲要闻》（1935），以上所举为报刊文章。还有些文章被收入各种论文集，如王靖献《"公"的扮演者：〈公尸〉及中国戏剧之滥觞》（1986），伊维德所编《中国秦汉时期的思想与法律》（1990）收有马罗维（M. Loewe）撰的《角抵戏是蚩尤与轩辕之战的再现吗》等。以宋代戏剧为题的博士论文有《早期南戏》（T. Zbikowski，1974）等，单篇报刊论文有约瑟夫（H. K. Josephs）《缠达：宋代一种娱乐形式》（1976）、罗伯特·迈达的《宋金演员的演出》（1979）、单溪的《宋代演员砖雕像》（1980）等；见诸文集的有《宋代南戏的喜剧形式》（1974）等。旅美华裔学者陈荔荔（Ch'en Li-li）为诸宫调研究作出了很大努力。她发表了《"刘知远"与"西厢记"诸宫调中所运用的口语描写和文学手段之关系》（1970）、《诸宫调的外部与内部形式及其与变文、词、白话小说的关系》（1972）、《诸宫调发展的某些背景信息》(1973），并将《董西厢诸宫调》译成英语（1976）。关于诸宫调的研究还有奚如谷的《金代戏剧面面观》、柯润璞的《中国史诗、歌谣与戏剧里的刘知远》(1970)、余晓铃（音）的《董解元西厢记》(1977)、伊维德的《诸宫调的演出与阐释》(1978)、米列娜的《诸宫调的叙事模式》(1972)、威尔特·L·艾德玛的《诸宫调的表演和结构》(1978) 等。以下将着重选择英语世界的宋金杂剧和诸宫调研究作详细分析。

第一节　奚如谷的宋金杂剧研究

西方学者一般认为，中国古代戏剧全都是所谓中国式的歌剧或者音乐剧。奚如谷则认为，中国最早的戏剧是一种话剧。在《金代戏剧面面观》一书中，奚如谷主要根据对《楼钥》(1172)、《东京梦华录》(1147)、《都城纪胜》(1235)、《西湖老人繁盛录》(1250)、《梦粱录》(1241—1274)、《武林旧事》(1276—1290)、《辍耕录》(1366) 中的记载和一些出土文物的综合分析，得出了中国最早的成熟戏剧是活跃在宋金舞台上的通俗民间话剧这一结论。[①]此外，奚如谷还探讨了宋金杂剧的文本和表演形态：

（一）宋金杂剧的演出模式

奚如谷根据《都城纪胜》和《梦粱录》中的关于杂剧演出的最早记录，将南宋杂剧演出归纳为首尾有音乐序曲和尾曲的四幕演出剧，其结构如表 3-1。

---

① West, Stephen H. Vaudeville and Narrative: Aspects of Chin Theater. Franz Steiner Verlay Gmbh. Wiesbaden, 1977: 1~183.

第三章 宋金杂剧与诸宫调研究

表 3-1

序曲	曲破	起舞
引子	焰段	开场
戏剧主体：由两部分组成	正杂剧	正剧
补足部分	散段	散出
尾曲	断送	以曲终场

这种结构的演出很明显是宫廷剧演出模式。这从《武林旧事》将其中罗列的杂剧称为"官本杂剧段数"也可看出。《武林旧事》还列举了3个宫廷杂剧戏班的名称。根据《东京梦华录》中关于目连救母杂剧表演的记载加以推测，虽然此剧为傀儡戏演出，而不是人戏，可以知道当时商业性杂剧的演出模式应与此相仿，而且以讽刺为主要特色，当然其中所讽刺的不是宫廷政治上的微妙之处，而是乡间俚俗粗犷型的滑稽剧。

奚如谷将杜善夫的散套和高安道的散套（14世纪，元杂剧兴盛时期）进行了比较。他指出，从高安道的散套可以看出，此散套所描述的是完整的元杂剧演出，同院本的演出结构是相同的。对比《梦梁录》、杜善夫的散套和高安道的散套，可以发现三者有下列相似之处，见表 3-2。

表 3-2

《梦梁录》	杜善夫	高安道
序曲/曲破	序曲/女演员演奏的器乐曲	序曲/破子
引子/艳段	引子/爨	滑稽舞蹈
主体：第一段 第二段	①院本 ②幺末	①院本 ②戏剧表演
补充部分/散段	（套数结束）	演员舞蹈
尾曲/断送		（套数结束）

在这一百多年的时间里,杂剧的演出形式保持着高度的连续性。这使得他倾向于把这种连续性上推到北宋时期。这种连续性的存在,也否定了冯沅君提出的元代音乐剧的兴起使宋金杂剧消亡了的论断。宋金杂剧并没有消亡,而是在继续发展完善,并将音乐剧也吸收为自身的组成部分。戏曲艺人,无论是随宋室南迁,还是继续留在北方,都主要是利用北宋的传统形式来满足观众的要求。

既然北宋戏剧和元代戏剧保持着连续性,那么,如果元杂剧是成熟戏剧,宋杂剧也应当是成熟戏剧。尽管前者是音乐剧,而后者是话剧。陶宗仪所谓杂剧、院本初时实同物异名,在元代始分为二,之所以此说有争议,是因为"杂剧"一词的多义性,既可指宋金杂剧,也可指元代音乐剧。在奚如谷看来,陶宗仪的意思主要是指院本杂剧演出的中间部分已逐渐脱离出来,成为一种独立的表演形式。

奚如谷认为,宋金杂剧有两种基本表演形式,分别为一人表演型和群体表演型。从进化的观点看,群体性的表演显然更加高级一些。从出土文物可知,有些类型的院本杂剧被搬上了戏剧舞台,主要是幺末和正杂剧的形式。除了通常的讽刺滑稽以外,从一些同名的院本名目和元杂剧的剧目这一现象看,当中不排除也有一些比较严肃的戏剧表演存在。宋金杂剧院本中唯一所缺乏的因素是具有一定长度的成套音乐,金代的诸宫调提供了这种音乐条件。

奚如谷认为,诸宫调是中国戏剧的最后一种催化剂,它使一种简单戏剧在不长的时间里一跃而为完全成熟定型的戏剧。奚如谷强调,对于音乐套数发展成熟之前的戏剧形式,我们应当保持一种开放的眼光。处于传统的力量,我们很自然地认为,所有的中国戏剧都是音乐剧,而且现存的资料也都支持这种见解,但我们决不能对宋金时代在话剧方面所做的实验视而不见。这种话剧后来没有作为一种文类留存下来的自我选择本身，也具有重要的意义。

（二）宋金杂剧的主题和内容

奚如谷根据金院本讽刺幽默的主体特征，从元明戏曲作品中寻找院本的蛛丝马迹，意图恢复院本的本来面目。这些院本痕迹给人滑稽诙谐，通常是含有色情意味的精神放松。这些插入剧情的滑稽段落通常有明显的科介标记。由于演员和剧作家对此类片段非常熟悉，在剧本中有时直接省略这些片段的内容，而只在插入处留下标记科介。这类滑稽场景的频繁出现显示观众对此非常欢迎，而且从复原出的一些例子中可以看出这些场景有些确实充满了非凡的智慧和生气。

在个人表演和群体表演两种滑稽表演形式中，个人滑稽表演通常是净角有趣的独白、打油诗、猥亵的笑话、反派滑稽角色的出乖卖丑等早期杂耍表演的特色。在某些情况下，我们可以认定元明戏曲中一些轻松诙谐的片段是来自院本表演。如院本中有一类打略栓搐，其中的"名"物包括星宿名、百草名、衣服名、书名、收藏名、鱼类名、县区名、武器名等，就构成了一种生气勃勃的绕口令式的表演。北曲杂剧热情本色的语言风格就受惠于此。如元杂剧《百花亭》中有一段院本表演的痕迹——数"水果名"，使用了很多三言或四言式的双声叠韵形容词。这在打略栓搐中是比较常见的。

由副末、副净两人表演的院本滑稽场景在后来的戏曲中是最常见的，有两种基本形式：一为纯粹的对话式，二为包含歌唱的有说有唱式。第二种显然违背了元杂剧一人主唱的惯例，而且插入之歌多用南曲乐调。文字游戏和拙劣的模仿是此类表演的两个组成因素，戏曲中几乎所有能发现的这类场景都是模仿妄自尊大者、庸医、乡巴佬、吹牛者、贪官（其差错往往造成冤假错案）之类。这同《辍耕录》中大量的反映医生、法官、农民、秀才、妓女和官员的院本名目极其相似。尽管这些滑稽人物的类型化在金代之前就已形成，院本却是首先记录这种类型化的滑稽人物的文献载体。在所有上述人物类型中，农民是一种源自院本、更准确地说是来自杂扮的特殊类型，具有两种相反的形象。一种是在社会、政治变化中恒久不变的人物形象，在其所唱曲辞中赞扬乡间生活方式，在单纯的大自然中过着与世无争的朴素生活。如《元曲选外编》中的《黄鹤楼》，以农民衬托诸葛亮躬耕田垄的田园式生活情调。但当诸葛亮走出此田园诗般的生活后，农民形象成为城里人嘲讽的对象，其言语、动作，甚至其衣着都显得滑稽可笑。除《黄鹤楼》外，农民形象还有杜善夫的散套中的局促不安的庄稼汉、进入"蓝采和"戏园睁大眼睛少见多怪的乡巴佬等。

贪官形象是另一种戏曲中常见的类型，其荒谬不经的言行可能与院本中的模仿滑稽表演存在渊源关系。在有断案场景的戏剧中，常出现这种模式化的滑稽表演。通常是无辜的被告被有罪的原告带到衙门里，贪官面向原告跪下，其部下表示不解，贪官则解释原告是他的衣食父母。贪官无能断案，就将案子交给下属令史，令史收受原告贿赂，将被告屈打成招，判被告斩刑。这类场景的典型例子可参看元杂剧《魔和罗》。

在《灰栏记》、《勘头巾》、《窦娥冤》中也有类似的场面。但是，这些场面事件表演次序上的相似形显示，在此之前存在一种原型，不仅高度程式化，而且深受观众欢迎。这些场面都很精彩，蕴含着深刻的讽刺。其中的贪官形象滑稽荒谬，是观众嘲笑的靶子，同时也是一种反面教材。奚如谷认为，贪官的这类荒唐滑稽举止的出现，不至于使观众过于感伤，使观众对于被告的悲悯之情免于陷入平凡而陈腐的假慈悲，同时使整个戏剧格调不至于违背中庸之道。

其他具有滑稽色彩的人物类型集中在被爱情冲昏头脑的才子

和佳人(包括出身高贵的小姐以及妓女)身上,这是传奇中最常见的故事类型。元杂剧中有很多是围绕女性引诱秀才的主题展开剧情的,其中的旦角应是对院本中类似主题形象的模仿。在众多滑稽讽刺性的场面中,最完全模仿院本的例子是元杂剧外编《降桑葚》中的双斗医一出,表现的是两个净角庸医的形象,此标名可从《辍耕录》中找到渊源。在这个严肃的戏剧中,两个净角却有说有唱,曲调为南曲,使用了金元剧作家遵守的对句法。在元杂剧中,生、旦之外角色的演唱,基本上是净角或其他滑稽角色,在院本中这也是最主要的滑稽讽刺表演者。于是,传统上人们对于这种角色的滑稽讽刺的期望形成了心理定势。显然,这类滑稽场面中的歌唱并不受制于元杂剧的束缚,原因是元杂剧的音乐体制来自诸宫调。而这些滑稽角色所唱的歌调只是滑稽场面的附属物。滑稽性效果更加倚重插科打诨、双关语及其他非音乐因素。之所以应用南曲曲调,主要是因为偶尔使用方言可以收到南腔北调的滑稽效果。这种传统在今日的戏曲中仍然存在。

第二节 诸宫调研究

诸宫调是说唱艺术,但由于诸宫调的产生对元杂剧的形成所起的关键性作用,所以戏曲史通常将诸宫调列入戏曲研究之中。对诸宫调的定性仍然存在争议。奚如谷曾指出,董解元《西厢记诸宫调》曾长期被认定为戏曲,即使王国维将其定性为诸宫调之后,也还有不少学者视之为元杂剧的变体。而《刘知远诸宫调》在出土时,此抄本是以戏文南戏的称谓传到郑振铎那里的。在英语世界的学者中,从事诸宫调研究的有陈荔荔、米列娜、伊维德、奚如谷等,奚如谷的专著《金代戏剧面面观》共分3章,其中有两章(第二章、第三章)专门研究诸宫调,对于诸宫调的讨论占到全书篇幅的2/3。孙歌、陈燕谷在《国外中国古典戏曲研究》一书中对国外诸宫调文体形式和情节主体及叙事技巧研究介绍颇详,如"国外有关诸宫调的翻译和介绍"、"诸宫调的文体特点"、"诸宫调的情节主题与形象分析"、"诸宫调的叙述技巧",占四节,合计38页,几乎为一大整章篇幅的介绍与评价,足见国外诸宫调研究的繁荣。本书拟用一节篇幅,在前人研究的基础上,从另外一些方面对英语世界中的诸宫调研究加以介绍和评介。孙歌等人的专著中未涉及的内容本文从详,孙著已有详细评介的则从简从略。

(一) 米列娜的诸宫调版本及文类特征研究

研究版本对于西方学者是一项富有挑战性的工作,鲜有学者涉足。因此,米列娜(Milena Velingerova)的《刘知远诸宫调的版本》一文虽然显得有些单薄浅显,也算是难能可贵的一个尝试。米列娜的这篇论文是其博士论文《诸宫调的叙事模式》[1]的一部分。米列娜指出,现存的4种诸宫调作品中,《西厢记诸宫调》由于较普遍之故仍传有几种不同的版本。其他现存所有的诸宫调只有残本。而《刘知远诸宫调》只有孤本流传。在这篇论文中,米列娜探讨了《刘知远诸宫调》版本的来源和历史,比较了当时已出版的两种影石印本,以确定合乎原貌并适合研究《刘知远诸宫调》的最佳版本。[2]

米列娜首先介绍了《刘知远诸宫调》版本的研究现状,接着比较了1937年本(北平来薰阁影印本)和1958年本(北京文物出版社影石印本,郑振铎作跋)。米列娜曾亲自核对过,所

---

[1] Milena, Delezelova-Velingerova. Ballad of the Hidden Dragon. Ph. D. diss, University of Washington Press, 1971.

[2] 米列娜:《刘知远诸宫调的版本》,吴璧雍译,载《中国古典文学论丛——戏剧之部》,247~254页,台北:中外文学月刊社,1985年。

以，她认定1958年本确据原本影印，且完全与原本一致，而1937年本则有不少有争议的改动。在印刷和装订上，1958年本保持原本的大小和装订方式，尺寸为8 cm×11 cm，传统的线装方式；1937年本稍大了些，9 cm×12.5 cm，字体放大，蝴蝶装，为宋刻书一般的装潢法。1958年本明白地显示纸张的状况及毁坏或遗失之处，1937年本却一点也没表明这点。1958年本是个一成不变的复印本，甚至原文中不清楚或残缺的字句也照样印出；相反的，1937年本的这些字句显得更不清楚或字迹难辨。米列娜强调了复印本的技术的重要性，一些在1937年本中已无可辨认的字句却可以参照1958年本进行重新整理。米列娜考察了1958年本中十分清楚而在1937年本不清楚或字迹难辨的字，计有16处之多；1958年本中字迹不清晰但缺漏的笔画可以补足，而在1937年本中无可弥补的例子有23处。

米列娜接着比较了这两种本子文字上的不同。1937年本有许多地方改动了正文字句，前人的改动可以分为两类：第一类是不清楚的笔迹重新勾画使之较清晰，或缺漏的笔画加以补足，大体上说来这两种都做得正确，这些改变不会更动正文的意义，只是改了其外貌，这样的改动有3处；第二类是把字完全改过，这些改动可能做在底片上，它们改变了正文的意思，其中最显著的有5个例子，总计这样的错误达30处之多。这些错误不需要进一步强调，因为，这些例子已明白显出1937年本中文字的改变既不能以形式的观点也不能以语言学的理由作为根据，更不用提这些随意更改的地方并没有在评注中加以解释；1937年本和原文不一致，而文字的更改只能导致误解。所以，这个版本极不适合作为《刘知远诸宫调》批评研究的依据；相反的，1958年本是完全依原本所作的复印本，所以是探讨此一诸宫调唯一最可靠的来源。

米列娜的这篇论文，称不上寻踪探源式研究，而只是一般的版本校雠，但在西方学者中已堪称此版本研究领域的佼佼者。米列娜对诸宫调的文本叙事艺术也有精彩的分析，可参看孙歌、陈燕谷、李逸津合著的论著，此不赘述。

（二）奚如谷的诸宫调研究

奚如谷在《金代戏剧面面观》中对诸宫调进行了深入的研究。① 他指出，一些学者热衷于从变文中寻找诸宫调的渊源，尽管其中不乏创意，但仅仅通过诸宫调和变文之间的单纯比较并不能得出令人信服的结论。将后世所有的说唱艺术都归于敦煌的唐代变文，是比较简单化和武断的做法。无人怀疑诸宫调与变文可能存在一定的联系，但仅仅因为二者在形式上存在一些共同点，并不能断定诸宫调与变文之间存在进化关系。柯润璞曾强调指出，单纯的文本比较，并不能支持这种观点，即变文是后世所有包含有与变文相似生成结构之通俗文学形式的源泉和母体。诸宫调改编和应用了11、12世纪发展起来的中国音乐概念，使之服务于中国当时韵散结合的各种叙事艺术，而变文只是现存的那些叙事艺术形式中最早期代表而已。

奚如谷从研究诸宫调的外部形式和结构着手，以揭示诸宫调自身形式的历史发展变化以及与具有类似形式的文类之间的关系，借以研究诸宫调的音乐属性。因为，诸宫调的书写文本在一定意义受制于其音乐规定性，在一定程度上反映了音乐上的变化。由于诸宫调是北曲杂剧音乐的前身，通过对诸宫调曲体结构、联曲组套的方法及尾曲的发展，可以加深对北曲杂剧音乐的研究。

奚如谷将诸宫调的曲体结构归纳为3种类型：其一，由两阕曲词组成，没有尾声的只曲；其二，由一支曲牌（两阕曲词）加一尾声为标准套数；其三，两支或多支曲牌（每支曲牌由一

---

① West, Stephen H. Vaudeville and Narrative: Aspects of Chin Theater. Franz Steiner Verlay Gmbh. Wiesbaden, 1977: 48~183.

阕或两阕曲词组成）加一尾声，称为长套。在这3种类型中，存在着从只曲到套数、从短套到长套的变迁趋势。奚如谷对《刘知远诸宫调》和《西厢记诸宫调》的全部曲牌作了统计，见表3-3。

表3-3

类　　型	1/1	1/1尾	2+尾	3+尾	4+尾	5+尾	6+尾	7+尾	15+尾
《刘知远诸宫调》（数量/百分比）	9/12	64/84	2/2.5	1/1.5					
《西厢记诸宫调》（数量/百分比）	49/26	100/52	13/7	18/10	5/2.5	4/2	1/0.5	1/0.5	1/0.5

在这两部作品中，第一类更像唐宋词，为两片式结构。第二类套数为第一类结构的延伸，增加了尾声。奚如谷认为，尾的使用标志着音乐朝着"套数"的方向迈出关键的一步，它们已经不再是个别的只曲。一曲带尾都占半数以上，他把这种套数称为"标准套数"（Standard Suite）。奚如谷发现，就像在元杂剧中和散曲中一样，诸宫调里组成套数的曲牌一般都从属于一个宫调。尽管并没有明确的规则禁止它们跨越不同的宫调，但是实际上只有少数曲牌可以用于一种以上的宫调，如《西厢记诸宫调》的129支不同的曲牌中，只有【整金冠】、【墙头花】、【柳叶儿】、【牧羊关】、【侍香金童】、【双声叠韵】、【四门子】等7支曲牌可用于两种宫调。除此之外，诸宫调的曲牌多用于某一固定曲体类型，只有少数曲牌可以运用到不同的曲体组合类型中。如

《刘知远诸宫调》的44支不同的曲牌中，仅有3支曲牌可以加入到一种以上的曲体组合模式中，如仙吕调的【醉落魄】可以用于第一类只曲，也可以用于第二类标准套，仙吕调【恋香衾】和正宫【应天长】可以同时用于第二类和第三类联套结构。在《西厢记诸宫调》129支不同的曲牌中，只有20支曲牌可以用于不同的曲体形式，这表明曲牌不仅依属于某种宫调，而且在参与套数的组合方式上也同样受到限制。在音乐的发展和实践中确实有某些约定俗成的规则在起作用。

《西厢记诸宫调》中可同时用于第一、第二类曲体类型的曲牌有仙吕调【惜黄花】、大石调【蓦山溪】、仙吕调【胜葫芦】、大石调【吴音子】和大石调【玉翼蝉】；可同时用于第一、第三类的曲牌为双调【庆宣和】；可同时用于第二、第三类的曲牌为黄钟宫【降黄龙衮】、般涉调【墙头花】、双调【搅筝琶】、般涉调【沁园春】、黄钟宫【出队子】、大石调【红罗袄】、南吕宫【一枝花】、大石调【伊州衮】、中吕调【鹘打兔】、中吕调【碧牡丹】、仙吕调【点绛唇】、双调【豆叶黄】和正宫【文序子】；可同时用于只曲、一曲带尾和长套的曲牌只有仙吕调【醉落魄】一个。

尽管多数宫调可以灵活运用于各类型曲体结构，有些宫调则常固定地使用于某种曲体类型。仙吕调无论在《刘知远诸宫调》还是《西厢记诸宫调》中都是使用最多、应用最多样化、最多变化的一种宫调。在《刘知远诸宫调》中，这是唯一同时应用于只曲、一曲带尾和长套3种曲体组合类型的宫调，在《西厢记诸宫调》中，这是一种在3种曲体组合类型中分布最为均匀的宫调。

一曲带尾在《刘知远诸宫调》中占绝大多数，而《西厢记诸宫调》的大部分曲牌都组合在长套中。在奚如谷看来，《西厢记诸宫调》可以看作是比同时期的《刘知远诸宫调》更加复杂、精致的诸宫调，也可以将《西厢记诸宫调》看作是诸宫调发展的高级阶段，而《刘知远诸宫调》处于诸宫调相对原始的阶段。黄钟宫、般涉调、南吕宫，尤其是越调所属的曲牌在组合类型分布上的不对称，意味着大量从其他流行音乐艺术中的音乐借用。

奚如谷指出，一曲带尾在《刘知远诸宫调》中占绝大多数，而在《西厢记诸宫调》中它只是音乐的基本单元（Basic Unit）；《西厢记诸宫调》的大部分曲牌都组合在长套中，故长套才是《西厢记诸宫调》的特点和优势所在。因此，从上述统计中，应该注意到套数的使用有从一曲带尾向长套转移的趋势。他不仅注意到诸宫调向长套转移的趋势，而且发现在《刘知远诸宫调》中仅用于一曲带尾的宫调，在《西厢记诸宫调》中则趋向用于长套。奚如谷认为，正是从诸宫调的长套形式的概念中，孕育出了元代北曲杂剧的折和每折一个宫调的曲牌联套。奚如谷由此得出的结论是：诸宫调真正的革新是在音乐即曲调的组织方面，它不仅应当在文学方面同变文、小说等进行比较，而且应当同大曲、断送、唱赚、缠令、缠达、缠踏等在音乐和表演方面进行比较，这样才能真正理解诸宫调作为表演性说唱艺术的特点。如缠令、缠达的结构为：序曲—两支或多支曲子（两曲交互重复使用即为缠达）—尾声。而《刘知远诸宫调》和《西厢记诸宫调》中长套的结构为：首曲（总为两片式）—两支或多支曲子（第二支及下接曲子或单片式，或两片式，但通常用单片式，即"曲"的形式。有些套数中也有曲牌次序的重复使用）—尾声。

缠令的表演形式因此可以归纳为：序曲—曲牌 A—曲牌 B—曲牌 C—（……）—尾声；缠达的表演形式可以归纳为：序曲—曲牌 A—曲牌 B—曲牌 A—（……）—尾声。

奚如谷认为，断送、实催和赚这些术语应指音乐的表演方式。诸宫调中的长套很可能是受到了缠令的启发。虽然缠令既可指曲牌的结构形式，也可以指曲牌音乐的表演方式，但当其他一些术语添加到曲牌上时，缠令一词就往往省略不用了，如实催和断送，作为缠令的变体，表示某个缠令曲套以断送和实催的方式来表演。

诸宫调对音乐的革新主要是发展出了不同的曲调组合模式，改变了以往单支曲调重复演奏的单调性。诸宫调中，一曲带尾的标准套中（《刘知远诸宫调》中标准套为主体模式），相比此前的音乐已属重大的改进，但其曲牌为两片式，曲调的变化就不免打了折扣，仍略显单一。在后来的诸宫调（如《西厢记诸宫调》）中，长套使用逐渐增多的趋势则极大地改变了诸宫调音乐的性质，不仅宫调的和谐连续性在长时间的表演中得以保持，单片式曲牌的使用使曲调的快速变换成为可能。由于长套是《西厢记诸宫调》的主体组合模式，其音乐旋律的多变性和宫调的一致性完美结合，从而给予观众更多的审美愉悦，与先前重复单调的宫廷音乐形成了鲜明对比，也为满足说唱叙事艺术的需要创造了长度适宜的音乐单位。

奚如谷接着比较了传踏与诸宫调的长套，指出诸宫调的长套具有缠令的外形，在联套组成上已与元杂剧无二，曲牌组合具有特定的次序和规则，首牌多用双片，次牌和其他过曲多用单片。其中，越调套数的组合最为完善，与散曲和元杂剧无二，其尾声已不使用诸宫调常用的三句七言，而更加复杂多样。毫无疑问，元杂剧的音乐结构来自诸宫调。

奚如谷在《金代戏剧面面观》一书中对诸宫调叙事特点也作了详细分析。由于篇幅关系，不详述。

（三）伊维德的诸宫调研究

伊维德在《诸宫调的表演与结构》一文中，对诸宫调"说唱"的特征，从"务头"现象入手，证明诸宫调的写作受到一种特定的表演实践的制约，从而对诸宫调的结构方式提出了新的见解。详情可参看孙歌的论著，此处另介绍伊维德的《诸宫调研究——对于不同见解的价值重估》一文。① 在这篇文章中，伊维德主要阐述了以下几个观点：

（1）伊维德认为文人雅士很可能才是诸宫调的主要观众。根据《都城纪胜》、《繁胜录》、《武林旧事》、《梦粱录》和《金史》关于诸宫调艺人的记载，除去同名的记载，只有6人。与书中所列的几十位其他门类的艺人相比，诸宫调艺人实在太少。在周密《武林旧事》中，诸宫调被列入第二类，即有音乐伴奏的表演，置于"唱京词"和"唱耍令"之间。这种位置显示出周密的观点：诸宫调除去其叙事特色之外，与唱京词和唱耍令还有类似之处，即与唱京词在音乐上相近，与唱耍令在讽刺风格上相近。对于诸宫调艺人数量有限的原因，伊维德于此提出一个很惊人的解释：诸宫调是由南迁的艺人从北方带入南方的，一直没有丧失其独特的北方风味，因此主要是吸引那些流亡到南方的观众。在结论中，伊维德指出，如果说最早的戏文反映了遭统治者排斥的士人对于仕途顺达者的妒忌，那么诸宫调则反映了自成体系的精英们对于新的加盟者——成功举子的欣然接受。

（2）伊维德对佚名作品《刘知远诸宫调》和《西厢记诸宫调》的文本特征进行了比较分析。伊维德认为，可根据诸宫调的文体特点来推断这两种诸宫调的成书年代。

伊维德认为，《刘知远诸宫调》这部作品中大量的韵律特征显示出，它所代表的由词向曲转变的阶段比《西厢记诸宫调》所代表的阶段要早一些。这说明这部佚名作品的成书年代应该比《西厢记诸宫调》（1190—1210）更早。这些韵律特征是：《刘知远诸宫调》采用的是既未在《西厢记诸宫调》中也未在元杂剧

---

① 伊维德：《诸宫调的表演与结构》，收录于《欧洲中国古典文学研究名家十年文选》，乐黛云等编选，336～377页，南京：江苏人民出版社，1998，此文译者程瑛。

中出现的音乐模式；其绝大部分曲子仍采用词的两片式结构（《西厢记诸宫调》大多采用曲的单片式结构）；其大多数套数都非常简单，仅以一支双片曲子和一支结束曲组成，而它仅有的几支略长的套数与《西厢记诸宫调》繁复的套数相比显得相当简单；并且它没有像《西厢记诸宫调》那样采用"赚"，这种曲调是12世纪中期由张五牛在杭州发展而成的。《刘知远诸宫调》中曾提及的某些故事仅与《武林旧事》一书中"官本杂剧段数"下所列的南宋短剧的名目相似、相合。如果《刘知远诸宫调》中提及的剧目确曾在娱乐场所中演出，那么，我们或许可以推断它的形成应早于1127年宋朝从开封迁都至杭州，而更严谨的结论应该是这一剧本写于12世纪，并且很可能成书于12世纪前半叶而非后半叶。

根据《西厢记诸宫调》的文本体制，这部作品的成书年代大约在12世纪晚期。现存《西厢记诸宫调》虽然是明朝的版本，但其语言及其韵律特征非常独特，丝毫没有受元、明通俗文学沾染的痕迹。可以确信，现存的文本与金代文本的样式极为接近。

伊维德不认同钱南扬（1931）和陈荔荔（1973）将《张协状元》开场诗（内五支曲子都属于南曲）视为诸宫调发展的早期阶段的表征的观点。伊维德认为，将《张协状元》定为南宋的作品证据并不充分。虽然可以相信《张协状元》开场诗的诸宫调部分是基于戏曲本身的某种目的而写成的，可能也反映出当时诸宫调演出的实际情况，但是，也可以认为由于开场诗是包含在整个南戏之中的，则这部分残片受到了南曲音韵的限制。同时，出于讽刺的目的，诸宫调这种近乎完备成熟的音乐结构也许被认为是极为有效的，而这一残片单独作为南方存在着独立的诸宫调传统的证据则必定是很不充分的。无论在何种情况下，这一残片也不应被视为诸宫调早期发展阶段的表征：其成书年代从各种可能性上来说都要晚于《刘知远诸宫调》和《西厢记诸宫调》;《碧鸡漫志》中清楚地指出诸宫调这一文类的最早发展是在两片式的词的时代,而这一残片只包含一支单片的南曲曲子。这说明,在诸宫调形成早期与《张协状元》开场诗的完成年代之间存在着相当长的一个过程。

伊维德认为,《张协状元》中的诸宫调片段不能反映诸宫调形成初期的发展状况。诸宫调最初的形式应该从《刘知远诸宫调》中去寻找。

(四) 陈荔荔的诸宫调研究

陈荔荔在1972年发表的《诸宫调的外在形式和内在形式——兼及诸宫调与变文、词及宋元白话小说的异同》①一文,从形式与功能的关系方面分析了诸宫调的文本体制。在《董西厢诸宫调》(英译本,1976)一书的长篇绪论里,陈荔荔分析了《西厢记诸宫调》的人物形象刻画、叙事特征和诸宫调的套曲体制,重复了她以前的主要观点。②

陈荔荔选取了《刘知远诸宫调》和《西厢记诸宫调》为分析样本。她认为,诸宫调与中国其他文学类型的不同,最显著的便是它的外形。诸宫调作品是以韵文和散文交杂写成,韵文部分用来演唱,散文部分则用来讲述。因此,诸宫调是一种说唱文学,它不同于10世纪的中国说唱体变文,变文音乐已不存,在其韵文结构上没有任何迹象可显示出曾用了不同的调子或词牌,但诸宫调的韵文部分则是依多种不同宫调的曲牌写成。陈荔荔将

---

① Ch'en, Li-li. Out and Inner Forms of Chu-Kung-tiao, with Reference to Pien-wen, Tz'u and Vernacular Fiction, Harvard Journal of Asiatic Studies, XXXⅡ, 1972:124~149,转载于中外文学编辑部主编:《中国古典文学论丛——戏剧之部》,陈淑英译,220~246页,台北:中外文学月刊社,1985。

② Ch'en, Li-li. Master Tung's Western Chamber Romance (Tung His-hsiang Chu-kung-tiao): A Chinese Chantefable. Translated from the Chinese and with an Introduction by Ch'en Li-li. Cambridge: Cambridge University Press, 1976: 9-27.

诸宫调的韵文部分与中国早期的诗词作了比较，在格律方面，陈荔荔总结了4点差异：①押韵不同；②诗句中的停顿分节方式有时不同；③某种诗词少用的对偶形式在诸宫调中广泛使用；④衬字的应用。这4点特征有些是诸宫调和12世纪其他流行的韵文形式所共有的（如大曲和覆赚），衬字的应用则可能是在变文中（七字句里杂有八字句，多出的字多为语法上的质词，与诸宫调里衬字的性质相似）便已可见的一种趋向的演进。在结构上，除了作品主体外，尚有开场白和收场白，在这首尾两部分里，作者以说唱者的身份直接向观众说出他对人生、他自己以及他的作品的种种看法，与某些说唱体变文相似。

陈荔荔对于诸宫调的内在形式分析，主要包括诸宫调的主题和叙事技巧。她首先援引诺斯洛普·弗莱（Northrop Frye）的叙事文学模式理论（Historical Criticism: Theory Modes），将诸宫调里的这些因素与变文、词及宋元白话小说里的一些因素互相参照，以揭示诸宫调深层次的文本体制。陈荔荔对诸宫调主题的研究，可参照孙歌论著的介绍，此不赘。此处仅对陈荔荔关于诸宫调叙述技巧的研究做简要介绍。

评论、描述和叙说是中国白话小说中用以陈述故事的3种形式（韩南语）。陈荔荔认为，评论、描述和叙说此3种形式同样也可见于诸宫调中。而且这3种形式在中国白话小说和诸宫调这两种文学类型中的应用基本上也相同。

《刘知远诸宫调》和《西厢记诸宫调》以评论的形式开始。在"引辞"里，作者以说唱者的身份故意借着谈论他自己和他的故事让观众察觉到他的存在。故事本身开始之后，诸宫调中的评论部分经常是借着与正进行的情节有关的一个问句引进来。这类问句是说唱者以作者身份对观众发出的，像"所见的是什么"、"是谁"、"如何知道此是实情"等。这类问句总是出现在诸宫调的散文部分，随之而来的回答，也就是评论的主体，可能在同一段散文中继续下去，也可能在接下来的韵文部分里连续下去。通常评论部分"有诗为证"。《西厢记诸宫调》里也引用元稹的《莺莺传》之文与李绅的《莺莺本传歌》中的诗来做印证的材料，延续到韵文部分的评论自然是依该段韵文所要求的曲调格律写成的。陈荔荔指出，评论的形式在诸宫调中有某些特殊的功用，其中之一便是加强一种悬疑或是一种幽默的气氛，叙述者的感叹语往往将故事的进行暂时打住，而使观众的注意力集中在某一景上，继而借着这一停顿加强了悬疑或诙谐的效果，精彩的时刻也就随着延长；另一种功用则是故意导致观众在一时之间预料某种事实上在故事中不会发生的恐怖情节，以这种方法，便达到一种刻意设计出的悬疑效果。

诸宫调的描述均为四周环境可见的部分，常以"但见"二字引导，只见于散文部分，也包括骈文和打油诗。

笔者认为，陈荔荔概括的并不全面，曲词中虽无"但见"二字，应该也有描景之功能，如《西厢记》莺莺送别张生时的唱词，是情景交融、有景有情的。

诸宫调的叙说形式包括故事情节的叙述、对话，以及各角色的沉思冥想，而形成故事的主要部分。在此，叙述者不再直接现身说法。这种形式在散文和韵文部分都可见到。当故事叙述及对话出现于散文部分时，所用的语言便接近口语。故事叙述的一个特征便是它对写实主义的着重。它对事物、人物、事件的描述都极为仔细。故事的叙述也加入了地理上及历史上的见闻，以造成确有其事的印象。而这类见闻往往是与事实不相符合。同时，也经常使用典故。《刘知远诸宫调》的对话并不像《西厢记诸宫调》里的那么符合每个人的身份。

陈荔荔的这些观察比较细致，真实反映了诸宫调的叙述"特点"。但需要指出的是，这些"特征"缺乏针对性。因为，它们并不是为诸宫调所独有，而是中国白话文学的共性。

陈荔荔在其《诸宫调之发展背景》一文中①，将1170年至1280年间的诸宫调资料和传本分为两类，一属北诸宫调，一属南诸宫调。前者包括《刘知远诸宫调》、《西厢记诸宫调》、《天宝遗事》，后者为《张协状元》开场中的一部分。② 关于北诸宫调中的《刘知远诸宫调》和《西厢记诸宫调》的文本体制，陈荔荔已于《诸宫调的外形与内形》一文中详细论述。在这篇文章中，着重探讨了《张协状元》中的诸宫调开场以及《天宝遗事诸宫调》的特点。《张协状元》中的那段简短的诸宫调中共用了5个属于不同宫调的曲子：【凤时春】、【小重山】、【浪淘沙】、【犯思园】以及【绕池游】。陈荔荔指出，这5支曲调在现存北诸宫调中全不见用。这情形显示了一种可能，就是盛行于南方的曲调不一定在北方也盛行。结构上，这部诸宫调不如北方诸宫调复杂。因为，所用的曲调并不构成套数，而是每支曲子单独使用。每首曲文之后紧跟着一段散文。所有的曲文都只有一节，这又与北诸宫调不同，后者的曲文绝大多数全含两节或两节以上。南、北诸宫调在押韵上也有所不同。在《张协状元》里，平声字一定与平声字押韵，仄声字一定与仄声字押韵；而在北诸宫调里，平仄音字可相互押韵。《张协状元》曲文所用的语言不像北诸宫调的用词那么口语化，而且也不用衬字。此外，《张协状元》的散文部分要比曲文部分长，且含有很多骈句。这些骈句也有一些在北诸宫调中常见的特点，例如，两个重音的拟声字先后列在骈句中相同的地位；骈句中第一句和第二句运用有关之俗谚，以及第一句和第二句在相当位置上用同样的字句。

---

① Ch'en, Li-li. Some Background Information on the Development of Chu-kung-tiao, HJAS, 33, 1973: 224~37.
② 《中国古典文学论丛——戏剧之部》，陈淑英译，206~219页，台北：中外文学月刊社，1985。

陈荔荔对《天宝遗事诸宫调》的文体特点也作了分析，篇幅关系，不赘述。

英语世界中的宋金戏剧研究成果，除了上述奚如谷、陈荔荔等人之外，值得注意的还有杜为廉的研究。杜为廉在其《中国戏剧史》一书述及宋杂剧和金院本的渊源与特点。① 其主要论点如下：

（1）在戏剧发展史上，1101年至1126年，傩戏对戏剧有促进作用。不论傩戏内容如何，它无论如何也不可能成为宋杂剧和金院本的全部，但傩戏对戏剧在服装和角色的面部形象方面却有着显著的影响。角色的应用一直是中国戏剧的主要特征之一。这种体系始于参军戏，在宋金时期有所发展。宋杂剧和金院本中的主角都是副净，其喜剧搭档是副末，用一根包着软皮的棍棒击打副净，并嘲讽他。正末、末泥和引戏也经常出现。后两种角色都是舞台指导人员。戏头是一个吹笛者，具有以音乐介绍和结束戏剧的作用。

（2）很多宋杂剧和金院本都太短，无法独立支撑一台娱乐节目。不管是在公共场合还是在宫廷演出，情况都是如此。通常情况下，它只是众多演出节目中的一部分。在13世纪，院本和其他节目演变成为其他戏剧演出的前奏。从宋初以来，杂剧已成为宫廷宴会及大型集会娱乐活动的必备节目。杂剧和院本应指以短剧和独幕剧为核心的一整套复杂的娱乐节目，其一般程式为：一是音乐序曲和舞蹈；二是（简单）短剧、简单的杂技节目或舞蹈；三是核心节目，上演杂剧或院本，或者一个院本外加更接近戏剧的院幺；四是剧终余兴，滑稽歌唱、舞蹈之类；五是奏乐结束。这一程式并不总是完整的。例如，在宫廷演出时，这些附属节目被联成一体，而不是按一般的程式进行。

---

① Dolby, William. A History of Chinese Drama. London, 1976: 14~39.

（3）杂剧和院本内容十分广泛，都是滑稽短剧。院幺可能更接近戏剧，在元朝和明朝的戏剧与明小说中也保留一些。这些都是较晚的，而且与以前不同，但却支持了这一论断：宋金时期有更为复杂的幽默，有更为复杂的情节的戏剧，有些剧目比已知的滑稽戏有更多的演唱。

（4）大曲、鼓子词和诸宫调很多作品都是讲述或者逼真地再现一个复杂的故事。作为个体，大曲对宋杂剧的影响可能是最大的，正如诸宫调可能对戏剧影响最大一样。诸宫调促进了套曲的使用，提高了用戏剧化的方式讲述更长更完整故事的能力。在诸宫调里，说话和歌唱，韵文和散文交替使用的方法，以及大量使用代言体等因此大为发展。

（5）金院本比宋杂剧在戏剧性上有了很大提高。对于宋、金之间这一差别的原因，可能是在异族统治下，鼓励更开放、无拘束的演出；更为重要的原因可能是在北方盛行的充满活力的各种音乐的影响。

（6）有充分的证据表明在宋金时期就已经使用了服装、化装和面具。宋时，面具和化装已十分普遍，面具极可能和驱逐邪魔有关，或许早在周朝便已存在。在宋金时代，一般说来，杂剧和院本更多的是选择化装而不是选用面具；面具或多或少只限于超自然的角色。化装有两大用处：使演剧者显得更滑稽或者使其给人留下更恐怖的印象。在鬼魂角色中，面具的用处主要是取得更恐怖的效果。从元及其以后的化装来看，在宋杂剧和院本中面具主要是用于丑角。

第三节 本章述评

（一）宋金杂剧研究述评

在英语世界里，奚如谷堪称宋金杂剧研究第一人。奚如谷对宋金杂剧话剧的研究，着力不多，却充分体现了其治学的洞见。尽管对宋金杂剧的分析仍不全面，但他在书中的相关论点却都准确地抓住了宋金杂剧的本质特点，对于在中国学者眼中仍然争议很大的宋金杂剧，奚如谷的研究确实具有不平凡之处。奚如谷在分析《辍耕录》中的院本名录时，是将其作为金代作品名录的，没有注意到此院本名录其实也包括南宋和元代的院本。而《武林旧事》中的官本杂剧段数，是既包括北宋剧目也包括南宋杂剧剧目的，但这种忽略对结论的影响并不明显。从奚如谷对宋杂剧和院本各自包含两种意义的界定，可知奚如谷认为宋金杂剧院本的主体两段，即正杂剧的演出，是以讽刺滑稽为主的可以独立演出的片段，这是很有洞见性的，同董每戡先生的观点接近。董先生认为，宋金杂剧的原来构成，是仅有艳段和正杂剧两个部分，散段（或称杂扮）是后来发展起来的。士庶宴会和社会可以省去散要，代之以女童装末、弦索赚唱，也就是说这一段不是原有的，所以可随便，有也可，省也可，变换花样来代替也无不可，非常自由灵活。同时，宋代演杂剧原不一定非连演最后一段杂扮不可，甚至开头的艳段同样不很重要，往往被省略。如《东京梦华录》记载宫中杂剧演出，其情形是掐头去尾，仅演中间正杂剧两段，可见只有这部分才够戏剧的资格。① 将正杂剧放在具有艺术独立性的位置，可看作成熟的话剧，奚如谷是比较有胆识的。

奚如谷将宋金杂剧院本的主体定性为话剧。此定性也比较准确。宋金杂剧虽然也可能有歌舞有音乐，但同唐参军戏类似的是，它们的主要特色还是滑稽戏，于简单的故事扮演中表现言辞的犀利和讽刺调笑的力量。有些学者因为宋金杂剧有歌舞因素而

---

① 董每戡：《说杂剧》，载《董每戡文集》，上卷，437~438页，广州：广东高等教育出版社，1999。

将之作为戏曲,是偏颇的,反而没有奚如谷把握得准确。奚如谷认为,宋金杂剧院本缺乏有一定长度的成套的音乐。其判断也是正确的。这也是宋金杂剧不能成为曲本位的戏曲的原因,而只能称之为话剧。当然,宋杂剧是由唐参军戏发展而来,唐参军戏已经融汇歌舞音乐因素。宋杂剧不会再倒退回到没有音乐和歌舞因素的戏剧形式,金杂剧也是这样。这从官本杂剧段数和院本名目的和曲剧目可看得很清楚。这些和曲剧目,所用的音乐是大曲摘锦、唐宋词,那些剧名上没有标明音乐的剧目,依常理应该是配以民歌时调的剧目,并非西方意义上只有说白的纯正话剧。

  这些剧作所用的音乐显然又并非诸宫调说唱所用的联套乐曲,而只能是大曲和词曲时调的小唱形式。大曲在杂剧中不用全套,而是采取摘锦形式,已经近似于短小的小唱形式了。小唱是一种伴随着宋词的兴盛而极其风行的演唱艺术,宋代词人将大曲中的慢曲、引子、近词以及曲破等曲调单独摘出而据以填词,付之演唱,就是小唱。金代民间曲调兴起以后,小唱的内容由唱词调转为唱曲牌。小唱的演唱方式很简单,通常只是一人清唱一首词或一支曲而已,也可以有弦乐伴奏。① 进行清唱时,可用板打拍子,歌唱中充分运用强弱的变化,来加强抒情的效果。《都城纪胜》:"唱叫小唱,谓执板唱慢曲、曲破;大率重起轻杀,故曰浅斟低唱,与四十大曲舞旋为一体。"② 又张炎《词源》:"惟慢曲、引、近则不同,名曰小唱。"所以,宋金杂剧中的小唱,所选用的,已是艺术型相当高的一些传统形式的歌曲。③ 唯一不

---

  ① 廖奔:《中国戏曲发展史》,第一册,260 页,太原:山西教育出版社,2003。
  ② [宋] 灌圃耐得翁:《都城纪胜》"瓦舍众伎条",85 页,收入《东京梦华录外四种》,北京:文化艺术出版社,1998。
  ③ 杨荫浏:《中国古代音乐史稿》,上册,303 页,北京:人民音乐出版社,2004。

足的是，这些歌唱不成套数，也不具主体位置，装饰而已，在表现复杂故事和复杂情感上，小唱的表现力与诸宫调联套音乐相比相差甚远，这也是宋金杂剧是成熟话剧而非成熟戏曲的原因之一。

相对于奚如谷将宋金杂剧定性为话剧，中国的学者则多倾向于视宋金杂剧为多样体；王国维将宋金杂剧分为滑稽戏和歌舞戏两大类，后人多从此说；也有学者在此基础上又增加了一类：偏重故事表演、综合性较强的杂剧形式。总体上认为，宋金杂剧没有统一的体制，没有统一的艺术标准，而是一个未定、庞杂的艺术综合体。① 杂剧的确很杂，有歌、有舞、有对白，但我们对这些混杂的成分不应一视同仁。杂剧中可以独立演出的正杂剧两段，应是有演出格范和总体风格的，从杂剧主体构成来判断杂剧的本质，可以避免迷失于杂剧的"杂"之中。这种总体风格，正如奚如谷所判断的那样，是一种包括滑稽调笑和具有严肃内容的，以对话为主体本位的成熟话剧的风格。毕竟，杂剧从8世纪初的中唐算起，至13世纪，经历6个世纪的发展，在艺术上还不至于如上面所说的"没有统一的体制，没有统一的艺术标准"、"未定"、"庞杂"那样低劣无序吧。这里，要说一说唐杂剧的问题。

20世纪初叶，王国维提出"杂剧之名，始起于宋"② 的观点为学术界普遍认同，几成定论，这也是奚如谷研究宋金杂剧的认知基础。然而，20世纪50年代，叶德均在《李文饶文集》中发现了一条唐代杂剧的材料，将杂剧的历史由宋上溯到了唐：

  蛮退后，京城传说，驱掠五万余人，音乐伎巧，无不荡尽……蛮共掠九千人。成都郭下，成都、华阳两

---

① 景李虎：《宋金杂剧概论》，22页，广州：广东高等教育出版社，1996。
② 王国维：《戏曲考原》，载《国粹学报》，四卷十一期，1908。

县,只有八十人。其中一人是子女锦锦,杂剧丈夫二人,医眼太秦僧一人,余并是寻常百姓,并非工巧。①

奚如谷参考了胡忌的《宋金杂剧考》,却对这条材料未予以重视。也许他也认为,唐代杂剧仅此孤证,而且材料并未述及杂剧的表演情形,凭此资料无法断定唐代杂剧的确立,更无法断定唐代杂剧的性质、内涵及特征,因而没有进一步考察唐杂剧是中国最早的成熟话剧的可能性。刘晓明先生最近发现了一条新的更早的资料,进一步表明唐代杂剧确实存在的事实。② 此材料出自《教坊记》,在其书名后列有一小标题:"杂剧"。《教坊记》"杂剧"资料的发现,为唐代杂剧的确立提供了重要的证据。有了《教坊记》"杂剧"的证据,唐代之有杂剧当无疑义。不仅如此,该材料还将"杂剧"的历史由晚唐前推到了中唐。据《教坊记》作者自序,其书作于天宝之乱作者漂寓江表之际,意在"追思"开元(713—741)教坊的盛况。崔令钦提到杂剧的时间比李德裕早了约1个世纪。刘文根据《教坊记》中的"杂剧"这一名目及其后面的具体内容考查了唐代杂剧的基本形态,认为唐杂剧是从散乐杂戏中脱胎出来的,其初始形态曾包含了杂戏的种种表演形式,观《教坊记》杂剧名目下的杂戏内容即知,其中属歌舞戏者有《踏摇娘》、《戏队》、《大面》、《圣寿乐》等;属杂伎者有《竿木》、《筋斗》、《顶碗打鼓》等。任半塘认为,《教坊记》杂剧名目下现存的内容未见有科白类剧。③ 刘文认为应该是有的,至少集成本《教坊记》中的诨难剧就是科白类剧,也即话剧。

除此之外,唐代还肯定有其他真正的杂剧。刘文举了几个实

---

① 胡忌:《宋金杂剧考》,5页,上海:古典文学出版社,1957。
② 刘晓明:《杂剧起源新论》,载《中国社会科学》,2000(3):146~156。
③ 《唐戏弄》,上册,195~232页,上海:上海古籍出版社,1984。

例，如《冷热相激》、《旱魃》、《三教论衡》；但所举之例，"戏"的色彩浓，"剧"的意味弱。尤其是刘文所推许的论难戏、诨难戏，笔者认为，这类戏虽然斗口冲突性很强，但缺乏故事性，尚难以称之为戏剧。在宋金杂剧院本近千种剧目中，这类论难戏只有少数几种，很可能不作为正剧，而是杂扮类。任半塘搜集列举了唐、五代19种"科白类诸剧"，包括《系囚出魃》（即《旱魃》）、《靳指天子》、《假官之长》、《赞朝政》、《侮李元亮》、《刘辟责买》、《疗妒》、《忤庞勋》、《三教论衡》、《朱相非相》、《病状内皇》、《徐杨合演》、《掠地皮》、《焦湖作獭》、《刘山人省女》、《侯侍中来》、《以王衍为戏》、《自家何用多拜》和《五县天子》。另列举15种待考剧目，包括《孟姜女》、《张飞胡》、《邓爱吃》、《五方狮子》、《仰头浑脱》、《九头狮子》、《益钱》、《阮郎》、《濮阳女》、《阳下采桑》、《唐四姐》、《吕太后》、《大姊》、《急月记》和《金锁曲》。① 其中，很多剧目看似有着很强的故事性，情节相当复杂曲折。另外，著名的参军戏自然也可归属于话剧。唐代参军戏和一部分唐代杂剧有扮演、有诨科、有宾白，并以说白为主体，以宋金杂剧的标准衡量，应为标准的话剧。中国话剧的形成，实应从唐参军戏和唐杂剧开始算起。尽管比起宋金杂剧，它们在剧目的丰富、故事的复杂程度上可能还稚嫩一些。但毕竟是戏剧，它们已经是以说白为主体的话剧。

对于院幺，冯沅君断为院本的后段，胡忌认为是院本。两说都征引了此散套的资料，却得出截然相反的意见。对于冯沅君和胡忌的争论，奚如谷关于院幺的认识很有见地。杜善夫的散曲《庄家不识勾栏》中描述的院本演出，奚如谷认为，此散套描述的并非如冯沅君认为的《敷演刘耍和》之幺末演出形式，而是

---

① 任半塘：《唐戏弄》，上册，726~773页，上海：上海古籍出版社，1984。

院本《调风月》。从演出次序可以看出,此院本演出是在幺末《刘耍和》之前,这个判断是正确的。多年后,薛瑞兆对这一演出形式也进行了分析:"(此)套数的三煞有云:'临绝末,道了低头撮脚,爨罢将幺拨。'据此,幺在爨之后,属于后段。然而,通观全篇,这里的幺指为院本《调风月》,演出又在幺末《敷演刘耍和》之先,是为前截。因此,冯氏之说难以成立。"①而此散套中的描述,也表明此"院幺"是以说白为主、以滑稽调笑为主要风格的话剧表演。

杜为廉对面具和面部化装的特点和功能的分析,并不是很全面。面具确具有恐怖色彩,除了渲染鬼神的超自然力量、制造丑角的滑稽可笑效果之外,也用于刻画武将的威严、凶暴形象。面具的使用并非仅仅为了制造恐怖和滑稽效果以增强感染力,还为戏班在特殊条件下演出提供方便。因为,戏班通常不过十来人,乡村戏班尤其如此,除武场文乐之外,往往只剩四五个人了。因而,一个演员常常要担任几个角色。这样,面具便帮了大忙。一个演员只要分别戴上面具,换上服装,便可以在同一剧中扮演几个角色。于是,三五个人就能演出一台戏。② 除此之外,面具的使用还有两个特点:

第一,面具是神的象征和载体,是沟通人、鬼、神世界之间的工具,是人、鬼、神的灵魂。戴上一张与凡人不同(有的面具造型虽与凡人大同小异,但经过一定的仪式后也神化了)的面具,既提醒演员,也提醒观众,他们现已进入了另一个世界。面具为演员和观众选择了共同的心态和心理轨迹。

第二,面具大于真面,可以用来改变面形,突出气质、性格特点,与剧情协调。虽然一个面具只能代表一个人物,但使用变

---

① 薛瑞兆:《宋金杂剧史论》,229 页,北京:北京三联书店,2005。
② 邓光华:《贵州土家族傩坛戏》,载《戏曲研究》,1986(20):257~258。

换方便，戴上面具即隔离了演员与观众直接情绪交流，很快入戏。这是涂面化妆表演所难以代替的。现在流传民间的傩面具，包括正神面具、凶神面具、世俗面具、丑角面具和牛头马面，其主体是神化了的英雄面具。① 宋金戏剧中面具的使用可能与此有别，但也应该要比杜为廉所描述的远为复杂。

总之，面具使用的特点，正如余秋雨所说："面具使演员神化，又使诸神行当化、级别化，乃至性格化，最终归之于固定化。这种神貌固定的神，尽管不少，却又极易辨识。观众可以不花费很多精力去追索他的身份、善恶、脾性、来历，一望便知。面具本身又是一种符号化的情感间离因素，阻遏着观众太多的情感投入。因此，仅此一项，就大大降低了观众的审美消耗度。"②

（二）诸宫调研究述评

（1）中国古典文学作品的版本研究，绝非英语世界的汉学家们的强项，而是中国学者尤其是文献学家最拿手的研究。米列娜的博士论文是专门研究《刘知远诸宫调》的叙事的，选择一个可靠的文本作为研究的基础便显得十分必要。她对《刘知远诸宫调》的版本研究，主要是为她研究《刘知远诸宫调》的叙事特征选择一个可靠的文本，是派生出的副产品，并不是通常意义上的版本研究。米列娜的研究建立在中国学者前期整理工作基础之上，但也有突破。

黑水古城本《刘知远诸宫调》的重见天日，引起了学术界高度的注意。国内学者对它倾注了很大的学术热情和精力，在整理和研究上获得了可观的成果。郑振铎先生率先对《刘知远诸宫调》进行全面的整理和研究。据郑振铎《刘知远诸宫调跋》

---

① 庹修明：《傩戏·傩文化》，38~43页，北京：中国华侨出版公司，1990。
② 余秋雨：《中国现存原始演剧形态美学特征初探》，载《戏曲研究》，1988（27）：16。

记述，他于 1930 年在一位朋友（向觉明先生）那里得到《刘知远诸宫调》的抄本，才知道它是诸宫调，后又见到了原书照片，只剩 42 页，内容与抄本完全相同。1935 年，郑振铎将抄本整理排印，题《刘知远传（诸宫调）》，编入《世界文库》第二册，这样，《刘知远诸宫调》才开始在学术界流传。但郑本中时见文字误辨、语句错断的现象。米列娜统计有 9 处明显偏差，认为此本不能当为可靠的校本。1937 年，北京来薰阁根据照片石印，题《金本诸宫调刘知远》，让人们得见该书原貌。但米列娜经过核对，发现此本仍有不少有争议的改动，无可弥补的文字篡改非常之多。在认真核对之后，米列娜得出结论，提出 1937 年本和原文不一致，其文字的更改只能导致误解，所以这个版本极不适合作为《刘知远诸宫调》批评研究的依据。米列娜的结论建立在严谨的比勘基础之上，非常具有说服力。西方学者治学态度的严谨学风由此可见一斑。

1957 年，郑振铎到苏联列宁格勒访问，见到了原书，确实只有 42 页。中间的将近八则，估计约有 80 多页原已缺佚。"这是一个袖珍本，完全是金代（1115—1234）刻本或稍后的蒙古刻本的样式。"目前学术界基本上认为它是一部金刻本。1958 年，苏联将《刘知远诸宫调》、《聊斋图说》等一批书籍归还中国。文物出版社据此影印出版，克服了来薰阁石印描摹失真的缺憾。郑振铎的《刘知远诸宫调跋》就是为文物出版社影印本写的。米列娜认为 1958 年本是完全依照原本所作的复印本，复印的技术相当高，完全忠实于原本。通过将 1958 年本和 1937 年本的比勘，米列娜的结论是 1958 年本是探讨这一诸宫调唯一最可靠的来源。米列娜的论文虽然出于实用目的，但研究的路数、文献学的方法还是正确的，这同她在中国的学习经验是分不开的。近年来，国内又陆续出版了一些《刘知远诸宫调》的校注本，如蓝立莫先生的《刘知远诸宫调校注》（巴蜀书社 1989 年版），廖询英先生的《刘知远诸宫调校注》(中华书局1993年版),凌景埏、谢伯阳的《诸宫调两种》(齐鲁书社1988年版),朱平楚的《全诸宫调》(甘肃人民出版社1987年版),但依据的底本仍然是1958年本。所以,米列娜的结论经受住了时代的考验。

对于《刘知远诸宫调》的产生年代,米列娜承袭了郑振铎的观点,即产生于金代,与《西厢记诸宫调》同属于12世纪。但从曲体结构看,《刘知远诸宫调》比较简单,《西厢记诸宫调》比较复杂。前者的产生要迟于后者,奚如谷、陈荔荔也持这样的认识。

伊维德显然不满足于这一结论。他通过对诸宫调文体特点的分析,力求更准确地推断各种诸宫调作品的成书年代。伊维德的结论是,《刘知远诸宫调》的形成应早于宋朝从开封迁都至杭州的时间(1127)。《西厢记诸宫调》的成书年代大约在12世纪晚期。

对于《张协状元》的开场诸宫调,钱南扬(1931)、叶德均(1957)、陈荔荔(1973)都将此视为诸宫调发展的早期阶段的表征。伊维德对此并不认同。他认为,这一残片单独作为南方存在着独立的诸宫调传统的证据是很不充分的。无论在何种情况下,这一残片也不应被视为诸宫调早期发展阶段的表征。因为,其成书年代从各种可能性上来说都要晚于《刘知远诸宫调》和《西厢记诸宫调》。《张协状元》"副末开场"不是独立的诸宫调作品,而是附于戏文之中,很难说没有被改造——将诸宫调的形式稍加以改造,以适应戏文的体例和表演。《张协状元》"副末开场"只能反映南宋诸宫调的大致情况,绝非南宋诸宫调的代表。而诸宫调最初的形式应该从《刘知远诸宫调》中去寻找。①

---

① 伊维德:《诸宫调研究——对于不同价值的重估》,见《欧洲中国古典文学研究名家十年文选》,344~361页,南京:江苏人民出版社,1998。

《天宝遗事》属于元代诸宫调，则无疑义。

伊维德的诸宫调研究的确很精到。他关于《刘知远诸宫调》的产生年代的观点，很有道理；对于《张协状元》开场诸宫调片断发展阶段的定性，也是正确的。这两个问题的解答，对中国学者来说也并非易事，甚至绊倒了一些名学者。

吴则虞（1957）在《试谈诸宫调的几个问题》一文中将诸宫调的发展分为 5 个时期：第一个时期为孔三传以前至孔三传时期；第二个时期为张五牛时期；第三个时期为《刘知远诸宫调》时期；第四个时期为《西厢记诸宫调》时期；第五个时期为《天宝遗事诸宫调》时期。① 显然，他将《刘知远诸宫调》作为南宋的作品了。宋克夫则认为："《张协状元》'副末开场'，《刘知远诸宫调》和《西厢记诸宫调》分别代表着元代以前诸宫调体制发展的 3 个阶段。"并进一步阐释："第一阶段的诸宫调来源于话本，体制上的突出特点是以说为主，以词歌唱。第二阶段中，诸宫调的歌唱单位运用了缠令的形式，音乐体制在以词歌唱的基础上发展为一曲一尾（实质上是一词加尾）的套数。由于套数的出现，歌唱的比重得以增加，在叙述方式上，诸宫调以说为主转向以唱为主。在第三阶段中，诸宫调的歌唱单位在缠令旋律的基础上兼容了唱赚、宋代大曲和宋杂剧词的某些音乐体制，多曲一尾的套数更为丰富并得以更广泛的运用。"显然，宋克夫是把《张协状元》"副末开场"作为第一阶段的代表，而将《刘知远诸宫调》作为南宋作品。

近年来，国外的诸宫调研究成果受到了中国学者的重视，国外学者的一些观点对国内的诸宫调研究产生了明显的影响。龙建国先生显然参考了伊维德的研究，他在《诸宫调研究》（2003）

---

① 吴则虞：《试谈诸宫调的几个问题》，见《宋元明清剧曲研究论丛》，8～9页，香港：香港大东图书公司，1979。

一书的参考文献中列出了《欧洲中国古典文学研究名家十年文选》一书。前述伊维德的两个观点体现在这本文集收录的《诸宫调研究——对于不同价值的重估》一文中。《诸宫调研究》一书的第二章《诸宫调的历史》关于《刘知远诸宫调》的创作年代和《张协状元》"副末开场"在诸宫调发展中的阶段上的观点,与伊维德的观点完全一样,甚至有些词句也类似。① 显然,龙建国借鉴了伊维德的观点。遗憾的是,《诸宫调研究》一书中一次也没有直接提到伊维德的名字及其研究成果。当然,《诸宫调研究》一书在论证时提供了更多的证据,弥补了伊维德的不足,是值得称道的。

《刘知远诸宫调》是现存三部诸宫调作品中年代最早的一部。目前,学术界基本认同郑振铎的说法,认为它为民间文人或艺人所作,和《西厢记诸宫调》处于同一时代,是12世纪末期的产物。龙建国认为,就使用歇指调的情况看,《刘知远诸宫调》应早于《西厢记诸宫调》。但是,证据显示,《刘知远诸宫调》不可能是南宋的作品,而是由北宋流入金代的作品。此外,由作品内容可知,《刘知远诸宫调》的作者和听众对北宋社会生活都比较熟悉,或者说,他们亲身经历了北宋后期的社会生活。根据以上分析,《刘知远诸宫调》是北宋的作品。② 这样,龙建国的研究就将《刘知远诸宫调》的产生年代上推至11世纪末12世纪初。其实,伊维德和米列娜早就提出了类似的观点。

(2) 诸宫调是一种鸿篇巨制的艺术样式,其体制规模是空前的。然而,它从何发展而来?它的艺术渊源是什么?这是一个令研究者极为关注的问题。关于诸宫调的性质,在英语世界的研

---

① 龙建国:《诸宫调研究》,26~31页、47~51页、97页,南昌:江西人民出版社,2003。

② 龙建国:《诸宫调研究》,26~31页,南昌:江西人民出版社,2003。

究者中存在争议，并直接影响了他们的研究方向。伊维德和奚如谷认为，音乐是诸宫调的首要属性，所以在研究中侧重诸宫调的曲律研究。米列娜和陈荔荔则认为，文学性和宏大叙事是诸宫调的最鲜明特征，所以在研究中侧重研究诸宫调的主题类型和叙事模式。《国外中国古典戏曲研究》认同伊维德和奚如谷的观点，但在介绍他们的成果时则用更多的篇幅介绍诸宫调的叙事和主题，不知何故。这两种不同的观点各有所宗，是中国的学者对这个问题存有争议的延伸。《国外中国古典戏曲研究》认为，奚如谷和伊维德抓住了诸宫调的首要特征——音乐属性；而米列娜和陈荔荔不研究诸宫调音乐，是舍本逐末，他们对于诸宫调外在形式的研究是静态的，对内在形式的研究是浅薄的。笔者认为，《国外中国古典戏曲研究》一书的批评是武断的。诸宫调的音乐属性和文学性是同样重要的，不同的研究者可以有所侧重，各展其长，无可指责。

  米列娜和陈荔荔强调诸宫调的文学性起源，这在中国的学者中也是很流行的一种观点。王国维《宋元戏曲史》认为："诸宫调者，小说之支流，而被之以乐曲者也。"郑振铎在《宋金元诸宫调考》中进一步指出："诸宫调的祖祢是'变文'，但其母系却是唐宋词与'大曲'等。他是承袭了'变文'的体制而引入了宋金流行的'歌曲'的唱调的。诸宫调是叙事体的'说唱调'，以一种特殊的文体，即应用了'韵文'与'散文'的二种体制组织而成的文体，来叙述一件故事的。"① 冯沅君也认为，诸宫调"上承变文，下开弹词"②。龙榆生在《词曲概论·论诸

---

① 郑振铎：《宋金元诸宫调考》，见《宋元明清剧曲研究论丛》，第一集，存萃学社编集，周康燮主编，6页，香港：大东图书公司印行，1979。
② 冯沅君：《天宝遗事辑本题记》，见《古剧说汇》，北京：作家出版社，1956。

宫调》认为：诸宫调"是从变文和教坊大曲、杂曲的基础上，错综变化，从而发展起来的"。宋克夫不完全同意诸宫调源于变文的说法，力主"诸宫调本源于话本"，认为"变文只是诸宫调的远祖，话本才是诸宫调的近亲"①。李昌集则提出："宋克夫文中曰诸宫调体制源于话本，或有一定道理，但亦可认为诸宫调是受勾栏说话艺术影响而将'说'与'唱'结合起来的一种曲艺，必要云其'源'于话本，似嫌武断。因此，从文体角度言，诸宫调即是以韵文（各种词）夹以散文的传奇。从音乐的角度言，诸宫调的早期形式可谓没有体制，勉强云之，则可称之为'散唱'——在'说'之中夹入'唱'的'散唱'。"② 不论将诸宫调的来源归为变文、话本还是将之定性为传奇，从本质来说，都是文学性的。米列娜和陈荔荔认为，诸宫调的主导性特征是韵文、散文相间，至于按照宫调不同曲牌组织成套数，则是其韵文部分的特征，因而也是局部性特征，不能作为整个文体的特征来对待。正是从这样的理解出发，陈荔荔才把诸宫调看成是敦煌变文的进一步发展。由此观之，米列娜和陈荔荔的观点也并非毫无道理。

奚如谷和伊维德则认为，诸宫调与变文只有某种形式上的相似性，不存在进化的连续性。仅仅通过诸宫调和变文之间的单纯比较并不能得出令人信服的结论。将后世所有的说唱艺术都归于发现于敦煌的唐代变文，是比较简单化和武断的做法。变文更重视散文部分，诸宫调则侧重歌唱部分，歌唱部分充实了诸宫调讲说之框架，同时推动情节发展。这显示在诸宫调中，音乐和音乐技能才是首要因素。而变文的首要因素是叙事说讲。柯润璞也对

---

① 宋克夫：《诸宫调体制源流考辨》，载《文学遗产》，1989（6）。
② 李昌集：《中国古代散曲史》第一章"北曲之渊源与形成"，64页，上海：华东师范大学出版社，1996。

单纯的文本比较持怀疑态度。伊维德也同样强调音乐在诸宫调中的重要性，认为其独特本质特征是以宫调组成套数。

笔者认为，奚如谷之所以如此强调诸宫调的音乐属性，与他对宋金杂剧的研究有关。他认为，宋金杂剧是中国最早成熟的话剧，与元杂剧唯一的区别是没有成套的音乐因素，而诸宫调是宋金杂剧迈向成熟戏曲的最后的催化剂。伊维德之所以强调诸宫调的音乐，笔者认为这主要是因为他将诸宫调视为士大夫们的艺术，在《诸宫调研究——对于不同价值的重估》一文中，他提出诸宫调只在社会上流阶层中流行，文人雅士才是诸宫调的主要观众，不同于一般的以叙事为主的鼓词、说话，而与唱京词和唱耍令相似，音乐和唱是它的主要特色。① 这与郑振铎等中国的学者视诸宫调为大众化说唱艺术之观点显然不同。中国的学者在诸宫调研究中，也多是将侧重点放在诸宫调的音乐研究上，较少关注诸宫调的情节主题和人物形象的分析。个中原因，笔者认为，主要是多数学者认为元代南北曲的音乐曲体结构主要是承袭自诸宫调。

关于诸宫调对元杂剧的影响，郑振铎早在《宋金元诸宫调考》中论及："如果没有宋金的诸宫调，世间便也不会出现着元杂剧的一种特殊的文体的。"他认为，从宋代大曲或宋代"杂剧词"演进到元杂剧必经诸宫调这一个阶段。在体制上，元杂剧的一人唱到底的形式特点来自于诸宫调一人弹唱到底的表演方式。诸宫调联结了多数的不同宫调的套数来连续唱述一件故事也被元杂剧"全盘地采用着"，构成了元杂剧至少用 4 个不同宫调的套数来表演的形式特点。他还指出："大抵联结若干支曲调而成为一部套数其风虽始于大曲（或杂剧词）及唱赚，而发挥光大之，使之成为一种重要的文体者则为诸宫调无疑。元剧离开北

---

① 伊维德：《诸宫调研究——对于不同价值的重估》，载《欧洲中国古典文学研究名家十年文选》，342~343 页，南京：江苏人民出版社，1998。

宋的大曲及唱赚太远。其所受的影响，自当得之于诸宫调而非得之大曲及唱赚。"① 吴则虞在《试谈诸宫调的几个问题》中说："从曲牌来看，元曲曲牌有不见于唐宋词调而确出于诸宫调的，王国维统计有28支。我们再加上《刘知远诸宫调》和《天宝遗事诸宫调》，统计起来达到一百三四十支，这个数字是很大的。即以钦定曲谱来看，此曲仅334个曲牌，几乎是占了一半，诸宫调应该是北曲唯一的基础。"②

关于诸宫调音乐对南戏的影响，吴则虞说："诸宫调频频换宫，换宫时又可跟着换韵，和南戏以及后来的传奇换宫换韵的情况也完全符合。可以说南戏的组织形式是诸宫调形式的发展和延伸。"翁敏华在《试论诸宫调的音乐体制》中也说："北曲杂剧在许多方面是直接继承诸宫调的，但在音乐体制上，两者间还有条鸿沟需要跨越。"而"南戏的音乐结构却与诸宫调绝顶相似。若把南戏本子唱辞说白剔除，仅剩一张音乐结构的'网'的话，我们可以看到：这也是一种'诸宫调，有着一曲独用、一曲一尾和联套三种形式'"。"诸宫调在戏曲音乐的形成上实在是一个非常重要的环节"③。台湾花莲师院的杨振良先生也认为："宋代的诸宫调与宋元南戏之间的脉络是相当清晰；如此，我们翻阅《宋元戏文辑佚》一书，考索其中众多且复杂的'变宫转韵'曲牌现象，方才恍然大悟其间耐人寻味的影响关系。"④ 幺书仪指出："诸宫调是说唱的结合，大曲是叙事与歌舞的结合……表演上开启了代言的先声，音乐上奠定了北杂剧结构的原则，因此，

---

① 郑振铎：《宋金元诸宫调考》，77~78页，香港：大东图书公司，1979。
② 吴则虞：《试谈诸宫调的几个问题》，见《宋元明清剧曲研究论丛》第二集，存萃学社编集，周康燮主编，14页，香港：大东图书公司，1979。
③ 翁敏华：《试论诸宫调的音乐体制》，载《文学遗产》，1982（4）。
④ 杨振良：《由音乐结构试论诸宫调对南戏的影响》，载《宋代文学研究丛刊》，1996（2）。

可以说它们是元代戏曲的血亲。它们的儿子北杂剧，要到元代才呱呱坠地。"①

并非所有中国的学者都认同诸宫调音乐对戏曲的影响，如李昌集认为："就曲体而言，'诸宫调'并没有且不必有自身的体制。从这个角度说，诸宫调本身对北曲之形式无任何意义，其价值在它包罗时曲的特点，使它保留了时曲的样式，从而为后世研究北曲的发生形成提供了具体资料。此'功'自不可没，但若过分多情地将诸宫调视为一种'曲体'并将之作为北曲发生形成的主要源头，则大谬不然了。"他进而指出："如果要谈'诸宫调'本身对北曲之影响的话，是否可以这样认为：'诸宫调'作为勾栏中相当活跃的曲艺，由于它包罗'时曲'的特点，故使俗曲得以找到一种最佳的'汇集'之所，从而逐步形成一种可与'雅词'相抗衡的力量，故客观上促进了'俗曲'——'后世北曲'的发展和提高。至于诸宫调以时曲唱'传奇'，其曲文又含有浓厚的'代言'意味，这对北杂剧将'曲'与'戏'（'传奇'）相结合可能有着某种启迪和过渡作用，此又另当别论了。"李昌集认为，"元杂剧之联套的根源别有出处，绝非从诸宫调而来，因此，作为入曲说唱而本质为传奇之文体的诸宫调，其本身对北曲之发生、形成无实质性的影响和意义"②。这与郑振铎的观点大为相左。

李昌集的观点并没有得到广泛的认同。他提出的"反射"说，即诸宫调反射着北曲的形成轨迹，对北曲的形成无实质影响的说法是不能成立的。诸宫调在金词向北曲递变过程中的桥梁作用不容抹杀。一些研究者对这种观点的不足之处进行了中肯的分

---

① 幺书仪：《戏曲》，55页，北京：人民文学出版社，1994。
② 李昌集：《中国古代散曲史》，65~66页，上海：华东师范大学出版社，1996。

析，如龙建国和薛瑞兆①，但李昌集的意见也有一定道理。诸宫调的听众主要还是奔着传奇故事去的，虽然诸宫调的音乐也很美。由此观之，鉴于诸宫调对于戏曲形成的催化剂作用，奚如谷和伊维德重视诸宫调的音乐因素固然是正确的，但音乐研究并不是诸宫调研究的唯一途径。另一方面，在实际研究中，奚如谷和伊维德对诸宫调的音乐体制进行了研究，而其主要的成就还是体现在对诸宫调的内部形式即诸宫调的人物形象、主题、叙事特征上。可以肯定地说，在诸宫调的音乐体制研究上，他们还远没有赶上中国的学者，除了一些更为精细的统计数据外，在曲体形态上并未提出太新的观点。但在主题研究上，则常常别有创见，令人耳目一新。对比龙建国《诸宫调研究》中的"西厢"主题分析与陈荔荔、伊维德对崔张故事的分析，我们可以清楚地看到这种不同。在诸宫调的叙事研究上，陈荔荔、奚如谷、米列娜等学者更是独步于天下，其分类之细致，理论应用之精深，中国的学者鲜有能及者。

（3）关于诸宫调的音乐体制形态，关于套数、尾声和唱赚的概念和功能，在英语世界的学者们中间，基本上相同。唯伊维德、奚如谷的分析更有创见。伊维德在《诸宫调研究——对于不同价值的重估》一文中，对于尾声的特点的论述，参考了中国同行的研究成果②，然后从这些互相冲突对立的观点中提炼出他自己的结论，认为诸宫调中有3种类型的套数，第一类是只

---

① 龙建国：《诸宫调研究》，8页，南昌：江西人民出版社，2003；薛瑞兆：《宋金戏剧史稿》，290页，北京：三联书店，2005。

② 伊维德提到的参考文献包括：郑振铎的《宋金元诸宫调考》，1957：883~884；钱南扬的《宋元戏文辑佚》，1957：887~890；叶庆炳的《诸宫调的体制》，载《中国古典文学论文精选丛刊·戏剧类》卷一，曾永义编，台北，1981：128~132；翁敏华的《试论诸宫调的音乐体制》，载《文学遗产》，1982（4）：91~96；洛地的《诸宫调的"尾"——向翁敏华同志请教》，载《文学遗产》，1984（1）：101~107。

曲，两片式；第二类是一曲带尾；第三类是两曲或多曲带尾。一曲带尾显然是诸宫调与众不同的革新之处。这种组合未见于其他文类。套数中的尾的功能，作为一个整体是可以说明的。尾通常是一种简短机智的妙语，往往以令人吃惊的方式概括前一支曲子的内容，并对此内容进行重新组合，从而产生讽刺幽默的效果。①尾的这种功能在《刘知远诸宫调》和《西厢记诸宫调》里都很明显。伊维德还引用汤显祖的描述以为证据："尾分煞尾与转尾，煞尾如勒战马，转尾如流水尽处云起。董西厢惯善此技。"② 陈荔荔（1972）在《诸宫调的外在形式和内在形式》里把《刘知远诸宫调》和《西厢记诸宫调》诸宫调中的韵文部分也归纳为3种形式，分别为只曲、一曲带尾（A型套数）、比较复杂的套数（B型套数）。③ 显然，她是将一曲带尾视为套数的。

奚如谷在《金代戏剧面面观》里比较了《刘知远诸宫调》和《西厢记诸宫调》后，发现3个重要差异，其中一个是《刘知远诸宫调》使用了歇指调，《西厢记诸宫调》未用。在元代，歇指调已并入到双调。《西厢记诸宫调》之未使用歇指调反映了宫调的持续简化现象，这也从一方面说明《刘知远诸宫调》早于《西厢记诸宫调》的成书年代。龙建国的论著中将歇指调的运用作为其观点的主要证据，但却比奚如谷晚了许多年。奚如谷也将诸宫调的曲体结构分为3种类型，分别是两片只曲、一曲带尾（标准套数）、两曲或多曲带尾（长套）。可见他是将一曲带尾视为套数的。从《刘知远诸宫调》到《西厢记诸宫调》，存在着从只曲到套数、从短套（标准套）到长套的变迁趋势。除此

---

① 伊维德：《诸宫调研究——对于不同价值的重估》，361~362页，南京：江苏人民出版社，1998。

② ［金］董解元：《暖红室刻董西厢》，南京：江苏人民出版社，1960。

③ 陈荔荔：《诸宫调的外在形式和内在形式》，载《中外比较文学的里程碑》，李达三，罗钢主编，221页，北京：人民文学出版社，1997。

之外，诸宫调的曲牌运用和组合存在约定俗成的固定的规则，尽管也有一定的灵活性。在《刘知远诸宫调》中仅用一曲带尾的宫调，在《西厢记诸宫调》中则倾向用于长套。奚如谷认为，正是从诸宫调的长套形式的观念中，孕育出了元代北曲杂剧的折和每折一个宫调的曲牌联套。奚如谷对于缠令、缠达、传踏、断送、唱赚、实催的含义及其相互间的关系都有论及，有一些观点值得我们注意，如认为缠达与传踏不存在确定的承继关系，它们之间有着本质的区别，缠达有尾，传踏则没有，传踏的下场歌并不同于长套的尾。又如缠达与缠令在本质上是相同的，只是出现两支重复出现的曲牌；赚并不是一种曲体组合形式，而是一种表现器乐演奏的形式。具体演奏方式是由一字一板，突然变为逐渐加速，从而异于其他曲子的演唱。总之，奚如谷认为，诸宫调的长套具有缠令的外形，在联套组成上已与元杂剧无二，曲牌组合具有特定的次序和规则，引子多用双片，过曲多用单片，其中越调套数的组合最为完善，毫无疑问，元杂剧的音乐结构来自诸宫调。

诸宫调的音乐体制问题向来是诸宫调研究者重点探讨的问题。随着研究的不断深入，成果也很丰硕，许多问题也趋于明确。相对于英语世界的诸宫调曲体研究，中国学者的研究更为深入，各种观点争奇斗妍，争议也非常激烈，尤其在基本的概念上更是如此，如尾的性质、缠令、赚、套数、联套等。郑振铎（1932）在《宋金元诸宫调考》中认为："集合同一宫调的曲调若干支，组合成一个歌唱的单位，有引有尾，（但也有无尾声的）那便是所谓套数……从最广的（或最早的）定义上看来，凡是能够组合二支或二支以上的曲调而成为一个歌唱的单位者皆可谓为套数。在这个定义上，几乎把许多的词调，凡是以两段组及成者，都可谓为套数（不过套数之名，仅应用于曲，而不会应用到词上去）。"郑振铎举出3个套数例子，（黄钟宫）

女冠子……（幺）……尾（《刘知远诸宫调》）；（高平调）木兰花……（幺）（《西厢记诸宫调》）；（中吕调）木查绥……（幺）……（幺）……（幺）……（幺）……尾（《刘知远诸宫调》），指出有尾声者可谓之套数，如第一、第三例，无尾声者也可谓之套数，如第二例。第一、第二例是极简单的套数，元以后是很少用之的。又说"综观诸宫调所用的套数，其方式大别之有左列的三种：（甲）组织二个同样的只曲以成者；（乙）组织二个或二个以上同样的只曲，并附以尾声而成者；（丙）组织数个不同样的只曲并附以尾声者"①。郑振铎所言套数和分类是很清楚的，是广义的定义，并指出双片只曲式套数和一曲带尾式套数的概念和应用适用于诸宫调，而非元杂剧。叶德均和冯沅君都同意郑振铎的说法。叶德均在《宋元明讲唱文学》中说："它的联套除一曲独用及一曲一尾外，又有二曲或多曲一尾的方式。"冯沅君在《天宝遗事辑本题记》中说："《刘知远诸宫调》和《西厢记诸宫调》联套的格式约有3种：（一）一曲独用，（二）一曲一尾，（三）二曲（或二曲以上）加尾。"

但对于广义的套数概念，也有学者反对，如翁敏华不赞成郑振铎"套数"的说法，认为"郑先生把'套数'概念扩大了"。"多曲一尾，当然是联套形式"，而"一曲独用不是套"，"一曲一尾便只是某一宫调的一支曲与不受任何宫调限制的'尾声'的编排"，故也"不能称套曲的了"。但这种争论是无关宏旨的，对于认识诸宫调曲调存在的3种形态之事实并无实质影响。事实上，翁敏华所论并未对郑振铎所描述的音乐体制作出任何否认或补充，只是对"套数"这个概念作出自己的界说，但显然是将"套"的范畴过于机械化的理解了。对翁敏华的观点，洛地曾撰

---

① 郑振铎：《宋金元诸宫调考》（1932），载《宋元明清剧曲研究论丛》，第一集，18页，香港：大东图书公司，1979。

文进行商榷。他在《诸宫调的"尾"》一文中认为:"翁文对诸宫调的'套数'作了细致的辨析,对只曲、双叠,特别是对'一曲一尾'是否可以称'套',提出了看法,颇具眼力。"对燕南芝庵的《唱论》所谓的"有尾声名套数"和翁敏华所谓的"它们(赚及尾声)不属于任何宫调,因而才能配进任何宫调"进行辩驳,并发表意见:"尾原是曲式上的一个名词,它不是一支曲牌,是一个附加唱段;因此,不存在'尾'属不属于宫调,能不能'配制进'宫调的问题;也因此,更说明所谓'有尾声名套'只是一句不经之谈罢了。"显然,关于"一曲一尾"是否套数的问题,翁洛二人均持否定的意见。笔者认为,有"尾声"无疑可以名之为套数,无"尾声"也可能是套数。《唱论》所言并无错误。翁洛二人对于尾的认识有一定道理,但无论尾有无独立性,这并不能用来作为否定有引子有尾声名为套数的逻辑。

缠令是诸宫调的重要组曲形式。《都城纪胜》曰:"有引子尾声为缠令。"芝庵《唱论》云:"有尾声名套数。"指出了套数有尾声的特征。然而对于缠令这个概念,也是有争议的。洛地先生尝论诸宫调之尾:"缠令之为缠令,完全不在于引子、尾声,恰恰在于所谓引子、尾声之间(即之外)有缠。"金代诸宫调普遍应用一曲带尾。洛地先生指出:"所谓尾声者,乃曲式里的一个名词,不是一个曲牌名;也就是说,尾不是可以与其他曲牌并列等观的一个曲牌,而是附加于曲牌之后的一个程式唱段。"每一个尾的调性、调式是随其依附的那个曲牌的调性、调式,即尾前那个曲牌的宫调。那个曲牌无尾是一支曲牌,有尾仍然是一支曲牌。① 李昌集在《中国古代散曲史》里认为一曲带尾不是套,而是一支曲、一首词。这种认识是过于武断了,不太合乎常理,

---

① 洛地:《诸宫调的"尾"——向翁敏华同志请教》,载《文学遗产》,1984(1):101~107。

对套的认识、对缠的认识比较狭隘。一棵树或一棵单独的藤都无法缠，但树与藤在一起就具备缠的条件，无论是树缠藤还是藤缠树。树与藤之间若有他物加入，可以缠得更复杂，形成三角缠或多角缠，若没有，也不妨碍藤缠树。一曲带尾毕竟不同于一支曲或一首词，引子、尾声已经具备形成套数、缠令的最基本条件。判断是否缠令，何必拘于引子、尾声之外有无缠呢？正如宋克夫在《诸宫调体制源流考辨》中所论："一曲一尾符合《都城纪胜》关于缠令的记载。《都城纪胜》说：'有引子、尾声为缠令'，那么，引子和尾声之间究竟是什么呢？以我之见，引子和尾声之间可以有过曲，也可以没有过曲。也就是说，引子和尾声是缠令所必须具备的条件，而一曲一尾正好具备了缠令的这个起码的条件。"

第四章 宋元南戏研究

在英语世界里，对宋元南戏的研究成就比较突出的有两位学者，分别是日比科夫斯基和孙玫。他们各有以南戏为名的专著。他们都是从早期南戏的总体艺术形态上进行研究。另外，还有对南戏作家作品进行的微观分析，如莫利根对高明《琵琶记》的翻译和研究。

第一节 日比科夫斯基的南戏研究

日比科夫斯基《南戏起源问题札记》一文[①]，实际上是日比科夫斯基的博士论文《南宋的早期南戏》的第2章和第4章[②]，日比科夫斯基用4/5的篇幅回顾了中国学者关于南戏起源的不同观点和理论。

日比科夫斯基认为，中国学者的观点有些很有说服力，但也有一些说服力不强。根据《永乐大典》提供的3个最早的剧本为依据，日比科夫斯基提出，南戏实际上是12世纪初某个时期出现的，它主要以地方民歌和更早的原始的表演为基础，其中包

[①] 日比科夫斯基：《南戏起源问题札记》，载《戏曲艺术国际学术讨论会论文》，北京：中国艺术研究院，1984年。
[②] Zbikowski, Tadeusz. Early Nan-hsi Plays of the southern Sung Period, Warszawa: Wydawnictwa Uniwersytetu Warszawskiego, 1974: 1~194.

括短剧、民歌民谣、说书以及其他的民间说唱形式。元政权占领南方之后，南戏的演出受到压制，而只允许北剧演出，这必然使得早期南戏渐趋消亡，直到元政权垮台之后，南戏才以完全崭新的形式得以复兴。

就叙事诗与戏剧在情节结构上的区别而言，元代杂剧以开端、发展、高潮、结局表现出巧妙的戏剧情节结构。这些剧目绝大多数以四折戏为结构方式，这使得戏剧动作的安排更见紧凑、完整。而在保存下来的南戏剧本中，戏剧动作则是以一连串的事件构成的，既没有鲜明的冲突，也没有明显的高潮。剧本的结构仿照报告文体重现一连串事件。日比科夫斯基指出，南戏剧本的长短不一也显示了叙事诗的特点，保存于《永乐大典》中最长的比最短的长了将近10倍。这也说明，就情节结构而言，早期南戏的作者从说书人的艺术中继承了很多东西。演唱部分在北方戏曲显得很重要，而在南戏则相对地不那么重要，这种区别使得日比科夫斯基相信元杂剧多半来自例如"诸宫调"等演唱形式，而南戏则与街头说书人的表演联系得更为紧密。

笔者认为，日比科夫斯基的上述对元杂剧与南戏的比较分析，有一定道理，但结论可能过于片面。事实上，元杂剧和南戏都应该是从宋金杂剧院本发展而来的，并非日比科夫斯基所推测的—由诸宫调、—自街头说唱演变而来。在一南一北的平行发展中，元杂剧和南戏各有侧重，有共性也有差异，是并不奇怪的。就剧中的插科打诨而言，元杂剧和南戏并无本质的不同。只是由于篇幅长，才显得滑稽场面多一些，演唱比重少一些而已。

日比科夫斯基在其博士论文第3章讨论了南戏的剧目。[①] 为揭示南戏剧目和功能，日比科夫斯基将南戏与古希腊戏剧、印度

---

① Zbikowski, Tadeusz. Early Nan-hsi Plays of the Southern Sung Period. Warszawa: Wydawnictwa Uniwersytetu Warszawskiego, 1974: 80~117.

戏剧和日本能乐进行了比较。通过比较，日比科夫斯基认为，南戏在很多方面不同于希腊、印度戏剧。南戏的戏剧动作以一连串的事件为依托，其间不存在不可调和的冲突，没有那种能够导致一方或双方悲剧结局的剧烈情感碰撞，没有宿命论，什么事情都不是预先注定的，也并不决定于希腊悲剧中的神的意志。南戏也并非正确与错误、善良与邪恶之间殊死搏斗的古印度戏剧之象征性模式。南戏只是将当时可能发生于任何人身上的事情展示出来。这就揭示出，不像其他文明中心产生的戏剧，南戏不可能产生于，或者至少不是直接地产生于任何宗教仪式或宗教活动。

南戏中的角色也异于希腊、印度戏剧，而显示出一个不同的社会阶层，其中并没有神及其凡人后裔，没有神话或传奇式英雄，没有宫廷纠纷、权力争斗，也没有后宫的争风吃醋。很多南戏剧作家选择了年轻书生作为主角。

日比科夫斯基认为，早期南戏的内容显示其并非起源于宗教仪式。早期南戏的内容特点显示，这些南戏剧本与民间说唱艺术关系密切。这些剧本的早期原型很可能来自唐代的短篇传奇，这些传奇最早创作了书生赴京应考的途中与京城中的歌女产生了感情的情节，如《李娃传》等。这些传奇以古文写就，尚不会直接影响到南戏的主题，但毕竟唐传奇首次涉及这种主题。当然，早期南戏剧本最直接的前身，从情节上看，应是宋代以口语为其语言特点的说唱艺术，其中最著名的这类说唱作品是《西厢记诸宫调》。具有此类情节的艺术媒介还有话本小说，如吴自牧《梦粱录》中提到的"烟粉类"话本的表演。总之，日比科夫斯基认为，早期南戏的情节内容并不像来源于宗教仪式和集体性歌舞的希腊、印度戏剧，而是来源于短篇故事和歌谣，起初为古文形式，后来重新改编为口语化的说唱和话本表演，并成为早期南戏书生婚变戏的直接来源。

日比科夫斯基在其博士论文第4章，讨论了早期南戏的结构特征。日比科夫斯基主要分析了早期南戏的剧本长度及场景的分布、《张协状元》中的诸宫调开场、戏剧形象的刻画、南戏的幽默形式、南戏的时空因素及其功能等 5 个方面的内容。虽然比较浅显，但还是有一些新颖的论点。日比科夫斯基对比了史诗性叙事情节和戏剧性情节的区别，指出早期南戏类似于单线发展的史诗性叙事情节，元杂剧则为典型的戏剧性情节，故早期南戏与说唱文学的叙事结构非常接近。

在日比科夫斯基看来，戏剧动作是为刻画戏剧人物服务的，在有些戏剧中，戏剧人物专注于戏剧冲突，戏剧冲突是戏剧动作的主要推动力。以悲剧为例，悲剧主角的塑造是戏剧的中心，主题是揭示人类命运的悲剧性。悲剧主角是一个活生生的具有完全发展心理世界的人，他在激情与欲望之中挣扎，并不可避免地导致与对手的冲突。但也有另外一种人物刻画的模式，这是一种传统的、类型化的形象，早期南戏即是如此。

此外，日比科夫斯基还论述了早期南戏七大行当的形象刻画，此处不赘。日比科夫斯基还指出，行当是刻画人物形象的方法之一。除此之外，由于行当的存在，剧中人物的姓名很少向观众公开，只有一些主要人物的姓名才通过报家门的方式展示出来。这些主要人物的姓名都是有特定意义的，也是刻画人物形象的一种方法。日比科夫斯基分析了张协、贫女、王德用、胜花、小二、柳屯田、谭钦使等几个名字的意义。还有两种刻画人物形象的方法，分别为直接性格描述法和间接性格描述法。

主角的报家门和其言行举止属于直接的性格描述法。早期南戏的剧作家对于间接性格描述方法的使用也是毫不吝啬的。除了前面提到的行当类型化、姓名取特定意义之外，人物的语言特点也是一种重要的间接人物性格刻画法。戏剧人物言语中特点各异的词汇、音韵、句法形式，含有丰富的关于戏剧人物的历史、社会和地域背景信息，包括其职业、文化修养、性别、年龄和性格。日比科夫斯基以胜花、强人的家门为例,通过分析其语言特点(一为文言化,一为口语化)以印证二人不同的背景和性格。

在《张协状元》中,滑稽因素也是刻画戏剧人物的一种方法。滑稽一般不用于生角和旦角,主要用于刻画净角,有时也用于丑角和末角人物。生角、旦角也偶然会有滑稽喜剧性的言行。关于《张协状元》中滑稽因素的性质,日比科夫斯基曾在自己的一篇论文(发表在《第二次东方文学理论问题研讨会资料汇编》)中详细论述。在其博士论文中,他介绍了自己的主要观点和例证。

日比科夫斯基对南宋早期南戏中自由转换的时空因素也作了有趣的分析。他发现,永乐大典中的3种南戏中最长的剧《张协状元》,包含58出①,各出的长度差异较大,长出如第5出(张协离家)和第22出(丞相与管家为邀请新科状元作准备),其演出可能需要半小时之久。而短出,如第7出(张协过五鸡山)和第8出(强人自表),仅仅包括一两支曲子和一段短小对话,其演出时间最多只需10分钟。《张协状元》的演出,每天按照5小时,需要1周时间,这就非常接近北宋时期东京汴梁搬演《目连救母》的时长,可以作为《张协状元》一剧产生于宋代、为永乐大典3种剧作中最早的作品的又一证据。②《小孙屠》只有20出,《宦门子弟错立身》则只有8出,此二剧出于元代,套数中含有北曲。日比科夫斯基认为,此二剧受到北杂剧的影响。蒙古政权统治南方以后,将北杂剧带到南方,在相互交流

---

① 早期南戏原本不分出,日比科夫斯基按照自己分出的标准对三剧进行了分出,谓此处分出只是出于研究的方便。依日比科夫斯基分出标准:人物的上下场,这三种剧分别为58出、20出、8出,钱南扬则将这三种剧分为53出、21出、14出。

② 日比科夫斯基的分析缺乏证据,结论并不可信。《张协状元》与北宋《目连救母杂剧》性质不同,一为世俗娱乐戏剧,一为祭祀仪式戏剧,在演出形式和演出习俗上均不相同。

中，北杂剧对当地戏剧形式产生影响。北杂剧一般 4 折，一个夜场即可演完。《小孙屠》则大概需要 2 个晚上，《错立身》则只需 1 个晚上。

日比科夫斯基还试图从早期南戏的长度来判断其来源，认为《张协状元》之所以比较长，这与南戏来源于民间故事说唱有关。根据普实克（Jarosav Prosek）对话本的研究，当时剧作家也创作短篇故事。日比科夫斯基据此推测，撰写短篇故事的作者也可能会在编写戏剧上一试身手。一些作者可能善于围绕某一个专题去写，从而形成主题系列，围绕某一情节而衍生发展出可以无限延伸的连续故事。中国早期剧作家在创作长篇剧作时可能也按照此故事生成之常规，使得戏剧的演出需要延续好多天才能结束。

日比科夫斯基在其博士论文的第 5 章探讨了南戏剧本的形式特征。他参考了王国维比较南北曲的研究成果（南曲曲牌有约 1/2、北曲则仅有 1/3 取自唐宋词），指出王国维由于没有看到《张协状元》等 3 个早期南戏剧本，所以其统计是有一定误差的。早期南戏如《张协状元》之所以不严格依照联套规则，而北杂剧却有高度发达的曲牌联套，这与二者不同的来源有关。北杂剧的前身是诸宫调。诸宫调已经使用比较完善的宫调与曲牌联套系统，而南戏来源于说唱故事。故事说唱者只是偶尔将歌调穿插进史诗性的叙述之中，并没有形成将曲调依固定次序排列搭配的传统。早期南戏也是如此。在日比科夫斯基看来，这可作为南戏与故事说唱具有密切联系的又一个证据。

在北杂剧中，曲牌的次序是依照联套规则而排列，曲牌名称的意义和剧曲的内容之间没有严格的关联。南戏的传统与此不同，《张协状元》中有很多例子，显示曲牌名称的意义和剧曲的内容是一致的，在反映地方风情的曲子中尤其如此，如【复襄阳】（日比科夫斯基理解为返回襄阳），途经五鸡山的客商唱此曲,【哭梧桐】(日比科夫斯基理解为在梧桐树旁哭泣),贫女在京城被丈夫无情驱逐,辗转返回到旧神庙时唱此曲。还有些曲牌因为名称与戏剧人物或戏剧情节有关而被选用,如神庙保护神及其仆从鬼怪唱【临江仙】和【五方鬼】,张协辞亲离家往京城应试的途中唱【望远行】,当张协思念家乡时则唱【望吾乡】。①

和北杂剧相反,早期南戏的说白部分所占比重要大于演唱。日比科夫斯基也将此种现象归因于早期南戏的来源故事说唱。在故事说唱中,叙说为主体,演唱只是装饰品而已。在《张协状元》中虽然有178支曲牌,但其中不少曲牌都很短,仅有寥寥数行唱词,如【川鲍老】、【虞美人】、【上马踢】、【萃地锦裆】等,而【萃地锦裆】只有两句唱词。演唱部分在南戏中的分布也不均衡,有些长出中仅有一两支曲子(如《张协状元》第9、31、43出),有些短出中却有很多演唱部分(如《张协状元》第28、58出)。

日比科夫斯基认为,根据剧情内容在早期南戏说白和演唱部分中的分布情况,也能揭示二者不同的特点。北杂剧如果不是一人主唱,也可能会出现会话式的演唱。但即使如此,其演唱部分和说白部分的语言风格仍然有明显的差别。而早期南戏,正如周贻白所注意到的,如果不标明曲牌,唱词与说白几不可辨。之所以如此,日比科夫斯基仍将原因归于二者不同的来源和创作方式。

南戏中,剧情在唱词和说白中同时发展。但正如周贻白所认为的那样,北杂剧的说白几乎可以省略而不影响对剧情的理解。日比科夫斯基认为,这对于南戏是绝对不可以的,删去唱词或者说白的任何一部分都会削弱剧情的完整性。

此外,日比科夫斯基也对南戏中的演唱形式、细曲与粗曲运

---

① 日比科夫斯基上述对曲牌名的解释很有意思,但并不确当,有望文生义之嫌。

用上的不规范现象、乐器的使用、南戏的说白、舞台科介、戏剧服饰进行了分析。

第二节　孙玫的南戏研究

孙玫的《关于南戏和传奇历史断限问题的再认识》①，基本是其博士论文第1、第2章的内容和观点。② 在该文中，孙玫首先对中国学者的不同观点进行了梳理，将中国学者关于南戏和传奇历史断限问题的诸种不同看法进行了概括归纳和评价分析。

孙玫在文章中重申了自己博士论文中形成的观点。在博士论文《南戏：戏曲最早的形式》中，关于南戏和传奇的断限问题，孙玫认为，在南戏和传奇之间没有一个历史的"临界点"。南戏是在由元代末期至明代嘉靖末年这一相当长的历史阶段中逐渐地完成了它向传奇的转型；这个过渡转型期既是南戏发展的尾声，同时又是传奇发展的前奏，它是趋于消亡的南戏和逐渐成长的传奇交错、并行的时期。③ 在这个历史阶段里，南戏先后产生了种种显著的变化。孙玫认为，在这些变化中，没有任何一种变化，可以独自使得南戏质变为传奇。只有经年累月，当各种因素积累到了一定程度之后，南戏的性质才会产生根本性的改变。处于过渡期的南曲戏文往往同时兼有南戏和传奇的一些特点。它们在剧本体制上仍然处于一种"兼而有之"、"非驴非马"的中介状态。

孙玫对元代末期之前的南戏，如《张协状元》、《宦门子弟

---

① 孙玫：《关于南戏和传奇历史断限问题的再认识》，载《明清戏曲国际研讨会论文集》，台北："中央研究院"中国文哲研究所筹备处，1998。
② Sun, Mei Nanxi: The Earliest Form of Xiqu (Traditional Chinese Theater), Ph. D. diss., The University of Hawaii, 1995: 23~108.
③ Sun, Mei Nanxi: The Earliest Form of Xiqu (Traditional Chinese Theater), Ph. D. diss., The University of Hawaii, 1995: 62~63.

错立身》、《小孙屠》，同明代嘉靖之后的传奇进行了对照，发现二者在许多方面都存在着很明显的差异。由这种种差异，孙玫认为，来自元末之前和嘉靖之后两个不同阶段的作品应分别属于两种不同的类型样式，应将元代末期至明代嘉靖末年这一历史时期看作是两种类型或样式之间的过渡期。

断限问题之所以众说纷纭，孙玫归纳了两个原因，一方面，是由于缺乏足够保留原貌的剧本，学者们在研究元末至明中叶这一段戏曲发展史时没有大量的实证性材料；另一方面，一些学者在运用文献材料时，未能注意区分某些古今貌似相同而实质不同的概念，因而在不自觉中为古代文人的观念所误导，得出些似是而非的看法。在南戏和传奇的断限问题上是如此，在明清戏曲史研究的其他一些问题上也有类似的情形存在。

在其博士论文的第 2 章，孙玫简要地探讨了南戏的发展史，分析了祝允明、徐渭、钱南扬、金宁芬关于南戏起源时间的不同观点，确定南戏产生的时间至迟在 12 世纪 30 年代。关于南戏最早产生的地点，孙玫分析了祝允明、徐渭、刘念兹、赵景深的相关研究和不同观点，孙玫通过逐条反驳刘念兹的 3 个论据，从而否定了刘念兹和赵景深南戏起源于福建的提法，并认可南戏最早起源于浙江温州。

关于南戏的传播，孙玫主要参照《录鬼簿》、《青楼集》、徐复祚《曲论》及一些笔记记载和胡忌、俞为民、孙崇涛、钱南扬、谭正璧、廖奔、伊维德、奚如谷、刘念兹等人的研究成果和出土的戏曲文物，描绘出南戏传播的总体轮廓。他指出，由于文献和文物的不足，南戏传播到北京和其他城市的实际时间可能比现有资料所揭示的时间为早。

关于南戏的变迁，孙玫参照了钱南扬的研究，指出，南北合套的创造和运用是南戏音乐体制上的重大变化，这在元代的两个早期南戏《宦门子弟错立身》和《小孙屠》中已露端倪。除了音乐上变化外，南戏的很多其他方面也有很大的发展，如《张协状元》中复杂烦琐的开场（包含说唱诸宫调5支曲子）在后来的南戏如《错立身》、《小孙屠》和《琵琶记》中已见不到了，变得更为简洁，只有一两首词，再后来则基本上是两首词，一述题旨，一述大意。另外，在《张协状元》中生角初上场时跳出戏外的说唱者功能，在后来的南戏中也消失了，而是生角一上场即进入正戏。宋杂剧在《张协状元》中还留有痕迹，如末（或付末）与净同在场上时，通常要相互戏弄逗乐。而在宋杂剧中此二角色专事滑稽。在《张协状元》中，末与净有时打断剧情的发展，如张协剑伤贫女后，面对剧情急转直下的严峻场面，末与净却开起了旦角的玩笑，正当剧情置观众对张协不义的愤恨和对贫女不幸的同情之中时，末与净的玩笑则冲淡了人们对贫女的同情。这种情况在《错立身》和《小孙屠》中也存在。不同的是，插科打诨在此两剧中呈现减少的趋势，而在《张协状元》中，有些出如第11出和第28出，是专为滑稽角色设置的。后二剧中没有这样的特殊情况，滑稽场景只是穿插于主角的表演之间，而且末已不作滑稽角色。总体上看，此二剧在内部机制上的协调性上胜于《张协状元》，处于从南戏到传奇的过渡期。

  孙玫的这些发现是比较细腻的。早期南戏无名氏作品多为书会才人所写，后来文士参与南戏创作，对南戏的发展产生了两种影响，既有积极的一面，也不乏消极的作用。笔者认为，孙玫的研究文献工夫比较扎实，基础深厚，时有创见，但总的感觉还是锋芒棱角不够，视角跳不出中国学者的范围。当然，也可能这种期待本身就是错误的。

  孙玫在第3章还探讨了现存南戏戏文的剧本体制，在第4章探讨了南戏的表演形态，在第5章探讨了南戏的作者、演员、戏班和观众问题，篇幅关系，不赘述。孙玫在其博士论文的第6章结论中指出，南戏曾长时间被世人遗忘，在16世纪之后和20世纪之前的漫长时间内，人们甚至不知道世间还有南戏这么一种戏曲形式。永乐大典3种戏文的发现，对于戏曲研究是一座里程碑，为南戏的研究提供了文本证据，后来又有一些早期南戏剧本被陆续发掘出来，极大地推动了南戏研究的发展。作为独立的戏曲形式，对于南戏的研究开始于20世纪30年代。由于中国学者的勤奋工作，中国学者如钱南扬等已经在南戏文本及文学研究中取得巨大的成就，并为进一步的研究提供了可靠而必备的资料。

第三节 莫利根的《琵琶记》研究

莫利根在《琵琶记》英译本的长篇导言中，对《琵琶记》的戏剧艺术、主题和此剧在戏曲史上的地位进行了评述。导言里的观点出自莫利根的博士论文《琵琶记及其在传奇发展中的作用》。[①]

莫利根说，《琵琶记》是中国戏剧史上最杰出的剧作之一，也是世界戏剧文学中的杰作。它产生于元代末期，由早期南戏《赵贞女》改写而来。因为这是文人首次参与南戏创作，大大提高了南戏的艺术水平和文学地位。《琵琶记》是五大南戏中艺术成就最高的，在明初更受到明太祖的大力提倡，被誉为传奇之祖。莫利根接着分析了早期传奇的文体特点，指出，传奇的曲文舒缓优雅，曲子的演唱组合自由，同一支曲子可一人唱，也可两人或更多人唱，有合唱、分唱、轮唱。套曲往往由若干人分唱，可变宫改调，较杂剧自由灵活。套曲便于表达不同的情感，也为唱词、曲子之间的宾白奠定了情感基调。方言白较为常用，但主

---

① Mulligan, Jean M. The Lute. Introduction. Columbia University Press, 1980: 1~27. 其中的观点出自莫利根的博士论文 The P'i-P'a Chi and its Role in the Development of the Ch'uan-Ch'I Genre. Ph. D. diss., The University of Chicago, 1976.

要是取得滑稽效果。方言白的功能主要有 3 种：一是供情感焦点以外的放松，二是多用于展开剧情和表现动作，三是易于为文化层次较低的观众所理解和欣赏。使用方言白者，多为配角。韵白则多用于描述，有替代布景的功能。韵白多为主要角色使用。社会级别低的角色偶尔也用韵文、引经据典。韵文使用过多，有时是剧作家为了卖弄学问，而与剧情无关。

在剧本中有极为简略的舞台提示，如［诨介］、［打介］等。莫利根认为这些科介提示虽然简单而笼统，在表演上可能有很长的戏剧性武技表演和滑稽性模仿动作，这是从文本中看不出来的生动的视觉上的娱乐。与元杂剧相比，传奇有更多现实性细节描绘，对社会现实的揭示更为复杂和具体。传奇故事往往长达四五十出，情节更为复杂曲折，生旦两主角交替上场，主线之外，多有副线，有更多的插科打诨，反映的史实也较为具体。

五大南戏都是以大团圆结尾，主人公最终取得胜利并受到皇帝的加封，对反面人物也比较宽容。即使矛盾冲突激烈，如果有过失者为长者，通常是既往不咎。非主人公家庭成员的反面小人，则往往受到惩罚，有时还很严厉。有过错者如为重要的亲属，则轻易放过。《荆钗记》、《幽闺记》均如此。有些剧作中，恶人被宽恕，或因为恶人已悔过，或因为恶人是重要的家庭成员，如《白兔记》中的恶兄长。剧中一般很谨慎地避免指责父母的过失。在《荆钗记》中，反面角色是继母。在《琵琶记》中，蔡伯喈的父亲有过失，他逼迫蔡伯喈前去求取功名，但他本身不是恶人，而只是光宗耀祖之心太重，滥用了作为父亲的权威。在负心婚变剧中，女主人公初时遭遗弃，男主人公停妻再娶，往往发现新娘子还是原来的妻子或情人。不论如何，在剧的结尾，矛盾冲突得以解决，对恶人的宽恕，喜庆的大团圆，共同构成了传奇剧的快乐世界。

莫利根认为，传奇的长度允许情节的曲折，但也造成艺术统一性、整体性的削弱。在一些传奇作品中，有些场景的设计，并不关乎剧情发展，只是出于展示剧作家诗情才华的需要，从而造成戏剧性的减弱。另一困难是将各有关传说、历史故事有机地统一起来。《琵琶记》作为与称为北曲之宗的《西厢记诸宫调》并列的南曲之祖，在艺术上达到了极高的成就，在结构上具有高度的统一性。此统一性首先体现在其基本结构上，形成了蔡伯喈在京城的富足生活与陈留家乡的饥馁凄惨景象的鲜明对比和交替出现。

这种对比性结构具有很强的情感力量，此力量主要来自充满全剧的象征和意象，鲜明地勾画了京城与陈留家乡的巨大鸿沟。尤其重要的是剧中食物、衣服的象征。代表沉浮贫富的具体意象食物的象征和意象运用得比较多。一边是驼峰熊掌，一边是糟糠自咽。作为人子，以食物供养父母之为孝，是主要义务之一。伯喈的失职处首先是未能救父母于饥饿苦难，并最终使父母病饿而死。衣服在剧中也是极重要的象征。对于生存来说，衣服比不上食物那样重要，它主要用来揭示人物社会地位的高低变化。衣服的象征，同食物一样，在剧中也起到建构对比性结构的一种手段。食物和衣服象征的重要性在剧末更加鲜明，虽然蔡伯喈与五娘得以团圆并受到皇封，却显示一种其他剧作中难得一见的悲剧性。虽然蔡伯喈和两位夫人有了圆满幸福的和美结局，剧作家高明并未使读者和观众忘记蔡父蔡母的饥饿而死这一悲惨事件，这一悲剧性在剧末坟前祭奠的场景中显示了出来。莫利根认为，《琵琶记》具有一种潜在的悲剧情调，据说这在戏曲里是非常罕见的。无论蔡伯喈的行动多么无法自主，他抛弃家庭，使之陷入无尽的苦难，毕竟是无法挽回的事实。莫利根指出，饥饿并不是蔡伯喈的父母死亡的唯一原因，儿子的失职和五娘的牺牲，使得他们陷入了莫大的痛苦。蔡母带着歉意死去，因为她意识到错怪了五娘；蔡父拒绝服药，既因为儿子未能在此亲尝，又因为在五娘吃糠的情况下，他实在羞于服药。尽管蔡伯喈最终与他的两个妻子幸福团圆，高明却并没有让观众忘记父母双亡的悲痛，作品是在沉痛凄惨的情调中结束的。这正是《琵琶记》非凡的悲剧力量之所在。

　　季节意象也比较突出地促进了此剧在结构上的统一性。不仅在于对比，而且从中展开剧情，从春到冬，显示蔡家的境况日趋恶化。剧情从春天开始，在一家和美的生活中，已开始孕育悲剧的不幸。蔡伯喈在牛府与新婚妻子度过了闷热的夏天。接着是秋天的情景，京城豪华的生活与陈留悲惨的生活形成鲜明的对比。坟前祭奠蔡父蔡母的时节，恰恰发生在严寒的冬季。莫利根认为，剧中每一季节意象都具有相应的情感和主题动作。另外，季节的循环也同等重要地提供了悲剧发展的象征表述，并使整个剧作有机地统一起来。

　　莫利根说，除了统一性对《琵琶记》增色之外，高明还关注多种戏剧效果的取得，利用不同的技巧，不同语言层次，场面的冷热调剂、庄谐的搭配、主副线索的交叉，使得剧作显得错落有致。尤其是滑稽语言的运用，非常平衡地分布于剧作中。

　　莫利根认为，《琵琶记》的第一个主题是孝道以及通过学习获得成功。《琵琶记》是《赵贞女》的改写，这种改写具有明显的辩护性质。但是，《琵琶记》的意义不仅仅是一种辩护。莫利根指出，即使高明确实想为蔡伯喈澄清名誉，这部作品也不是一个简单的辩护，它的巨大魅力来自对问题复杂性的处理和细腻的韵味。

　　莫利根认为，南戏故事表明，中国人既渴望金榜题名，光耀门楣，又害怕这种成功所带来的冲突和后果，亦即害怕由于空间分离和地位悬殊所造成的家庭冲突。高明独特的贡献在于其细致入微地探讨了为了实现诸如"忠"、"孝"和"成功"这些价值而包含的冲突。就《琵琶记》而言，这些冲突首先表现为"原则与权威"的冲突。在高明看来，年轻一代总是坚定地恪守社会的各种基本道德价值，如对于父母的孝敬，对于婚姻的忠诚，对于教育的尊重，对于朋友和家庭的忠诚等。在冲突中，年轻一代站在原则一方；而老一代的要求要么是不合乎道德的，要么是物质主义的。老一代代表了社会各个层面的权威。

一般的传奇剧作均以扬善惩恶为道德基础。但在《琵琶记》中，并没有明确的恶人，当然也没有任何恶人受到惩罚。《琵琶记》中的矛盾冲突，作为"孝道剧"，有时候表现为同一原则的不同解释的冲突。在此剧中，这种冲突表现在两方面，一是供养父母和光宗耀祖的冲突，二是无条件地服从父亲和根据原则纠正父亲的错误之间的冲突。这两种孝道，究竟孰对孰错，没有答案。光宗耀祖之孝并未受到责备，但在情感上，剧作家更倾向于供养父母之孝。这种孝道观念内部的冲突，在莫利根看来，构成了《琵琶记》的核心和基础。高明的意图是把蔡伯喈写成一个真正的孝子，他和赵五娘都把赡养双亲视为孝的本质；然而，使得蔡伯喈无法实现其理想的，恰恰是他父亲的意志。高明没有提供消解这些冲突的有效方案，但是，他成功地表现了冲突的复杂性及其严重后果。

莫利根指出，此剧的另一个主题，是妻子的忠贞主题。对于女性来说，也要面临两种冲突，一是表现在忠于丈夫的义务和侍候公婆的义务。然而，这两种义务之间显然也是有冲突的，有时候很难兼顾。赵五娘责备丈夫离家求取功名，甚至打算与公公进行争辩。牛小姐不敢就婚事与父亲进行争辩，但却坚决地在为公婆尽孝上同父亲抗争。二是表现在遵守足不出户的妇道传统与侍候公婆的义务之间的冲突。这种冲突在赵五娘身上表现得十分明显。

此剧的第 3 个主题是做官的得与失。剧中对官府有深刻的揭示。牛丞相的专权与势利，陈留地方官的巧取豪夺、欺压贫民，都使求取功名的崇高理念与现实中官场的印象形成巨大反差。牛丞相和地方官的形象之拙劣，令人对所谓功名的意义和价值产生深深的怀疑。对蔡伯喈而言，做官是有得有失的，所谓的得，是他获得荣华富贵；所谓的失，是他无法照顾父母，在职位上感到拘束而紧张，无闲暇从事他喜欢的读书。相比而言，剧中第2出的乡村生活，合家欢乐的情景，便如同田园诗一般。蔡家的不幸，间接是由蔡伯喈的离家而引起。这显示出剧作家对做官的强烈的不信任感，也是对做官的强烈指控。这是对衣锦还乡等传统观念的讽刺。

莫利根认为，此剧也讽刺了才子佳人式的浪漫观念。蔡伯喈与牛小姐之间的婚姻，在剧作家高明看来，是应该令人轻视的。这种婚姻，表面上是一对年轻的郎才女貌的美满夫妻，实际上是不自然的、勉强的关系。

莫利根说，此剧也同其他传奇一样，对年轻人的道德意识予以尊敬，并在剧终显示了老一辈传统观念的错误以及年轻人的胜利。此剧充满了人性化的色彩，显示了开放的心态、独立的艺术创造性。剧作家高明的一大贡献，体现在他将一个简单的是非分明的故事，改编成为具有复杂内涵的杰作。对于传统道德不同理解之间的冲突，给予鲜明的揭示，也对中国传统文化中最看重的官运亨通观念予以质疑。剧作揭示了传统理想中潜在的空虚实质，并将年轻人推向道德的胜利。相对其他多数的传奇作品，《琵琶记》的独特之处，体现在此剧复杂地反映了孝道观念的内在冲突，体现在此剧严峻而不可挽回的损失。高明于欢乐情景中寄予严肃的主题，也将南戏这一戏剧形式提高到高度艺术化的文体层次——实质性的悲剧。高明将剧中各因素组成有机整体的技巧，剧中的对比性结构模式，在戏曲作品中都是独树一帜的。

第四节　本章述评

（一）应该注意日比科夫斯基对于早期南戏和元杂剧情节类型上的区分

笔者认为，日比科夫斯基对于早期南戏和元杂剧情节类型上的区分，非常值得我们注意。在总体上，日比科夫斯基的观点是正确的，但严格来说，也有一点问题，因为并非所有的元杂剧都有很强的戏剧性情节。元后期杂剧和明内府抄本改编的杂剧也具有宾白嘈杂、头绪繁复的史诗性特点，与早期杂剧的主题集中、取材简洁、条理清楚的风格判然有别，其戏剧性情节结构也因此大为减弱。之所以早期南戏是史诗性情节、元杂剧是戏剧性情节，与它们的创作者有关。早期南戏多为一般书会才人和艺人所作，元杂剧的作者多为文人曲家。早期南戏在情节创作上基本上是面面俱到，事事交代，眉毛胡子一把抓，唯恐不清楚，重视情节发展上的连续性、视觉呈现上的直接性和意味上的易解性，实质上更具有大众性、民间性，从审美上更像民间故事和写实的工笔画。元杂剧则抓住主要冲突展开，突出中心，不及末节旁枝，具有思维上的跳跃性、意味上的含蓄性，从审美上更像诗词和传统的写意画。黄仕忠先生曾说：

> （元剧）《破窑记》细节上似有可议之处。如说求官，却又是10年后再回来，双方这10年是怎么过的，并不作交代。说应举时靠了二锭花银，这二锭花银如何当得10年生活，并无着落。既然丈人愿给花银，何以10年之中竟不照看孤身的女儿，让她仍处破窑之中？观《西厢记诸宫调》、《破窑》、《丽春堂》三剧，作者敢于大刀阔斧，省略一些旁枝的情节，如《丽春堂》没写他如何被贬，却重彩叙写在贬所的情状，即属此

类。这样可以使剧情集中、简洁，中心突出。如果是后期作家所作，必求事事交代。在李笠翁看来，更是元剧针线之疏漏了。①

创作者不同可能是一个因素，但解释起来有一定困难。明清传奇的作者很多是文人名家，但它们基本上也属于史诗性情节。所以笔者认为，最主要的原因是南戏和元杂剧的剧本体制不同而造成情节类型上的差异。元杂剧的四折体制，使它只能选取从一个侧面、一个片段、一个局部来展现人物，来表现全局。长度的限制，使它不能面面俱到，而只能去粗存精，在戏剧时间上也多呈现出跳跃性。这就需要有高度的起承转合技巧，才能保证剧情脉络发展的迅捷，能够清楚连贯。元杂剧的戏剧性情节实在是不得已而为之。但从现代戏剧理论看，元杂剧更符合西方的戏剧创作理念，艺术水平更高。而早期南戏的体制特点则允许它完整地铺叙故事的来龙去脉。早期南戏和元杂剧情节类型上的区别，正如黄仕忠先生所说："其间的差别，正如一是长篇小说的全景式描写，一是短篇小说多取一个横截面。"②

（二）日比科夫斯基较为关注中国同行的研究成果

日比科夫斯基在探讨南戏时，较为关注中国同行的研究成果，又有他自己的文化观照，这使得他的研究视野相对比较宽阔。他的研究受到中国学者研究成果的滋养，同时也不可避免地受到中国学者既有观点的束缚。这就使得日比科夫斯基要进行大刀阔斧式的研究，并非易事。但他同很多西方汉学家一样，也并不满足于在一些细枝末节上作出小修小补的研究模式：如对某一议题先用很大的篇幅梳理中国学者的研究论点并归纳为 A、B、C、D 等若干类别，分析各观点的得失，最后以极小的篇幅提出

---

① 黄仕忠：《中国戏曲史研究》，332 页，广州：中山大学出版社，2001。
② 黄仕忠：《中国戏曲史研究》，328 页，广州：中山大学出版社，2001。

自己的论点,却疏于论证,显得有些虎头蛇尾,其观点实则是倾向于前面所列的某一种,只是有一点小小的调整,可称为观点Z,其中 Z = A′或 B′或 C′或 D′。日比科夫斯基显然着力避免上述模式,并且扬长避短,在一些中国学者忽视的方面如戏曲语言、修辞、主题、形象等领域,运用西方传统上的形式主义批评作深入细致的讨论,这对于戏曲研究都是很有助益的。

对于南戏,自从《永乐大典》所载《张协状元》、《小孙屠》、《宦门子弟错立身》3 种最早的宋元南戏剧本在 20 世纪 20 年代被发现,南戏作为中国最早的成熟的戏曲形式之地位,已为多数学者所认可。经过半个多世纪的努力,在南戏的形式和表演形态研究上取得了巨大的成就。也由于有剧本,所以相关争议比较少。目前少量的争议存在于南戏的形成时间、《张协状元》剧本产生的时间是南宋初、南宋末,抑或是元代。钱南扬、周贻白、刘念兹、俞为民、廖奔等中国学者对剧作本身的综合考证结论是《张协状元》写定于南宋,至于具体为南宋早期还是晚期,尚存在争议。有几位留学中国攻读戏曲方向的韩国学生提出《张协状元》剧本产生于元代,如梁会锡《〈张协状元〉协定于元代中期以后》[①]、洪恩姬《试论宋杂剧对南戏的影响及其削弱——兼论早期南戏的发展过程》。[②] 洪文有观点,无论证。梁文的论证主要不是从剧作本身出发,而是对一些边缘资料进行分析,结论自不可立。对于梁文观点的反证可参胡雪冈《对〈《张协状元》写定于元代中期以后〉一文的商榷》。[③] 英语世界的学

[①] 梁会锡:《〈张协状元〉协定于元代中期以后》,载《艺术百家》,2000 (1):44~54。
[②] 洪恩姬:《试论宋杂剧对南戏的影响及其削弱——兼论早期南戏的发展过程》,载《复旦学报》,1998 (4):130。
[③] 胡雪冈:《对〈《张协状元》写定于元代中期以后〉一文的商榷》,载《艺术百家》,2003 (2):36~45。

者对于南戏的起源和形成常常借鉴中国同行的观点,他们在文中以相当篇幅概述中国同行的研究成果,但并不做争论,比起那几位韩国留学生,英语世界的学者则更善于扬长避短。日比科夫斯基和孙玫的南戏研究各有千秋,相得益彰,值得中国同行加以关注。日比科夫斯基是波兰人,他的论著用英语写成并出版,在英语世界被视为南戏研究第一人。他的南戏研究偏重文本形态,从文本的结构、曲牌、滑稽类型和滑稽效果的内在机制、曲白的分布和功能、衬字等方面有独到的见解,令人感到耳目一新,充分展现了西方研究文学新批评和形式主义批评的长处和特点。尤其是日比科夫斯基对南戏中滑稽因素的分类、滑稽效果内在机制的分析,到现在也是不过时的。当然,文中的"滑稽"理论并非日比科夫斯基的发明,叔本华、博格森早就对笑的生成机制进行了深入剖析。叔本华对笑和哭的内在性质都有精彩论述,对比叔本华关于"笑"、"滑稽"、"迂腐"、"俏皮话"的分析和日比科夫斯基对于南戏中的滑稽因素的分析,可以发现其原理是相同的。① 在日比科夫斯基之后,奚如谷对宋金杂剧中的滑稽因素也做了认真的分析,方法和结论与日比科夫斯基大致相似。② 这些滑稽因素,并不仅仅是早期南戏和宋金杂剧所特有的风格,其实适用于整个娱乐性戏剧品类中的插科打诨。

孙玫生于中国,长于中国,在中国读大学,读戏曲学研究生,然后留学美国,攻读戏剧学博士学位,毕业后留新加坡、新西兰任教。双重语言文化背景,是孙玫一个得天独厚的研究条件。由于对传统戏曲有比较直观具体的认识和严格的中国古代文

---

① 叔本华:《作为意志和表象的世界》,石冲白译,100~104页,北京:商务印书馆,1997。

② West, Stephen H. Vaudeville and Narrative: Aspects of Chin Theater. Franz Steiner Verlay Gmbh. Wiesbaden, 1977: 24~44.

学专业戏曲方向的理论训练,所以,他在戏曲表演形态和戏曲理论上都能做到得心应手,而毫无生硬笨拙之感。另一方面,由于受到国外学术思想的熏陶,在研究上,视野较为开阔,心态比较开放,少了一些中庸和拘谨。由于留学美国,西方文学研究的传统在他的南戏研究中留下明显的印记,尤其在用笔不多的文本研究中,更是如此,定量分析方法的运用比较明显,着力避免空泛的单纯的定性分析。戏曲研究在20世纪80年代由注重文本向注重表演形态转变,尤其是傩戏研究热的兴起,使戏曲研究的面貌焕然一新,柳暗花明。孙玫的南戏研究十分注重南戏的表演形态,对南戏的概念、分出、行当、化妆、道具、锡板、观众、声乐、乐器等方面的研究相当深入,见解新颖,对文本的分析,相对来说较少。这可能与中国国内的戏曲研究态势不无关系。这在英语世界的戏曲研究中是一个新的研究视角,同时也避免产生与日比科夫斯基的研究相交叉。但由此却容易与中国国内的南戏研究路数相撞车。所以,除了其定量分析方法对我们较有启发外,在很多情况下,其研究的路子、行文方式和有些论点,在中国学者看来显得过于眼"熟",视角不够新。

无论是文本形态,还是演出形态,上述研究者都抓住了戏剧最本质最核心的东西——形式,其价值也恰恰在于此,从而对戏曲研究有所贡献。相反,日比科夫斯基对南戏的主题思想和人物形象的文化阐释,虽然新颖有趣,但文化误读意味很浓,尽管文化误读也是另类的创造。卡西尔说得好:"在艺术中,我们是生活在纯粹形式的王国中,而不是生活在对感性对象的分析解剖或对它们的效果进行研究的王国中。"康保成教授曾指出:"一切文学艺术样式都是形式,而且仅仅是形式。当我们说诗、词、曲、戏剧、小说、散文时,我们都是在说形式。它们之间的区别,也唯有形式。文学艺术写什么、表演什么是最容易变的,而怎样写、怎样表演是不容易变的。形式的变革是最艰难、最微妙、最深刻、最本质的变化。研究中国戏剧史，主要应当研究中国戏剧形式即形态的起源、形成、发展、变化的历史。"[①] 只有重视对剧本体制与演出形态的发展变化的研究，才能跳出单一的作家作品式研究戏曲的传统路子。只有将戏曲作为一种表演艺术来研究，并不仅仅局限于古典文学角度的研究，学者们各展其长，双管齐下，二者兼重，才能将中国戏剧研究推向全面和深入。

（三）莫利根和日比科夫斯基有相同之处：想象中的中国印象

在讨论南戏的人物形象和主题意义方面，莫利根与日比科夫斯基有相同之处，都是努力利用他们所理解的"想象中的"中国儒家学说作为理论基础和讨论的主线，为南戏中生角的负心或不孝进行辩护。但日比科夫斯基对儒家学说的理解显得相对简单化和绝对化，从而使他对《张协状元》中张协、贫女、胜花三人的评价发生明显偏离。在他看来，张协的所作所为都是符合孔子学说的，贫女以及胜花的不幸都是咎由自取。这种理解，不但不符合中国的传统观念，也与西方的人文主义传统相悖，成为"文化误读"的怪胎。莫利根对《琵琶记》的主题解读，比如她提及的儒家学说中孝道观念、女子忠贞观念中的内部冲突，显示出她并没有将这些概念作简单化处理，从而得出了比较客观可信、有见地的观点，体现出她对中国文化的理解相对来说更有深度、更为复杂化。

莫利根对《琵琶记》里食物、衣服意象的分析，读来比较有启发。意象、隐喻分析是西方学者的长处，从中我们可以一睹西方的学术风格。不过，她所提到的这些现象，除了所用的术语"意象"和"隐喻"显得突出外，从内容上看其实是比较简单的，对中国学者来说都是常识性的东西。她对于《琵琶记》里

---

① 康保成：《中国戏剧史研究的新思路》，载《湖北大学学报》，2005（5）：2~5。

孝道和忠贞观念的内部冲突,对蔡伯喈、赵五娘和牛小姐人物形象等问题的理解,也并不是很充分。在论述中,莫利根将蔡伯喈解读为完全值得同情的人,他的一切作为都是符合儒家伦理的,他的停婚再娶以及未能尽人子供养义务,都是别人的过失和责任,他是身不由己的受害者。这种观点是有问题的。

由于处于文化的观察者地位,由于文化距离的存在,莫利根对儒家学说的理解是教条化、平面化的。她对蔡伯喈等人物形象的解读显得有些笨拙,未能充分揭示出作品内容和人物形象的复杂性。尽管她所达到的深度在英语世界里已经相当难得,尽管她的理解中也有中国的学者视而不见的内容,对于其中的不足我们也还是要指出来。笔者认为,蔡伯喈并非完全没有自主能力,他对剧中的悲剧性事件,是负有责任的。这出戏从早期南戏《赵贞女蔡二郎》衍变而来。在原来的故事中,蔡伯喈负心而不孝,是应受谴责并最终遭天雷报应的。我们可以认为,高明的《琵琶记》是翻案之作。此剧表明,《琵琶记》中的悲剧性事件并非由蔡伯喈造成,蔡伯喈是全忠全孝的。但这并不是说,高明完全认同蔡伯喈的行为,并不是要完全掩盖蔡伯喈人性上的弱点和黑暗面。相反,高明对于蔡伯喈的弱点也进行了揭示,并通过表现蔡伯喈人性上的弱点和内心的矛盾斗争,刻画了一个更为复杂、立体、可信的人物形象。

在这方面,黄仕忠先生曾有深入的分析。黄先生认为,《琵琶记》中的悲剧性事件之所以会发生,是由很多因素造成的,但蔡伯喈的性格弱点,即他的软弱和犹豫不决的性格,是主要因素之一。蔡伯喈同哈姆雷特属于一样类型的人,他们都具有多思的性格,却又都思想大于行动,因而行事迟疑不决,欲行又止,显出了软弱的品性。① 对于究竟是坚持自己的意见在家尽孝、供养年迈的父母，还是听从父亲的意见远离家门去赴试求官，他显得无所适从，并最终背离了自己供养父母以尽孝的目标。

在笔者看来，远离家门无法供养父母是不孝，与父亲抗争也属于不孝。但何为大不孝，何为小不孝，何为深层之孝，何为表层之孝，他是应该明白这其中的区别的。蔡伯喈对于父亲批评自己"恋着被窝中恩爱，舍不得离海角天涯"的误解，依照他的学识，是能够解释清楚、消除误解的。但是，他不敢解释。从"孝顺"、"孝敬"二词的排列次序来看，均是"孝"为先，"顺"与"敬"列于后，在语义上他们可能并不是平行、同等重要的。面对年逾花甲、来日无多的父母，蔡伯喈舍"孝"而逐"顺"，在大是大非面前未能坚持自己的原则，实为舍本逐末之举。蔡伯喈做出让步，违背自己的意愿，闷闷不乐地离开家庭，踏上远行之路，这充分显示出其性格的软弱。

不过，除了黄先生所说的性格软弱这一根本性矛盾外，笔者认为，还有一个很重要的因素在起作用。在这软弱的背后，是其他的欲望在诱惑着他，那就是读书人内在的功名欲望，强烈得足以与孝道之心媲美，几乎与孝道等量齐观。在孝道和功名的天平上，时而向孝道倾斜，时而向功名之心倾斜，这可能是造成蔡伯喈犹豫不定的根本原因。所以，我们不能单纯地说蔡伯喈的悲剧是由他的软弱造成的，在软弱性格的背后，是时而微弱时而坚定的名缰利锁在困扰着他，才最终使他选择大不孝，放弃小不孝；才使他在辞婚、辞官上不够坚定，才使他在长期困扰他的"归，还是不归"的问题上，始终难以下定决心"不如归去"。

对于《琵琶记》的社会接受，中国人评价孝与不孝问题，

---

① 黄仕忠：《〈琵琶记〉研究》，120~141页，广州：广东高等教育出版社，1998。

儒家伦理纲常并不是唯一的标准，他们还会加入民俗和民间意识观念。最初的南戏《赵贞女蔡二郎》应该是这种观念的体现。民间观念讲究实际，实多虚少，讲究大义，不拘小节。在民间观念中，"养老如养子"，对待老人像对待孩子一样爱护和要求，只要是为了年老的父母着想，年老父母有不对的时候、糊涂的时候，例如不按时吃药、不注意身体时，善意的批评是允许的，无原则地顺着父母的错误，反而不对。父母年过八十，家中不能缺少此儿，蔡父的主张因而是非常糊涂的，做儿女的应该对父母说服教育，无需盲从。所以，按照民间观念，高明的翻案并不完全成功。蔡伯喈在《琵琶记》中的表现，犹豫、软弱、无奈、被人强婚，以及他受到的委屈，这些因素使人知道他并非无情无义之人，使人减少对他的错误的愤怒，甚至使人同情和理解。但在民间观念中，这种同情和理解并不能改变残酷的现实，人们仍然会很坚定地认定，蔡伯喈的所作所为，在实质上、事实上就是不孝，是不可原谅的。莫利根由于纯粹从儒家纲常出发，对于孝道内部冲突、真孝含义、蔡伯喈遇到的困境所做的分析，也因而有些过于强调了对蔡伯喈的同情和理解。这是片面的认识。这种片面的认识，混淆了小节和大义的本质区别。

幺书仪曾指出，追求功名，立身扬名，把"忠"凌驾于孝之上，把"孝"纳入忠的轨道的观念源于孟子。而孔子所说的"父母在，不远游"，《礼记》所言："冬温而夏清，昏定而晨省"，"出不易方，复不过时"这种包含了富有人情味的侍奉双亲的孝道，更符合中国民间传统的事亲之道，符合中华民族维系家庭、亲属关系的愿望和习惯，因而比上述孟子的说法更多地被民间百姓所接受。在《琵琶记》中，蔡公蔡婆和蔡伯喈对"孝"的解释有着重大的差异：蔡婆认为"披麻带索便是孝"。蔡伯喈认为"凡为人子者，冬温而夏清，昏定而晨省，问其寒暖，搔其疴痒，出入则扶持之，问所欲则进之。是以父母在，不远游，出不易方，复不过时"。他们对"孝"的解释，与《薛仁贵》中伴哥、拔禾的理解是一致的，基本上可称作是民间的孝道。而蔡公认为："孝始于事亲，中于事君，终于立身……你去做官时节，也显得父母好处，不是大孝，却是什么。"这与薛仁贵的理解一样，可以称作是士卿大夫之孝了。但诚如前述，蔡伯喈的实际行为违背了民间传统的事亲之道，因而酿成了剧中悲剧。按照幺书仪的理解，《琵琶记》的作者和《薛仁贵》的作者一样，都是赞同为平民百姓所接受的民间之孝的。这从剧中描写的蔡公逼试导致了一系列家庭悲剧和伴哥、拔禾对薛仁贵痛快淋漓的批判中，可以看出作者的倾向。中国古老的民族传统的美德，一直肯定着这种无可代替的对父母和家庭的责任。① 在这一点上，笔者十分认同幺书仪的看法，但却不能同意将批评的矛头指向蔡公。在履行孝道问题上，起决定作用的主体是蔡伯喈。在民间，依照民间的传统，他完全可以以事亲为先而拒绝赴试，在高中之后，也完全有条件及时地赡养父母。之所以发生剧中悲剧，与蔡伯喈病态的性格和患得患失的心态有密切关系。

在负心婚变问题上，莫利根认为，蔡伯喈是值得同情和理解的，是无辜的，是强婚的受害者。这在西方学者中是很普遍的观点。在强婚中，蔡伯喈的软弱再一次鲜明地体现出来。美国学者卡丽兹在论文中也曾谈到《琵琶记》。她认为，蔡伯喈在享受荣华富贵的同时，常常因忧虑家中的父母妻子而流泪，只是由于新婚妻子的贤惠，才稍微抚平他的悲伤，显然蔡伯喈绝非西门庆那类喜新忘旧的人。② 对于婚姻，蔡伯喈究竟是怎样的态度呢？他

---

① 幺书仪：《元人杂剧与元代社会》，190~194页，北京：北京大学出版社，1997。
② 卡丽兹：《〈金瓶梅〉中的双关语和隐语——评第二十七回》，收录于《金瓶梅西方论文集》，徐朔方选编，234页，上海：上海古籍出版社，1987。

的处境真像莫利根和卡丽兹所说的那么可怜吗？实际上，蔡伯喈是喜新而又念旧，同时拥有两美可能是他潜在的欲望。这种欲望比人们普遍痛恨的喜新忘旧和"负心婚变"显得富有人情味。毕竟这是不忘旧情，因此较易为人所接受。蔡伯喈被迫接受强婚，在软弱的背后，是他"喜新"的欲望在作怪。难怪他满心喜悦地踏入洞房："【画眉序】攀桂步蟾宫，岂料丝萝在乔木。喜书中今日，有女如玉。堪观处丝幕牵红，恰正是荷衣穿绿。（合）这回好个风流婿，偏称洞房花烛。"① 黄仕忠先生指出，金榜题名，洞房花烛，这是封建时代人所共羡的"四喜"之二种。强官强婚，固然是被强，却也是无数人求之不得的事。官位与攀高门，飞黄腾达，改换门庭，其实也正是这位"草庐中穷秀才"日思夜想的。但同时，蔡伯喈在极为喜悦的时刻，又生出悲伤和道德上的不安："【滴溜子】谩说道姻缘，果谐卜凤。细思之，此事，岂吾意欲？有人在高堂孤独。可惜新人笑语喧，不知旧人哭。兀的东床，难教我坦腹。"这是一种鞭辟入里的刻画，深刻地揭示了人的弱点，昭示了人的复杂性。高明没有把蔡伯喈刻画成为一个类型化、高大全式的形象，没有把复杂的人性简单化、概念化，正视人性的各种欲望和弱点，这正是高明创作的过人之处。② 对蔡伯喈人性的弱点、欲望、道德上的困惑的揭示，使人物形象更为丰满、传神、可信。这些人性弱点很具有普遍性，我们可以予以理解。但我们能因此认为，蔡伯喈无需为剧中赵五娘的不幸负责吗？

正是由于赴试这关键一步的退让，使蔡伯喈进退失据，再无

---

① 王季思主编：《全元戏曲》，第10卷，194页，北京：人民文学出版社，1999。在此书中，此剧据陆贻典抄本为底本，主要参校巾箱本、凌刻本、锦本及《九宫正始》引文，并以李评本和汲古阁本作为通行本的代表，用作参校。

② 黄仕忠：《〈琵琶记〉研究》，125页，广州：广东高等教育出版社，1998。

法把握自己的命运。强官、强婚，步步退让，一让再让，欲归不得，便是等待他的结局。从此，"归去，抑或不归"成为反复出现的困惑，正是由于这种分裂的悲剧性格，注定了他自身的悲剧的结局。另外，也由于蔡伯喈内心存在的功名和攀龙附凤的潜在欲望，使他一步步地滑向更深更远的对孝道和旧情的背叛。莫利根将蔡伯喈应该负有的责任完全归之于儒家学说内在的矛盾冲突这一点上，从根本上是颠倒了主次，是片面的。

对于赵五娘的孝道，莫利根也作了简单化的理解。中国学者对于赵五娘，很久以来一直是众口一词的赞扬，这种基调对国外学者有很大的影响。在莫利根看来，赵五娘既忠且孝，甚至为了孝道，甘愿违背妇女不主外的传统观念，抛头露面地领救济粮供养公婆。这种理解可能过于理想化了。

黄仕忠先生认为，赵五娘的苦难，除了饥荒岁月独力难支和伦理纲常使得夫婿蔡伯喈无所适从，欲归不得外，主要是由封建的婆媳关系造成的。这种紧张的婆媳关系，是古今中外皆然的，也是人类社会难以解决的问题之一。所以，其中有着远为复杂的内涵和各种生发的可能。这使得《琵琶记》本身也构成一个开放结构和多方面阐释的可能。① 笔者赞同这种观点。的确，赵五娘起初拦阻夫婿离家赴试，有孝道的因素，有不舍新婚夫妻分离的感情，但也不乏日后对自己处境的担忧。在家庭中，只有丈夫最能支持、理解她；而公婆内心对她视为外人，充满深深的猜疑。若丈夫离开家，家中少了丈夫的支持，自己在家中的地位堪忧。事实上，事情的发展也的确如此。

黄先生提出，赵五娘虽着意恪守妇道，但她原本无意做"孝贤妇"，是生活迫使她落到不得不做孝妇的境地。"临妆感

---

① 黄仕忠:《〈琵琶记〉研究》，133~134页，广州：广东高等教育出版社，1998。

叹"细致地描述了她的这种无奈。同时也是为了维护丈夫的责任，减少丈夫所受的责难。另一方面，丈夫不归，未知其心如何，唯有借着与公婆的关系，忍受着委屈，尽着责任和义务，孤苦无依的赵五娘才与蔡伯喈有了牵连。但不论怎样，她所作出的牺牲，所受的苦难和折磨，仍然具有令人为之感动的力量，使这位善良而又任劳任怨的女性，焕发了动人的光彩。这也是赵五娘形象的独特价值之所在。黄先生的论述很有道理，详见《〈琵琶记〉研究》一书，此不赘。

第五章 元杂剧研究

在中国戏曲的各种戏剧形式中，元杂剧最早传播到西方。西方对于元杂剧的研究，在数量和质量上，都显示出较高的水平。研究范围十分广泛，涉及元杂剧的历史、戏台、演员、服装、化妆、道具、时空处理、文体、语言艺术、曲律、主题、形象、元杂剧的英译等，堪称全方位的研究。这与元杂剧的翻译传播、中日学者对元杂剧研究的重视以及产生丰富的成果当然有着密切的关系，堪称东、西方遥相呼应。关于英语世界中的悲剧文类研究、爱情婚姻主题（包括《西厢记诸宫调》、《曲江池》的主题与形象）、社会正义主题（包括罪犯形象、受害者形象、法官形象）的研究、关于时钟雯的元杂剧研究专著《中国戏剧的黄金时代：元杂剧》① 以及刘若愚的元剧研究，《国外中国古典戏曲研究》一书已经做了评介。尽管其中的评介不很全面，有很多可补充之处，但出于篇幅考虑，本书不再赘述，而将评介重点放在元杂剧的表演形态、音乐体制等方面。有译文的，本书均会明确指出译者。本书没指明译者的国外研究，均为笔者所译。

英语世界对元剧的研究从整体上看具备如下特点。

（一）重视研究元剧的语言形式

20世纪50年代以来，与此相关的博士论文有《元杂剧宾白

---

① Shih, Chung-wen. The Golden Age of Chinese Drama: Yuan Tsa-chu. Princeton: Princeton University Press, 1976: 1~313.

中的虚词》(Robert Pickens Miller, 1952)、《中古汉语研究》(P. B. Denlinger, 1962)、《元杂剧对话中的动词短语结构》(James Erwin Dews, 1965)、《中原音韵》(H. Stimson, 1966)、《汉语音韵学》(薛凤生, 1968)、《元曲韵律学》(D. R. Johnson, 1968)等。论文有《元代音乐剧的要素》(柯润璞, 1958)、《元杂剧的程式与技巧》(柯润璞, 1958)、《〈中原音韵〉的语音学》(H. Stimson, 1962)、《元杂剧中衬字的语法功能》(刘君若, 1964)、《元代中国语言问题略论》(I. De Rachewiltz, 1967)、《元杂剧中的韵文》(马田·荷密,收于《中国历史和文学研究集》,巴黎, 1976)等多篇。80年代初出版的章道犁(D. R. Johnson)的专著《元代北曲之结构与曲律及金元中国传统戏剧北词谱》(1980)吸收了从《中原音韵》、《太和正音谱》到王元章《元词斟律》、郑骞《北曲新谱》等中国学术成果,对元杂剧的曲牌联套、元杂剧全部曲牌的调式、节奏、句格等一一进行了研究。该文集前人之大成,提供了中文以外的第一种曲谱,能做到这一点对西方学者来说是十分困难、堪称天才式的研究。因此,章道犁不愧为柯润璞的高足。此曲谱一出,立即成为权威之作,被频繁引用。时钟雯在《中国戏剧的黄金时代:元杂剧》(1976)中,对元剧的语言形式尤其是唱词的艺术特点和审美功能有非常精彩的分析,其观点可参看《国外中国古典戏曲研究》一书的介绍。

关于元杂剧文体、语言艺术的研究论文还有《推迟的判断:对元杂剧内在风格的批评》(Perng Ching-his, 1977)、《西厢记的象征手法》(姚舒华,《中国历史和文学研究集》,巴黎, 1976)、《中国戏剧的悲剧层面:元杂剧研究》(Lo Wailuk, 1994)、《元杂剧中的悲剧》(Guozhong Feng, 1992)、《元杂剧里的通俗闹剧与难情剧》(Ping-Cheung cheung, 1980)、《中国戏剧的黄金时代:元杂剧》(时钟雯, 1976)、《元剧中的诗歌意象》(时钟雯, 1977)、《元杂剧中诗的功能》(杨福森, 1970—1971)、《元杂剧对白中的虚词》(罗伯特·P. 米勒，博士论文，1952)、《元杂剧对白的动词词组结构：论汉语早期白话的动词成分》(詹姆斯·欧文·迪尤，博士论文，1965)、《伊丽莎白时代与元朝：若干诗剧常规简明比较》(刘若愚，1955) 等。

还有一些研究元散曲家、散套的专著和论文，对元杂剧的音乐和联套研究可能会有一些启示，如吴黄舒琛（音）的《元代散曲作家张可久》(华盛顿大学博士论文，1973)、理查·J. 林恩的专著《贯云石》(G. K. 荷尔出版社，波士顿，1980)、柯润璞的专著《上都乐府》(密歇根大学中国研究中心"集刊"第43集，安亚伯，1983)、柯·W. 里克的《〈阳春白雪〉中的小令的曲律和结构研究》(Kurt Werner Radtke，1975)、《元代散曲套数的结构、内容及其与其他散曲形式的比较研究》(Elleanor Hazel Crown，1974) 等。

（二）重视研究元剧中的社会问题，如对法律正义现象的研究

致力于该课题研究的有海登和彭镜禧，分别研究公案剧和平反公案剧。海登 (George Allen Hayden) 以《元代包公戏》(1972) 一文获得博士学位，其后陆续发表了《元代与明初的公案剧》(1974)、《包公传说：从开端到元杂剧》(1975) 等论文，出版了译本《元明杂剧中之包公戏》(1978)。彭镜禧的《双难：评7部元代平反公案戏》(1978) 试图摆脱传统元曲评论中注重剧曲的"诗派"、注重意识形态和阶级分析的所谓"社会主义派"的支配。作者认同于看重中国传统戏剧本身特性的现代倾向，以"语言"、"人物刻画"这两条标准来为七部公案戏定品第、析特色，主张论语言应兼及散文韵白，谈人物应偏重艺术手法。这部专著不无偏激之处。尽管书中提出不宜用西方的理论来苛求中国传统戏剧，但在实际分析中仍有生搬硬套西方现代法律精神对待元杂剧中清官审案的倾向。涉及社会问题的研究论文还有《窦娥冤主题的衍变》(Hsien Chen-ooi Chin, 1974)、《中国通俗文学中的包公传说》(Ma Yau-woon, 1971)、《中国戏剧的历史叙事：元杂剧中的权力和政治》(Fu Hongchu, 1995)、《蒙古统治下的关汉卿对社会的批评》(Tsai Yean, 1982)、《社会扩张与对自我发现时代的戏剧反应的并行现象》(J. T. Fiske, 1988)、《蒙古人对南戏发展的影响》、《蒙古统治下的中国》(S. H. West, 1981)、《元杂剧的社会背景》(杨福森, 1958) 等。

(三) 比较研究成为较常用的方法

祖克在《中国戏剧》(1925) 一书中已触及了中国戏剧与英国伊丽莎白戏剧的相似之处。其后，刘若愚根据讲稿出版了《伊丽莎白时代与元朝：若干诗剧常规简明比较》(1955)。从比较入手力求揭示元剧特色的还有《来自幽冥世界的抗议：元曲和伊丽莎白戏剧中复仇的鬼魂》(J. C. H. Liu,《淡江评论》1988—1989) 等论文。相关博士论文有《元杂剧与英国伊丽莎白时期戏剧比较》(Wei Shu-chu, 1991)、《元杂剧和英国的家务剧比较》(Chou Joanne Wen-pin, 1991)。

(四) 关注性别和爱情主题研究

这方面的博士论文有《在中国文学里杨贵妃的形象转变》(Chen Fan Pen Li, 1984)、《性别倒置：蒙古统治下的中国戏剧中的女性》(Jiang Tsui-fen, 1991)、《边境故事：中国传统戏剧中的性别和汉蛮文化冲突》(Lei Daphne Pi-wei, 1999)、《才子佳人：元明清时期的爱情剧》(Yao Christina Shu-Hwa, 1983)、《西厢记中的理想化浪漫故事：一个历史的考察》(Rong Wa-qing, 1996)。

(五) 关注元杂剧作家和作品人物形象研究

这方面的博士论文有《作为元杂剧支配主题的普通人》(柳无忌, 1969)、《元杂剧里作为喜剧形象的僧尼》(V. Hsu, 1970)、《元杂剧中的三种传统性格》(Perng Ching-his, 1978)、《关汉卿和他的作品》(杜为廉,1968)、《戏剧中的关羽:两出元杂剧的翻译和评论》(Gordon Victor Ross,1976)、《元代剧作家马致远和他的剧作》(Barbara Kwan Jackson,1983)、《元杂剧中的吕洞宾》(Yang,Richard Fu-sen,1956)、《元杂剧中作为喜剧人物的张飞》(Kimbrly Ann Besio,1992)、《元代剧作家白朴的作品》(Jerome Thomas Cavanaugh,1975)、《论马致远的散曲与杂剧》(Linda G. Wang,1992)、《13世纪中国剧本〈西厢记〉研究》(Ho Shang-Hsien,1976)、《元杂剧西厢记的研究》(Meredith George Fosour,1983)、《〈灰阑记〉:从李行道到布莱希特》(K. W. Hall,1973)、《北杂剧〈虎头牌〉里的女真成分》(S. H. West,1977)、《〈西游记〉剧本的发现、作者归属与内容评价》(H. Goldblatt,1973)、《西游记中的喜剧成分》(Ning Cynthia Yumei,1986)、《〈窦娥冤〉题材的演变》(谢辰佑,1974)、《关汉卿及其作品研究》(杰罗姆·P. 西顿,1969)等。另有《论〈西厢记〉》(贺尚仙,1977)、《最早的〈中国孤儿〉》(柳无忌,1953)、《一位元杂剧作家性别考》(柳无忌,1957)、《对若干元杂剧的见解》(戴维·霍克斯,1971)、《元剧里的庄子戏》(威廉·荷密,东西方文学,第17卷3期,1973)等。

(六) 一些研究涉及民俗和其他艺术

这方面的论著有《元杂剧中的"宝"》(Guozhong Feng,1992)、《中国版画及瓷器所绘〈西厢记〉》(徐文琴,1991)。

(七) 涉及元杂剧表演特点的研究具有重要意义和价值

这方面的论著有《元杂剧的戏场艺术》(J. I. Crump,1980)、《中国十三世纪杂剧研究》(Liu Chun-ro,1952)、《元杂剧中的仪式性》(Shih Kuang-sheng,1992)、《元杂剧的演出》(著者不详,1970)等论著。以下将主要对涉及元杂剧表演形态的论著择要加以阐述。

第一节 柯润璞的元杂剧研究

美国学者柯润璞（J.I. Crump），在美国是中国戏曲研究的元老级人物，德高望重。他曾师从我国杰出的人民艺术家老舍研习中国文学，长期任教于密歇根大学，一生从事中国古典文学的研究与教学，在金元戏曲研究上成绩斐然。他还培养出了很多戏曲研究者，章道犁、奚如谷、彭镜禧就是他的高足。《元杂剧的戏场艺术》是柯润璞花费18年心血写成的专著，在英语世界是元杂剧研究的奠基之作。这部专著包括两部分内容，第一部分主要探讨了元杂剧兴起的原因、元杂剧的表演形态，包括科介动作、做意儿、马的搬演以及其他动物道具在戏曲舞台上的表现形式、表演模式、化妆、戏曲服饰、剧本体制、戏剧本事背景等。作者的结论建立在详尽的戏剧文本、文献（如传统剧论、古人笔记小说和散曲作品）、戏曲壁画、戏曲出土文物的基础上，字里行间浸透了他对元杂剧的热情和喜爱。第二部分翻译了《李逵负荆》、《潇湘雨》和《魔合罗》3种元杂剧剧作。译文生动、巧妙，十分接近原作的风格和神韵。行文中，柯润璞也时常将元杂剧与西方戏剧传统作比较，很有启发意义。该书的第一章，即元杂剧兴起的社会背景，《国外中国古典戏曲研究》一书已作了详细的介绍和评论。本书将主要对书中第二、第三章的元杂剧表演形态进行重点评价。本书的资料来源参考了柯润璞的英语原著①（《元杂剧的戏场艺术》）和美国学者魏淑珠的译文。② 魏淑珠的译文非常优秀，但也有个别地方对原文的理解有误，本书在

---

① Crump, J. I. Chinese Theatre in the Days of Kublai Khan, Ann Arbor. Michigan: Center for Chinese Studies, The University of Michigan, 1990; Originally published 1980 by The University of Arizona Press, Tucson.

② 魏淑珠：《元杂剧的戏场艺术》，台北：巨流图书公司，2001。

参考时有所修正。

第二章主要介绍元杂剧的戏台与戏院。柯润璞指出，由山西平阳明应王殿东南墙上的元杂剧演出壁画可知，戏曲表演同时出现在盛大的祭神庆典上，而且登堂入神殿之墙，以彰显表演盛况。宗教与戏曲，神庙与戏台，其关系之密切，在这里表现得再清楚不过了。柯润璞认为，早在宋朝时期神庙戏台已到处搭建，广为使用。这种神庙戏台在今日中国还保留了不少。这类神庙戏台通常隔着空旷的内庭正对主要的神坛。寺庙的主要神坛几乎毫无二致地面对南方，戏台也以同样的频率面对北方。从戏台到庭院对面的主神坛之间通常有一条宽广的走道。在有些寺庙里，这条走道铺有大块方石或方砖。寺庙戏台的位置如此一致，可见演戏以酬庙中之神是毋庸置疑的事实。

柯润璞参引中国学者丁明夷的研究①，指出现有资料中最早的寺庙戏台在山西省万泉县上桥村后土庙。庙已损毁，只剩得一座石碑。该石碑是为纪念 1020 年寺庙完工而立的。碑文叙述寺庙建筑一览并列名以志修大殿、二郎殿、娘子殿等之人。名单中有这样一条："修舞亭都维那头李廷训等。"共计 18 人。此舞亭应该是指表演厅，即神庙戏台。根据碑文中的相关资料，可知此庙的大殿于 1005 年已开工。根据丁明夷的看法，这是中国目前所知最早修建砖砌木构舞台的史料。但从逻辑上说，柯润璞认为，类似的戏台还可以追溯到更早的源头，戏台建筑更简单，虽然是建来伺候大庙明神的。

对于中国古代神庙戏台易于损毁的原因，他认为，虽然战争破坏是原因之一，但主要原因还是村民们疏于防火而造成的。这些戏台建筑既然只有逢节庆大典才派上用场，其余时间自然就成了村里的公共场所。又有屋顶和干爽的空间，正好用来放置新收

---

① 丁明夷：《山西中南部的宋元舞台》，载《文物》，1972（4）：47~50。

割待干的麦秆稻草、牛羊牲畜的草料,以及编制草苇、篮子、草鞋这些乡下手工艺所需的材料等。总之,平日戏台里头装的东西都很容易起火,有些甚至于本身就可以自燃,这可能是主要原因。①

关于戏院,根据《东京梦华录》的记载,明显可证在北宋的首都开封已经有固定的、供长期演出的戏园。柯润璞不无幽默地说:"到处吃喝玩乐的人写的日记、游记、回忆录等,真是功德无量!"② 除了当时京城里建有大量瓦舍勾栏外,在北方别的大城市也应该有很多建筑提供同样固定性质的娱乐场所。这些戏院在宋代笔记里没有记载,但在元代杂剧、南戏和散曲里有4处材料可循。第一份史料是《蓝采和》第一折,由此可知,当时的洛阳也有娱乐区(梁园),就像开封有瓦市一样,并且还有个娱乐季节。很可能元代戏班平时在城市瓦市里的固定戏台演出,到了年节期间则下乡去做流动性演出。

第二份史料是元散曲《庄家不识勾栏》,同《蓝采和》杂剧所示一样,可以看出戏院勾栏的演出以季节为转移。庄家是在农作收割之后进城,加之此散曲作者是北方人,可推知这次演出是在秋季,可能是在秋收庆典之际。柯润璞推测,这个戏院似乎位于城中心,而《蓝采和》剧中的戏院则在瓦市梁园。

笔者认为,柯润璞的"戏院勾栏的演出以季节为转移"这一论点不太合乎常理,城市戏曲演出是商业性的,不会只在特定的季节才演出,所以没有演出季节的问题。农村才存在演出季节。因为在乡村,通常只在年节演戏。

---

① Crump, J. I. Chinese Theatre in the Days of Kublai Khan, Ann Arbor. Michigan: Center for Chinese Studies, 1990: 44.

② Crump, J. I. Chinese Theatre in the Days of Kublai Khan. Ann Arbor. Michigan: Center for Chinese Studies, 1990: 46.

柯润璞还提到戏曲舞台上常见的一桌二椅，指出剧作中虽然长凳子仅仅偶尔提及（《单鞭夺槊》），但当戏台上演员说"将座儿来我坐"（《绯衣梦》），拿上来的可能是凳子。因为，做一张牢靠的凳子所需的工夫比做一张牢靠的椅子要简单多了。凳子的搬动也比椅子容易，而且功能比椅子要多。行头不丰的戏班可以拿长条凳子当棺材（《合同文字》），当新娘的轿子（《桃花女》），自然也可以当担架来"抬"李铁拐（《铁拐李》）。柯润璞认为，元剧舞台说明中的"抬"，大多数都是用似担架的设备来抬，像长板凳这种代用品即可。柯润璞还探讨了元曲选本《陈州粜米》中的一幅戏曲版画，版画中饰演包公的演员两手绑起来挂在房梁上，双脚悬空，舞台说明写着"大斗子……做吊起正末科"。

柯润璞关于戏曲舞台上的一桌二椅的认识，对于长凳运用的推想，的确有一定道理。这是中国学者没有注意到的。但柯润璞忽视了第3种表演形式，即在元代戏台上，既不用椅子，也不用凳子，而是由人来模拟桌椅板凳。虽然剧本舞台说明和曲词中"将座儿来我坐"，戏台上很可能没有实际的桌椅，而是以人拟物的形式。这可能需要我们突破戏台上"一桌二椅是戏曲舞台的基本装置"的思维定式。例如，在早期南戏《张协状元》中，由丑作桌子、末作椅子的拟物表演，说明当时可能还未出现桌椅的砌末摆设。其他明前中期戏文也很少见到桌椅的舞台提示，至明中期剧本才零零星星地出现桌椅的砌末使用。[①] 康保成教授认为，戏曲舞台上的一桌二椅形成较晚，元杂剧未必有。新西兰学者孙玫指出：

在中国戏曲的早期形式南戏里，椅子的运用并不普

---

① 欧阳江琳：《明前中期戏文形态研究》，中山大学博士论文，160页，2004。

遍。在《张协状元》中，还出现了由演员来扮演或充当桌椅的情形。换言之，现在人们所看到的频繁使用椅子的现象，很可能出现于中国戏曲发展的较迟阶段。①

柯润璞认为，戏曲版画只能是画工异想天开的剧中景图示。正如大卫·豪克斯（David Hawkes）所指出的那样："剧本插画都是凭空想象的，跟实际演出扯不上什么关系。"② 戏台说明指定要"吊起来"的，在元曲中总计有6个不同的地方，如《金钱记》、《陈州粜米》、《铁拐李》、《罗李郎》及《五侯宴》、《黄鹤楼》。柯润璞认为，元代表演"吊起来"时可能是将双手绑在戏台衔接帐幔的竹架子上，双脚着地，可以舒服地撑着自个儿的体重。

柯润璞对于戏曲版画的一段高论，其实是偏颇的，并非所有的戏曲版画和剧本插图都与实际演出毫不相干。不同历史时期的戏曲插图具有不同的特点，不同的画家具有不同的绘画风格，不可一概而论。明前期、明中后期、清中后期的总体插画风格各不相同，画风因人而异。有的画家就地取材，根据观剧的印象和写意画传统作画，使插图具有浓重的舞台演剧痕迹。有的则根据写实工笔传统作画，因而已经很难被认为是直接反映舞台实际内容及其演出形态的了。柯润璞所提到的那幅画是明末清初时期的插画，而当时的画风恰恰是以写实为主流的。对戏曲版画和剧本插图深有研究的元鹏飞博士有详细中肯的论述，或可修正柯润璞的看法：

> 对于以虚构为特征的叙事文学来讲，其中的插图固然是同一性质的再创作，但早期小说戏曲版画都有着明

---

① 孙玫：《东西方戏剧纵横》，21~22页，南京：江苏文艺出版社，1996。
② Hawkes, David. Reflections on Some Yuan Tsa-chu. Asia Major 16, 1971：70.

显的舞台痕迹，说明这些插图并非完全的虚构，舞台演出的情形不仅影响到戏曲版画，也影响了小说的插图。如果这种情形单单体现在戏曲版画上，我们或可认为这是对演出场景的有意展示，但如果小说插图也存在舞台痕迹，那么，我们倾向于认为这些图像虽然不是出于真实展示当时演出活动目的的创作，起码也是一种无意识的就地取材。其次，在版画艺术水平得到逐步提高的同时，原来的舞台演出痕迹被消除了，版画图像的写实性增强了。但这种写实性的体现不是针对叙事情节内容的表现，而是图像创作的取材来源，也就是说写实性的版画插图更加注意从现实军事、政治斗争、社会生产和生活场景中获得取材对象，表现之一是人物动作、服饰自然生动，其二是图像的环境背景开阔真实，完全摆脱了舞台衬托的情形。这种摆脱了舞台痕迹的图像，由于追求较为真实的场面和对现实生活的借鉴，却在情节需要时从客观的角度真实记录了当时的演剧场景，为我们保留了那一时期戏曲演出的可靠资料。（中略）由于明代后期小说戏曲插图形式特点的变化，图像出现了高度的写实表现，甚至文人意想画的情况，基本消除了舞台表演对版画插图的影响。但是自清嘉庆以后的很多绣像小说，却又开始向戏曲舞台上寻找人物图像的来源。如嘉庆十一年（1806）刊印的《双凤奇缘》中的人物，李陵背扎靠旗，苏武手持砌末状的汉节，韩延寿舞蹈化的身段及手持的扇子，包括王昭君及其随从的动作，几乎已经相当于对舞台演出的直接描摹了。类似情况还有很多，比如嘉庆二十年（1815）的《东汉演义评》中王梁、吴汉都扎靠旗，而蔡遵的动作显然与"起霸"的姿态有所联系。在所有这些插图本小说中最为突出的要数《狄青前传》的绣像人物，除了人物的舞蹈化身段外，很多绣像人物的面部还保留了各式脸谱，说它们是直接表现了当时舞台上的人物形象也毫不为过。但此后的小说插图在这方面的表现特点又逐渐减少，而在这个时候，通过木版年画等形式来反映戏曲舞台演出的局面正在逐渐形成。（中略）但总的来说，清中叶以前各种反映戏曲或其他演出活动的图像类资料还是比较少。进入清乾嘉时期，花部兴起，标志着古代戏曲完全融入了人们的日常生活，各种器物装饰、民间工艺、绘画雕镂等以戏曲表演作为其创作、创制最重要的取材对象，其中既有很多舞台演出的直接展示，也有大量根据观剧印象或以戏曲演出为蓝本的再创造，清代绣像小说中的一些人物形象就是如此。真正全方位地展示戏曲演出的状况，并表现出戏曲演出对图像表现内容影响的则是大量的民间戏曲版画、年画等。戏曲版画或年画中，有的完全忠实于舞台原貌，如苏州桃花坞的一些戏曲年画甚至把舞台建筑及其两侧的演员剧目海报都描画出来，清末杨柳青的一些戏曲年画则完全忠实于一桌二椅的摆台，所绘剧中脚色形象传神，其功架亮相，一招一式皆能抓住演出精彩一瞬的情形，服装扮相脸谱也都真实合理，有的甚至就是著名伶人的写照。这些版画年画等最值得注意的特点，是绝大多数自清中叶开始出现，嘉庆时期发展很快，至清末已蔚然成为社会的一种文化现象，正和戏曲最终与社会文化完全融于一体的情况基本同步。①

----

① 元鹏飞：《戏曲与演剧图像及其他》，68~70页，北京：中华书局，2007。

柯润璞在"优伶的技艺"一章里探讨了元剧的模拟动作、戏台上的飞禽走兽、表演模式、穿关、妆扮与场面亮相。柯润璞认为，元剧的曲词活泼有力，因而当时的演员无需像19世纪和20世纪的京剧演员那样，费尽心力地研读贫瘠的剧本，为剧本的唱段补血添肉。尽管如此，我们研究元剧的人都相信，在元朝，要成为一名优秀的演员，不但要唱得好，还要善于利用优美的舞姿、富有戏剧性的程式化模拟动作以及一些表演技巧，才能使演出富有灵动的魅力。我们读古典剧本的时候，如果没有剧场的观照，没有演员的眼光，就等于放弃了看戏的真正乐趣，只见到削去了斑斓翅膀的戏剧蝴蝶，干剩个灰扑扑的蝶蛹，从而难以领会其风光招展的现场演出效果。但要恢复元剧的声光色彩，也非易事。因为，现存的剧本大多是北杂剧兴盛流行过后几百年，经过编写、重修，才传到我们手上。在转手的过程中，剧本的文学价值得以保留，舞台说明这一类的记载却遭到删除、篡改、忽视的命运。如《黑旋风》李逵遇到两个坏坯子撞了自己，从曲词中仔细阅读才知道那两个坏蛋是骑马上的戏台，再读到后来，才知道这两个坏蛋骑的竟是同一匹马。这下子，这场碰撞的奥妙跟舞台效果可就揭晓了。因为，这样的场面演起来一定有不少精彩的特技表演。这种表演，在剧本中没有相应舞台提示，这是明显的缺失。元剧舞台说明最常见的缺失就是没有指出剧中人骑马上场。柯润璞发现有14处，无上马提示但在后面舞台说明里要剧中人下马，如《元曲选》（台北：成文出版社，1970）第150页（《谢天香》）、第156页（《争报恩》）、第282页（《楚昭公》）、第830页（《昊天塔》）、第1 096页（《金安寿》）及《元曲选外编》（台北：中华书局，1959）第210页（《东墙记》）。其次的缺失是没有指出剧中人由仆人之属相随（《元曲选》第906页之《丽春堂》，《元曲选外编》第202页之《东墙记》）。此外，剧本有时候没有说明戏台上需要用什么道具，可是有些道具在剧中明明不可或缺，例如《元曲选》第 1 150 页（《㑳梅香》）的琴，《元曲选外编》第 73 页（《绯衣梦》）杀人用的刀子，第 180 页（《渑池会》）廉颇所负之荆条。

　　第三章第一节"模拟动作"先探讨了元剧舞台说明中的"科"。柯润璞认为，其字面意思是一个动作或是一套动作，其实质是模拟动作。他认为，根据普通常识、历史资料和元剧文本，可以肯定元剧的舞台动作应该都高度规范化了，并且可能接近象征的表现、特技表演的形式，或舞蹈式的动作。柯润璞接着深入探讨了做意儿、上场与下场、虚下（或蹦下）、从甲地到乙地、特殊的模拟场景、杂技武术几个问题，分析得都很深入，时有新鲜见解。但也有些论述不很确当，值得商榷。如关于做意儿，柯润璞认为，要演员"做意儿"（表达感情）就是要搬出一套综合的表演术，可能是通行于元代、长而不带道白的表演，包括姿态、脸部表情、灵活的动作，有时候还要加上惊心动魄的特技（今日还用于京剧的舞台上以表达强烈的情绪）。

　　此章的第二节探讨了元代戏台上的飞禽走兽，主要是马的搬演方式。现代京剧演出上下马及骑马的详细动作。在此方面斯科特（A. C. Scott）曾作详尽描述。① 柯润璞认为，在元代戏台上，还不太可能出现以一根光秃秃的棍子式的所谓"竹马"代替驴马道具的情况。当时的竹马道具一定具有某种装饰，号称是世界上穿关最复杂的中国戏曲舞台，肯定会在竹马道具上有所反映。如孙楷第所言，早期舞台说明"骑竹马上"（如《元曲选外编》第 583 页），均见于元刊本。在明初朱有燉的剧本中，也可见到类似的舞台说明。《元曲选》经常忽略竹马上场的舞台说明。可是，这匹马却屡屡出现于元杂剧中，要演员"骑马"上场。除

---

① Scott, A. C. Traditional Chinese Plays, Vol. 1, The University of Wisconsin Press, 1967: 55~56.

了"骑"以外,还有"蹦马"跟"跚马"的舞台说明。柯润璞指出,孙楷第把"蹦马"、"跚马"跟"骑"竹马说成一码子事,虽然无法证明孙氏之说为不可能,孙氏立论的依据仍然薄弱,很可能这些词表示相类似的动作,但并不完全相同。

柯润璞显然十分熟悉周贻白的戏曲研究,多次参考他的论著。周贻白在《中国戏曲史讲座》(第105页)里认为,元剧戏台上剧中人物需骑马上场者,都是以"竹马灯"的形式来表演,在演员身上绑上马头马身。柯润璞对此表示异议,他指出,如果每次剧本中骑马的场景都用这样的竹马灯上场,我们很快就会发现,有些场面还真不知如何处理。如骑士常常需要在戏台上下马,《元曲选》第1180页之《单鞭夺槊》有一景还要摔下马。在这种情况下,绑在身上的竹马灯就难以应付了。另外,元剧中有舞台说明要两人同乘一马,也难以用竹马灯来处理。在柯润璞看来,元代竹马的行制可能是这样的———一根细竹竿,两端分别装备有马头和马尾,马头一端有马缰,见图5-1。①

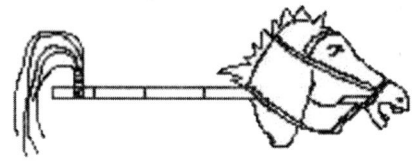

图 5 - 1

除了上述这些用不同方式"骑"上戏台的驴马道具之外,还有一些舞台说明似乎需要马头面具上场,如《元曲选》第1101页《金安寿》。又如,阎王殿的场景里头,阎王总有牛头马面诸鬼卒随伺左右(《元曲选》第502页之《铁拐李》)。就舞

---

① Reconstruction of "Bamboo Horse", And his bamboo steed waves its pendant green tail, Chinese Theatre in the Days Kublai Khan, 1990: 112.

台技艺而言，最有意思的马莫过于能自个儿站着、没人骑的名马了，如《元曲选》第149~150页之《襄阳会》，这时的马到底怎么演出，其方法大概戴上马的面具加一件彩衣，就像舞狮子一样出现在戏台上。在《陈州粜米》(《元曲选》第47~48页) 中的驴子应该也是如此。驴子毫无疑问是以独立的身份上场，绝不是演员跨骑或绑上身的道具。

除了马和驴以外，戏台上还出现过老虎，如《元曲选外编》第220页之《氾桥进履》、《元曲选》第1 035页之《桃花女》、《元曲选外编》第559页之《存孝打虎》、《元曲选外编》第532页之《老君堂》。在《元曲选外编》第382页之《庄周梦》里，还有［朱顶鹤舞科］和道士骑鹤上升的情节，有可能当时戏台上已经运用吊索来表演了。

在第三章的第三节，柯润璞探讨了演员表演中一些特殊表演模式，包括演唱模式、说白模式等。但柯润璞所描述的表演模式并非元杂剧所特有，难以称其为特点，因为更早的南戏已经是如此了。纵观后来的传奇、花部戏曲剧本，可以说上述模式是整个中国戏曲的特点，并非局限于某一种戏曲文类。在第三章第四节，柯润璞探讨了元杂剧的穿关、妆扮与场面亮相。他推断，《三战吕布》为宫廷演出本。这种推测是很有可能的，但并不能确证。他对于元杂剧中的"大团圆"结局之传统成因的分析，也确有道理。在成熟定型的元剧中，剧终的全体亮相，很可能是戏剧娱神初衷的历史遗留，是演员对于灵体的集体膜拜仪式的一种体现。

第二节 杜为廉的元杂剧研究

英国学者杜为廉对元代戏剧的研究成果，可参看其《中国戏剧史》的第三章以及澳大利亚学者马克林主编的《中国戏剧：从起源到今天》之第二章。① 该书在国内已有节译，可资参考。②

杜为廉认为，元杂剧结构和思想的精髓在于它的曲词。"曲"作为非戏剧性的诗歌，早在元杂剧兴盛之前就已被人们广泛接受。曲这种诗体在金时出现，当时被用于娱乐。早期杂剧作家的创作好像要比这些曲作家晚一些，如康进之、关汉卿和白朴都生于1220年前后。杜为廉认为，由散曲转变为戏剧形式始于金代后期，元谣很可能是一种过渡形态，最后完成于"元杂剧之父"关汉卿的首批作品之中。元杂剧发展的高峰期可能在忽必烈（1260—1294年在位）统治时期。在忽必烈之后，元杂剧在大都继续发展了一段时间，大约在1310年或1320年式微而转向统一后的南方。在蒙古人1280年最终征服南宋之后，似乎有许多北方的剧作家和曲作家游历或长住南方，主要在杭州一带，元杂剧的创作中心也就逐渐转移到这里。但杜为廉认为，这后一阶段的情况可能不太准确，因为保存下来的资料具有片面性。

在探讨元杂剧的剧作家时，杜为廉对钟嗣成《录鬼簿》和贾仲明《录鬼簿续编》中记载的元早期、中期和后期的剧作家进行了归纳分析。首先，他将里面提到的剧作家分为有所重叠的3个阶段：元代早期作家（1220—1300），元代中期作家（约1260—1340），元代晚期作家（其出生时间大约为1300—1305年，而活动时间于1300—1420）。杜为廉指出，元代曲作家的地位大致比剧作家要高。后者包括小吏、隐士、道士、医生、艺人、卜者、商人、淘金者等，职业、地位一般都比较低。也有少

---

① Dolby, William. A History of Chinese Drama. London: Paul Elek, 1976; Chinese Theatre: From Its Origins to Present. Edited by Colin Mackerras, University of Hawaii Press, Honolulu. 1983: 32~59.

② 杜为廉：《元代戏剧》，选自《欧洲中国古典文学研究名家十年文选》，乐黛云等编选，苏明明译，南京：江苏人民出版社，1998。

数几位，如史樟、杨梓和陈伯将，虽然没有职业，但富有，社会地位较高。实际上，中期和早期的剧作家有一些差异，钟氏所列的中期剧作家（没有包括杨梓）大多从属于低级职业，或者忍受着职业上的失落感。这也许表明，这些剧作家不出钟氏个人交际的范围，他们只是当时的剧作家中的一小部分。而早期和晚期剧作家记录的范围要广一些，他们属于更多的行业和阶层。笔者认为，"元代的曲作家可能比剧作家的地位要高"的观点，从中国文学传统来看，确有道理。

杜为廉提到《录鬼簿》中所列的名录，可能因钟嗣成个人交际的局限性，而不能全面反映当时全国剧作家分布的现实。笔者认为，这个思路非常值得我们重视。国内有些学者，显然有意无意地忽视了这一点，而仅仅依据《录鬼簿》的记载，就武断地得出元代中后期杂剧创作北方衰落、南方盛于北方的结论。这种结论可能有失慎重。北方是元杂剧的大本营，元大都是文人汇集，各种娱乐、各种艺术最为集中之所在。杭州作为南宋的旧都，在元统一全国后，经过一段时间，经济、文化虽然有所恢复，但无论如何难以同大都相比。钟氏长期居住于南方的杭州，对于南方的剧作家更为熟悉，因此，在书中南方的剧作家著录更多。对北方的剧作家相对生疏，其书中北方剧作家著录较少，这是很自然的。杜为廉考虑问题是很慎重的，对我们应该有所启发。

在元杂剧素材的处理上，杜为廉指出，曲词是元杂剧的基本要素和思想精髓，但这并不削弱故事情节的力量。实际上，曲词紧跟着故事情节和戏剧动作，有时甚至展开故事情节。曲词一般不会在戏剧动作的关键时刻展开冗长的诗化陈述，除非是为了增强戏剧气氛或者扩大戏剧张力。曲词以其恰到好处的方式穿插在戏剧中，伴以音乐和韵律，有助于剧情的紧凑和戏剧动作的表现。曲词基本上都是表达主人公的思想感情的。主人公向观众或舞台上其他人物吐露心声，对场景、历史或其他背景作补充交代，表现其自身的道德倾向或哲学理念。曲词通常可以加强戏剧演出的直感效果，这种语言可以相当直接地为观众所理解。杂剧清晰、有力地演唱进一步增强了元杂剧语言的"率直"与"当行"，与南方戏曲迂回、甜美的演唱风格形成鲜明对比。动作和表情与不同场合的剧情说明一样，对加强与观众的交流起着重要作用。一种能使戏剧生动活泼、或者避免在舞台上表现暴力死亡的很有意思的手段是，用整个一折或一个片段，让目击者出场叙说此类事件。

杜为廉认为，音乐在元杂剧中是很重要的，不过总的看来，或许并不比在一些南方戏剧和后来那些难懂的中国戏剧中更为重要——在这些戏剧中，唱腔比唱词的意思还要重要。杜为廉强调，在元杂剧中，唱词的意思几乎具有理所当然的支配权，音乐只是以某种理想的方式心甘情愿地作为它的奴仆和助手。对于戏剧结构，对于将每一折中的曲词组织成一个组曲而言，音乐的主要贡献无疑是向观众传达一种故事分段和演进的感觉，每一曲调中的唱词序列也起着相似的作用。很明显，音乐是从属于曲词和嗓音的，没有证据证明某一长度的演奏段落构成了杂剧的显著特征。乐器可能起着伴奏、说明的作用，使演唱圆满完成，为演唱提供可能的过门。曲调和腔调的变化肯定也有助于改变和创造氛围，表明当时的情况是紧张还是快乐。

对于元代元杂剧的主题和素材、角色行当、音乐曲调、戏剧的演出和演员的具体情形，戏剧演出服饰，杜为廉也进行了推测。此处不赘述。

杜为廉最后指出，我们对元代戏剧的了解，在许多方面与我们关于宋、金戏剧演出的知识一样，十分不完全。杜为廉建议从两个方面去寻求更为明晰的认识：在多民族、征战后的意义上，更全面、更深入地阐明元代早期社会；更周密地研究明代编选和传播元代戏剧的程度。在后一方面，用计算机进行研究可能会有一天获得大的发现。考古学也是另一大希望所在。在杜为廉看来，在宋杂剧和金院本中，已经具有许多主要的戏剧因素：服装、化妆，甚至大的演出场所。南戏和元杂剧所增加的，主要是延长了剧中的故事情节。最初一部短剧可能是各种娱乐形式的综合体，其中包括了杂技、舞蹈、说笑和其他项目。但是，在元代戏剧中，演员进入他们的角色而演出一个故事。各种各样的故事情节，不但在数量上，而且在质量上均不同于以往的戏剧。我们无可置疑地看到，这是在中国戏剧史上第一次把表演、服装、编导和复杂的人物关系结合在一个周详的故事之中，从而构成了真正的戏剧。杜为廉强调，与我们对此前戏剧的理解相反，可以获得的信息表明，戏剧确曾丰富多彩地在元代盛行一时，并流行于中原地区和长江流域的各个社会阶层之中。中国戏剧在元代就已为它后来的发展奠定了坚实的基础。

第三节 章道犁的元杂剧联套研究

章道犁（Dale R. Johnson）是柯润璞的得意门生，其《元代北曲之结构与曲律及全元戏曲北词谱》[①]一书是在其博士论文基础上完成并出版的。此书是英语世界元杂剧曲学研究中最深入系统因而也是最有代表性的专著。全书分为两大部分，以《元曲选》和《元曲选外编》中的162种杂剧为研究对象。第一部分为元杂剧的形式与结构，包括折、套数（各宫调声情、联套平均长度、联套统计结构图、首牌、次牌、常用过曲）、曲词、剧诗结构、剧诗结构分析中的困难、剧诗中的叠词法、排比句及其

---

① Johnson, Dale R. Yuan Music Dramas Studies in Prosody and Structure and a Complete Catalogue of Northern Arias in the Dramatic Style, Center for Chinese Studies of The University of Michigan, 1980: 1~380.

特征、联套与宫调;第二部分为全元戏曲词谱,每个曲牌词谱包括牌名、异名、所属宫调、联套、散曲中的使用情况(小令或套数)、全元戏曲中的使用情况(剧目)、节拍、基本句格、注释。该书信息丰富全面,系统深入,论证细致严谨,虽然内中统计和描述尚有一些不完善之处,但能做到这样的地步,非但在英语世界中已实属不易,其功力和成果即使放在中国国内曲学研究者面前也毫无愧色,十分难能可贵,值得详细地予以介绍。

(一)元剧的折

章道犁指出,在元杂剧四折一楔子的宏观结构中,每折的核心部分为其套数。

关于楔子,据章道犁统计,162种元杂剧中楔子出现118次,其中有76次用在第一折之前。楔子位置虽然灵活,但从未出现在第四折之后,即使在五折杂剧中也是如此。楔子中所用曲牌为仙吕【赏花时】或【端正好】,可以重复使用,其中使用【赏花时】的占90%。

在各折的引子、插曲和尾声中,也都有科白和剧曲,但其中的插曲与套数无关,主要是小令和南曲,其演唱者通常是在一般场合中的非主要角色,如外、净、丑和搽旦,故较易区分。另一方面,演唱者在剧中不以行当称,而是直接出以所扮演角色之姓名,与通常元杂剧主唱者不同。这类剧曲的韵律也不同于套数中的曲子,其语气口吻通常比较轻快,使人的情绪暂时得以放松。因此,此类剧曲从剧中人物、剧曲来源、韵律、主题和语气口吻等各因素分析,都与正规的套数存在明显的差异,主要是用作调剂舞台气氛,以幽默见长,多出现于戏谑性娱乐场面,为金院本之遗风。为说明此类剧曲性质,章道犁从《元曲选》和《元曲选外编》中分别选取了《连环计》第二折的【折桂令】和《潇湘雨》第二折的【醉太平】二曲。为说明散场的幽默性,举了《潇湘雨》第二折、《西游记》第三折和杨家骆《全元杂剧》剧

37 第三折中的三例散场。①

(二) 套数

元杂剧中,套数由一组只曲或联曲组成,平均长度为 10~11 支剧曲。折与套数常常被等同视之,但套数并没有折中常用的序幕、岔曲及散场。套数由头、腹、尾三部分组成。头与尾通常比较固定,头一般由一支或具有固定次序的两支曲牌构成,唱时音调缓慢,不严守节律,从第二或第三支曲牌开始依律而唱,随点板起拍,由此形成了一个传统模式:开始为悠然的无板,然后由点板确定套数的声情发展基调。

套数腹部过曲的组成,虽然看似由一系列独立的曲牌组成,实际并非如此。其中的剧曲多有关联之曲或为曲串,具有约定俗成的次序,但曲家在具体使用中仍有一定自由度,在有限的范围内可以调整套数曲牌的次序,主要是依据其个人的需要和兴趣,尤其需要根据剧情的发展进行调整。剧情的发展是决定套数中曲牌次序的一个重要因素,二者有密切的互动关系,从理论上推测,由套数中曲牌联套的次序可以预测剧情的发展。

套数的尾部由一支或数支联曲构成,具体形式由其宫调性质而定。联曲的次序,尤其在中吕、正宫、南吕和双调之中,具有一个共同的特征——煞尾。除了剧中末折之套数并不强求外,所有的套数都需有尾声。

1. 黄钟宫联套

黄钟宫很少用于元杂剧中,仅出现 12 套,其中用于第 4 折者 8 套,第 2 折者 1 套,第 3 折者 3 套。其声被指"富贵缠绵",用于婚礼一次,用于烘托打斗的气氛多次,从神怪的出场到剧中

---

① Johnson, Dale R. Yuan Music Dramas Studies in Prosody and Structure and a Complete Catalogue of Northern Arias in the Dramatic Style, Center for Chinese Studies of The University of Michigan, 1980: 3~7.

人物的拳脚相殴，不一而足。如《西游记》描写风雨雷电之神及其他神祉阻挠唐三藏翻越火焰山去天竺取经，《黄花峪》中两人（其中一人醉酒）为争夺寺庙房间而拳脚相加。还有4次用于战场，表现了一幅幅军队迎战，武将上马，旌旗猎猎，战鼓震天，刀枪霍霍的宏伟场面。黄钟宫套数平均曲牌有8.5个，超过50%的套数由6支曲子加尾声组成，其他曲牌和借曲（商调、中吕和双调，与黄钟笛色相同者）亦可以加入套数。由于出现黄钟宫套数的剧目较少，但散场中出现的曲牌，并不属于套数。

2. 正宫联套

正宫与中吕宫具有相同的笛色，因此，二者套数中常大量互相借用曲牌，使用位置也同中吕一样，多用于元杂剧之中心部位，其中有44次出现在第2折，34次出现在第3折，是剧情最为紧张、冲突最为激烈之高潮，因而其曲辞也显得更深刻、更富有表现力。其声"惆怅雄壮"，与其在剧中所处位置及功能颇为切合。套数核心曲牌中，由【滚绣球】和【倘秀才】构成的二曲交互出现，称为"子母调"模式，为宋代缠达之遗响。在此模式中，可以插入同宫其他曲牌，或只曲，或联曲，除了少数联曲如二曲相连使用的【伴读书】—【笑和尚】，或三曲相连使用的【脱布衫】—【小梁州】—【幺篇】以及【白鹤子】的重复叠用等曲段外，一般曲牌在套数中的任何位置皆可插入，不存在其他特殊模式。套数结尾常有逆序排列的煞尾及尾声：【五煞】、【四煞】、【三煞】、【二煞】、【煞尾】。出现煞尾时，联套无需从他宫借曲。正宫与中吕因具有相同的笛色——均为小工调和尺字调，二者常互相借用曲牌而不致破坏套数调性的连续性，因此有时难以确定套数中曲牌的所属宫调。区分的基准是，中吕借曲的位置一般在尾声前并孤立地使用。正宫套数中借曲通常为2~4支，个别的也有5支和多达10支的。正宫套数也从中吕借用般涉曲牌，用作套数之尾。正宫联套曲牌平均为11.2支，50%的联套曲牌为9~11支。

可插入联套的同宫曲牌包括只曲【呆骨朵】、【白鹤子】、【穷河西】、【芙蓉花】、【货郎儿】、【蛮姑儿】、【塞鸿秋】、【笑和尚】、【双鸳鸯】、【叨叨令】、【脱布衫】,双联曲段【伴读书】—【笑和尚】和三联曲段【小梁州】—【幺篇】—【醉太平】。般涉调尾曲为【哨遍】和【耍孩儿】。中吕借曲包括只曲【齐天乐】、【古鲍老】、【红衫儿】、【红绣鞋】、【叫声】、【满庭芳】、【醉高歌】,双联曲段【快活三】—【朝天子】、【快活三】—【鲍老儿】、【柳青娘】—【道和】、【上小楼】—【幺篇】—【十二月】—【尧民歌】、【石榴花】—【斗鹌鹑】、【剔银灯】—【蔓菁菜】和三联曲段【快活三】—【朝天子】—【四边静】。

3. 南吕宫联套

南吕宫套数用于第 2 折,其声"感叹伤悲",非常切合第 2 折的特点,此折开始编织悬念和期望,为剧情逐渐发展到第 3 折的高潮做准备。南吕套数是自足的一套曲子,基本上不用从他宫借曲,其结构次序也比较精巧。其首牌和次牌分别为【一枝花】和【梁州第七】,第 3 支曲牌可以选用【隔尾】,其中有 30 种元剧南吕套数以【隔尾】为第 3 支,40 种第 3 曲位置未采用此曲。【隔尾】之后,通常继以【牧羊关】—【贺新郎】,但南吕套数也有 1/4 使用逆序,即【贺新郎】—【牧羊关】。有 13 套未使用此二曲。本宫其他曲牌依次插入此套数,并以【煞尾】(可选用)与【黄钟尾】作结,此尾声为南吕联套唯一形式。南吕套数平均由 9.6 支曲子组成。

其他过曲包括双联曲段【红芍药】—【菩萨梁州】、【哭皇天】—【乌夜啼】,三联曲段【骂玉郎】—【感皇恩】—【采茶歌】,只曲【鹌鹑儿】、【斗虾蟆】、【干荷叶】、【金字经】、【四块玉】、【梧桐树】、【玉交枝】、【绵搭絮】。

4. 仙吕联套

仙吕套数是元杂剧的基石,其声"清新绵邈",除有三剧例外，在其他元剧中均用在第1折，是为主角出场创作理想的音乐环境的最佳组曲。该套数中有两个基本组合：一为短套，有【点绛唇】—【混江龙】—【油葫芦】—【天下乐】；一为长套，是在短套基础上增加【哪吒令】—【雀踏枝】—【寄生草】。在此之外，还有一些基本组合可以与上述套组联合成完整的套数。【金盏儿】、【醉扶归】、【醉中天】、【后庭花】可以连接成松散的交互循环，次序不定，此循环中一支或多支曲牌均可重复使用至少一次，如【金盏儿】，但此4支曲子很少同时出现在一套里。其他曲牌也可任意插入此循环。每逢此4曲的两支或多支曲牌依次而出，便意味着曲牌循环现象即将开始了。【后庭花】可以分别与【柳叶儿】和【青哥儿】组成双联曲段，极少数情况下也可以与上述二曲组成三联曲段。【村里迓鼓】—【元和令】—【上马娇】组成三联曲段，其下面常接双联曲段【游四门】—【胜葫芦】或【胜葫芦】—【幺篇】。其他过曲可以任意用在上述组套之间，也可插入上述循环曲，甚至有时也可插入上述短套和长套的前面，但不能插入运用到上述双联曲段和三联曲段内部。套数的结尾只有一个，即【赚煞尾】，此套数平均有10支曲牌，超过50%的套数有9~11支曲子。

除上述提及的短套、长套、循环、三联曲段、双联曲段外，仙吕宫其他过曲还包括【八声甘州】、【穿窗月】、【单雁儿】、【点绛唇】、【古寨儿令】、【赏花时】、【四季花】、【天下乐】、【雁儿落】、【一半儿】、【忆王孙】、【油葫芦】、【玉花秋】等只曲及双联曲段【六幺序】—【幺篇】。

5. 大石调联套

大石调套曲，在元杂剧中较为少见，只有4套，其中3套以【六国朝】为首牌，另一套以【念奴娇】为首牌。在每一套中，【六国朝】与【归塞北】均至少叠用一次。曲尾有3种：【观音煞】、【雁过南楼煞】、【玉翼蝉煞】。此4套没有借宫，曲牌组合次序没有特别规则,【六国朝】与【归塞北】的叠用是其主要特点。《燕青博鱼》的联套组合为【六国朝】—【喜秋风】—【归塞北】—【六国朝】—【雁过南楼】—【六国朝】—【憨货郎】—【归塞北】—【擂鼓体】—【归塞北】—【雁过南楼煞】,《黄粱梦》的联套组合为【六国朝】—【归塞北】—【出汶口】—【怨别离】—【归塞北】—【幺篇】—【雁过南楼】—【六国朝】—【归塞北】—【擂鼓体】—【归塞北】—【净瓶儿】—【玉翼蝉煞】,《㑳梅香》的联套组合为【念奴娇】—【六国朝】—【出汶口】—【归塞北】—【雁过南楼】—【六国朝】—【喜秋风】—【归塞北】—【怨别离】—【归塞北】—【净瓶儿】—【好观音】—【随煞尾】,《西游记》第三本的联套组合为【六国朝】—【喜秋风】—【归塞北】—【六国朝】—【雁过南楼】—【擂鼓体】—【归塞北】—【好观音】—【观音煞】。

6. 商调联套

商调套数,其声"凄怆怨慕",在元杂剧中,主要用于第3折(15次),另用于第2折9次,用于第1、第4折各1次。其结构比较简单,首牌、次牌分别为【集贤宾】、【逍遥乐】,下接同宫过曲或借宫曲牌,最后以两尾声之一作结。有一种组曲经常使用并构成商调套数的核心部分,如【挂金索】—【金菊香】—【双雁儿】—【醋葫芦】—【梧叶儿】,其中【醋葫芦】可以叠用达10次之多,颇似正宫之【白鹤子】。其他过曲使用较分散,如【凤鸾吟】、【凉亭乐】、【牡丹春】、【袄圣急】、【望远行】。商调套数从中吕、正宫、仙吕、双调中借宫,多直接借用曲段,其所借双联曲段和三联曲段如下:

仙吕:【后庭花】—【柳叶儿】;【后庭花】—【青哥儿】;【村里迓鼓】—【元和令】—【上马娇】;【游四门】—【胜葫芦】。

中吕:【山坡羊】—【贺圣朝】。

正宫:【穷河西】—【小梁州】—【幺篇】。

双调:【春闺怨】—【雁儿落】—【得胜令】。

商调套数平均有 11 支曲牌，50%的联套有 8~12 支曲子。

商调过曲除上面提到的曲段以外，还包括只曲【高过浪来里】、【集贤宾】、【上京马】、【逍遥乐】、【挂金索】、【金菊香】、【凉亭乐】、【双雁儿】、【醋葫芦】、【望远行】、【梧叶儿】、【凤鸾吟】、【祆胜急】。

7. 中吕宫联套

中吕套数最常用于元杂剧第 3 折（55 次），但也常用于第 2 折（30 次）。其声"高下闪赚"，与第 2、第 3 折剧情相一致，因为此二折通常构成剧情高潮和情绪上的剧烈起伏，戏剧的紧张与冲突均已达到了顶点。套数的核心部分，尽管比较短，却有 5 种变式：①首牌与次牌【粉蝶儿】—【醉春风】比较稳定，下接同宫曲调或借宫之曲（通常借自正宫），此种组合约占总套数的 1/3（38 套）。除上述套数外，余下的 2/3 的中吕套数又有 4 种，在【醉春风】后分别接用：②【迎仙客】；③【迎仙客】—【红绣鞋】；④【红绣鞋】，或者⑤【红绣鞋】—【迎仙客】，下面再接同宫过曲或借宫之曲。

中吕套数中有许多双联曲段，如【快活三】—【鲍老儿】；【快活三】—【朝天子】；【石榴花】—【斗鹌鹑】；【十二月】—【尧民歌】；【剔银灯】—【蔓菁菜】；【柳青娘】—【道和】。【上小楼】之后接【幺篇】，【白鹤子】则至少叠用一次。还有三联曲段，如【脱布衫】—【小梁州】—【幺篇】；【快活三】—【朝天子】—【四边静】。包含有双联曲段【十二月】—【尧民歌】的套数，除个别例外，此双联曲段之下均接【尾声】，当使用般涉调尾曲组合时，此双联曲段置于整个般涉尾曲组合之前，主要是处于节拍速度的考虑，在【尾声】之前的位置，乐曲的节拍速度已升至极快，故双联曲段【十二月】—【尧民歌】的位置为套数中节拍的高潮。般涉调尾曲组合主要有【哨遍】（可选用）—【耍孩儿】—【煞尾】（可选用）—【尾声】。在中吕过曲和借宫之后，套数可以以下3种尾声之一作结:【尾声】、【啄木儿尾】（借自正宫）、【煞尾】（借自般涉尾曲组合）。从数据上来看，中吕套数多用般涉尾曲组合。中吕联套平均有12.5支曲牌，超过50%的套数在10~14支曲子之间。

除上述已提到的曲段过曲之外，中吕过曲还包括只曲【齐天乐】、【乔捉蛇】、【古鲍老】、【粉蝶儿】、【贺圣朝】、【红绣鞋】、【红芍药】、【江儿水】、【叫声】、【满庭芳】、【普天乐】、【喜春来】、【醉春风】、【醉高歌】和【迎仙客】，另有双联曲段【六幺序】—【幺篇】。套中般涉尾曲组合为【哨遍】（可选用，9套）—【耍孩儿】—【煞尾】（可选用，59套）—【尾声】。

8. 越调联套

越调套数主要出现于第3折，有34剧如此。但也用于其他地方，如出现于第2折12次，第4折5次，第5折2次。其声"陶写冷笑"，套数结构较为简单，【斗鹌鹑】为首牌（只有两套例外），【紫花儿序】为次牌（无一例外），第3曲使用【小桃红】者占1/2，一部分以【金蕉叶】为第3曲。余下各曲为越调过曲，最后均以【收尾】作尾声，越调套数没有借宫之曲。

越调所属曲牌有若干曲段，如【麻郎儿】—【幺篇】，【秃厮儿】—【圣药王】，但【圣药王】也可作只曲使用。越调套数平均有11.1支曲牌，50%的套数由9~11支曲子组成。

除上面提到的过曲外，可以充当越调过曲的还有【庆元贞】、【青山口】、【斗鹌鹑】、【东原乐】、【鬼三台】、【古竹马】、【黄蔷薇】、【寨儿令】、【酒旗儿】、【拙鲁速】—【幺篇】、【络丝娘】、【眉儿弯】、【绵搭絮】、【凭栏人】、【耍三台】、【雪里梅】、【天净沙】、【调笑令】、【紫花儿序】。

9. 双调联套

双调套数用于第4折126次，用于第3折18次，用于第2折6次，用于第5折4次。其声"健捷激袅"，同尾折声情吻合。尽管其套数不长，但如此广泛的运用，使双调套数拥有大量曲牌，使用番曲（《虎头牌》、《丽春堂》、《金安寿》）可为一因，但即使不计番曲，双调曲牌也为最多。

双调套数并不复杂，首牌为【新水令】，唯有 5 剧例外，即《西游记》使用【豆叶黄】作首牌，《虎头牌》、《丽春堂》、《萧淑兰》、《西厢记诸宫调》四剧使用【五供养】作首牌。双调套数中，有大约 1/2 使用【驻马听】作次牌，其次是【沉醉东风】，再次是【步步娇】，都是用作次牌较多的曲子。其下便为其他双调过曲。双调套数基本不用借宫。

约 1/2 的双调套数使用 4 种尾声之一作结，其余的套数则无尾声，直接以双调曲牌作结。双调套数由于多用于第 4 折，故并不要求一定使用尾声。其他宫调的套数也是如此，如果用于尾折，则不必使用尾声。可用作尾曲的双调曲牌为【收江南】（18 套），【太平令】（17 套），【水仙子】（12 套），【得胜令】（9 套），【折桂令】（8 套），【清江引】（3 套），【挂玉钩】（3 套），【殿前欢】（3 套），【落梅风】（2 套），【殿前喜】（1 套）。

双调过曲中有不少双联曲段，如【雁儿落】—【得胜令】（二者亦均可单用）；【沽美酒】—【太平令】（【太平令】可单用）；【甜水令】—【折桂令】；【侧砖儿】—【竹枝歌】。还有一个四联曲段【川拨棹】—【七弟兄】—【梅花酒】—【收江南】。双调套数平均有 9.8 支曲牌，近 50% 的双调套数有 7~9 支曲牌。

10. 女真曲调组成的套数

在《虎头牌》、《丽春堂》、《金安寿》三剧中，使用了双调女真剧套，曲牌众多，多为女真曲调（或称番曲），音乐来自北方少数民族，其曲牌名由女真语转读而来，意义不明，虽然这些套数中也有不是番曲的，但以番曲为主体是无疑的。关汉卿曾作女真曲调散套（见《全元散曲》，181~184 页）。女真曲牌主要有【阿纳忽】、【大拜门】、【风流体】、【忽都白】、【慢金盏】、【山石榴】、【相公爱】、【喜人心】、【石竹子】、【唐兀呆】、【早乡词】、【醉娘子】、【也不罗】、【一锭银】、【月儿弯】。①
(三) 曲牌和曲辞②
在曲辞方面，作者分析了曲辞的表情功能及与剧情的关系。作者重复了时钟雯的观点，认为曲辞是在情感强烈之时，暂时停止情节发展，将观众从剧情的世界转向唱者的抒情性情感和思想世界，其作用等同于诗歌。曲辞可能会被剧中人物的独白和对话打断，以使听众返回到剧情中来。有时这种干扰过多，就会影响曲辞的音乐氛围和连续性。所幸这种情况并不太多。在很多方面，元剧中的曲辞与西方歌剧有相同的功能，区别只在于元剧一折中一人主唱，而西方歌剧则会尽量保持男女演员歌唱分量的平衡，会在每一幕中设计二重唱、三重唱或四重唱，以使演唱形式有所变化，同时避免使得配角对于戏剧动作显得过于无足轻重。在元杂剧中，一人主唱的形式使得听众只能分享主唱者的思想与感情，虽然从理论上来说，曲家可以为不同的折配置不同的主唱者，以增加多样性，但这种情况并不太多。

曲辞的类型，可依据形式，也可依据功能，主要类型包括幺篇、带曲、集曲、煞曲、尾曲五类。"幺篇"指两支曲牌的曲辞完全重复，有时标以"又"。不完全的重复，称为幺篇换头，如【山石榴】[3 3 7 5] —【幺篇】[5 3 7 5]。但对于【上小楼】[4 4 4 4 4 3 3 4 6] —【幺篇】[3 3 4 4 4 3 3 4 6]，作者认为不似幺篇换头，但尚无合适的名称命名之，其基本句格与其母腔已有些微差异，且差异并不仅仅在曲头处。还有一些幺篇，在句格

---

① Johnson, Dale R. Yuan Music Dramas Studies in Prosody and Structure and a Complete Catalogue of Northern Arias in the Dramatic Style, Center for Chinese Studies of The University of Michigan, 1980: 7~24.

② Johnson, Dale R. Yuan Music Dramas Studies in Prosody and Structure and a Complete Catalogue of Northern Arias in the Dramatic Style, Center for Chinese Studies of The University of Michigan, 1980: 24~29.

上与其母腔相比已面目全非，如【小梁州】［７４７３５］—【幺篇】［７６３３４５］；【寨儿令】［３３７４４５］—【幺篇】［６６５５１５］。幺篇的使用是有限制的，只有一小部分曲牌可以后接幺篇。有些曲牌必须后接幺篇，包括【白鹤子】（正宫）、【麻郎儿】（越调）、【古竹马】（越调）、【上小楼】（中吕）、【寨儿令】（越调）、【山石榴】（双调）、【锦上花】（双调）、【胜葫芦】（仙吕）、【拙鲁速】（越调）、【小梁州】（正宫）、【六幺序】（仙吕）、【月上海棠】（双调）。有些曲牌可偶接幺篇，包括【出队子】（黄钟）、【赏花时】（仙吕）、【端正好】（仙吕）、【耍三台】（越调）、【古神杖儿】（黄钟）、【四季花】（仙吕）、【寄生草】（仙吕）、【醉太平】（正宫）、【牧羊关】（南吕）、【夜行船】（双调）。

"带曲"，即两支曲牌以上的连带形式，称为"带"、"过"或"带过"，通常由２支、３支或４支曲牌组合在一起，形成更大的音乐单位。最简单的组曲形式是双联曲段，由两支曲牌组成，在越调、中吕、南吕、仙吕、双调和正宫曲牌中均有此形式，其中中吕有７组，几占１/３。这些双联曲段包括【伴读书】—【笑和尚】（正宫）；【鲍老儿】—【古鲍老】（中吕）；【清江引】—【碧玉箫】（双调）；【齐天乐】—【红衫儿】（中吕）；【楚天遥】—【清江引】（双调）；【沽美酒】—【太平令】（双调）；【后庭花】—【青哥儿】（仙吕）；【后庭花】—【柳叶儿】（仙吕）；【黄蔷薇】—【庆元贞】（越调）；【红芍药】—【菩萨梁州】（南吕）；【集贤宾】—【逍遥乐】（商调）；【快活三】—【朝天子】（中吕）；【柳青娘】—【道和】（中吕）；【胜葫芦】—【游四门】（仙吕）；【十二月】—【尧民歌】（中吕）；【石榴花】—【斗鹌鹑】（中吕）；【剔银灯】—【蔓菁菜】（中吕）；【秃厮儿】—【圣药王】（越调）；【侧砖儿】—【竹枝歌】（双调）；【雁儿落】—【得胜令】（双调）；【玉交枝】—【四块玉】（南吕）。

还有8个各由3支曲牌连接成的三联曲段，黄钟、正宫、南吕、中吕、越调和双调各1组，仙吕有2组，包括【东原乐】—【绵搭絮】—【拙鲁速】（越调）；【刮地风】—【四门子】—【古水仙子】（黄钟）；【锦上花】—【幺篇】—【清江引】（双调）；【快活三】—【朝天子】—【四边静】(中吕)；【骂玉郎】—【感皇恩】—【采茶歌】(南吕)；【哪吒令】—【雀踏枝】—【寄生草】（仙吕）；【村里迓鼓】—【元和令】—【上马娇】（仙吕）；【脱布衫】—【小梁州】—【幺篇】（正宫）。由四支曲牌连接成四联曲段只有1例，即双调中的【川拨棹】—【七弟兄】—【梅花酒】—【收江南】。这些组曲同单个曲牌（只曲）的功能一样，可以作为独立的音乐单位使用，在散曲和元杂剧中均是如此。

"集曲"是指从不同曲牌中摘取部分乐句组成新的曲牌，在元杂剧中属于使用很少的一种形式，主要有【憨货郎】、【货郎儿】、【菩萨梁州】与五支尾曲（即【高平煞】、【好观音煞】、【浪来里煞】、【离亭宴带歇指煞】和正宫【煞尾】）。在【货郎儿九转】组曲中，每支曲牌均属于集曲形式。

"煞曲"是一种套数尾曲组合形式，主要用在中吕、正宫、南吕和双调中。虽然其基本形式只有1种，但却可以重叠使用至九煞之多。可以按照升序使用，如一煞、二煞、三煞、四煞，等等，更多的是以降序形式，并常以二煞结束。尽管有使用一煞之例，作者认为可能是标记错误。煞曲的功能是在尾声之前延长联套的内容，中吕宫最常用的煞曲组合是采用般涉调特有的尾曲，否则般涉调也已成为戏曲中的绝响了。这是曲家喜用的中吕结尾形式，其曲为【哨遍】（可选用）—【耍孩儿】—煞曲（通常有三煞：【四煞】—【三煞】—【二煞】）—【煞尾】。上述般涉调组合也用在正宫联套中，其中的煞曲常为两支：【三煞】—【二煞】。【三煞】—【二煞】也可用于南吕套数，但不是很常见。双调套数中也使用此二煞曲，多称【三煞】—【二煞】，但台湾郑骞名之为【小煞】。在双调套数中只有四剧使用煞曲组合,并不是双调套数的典型形式。

"尾曲"在元杂剧中称为"尾"或"煞",由于黄钟、正宫与中吕套数均以简称名之,使人们对于各尾曲的具体名称产生了混乱的认识。从理论上讲,任何一支尾曲都可以选用一个具有普遍指义的词"尾"(尾、煞、煞尾、尾煞、尾声)来指代,这是常见做法。但有具体名称的尾曲如【黄钟尾】有时也被简称为【尾】,既然任何尾曲都可以泛称为【尾】,那么这些有具体名称的尾曲同那些泛称的【尾】又有何区别呢?于是问题就出现了。对于研究尾曲曲牌的学者来说,后出的元杂剧版本非常有问题,如果直接从其最早期的版本入手,会发现各宫调套数中的尾曲曲牌都具有很强的连续性,也可以查明其特定的名称。《元曲选》中吕宫套数的尾曲绝大多数都称为【煞尾】,但经查阅更古老的版本,得知元剧尾曲最为普遍使用的名称是【尾声】,表明此混乱乃臧懋循所为也。

有3个宫调的套数使用泛指的尾曲,如【尾声】(黄钟)、【煞尾】(正宫)、【尾声】(中吕)。其他宫调的尾曲均使用具体名称,有时还不止一个名称,如【黄钟尾】(南吕)、【赚煞尾】(仙吕)、【啄木儿尾声】或【尾声】(中吕)、【浪来里煞】或【高平煞】(商调)、【收尾】(越调)、【好观音煞】、【雁过南楼煞】、【玉翼蝉煞】或【随煞尾】(大石调)、【鸳鸯煞】、【收尾】、【歇指煞】或【离亭宴带歇指煞】(双调)。

(四)联套与宫调的搭配关系①

北曲套数常用宫调有9个:黄钟宫、正宫、仙吕宫、南吕

---

① Johnson, Dale R. Yuan Music Dramas Studies in Prosody and Structure and a Complete Catalogue of Northern Arias in the Dramatic Style, Center for Chinese Studies of The University of Michigan, 1980: 74~98.

宫、中吕宫、大石调、商调、越调、双调。尚有第 10 个宫调，般涉调，更早期时曾是独立的宫调，但在元杂剧中已失去独立地位，仅在中吕套数中还留有痕迹，被编入中吕套数的尾曲组合。最常用的宫调只有 6 个：正宫、仙吕、南吕、中吕、越调和双调，其他如大石套数只有 4 套，黄钟套数只有 12 套，鲜为使用，可以认为此二宫调在元剧中已濒临消亡，而商调套数也仅仅有 26 套。

从统计数据看，中国音乐中宫调的使用自唐以来存在不断减少的趋势。唐俗乐中有 28 宫调，至宋教坊减为 18 宫调，在元周德清《中原音韵》（1324）中再降为 12 宫调。各宫调的使用倾向在诸宫调和元杂剧中也不尽相同，如在诸宫调《西厢记诸宫调》中，有近 190 次宫调使用转换，分布在 10 个常见的宫调中，见表 5-1。

表 5-1

仙吕	54	般涉	14	中吕	24	越调	7	黄钟	16	商调	4
大石	28	正宫	9	双调	19	南吕	5	其他宫调	10		

从转换使用的频率上看，仙吕是最受欢迎的宫调，几占总数的 1/3，大石与中吕合起来也接近 1/3，余下的 1/3 分布在双调、黄钟、般涉、正宫、越调、南吕、商调及其他元剧鲜用的宫调中。将诸宫调《西厢记诸宫调》中最常使用的宫调与元杂剧相比较，可以发现，只有仙吕、中吕两调，在两种艺术中都比较流行。双调和正宫，在元杂剧中要比在诸宫调中更为流行一些，几乎被诸宫调《西厢记诸宫调》忽视的南吕宫，其地位在元杂剧中却得到戏剧性的提高。而在诸宫调中具有举足轻重地位的大石调，在元杂剧中却几近消亡。

元杂剧的每一折与各宫调套数的搭配，并不是任意而为的，但也远远不是所谓传统所能解释的。章道犁指出,仙吕均使用于第 1 折,只有 3 套例外,双调的 122 套均应用于第 4 折,这些确是符合传统的。在第 2 折中,最常用的是南吕套数,有 66 套,但此折仍有为数不菲的其他宫调套数,如正宫有 44 套,中吕也有 30 套。在第 3 折,中吕为最,有 55 套,但越调和正宫套数也各有 34 套之多。元杂剧各折与宫调的搭配,见表 5-2。

表 5-2

宫调	第1折	第2折	第3折	第4折	第5折
大石	1	1	2		
黄钟		1	3	8	
中吕		30	55	19	
正宫	1	44	34	14	1
南吕		66	10	2	
商调	1	9	15	1	
仙吕	168	2			
双调		6	18	122	3
越调		12	34	5	2

芝庵《唱论》区分了 9 个宫调的声情,试图用各个宫调的音乐特征和戏剧性精髓用 4 字词组描绘出来,时钟雯曾将这些描述译为英语。初看去,这些对宫调的调性、节拍、音域和戏剧特征的精细描述简直是天才式图解,但仔细研读却可以发现,这些描述性语言在使用范畴和对应上呈现出来的问题,比其试图要解决的难题还要多。如果认真分析剧本及其所选用的宫调,宫调与剧折搭配的原则是模糊难辨的,如果芝庵的描述性词语是切实的

宫调曲情总结，指导剧作家组合运用宫调和剧情的标准何以有那么多分歧和背离：以25个元杂剧为样本（约占元剧总数的1/7）进行分析，可以发现，每一种宫调都可以表达范围广泛的声情内容。

以仙吕套数为例，仙吕宫套数是诸宫调中的基干，在元杂剧中也是流行的曲调，元剧第1折均使用此宫调，例外情况极少，几乎可以忽略不计。此宫调套数作为首折引导曲调，奠定了全剧剧情的基础。依照芝庵的描述，仙吕宫"清新绵邈"，应该是中性的音乐氛围，依照该宫调的基本特征，此折的剧情发展不会突现强大的张力和复杂变换。根据对元剧25种剧的考察，有11例（《汉宫秋》、《金钱记》、《玉镜台》、《救风尘》、《潇湘雨》、《墙头马上》、《梧桐雨》、《倩女离魂》、《金线池》、《望江亭》、《张生煮海》）仙吕首折之描写的确是轻松戏谑的"才子遇佳人"主题。有2例（《杀狗劝夫》、《虎头牌》）描写的是家庭内部关系的家庭剧主题，有2例（《岳阳楼》、《黄粱梦》）属于道家度脱剧，其中道家仙人试图努力超度一个具有天生潜质的凡人。但是，剩余的10例（《蝴蝶梦》、《鲁斋郎》、《灰栏记》、《魔合罗》、《盆儿鬼》、《赵氏孤儿》、《窦娥冤》、《连环计》、《哭存孝》、《单刀会》）仙吕首折则刻画了暴力、凶杀和激烈的政治斗争。这些情节明显与"清新绵邈"的风格不符。

双调套数使用频率仅次于仙吕套数，通常用于尾折，其剧情通常不出"善有善报，恶有恶报"的模式。考察的25剧中，有19例使用了双调套数，有14例用于尾折，其中有5例之双调尾折为"有情人终成眷属"（《金钱记》、《玉镜台》、《救风尘》、《金线池》、《张生煮海》），有6例为实现了正义、恢复了法律秩序的公案尾折（《蝴蝶梦》、《鲁斋郎》、《灰栏记》、《盆儿鬼》、《窦娥冤》、《望江亭》），有1例以剧中凡人归入道教仙班作结（《岳阳楼》），还有2例以政治斗争得以解决作结（《哭存孝》、

《单刀会》)。有5例双调套数用于第3折，1例描述家中老父发现儿子私娶妻室，于是将儿媳逐出家门(《墙头马上》)。另1例为一官员的叔伯因喝酒误事而受罚并累及家人(《虎头牌》)。另外3例揭示的却是元剧中最深刻感人、情感充沛令人难忘的场景：帝王与其爱妃王昭君令人断肠的生离死别(《汉宫秋》)；皇帝与杨贵妃的著名大逃亡，逃亡途中，杨氏被御林军处死，马践其尸(《梧桐雨》)；程婴目睹老友的义节身死，目睹亲子受戮，感情上承受的无与伦比的剧痛(《赵氏孤儿》)。双调套数其声"健捷激袅"(芝庵语)，比较适用于尾折剧情，但芝庵所总结的音乐声情却难以概括《汉宫秋》、《梧桐雨》、《赵氏孤儿》3例双调第3折所描绘的极度痛苦的场景。

在加以考察的25个元杂剧样本中，正宫套数极具多样性，除不用于第1折外，可用于其他各折，其中用于第2折3例，第3折6例，第4折5例，第5折1例。这些分布于不同折的正宫套数之间，并没有明显可辨别的共同的声情特征，每一套数形成自身特有的戏剧张力，所表述的故事情态差异很大。所谓正宫"惆怅雄壮"之概括，仅仅适用于第2、第3折，此两折剧情稳定发展，为情感的最后释放积聚紧张当量。有2例比较典型(分别为雄壮类和惆怅类)，一为《窦娥冤》第3折之正宫套数，女主角窦娥遭了斩刑，在此套数中，窦娥发出誓愿，要求苍天为其复仇，希望自己的预言能够实现。另1例为《梧桐雨》第4折，弥漫着皇帝失去爱妃后的思念与孤独，只有宫外落在梧桐叶上的绵绵雨声，偶尔打破难以忍受的孤寂。

中吕被描述为"高下闪赚"，中吕套数中违反此风格特点的例子也有，但并不多。第2折中的中吕套数均预示着正在迫近的灾难，如传来叛军即将逼近皇宫的消息(《梧桐雨》)；盆儿鬼不让其凶手得以安宁(《盆儿鬼》)；刚刚再婚的寡妇得知一位高官蓄谋除掉她的丈夫(《望江亭》)。第3折的中吕套数也有这种情景，如一位仆人告诉一妇人，妇人的儿子遭受了五马分尸之刑（《哭存孝》）；关公拒绝了儿子的规劝，要参加一个有人蓄意暗杀他的宴会（《单刀会》）；男主角被逼将自己的妻子交与一恶棍，遗弃自己的孩子遁入空门（《鲁斋郎》），还有 2 套是描写两个纵火者的争吵（《玉镜台》、《金线池》）。在《金钱记》中，描写的是因被阻隔不能见到意中人而相思成病的秀才，《倩女离魂》则描写了一对母女因听到女孩儿的未婚夫在京都成婚而惊慌不宁。第 4 折的中吕套数，《墙头马上》描述了一男子科举高中后，经争取父亲谅解而与私奔成婚的妻子夫妻团圆；《赵氏孤儿》描述了一孤儿得知了自己的真实身份后发誓向杀父凶手复仇；《杀狗劝夫》为二无赖敲诈一固执愚蠢、不知亲疏的孙姓财主；《汉宫秋》则是《梧桐雨》之第 4 折正宫套数的翻版，皇帝失去爱妃，形只影单，在无尽的伤感中日渐憔悴。

所考察的样本中，南吕套数出现于第 2 折，只有《杀狗劝夫》例外，同其他宫调的套数一样，这些南吕套数并没有一种共有的声情特点，但其功能都是为通常出现在第 3 折的高潮进行积累和铺垫。其曲情被总结为"感叹伤悲"，比较模糊地揭示了绝大多数南吕套数的音乐特点，这些套数多涉及审判和剧中人的不幸（《汉宫秋》、《玉镜台》、《杀狗劝夫》、《潇湘雨》、《墙头马上》、《岳阳楼》、《蝴蝶梦》、《鲁斋郎》、《金线池》、《赵氏孤儿》、《窦娥冤》、《连环计》、《张生煮海》与《哭存孝》）。

有很多例子显示，元代剧作家对于曲情与剧情的紧密联系并没有相同的认识，西方歌剧的音乐创作与文学创作之间的关系也是如此。不同剧作之中同宫调的 2 支同名曲牌未必具有同样的情感，也未必尽如芝庵所言。以正宫笑和尚曲牌为例，其声依芝庵应为"惆怅雄壮"，《梧桐叶》中的笑和尚以轻松戏谑的笔调描写了和风景致，《潇湘雨》中的笑和尚则描绘了一女犯人风雨天里在鞭笞之下劳作的痛苦。

有一些宫调的笛色，并不止一种，如表5-3。

表5-3

宫调类型	适用笛色
黄钟	六字调或正工调
正宫	小工调或尺字调
仙吕	小工调，尺字调或正工调
南吕	六字调或凡字调
中吕	小工调或尺字调
大石	小工调或尺字调
般涉	小工调或尺字调
商调	六字调或小工调
越调	六字调
双调	小工调

根据九宫调（若将般涉计算入内，则可称为十宫调）笛色的分布，可以发现5组笛色在各宫调中是有重叠的。将上表次序稍作调整，可得到表5-4。

表5-4

笛色类型	适用宫调
凡字调	南吕
正工调	黄钟、仙吕
六字调	黄钟、南吕、商调、越调
尺字调	正宫、中吕、仙吕、大石、般涉
小工调	正宫、中吕、仙吕、大石、般涉、商调、双调

一些宫调套数可以从其他宫调借曲，如果存在借宫不能违反和谐平衡的原则，就意味着借用和借曲之间具有音乐关系（可

能是不可定义的）。仙吕、南吕、大石、越调和双调不从其他宫调借曲。越调和双调的笛色与其他宫调不同，按照借宫须笛色相同或接近的原则，不借曲情有可原，但仙吕、大石具备借宫的理想条件，却不借宫，以此原则就难以解释得通了。商调从仙吕、中吕、正宫和双调借曲，它们都具有相同的笛色小工调，是借曲的适宜条件；正宫从中吕和般涉借曲，三者同为小工调和尺字调。黄钟从商调和中吕借曲，它与商调有相同的六字调，但与中吕却没有相同的笛色，依照规则，这种借宫应是不可接受的。中吕从正宫、般涉、双调、越调和南吕借曲，它与正宫、般涉和双调有相同的笛色，但是，它与越调和南吕的笛色并无任何相同之处，依照规则，这种借宫也是不能接受的。

如果仔细检视依照规则来看并不纯正的借宫，可以发现，这种现象在实际运用中并不普遍。中吕套数，除了少数例外，仅限于从正宫和般涉借曲。黄钟套数仅从正宫一剧中借用了1支曲牌。总之，违背规则的借宫现象在实践上仅限于4个宫调，且借曲时，限于1~2个宫调。这些例外，总的来说是次要的。

上述讨论揭示了借曲与宫调之间确实存在一条原则，但同时，一个性质迥异的问题又出现了。有些宫调之间具有相同的笛色，如黄钟和仙吕同为正工调，二者的声情，依照芝菴的描述，一为"富贵缠绵"，一为"清新绵邈"，尚可认为风格一致。但很难想象，同一个六字调，会具有那么多、甚至互相对立的声情表现类型，竟然能够同时展示"富贵缠绵"、"感叹伤悲"、"悲伤婉转"与"陶写冷笑"的感情，更不用说能够神奇地包容7种以上具有微妙差异、互相冲突之情感的小工调了。由此只能断定，有足够多的证据表明可以不赞同芝菴对于宫调声情所作的诗意而有趣的归纳分类，或者这些宫调确有惊人的灵活性，而其秘密尚未揭开。节拍和表演对于激发戏剧性的情感作用甚大，对于很多元剧曲牌，我们掌握了一些信息，但元剧舞台表演实践中所唤起的真实情感，仍然只能存在于我们的想象王国和文化设定之中。

如果元代的音乐能够留存一些下来，就可以更多地了解元曲的风格。借宫的一条极重要的特征是遵从音色中的主音，已知中国其他形式音乐中的主音未必一定是首音，西方的音律学系统也是如此，首调称为基调音，第 4 音符为次主音，第 5 音符为主音等。杨荫浏有过类似的论述。

缺乏确定某一宫调主音（一个或多个）的知识，缺乏对音调模式和音调转换结构（如果某一特定宫调音调的转换机制的确存在，并且可以从某一特定音色中解析出来）的了解，对于宫调与音色的进一步讨论只能止步并停留于猜测之中。

（五）套数的节拍

节拍在分析套数的时候是一个重要的因素。在北曲套数风格的变化及一小部分特有曲牌的分析中都涉及节拍。一般情况下，套数均是由从容、未伴以板式的形式开始，点板开始之前的部分称之为散板。蔡颖有关于南北曲板式特点的论述，这些论述也可以由下列一些以散板曲牌开始的特有套数加以证实。当【醉花阴】为黄钟宫套数的首牌时，其演唱方式是一种自由、没有板式限制的方式，仙吕套数也是如此。仙吕套数的首牌为【点绛唇】，次牌为【混江龙】。此两曲演唱时均为散板，散板部分的演唱可以由首牌延伸到次牌的全部或部分，之后才开始点板，通常先接满板，套数剩余部分的节拍轮廓是由慢而快，直至以尾声作结。一些已知为慢板的曲牌，其在套数中的位置正是靠近套数的开始部分。如慢板曲牌【小桃红】，习惯性地作为越调套数中第 3 支曲牌，是散板部分之后最常见的第 1 支曲牌。【梧叶儿】是商调套数中的慢板曲牌，最常处于套数中第 3 或第 4 支曲牌的位置。另一支慢板曲牌【甜水令】，通常在靠近套数开始部分，或处于套数中间位置。

快节拍的曲牌，则常位于靠近套数结尾的部分。中吕曲牌

【十二月】和【尧民歌】，是快节奏曲牌，毫无例外地直接处于套数尾声之前，根据《作词十法》，此位置是中吕套数中最精彩的部分。

与此节拍分布相似的音乐模式至少可以追溯到唐代，由唐以来，演出和娱乐中的基本节拍概念历经数百年，并没有发生根本的变化。古时的《六幺》和《霓裳羽衣》演出也是以自由、散板部分开始，接着是点板部分，速度渐次加快，直至结束。又如唐代大曲，也是坚持这样的节拍模式，如表5-5。

表5-5

第一部分	散序	器乐，自由、散板式
第二部分	排扁	演唱，以慢板开始
第三部分	入破	加入舞蹈，中速，中板
	实催	速度加快，快板
	歇拍	停板，自由、散板部分
	杀衮	结束曲，速度突快，戛然而止

南北曲均为由慢而快的节拍模式，一个重要区别，是北曲可以比较快速地变换节奏，实现节拍的突升或突降，南曲不然。正如蔡颖所言，北曲可以倏然而至快板，又同样快速地恢复到慢板，如【快活三】和【朝天子】，【寄生草】和【六幺序】，这是北曲特别之处。

关于元剧中节拍变换过程的详细信息，最为典型的例子莫过于【九转货郎儿】的节拍结构。其总的节拍变化轮廓，是由开初的逐渐加速至快板，然后突然又返回到慢板、散板演唱，又继以慢板（或逐渐加速的节拍）、散板，然后又是快板，直至戛然结束。虽然这组曲子只是中吕尾曲的补充部分，却像一个缩小的模型，呈现了套数的节拍变化特点。

在元剧作家笔下，宫调、节拍、联套次序是为剧本刻画适宜的戏剧氛围的三大主要因素。如前所述，套数中曲牌的次序与剧情的发展具有极其密切的互动关系，且剧情的发展，更多是由成组的曲牌（联曲段）、而不是依靠单个只曲推动的。另一方面，套数中只曲和联曲段的次序安排，在一定程度上也受到节拍速度变化效果的影响与制约，这种节拍变化上的戏剧性效果及变化上的弹性，可以用来为戏剧情节增添活力。由于套数中正常的曲牌次序一般是可以预测的，偏离常规次序的情况，即标志着剧情不同寻常的发展或出现了特殊的戏剧性的变化。借宫现象也可以由此得到解释，无论借宫正当与否，都是为了取得戏剧性的效果，这也有助于解释为何从别的宫调借用一些使用率比较低的曲牌，以及戏剧作品中借宫所受到的鲜明的限制。

不论宫调与套数之间有什么样的理论联系，从宫调的本质上来看，在宫调与剧情之间并不存在确定不移的互动关系，在用相同宫调创作的、存在于不同剧作中的套数之间，也没有任何可以描述得出来的固有联系，甚至可以说，存在于不同套数中的同宫曲牌，所呈现的情感内容之间也没有任何可以名状的关联性。这表明，宫调在适应范围广泛的情节内容上具有很大的弹性；至于曲牌，如果将其从辅助性因素中孤立出来（如节拍、节拍的变化、打击乐器的运用、对于套数中曲牌次序的非常规变动、演员的舞台动作或视觉信号），其容纳人类情感（愤怒、喜悦、悲伤，等等）的能力并没有什么限定，如果需要并期望一支曲牌去表现某种特定的情感，只需动用其他方式（如上面列举的方式）就可以实现这一点。

然而，在宫调与特定的某一折或某几折之间，却存在固定的相互关联性，如仙吕套数，总是用于元剧的开始部分，也是诸宫调最常用的宫调。仙吕之被编入第1折，在很大程度上是因为传统与先例。第1折的性质是描述和介绍；第1折中，主要角色出场，情节结构初现。以"清新绵邈"的音乐所塑造的中性背景，是比较理想的第1折的氛围。最后1折，将被破坏的和谐重新恢复正常的秩序从而结束剧情，与"健捷激袅"的宫调搭配，好像有一定根据。中间的情节（第2折、第3折）为戏剧兴奋点所在，情节交错，矛盾冲突进行解决之前的相撞，使用"感叹伤悲"、"高下闪赚"、"惆怅雄壮"的宫调作为这些折的背景基调，仿佛有一定道理。故第1折是平和中性的，末折倾向于轻快活泼，中间剧折则是烦恼、徘徊和暴风雨。

最后，作者认为，用来概括宫调声情特点的简略总结是非常富有幻想性的，也是非常令人难以捕捉的。它们是诗人直觉式的推测，而非基于科学的理论家式的严谨研究与分析。事实上，由于不可能准确捕捉其确切的意义，在翻译这些宫调声情语句寻找对应的英语表达时，也只能依靠猜测。我们在评价芝庵的描述时必须要大度，在理解其描述时则要灵活。

第四节 元杂剧作家作品研究

美国哈佛大学伊维德教授的《贬夜郎——舞台上的李太白》一文，解读了王伯成的杂剧《李太白贬夜郎》中李白的形象。[①]论文首先概述关于王伯成的现有资料，提出此剧可能是为宫廷创作的，并非用于商业剧场演出。接着，论文详细阐释了此剧的情节。但由于最后两折的舞台提示极不完整，尚有许多未定之处。剧中李白角色塑造的思考方向显示，他十足是以一个敢于直言的忠臣典型来刻画的。但由反复描绘李白的醉态，显示了他肉体上的衰弱。与此形成鲜明对照的，是体魄强健的安禄山。李太白与

---

① Idema, Wilt L. Banished to Yelang: Li Taibai Putting on a Performance. 载《民俗曲艺》，2004（145）：5~38。

安禄山的对比，也具有民族对立的意味。李太白象征了高度发展的中国文化之"文"，安禄山象征了"他者"的强蛮和军事之"武"。在很多元杂剧中，体现了"他者"女真族的"蛮勇"和女真统治阶级的好战文化，这与中国民众的"文"化形成鲜明的对比。《李太白贬夜郎》写于元代，又是用于宫廷演剧，此剧的作者很可能意有所指。表面上，此剧仅仅是对一著名诗人的赞歌而已，但是，此剧又可理解为一种曲折的反抗叙事，体现的是这样一种信念：尽管蒙古占一时的军事优势，"我们自己的文化"则会在反抗"他者"的过程中顽强地生存下去，并取得最终的胜利。

伊维德的《诗人、大臣和僧侣的冲突：1250—1450年间杂剧中的苏轼形象》(Poet versus Minister and Monk：Su Shi on Stage in the Period 1250—1450)一文，对元明流传下来的《贬黄州》、《赤壁赋》、《东坡梦》等3部有关苏轼的杂剧剧目进行了详尽的考证和研究。[①] 他认为，这3部作品虽然都描写了苏轼官场失意被贬黄州的一段经历，但其历史选材、情节组织、人物刻画以及寓意均不相同，在很多方面甚至截然相反。伊维德进而指出，对这3部作品不能孤立地阅读，它们是一个三位一体、互相联系的整体系统，其中每一个后续剧目都是对前本的刻意翻案。这3部作品单独来看，均没有明显声誉，但它们作为一个系统却反映了元末明初杂剧创作的创新意识和多样性。

伊维德的《性与贞：弘治本〈西厢记诸宫调〉中莺莺的形象塑造》(Sexuality and Innocence：The Characterization of Oriole in the Hongzhi Edition of the Xixiang Ji)一文，探讨了《西厢记诸宫

---

① 乐黛云主编：《欧洲中国古典文学研究名家十年文选》，378~439页，南京：江苏人民出版社，1998。

调》弘治本中莺莺形象的个性化问题。① 他认为,莺莺作为正在走出青春期热望蛰伏状态的妙龄女子,欲望与耻感的冲突是其心理矛盾的核心问题。

研究元杂剧作家作品的博士论文则有:

荣华青(Rong Wa-qing)的《西厢记中的理想化浪漫故事:一个历史的考察》。② 此文共分为4章,第一章追溯了《西厢记诸宫调》的本事、唐传奇《莺莺传》,涉及元稹和故事的悲剧性结局。第二章探讨了《西厢记诸宫调》,称此诸宫调为爱情的诗史,分说唱故事、才子佳人、幸福结局三方面。第三章分析了《西厢记诸宫调》的艺术成就,包括该剧精美的结构、爱情主题、浪漫情调、戏剧性曲辞、音乐和联套。第四章分析了《西厢记诸宫调》的接受情况,包括后人的评价、版本和翻译。

雷碧薇(Lei Daphne Pi-wei)的《边境故事:中国传统戏剧中的性别和汉蛮文化冲突》。③ 此文共分为4章,第一章为前言,从跨境戏的历史和政治背景、跨境戏的定义、跨境戏的历史和民族性修辞、跨境戏中的性别问题、跨境戏的历史流变等5个方面展开论述。第二章追溯了王昭君传说和昭君戏的演变,从历史上的王昭君其人和汉代的和亲政策、王昭君故事的流传、昭君戏系列、王昭君形象的图解意义等4个方面进行了分析。第三章以王昭君为参照分析对比了蔡琰和苏武的戏剧形象。第四章论析了近代地方戏中跨境戏的改编和演出情况,包括地方戏的概念,晚清的历史政治背景,19、20世纪之交地方戏中跨境戏的演出状况,

---

① 乐黛云主编:《欧洲中国古典文学研究名家十年文选》,408~439页,南京:江苏人民出版社,1998。

② Rong, Wa-qing. An Idealism of Romance in "Xixiang Ji": A Historical Study. Ph. D. diss., University of Hawaii, 1996: 1~203.

③ Lei, Daphne Pi-wei. Performing the Borders: Gender and Intercultural Conflicts in Pre-modern Chinese Drama. Ph. D. diss., Tufts University, 1999: 1~251.

20世纪初期地方戏中跨境戏的特点4个方面。

张炳祥（Cheung Ping-Cheung）的《元杂剧中的难情剧与悲剧》① 一文，对元代若干作为难情剧和悲剧的杂剧进行了研究。张炳祥认为，难情剧和悲剧仅仅是以人类受难题材的两种形式，与评论中常说的或高等或低等的意义无关。难情剧可界定为本质上对人作为身外环境的牺牲品的一种呈现。这一题材在不同语言、不同文化的戏剧中都存在。悲剧则主要是表现人是怎样因为自身的行为而遭难的。元杂剧作为一种戏剧传统，与西方戏剧毫无因缘。元杂剧塑造了两种形象各异的受难人。《灰阑记》的主角是一种类型，剧中的海棠是个受害者，她的痛苦主要是受到两个恶人的迫害引起的。尽管使她遭受痛苦的原因部分也由于她自身的无能和不负责任。另一个类型是《梧桐雨》中自作自受的皇帝，剧中的唐明皇为了宠妃而失去了皇位。前一种是难情剧，第二个则是悲剧。在此基础上，通过对元杂剧的考察，论文认为在第一个中国戏剧的黄金时代里，就存在难情剧和悲剧。论文对西方和中国元代的戏剧作了比较，认为作为一种文学类型的元剧和西方戏剧之间存在共同点，即都存在难情剧和悲剧；认为这为研究提供了一个有意义的参照框架。

刘若愚对元杂剧与伊丽莎白时期戏剧的比较，海登对包公戏的研究②，彭镜禧对元代公案剧的研究③，详见《国外中国古典

---

① Cheung, Ping-Cheung. Melodrama and Tragedy in Yuan tsa-chu. Ph. D. diss., University of Washington, 1980. 参周发祥编：《中外比较文学译文集》，464页，北京：中国文联出版社，1988。

② Hayden, George A. Crime and Punishment in Medieval Chinese Drama: Three Judge Pao Plays. Cambridge, Mass: Harvard University Press, 1978: 1~215.

③ Perng, Ching-Hsi. Double Jeopardy: A Critique of Seven Yuan Courtroom Dramas. Michigan Papers in Chinese Studies, 35. Ann Arbor, Michigan.: University of Michigan Center for Chinese Studies, 1978: 1~181.

戏曲研究》一书。此外还有刘荣恩对《赵氏孤儿》、《倩女离魂》、《窦娥冤》、《张生煮海》、《汉宫秋》、《连环计》等6种元代剧作的翻译和分析等。① 限于篇幅和体例,对元杂剧具体作家、作品研究的深入介绍和评介不予详讲。

第五节 本章述评

(一) 对柯润璞研究的述评

柯润璞对元剧的表演形态,从文本出发,进行了富有想象力的"复原",涉及的内容非常广泛,论述中并不套用西方戏剧理论,对中国戏曲显示出深刻精当的理解,完全是行家里手的研究。其弟子章道犁对元杂剧联套的研究,在英语世界无人能出其右。柯润璞对于元剧曲律也有很深入系统的研究,但章道犁的研究堪称是青出于蓝而胜于蓝。他们代表了美国戏曲研究的倾向,即心态比较开放,又不乏异想天开、标新立异的创新精神和挑战意识,所以在其论著中常有针对中国戏曲研究权威的争鸣。当然弱点也是明显的,那就是想象的翅膀有时过于自由,论证则缺乏足够的严谨。相对于美国的戏曲研究,英国的杜为廉则体现了典型的传统欧洲的学者风格,治学更为严谨,近乎保守,他从不轻易下结论,也不轻易推翻和挑战传统观点,但其不足之处与优点也是同样突出的,那就是他的论著过于四平八稳,创新的内容和观点不多。在这一节,笔者将有选择地对他们的观点进行剖析,必要时加入一些他人的研究和个人的看法,对上述观点进行补充和修正。

1. 柯润璞对于做意儿的解释,混淆了与科、介的界限

其实,做意儿主要表现精神、情感上的模拟,动作幅度通常

---

① Liu, Jung-en. Six Yuan Plays. Baltimore: Penguin Books, 1972: 1~21.

比科、介为小,柯润璞所说的"惊心动魄的特技"恐怕难以称为做意儿。根据中国学者的研究,元杂剧的"科",往往提示某种带有情感色彩的精神活动,例如害羞、寻思、打悲、打惨、没乱、嗟叹等;而南戏的"介",则多提示吃、闭门、打、舞、踢倒等不带情感色彩的具体动作。可以推断,早期杂剧表演具有面部表情多、形体动作少的特点。与具体的吃、打、踢等动作相比,人的精神活动、情感世界更难以用具体动作外化出来。于是就只能虚拟。元刊杂剧中有一个比"科"更明确地提示精神活动的术语:"做意儿"。根据元刊本中出现的做意儿的语境来判断,做意儿可表示精神活动,与"科"或"了"作用相同,也可表示示意、做动作,但多数为思考、犹豫不决的意思。在《元曲选》中,做意儿表示某种具体动作的情形增多,从提示精神活动为主到提示具体动作为主。这种微妙的变化印证了一种倾向,金元杂剧表演,有表情多、动作少的特点,明代则发生了变化。做意儿最初较多提示思考或某种精神状态下的面部表情,后来才多用作提示某一形体动作。思考、哭泣、气恼、害羞、悲伤、懊悔之类,可不借助较大幅度的形体动作即可完成,如看、吃、行走、摇手、入户、闭门之类的动作,更是说唱艺人都可以"做意"的普通形体动作。①

2. 元剧戏台上的马和其他动物

柯润璞对于元剧戏台上的飞禽走兽尤其是代步道具"马"的搬演进行了详细的分析,指出马的处理主要有竹马、面具、彩衣3种形式,并设计了元代戏台上竹马的样式,另外还有其他4种动物的表现形式,包括毛驴、老虎、白鹿和丹顶鹤。笔者认为,柯润璞对于元剧戏台上马的表现形式的总结尚不全面,所设

---

① 康保成:《中国古代戏剧形态与佛教》,254~264页,上海:东方出版中心,2004。

计的竹马由于忽视了戏曲的审美因素同样也不适应戏台演出使用，不可能是元剧竹马的原貌。对于戏台上的马和其他动物道具的表演形态，笔者在个人相关论文中有深入探讨，此外不赘述。

（二）对杜为廉研究的述评

杜为廉对于元杂剧的论述只是他整个中国戏剧史研究中的一个部分，并非专门研究元杂剧，所以从整体上看，他关于元杂剧的研究不如柯润璞那样突出，他对很多关键的问题并没有展开深入的论证。但他曾对关汉卿及其剧作有深入研究，虽然是专题性的，但也表明他对元杂剧还是有深入理解的。他的元杂剧论述提出的一些命题，均是相当重要相当专业的问题，如戏曲的真正成熟和形成是元杂剧，元杂剧的创始人是关汉卿，等等，在英语世界影响较大。杜为廉关于元杂剧是中国第一种成熟戏曲的论点，笔者在第二章已经进行了分析评价。除此之外，他还坚持关汉卿极有可能是元杂剧的创始人的观点。对这个问题，《国外中国古典戏曲研究》一书也已进行了分析评价。[1] 杜为廉认为，元杂剧结构和思想的精髓在于它的曲词。"曲"作为非戏剧性的诗歌，早于元杂剧兴盛之前就已被人们广泛接受。曲这种诗体在金时出现，当时被用于娱乐，曲作家包括元好问、商道、杜仁杰、石君宝和杨果。早期杂剧作家的创作好像要比这些曲作家晚一些，如康进之、关汉卿和白朴都生于1220年前后。杜为廉认为，由散曲转变为戏剧形式始于金代后期，元谣很可能是一种过渡形态，最后完成于"元杂剧之父"关汉卿的首批作品之中。

笔者认为，虽然他的观点遭到米列娜等人的强烈反对，杜为廉的推测从逻辑上看完全存在可能性。尽管笔者不太认同黄仕忠先生关于中国戏曲形成成熟的观点，笔者却赞同他的"戏剧突

---

[1] 孙歌、陈燕谷、李逸津：《国外中国古典戏曲研究》，86~87页，南京：江苏教育出版社，2000。

变"说。在这里,笔者只引用一下黄先生的"戏剧突变"论,或许有助于对杜为廉提出的这一问题的理解:

> 如何理解南戏北剧的骤然迸发呢?正如类人猿如何进化为人一样,人们仍未找到其中介环节。因为这关涉到达尔文进化论的重新认识问题。它在突变论中或许可以得到一种解答。达尔文在考察古生物化石序列时,发现了生物由低级到高级的漫长进化过程。但他又发现,在距今一亿多年前的寒武纪,生物从单细胞到多细胞的转变,却是在一个很短的时间内完成的。他无法解释这一现象。但他预言,对他创立的进化论的突破,应在于此处。中国科学院南京古生物研究所的工作人员,在云南澄江发现的寒武纪古生物化石群,证明了这种进化只经历了一个短暂的时间,是由突变造成的。从而突破和发展了达尔文进化论学说。即生物的进化,是突变与渐变结合的过程,突变起着更为重要的作用(据中央电视台 1996 年 8 月 3 日报道)。从量变到质变,是达到一定的临界量时,引发突变而构成的。当处于量的变迁时,是一个漫长的渐变过程;当其突变而引发质变时,却只需一个短短的时期。这就是现代进化论的辩证逻辑。
>
> ……北曲杂剧的迸现似乎毫无前兆。依明初朱权所述,此种体裁直是关汉卿一人所造,故称关氏"初为杂剧之始"(《太和正音谱》)……关于元杂剧的形成方式与形成时间问题,至今仍有较大的分歧意见。一般认为,在杂剧出现之前,应有一个民间的准备期;从达尔文进化论的眼光看,一种体制的形成,应有一个渐进的过程。如此,则关汉卿只是运用这一形式的较早的成功者,或者说杂剧是在关汉卿等杂剧作家手中获得定型的……如果不是孤立地看待杂剧的形成成熟的话,那

么，我们不难看到，一种艺术的准备时期，和在诸多条件充分具备之后个人的创造性发明，并非不能统一。只要有宋杂剧和金院本在角色和表演上的准备，有诸宫调等成熟的叙事形式为基础，一旦北曲联套体制完成、成熟，让旦或末角以这种联套形式来演一个具有一定长度的故事，便完全可能出于某一个人或某些人的突发奇想。或者说，民间艺人或有联套形式的偶然尝试，但关汉卿等人却敏锐地发现了这种形式的价值，以其杰出的创作，将之定型，并且发扬光大了。所以杂剧的兴起，是可以在短时间内完成的。①

杜为廉对于元杂剧的音乐，提出了一个很重要的观点，即在元杂剧中唱词占有支配地位，唱腔是辅助性的；但在一些南方戏剧和后来那些难懂的中国戏剧中，这种关系颠倒了过来。这种观察是很敏锐、很有见地的发现。他准确地指出了北杂剧与南方戏剧及昆剧（或者受到昆剧影响的戏剧）在声腔、曲词关系上的显著差异。杜为廉极为推崇元杂剧，认为作为中国最早的成熟戏剧和中国戏剧的最高成就，元杂剧在各方面都是最为规范的。宾白、科介之外，曲词是最能体现戏剧性的因素之一，剧中角色在曲词中抒发感情和推动情节的发展。因此曲词应该占据主体性、支配性地位。唱腔、音乐则是非戏剧性因素，因此，它理所当然应该处于辅助的位置。显然，在杜为廉看来，宋元南戏和后世的昆剧，在唱腔与曲词的关系方面，则是本末倒置，没有元杂剧那样规范。其实在早期南戏声腔和后来的昆腔、早期皮黄和现代的皮黄声腔之间，这种差异也是很大的。怎样看待这种差异和如何客观评价戏曲声腔的雅化现象，值得加以研究。

---

① 黄仕忠：《中国戏曲史研究》，10~11页、24~25页，广州：中山大学出版社，2001。

关于南北曲的差异，元燕南芝庵，明代的康海、徐炜、王骥德、胡侍、李开先、王世贞、魏良辅，清人徐大椿等人都曾论述过，可以肯定的是，这种差异的确是存在的。但早期的南曲，虽然相当于北曲的"词情多而声情少"来说，可能显得有些"词情少而声情多"，但以当时南戏的质朴、俚俗和民间性，当还不至于以声腔压倒曲词。换句话说，笔者认为早期南戏中，同元代北曲杂剧一样，曲词是第一位、占支配地位的，声腔、音乐是第二位、辅助性的。从周贻白、赵景深、刘念兹、钱南扬、孟繁树、廖奔、洛地、叶长海等学者对声腔的考证分析，可以看出，宋元南戏的声腔大体上是质朴简单、易听易解的。正如康保成先生所说："早期南戏音乐从曲调构成到演唱方法都是比较粗糙的。"① 直到明中叶的南戏四大声腔时期，还基本如此。

笔者认为，声腔与曲词的关系发生质变和声腔重要性超过曲词的现象，实肇始于魏良辅对昆腔的改良。"而这种改革，既对腔调、曲律进行了规范，又有唱法上的新变，而后者似更应引起重视。所谓'声则平上去入之婉协，字则头腹尾音之毕匀，功深镕琢，气无烟火，启口轻圆，收音纯细'云云，就是改革后的昆曲的新唱法。这种唱法，被不少人称作'啭喉'或'转喉'"。魏良辅对昆曲的革新，主要是从演唱技巧入手的，而且主要是清唱。传奇《浣纱记》的作者梁辰鱼，从魏良辅学得啭喉技法，方使新的昆曲登上了戏曲舞台。昆曲的转喉或转音，强调唱准四声，区分五音、四呼，并将四声与反切紧紧结合起来，唱好一个字的头腹尾，将一字一音唱成"一字多声，声多字少，字中有声"，追求"转音若丝"的效果，"切法即唱法"。四声、反切之外，昆曲特别重视"过腔接字"，在声与声、字与字之间

---

① 康保成：《中国古代戏剧形态与佛教》，118页，上海：东方出版中心，2004。

做到从容过渡、衔接,由于声音圆润,衔接时字便融化在行腔之中,具有"声中无字"、婉转抑扬的效果。① 当然,并非所有的场合都唱成"声中无字",在个别时候(如在演唱抢带与顿挫——即平时所说的剁板时)也需用"字多声少"的处理方法。除此之外,昆曲演唱还非常强调润腔所用的"豁、断、叠、带、连"等装饰音。

昆曲对于"声"的高度强调,其结果是两面刃,有利有弊:作为一种新声,的确非常美,这是无可否认的;但这种声主词从的唱法,也因而变得难以理解,难以听懂所唱曲词的信息。一些学者认为,以昆曲为代表的明清传奇,经过临川派、吴江派,再到文字音律并重派,终于成为"既耐读、又耐歌,更耐演,在旧剧的范围以内,可谓至矣尽矣,无以加矣!回视元人,可以无愧了"②。笔者认为,这里面也包含了对昆曲演唱风格的肯定和认同。欧阳予倩先生对于昆曲的演唱,有着更为辩证的分析。一方面,他认为,昆曲在腔调上可谓温文尔雅之致,且一剧有一剧的腔调,这比二黄实在高明得多。另一方面,昆曲又有着很多局限。其一,昆曲的词句已经不能通俗,而一字与一字之间,小腔太多,字为腔所裹,格外不容易听得懂。其二,昆腔声音太低,只宜于小舞台或私家红氍毹上的演奏,不能普及于大众。其三,昆腔的腔调变化微细,往往是两支曲子虽完全不同,但不注意听去,却好像一样。其四,昆腔严格遵从中州韵,中州韵是以四声同反切为标准,昆曲的切音先就子音行腔,一个字的腔行完,然后出母音,所以子音同母音往往相隔甚远,非常难于明了。其

---

① 康保成:《中国古代戏剧形态与佛教》,120~127页,上海:东方出版中心,2004。
② 顾敦鍒:《明清戏曲的特色》,1927年,收录于《宋元明清戏曲研究论丛》(2),周康燮主编,339页,香港:大东图书公司,1979。

五，昆曲本以温和优雅见长，但是过于温和则易使人沉闷，要在昆曲中寻出热闹爽快的场子颇不容易。其六，昆腔过于复杂，不易学习掌握，流传不易。① 这6条中，第一、第四条是最为突出的，是导致昆曲难以理解的主要原因。麦啸霞的《广东戏剧史略》一文，对于昆曲，表达了类似的观点。②

由上述对昆曲的分析，我们看待杜为廉的元杂剧情结和他对于后世戏曲的隐晦的批评，也就不必过于认真了。因为，在杜为廉的潜意识中，还是从西方的戏剧观念来看问题的。显然，这并不完全符合戏曲的实际。但却提示我们，既然重声腔有利有弊，笔者认为，就没有必要对魏良辅的改革加以责罚，也无需过于追捧。同样，让曲词占支配地位、让音乐和声腔成为曲词的女仆和助手的元杂剧模式，辩证地来看，也是有利有弊的。例如，可拿同样朴实的皮黄、梆子模式来比拟元曲。二黄的优点很多：一是词既较为通俗，而行腔多在每句之后，所以容易懂些。二是二黄唱腔声音大，坐较远也能听得见。三是二黄的腔调变化较为显著，容易引起注意。四是二黄吐字子母二音相隔较近，近于言语。五是二黄热闹场子多，感染力强。六是二黄因为腔调较昆腔简单，易于学习，流传较易。但二黄的缺陷也同样突出，"二黄戏的腔调实极简单，而表情力又极薄弱，应用的范围又复太广，笼统假借，没有严密的规则，它容易流传也在此，没有价值也在此"。"二黄戏的歌唱，也是音乐中之不具者，或发育不全者。不过在古乐沦亡，新乐没有成长的时候，也只好说是慰情聊胜于

---

① 欧阳予倩：《谈二黄戏》，1927年，收录于《宋元明清戏曲研究论丛》（1），周康燮主编，334~335页，香港：大东图书公司，1979。

② 麦啸霞：《广东戏剧史略》，1940年，收录于《宋元明清戏曲研究论丛》（1），周康燮主编，364页，香港：大东图书公司，1979。

无罢了。"① 麦啸霞总结的梆黄缺点包括：本质薄弱，采入外腔过多，易沦强宾夺主；句法平板，词式简单，收腔落音缺少变化。② 所以，笔者认为，元杂剧和早期南戏及后世"难懂"的戏剧，其音乐、演唱上各有特点，各有各的适应对象，或平民大众，或精英贵族、文人士大夫，各自适应不同的演出场合，谁也代替不了谁。无论民间戏剧，还是城市、宫廷戏剧，无论是大众戏剧，还是文人贵族戏剧，任何唯我独尊的声音，都是错误的。

杜为廉提到了一个重要的问题，即戏曲曲本位在不同历史时期和不同戏曲形式中的表现类型问题，元杂剧的曲本位形式不同于传奇、昆曲中的曲本位，可惜他只是敏锐而朦胧地感觉到了这种差异，却没有深入下去进行论证分析。

笔者本人通过观剧（既有城市演剧，也有地道的乡村演剧）的实践体会到，戏曲的曲本位在向两个相反的方向发展。一为一般市民和乡民的戏曲，音乐与故事兼重，是去"听"戏，更是去"看戏"，所以既重声腔，也很重视曲词的内容。市民中的戏迷们肯定是重"听戏"的。但是，乡村戏剧，老老少少，甚至还赶着车，拖家带口观看演出，问他们干什么去，得到的答案毫无例外的是"去看戏"，几乎没有人说"去听戏"。另一个方向是庙堂化、贵族化、文人化，他们对于戏曲的声腔、韵味更为重视，对于故事内容则早已通过经史子集烂熟于心，故事对他们来说并不稀奇。所以，他们的确强调"听"戏，听腔品味。"看"戏对他们来说则是"不懂戏"的代名词。起初，元杂剧和南戏都是大众化的，曲词内容很重要。但后来发展到明清传奇、明清

---

① 欧阳予倩：《谈二黄戏》，1927年，收录于《宋元明清戏曲研究论丛》(1)，周康燮主编，334～340页，香港：大东图书公司，1979。
② 麦啸霞：《广东戏剧史略》，1940年，收录于《宋元明清戏曲研究论丛》(1)，周康燮主编，364页，香港：大东图书公司，1979。

杂剧,就朝另一个相反的方向发展了。梆子、皮黄起初也是像元杂剧一样类型的曲本位。在发展过程中,乡村的梆子、皮黄仍然是"看"戏;但城里的梆子、皮黄在逐渐变得更重声腔,尤其是京剧,已走上"听"戏的路子。但我们没有必要像杜为廉那样厚古薄今,重元杂剧而轻南戏传奇。不同的观众群体具有不同的欣赏习惯和心理需求是十分正常的。况且,这对于戏曲也未必是一件坏事。因为,多样的需求,必然催发产生多元化的戏曲艺术。

(三) 对章道犁元杂剧联套研究的述评

初读章道犁的元剧曲律论著,使笔者感到震惊。一个存在语言文化差异的地道的洋人,能有如此高水平的曲律研究,着实使人感到匪夷所思,难以相信。毕竟曲学是一门比较深奥的学问,很多人视为畏途,中国学生不敢轻易碰它,何况洋人。但章道犁迎难而上,写出了厚达 380 页的《元代北曲之结构与曲律及全元戏曲北词谱》! 该书在很大程度上参考了郑骞的《北曲新谱》(艺文印书馆,1973) 和《北曲套式汇录详解》(艺文印书馆,1973),但仍然不失为一部优秀的曲学论著。这是第一部用英语写成的元剧曲谱,已成为英语世界戏曲研究者必备的工具书。

在这部论著中,主体部分是"下编"北曲词谱,然后是"上编"对元剧曲词结构的分析以及对元剧联套规律的研究。由于笔者水平有限,对北曲词谱和曲词结构这两方面的探讨暂付阙如。本书只拟对该论著"上编"关于元剧联套及宫调声情的内容进行简略的评析。主要通过与郑骞、许子汉和俞为民诸先生的元剧联套研究成果的比较来分析章道犁的曲学研究的特点。

郑骞的《北曲套式汇录详解》初版是 1973 年。章道犁的论著出版于 1980 年。台湾曾永义教授的高足许子汉也对元剧曲律深有研究,1998 年出版了《元杂剧联套研究》。大陆学者俞为民先生是曲学研究专家,并有曲学研究的论著和多篇论文。他最近发表的《北曲曲调的组合形式考述》堪称一篇力作，是俞先生主持的一项国家级课题的阶段性成果。需要强调的是，尽管章道犁和许子汉都是以郑骞先生的研究为最主要的参照系，许子汉的书晚出，但许子汉书的参考文献中竟然未出现章道犁书。显然，许子汉书并未参考章道犁书。俞为民先生的论文参考文献中，郑骞书、章道犁书和许子汉书这3种研究北曲套数的论著竟然毫无踪影，显然更属于完全独立研究。可是，从许子汉书和俞为民文的研究结论看，尽管各有创见，但的确存在不少类似的结论。举一个简单的例子，许子汉在其论著第九章"结论——元杂剧联套之规律"中认为，元剧的构成形式是曲段与独立曲牌、尾声的连接融合，其中曲段有两大类，一为结构紧密之曲段，一为结构松散之曲段。关于曲段有这样的论述：

> 其中曲段之组成可分为三类：一为异曲连用，二为两曲迎互循环，三为同曲连用。异曲连用之曲段为最常见之曲段组成方式。此类曲段组成之曲牌大多次序固定，且不容其他曲牌插入，多为单用曲，必要性曲牌亦较多，多为结构紧密之曲段。两曲迎互循环组成之曲段只有正宫之B曲段（滚绣球和倘秀才）。就必要性一项而言，两曲皆非绝对必要，只需任用其一；就使用次数而言，可以多用，不特定几次；就次序而言，二曲循环相间，并无前后之分，又容许其他曲段与曲牌之插入。此为结构松散之曲段。同曲连用组成之曲段则有两种，一为幺篇连用，一为煞曲连用。煞曲连用为结构紧密之曲段，幺篇连用则有不同之情况：限连用一支，且必须连用者应为结构紧密之曲段；而使用之次数不限，或限连用一支，但不一定使用者，如中吕之C曲段（上小楼及幺篇），皆为结构松散之曲段。上述3种组成形态

之外，尚有兼用异曲连用与同曲连用（之幺篇连用之类）之曲段。（中略）若必要性曲牌多、次序固定、多为单用，则应属紧密一类；若否，必要性曲牌少、多为可多用曲牌、次序不固定、甚至容许其他曲牌插入，则应属结构松散之类。上述之论，就曲段之曲牌组成形态分为四大类，再就每一类之各项要素，讨论其结构，可知组成方式影响曲段之结构。其组成之方式与结构之松紧，又影响曲段之用法与功能。①

俞为民先生的论文则通过对元杂剧的曲调组合形式的考察，总结了北曲曲调的组合规律。在论文摘要中，俞为民先生提出北曲联套的核心是曲韵，其构成形式为曲组与只曲、尾声的组合，其中曲组有稳固型与松散型两大类，尾声也有本调类尾声与以曲调代作尾声之分。关于曲组文中有如下论述：

北曲曲组从其结合的程度来看，可以分为两种类型：一是稳固型。即曲调之间的结合紧密稳定，其间不可插入别的只曲或曲组，如仙吕调中的【仙吕·点绛唇】、【混江龙】、【油葫芦】、【天下乐】，南吕调中的【一枝花】、【梁州第七】、正宫中的【端正好】、【滚绣球】、【倘秀才】、【快活三】与【朝天子】、【醉花阴】与【喜迁莺】、【刮地风】与【四门子】，南吕宫中的【乌夜啼】与【玄鹤鸣】等曲组。这些曲组由于曲调之间连结紧密稳定，故常作为带过曲的形式，如【雁儿落带得胜令】、【骂玉郎过感皇恩采茶歌】、【快活三带朝天子】、【十二月带尧民歌】等。二是松散型。曲调在曲组中所处的位置不固定，可前后互换，或在曲组中

---

① 许子汉：《元杂剧联套研究》，198～199页，台北：台湾文史哲出版社，1998。

间，可插入只曲，如仙吕调中的由【醉中天】、【金盏儿】两曲组成的曲组，两者常循环相间排列，组成缠达的形式，如《西蜀梦》第1折：【仙吕·点绛唇】—【混江龙】—【油葫芦】—【天下乐】—【醉中天】—【金盏儿】—【醉中天】—【金盏儿】—【尾】。但两者的组合形式不稳定，一是两者的位置不定，或【醉中天】在前，或【金盏儿】在前，二是可插入其他只曲，如：《遇上皇》第1折：【仙吕·点绛唇】—【混江龙】—【油葫芦】—【天下乐】—【那咤令】—【鹊踏枝】—【寄生草】—【醉中天】—【金盏儿】—【游四门】—【柳叶儿】—【赏花时】—【么】—【赚煞】。①

上述许子汉之曲段和独立曲牌与俞为民之曲组和只曲是一样的意思，显然，将连用曲的结构分为紧密型和松散型，与分为稳固型和松散型，在实质上没有任何区别。

客观地说，章道犁的元杂剧联套研究不及他对元剧曲词结构和元剧曲谱的研究成就大。因为，他对于元剧联套的阐释过于贴近郑因伯的《北曲套式汇录详解》，所占的篇幅也仅有20多页，不到全书的1/10。而且，从全书的架构来看，这一部分的阐释是为后面的元曲谱服务的，重心放在普适性和宏观的层面上。所以，尽管他花费很大精力进行数字的统计和联套图式的绘制，但毕竟不够细密，对变体形式关注不太够。由于没有跟具体的戏剧情境联系起来考虑，所以，他对于宫调与声情关系的论述也显得空泛。许子汉的研究虽然也是严重依赖郑氏的成果，但由于他的专著以全部的笔墨深入挖掘，所以能在前人的基础上更深入系统地取得新的进展，剖析得更为详细透彻。加以运用了关目排场的

---

① 俞为民：《北曲曲调的组合形式考述》，载《艺术百家》，2005（1）：103~111。

视角，使得对联套组合的类型与戏剧建构功能的阐释有了坚实而具体的支撑点，对宫调与声情关系的论述也因而显得更为客观公允。俞先生在他的论文中对宫调声情论也有简要分析，但只举了《西厢记诸宫调》一例就断定声情论与实际不符，似显武断。

尽管章道犁在元剧联套上较之郑骞的既有研究并无实质突破，但他所做的较详细的数学统计和清晰简洁的图式，还是很有价值的，至少使得《北曲套式汇录详解》所归纳的元剧联套规律，得到了科学的统计数据的支持。

笔者认为，章道犁对于宫调与声情的论述是值得我们注意的。怎样认识宫调与声情的关系，它们之间的关系是否就像曲牌、词牌与声情之间的关系，是个令人困惑的问题。

对于这个问题，研究的视角可能也是很关键的因素。换一个视角，可能就会形成一个新的认识。黄仕忠先生有一段话，虽然不是关于宫调声情的，但对我们似应有所启发：

> 故元明做法有异，元剧之前期作家与后期作家做法有异，文人所作与才人所作有异，带有文人气息之作，和艺人场上位大众田妇畸农所作所演，更其有异也。论元曲，论戏曲，名虽一而实质本有差异，固不可一概而论也。①

那么，反映在宫调声情上，在元剧中也会因为剧作的创作时期、创作者、服务对象的不同而有所差异。看待宫调与声情的关系，不仅应该有历史意识，还要区分民间传统和精英传统，才人、艺人的创作和文人士大夫的创作风格和审美取向。笔者的倾向是，宫调与声情之间具有内在的紧密联系。从晚唐、五代词到宋词的发展轨迹可以看出，从发生学上来看，词调依附于某一特

---

① 黄仕忠：《中国戏曲史研究》，332 页，广州：中山大学出版社，2001。

定的情感内容，音乐与文辞内容具有一一对应的反射关系。这种音乐曲调一旦形成，又具有独立存在的属性，并被后人填入不同的曲词内容，其最初曲词的情感倾向反而变得模糊了。同一个词调的情感表达不断被扩容，它既可以表达其原生性情感，也可以表达其他相关甚至截然相反的内容。词调不再狭隘地固定于某一种声情，而是具有更为超能的声情反射能力。从本质上说，这种发展不能理解为：词调既然不特指某一特定声情，所以，词调与声情没有内在的联系。我们反而可以认为，这种词调的声情表达能力变得更强大了，变得有些无所不能了。实际上，很多人认为，一对一的联系才是联系，一对多的联系不是联系，这种认识似显偏颇。

元代芝庵认为，宫调具有特定的声情。《唱论》云：

> 大凡声音，各应于律吕，分于六宫十一调，共计十七宫调：仙吕调唱，清新绵邈。南吕宫唱，感叹伤悲。中吕宫唱，高下闪赚。黄钟宫唱，富贵缠绵。正宫唱，惆怅雄壮。道宫唱，飘逸清幽。大石唱，风流蕴藉。小石唱，旖旎妩媚。高平唱，条物晃漾。般涉唱，拾掇坑堑。歇指唱，急并虚歇。商角唱，悲伤婉转。双调唱，健捷激袅。商调唱，凄怆怨慕。角调唱，呜咽悠扬。宫调唱，典雅沉重。越调唱，陶冶冷笑。①

这段话是有关北曲宫调声情的最早描述，在周德清《中原音韵》、杨潮英《阳春白雪》、陶宗仪《南村辍耕录》等书中，都引述了这段文字。另外，明人曲学著作如朱权《太和正音谱》、王骥德《曲律》、臧晋叔《元曲选》以及明清有关曲谱著

---

① ［元］芝庵：《唱论》，《中国古典戏曲论著集成（一）》，160页，北京：中国戏剧出版社，1959。

作，也都持这种观点。

　　反对的意见、质疑的声音出现在 20 世纪，几乎没有人再毫无保留地接受《唱论》的宫调声情说了。反对的声音首先出现于中国学者，然后传播到英语世界的汉学家那里。在大陆，不少学者持激烈的反对意见，几呈一面倒趋势，甚至将《唱论》所言宫调声情说视为荒唐的笑料。

　　很多学者都是基于以下这种理由否认宫调声情说的，即元杂剧通常一本四折，每一折用一个套曲，由同一宫调中的曲调联合而成；但在同一折戏中，剧中人物所表达出来的情感往往不是单一的，或悲或喜，或怨或怒，交错复杂，因此，同一折戏所用的曲调即同一套中的曲调的声情也不可能是相同的。杨荫浏认为，元曲宫调可能并没有乐律声情指义。孙玄龄《元散曲的音乐》的提法与此相近。洛地的《词乐曲唱》认为，戏曲宫调没有乐律声情指义，而只具有文体指义。周维培《曲谱研究》甚至认为，宫调声情说是盲目而错误的。只有赵山林《中国戏剧学通论》认为，《唱论》所代表的宫调声情说大体上能够反映各个宫调的特色。① 综观上述反对的意见，都犯了同一个毛病，那就是要求宫调与声情相互之间必须"从一而终"，不能"移情别恋"，更不能"三妻四妾"。以今人的标准苛求古人，不亦荒唐乎。对于上述反对意见的反驳，台湾学者有非常客观而令人信服的论述。许子汉的反驳针对的是杨荫浏的 6 点反对意见②而发的。这

---

　　① 分别见杨荫浏：《中国古代音乐史稿》，582 页，北京：人民音乐出版社，2004；孙玄龄：《元散曲的音乐》，153 页，北京：北京文化艺术出版社，1988；洛地：《词乐曲唱》，322 页，北京：人民音乐出版社，1995；周维培：《曲谱研究》，275 页，南京：江苏古籍出版社，1997；赵山林：《中国戏剧学通论》，512 页，合肥：安徽教育出版社，1995。

　　② 杨荫浏提出反对《唱论》宫调声情说的六条理由参见《中国古代音乐史稿》，572~585 页，北京：人民音乐出版社，2004。

里抄录其中一段:

  所述同一折中之情感必有变化确为实情,但此与可否用一词语来描述全折之情感并不冲突,因全折之情感虽有变化,但必然有轻有重,且全折之结合亦应有一综合之情感效果出现。若云一折中之情节有变化,则不能以一词语作概括之描述,何来悲喜剧之区分,是否悲剧即须从头悲到尾,不容有其他情绪于剧中出现? 故其说不能否定宫调之情感。①

  章道犁对于《唱论》所言,显现得更多的是困惑。总体上,他对宫调声情说有着强烈的怀疑,但他还算是比较慎重,并没有像国内一些学者那样武断地否决古人的宫调声情说。首先,他在阐述每一种宫调套数的组套规律时,都要引用《唱论》。在他看来,这些对宫调的调性、节拍、隐语和戏剧特征的精细描述简直是天才式图解。另一方面,通过对这些宫调在元剧中运用情况的抽样统计,他发现,要证明像《唱论》所述宫调与声情完全一一对应是困难的。实际情况是,每一种宫调都可以表达范围广泛的声情内容。既有大量的符合常规对应的套数,也有大量的不符合常规对应的情况。如在抽查的 25 剧仙吕套中,有 15 例的情节基本符合仙吕"清新绵邈"的风格,同时也有 10 例情节与此风格相差甚远。由此可见,元代剧作家对于曲情和剧情的紧密联系并没有相同认识。章道犁的结论是,一方面,有足够多的证据表明可以不赞同《唱论》对于宫调声情所作的诗意而有趣的归纳分类;另一方面,可能这些宫调确有惊人的灵活性,而其秘密尚未揭开。笔者认为,章道犁所说的"另一方面",可能蕴含有更多的真理,堪称是没有结论的结论。

  关于《唱论》的宫调声情说,台湾学者有一段较为公允的

---

① 许子汉:《元杂剧联套研究》,217 页,台北:台湾文史哲出版社,1998。

话，可以作为本节宫调讨论的结束语：

> 总结以上之讨论，应有以下几点认知：①《唱论》之描述并非绝对严密之理论；②《唱论》可能从不同角度描述宫调之特色；③《唱论》所述应为各宫调较适用之情感，并非意谓各宫调只能用于该情感；④宫调如《音乐史稿》所述，并非"调"或"调式"之分别，而是曲牌之分类。①

---

① 许子汉：《元杂剧联套研究》，218页，台北：台湾文史哲出版社，1998。

第六章 明清戏剧研究

英语世界对明清戏剧的研究成果非常多,主要涉及下面几个方面。

(一) 作家作品研究

作家作品研究涉及的剧作家有朱有燉、石君宝、汤显祖、徐渭、孔尚任、丘濬、冯梦龙、洪升等剧作家。涉及朱有燉、李渔、徐渭、冯梦龙、洪升及其作品的论文论著主要有《朱有燉杂剧(1379—1439)》(W. L. Idema, E. J. 比尔出版社,荷兰,1985)、《石君宝与朱有燉的〈曲江池〉:形式内部的模式变化》(W. L. Idema, 1980)、《李笠翁的戏剧理论》(Nathan Mao, 1975)、《评李渔改编之琵琶记第 28 出兼谈其戏剧理论》(Mingren Fan, 1989)、《李渔的创作》(P. Hanan, 1988)、《论戏剧中的李渔》(Sai-Cheong Man, 1970)、《中国娱乐:李渔之剧作》(E. P. Henry, 1979)、《李渔》(Nathan Mao and Liu Ts'un-yan. Twayne's World Authors Series, no. 447. Boston: Twayne Publishers, 1977. 柳存仁、毛国权, G. K. 荷尔出版社,波士顿,1977)、《李渔其人及其小说中的道德哲学》(Shizue Matsuda, 1978)、《徐渭(1521—1593)生平及其作品》(I. Ch-en Lang, 1973)、《作为中国传统戏剧评论家的徐渭:〈南词叙录〉注译》(Leung Kai Cheong, 1974)《明代剧作家徐渭的一组杂剧"四声猿"》(Jeannette Louise Faurot, 1972)、《冯梦龙的传奇之梦:对〈牡丹亭〉改编中的抑遏策略》(Catherine Crutchfield Swatek, 1990)、《洪升的〈长生殿〉的艺术特征》(Wang, Ay-ling, 1992)。

涉及汤显祖、孔尚任、丘濬、梁辰鱼及其作品的论著论文有《〈牡丹亭〉或〈还魂记〉》(C. Birch, 1974)、《〈牡丹亭〉结构》(C. Birch, 1980)、《从冥府到人间：〈牡丹亭〉结构分析》(J. Y. H. Hu, 1980)、《汤显祖剧作里的时间与人的状况》(夏志清, 1970)、《汤显祖的"四梦"》(Lily Tang Shang, 1974)、《邯郸记的讽刺艺术》(C. Wang Chen, 1975)、《寻求"和"：汤显祖戏剧艺术研究》(Hua Wei, 1991)、《〈邯郸记〉评析》(Yung Sai-shing, 1992)、《丘濬》(D. A. Sommer, 1993)、《〈浣纱记〉的对称美及艺术均衡性》(梁启昌, 1984)、《桃花扇：一个中国剧本里的人格修养问题》(R. E. Srtassbery, 1975)、《清初文学家孔尚任的世界》(R. E. Srtassbery, 哥伦比亚大学出版社, 纽约, 1983)、《孔尚任的生平》(D. Kalvodova, 1975)、《孔尚任与其〈桃花扇〉：一个戏剧家对明清两朝传统的探索》(Chung-Shu Chang, 1978)、《〈桃花扇〉的双重情节》(王靖献, 1990)等。

美国学者王靖献的《〈桃花扇〉的兼叙之法》从两种角度来审视，认为由于"离合之情"和"兴亡之感"紧密结合，互相生发，使该剧产生了一种动人心弦的戏剧效果，从而使之具有极强的文学感染力。他还指出，剧中所含的情节应该是这样的双重情节：写"离"时即写"合"，写"兴"时即寓"亡"；写浪漫的爱情故事时也牵动着政权更迭这条线索，反之亦然。这种平行结构不仅包含在某一事件中，同时也扩散到了全剧的各个细部。双重情节是按照反衬手法而加以安排布置的，它们同时发展，互相衬托，并在终场时共同得到了完满的解决。他赞扬《桃花扇》如历史般凝重，如小说般广博，如诗赋般精雅，实属非同凡响。

丹娜·卡瓦多娃（D. Kalvodova）的《孔尚任对某些传奇程

式的改革》一文①，篇幅不长，却不乏创见。卡瓦多娃认为，有很多传奇由于主题的类似和说教的倾向而有陷入图解化的危险，像《琵琶记》、《牡丹亭》、《长生殿》这样的杰作之所以凌驾于其他剧目之上，不仅在于优美的文学和精妙的曲律，也在于别出心裁的情节安排。孔尚任的《桃花扇》也居于此列。此剧在对史实的探究、对主题的处理上都有突出的表现。

伊维德的《在〈桃花扇〉的阴影中——1644 年的北京在东、西方舞台上》一文②，比较了 1645 年明朝灭亡、满族人征服的事件在那个时代东方和西方的小说中和舞台上同步出现的不同面目。

亨利和韩南对李渔的评价（李渔的非正统生存之道、创新精神、唯乐原则）、王靖献对《桃花扇》的研究（探讨《桃花扇》的兼叙之法），详见《国外中国古典戏曲研究》一书。丹娜·卡瓦多娃和伊维德的孔尚任、《桃花扇》研究，详见《中国戏曲艺术国际学术讨论会论文》（北京，1987）。此不详论。

（二）性别、爱情主题和人物形象研究

探讨明清戏剧性别、爱情主题和人物形象流变的博士论文有《在中国文学里杨贵妃的形象转变》（Chen, Fan Pen Li, 1984）、《白蛇传神话流变研究》（Wu, Pei-yi, 1969）、《美丽、才华和勇气：中国十七世纪的才子佳人传奇》（Richard C Hessney, 1979）、《崔莺莺的生平和形象塑造》（Dong Lorraine, 1978）、《爱情对抗新儒学传统：明代剧作家高濂〈玉簪记〉的研究》（Edmond Yee, 1977）、李秀龙的《性别、扮装与中国戏剧》（Li, Siu Leung, 1995）、《边境上的故事：中国近世戏剧中的性别和跨文化冲突》

---

① 丹娜·卡瓦多娃（D. Kalvodova）：《孔尚任对某些传奇程式的改革》，载《中国戏曲艺术国际学术讨论会论文》（内部资料），北京，1987。
② 伊维德：《在〈桃花扇〉的阴影中——1644 年的北京在东、西方舞台上》，载《中国戏曲艺术国际学术讨论会论文》（内部资料），北京，1987。

(Lei Daphne Pi-wei,1999)、《中国古典文学中的爱情:情与理的对抗》(Qiu Xiaolong,1994)、《才子佳人小说:17 到 19 世纪中国叙事文学体裁的历史研究》(周建渝,1995)、《明末清初文学中的双性特征者描写》(Zhou Zuyan,1996)、《犯相思病的少女的梦幻世界——妇女对〈牡丹亭〉的反映》(Chen Jingmei,1996)、《〈娇红记〉的形成:它的演变和传播》(怡士庄平,1977)等。

(三) 戏剧与其他文体、戏剧与社会的关系

这方面的博士论文有《戏剧在〈金瓶梅〉中的角色》(Carlitz,Katherine Newman,1978)、卡尔·G.希萨的《中国戏剧在中国文学中的地位》(Carl Gorden Sesar,1971)、《中国戏曲在社会变革中的作用》(Cheng,Philip Hui-ho,1974)、《中国传统戏曲中的文学意图》(Zhu,Mingqi,1996)、《明代戏剧中的史、诗意识》(Douglas Keith Wilkerson,1992)、《传奇戏剧中文学资料的应用》(Shen Jing,2000)等。

(四) 戏剧文类、戏剧表演、文本形态研究

这方面的论文论著有《创作空间:晚明的表演文本》(He Yuming,2003)、《明代传奇:通俗戏剧的分析》(Chou,Lily Oan Shau,1964)、《一种音乐剧:中国传统戏曲的审美原则》(Lu Charles D,1994)、《京剧形成之前中国戏曲行当的起源与发展》(Xiong,Chengyu,1994)、《明代的戏剧演出》(Guangren Grant Shen,1994)、《明传奇的视野与方法》(C. Birch,1974)等。

(五) 比较研究

在英语世界里,也有学者对中西戏剧进行比较,在比较中展现戏曲的特点。涉及明清戏剧比较的博士论文有《梦与戏剧:16、17 世纪之交中国、英国和西班牙戏剧比较》(Wang I-chun,1986)、《中西戏剧的冲突与交融》(Clara Yu Cuadrado,1978)、《〈罗密欧与朱丽叶〉与〈牡丹亭〉:文化异同》(Fang Yali,

1990)、《〈罗密欧与朱丽叶〉与〈牡丹亭〉》(Zhai Liming, 1996)。

克拉拉·余的《中西戏剧的冲突、接触和交融》①一文，考察了中西两种戏剧传统在不同时期的接触方式，探测二者的文化交流。此研究表明，这些多元文化影响的结果，造成了中西戏剧趋同的倾向。此论文分为上下两编。

论文的上编论述了中国戏剧对西方戏剧的影响，包括对18世纪欧洲戏剧中的中国热的讨论，对受到中国传统戏曲各种因素影响的西方现代戏剧家（如 Appia, Craig, Meyerhold, Vakhtangow, Okhlopkow, Avant-garde, Artaud, Genet, Thornton Wilder, Tennessee Williams 等）、体验戏剧（the living theatre）、贫乏戏剧（the poor theatre）的评述，并列专章详细分析了戏曲对布莱希特（Bertolt Brecht）的"史诗（叙事）剧"（didactic plays）及其"间离化"（alienation）戏剧表、导演理论造成的影响。

下编则集中考察西方戏剧对中国戏剧的影响，包括对中国话剧兴起过程及所受苏联戏剧理论的影响，中国话剧（the modern speech drama）与中国戏曲之间的相互影响，并考察了"文化大革命"期间革命样板戏（the model drama）的特点，并以《红灯记》(the Red Lantern) 为例分析了样板戏杂糅中西古今戏剧因素的艺术风格。论文最后指出，西方现代戏剧的许多特点与中国传统戏剧直接有关，诸如开放的结构，自由随意的情节，公开的喜剧性因素，表露感情的演技，象征性的姿势，暗示性的布景、叙述、音乐、唱段，有节奏的动作，夸张性的服饰，观众的参与等。

克拉拉·余指出，中国近代传统戏剧，也拓宽了固有的传统程式，而包含了自然主义的情节，逼真的舞台布景，现实主义的

---

① Cuadrado, Clara Yu. Chinese and Western Theatre: Contrasts, Cross-currents, and Convergences. Ph. D. diss., University of Illinois at Urbana-Champaign, 1978: 1 ~ 207.

服饰与化妆，背景音乐、舞台灯光，同时也有传统的特技表演，夸张性的姿势、独白、叙述与重要的演唱。通过这些相互的交流影响，中西戏剧殊途同归，它们都在寻找一种对情节、对话、音乐与动作加以整合的艺术形式。

（六）明清戏剧宏观研究

从整体上对明清中国传统戏剧的研究论著有《明代中国传统戏剧》(J. H. Hung, 1966)、《明代传奇剧剖析》(L. O. Shau Chou, 1964)、《昆曲之嬗变》(M. Bong-Rag Uu, 1976)等。

第一节 熊程雨的戏曲行当研究

熊程雨（音）的博士论文《京剧形成之前中国传统戏曲行当的起源与发展》①是一部专门研究戏曲行当演变的专著。文中指出，戏曲行当具有4种基本属性：人物的自然属性、人物的社会属性、角色的道德属性、表演上特有的技术属性。这部专著的研究范围涵盖了从汉代至清代之间漫长的历史时期，认为行当的形成和演变可分为3个历史阶段：11世纪之前为行当创始期，以参军戏和宋杂剧为代表；12至15世纪为发展期，行当类型在南戏和北杂剧中得到很大的扩展；15至18世纪为完善规范期，行当在昆曲中形成了规范化的完整体系。在论文中，熊程雨主要阐述了以下几点：

（一）南戏的主角不再是副末、副净——滑稽角色，而是生、旦——庄重角色，从而与宋杂剧和金院本迥异

在宋杂剧和金院本中，在表演上角色的歌唱相对较少，故事

---

① Xiong, Chengyu. The Genesis and Development of Hangdang in Traditional Chinese Theatre Before the Emergence of Beijing Opera. Ph. D. diss., Brigham Young University, 1994: 1~159.

的呈现和滑稽效果主要通过角色对白而非戏剧动作来实现，副末和副净作为主角，主要靠对白来达到滑稽效果。南戏有更多的音乐、演唱成分，故事的呈现，甚至滑稽效果的表现，多通过唱段来表现，此特点成就了生、旦主角制的形成，这是戏曲行当上的重大演变，它使中国戏剧从短小闹剧成长为世界上重要的戏剧形式。

（二）南戏中的丑角是新产生的滑稽性质的行当

在《张协状元》中，有很多场景以净、末、丑三人为主，如李大公家里，李大公为末行，大婆为净行，小二为丑行；在山神庙场景里，山神为净行，判官为末行，小鬼为丑行。但末行的滑稽性质有所减少，滑稽对白主要由净与丑完成。在晚期南戏中，末行倾向于扮演非滑稽角色，在《张协状元》和《错立身》二剧中，末行所扮演的角色，特别是低阶层人士如穷秀才、奴仆、旅客、农民、试官、管家、演员、戏班班主等，除少数保留原来滑稽性质的痕迹外，多数已失去滑稽性质。多数情况下，末行所扮演的角色属于庄重的男性配角，而不再是滑稽人物。如在《琵琶记》的牛氏训婢的一出中，传统中净、末、丑三个滑稽性行当同时出现在场上，很明显的是，净和丑才是主要的两个制造滑稽效果的角色，末已失去此滑稽性质，而成为正派角色。另一方面，此例中丑与净均扮演女性角色，由此可以推知，在南戏中，净、丑既可以扮演男性角色，也可以扮演女性角色。南戏要求3种表演技能，即唱、念、做，对于生、旦而言，唱功最为重要，末行重念白与唱功，净、丑行长于幽默对白和滑稽的动作，外、贴行的要求同末行，重念白和唱功。另一方面，南戏的生、旦主角，在同一剧中，只能固定扮演某一个角色，末、净、丑、外、贴这几个行当，在同一剧中则可以扮演多个不同角色，但不能同时上场。根据考古发现，宋杂剧的行当允许男女杂扮，南戏虽然没有相关文献和文物，理当与此相同，南戏的7种行当对于扮演者的性别可能也没有限制。

（三）各行当细类的性质、功能和表演特色

北杂剧的演出是在下午，一般 4~5 小时，根据晚明小说《金瓶梅》中演出北杂剧《留鞋记》的描述，演出是从中午到日落。熊程雨认为，这么长时间的演唱，主角必然十分疲惫，所以导致北杂剧由原来的诸宫调式的一人主唱演变发展为一剧中由某一固定的行当来演唱。这样，北杂剧 4 折就可以由同一行当的不同角色来分担演唱任务，如《陈州粜米》、《红梨花》等剧。这些行当中，正末、正旦主唱，其他行当不唱。熊程雨以《赵氏孤儿》、《西厢记诸宫调》、《灰栏记》、《碧桃花》、《墙头马上》、《桃花女》为例，对冲末等北杂剧各行当细类的性质、功能和表演特色进行了详细的分析，指出冲末与付末在角色的重要性上比较类似，二者均扮演中年男性角色，社会地位不限。丑行在早期北杂剧中并不存在，受南戏的影响，在元末明初才出现于北杂剧。《西厢记诸宫调》可以被认为北杂剧的一个特例。该剧同时有两个主角（行当），即正末和正旦，同时出现了一个新行当，即旦莱。由此可见，北杂剧可以根据剧情需要而有所变动，形成北杂剧行当结构的变式。熊程雨发现，与南戏不同，北杂剧同一剧中扮演同一行当的不同角色可以同时登台表演，如《灰栏记》中，有四净、六丑和二冲末，在包拯断案的第 4 折，这些角色同时上场。又如《碧桃化》，四个外末同时出现于场上。《墙头马上》中两个老旦同时登台。《桃花女》中，两个小旦同时上场。北杂剧的行当体制，也造就了擅长不同行当表演的著名演员，这在《青楼集》中有详细的记录。熊程雨还探讨了北杂剧行当的穿关，指出北杂剧的戏剧服饰原本起源于宋金戏剧行当的服饰，因此不同剧目不同行当的某一角色，可以使用相同的服饰。如李逵，在《李逵负荆》中扮主角正末，在其他剧目中，李逵担任配角，扮净行，但是其服饰在这些不同剧目中却是相同的。

(四) 昆曲传奇的行当

熊程雨指出，传奇受到南戏和北杂剧的双重滋养，代表了中国传统戏曲的最高成就，昆曲的行当体系也取得了很大的发展。熊程雨以《浣纱记》、《牡丹亭》、《长生殿》、《桃花扇》四剧和折子戏为例，分析了昆曲发展的3个阶段中其行当角色体系上的一些变革与完善。

熊程雨在论文的结论部分指出，戏曲行当创始于9世纪的参军戏，其中经常出场的参军和苍鹘为最早的行当，不论故事内容有何变动，此二角色的滑稽讽刺功能均保持不变：参军为主角，苍鹘为配角。至11世纪初，在当时流行的2种戏剧形式宋杂剧和金院本中，出现了4种（或5种）新的行当，此4种行当为每剧所必须，分别是末泥、引戏、副末和副净。末泥由男性扮演，引戏有时由女性扮演，副末、副净则为主要的滑稽角色，另外一种行当为装孤，并不是每剧都有的。熊程雨指出，宋杂剧和金院本中的行当，互相之间的区别只有性别和角色分工的不同，对于所扮演角色的年龄、性格、职业和社会地位并没有任何限定。演员被指定扮演某种行当，并不是特意扮演某一特定角色。宋杂剧和金院本是以表演为中心的戏剧艺术，行当为其核心要素，表演可以没有剧本，但不能没有行当。宋杂剧和金院本行当的原初基本形态构成了整个11世纪戏剧行当的根本特征，是戏曲行当的萌芽，奠定了后来自成体系的戏曲行当的基础。

熊程雨将12至15世纪看作戏曲行当的稳定发展期，并认为宋杂剧和金院本里出现的主要行当的特性，在早期南戏和北曲杂剧中出现了变化，如滑稽诙谐的角色演变成为更加严肃的角色。产生了"生"这一新的行当，生行担任剧中唯一的青年男主角，是主要的男性行当。"旦"由宋杂剧中的装旦发展而来。在南戏中，旦成为主要的女性行当，担任剧中唯一的青年女主角。一剧中有生角，则必有旦角。南戏中的"末"由宋杂剧的副末演变而来，但功能也发生了变化。末起初也是滑稽调笑角色，但随着时间的推移，逐渐由原来的调笑滑稽角色演变为庄重的角色，可扮演除主角以外的很多种二类角色，年龄、职业和社会地位不限，同时负责戏剧开场，介绍剧情，这一点保持了宋杂剧的传统。南戏中的"净"由宋杂剧的副净演变而来，保留了副净滑稽调笑的传统。在早期南戏中，净与末是一对相互配合的滑稽角色，然而后来，净演变成为新行当丑角的搭档。净可以扮演除男女主角以外的任何角色，与所扮演角色的年龄、性别和社会地位无关，并只强调角色的滑稽性。熊程雨指出，"丑"作为一种新的行当，成为南戏中主要的喜剧行当，取代了末的滑稽调笑功能，同净一样，其所演角色范围也是十分广泛的。"外"与"贴"也是南戏中新增加的行当，扮演配角正面角色。"外"由生角派生而来，多扮演年老男性，偶尔也扮演女角色。有时，"外"在一剧可同时扮演多个角色。"贴"由旦角派生而来，当舞台上同时出现两个青年女角色时，贴的任务是担任配角。贴总是扮演青年女角色，但也可以扮演多个角色。熊程雨指出，尽管末、净、丑、外、贴在一剧中都可以扮演多个角色，但同一行当的两个角色不能在同一剧中同时上场，由于这个原因，南戏戏班的演出，至多需要有7位演员即可。

将宋杂剧和金院本的行当分别与南戏进行比较，可以看出，南戏的行当有了明显的发展。南戏的行当不再仅仅以宋杂剧中的两类行当，如庄重角色（末泥和引戏）和滑稽角色（副末和副净）来分类，而是更加细致，与特定的戏剧角色联系起来。各种行当的特性的界定更为严格，如生、旦只能扮演一种戏剧人物。

北杂剧比南戏晚出一个世纪，以一个主要行当和众多分支行当为特征，主要行当由金院本中的滑稽角色副末和副净演变为正末或正旦，此与南戏中的生和旦相类似。北杂剧只有一个行当演唱，要么正末，要么正旦，与其他早期戏剧形式均不相同。熊程雨认为，这与北杂剧主要受金院本和诸宫调影响有关，其行当类型因而相对简单，只有三大行当：男性角色，末行；女性角色，旦行；滑稽可笑之人以及反派角色，净行。但每一类型下都可以再细分。由于行当类型更加细化精确，其间的区别也就更加明确，每一主要行当都有了自己的代表性剧目和主题表现，如驾头杂剧（末行）、闺怨杂剧（旦行）、绿林杂剧（净行）。在一剧中，每一行当，包括正末和正旦，并不限于扮演某一个角色，但在具体的某一折，主行当只能有一个，其他行当则可以扮演同一行当中的两个或更多角色。对于北杂剧而言，这在当时是一种改革，是对传统的突破。

　　熊程雨认为，南戏和北杂剧的行当在 14 世纪末又有了很大的发展，南戏的 7 种行当和北杂剧的 3 种行当是后世行当体系的基石，并于 15 至 18 世纪形成了规范完善的戏曲行当体系，将南戏和北杂剧的行当有机地统一了起来。这就是昆曲的 16 种行当，它产生于明代，以角色的年龄、性别、社会地位和职业为依据进行分类。熊程雨将昆曲行当的发展演变划分为 3 个阶段，从昆曲产生（1500）到明万历末期（1620）为第一阶段，此一阶段昆曲行当有两个特点：一是主要采用南戏中的 7 种行当，生、旦为主角；二是在北杂剧影响下，每一行当属下又有了分支行当。昆曲行当发展的第二阶段为明万历末期至清康熙时期（1620—1700），此一阶段昆曲行当呈现三个特点：一是新的分支行当出现了，其区分伴随着角色分工的进一步具体化；二是净行原为滑稽角色，这时其性质发生了改变，专门扮演反派角色；三是昆曲十二行当体制（即所谓"江湖十二色"）初步形成。昆曲行当发展的第三个阶段，开始于康熙末期，结束于嘉庆末期（1700—1790）。在前两个阶段的基础上，昆曲行当进一步规范化，其特点表现为：一是改变了原来只能由生、旦作为一剧之主角的惯例，每一行当均可在相应的场景中担任主角；二是每一行当形成了相应的表演技巧、代表性演员和最拿手的场景（或剧目）；三是确立了完整的昆曲行当体系，生、旦、净、丑形成了昆曲四大基本行当，根据不同剧目的需要，四大行当均可进一步划分成更多的细类分支。

熊程雨认为，至 1790 年，在南戏北杂剧的基础上，昆曲已完成了完善的行当体系的构建，进而达到了昆曲艺术发展的高峰。昆曲行当体系为中国当今传统戏曲奠定了基础，所有后出的地方戏，包括 1790 年形成的京剧，其角色行当的分类都是在昆曲行当的基础上形成的。熊程雨认为，作为传统戏曲表演艺术体系的重要组成部分，戏曲行当的发展与戏曲领域的很多现象密切相关，因此对于戏曲行当的研究具有很重要的意义，值得进一步加以关注。

第二节 明代稀有戏曲选集的搜集整理研究

美国华裔学者刘若愚的《〈风月锦囊〉考》[①] 介绍了明代戏曲选集《风月锦囊》，详见《国外中国古典戏曲研究》一书。现补充英语世界的学者对其他明代戏曲选集的考证研究。

（一）龙彼得的明代戏曲选集研究

英国牛津大学教授龙彼得于 20 世纪五六十年代，先后在英国和德国的图书馆发现了中国明代刊行的《新刻增补戏队锦曲大全满天春》和《集房居主人精选新曲钰妍丽锦》、《新刊弦管

[①] The Feng-yue Chin-nang: A Ming Collection of Yuan and Ming Plays and Lyrics Preserved in the Royal Library of San Lorenzo, Escorial, Spain, 原载于香港出版的 Journal of Oriental Studies, IV/1~2 (1957—1958): 79~101。收录于《中国古典文学论丛——戏剧之部》，王秋桂译，328~356 页，台北：中外文学月刊社，1985。

时尚摘要集》3种闽南戏曲、弦管选集,随后经过长期的调查研究,用英文写成了《古代闽南戏曲与弦管——明刊三种选本之研究》的长篇论文。

这篇论文分为5章,在第一部分《被遗忘的文献》中,龙彼得指出,《新刻增补戏队锦曲大全满天春》和《集房居主人精选新曲钰妍丽锦》、《新刊弦管时尚摘要集》3种闽南戏曲、弦管选集刊印于17世纪初。其所以重要,是因为它们是用闽南方言的早期文学的罕见例证。其中,《满天春》有完整的折子戏和多首散曲与今天仍然在上演的传统梨园戏为同一类型。其他两本是散曲选录,大部分也是来源于舞台演出。龙彼得从中找到了26出戏的痕迹,其中有几出已不复存在,有的在中国任何书籍中都没有著录,许多曲子则一直原封不动地在当地音乐社团的南管传统中保存下来。在阐述了这3种选集的历史背景之后,龙彼得详细地描绘了这3种新发现的选集。

这篇论文的第二部分对闽南近代历史与仪式传统、戏台、1589—1791年在海外的演出、正音戏、法事戏与傀儡戏、新发现资料的重要性、明代闽南戏曲的发展进行了深入的分析研究和描述。如关于仪式传统,福建戏班里所有成员都得拜相公爷。演习之前,他们要祭拜供于一座称为翰林院的小神龛中的相公偶像。戏班用兰青官话称他是九天风火院田都元帅。请相公之后,将金纸烧成灰,把灰倒入3只酒杯。每人用右手的无名指蘸些酒,点在自己的额头和嘴唇。当洒酒时,他们一齐喝彩并唱"啰哩唯"咒。① 傀儡戏中拜相公的复杂仪式叫"大出苏"②,龙彼得有详细的介绍并附有剧本和简谱。龙彼得告诉我们,他在新

---

① 苏彦硕:《梨园戏的演出排场》,见《泉州地方戏曲》,1987(2):85~86。
② 龙彼得:《古代闽南戏曲与弦管——明刊三种选本之研究》,载《泉州地方戏曲》,1986(1):136~160。

加坡的实地考察可证实其中所言。对田都元帅的崇拜很广泛，福建其他地区、江西、安徽和广东等地的戏班也都供奉着田都元帅与几个和田都元帅相关的戏神。田都元帅的舞台守护神的身份可以追溯到 16 世纪。在宋末，田都元帅已是冲天风火院的太尉，并且和威武的玄坛赵公明一样，拥有昭烈侯的头衔。①

本身不带意义的"啰哩嗹"被反复吟诵，犹如欧洲歌曲中出现的重复 tra-la-la，或 fa-la-la，现在南管中仍普遍应用。在成化本《白兔记》中，它即是对演员的保护神所念的咒；这种咒语最早见于戏台外，是牛僧儒（780—848）所撰《玄怪录》中的一则故事《来君绰》。其中，大蚯蚓化身的威污蠛以"罗李来"反复唱酒令。龙彼得于注释中指出，类似的咒语在日本戏剧 toto tarari tararira 和朝鲜木偶戏 tteru tteru ta 中也存在，这类无意义的叠句当然可见于各地。饶宗颐在他收于《中印文化关系史论集：语文篇》(香港，29~38 页，1990）的一篇文章中，认为啰哩嗹来自梵语鲁流卢楼四流音。龙彼得认为，这种解释似乎附会牵强。龙彼得参考《泉州府志》、《文渊阁四库全书》、《漳州府志》、《长泰县志》、《厦门志》等文献资料，以及明清时期一些西方传教士所写的游记之类的西文文献，整理了明清时期泉州和漳州的戏曲在当地及在台湾地区、东南亚、日本等地的演出情况，其中有一则文献值得注意。根据《海岛逸志》(1791 年序）的记载，在爪哇演中国戏，不论为正音或下南，竟由土著女子扮演；她们是爪哇人或巴厘人（后者在巴达维亚为数甚多）。书中提到的"乱弹"，有时用作昆腔之外的一切剧种的总称，龙彼得认为应把它视作狭义解，相当于梆子和二黄。乱弹在台湾地区现在仍很重要，而在广东的海陆丰，则以西秦戏为名延

---

① Loon, Piet van der. Les Orijines Rituelles Du Theatre Chinois. Journal Asiatique vol. 246, 1977: 164~167.

续下来。

关于正音戏、法事戏①与傀儡戏,龙彼得也作了整理分析。

龙彼得认为,新发现选集的主要引人处在于题材;它们对戏班资料提供得极少。《满天春》用"队"作为"出"的意思,同一个字眼也出现在《钰妍丽锦》的别题,即《新锦曲摘队》,并使我们想到《梦粱录》和《武林旧事》里提及的迎神赛会中的"优对戏"。《满天春》共收入18出,正如许多福建地方戏以及其他地方剧种那样,都是以18出传统剧目作为演剧基础。龙彼得文认为,这个选集所选的戏不仅是为了可读性,同时大概是反映了它们实际的演出,因为演折子而不演全本在明代已和今天一样的普遍。②另一方面,刻印者漫不经心地抄下《戏上戏》一题下"第三出"这几个字就证明他们是从全剧的刻本中取材的。该书扉页的告白说这18出戏均是"增补删正"。我们不必尽信其言,不过内中提到"坊间诸刻"使我们深切地感觉到有太多的资料竟已流失。该《戏上戏》中丫环模拟的提线木偶戏,她请相公真神下降,三次唱"啰哩嗹"咒。这生动地说明了中国演剧仪式的延续性,因为在400年后的今天,仍然存有念咒请相公的仪式。

在论及明代闽南戏曲的发展时,龙彼得指出,潮州音乐和戏曲对闽南戏都有相当大的影响。

龙彼得认为,在明刊3种选集辨认的26出戏坚实地建筑于中国传统上,因为它们从内容到形式都相当于正音写的戏曲。题材、曲牌及曲文的词汇全都和我们接触到的与它邻近地区的南戏有酷似之处。从而可得出这一印象:大部分的戏不是按正音戏翻

---

① 更详细的研究则可参看龙彼得的《法事戏研究》,英文稿,载《民俗曲艺》,1993(84):9~30。

② 王安祁:《明代戏剧五论》,1~47页,台北:大安出版社,1990。

译，就是依它的原型改编而成。我们不清楚改编或模仿的过程开始于何时，但必须考虑到唱正音的班子在福建也是很活跃的。这就是潮州的情形，正如我们从最近发现的《新编全相南北插科忠孝正字刘希必金钗记》知道的那样。此剧于 1432 年抄自"全相"本，它标明"正字"，无疑是与"不正"的方言形成对照。在潮州另外发现一部完整的嘉靖（1522—1566）年间《蔡伯喈》写本，同样是正音戏。龙彼得进一步推断，用方言演戏曲的班子与用正音的同时并存。这样就可解释，虽然不是完全有说服力，为什么《荔镜记》的上栏收有"正音"材料，主要包含《西厢记诸宫调》的几个套数和一出短戏《勾栏》。比较易解的是公案场面中正音的应用，如《荔镜记》第 44 出和第 52 出，因为在这种场合不期望判官使用方言。在一些南管曲子中可以找到官话与闽南话类似的混合体，叫做"南北交"。正音仍然是仪式的语言，是对演员的祖师致词所用。

龙彼得所谓"正音仍然是仪式的语言，是对演员的祖师致词所用"这一推断，笔者认为证据显得不足，从所举论据得不出这个结论。很显然，正音之所以用于公案场面和判语，只能说明"正音"就是官方语言而已。

龙彼得在文章中还对弋阳腔在闽南的传播与影响进行了分析，并对新发现的《满天春》上栏以及其他两本曲簿《百花赛锦》和《钰妍丽锦》进行了详细的比较，统计了《满天春》下栏与现存南管曲簿中的曲目、《满天春》上栏与现存南管曲簿的曲目、门类为【双】的曲目、门类为【背双】的曲目、门类为【二调】的曲目、门类为【相思引】的曲目、门类为【滚】的曲目、门类为【北】的曲目，详尽而清晰。而且逐一考证了 3 种明刊本闽南戏曲散曲选集中明代剧目中的 18 出戏，探讨了曲文本事的来源。在此不赘述。

（二）韩南的《乐府红珊》研究

美国学者韩南（Patrick Hanan）的《〈乐府红珊〉考》一文，对明末戏曲选集《乐府红珊》中所收戏曲散出特点和剧目进行了归纳和分析。[①]

韩南认为，虽然《乐府红珊》不再是"硕果仅存的陶真选集"，它的重要性仍然存在。一般说来，戏曲选集有两种价值：第一，它们有时保存已失佚了的剧本的散出；第二，即使它们所收的剧目现存有全本，校读之下，我们往往发现两者的内容有所差异。《乐府红珊》的价值也就在于这两点。尤其该集子收有一些其他地方找不到的戏曲散出，其中有些连剧目都不见记载。

韩南详细描述了此书的版本印制形态并分析了《乐府红珊》的作者。韩南指出，秦淮墨客是纪振伦的别号，他著有3种剧本，其中2种也是唐振吾所刊印的。此外，他还编有数种剧本，也都是由唐振吾刊行的。显然，他和南京的唐氏书铺有很密切的关系。

据韩南统计，《乐府红珊》中所收的孤本戏曲散出，总共算起来，有10种是他处不得一见的剧本的散出。这10种剧，除1种外，都属南戏。韩南对这10种散出逐一进行了简单的校勘。《偷香记》（收《韩寿月下佳期》，卷13，第86页）：这是10种剧中唯一的杂剧。本事取自晋韩寿和贾充之女私恋的故事。虽然现存的杂剧中并无此一剧目，《录鬼簿》录有元李子中《韩寿偷香》一剧，《百川书志》（原序于1540年）录有李子中《韩寿窃香记》二卷，二者所指当同为一剧。此剧已佚。《乐府红珊》收18只曲及附带的宾白。后17只曲构成一仙吕套数。除【煞尾】

[①] Hanan, Patrick. The Nature and Contents of the Yue-fu Hung-shan, BSOAS, XXVI/2, 1963：346~361；收录于《中国古典文学论丛——戏剧之部》，王秋桂译，301~327页，台北：中外文学月刊社，1985。

改为【尾声】之外,其联套方式和《西厢记诸宫调》第 4 本第 1 折完全相同。第 1 只仙吕【端正好】的曲子,按例不用于套数之内而只单独用于楔子。因此,《韩寿月下佳期》应是一个楔子加上一整折戏而成。可惜我们无法确定它与上提李子中的作品是否有关联。《丝鞭记》(收《吕状元宫花报捷》,卷 8,第 50 页)不见著录,演吕蒙正及其婚事。由此出曲文可推测出《丝鞭记》的编撰当在《破窑记》与《彩楼记》之间:《丝鞭记》乃改编自《破窑记》——相关的 10 只曲中有 3 只曲文相异,虽然曲牌完全一样;而《彩楼记》乃节录自《丝鞭记》——10 只曲中仅存 8 只曲。韩南接着依次校勘了《升仙记》、《单刀记》、《斑衣记》、《联芳记》、《单骑记》、《玉钗记》、《丝鞭记》、《茶船记》和《题桥记》等 9 种散出,此不赘。

　　韩南强调,上述 9 种南戏中至少有 5 种——《单刀记》、《斑衣记》、《丝鞭记》、《茶船记》、《题桥记》——其题材亦出现于早期戏文中。这 5 种显然属民间戏曲。基于民间戏曲——以有别于文人剧——的存古性看来,这 5 种剧本之应用传统题材并不足为奇。如说唱文学的演员一般,民间剧团往往就既有的本子改编演出而不去创作新剧。虽然这 5 种剧本未必见得是早期的戏文,它们和处理同题材的戏文之间还是可能有些关系的。

　　韩南接着提到《乐府红珊》中另收有 14 种无全本流传的剧本的散出(共 25 出)。其间,9 种仅有散出,5 种仅有残曲存于其他明末的戏曲选集。而《乐府红珊》所收散出中可能有些并不见于其他选集。就是同一出戏,由于所属地方剧种的不同,曲文之间仍可能有所差异。据韩南分析,余下的 64 出戏是选自有全本流传的 36 种剧目。比较之下,《乐府红珊》所收的选出和传本相当的戏出之间有很大的区别。其中有从 4 种不同的剧本选出的 4 出戏和传本完全不同——而从这 4 种剧本中《乐府红珊》都另选有 1 出以上和传本相符的戏。此外,尚有十来出戏和传本相较之下，虽然曲文大体相似，其间仍存有相当的差别。韩南认为，这种显而易见的差异是民间剧团对原作屡加改编的结果，如前面提到从《破窑记》、《丝鞭记》到《彩楼记》的改编过程就是一个很好的例子。有时改编后剧名也随着更换。明戏曲中一剧数名的例子屡见不鲜就是因此而来。改编的动机或为迎合时尚所趋，或为适应特殊地方剧种的格律，不一而足。太文雅的戏可改成较俚俗以招引一般的观众，而文人也往往改写民间通行的戏曲使其能登大雅之堂。除了最后一种情形外，一种剧本的改编通常出自剧团中人之手，以适应该剧团演出之要求。《乐府红珊》中保存了少数的这种例子。这些选出可贵之处，在于显示了当时民间戏台上实际演出时的曲文。

韩南分析了《乐府红珊》的性质之后，接着对此书各卷的内容进行了介绍，并将选集中所收各剧与傅惜华编写的《明代传奇全目》、《古本戏曲丛刊》第一、第二、第三辑所收剧目及其他明清戏曲选集进行了比勘。此处不赘。

第三节 戏曲曲律研究

美国学者黄琼璠（Isabel Wong）的《曲牌之特征与谱曲之法》一文①，从《双红记》、《琵琶记》、《荆钗记》、《长生殿》、《月令承应》等5种剧作文本中撷取了16首《风入松》，主要参照了《九宫大成南北词宫谱》、《纳书楹曲谱》、《吟香堂曲谱》，采用美国哈佛大学卞赵如兰教授所创立的词曲分析方法②，阐述

---

① Isabel Wong：《曲牌之特征与谱曲之法》，载《中国戏曲艺术国际学术讨论会论文》(内部资料)，北京，1987。

② Chao, Pian Rulan. "Text Setting with the Shipyi Animated Aria", in Laurence Berman, ed., Words and Music: the Scholar's View. Harvard University, 1972: 237~269.

了曲牌的组成与生成规律。黄琼璠指出,传奇里的南北曲调的出处,大概是民歌或里巷歌谣,句式为长短句,每句字数二、三、五、六、七字不等,每一曲牌中词句的句数,词句里字数的多少、字的声调、平仄与押韵,各有体格。每一首词曲都有一个名字,称为曲牌。曲的创作,不是凭空创造成的,而是要根据旧有同调名的曲子词句的格式及其旋律的模型大纲蜕变成的。如此创作的曲子,其曲牌将与其模型相同,不管此新曲子词句里的内容与曲牌是否符合。曲牌是一首曲词句与旋律的总称。明清传奇曲牌数量庞大,据杨荫浏先生的统计,仅仅在乾隆年间出版的 82 卷本《九宫大成南北词宫谱》里,就保存了近 5 000 首的南北曲牌。

黄琼璠合集了 16 首【风入松】曲牌来作分析,其中曲牌 1~3 是根据 1746 年出版的《九宫大成南北词宫谱》所载的 3 首【风入松】曲牌的工尺谱翻成简谱的,曲牌 4~11 是根据 1784 年出版的《纳书楹曲谱》所载的 8 首【风入松】曲谱翻成的,曲牌 12~16 是根据 1789 年出版的《吟香堂曲谱》所载的 5 首【风入松】曲谱翻成的。此 3 种曲谱之成书年代都在 18 世纪中的 50 年内,时间相距不太远,故将此三曲谱中之 16 首【风入松】曲牌集中研究分析,更能揭示曲牌的一些共时规律。黄琼璠将每首【风入松】曲牌以阿拉伯数字作记认号码,以号码指代曲牌。

关于【风入松】的音乐,黄琼璠发现这 16 首【风入松】曲牌所有的旋律单元的结束音有 9 种,可根据其旋律单元结束音的异同把这些旋律单元分成 9 类,每一类专称为"旋律素",每一"旋律素"给予专名,分别叫做旋律素 A、B、C、D、E、$_x$B、$_x$E、$_y$C、$_y$D,根据对这些旋律素的分析,黄琼璠认为,每种旋律素可有 3 种起音法,一是起音高于结束音;二是起音低于结束音;三是起音与结束音相同。根据每种旋律的起音与结束音的关系，可将每种旋律素再细分为三小类：甲型、乙型、丙型，分别与3种起音法相对应。黄琼璠列举了16首【风入松】曲牌中所用旋律单元素的乐谱和板式，指出此曲牌应用3种板式：散板、一板三眼及赠板，可以散板起头然后转一板三眼或赠板，也可以只用一板三眼或赠板。黄琼璠列举了词律单元 I 所采用的旋律单元类型，计有4种旋律素，分别是 A、B、E、$_Y$D，其中第1、第8和第12首曲牌采用了旋律素 A，第1与第8首属于旋律素 A 甲型，其起音比其结束音 mi 高。第12首属旋律素 A 丙型，其起音与结束音同是 Mi。

　　黄琼璠列举了16首【风入松】曲牌里每一单元所采用的旋律素，如第Ⅲ单元是第一乐段之最后单元，可采用旋律素 E 或 B；第 V 单元，在第二乐段之中部，一律采用旋律素 C；第Ⅵ单元是第二乐段之结尾，可采用旋律素 A、B、C 或 D；第Ⅸ单元是第三乐段之结尾，可采用旋律素 A、$_X$B，或$_X$E；第Ⅻ单元为第四乐段之结尾，一律采用旋律素$_X$B；第 XV 单元，是第五乐段之结尾，大部分采用旋律素 B，第 8 首曲牌是例外；第 XVII 单元，是全曲牌之结尾，一律采用旋律素 D。单元 I、Ⅱ、Ⅳ、Ⅵ、Ⅶ、Ⅷ、Ⅸ、Ⅹ、Ⅺ、XIV、XV、XVI，可采用 3~5 种旋律素内任何一种，不大固定。黄琼璠列举了各首【风入松】曲牌各单元所采用的旋律素的选择范围及各旋律素在此曲牌中的使用频率，还列举了各旋律素的结束音，并指出，一曲中 3 个单元有固定结束音，分别是单元 V 结束音在 Re 音，单元Ⅻ结束音在低 Sol 音，单元 XXII 结束音在 Do 音，其余各单元之结束音不大固定。

　　黄琼璠继而探讨了【风入松】曲牌中各单元内旋律的变化。黄琼璠认为，第Ⅲ单元之旋律，可采用旋律素 E 或 B。所有在第Ⅲ单元采用旋律素 E 的曲牌，都是同组连用曲牌中之第一首，其余同组连用曲牌在第Ⅲ单元则采用旋律素 B。换句话说，如一首【风入松】曲牌之第Ⅲ单元采用旋律素 E 的话，这就是一组连用的【风入松】曲牌之第一首的标志。除单元Ⅴ、Ⅶ、ⅩⅦ采用固定的旋律素外，其他单元可在 2～5 个旋律素范围内选择一个。黄琼璠强调指出，某些单元采用某种旋律素之选择虽然不大固定，但都是有"范围"拘束的，而不是随便在 9 种基本旋律素中选择任何一种的。某些单元可选择某几种"范围"内之旋律素，也就是【风入松】曲牌的旋律特征之一。

黄琼璠认为，关于某一单元何以采用限定范围内的某几种或某一旋律素，以及在某同位置的数单元中，虽然采用同一种旋律素，但为何其旋律又有不同，这都是与其配字的声调有关的。

黄琼璠指出，曲牌的节奏因素是曲牌音乐的重要组成部分，包括字声节奏和旋律节奏。字声节奏即组成旋律的每乐音的长短节拍，旋律节奏则是根据字声节奏的基础变化而成的。在任何一首曲牌中，各单元里每个字的长短节拍，强拍吐字或弱拍吐字的选择，都是有规定的，因此，一曲牌的字声节奏规定，是一曲牌的音乐特征之一。如【风入松】，此曲牌单元中采用的字声节奏种类共有 12 种，可称为"节奏类"。

黄琼璠对【风入松】曲牌音乐节奏特征进行了总结。在词句方面，她指出，【风入松】曲牌共有 6 句，除第 2 句与第 6 句是由 2 个词律单元组成外，其余各句由 3 个词律单元组成，但第 4 句有时只有 2 个词律单元，第Ⅳ单元可有可无。每句尾押韵。每词律单元中，固定的因素是字数，不固定的因素是字的声调。在音乐方面，【风入松】曲牌的音乐也是根据词句的分句而分成 6 个乐段，每乐段中，又根据词律单元的界限分成旋律单元，每曲牌的旋律由 9 个基本旋律素组成，旋律素是根据相同的结束音而划分的。有些单元，如单元Ⅴ、Ⅻ、ⅩⅦ，只采用一个固定的旋律素，比如单元Ⅴ用旋律素 C，单元Ⅻ用旋律素 $_xB$，单元ⅩⅦ用旋律素 D。其他各单元可采用的旋律素，2～5 种不等，但采用哪几种是有范围规定的。旋律素又根据其起音与结束音的关系,可再细分成甲、乙、丙型,至于每单元中的旋律素是属于甲型、乙型或丙型,却又与其所配字的声调高低有直接的相应关系。字声调配旋律的高低关系原则,却是有单元局限性的。节奏方面,【风入松】曲牌每单元所用的节奏共分 12 类,是根据字声节奏而分类的,字声节奏类是每一单元内旋律节奏变化之根本,起头的单元采用节奏类不大固定,但却是有规范约束的,从单元 V 起,采用节奏类趋于固定,在连用的同组【风入松】曲牌中,其第一首的单元 I、II、III,必是散板,其单元 III 必采用旋律素 E,这是连用的同组【风入松】之第一首的标志。

关于谱曲家们谱曲的步骤与方法,黄琼璠将王季烈先生所提出的谱曲四步骤顺序进行了重新排序,其排定的顺序为点板、应明主腔、辨别四声阴阳、联络工尺。点板,即先定板式。一首曲的旋律谱成后,还得靠度曲家来依字行腔。一首【风入松】曲牌的具体完成,要靠词家、谱曲家和度曲家三人分工合作而成。

第四节 明清演剧形态研究

(一) 白之的明代堂会演剧研究

白之在《明代的精英戏剧》一书的导言中,对明代堂会演剧和宫廷演剧的表演形态,简要地进行了描述。[①] 白之指出,尽管官方时常禁止女演员上台,以维护社会道德风气,但实际上屡禁不止,很难有实际效果。对于贵族家班尤其如此。只要相貌和嗓音条件好,无论男仆或女婢,或长或幼,都可选作家班演员。另外,还有官妓,一般来说,她们擅长吹拉弹唱伎艺,随时听候传唤,称为"应官身"。作为演员,表演能力只是要求之一,还

[①] Birch, Cyril. "Introduction" in Scenes for Mandarins: The Elite Theater of the Ming. New York: Columbia University Press, 1995: 1~19.

要有姣好的容貌以及突出的音乐才能。

白之指出,在贵族家班,一般无需专门的戏台,演出多在红氍毹上进行。未上场的演员隐在屏风后面,一旦演员下场到屏风后面休息,观众便视为一出戏的结束。没有布景,演员用诗性语言描述景物,进行写景和造景。这些家班堂会演出,通常语言优美,曲调中规中矩,有板有眼。演员的形体动作控制得体,演出气氛亲切融洽。主客宾朋能够很容易地投入欣赏的氛围之中,充分享受置身其中的乐趣。演出地点也可能在其他风景宜人的场所,如花园中的亭台楼阁。演出空间无需很大,能容纳两三个演员即可。也可能于晚上在灯烛下演出,客人坐在摆着点心瓜果桌旁,悠闲自在地欣赏。这是观看西方歌剧所体会不到的情调。

在明代,全国为戏曲而发狂。在白之看来,尽管政府对戏剧控制得很严格,但这些措施能否有效执行,颇值得怀疑。实际上,当时的宫廷演剧、皇室成员的戏剧创作以及大众戏剧、乡村演剧,都是很繁盛的。

白之所描绘的明代堂会戏富有诗情画意的演出环境,典型地体现了堂会戏不同于西方歌剧的特点,说明堂会戏剧场融演出的空间环境与人文环境于一体,以及由此带来的堂会演出景致细腻的表演风格和观众特殊的欣赏心理,既可以随处作场,也有固定演出区域的一面,使戏曲洋溢着浓郁的赏玩性、礼仪性、社交性。

对于堂会戏的形态特点,国内的李静也有专论进行深入细致的分析①,但李静的参考文献里并未列白之的研究,显见中西研究中仍然缺乏交流。二者侧重点不同,各有所长,不妨作对照阅读。李静指出,堂会是明清时期盛行的一种戏曲演出形式,它具有3个特点:演出对象的特定性、演出场所的相对封闭性、演出戏班及剧目的相对自主性。李静在论文中还原梳理了明清堂会演

---

① 李静:《明清堂会演剧研究》,中山大学博士论文,67~127页,2002。

剧的渊源及历史，总结归纳各时期的演出特点及对戏曲发展的影响，并从堂会演剧的形态、赏玩性和礼仪性的特点、戏曲史上的地位等方面进行全面的评述。堂会戏很有可观之处。

（二）王爱春的中西梦戏、"戏中戏"研究

王爱春（音）的博士论文《梦与戏剧：十六世纪晚期与十七世纪早期的中国、英国和西班牙戏剧比较》[①] 一文，探讨了梦幻在中西戏剧中的形态和功能。论文指出，16 世纪后期和 17 世纪初期，中国和欧洲的戏剧作品中最杰出的代表无疑分别出自汤显祖、莎士比亚和彼得罗·卡尔德隆·巴卡（Pedro Calderon do la Barca）的笔下。汤显祖的《牡丹亭》、《南柯记》和《邯郸记》，莎士比亚的《暴风雨》、《仲夏夜之梦》，卡尔德隆的《人生是梦》（La Vida es Sueno），不仅拥有共同的"戏中戏"结构（play-within-a-play structure），而且都包含有重要的、与梦幻意图紧密关联的"巴洛克"式主题：理想与幻灭、表象与现实、梦境与觉悟、人生如梦（the life-dream equation）。

这些梦幻，如愿望实现之梦、观念之梦、超自然之梦和预言之梦，出现在莎士比亚、约翰·理利（John Lyly）和马娄（Christopher Marlowe）的剧作中，反映了文艺复兴时期人们对夜间幻象的传统感知模式。这种感知模式肇始于古希腊罗马文学，也体现在当时的民俗和中世纪的神秘剧之中。16 世纪的中国，也具有类似的信仰，认为梦产生于白日的想象，或者由超自然的灵体而激发生成。《飞丸记》、《红拂记》和《义侠记》都反映了这种观念。在第二章中，将实现愿望之梦和观念之梦视为实现追求的过程，主要参照了弗洛伊德的《梦的解析》的原理，分

---

① Wang, I-chun. Dream and Drama: in Late Sixteenth Century and Early Seventeenth Century: China, England and Spain. Ph. D. diss., University of Illinois at Urbana-Champaign, 1986: 51~159.

析了《牡丹亭》、《邯郸记》和《南柯记》。在第四章中，分析了超自然和预言性的梦。王爱春将超自然之梦分为善恶两种类型，将预言之梦分为超自然和非超自然两种类型。

预言之梦与超自然之梦有交叉，也可以将超自然之梦分为神谕之梦和鬼魅之梦。超自然之梦的现象，在很早的古希腊、古罗马戏剧、史诗中就已有很多例子。在东方，尽管在早期的文学故事和诗歌中确有超自然之梦的体现和描述，对梦的解析相对要迟。超自然之梦在13世纪的元杂剧中已很多。到16世纪，梦成为戏剧创作的重要手段，以梦为主体建构了很多戏剧情节。王爱春认为，戏曲中对神的态度，是接受神对凡世的干预，将仙界的干预视为对社会的补充，以之反映现实，讽刺现实中的丑恶，提升理想。神与凡人接近，凡人可以得到神的帮助。在神仙道化剧、公案剧和某些爱情剧中，如《刘行首》、《飞丸记》、《红拂记》、《鸣凤记》、《高唐梦》、《春芜记》等，都有这类情景。利用梦的形式，可以暂时脱离某些社会规范的限制，例如男女主人公的梦中约会和相逢。关于鬼魅超自然剧，王爱春认为，鬼魂报仇之梦在元杂剧中比较普遍，在明代戏剧中相对较少。这种以鬼魂形式报仇的做法，不如西方的亲自报仇来得强有力。不论是神是鬼，超自然力量对人类社会进行干预，在西方文艺复兴时期和中国明代的戏剧中都存在。在西方，噩梦传统可追溯到古罗马时期，并影响到伊丽莎白时期戏剧，但从总体上讲，鬼魂在梦中出现的情况还是很少的。在中国戏剧中鬼魂报仇或透露消息的情况较为常见，但在明代这类梦境对于主题已经没有太大的关系。

对于预言之梦，王爱春认为，中西戏剧里都较多。通过这些梦能反映过去，预知未来。戏曲中有很多解梦先生给人圆梦。这种文化从唐宋以来的笔记和类书中，如《艺文类钞》、《太平御览》和明代的《昭阳梦史》，都有很多释梦材料的记载。在对待梦的态度上，莎剧中的主角对梦的真实性表示质疑；在明剧中，剧中人对梦的真实性是相信的,并按照梦的启示去行动,如《金童玉女》、《西游记》等剧。在中西戏剧中,吉梦的戏剧效果不如凶梦,莎剧《恺撒》和戏曲《精忠记》都是如此。对于梦的吉凶,有时会有完全相反的解释,《恺撒》和《浣纱记》、《八义记》都存在这种情况。但不论吉凶,剧作家都可以利用梦境来实现提供剧中人的预感和期待、推动情节发展、展示人物精神上所承受的严重压力这3种功能。他们利用梦的形式,将危险和重要的事件展现在舞台上。将梦与现实中发生的事件结合起来、以梦来反映现实生活的情况,在明代戏剧中比较明显,如《鸣凤记》、《南柯记》、《绣襦记》。从总体上看,中西戏剧家更偏向于利用凶梦而非吉梦,多揭示灾难而非吉事。尽管戏曲重欢乐热闹和喜庆幸福,但预言性的吉梦仍然是较为罕见的,但也并非绝无仅有,属于吉梦的如《义侠记》、《焚香记》、《紫钗记》等,剧中的梦境预示了男女主人公终能团圆。在这些梦境中,戏曲作家利用汉字同音字和汉字结构来预言未来,将梦境与现实有机联系在一起。由这些吉梦,可知剧中女性多向往婚姻团圆,男性多关注功成名就。以此可推知时人的心态倾向,同时也推动性格刻画和情节发展。

  王爱春说,16世纪后期,文艺复兴初期的和谐、统一的世界观,已为混乱和怀疑所取代。关于人生意义的传统观点,在莎士比亚的《暴风雨》和卡尔德隆的《人生是梦》中受到了挑战。同样的,汤显祖剧中的梦幻,反映了世人朝生暮死的生存状态。他的《南柯记》和《邯郸记》植根于中国悠久的历史传统,融合了民间信仰和佛道理念。上述中西戏剧中的梦境,具有利用梦幻创造情节、推动情节发展、创造戏剧冲突、帮助矛盾的解决和使主人公产生高度的自我认知等5种功能,反映了剧中人内在的心理困惑和矛盾。最后,构成剧中主体组成因素的梦幻,成为"人生如梦"(Life is a dream.)这一哲理暗喻的根据。

(三) 姚淑华的明清爱情剧文本特征研究

姚淑华（音）的博士论文《才子佳人：元明清时期的爱情剧》(1983) 一文，系统地分析了元明清时期的杂剧和传奇剧中的爱情主题和剧本形态。① 全文共分四章，第一章为概要，第二章为主题研究，分析了礼教、情爱观念、超自然因素、功名因素在爱情剧的作用和表现特点。第三章分析了爱情剧的结构，包括情节理论、结构性意图和影响性意图、故事背景、情爱观、人物（单线发展和多线发展）、事件因素。第四章分析了文本特征，论述杂剧文本特征时，分析了杂剧的对白、描述、宫体诗、咏物体、独白、诗的因素、修辞性语言（意象性和暗喻性）、韵律（口语的应用）。论述传奇文本时，包括传奇戏剧性的发展、散文化趋势、人物的个性化塑造、舞台效果的策略。在文本特征分析时，主张从功能主义的观点来分析剧曲和宾白及科介。分析杂剧时，以《西厢记诸宫调》为例，认为杂剧中的对白具有情节建构作用，多用单一意图式对白，而非自然主义式的对白；偏重于言语行为、弦外之音，意在表情，而非日常性对白的再现。杂剧中的宫体诗、咏物体语言，长于描叙情景，有跳出戏外，拉开审美距离，专注于品味具象审美之嫌，但同时也有咏物言志、抒发内在感情的意图。杂剧的独白，一种出声的思考，是最不自然的言语方式，可分为两种模式，代表了两种思维，一种是意象性独白，一种是哲理性独白，后者类似于《哈姆雷特》中的"活着，还是死去，是个问题"。在韵律上，认为以口语词入韵是元杂剧的一大发明。

在分析传奇时，姚淑华文认为，在曲白相生模式上，传奇不同于杂剧。其他的差异还包括，传奇重性情描绘，杂剧重形貌描

---

① Yao, Christina Shu-Hwa. Cai-zi Jia-ren: Love Drama During the Yuan, Ming and Qing Periods. Ph. D. diss., Stanford University, 1983: 1~204.

写。在对比手法的应用上，传奇比杂剧少。在语言句法上，传奇呈现出散文化倾向，与杂剧相比，传奇更具有自然主义风格。在揭示心理活动方面，杂剧多用独白，传奇多用对白。戏剧中的对观众直白，有出于经济简便的考虑，还可以增加感染力。直白的特点和效果，多用于教化，同时能很好地娱乐观众。传奇中经常穿插酒令、游戏、占卜、字谜，这是传奇文体的一个鲜明的文体风格。这表明传奇的核心，已经由诗体向对白、由抒情为主向现实主义的表演转化，显示戏剧已逐渐从诗中独立了出来。

姚淑华文对传奇和杂剧文体特征的分析和比较，有趣但不确切。实际上，上述所谓的特征，在中国戏曲中是普遍的现象，并非"杂剧"或"传奇"的专利。另外，以口语词入韵，也并非元杂剧的发明，在宋代南戏中就已存在了。

第五节　作家作品研究

（一）宣慕琦的《桃花扇》研究[①]

宣慕琦的博士论文《桃花扇：中国戏曲中的人的磨炼》，对《桃花扇》进行了综合的分析论述。现对其主要观点进行介绍。

宣慕琦认为，传奇中的说白和歌唱交互运用，如同《诗经》与《春秋》兼备。

说白式的叙述反映了宇宙流动不居的特性。事件与情节总是在神秘的螺旋形轨道上运动，上下起伏，分分合合，或取或予，揭示了外在自我在社会中的作用，人物的性格受制于个人的社会关系。此叙事传统渊源自《国语》、《春秋》、《左传》、《史记》，主题上，寻求自我，多经由对功名的寻求，努力向政治、社会权

[①] Strassberg, Richard E. The Peach Blossom Fan: Personal Cultivation in a Chinese Drama. Ph. D. diss., The University of New Jersey. 1975: 1~171.

力中心趋近，或追求文学上的不朽。

在叙事性方式的另一极，是抒情模式，是内部自我的体验、宇宙的被感知，是主体"情"与客体"景"的关系，是未经调解的情感，和在内部世界中的自我证实。此传统以《诗经》和《诗大序》为渊源。抒情模式会带来暂时的时空停滞，经由沉思，使推理具象化和情感化，从而脱离了叙述的社会连续性。在目的上抒情者与叙述式作者不同。抒情者寻求的不是一般观众，而是能有共鸣的知音，与抒情者一起感受和证实自我的孤独单一的存在。当然，传记与诗歌这两种言语方式并不是完全互相排斥的，传记也可以有内部情感的抒发。而抒情者有时也会跳出狭小的情感世界，而质疑自己的体验。从纯粹的叙事到单一的抒情，依照叙事性递减的原则，中国文学史上主要文类的排列大致如下：史传、文人笔记小说、通俗小说、传奇小说、词话、赋、诸宫调、鼓子词、大曲、散曲、词、诗。而戏曲的位置则介于诸宫调与鼓子词之间，也就是说，戏曲中，叙事因素与抒情因素大致平衡，等量齐观。①

宣慕琦认为，参军戏最早运用了戏剧性的行当角色。但这些模仿性戏剧还不能认为是戏曲。正是南方戏剧传统完善和完成了戏曲的叙事和抒情方式。宣慕琦参引弗莱的文学四阶段论和《易经》的生长变化四段论，对中国戏曲的情节模式进行了分析。宣慕琦认为，所有戏曲都是喜剧性的。即使有些剧目带有悲剧性，也不同于希腊悲剧的特点。北方戏剧的悲剧性更为浓郁。而南方戏剧因较好地结合了形而上和人类的体验而完善了喜剧性中国戏曲。

与唐戏相比，院本角色更多。元杂剧由院本发展而来。宣慕

---

① Strassberg, Richard E. The Peach Blossom Fan: Personal Cultivation in a Chinese Drama. Ph. D. diss., The University of New Jersey, 1975: 84~87。

琦认为，院本的四部分，其区分依据，不是曲套和音乐结构上的，而是内容和语义上的标准。宣慕琦认为，旧的中国诗歌模式本身存在的不足，促成了另一种变化和综合，金院本中的音乐不同于宋杂剧和宋词，而是曲的形式，可能是只曲以及散曲和套数。曲更口语化，这是异族统治者的音乐，是元杂剧音乐的基础。院本的第一和第四部分变成了元杂剧的楔子。每套用1宫调，计12宫调，各有不同的声情特点。在宣慕琦看来，早期元杂剧无论从形式上，还是从主题、语义上，都更适于表现悲剧性的动作。最杰出的元杂剧常常强烈关注人的无助感。但元杂剧也不排斥对形而上解决办法的利用，如托梦、幻想、复仇和精神生活。应用形而上的解决方式，说明元杂剧也并不否认形而上的大团圆结局，至少也反映元杂剧也有一定的喜剧性视角。

南戏与北方的金院本同时地、平行地发展着，形成了截然不同的传统。元统一后，元剧具有雅化、浪漫化的趋向，喜剧性增强了，这与文人南下杭州，以及科举恢复有关，使剧作家的悲剧性表达能力变得弱化了。宣慕琦认为，元末是本土的南宋文化传统大复兴时期，南戏是其中重要的内容，赢得了文人的新的关注。《错立身》南戏象征了中国戏曲向喜剧性的转向。此剧的主题象征了南戏的形式规范从北方戏剧的束缚中解脱了出来。五大南戏的出现，带来文人们在戏剧创作上彻底转向南戏的倾向。《琵琶记》的喜剧色彩，部分源自其叙事方式上的价值。南戏的浪漫主义喜剧传统（尤其是以抒情性见长）的完善，伴随昆曲发展而成长。

宣慕琦以《易经》中的四个阶段来代表恋人的分与合。才子佳人剧为南戏的最重要、最常见的主题和模式，肇始于《西厢记诸宫调》。生与旦的各自出场，是第一阶段"诞生"。通常的模式是，生在第2出上场，渴望功名。旦在第3出上场，渴望爱情，例如《还魂记》。第二、第三阶段，"成长"与"变化"，此处叙事与抒情开始交结在一起。如《紫钗记》和《春灯谜》。首次相遇地点，通常是在花园或梦中。相遇的时间，多安排在中国传统节令，如清明、早春或其他节日。例如《长生殿》中的七夕密誓。《西厢记诸宫调》中的佛寺和祭日。男女主人公相遇时的特殊交流模式，一般是音乐、舞蹈、作诗或吟诗（以情信方式传递）。正在顺境之中，突生变故，生旦恋人分离。主题的叙述转向生角去赴试，或出于自愿，或出于被迫。常会有突发的叛乱或入侵发生，而导致男主人公离职，而成为谋士或者统帅。在以唐宋为背景的戏中，安禄山叛乱和金邦入侵，分别成为反喜剧叙事并打破抒情封闭圈的主要因素。反面人物（多具有幽默、贪婪、有权力欲）不仅反对男主人公，也常会拘缚女主人公。当分离的行为达到高潮和极端时，叙事和抒情的主题就开始了新的变化，朝向最后的团圆。此高潮或由偶然事件引起，或突然出现具有象征性的具体物件，而成为戏剧的焦点。

  直到17世纪，昆曲才成为南曲的代名词。在万历时期，戏曲分为特点分明的两种：杂剧和传奇。"奇"表示独特、新异的现象，与古典主义相对立。17世纪初，对真实自我、对真情的关注日益增强，在艺术上也盛行张扬个性的美学价值，对"趣"、"妙"、"怪"等风格的尊崇，直接与传统形式的规范主义相对立。在戏剧创作中，以汤显祖为代表的主情派应运而生。在明传奇中，奇异之处常常由一个具体的物件来象征，这些物件与戏剧的抒情主题息息相关，在戏剧前段出现，如钗、盒、丝帕、画像、玉杯等等。最后回归原主。奇事、奇人或具体的象征物件成为南戏传奇的定律。这标志着向着喜剧性结构的重大发展。在剧的结尾，通往身份认同的喜剧冲动，随叙事和抒情主题的完结而得以实现，冲突得以化解，一切终归顺境。内在自我对于爱情的欲望因与爱人重逢而得以满足。外在的功名追求，也同时得到了满足，男主人公通常因通过科举考试而状元及第或考中进士而被授予官职。在第二、第三阶段辗转不定的信物，也终于加入这样的和合之中。团圆的实现（恋爱的男女主人公），标志着反喜剧的力量在叙事主题中的被克服。在叛乱和社会反对这两个主要的障碍物中，后者是需要加以对付的最后一个对象。另外一个障碍是《燕子笺》中的各种小人式欺骗行为。只有揭露和消除这些因素才可能有最后的团圆结局。大团圆结局，意味着超越了极端，并恢复了原来的秩序，呈现出一种螺旋形的运动轨迹。这种喜剧性结构传统的完善，使南戏在17世纪成为表达人间真情的主要文学媒介之一。孔尚任之所以选择传奇作为媒介，是因为此时传奇的情调传统已经随朝代的更替而受到威胁，传奇在面临并趋于衰落，他要挽救传奇于危难之中。《桃花扇》的成功，是喜剧性结构的修复，并使表达真情的模式得以巩固和重构。

（二）魏淑珠对《桃花扇》中"扇"的研究

美国惠特曼学院的学者魏淑珠的《孔尚任的扇里乾坤》一文，对《桃花扇》中"扇子"的作用进行了剖析。[1] 由于已有中译文，这里只简要介绍此文的主要观点。在这篇文章中，魏淑珠指出，孔尚任的《桃花扇》一剧以一把扇子作为侯方域与李香君定情的信物，跟着两位主人翁的分合而穿插于剧中，以"梭子"的作用编制剧情。这样的功能是传奇剧本中常见的技巧，本不足为奇，可是这把扇子的功能不止如此。孔尚任开宗明义就说，此剧乃是"借离合之情，写兴亡之感"，用以传达此"离合之情"的扇子不但同时负起见证明朝灭亡的任务，而且成为明朝江山的表征。在乱世之中，绘有桃花的扇子也被剧作家赋予"桃花源"的象征作用，成为人们"避秦时乱"的理想国。孔尚任的桃花扇至少具有上述三重作用。

---

[1] 魏淑珠：《孔尚任的扇里乾坤》，收录于《东方戏剧论文集》，王安葵、刘祯主编，350~358页，成都：巴蜀书社，1999。

魏淑珠在文章的结尾对文章进行了总结，认为桃花扇作为定情的信物是最明显、最表面化的作用。以"扇"定情也是日后以"散"终结的征兆。但是，它作为"梭子"的功用并不特别强。它的旅途不短，阅历也很丰富，但是不以穿针引线为主。造成这个现象可能有两个原因。

　　一是此剧业已具有重要的"梭子"——杨文聪。这个角色来往于正邪之间，受到两边的欢迎，左右逢源。他又经常无端惹是生非，多管闲事，目的只是推动剧情的发展。最后功成身退，鞠躬下台，也不跟众英雄入道，也没遭受恶报。就跟梭子织锦的作用非常相当：锦的好坏，无关梭子的功过。

　　魏淑珠指出的另一个原因是桃花扇主要的功用是作为明朝的象征。这个作用虽然隐晦，却处处有线索可寻。毕竟侯方域与李香君的"离合之情"只是孔尚任"借"用的，其目的是要"写"人们对明朝的"兴亡之感"，这其间轻重有别。此文的讨论也揭示作者把明朝等同于桃花源，失去明朝就等于失去桃花源，剩下的出路已不在尘世间，而是虚无的仙境。关于这一部分，剧作家的着墨极多，值得注意。用桃花扇来写明朝亡国的经过，唯一的结局是撕扇的悲剧。可是传奇的传统与观众的要求都是大团圆，孔尚任的方法是安排一个宗教的大团圆。在第40出，张道士大设法会，斋祭崇祯皇帝及为明朝殉难的忠臣烈士，并藉幻想或梦境呈现剧中人的善恶报应，让剧中人物一一出场。再加上聚在斋坛一起入道的各路英雄好汉，正好全部到齐，各路人马走出桃花源，齐聚蓬莱。人间悲剧于是得以升华成为宗教喜剧。

　　魏淑珠对《桃花扇》中象征性物件的多层含义分析，应该是有意义的。将"扇"解读成"散"，可能需要进一步的解释。"扇"与"散"二字，在声音上有差异，一为团音，一为尖音，在南方，多尖团不分，扇散同音；在北方，这两个字音一般不会混淆。但北方存在一种"女国音"，很多女性喜欢将团音改为尖音。明清传奇昆曲中的声韵，取南方发音，扇散同音。所以，魏的观点是有道理的。在明清传奇中，以象征性信物作为剧情发展的线索，是很常见的现象。桃花扇在传奇戏剧同类信物中，应该是功能、含义比较特殊的一类。分析明清传奇中象征性物件的作用，桃花扇值得特别关注。

（三）易埃蒙对《玉簪记》的研究

易埃蒙（音）的博士论文《爱与新儒家礼教的冲突：高镰〈玉簪记〉研究》(1977) 一文[1]，对《玉簪记》的本事、情节结构、人物刻画、主题和语言进行了深入分析。全文共分五章，第一章为本事溯源；第二章分析戏曲传统程式、情节结构和人物塑造；第三章为《玉簪记》主题研究，包括主题、结构、溯源、社会思潮，情爱与礼教的冲突，其他次要主题；第四章分析了《玉簪记》的语言，包括诗化语言和散文化语言；第五章为综合评价。主要内容如下：

从严格的意义上，依戏剧主题的标准对传奇进行分门别类，并不妥当。吕天成将传奇分为六类：忠孝剧、节义剧、风情剧、豪侠剧、功名剧和仙佛剧。这只是方便而已。按照吕天成的分类，《玉簪记》属于第三类风情剧。在风情主题中，还可以进一步分为一些次要的类别：武戏、滑稽戏、科举功名戏、友情戏。明代传奇中的爱情历程和情节模式，在易埃蒙看来，可归纳为：求爱、恋爱、离别之痛和相思之苦、喜重逢和最后的团圆。但戏剧的主体在铺叙离别相思。《玉簪记》与寻常的爱情剧发展模式并不相同。男女主人公都出自良好的家庭背景，在婚前进行了性结合。这种情形在明代传统文学中是比较少触及的，为当时社会

---

[1] Edmond, Yee. Love Verses Neo-Confucian Orthodoxy: An Evolutionary and Critical Study of Yu-Tsan Chi by the Ming Dramatist Kao Lien. Ph. D. diss., University of California at Berkeley. 1977: 1~261.

礼教所不容，是非法的情爱。不过，这种主题原本并非此剧的首创，在唐传奇中就存在这样的男女私情故事了。

在小说中，表现婚前性爱的故事，最早可能是《莺莺传》和《陈妙常》两种唐传奇。陈玄礼所作唐传奇《离魂记》也属于这一主题，但人与鬼的交合，应是不得已的安排。它以同情的笔触来描述爱情，同时又希望避免触犯当时的观众，避免直接地描述敏感的未经正式结婚而发生的性爱现象。同样的主题，也表现在瞿佑创作的明初故事《渭塘奇遇记》（收录于《剪灯新话》）。此小说的结尾，深有寓意。它表明，有很多看似不符合社会常规的事，很可能是具有永恒价值的。

戏曲中关乎婚前性爱的剧作是比较少的。早期戏剧中主要有郑德辉的《倩女离魂》和白朴的《墙头马上》。剧作家描写了倩女身在家中的肉体上的痛苦，以及倩女的魂魄在路途中和京师因为爱的结合而带来的幸福。通过这种对比，剧作家试图表明这样一种观点：肉体上遭受病痛，是遵从屈服于传统礼教的结果；灵魂上自由地追求自我的实现，则带来真正的幸福。在《墙头马上》里，白朴的观点与此稍有不同，此剧以固执保守的长辈的道歉作结，并强调了女主人公对儿女的挚爱之情。不仅描绘了爱情的最终胜利，也生动地揭示了女性的坚强与自信。在明传奇剧中，类似的还有《红梨记》和《牡丹亭》。《红梨记》可能不能作为这种主题的代表性作品，因为男女主人公虽有婚前性爱，也属于郎才女貌，但旦角却是妓女。《牡丹亭》并未实质性地描绘肉体之爱，性爱仅仅发生在梦里以及在丽娘的鬼魂和柳梦梅之间。但尽管如此，汤显祖还是以现实的态度，对待梦中的性爱。对丽娘来说，至少在那一刻，梦就是现实。

明代中晚期，宋明理学受到陆王心学的挑战。心学发端于宋代的程颢，完成于明代的陆象山和王阳明，后者是明代最伟大的思想家。易埃蒙认为，理学提倡和追求真理和道德，方法是通过格物而致知。心学派则相信对于真理的寻求，要从人的内部着手，存在于能感知的知识。理学的内容在此后数百年中，没有发生大的变化。而心学此后继续发展，新的流派层出不穷，并直接催生了李贽的"性"、"心"、"情"观念和汤显祖的"主情"说。明中后期，佛教复兴，提倡个人和现世的努力，同陆王学派的分支、由王艮创立的泰州学派的主张相似。而明末的东林党，实际上其观念属于保守的一派，提倡加强传统道德，掀起了一场道德运动，将人格和道德置于一切之上。

《玉簪记》作为问题剧，它产生于晚明，面对的却是一个带有普遍意义的人性问题，即婚前性行为。这种现象，在古今中外都存在。另外，《玉簪记》反映了泰州派的性别平等观。剧中叙述陈妙常拒绝轻浮的权贵张于湖和富有而放荡的王姓财主的求爱，却坚决而积极地接纳书生潘必正，看似矛盾，实则不然。这其实准确地反映了高镰的婚姻性爱观念，他既反对理学卫道士的极端保守，同时也反对李贽所提倡的极端个人主义。禁欲的思想以及极端的放荡纵欲思想，都是高镰所不能认同的。

高镰反对当时的两种极端的思想，这种思想倾向，也反映在剧中其他人物身上。高镰并未将潘必正的姑姑的形象简单化处理，而是揭示了此角色具有明理和富有同情心的一面。她变通地安排二人成婚，使严格的宗教规范让位于世俗的姻缘前定观念。易埃蒙强调，高镰并未将人类激情视为单纯的感官性爱。人类性爱只有伴随了爱情和对情感的忠贞与执着，才具有真正的意义和价值。

《玉簪记》的基调不是极端主义的，而是比较温和的。潘必正之父的沉默显示了这一点。因为，他是理学派。在他发现妙常恰恰是指腹为婚的那个女孩之前，他对儿子与妙常的婚事并未发表明确反对的意见。根据留存下来的明刊本数量，显示《玉簪记》在当时广受欢迎。然而，高镰是如何做到使当时的社会面对如此具有爆炸性的事件而温和地予以接受认可的呢？一是应用高超的曲词艺术使理学家欣赏和认可，二是呼吁在理学的框架之内进行一些适当的调整。最后在剧末遵从传统习惯，理顺全剧的框架，以弱化此剧可能引起的道德问题。

关于《玉簪记》的次要主题，易埃蒙也有一些有趣的发现。她发现在南戏中，如《张协状元》，通常与生角相关联的事件是科举考试、打劫、取得功名；与旦角相关联的事件和人物多是滑稽角色和友情主题。这种情形，在明传奇中也是如此，但稍有变化。主角与配角的关系也起了变化。有一种情况值得注意，即友情主题不再与旦角相关联，而是改为与生角联系。剧中的朋友也总是男性，而且多身怀绝技，特别是武艺高超，如《金蕉记》和《红梨记》。通常这种武艺与生角无涉，但在《玉镜台记》和《玉盒记》中，生角直接卷入军事征战之中。《玉簪记》与上述几种情形有细微的差异，友谊主题中的朋友实质上是潘必正的姑姑，她起初看似粗暴地拆离了潘陈二人，实际上是避免了他们二人的尴尬，并最终促成了二人的结合。潘必正的父亲也起了同样的作用，他们共同成为潘陈婚事的促成者。而张于湖作为一个军事人物，也在男女主人公的最终结合中起了积极的作用，但他与生角潘必正并没有牵涉友情的问题。

这些次要主题催生了3种类型的配角，一种是善良的人，还有两种是邪恶的小人。从总体上看，这些配角从不同的方向推动着剧情向前发展。但滑稽性配角是个例外。《玉簪记》中的王财主，其唯一的作用是给此剧增加一些轻松的喜剧因素，使观众在严肃的话题之中放松一下。同时，这也给旦角一个表现道德情操的机会，显示她不会为这个贪欲的傻瓜的求爱所诱惑。但此配角与剧情的发展，并无任何贡献。在易埃蒙看来，剧中的张于湖对剧情发展同样没有发生什么实质性的作用。

易埃蒙通过比较《玉簪记》的两个明刊本与一个清刊本（《缀白裘》本），发现《缀白裘》本有五类明显的改写。一是对白上的修改。二是在曲词中补充和插入独白。三是删除了一些曲词。四是对曲牌作了替换与调整。曲词的调整与改编，引起了语义重心的变化，尤其体现在离别场景中。明刊继志斋本强调妙常离别时的悲伤，《缀白裘》本重心则是性爱的意象。五是曲词分唱。一些在明刊本中为一人所唱的曲子，在清刊本中变成了两个人分唱。除上述5种主要的变化外，还有一些改变。例如，状语的变化、询问句的增加、曲与白的字数变化、舞台提示的增删等。男女主角的行当名称也有不同，明刊本为生、旦，清刊本为小生、贴。易埃蒙认为，这种改编有两个目的，一是以更多的对话和动作来增加表演的生动性，二是增加了配角在剧中的作用，使他们的说白增加了一些，如第23出的船翁。

易埃蒙在分析中提出："肉体上遭受病痛，是遵从屈服于传统礼教的结果；灵魂上自由地追求自我的实现，则带来真正的幸福。"这一观点值得我们注意。我们以前对鬼魂戏和死后团圆的理解在基调上是悲观消极的，我们通常将此现象视为一种传统观念的自慰行为，生前不能实现，现实中不能实现，只能在虚幻的另一个世界，只能由离开肉体的鬼魂来实现，使观众不致完全绝望和彻底失去信心，以此求得心灵的安慰。易埃蒙的理解基调本质上完全不同于我们的思维定式。她是积极乐观的，但她这样分析问题的背后，是以西方现代的个人主义、人文主义观念作为理论规则的。实际上，易埃蒙解读分析过程中的潜台词就是：剧中的女主人公只要高举西方个人主义和人文主义的理想，就像自由的灵魂、鬼魂一样，摈弃传统观念对个人合法权利的限制和约束，就会获得个人幸福；反之，如果女主人公对社会上的障碍俯首帖耳，逆来顺受，不能勇敢追求爱情，就会像病痛的肉体生命一样，枯萎死去。此观点读来新颖有趣，但利用西方现代的观念来套中国古代戏曲作品，是不妥当的。尽管剧作家可能确实有这样的创作意图并因而走在了时代的前列，我们还是不太能够认同易埃蒙的推论方法。

易埃蒙对明代社会思潮的分析,充分反映了西方戏曲研究者利用儒家学说、陆王心学等中国古代哲学理论作工具进行戏曲研究的热情和冲动。此外,易埃蒙为《玉簪记》中潘必正的姑姑和父亲所进行的辩护,很新颖,也很有趣味,但有些勉强。

我们可以怀疑西方汉学家对中国古代哲学理论的理解,也许他们的理解的确会走样变形。但不可否认,他们的论述令我们读起来感到饶有趣味,其结论对于我们也常常是新鲜和有启发的。说他们误读也好,说他们故作惊人之语也好,有一点却值得我们反思。我们过去对戏曲文学的解读模式并不完美,思维的定式,求同的倾向,造成了单调、僵化的学术声音和思想观点的低级重复。比如,对于《玉簪记》中潘必正的姑姑和父亲,我们以往众口一词地进行责难和批判,再难以深入下去。我们在潜意识中常常充满了居高临下的"五四"精神和抱着道德仲裁者的态度,反对一切封建卫道士,支持一切反封建、反礼教的勇士。这在本质上同易埃蒙引用西方现代观念解读古人没有什么区别,五十步笑百步。可以认为,这种模式的研究,对剧作家和剧中人物不公平,需要重新审视我们的研究视角。

(四)王瑷玲对《长生殿》的研究

我国台湾学者王瑷玲的博士论文《洪升〈长生殿〉研究》①,全文包括前言及正文余论共5部分,从作家、作品的情节主题、人物塑造和语言艺术4个方面对《长生殿》的艺术性进行了全面深入的分析。前言介绍作为诗人和剧作家的洪升;第一章追溯杨贵妃故事的发展和流变,包括历史记载、杨贵妃系列传说、杨贵妃故事的基本结构及变迁;第二章探讨《长生殿》

---

① Wang, Ay-ling. The Artistry of Hong Sheng's Changshengdian, Ph. D. diss., Yale University, 1992: 1~276.

的主题与情节组配,包括情节构成(李杨爱情的四个阶段)、传奇情节与历史情节、情节结构与戏剧化主题的策略;第三章为人物刻画,包括:以净化尘世间的爱情为性格刻画的核心内容、尘世之人与仙人的差异与互动、配角的"烘托"功能、性格化叙述技巧;余论探讨了《长生殿》的传奇模式和剧诗艺术。

王瑷玲认为,使《长生殿》成为不朽之作的根本原因,并非其中家喻户晓的李杨爱情,此剧之所以一举成名并长演不衰,主要是因为《长生殿》非凡的戏剧艺术。正是由于这种杰出的艺术性,才使该剧受到普遍赞颂,成为中国文学的里程碑,被梁廷枏称为中国戏剧史上最伟大的杰作之一。

在该论文中,王瑷玲主要阐述了3个方面的问题:主题的呈现、主题的处理和抒情效果的创造。分析了洪升作为一位诗人的背景对他从事戏剧创作的积极影响之后,王瑷玲认为,洪升利用了他作诗的才华,在《长生殿》创作中以剧为诗来抒发他的"情爱"观。通过追溯杨贵妃传说的变迁,建构了此故事的基本结构模式和衍变倾向。从主题、结构上的变化,分析了洪升组织剧情、深化主题所采用的策略。净化李杨爱情为该剧的核心和基调,以此为出发点,王瑷玲提出了理解李杨爱情的"四阶段"论:欲望(Desire)、忏悔(Repentance)、补救(Redemption)、得道(Fulfillment),通过这四个阶段,这对帝王夫妻的爱情才得以净化,成为真爱、精诚之爱,并终至不朽。换句话说,洪升是通过设计李杨爱情的四个阶段来建构《长生殿》的主要剧情的。从主题上考虑,此剧强调的重点是李杨二人相爱相思的关系。王瑷玲反对大多数大陆学者过分地夸大民族主义在《长生殿》主题的地位。王瑷玲认为,这些学者忽视了爱情主题在该剧中的重要性,而仅仅关注历史主题,并夸大洪升的"人民立场"、"反清思想"。这种关系在发展过程中经历了阻碍,包括他们自身存在的弱点(如皇帝的用情不专、杨妃的占有欲、在叛乱之前的荒淫玩乐），以及外在的现实，如安禄山叛乱。李杨爱情的质变，表现在这对恋人的死亡——表明他们二人的补救和赎罪，不仅是为了自己，也是为了整个国家的命运。死亡成为他们实现永恒真爱的最终方式。与永恒的真爱相比，死亡仅是很小的牺牲和代价。世人的苦难，国家的灾难，都是由失职的皇帝而引起的，也预示了死亡的即将来临。在上述四个阶段中，洪升揭示了爱情的不同层次，并预示了不同层次爱情的预期结果。除了表现李杨之间四阶段的爱情之外，剧中还有一些次要主题，但主次之间处理得当、巧妙，次主题服务于"真爱"这一首要主题。洪升充分利用传奇鸿篇巨制的优越之处，游刃有余地合理安排各种不同场次，包括群戏大场、粗口正场、文细正场、热闹大过场、文静短场、文细半过场、雄壮北口正场、谐场、武场、文静正场，做到冷热调剂。在安排情节和主题戏剧化的策略上，采用了多种方法，包括重复、回应与回指、排比对照、反讽性预言与总结回顾、常式与变式。

王瑷玲还提出，此剧前半部分是现实主义的，后半部分是虚构性的。历史情节与爱情的情节，呈现出相互作用、互为衬托、相映成趣的关系。在性格刻画上，洪升以现世之爱的净化作为性格刻画的核心，并运用不同的方法，使主角、配角巧妙搭配，利用配角烘托和帮助呈现多侧面的主角。配角的重要性，体现在其与主角的联系。这需要剧作家很好地应用虚笔、反笔、侧笔和闲笔等叙事技巧。主角的某些性格，有时只能通过第三人之口来描绘，例如《长生殿》对杨妃的缺点及其奢侈腐化，由杨的姐妹和乡民进行揭示，此所谓侧笔。以梅妃衬托杨妃，采用了反笔对照法。对梅妃的描绘，采用了反笔和虚笔相结合的方法。闲笔则应用于曲词之中，功能是借描绘来预言与暗示。

在王瑷玲看来，安禄山叛乱是李杨爱情的转折点。叛乱造成了杨贵妃的死亡，死亡本身是杨贵妃对原罪的救赎。而玄宗为补救自己的失职，同意杨妃自尽，也算尽了一国之君的本分，也是一种补过和救赎。此后，皇帝委国政与太子新君，不再问政，陷入对贵妃的无尽思念。这也使得李杨的爱情从世俗之爱提升到精神世界之爱，同时这也是进行忏悔、救赎、净化的机会。真爱的真谛，是无条件的忠诚。安禄山在剧中是一个狡猾的野心家、阴谋家、自大狂，也是不忠的代名词。安禄山的叛乱，是对国家的不忠，同样，这也违背了真爱专一的原则，因而是邪恶的。不忠是最严重的原罪，忠君在精神实质上与真爱是相通的。剧中的忠臣以及李杨之间的精诚之爱，共同体现了"真爱"的人类理想。杨贵妃初到仙界，孤独依旧，仍沉迷于缅怀昔日的欲望，因而还需要加以净化和提升。与爱人的最终团圆意味着复活，而复活是爱情战胜死亡并经过赎罪的净化才能达到的境界。李隆基信仰生与死是循环的，死是生的延续。他因情而厌世、厌生，因情而求一死，以图跳出愁城，死后与贵妃团圆。在织女的帮助下，真爱最终使玄宗死后升入仙界，并与贵妃团圆，永不再受分离之苦，精诚之爱在死亡中涅槃。仙界是富有诗意的爱的世界，与喧嚣混乱的尘世形成鲜明对比。洪升对戏剧的贡献，体现在此剧特有的戏剧模式和优美的剧诗。在此剧中，诗的应用与诗化意象及象征手法（如钗盒情缘、月亮、霓裳羽衣曲、牛女星），显示了两种基本层次的戏剧抒情方式。洪升其实并非真的相信彼岸与来世，他只是借此来强调净化和永恒的"真爱"理念。

  王瑷玲对于《长生殿》的叙事技巧的分析，十分贴切，比较有借鉴价值。但是，她对李杨爱情的解读，我们难以苟同。王瑷玲利用原罪救赎的基督教理念，又揉和了佛道的生死循环、成仙观念，作为分析李杨爱情的理论基础。她的论文里充满了净化、真爱、专一、爱情的忠诚、爱情的永恒等现代概念。在一千多年前的社会现实、婚姻制度、皇室背景的大语境下，李杨的爱情理念可能不会像王瑷玲想象的那样崇高、纯洁、现代。杨贵妃的占有欲、对梅妃和其他女性的敌意,不排除与爱情专一有关,但可能性较小,里面掺杂更多、且可能占据主体的是权势地位争夺的因素,另外还有虚荣心、性格等因素,与追求爱情专一根本不能画等号。这种分析方法,采用的是西方现代女性的视角,有新意,但可能难以揭示剧中人物的真实心态和剧作真正的创作动机。

(五)白之对《浣纱记》、《焦帕记》的对比分析

关于场上剧与案头剧问题,白之的《西施的戏剧潜力:〈浣纱记〉与〈焦帕记〉》一文对此问题表示了关注。① 白之提出评价剧本品质标准的6个因素:音乐性、抒情性、传奇性、模仿性、滑稽性和观赏性。白之以主角均为西施的明传奇剧《浣纱记》(1580年左右)和《焦帕记》(1600年之后)为例,分析了成功的场上剧所必须具备的因素。

白之指出,《浣纱记》与《焦帕记》在上述评价标准的6个方面都大不相同,逐点仔细比较,就可以弄明白究竟是些什么因素构成一部成功的场上剧。《浣纱记》共45场,此剧的一些折子至今是昆曲的主要演出剧目。《焦帕记》是"才子佳人"剧的戏仿,与《浣纱记》相比,《焦帕记》在舞台上似乎不太轰动。在明代,此剧肯定上演过,祁彪佳在1632—1639年观看的86个剧中,就有此剧。不仅如此,它当时肯定还比较成功,以致毛晋在当时编的选集《六十种曲》收录了此剧,使此剧得以流传至今。但是,在18世纪的剧团演出保留剧本中,似乎已无此剧的任何折子。清代中叶的选集《缀白裘》收了《浣纱记》7折,但没有《焦帕记》。陆萼庭记载的清末上海剧场尚在演出的昆曲

---

① Birch, Cyril. The Dramatic Potential of Xi Shi, Elite Versus Popular Elements in Huanshaji and Jiaopaji. In Chinoperl Papers, 1981(10)。参西利尔・白之著:《白之比较文学论文集》,微周等译,31~43页,长沙:湖南文艺出版社,1987。后收入 Birch, Cyril. Scenes For Mandarins: The Elite Theater of the Ming. New York: Columbia University Press, 1995:106~139.

剧本，至少有《浣纱记》11 折，但没有《焦帕记》。

白之从上面提到的 6 个方面比较了《浣纱记》与《焦帕记》二剧。

在结论中，白之总结道，上述 6 种价值因素在每一部传奇中都出现，其排列顺序与它们对于明代的高雅观众的重要性相关。《焦帕记》在所比的前两项音乐性与诗歌性上地位实在太低，但它逐渐追上《浣纱记》，直到最后在滑稽性和观赏性上远远超过《浣纱记》。然而，白之认为，这些试图取悦一般群众的努力不足以使这部剧长期留在舞台上。白之指出，虽然张岱的回忆录描写了传奇观众成分之复杂，传奇本身还是一种高雅歌剧形式，每部剧的命运取决于其音乐价值和诗歌价值，而不是满足下层群众粗俗兴趣的程度。但今天的读者，与明代或其他前朝代的读者相比，趣味大不相同，不必受同样价值观的约束。因此，我们很可能发现《焦帕记》读起来更有趣。甚至观赏价值，原是只与舞台演出有关，也可以在我们脑海里重演出来。虽然此剧已不再上演，但我们要在想象中重建此剧当日博得满堂彩的情景，绝非难事。

（六）白之对《白兔记》的研究

白之《一个戏剧题材的演化——〈白兔记〉诸异本比较》一文以扬州广陵古籍刻印社编校出版的成化本《白兔记》1980 年印本为底本，比较了成化本《白兔记》与《六十种曲》改写本、《缀白裘》折子戏本和晚明谢天佑的改写本之间的分歧，揭示了传奇在明代的演化过程。[①]

在此文章中，白之提出，在明传奇的演化过程中，民间文学

---

① 白之：《一个戏剧题材的演化——〈白兔记〉诸异本比较》，载《中国戏曲艺术国际学术讨论会论文》（内部资料），北京，1987。后收入白之《明代的文人戏剧》一书（Birch, Cyril. Scenes For Mandarins: The Elite Theater of the Ming. New York: Columbia University Press, 1995: 21~60）。

因素的重要性逐渐降低，戏剧人物的心理过程越来越受重视，传奇作品越来越关心如何解决戏剧中心主题的模糊之处。

白之首先描绘和分析了成化本《白兔记》的文本和演出特点。白之认为，成化本的精彩之处之一是包含了大量《白兔记》后期诸本中芟除删净的大量粗俗笑话和闲笔科诨，从中可以看到观众所欣赏的早期廉价演出的内容。

白之指出，与《白兔记》其他诸本相同的是，成化本只是表面上用刘智远发迹为情节主线，看来刘智远题材的戏曲的早期演出本已经让弃妇李三娘占了台面。实际上，当时观众喜爱的剧目都有这样一个弃妇角色。白之认为，从成化本起，李三娘也成为《白兔记》诸本中的核心人物。人们一提到此剧，首先想到的就是李三娘，尤其是最叫人伤心的"磨房产子"那场戏。而李三娘与刘智远的一生有多大关系，却是无所谓的事。对刘智远来说，剧情只是强调他命定要做皇帝。成化本中只有李三娘谈得上性格刻画，描写刘智远，则用的是民间故事手法：头放红光，蛇穿七窍。

在分析《六十种曲》改写本时，白之认为，毛晋编的这本戏曲集依然保留了《白兔记》中的"民间故事手法"。白之提到了此剧中的残酷惩罚行为，但指出，这可能是中世纪时期世界各国普遍发生的现象。他指出，近年来不少关于欧洲史的著作，例如芭芭拉·塔克曼关于14世纪法国的那部历史，告诉我们欧洲中世纪晚期，极端残酷的行为几乎是生活中无法逃避的一部分。在毛晋本《白兔记》中，丑嫂的结局十分残酷，但读起来却像民间故事中对有权恶人原型式心理补偿惩罚方式。毛晋本最后一出"团圆"，主角刘智远饶恕了三娘的大哥，原因是为了"李家香火"。但是，刘智远叫丑嫂想想当初讽刺他时赌的咒，现在要她做个闹剧式的兑现。白之认为，这是民间故事世界中的恐怖，而不属于任何一种现实式的描写。如同欧洲民间故事中，最后被杰克杀死的巨人,总是发出这一类威胁:"我要摘他的肝晚上做食,放他的血早晨饮干!"白之认为,这种恐怖剧式的结局,显然是某种《白兔记》早期本留下的痕迹,与《琵琶记》主题最早的故事中蔡伯喈被雷击死同例。值得注意的是,虽然丑嫂是《白兔记》诸本中共同的首恶,这个点蜡烛情节却只有《六十种曲》本才有。成化本虽然也提到她赌的恶咒,却让她与丈夫一起被宽恕了。在谢天佑改本中,她得做长篇悔罪,最后当场用古老的"触阶"法自尽。

白之将毛晋改写本作为《白兔记》早期诸本的代表。他指出,早期本已经倾向于减少刘智远发迹传说的英雄色彩,而集中写三娘弃妇地位之痛苦,"磨房产子"已经成为全剧的中心场面。至于刘智远,只要指出他命定做开国皇帝就行了,不必给予他太多的美德,诸如对仇人宽宏,对发妻体贴之类。因此,他可以做一些传统戏剧中常见的剧情套式。白之认为,尽管《白兔记》作出了贡献,把传统中国社会中妇女被压迫问题提出来引起人们注意,但它们都不曾花力气把刘智远塑造成一个高大的正面人物。

在文章第四部分,白之分析了《缀白裘》中保存的6出《白兔记》折子戏。他感觉到,这些折子戏似乎完全是用另一种风格的语言写成的。他指出,这些折子戏是乾隆中期在苏州地区流行的异本,似乎是实际演出一字字实录下来的,大量感叹词、犹疑语和丑角的即兴表演,都被忠实地保存下来。在《缀白裘》的许多折子戏中,小丑成了舞台中心人物。

在文章的第五部分,白之分析了谢天佑《刘智远白兔记》改写本。他认为,谢天佑写于1596年左右的《白兔记》改写本恐怕从来未曾流行过。他指出,在20世纪50年代《古本戏曲丛刊》重印之前,可能只有2份印本存世。白之推断,谢天佑可能是根据一个或数个旧本改写《白兔记》的,其情节安排大致依循旧本，但除了个别几折（如第 10 折）的唱词，其余没有一行词直接沿袭旧本。因此，他实际上整个重写了《白兔记》，把旧本的闹剧写成了一个情调完全不同的家庭问题剧。他加了一些场次，共分 39 折（毛晋本共 33 出）。其中有不下 6 折写刘智远的从军生涯。其中第 22 折很复杂，写刘智远要求担任先锋，因此精心布演阵法，得到了主将赏识。刘智远所布阵法，有种种名堂，无不与道家思想有关。这可能来自谢天佑个人的一套哲学，与早期诸本中的民间故事因素完全异趣。《白兔记》这标题本是民间故事的传统母题——一个神奇生物帮助主人公达到其目的。谢天佑改写本沿用此标题，开场中也提到白兔，末角传述戏文大义时也有提及。奇怪的是，剧中却未提白兔，只有第 34 折间接说到 1 次，该折写咬脐郎出猎，却似乎尽量避开白兔，最后是一个哑牧童（而《缀白裘》中是个多嘴多舌的牧童）带他们到李三娘住的村里找食物找住宿。一直到第 37 折才点出此剧标题是什么意思。咬脐郎对他父母讲述他出猎的经过，却是另一番故事："因打兔儿没处寻，只见苍须皓首，驾雾腾云，行至村庄，见个妇人井边汲水泪盈盈。"这里的"苍须皓首"看来是从剧本中消失的白兔变形而成。

除了白兔之外，白之指出，谢天佑还删除或减轻了其他一些民间故事式的内容。除此之外，谢天佑还大幅度地删节了科诨滑稽内容。白之认为，谢天佑把旧本推倒重来，另写一部《白兔记》，目的在于他想重新确立男主角刘智远在全剧中的核心地位。他要把这个建立了短命皇朝的村野粗汉变成一个有各种超自然物襄助的历史英雄，从而证明哪怕天意落在一个名声不佳的赌徒身上，天意依然不可违。这个主题实际上在大量通俗文学作品中不断重复。

白之认为，谢天佑花费了很多精力维护刘智远的形象，同时对三娘的大哥也加以维护，如谢天佑解释刘智远早年贫穷的原因是父母早亡。在《白兔记》诸俗本中，事件发生无需解释原因，而谢天佑本就得解释心理动机。虽然晚明剧作家谢天佑没能做到把《白兔记》早期诸本赶出舞台，但从他所作的种种改动中，我们可以看出一些晚明戏剧观众对戏剧的要求：早期闹剧的传说式英雄世俗化了，有了心理深度，其形象塑造多少有点像晚明社会中的人。《刘智远诸宫调》中的农民现在乡绅化了，而三娘也落入晚明仕女的幽禁状态。

白之认为，谢天佑改写本的演出效果恐怕很成问题，这个剧本作为案头剧读读是很不错的，很多方面比原作更为严谨而有系统。他对剧本的清理，牺牲了大量粗犷的喜剧场面。他的唱词时有新鲜意象，时有丽词佳句。所有这些是否所得大于所失，这个问题，各人取舍不同。但是，这位几乎被忘却的晚明剧作家肯定值得我们研究一番。

在笔者看来，白之的这篇文章，通过比较《白兔记》的《六十种曲》本、《缀白裘》演出本和谢天佑改编本，准确地描绘了演出本和案头本的文本特征，值得所有关注场上案头剧研究的学者注意。白之对待《白兔记》诸俗本和改编本的态度很客观公允，视野开阔，对演出本和谢天佑改编本各自的特点、长处和不足都有深入的认识，没有通常的成见和偏见，十分难能可贵，值得借鉴。

白之并没有断定谢天佑改写本是案头剧。他只是说，这一改编本中有一些场景不适合舞台表演。白之指出，谢天佑改写本的改编可能反映了明末戏剧观众欣赏习惯上的变化。笔者认为，从纵向历时的角度看，这种看法肯定是没有问题的。那么，在横向共时的层面上呢？白之好像并没有考虑到这一层面。笔者推测，改编本雅化现象的本质，所反映的核心问题可能并不是历时的欣赏习惯的变化，而是为了适应受到高等教育的知识阶层、上层社会观众的欣赏习惯。由于他们往往重视剧作的音乐价值、诗艺价值，更甚于观赏价值、模仿价值和观赏价值，同时更关注剧情内在逻辑的合情合理性和细腻深入的心理刻画，这促使谢天佑改写本将俗本中大量粗犷的插科打诨和其他不符合精英阶层欣赏情调的内容删除或重写了。

（七）孙玫关于戏曲中青楼女子的研究

孙玫（新西兰惠灵顿维多利亚大学）和熊贤关（新加坡南洋理工大学）的《晚明剧作中的青楼女子——略论〈西楼记〉、〈红梨记〉和〈三生传玉簪记〉》一文[1]，是一篇涉及性别研究的论文。文中指出，袁于令和徐复祚身为文人士大夫，他们的剧作集中表现了青楼女子对自身职业的怨恨，她们渴望嫁给才子，忠于心上人，在情爱中实现了自我完善。这些青楼女子身上体现出来的"情"，已染有儒家"忠"的道德色彩，这就使得她们区别于其同行，已经不完全是商品了。这样的青楼女子的形象表达出复杂混合的信息。一方面她们违背理学的规范，另一方面她们仍然受制于父权意识形态。但从总的倾向上来说，这些剧作关于青楼女子执著于"情"的表现，背离了父权社会的正统观念，反对当时的青楼女子是商品的价值观念，可以视为是对晚明崇尚"情"的潮流的一种回应。至于马湘兰《三生传玉簪记》，尽管其残本并非完整，然而，它却更为真实地展现了当时青楼女子们的心态，使我们听到了来自那个时代的一种不同的声音。马湘兰的曲文还流露出了，在以超群的"色"和"艺"引得众人争相一睹时，歌伎的那种成就感。这或许可以诠释为青楼女子有时也会满足于自己对男性的征服，而这样的笔触则不见于上述文人（男人）的剧作之中。

---

[1] 孙玫，熊贤关：《晚明剧作中的青楼女子——略论〈西楼记〉、〈红梨记〉和〈三生传玉簪记〉》，收录于《明清文学与性别研究》，张宏生编，182～197页，南京：江苏古籍出版社，2002。

第六节　戏曲与小说的关系

(一) 韩南的研究

美国学者韩南的博士论文《〈金瓶梅〉的写作和素材来源研究》，在英语世界里，是最早关注和深入研究《金瓶梅》中戏曲资料及其应用和功能的杰作。从这部专著里析出的《中国小说的里程碑》、《〈金瓶梅〉的版本和素材来源》两篇论文，尤其是《〈金瓶梅〉的版本和素材来源》，在博洽的考证里显示了深厚的功力，是韩南博士论文中的精华部分，也是研究《金瓶梅》的中外学者比较重视的研究成果。① 在这两篇文章中，韩南教授详尽地列举了《金瓶梅》所引用的小说、话本、情趣、戏曲等资料，现仅对该论文所涉及的戏曲、清曲、套曲的部分加以介绍。

韩南在《中国小说的里程碑》一文中指出，《金瓶梅》是中国小说史上的一个标志，它是个人的创作，它提供了全面反映明代社会的一个横断面。小说中两个重要的领域有极为详细的描述。在俗曲史方面，《金瓶梅》则是最全面的原始参考资料，而俗曲是明代最重要的新型体裁。另一个就是金钱和价格的领域。由此出发，韩南在《〈金瓶梅〉的素材来源》一文里对《金瓶

---

① Hanan, Patrick D. A Landmark of the Chinese Novel, in the Far East: China and Japan, ed. By Douglas Grant and Maclure Millar, University of Toronto Quarterly, 1961 (3): 325~335; The Text of the Chin P'ing-Mei, in Asia Major N. S., 1962 (9): 1~57; The Sources of the Chin P'ing-Mei, in Asia Major N. S. 1963 (10): 23~67. 《〈金瓶梅〉探源》，徐朔方译，收录于《金瓶梅西方论文集》，徐朔方编选，沈亨寿等译，1~48页，上海：上海古籍出版社，1987。《中国小说里的里程碑》、《〈金瓶梅〉的版本与素材来源》，包振南译，收录于《〈金瓶梅〉及其他》，包振南等编选，1~141页，长春：吉林文史出版社，1991。韩南于1960年在伦敦大学写成博士论文《〈金瓶梅〉的写作和素材来源研究》，后经修改增删而成《〈金瓶梅〉的版本》和《〈金瓶梅〉的素材来源》两篇论文。

梅》中的戏曲和俗曲进行了详尽的分析。

韩南认为,在《金瓶梅》中,共描述了14种戏剧的上演。其中,有一些曾被原文摘引,如同引用的其他文献一样,它们增强了真实感,有时它们补足了人物行为的动机。它们大都符合小说所写的气氛,虽然这些片段并非同小说无关,作为来源来看,它们并无重大意义。冯沅君先生的《金瓶梅词话中的文学史料》[①]对这些戏曲资料已经有所揭示。但除此之外,还有一些被引用的曲文,不知它们来自什么戏曲。有的曲文不见于嘉靖年间的选本,很可能它们都是当时的上演剧目。很多曲选中的流行套曲来自元代和明代初期。虽然它们采自戏曲,它们作为流行曲调都已脱离原作,而以单独演唱的方式在流传,而成为时曲的一部分。

韩南指出,有两本戏曲同《金瓶梅》有着与众不同的关系,分别是《玉环记》和《宝剑记》。

《玉环记》演出于小说第63、第64回。该剧第6出《韦皋嫖院》的一些片段被引入小说中。小说第11回引了该剧一支曲【驻云飞】。妓女李桂姐唱的这支曲【驻云飞】不仅是娱乐,明显的有它的用意。这原是生角唱的曲子。小说略有不同,它先描写李桂姐,然后让她又唱这支曲子,又有力地描写了她。既让她唱,又要描写她,作者合二为一。他心里想着这出戏,把李桂姐和剧中女角合成一体,显示了使通常的现实主义手法为另外目的而服务的倾向。

小说虽然没有提到《宝剑记》的剧名,然而,《宝剑记》比所有别的戏曲更为重要。如同小说中所引用的话本一样,此剧的某些片段实际上已和小说的叙述合成一体。至今还没有人曾指出《金瓶梅》对《宝剑记》的采用。《宝剑记》有嘉靖二十六年

---

① 冯沅君:《古剧说汇》,180~217页,北京:作家出版社,1956。

(1547)序,是距《金瓶梅》最近的来源。小说有4处共采用了此剧的5个片段,分别是:一是第67回唱的两支【驻马听】引自此剧第33出。二是第70回形容太尉朱勔家富贵景象的一段骈文,原是《宝剑记》第3出高俅管家的念诵词。紧接着的套曲,作娱乐用,实际上却表明作者的态度,此套曲原作来自《宝剑记》第50出。三是第61回几乎引用《宝剑记》第28出全部,再加一些补充。四是第79回,引用此剧第10出的部分对白。第1例只有2支南曲同小说有关。第2例比较重要。两段同时被引用足以证明《宝剑记》特别受到作者重视。小说所引的骈文念诵词是对高俅家尊宠贵富的揭露性描写。这种描写用的骈文同小说赞词十分接近,它们在早期传奇中相当普遍,在《金瓶梅》中出现也不足为奇。这是一种华丽的辞藻,或严肃,或调笑,都需要高度艺术技巧,声调和对仗是其中重要因素。

韩南认为,套曲是用来加强骈文所作的批判的。剧中林冲以套曲对他以前所受的痛苦迫害,对包括高俅父子在内的奸人、无耻之徒以及腐朽的官僚提出控诉。《金瓶梅》把它们用作完全不同的场合,看似并不合适。太尉朱勔新近加官晋爵,正在受到同僚和太师蔡京的祝贺。特殊之处是套曲用作庆典上的娱乐,同时又是对蔡京、朱勔等统治集团的猛烈抨击。此套曲的应用表现了作者独具一格的讽刺手法。通常,在这种场合出现的应该是十全十美的颂词。这在明代曲选中不可胜数。但作者有意不采用那类谀词。此套曲曲文的用非其时,正是作者态度的有意表白。在小说原有的现实主义描述中,这是引人注目的作者的直接干预。

第3例引用的部分,在原剧中是实足的滑稽场景,表现江湖医生荒谬的诊断。这出戏大半引入小说中,正当李瓶儿病危,赵太医的全部性格来自戏曲,包括他在舞台上滑稽的自我揭露的韵语（"我做太医姓赵，门前常有人叫……"）①、两首曲以及大部分对白。《金瓶梅》增加了很多对白，特别是许多粗俗的诊病的话语。韩南说，这类粗俗的自我介绍的韵语，其作用是向读者显示太医的性格，通常是丑角或恶棍使用这样的韵语。这种传统难以引入小说，事实上它在《金瓶梅》中也有点别扭。自戏曲引入的韵语有特殊意义，小说有二三处类似的情况。一是第30回"我做老娘姓蔡"，二是第40回"我做裁缝姓赵"，另一处是第90回李贵的说念词"我做教师世罕有"。头两段都是同赵太医相似的自我讽刺词。不知道它们最早来自何处，很可能它们都由戏曲借用。除了这首自我介绍辞，还有赵太医的两支曲子。【忆多娇】改作散文对话，另一首【朱奴儿】数说药名，均保持原有形式不变。在小说中，赵太医说："我有一妙方，用着这几味药材，吃下去管情就好。听我说……"接着就是【朱奴儿】曲，但无曲牌名。在《宝剑记》中，则是这样的介绍："大叔，你听我说这药材"，接下去就是曲文。几乎所有的对话都被用进了小说。有的荒谬处方未能使人捧腹，因为病人是妇女。也许这样才加上一些限于男人的病名。

  第4例见小说第79回，引用了《宝剑记》第10出林冲找算命先生圆梦的情景。在小说中，西门庆病危，月娘叫人找了一个算命的吴神仙，她叫他排八字，然后圆梦，但两者都不吉利。对话大体相同，曲子未引，却引了《宝剑记》中的两首诗。

  韩南将上述4例引文视为小说的特异之处。韩南认为，小说的作者引用套曲在小说中为自己表态，并多少有点怪异地将两出戏改编入小说中。

---

  ① 小说引文参《新刻金瓶梅词话》，兰陵笑笑生著，戴鸿森校点，北京：人民文学出版社，1992。

但韩南的研究并未止于对上述借用现象的发现,他同时也在思考戏曲对《金瓶梅》的影响。韩南认为,鉴于小说作者很喜欢引用戏曲的片段,如赵太医的韵语和曲文,可见这种影响相当重要。《金瓶梅》至少有2个特点,要参照戏曲才能得到解释。一是时曲作为独白和对话,二是人物的构思。至少有一个人物即赵太医从戏曲移植,此外,李桂姐和吴神仙也同戏曲有关。东吴弄珠客的序文暗示戏曲对小说有更大的影响。在小说序文中,他把西门庆视为大净,把应伯爵看作小丑。无疑,这只是比喻。净角通常是专权者,权有大小,丑则多半是趋炎附势者。尽管如此,以应伯爵和剧中丑角相比是合适的。以他的能说会道,他的卑劣和笑谑,把他看作传统的丑角并不难以想象。

韩南认为,《金瓶梅》全书有一组套曲和大约30首散曲被戏剧化,肯定不能说全部出于小说作者笔下,甚至他是否写过任何一首也很难说。引曲戏剧化的场合,都用在有关人物感情激动时,是作者用以描写人物心理状态的另一手段。显然,这种技法从戏曲发展而来,是他从观看戏曲的过程中获得的,尽管诗词和散文交织而成的说唱文学也可能对作者起了有益的作用。就《金瓶梅》中的戏曲和词曲而论,小说作者是以什么样的形式借用了这些资料的呢?韩南的观点是,有明显的迹象可以表明,作者是凭观看了实际演出之后,按照所记忆的材料抄录的。最有力的证据来自《宝剑记》中的曲子。《金瓶梅》的文本和这出戏的剧本之间有许多微细差异,其中,有若干特征表明,《金瓶梅》中的剧曲引文最终来自口头演唱的曲本。这些特征包含了用同音字和韵脚相同的字进行替换。《金瓶梅》引的时曲和曲选所载相比也有同样的细微差异。由此可推知,作者观看了这些词曲的演唱,甚或自己也唱,且能背诵下来,因而是凭自己的记忆才写下了这些词曲。

除此之外,韩南也分析了《金瓶梅》中若干处抄录引用的说唱文学的材料,并探讨了小说中对说唱技巧的运用。

(二) 卡丽兹的研究

对《金瓶梅》进行艺术分析的学者以卡丽兹(K. N. Carlitz)成果为丰。卡丽兹在芝加哥大学撰写了博士论文《戏剧在〈金瓶梅〉中的作用:从小说与戏剧的关系看一部中国16世纪小说》。① 该文修改后以《〈金瓶梅〉的修辞》(1986)为题出版。卡丽兹的《〈金瓶梅〉中的双关语与谜语——评第二十七回》(1981)一文,其基本立足点是小说与戏剧样式的相互关系。她的这篇论文和她的姊妹篇论文《戏剧在〈金瓶梅〉中的作用》一样,《大学》的正心、修身、齐家、治国、平天下为代表的儒家思想和张竹坡评点的冷热相对论是它们的理论依据。论文以第27回作为打开小说题旨的秘密的钥匙。关于卡丽兹教授的研究风格,徐朔方先生曾说过:"国外汉学家对儒家经典和宋元理学的兴趣看来比我们大,而国内有些青年对西方文学流派的热衷也令人感到意外,半个、一个世纪前曾流行一时而早已衰歇的玩意儿都被看作'现代化'的标志。可能这是正常的情况,各自都想以对方的强处补足自己的弱点。卡丽兹教授可能是上面所说的汉学家之一。"②

卡丽兹的博士论文全文共八章,第一章为绪论。第二章分析

---

① Carlitz, Katherine N. The Role of Drama in the Chin P'ing-Mei: The Relationship between Fiction and Drama as a Guide to the Viewpoint of a Sixteenth-century Chinese Novel. Ph. D. diss., The University of Chicago, 1978. 卡丽兹的其他作品还有 Desire and Writing in the Late Ming Play Parrot Island. In Ellen Widmer and Kang-I Sun Chang, eds. Writing Women in Late Imperial China. Stanford, CA: Stanford University Press, 1997: 101~130.

② 徐朔方编选:《金瓶梅西方论文集》,沈亨寿等译,"前言",16页,上海:上海古籍出版社,1987。

了《金瓶梅》的结构和主题。第三章分析了《金瓶梅》的修辞。第四章分析了《金瓶梅》中的戏曲作品和戏剧的评议作用,首先介绍了研究分析小说中戏曲借用的原则,然后详细分析了评议性借用,包括榜样范例型借用,如《踏雪寻梅》、《暗度陈仓》、《杀狗劝夫》;对有伤风化的杂剧的借用,如《西厢记诸宫调》、《两世姻缘》、《留鞋记》;提供榜样型传奇的借用,如《彩楼记》、《琵琶记》。第五章探讨了《金瓶梅》多种作用相结合的戏曲借用,分别研究了该小说中第11回《玉环记》、第36回《香囊记》和《玉环记》、第67回《还带记》和《四节记》、第74回《双忠记》和《南西厢》及《西厢记诸宫调》的借用,并深入阐述了各剧借用的意图。第六章分析了小说中戏曲和时曲的关系以及小说对《玉环记》的借用,包括《金瓶梅》中的教化剧、《金瓶梅》中的戏剧和时曲传统两部分。此章和第五章重点是分析《金瓶梅》的作者所引用的几出明代传奇剧中的说教性。第七章探讨了借用、戏剧传统和对小说解读的影响,包括忠贞的歌伎,对《半夜朝元》的借用,戏曲中的自我修养和《金瓶梅》对自我修养的排斥,对《升仙会》和《抱妆盒》及《王勃院本》的借用,对《金童玉女》的借用,官场中的儒家责任,对《赵氏孤儿》的借用,对《龙虎风云会》的借用,对《宝剑记》的借用,《金瓶梅》第100回中的政治破产和个人的失败——一种佛教意义上的解读。第八章进一步分析了《金瓶梅》与晚明社会的关系,包括《金瓶梅》中的社会反射,国家政府和道教成仙学说,《抱妆盒》与万历时期的继承制度,晚明时期对《金瓶梅》的社会接受,和《金瓶梅》的作者和观众。

　　八章正文,加上附录和参考文献,卡丽兹的论文洋洋洒洒,厚达570多页。无论从篇幅还是从学术价值上看,该论文都是一部"厚重"的大作。而其研究视角在英语世界研究《金瓶梅》

十多种博士论文中也是独树一帜的。篇幅所限,此处只简要地介绍该专著第四章中卡丽兹对《金瓶梅》小说作者引用戏曲作品的意图进行的分析。①

卡丽兹指出,《金瓶梅》对于戏剧作品的借用是全方位的,借用的材料包括院本、南戏、杂剧、传奇、戏文、傀儡戏、百戏杂耍。借用戏曲数量之多、范围之广,都是空前的。借用的戏曲中,在小说有的提到剧名,有的没有剧名。根据卡丽兹的统计,提到剧名的演出有 15 种,其中院本有《王勃院本》;杂剧有《暗度陈仓》、《西厢记诸宫调》、《王月英元夜留鞋记》、《小天香半夜朝元》、《陈琳抱妆盒》、《韩湘子升仙记》、《孟浩然踏雪寻梅》、《杀狗劝夫》;传奇有《香囊记》、《裴晋公还带记》、《刘知远红袍记》、《双忠记》、《四节记》、《玉环记》。

在上述剧目中,《王勃院本》、《西厢记诸宫调》、《香囊记》和《玉环记》的曲文被直接引用、借用,其他的只是提到剧名。《蓝关记》、《升仙会》和《四节记》三种剧作,只在传统曲书中有著录,剧本已佚,但它们所述的故事和主题是众所周知的。《红袍记》在各种曲书中虽未著录,但此剧显然与南戏《刘知远白兔记》类似。剩下的 12 种剧目,除了《抱妆盒》和《王勃院本》外,都有剧本留存于《金瓶梅》创作前或者与该小说同时代编著的明刊本曲选中。《抱妆盒》仅收录于《元曲选》。在《金瓶梅》中借用的这些剧目上,《元曲选》本与此前的明刊本在情节或关键场景上的差别都不是很大,故可以利用《元曲选》本与存在于《金瓶梅》中的很多剧目内容相对照。《王勃院本》则仅存于《金瓶梅》中。

---

① Carlitz, Katherine N. The Role of Drama in the Chin P'ing-Mei: The Relationship between Fiction and Drama as a Guide to the Viewpoint of a Sixteenth-century Chinese Novel. Ph. D. diss., The University of Chicago, 1978: 130~188.

除了上述提及剧名的剧作外，还有一些引用了曲文但没有明确剧名的剧作。按照卡丽兹的分析，这类剧作有 10 种，但也不排除还有很多没有辨别出来的剧作。这 10 种剧作中，杂剧有《赵氏孤儿》、《金童玉女》、《竹窗雨》、《两世姻缘》、《流红叶》、《龙虎风云会》；传奇有《南西厢记》、《宝剑记》、《琵琶记》、《彩楼记》。其中《竹窗雨》、《流红叶》二剧亡佚。但小说中引用的曲文和从他处得到的信息，使我们仍然可以探讨小说作者引用这两种剧作的意图。其他几种剧作，小说对它们的引用，形式上一般是只曲或者套曲。

卡丽兹认为，小说中明确标明剧目的剧作，它们被小说用来达到讽刺时事的目的，并已形成前后一致的讽刺模式：它们在整本小说中随时可以出现，在关键场次大量运用，对戏曲的借用几乎成为个性化的言语方式，对熟悉这些剧作的读者来说，它们不断提醒读者作品具有的隐含关切。这种"以曲代言"的隐晦性评说方式，能够为当时的读者领悟吗？在卡丽兹看来，这是不成问题的。卡丽兹认为，明代城市里戏剧演出繁盛，人们观看戏剧演出，就像我们今天看电视一样。在这种语境中，当时知识圈内的读者是能够领会小说作者引用剧作的隐含评价的。这些剧目和套曲本身，有的是长于刻画人物，有的用于教化目的。例如，明传奇《玉环记》，在万历刊本和《六十种曲》两个版本中，都有一出是表现女主人公身为歌伎却能坚守贞节的内容。又如，明传奇《双忠记》，安禄山拒绝听正气之曲，以及他在听到宫廷盲乐师演唱讽刺他不忠的曲子时表现出的狂怒，都鲜明地刻画出安禄山的性格。这两例反映出传奇人物的类型化基本模式，其中的人物非善即恶，特色鲜明，成为一种价值符号和象征。《水浒传》刻画人物的方式也大致如此。《金瓶梅》在人物刻画上要复杂得多，但这是在旧有传统上的延伸。

卡丽兹说，《金瓶梅》里有剧名的剧作的引用，其讽刺性在全书中是一致和连贯的。同时，戏剧中的人物、家庭，与小说中西门庆的家庭之间，有着相辅相成的对应关系。这清晰地显示出，小说作者借用这些剧目，是为了达到对西门庆家庭成员的行为进行批评的创作目的。较明显的一个例子是，小说第 63 回，有一女仆的名字同《玉环记》中的女主人公相同，也叫玉箫。这显示西门家的仆人所处环境同《玉环记》的女主角一样，与妓院没有什么区别，这暗含了小说作者对西门家的总体评价。

对于没有提及剧名的剧作，小说作者同样希望读者关注这些曲子本身的含义。如第 31 回，西门家为庆祝收养继子，搬请一场杂剧，从所唱曲子可知是《抱妆盒》。了解此剧剧情的读者，很自然地就会领悟此剧的凶兆意味。作为读者，要了解这些曲牌名和剧名身后的内容，才会深入领悟小说引用这些曲子和剧作的价值。又如，西门庆的五妾潘金莲弹唱技艺在西门家六房中水平最高，唱曲子时通常意有所指。在第 21 回，西门庆注意到潘金莲所唱曲子是暗中讥讽吴月娘的，他的三妾孟玉楼也领会到其中用意，并说了一句：只有潘金莲才真正明白这些曲子。卡丽兹认为，上述例子显示，即使有些曲子只是一带而过，其内容对于小说的理解也可能有重要意义。一些今天看来出处不明的曲子，在当时可能是人尽皆知的时曲。即使有个别曲子甚至时人也难以理解——并非人人都如小说作者那样博学多识，我们不能据此否认《金瓶梅》在戏曲借用原则上的一致性，不能否认这些剧曲和时曲绝大多数是当时家喻户晓、能为多数人所领会这一事实。也可能当时有一个戏迷、曲迷组成的文人圈子，小说正是为这样的读者而创作的。

在第四章，卡丽兹分析了评价性引用的 3 种模式和相应剧作的引用。例如，第 46、第 48 回通过引用《踏雪寻梅》，暗中对比了高洁的孟浩然和贪欲放荡的西门庆；第 69 回通过引用《暗度陈仓》，揭示了西门庆敲山震虎之计的狡诈狠毒，同时为西门庆最后受到如遭韩信猛烈进攻一样的致命报应埋下了伏笔。《金瓶梅》中的性爱场面之多,史无前例。卡丽兹认为,小说主要人物之间的性爱关系很大程度上隐喻了当时官场上的肮脏关系。小说引用的很多剧作都含有性爱的暗示和描绘。小说引用《西厢记诸宫调》、《两世姻缘》和《留鞋记》这些"有伤风化"的杂剧,就属于这种情况。《西厢记诸宫调》因为具有肯定张生和崔莺莺性欲望的意味,故在明代受到理学卫道士们的激烈反对。这些理学卫道士们认为,在任何情况下,《西厢记》都不适于在男女混杂的观众面前演出。但在《金瓶梅》第 21 回,此戏应吴月娘的要求在西门家演出,而且西门家的成员无论男女都同场观看。吴月娘点《西厢记诸宫调》,目的是讽刺西门庆对刚入西门家的六妾李瓶儿的不恰当的偏爱。但从另一方面来看,演出此戏也反映了小说中反复出现的主题,隐含了西门庆的正妻吴月娘的治家乏术,使她显得颇像戏中不称职的老夫人。我们不能武断地据此认为小说作者对《西厢记诸宫调》持有蔑视的态度,相反,小说作者只是借用所谓"有伤风化"的剧目,来揭示西门庆与李瓶儿之间不正当的苟合关系。之所以称其为不正当,是因为李瓶儿进西门家之前,就与西门庆通奸,并伙同西门庆,谋杀亲夫。卡丽兹认为,吴月娘的本意是讽刺李瓶儿和西门庆,但演出《西厢记诸宫调》,只能使西门家更为混乱。她的缺乏威信、自损尊严、不善治家、软弱、缺乏原则等弱点,例如她召请演出有伤风化的剧目,愚蠢地同意西门庆名为认干女儿实则为乱伦的做法,都助长了西门家的性泛滥气焰。对这种混乱,吴月娘其实应该负有很大的责任。在一个国家中,等级秩序混乱,足以亡国。按照儒家理论,治国必先齐家。家长无能,也足以毁灭一个家庭。卡丽兹认为,小说第 40~43 回对《西厢记诸宫调》的引用,强调的是《西厢记诸宫调》一剧的性行为意味,而不是其中的礼节。在官哥与邻家女孩订婚之日,为表庆祝,西门家召请演出《两世姻缘》，也是很不适当的。因为，戏中描述的是妓女与书生的爱情。在卡丽兹看来，官哥在小说中的作用，在很大程度上是一个象征符号，显示李瓶儿在西门家不应过多受宠。在这一章的结尾，卡丽兹说，如果小说中对《西厢记诸宫调》的引用改换成其他写作模式，不用"以曲代言"方法，虽然也能够传情达意，或许会更简单易懂，但其中的讽刺意味将大为减弱，甚至完全消失。

卡丽兹在博士论文附录里列举了小说中出现的剧目，按照在小说中被引用先后次序排列：42回，《西厢记诸宫调》；43回，《留鞋记》；58回，《升仙会》；59回，《赵氏孤儿》；61回，《流红叶》、《西厢记诸宫调》、《白兔记》；62回，《宝剑记》；63回，《玉环记》；64回，《白兔记》、《玉环记》；65回，《还带记》；67回，《宝剑记》；68回，《宝剑记》、《西厢记诸宫调》；69回，《暗度陈仓》；70回，《宝剑记》；71回，《龙虎风云会》；74回，《南西厢记》、《双忠记》、《西厢记诸宫调》、《宝剑记》；76回，《还带记》、《四节记》①；78回，《半夜朝元》；79回，《玉环记》、《宝剑记》；80回，《杀狗劝夫》（以木偶戏形式演出）、《玉环记》；83回，《西厢记诸宫调》、《竹窗雨》；90回，《玉环记》；92回，《宝剑记》；99回，《玉环记》；100回，《玉环记》。②

在《〈金瓶梅〉中的双关语和隐语》一文中，有一部分探讨

---

① 卡丽兹认为此剧已佚，仅存《金瓶梅》中所引用的片段。蔡敦勇指出，过去一直认为此剧已佚，近来从西班牙爱斯高里亚的圣劳伦佐图书馆藏本《风月锦囊》中，发现收入《四节记》全本，包括春夏秋冬四个短剧，分别叙述杜甫、谢安、苏轼、陶毂事。《金瓶梅词话》中所演唱的是冬景一节《陶毂学士邮亭记》。详参蔡敦勇：《金瓶梅剧曲品探》，38页，南京：江苏文艺出版社，1989。

② Carlitz, Katherine N. The Role of Drama in the Chin P'ing-Mei: The Relationship between Fiction and Drama as a Guide to the Viewpoint of a Sixteenth-century Chinese Novel. Ph. D. diss., The University of Chicago, 1978: 517~519.

了《金瓶梅》对《琵琶记》的引用及引用意图的分析。① 可详参《金瓶梅西方论文集》，不赘述。

卡丽兹利用她自己对儒家关于秩序等级以及齐家治国理论的理解，分析了戏曲在《金瓶梅》中具有的榜样（包括好榜样和坏榜样）、讽刺、比较、评价等作用。她对于《金瓶梅》第27回双关语和隐语的分析，是这一思想观点的延伸。她的研究态度是严肃的，其研究成果能够成为《金瓶梅》研究领域中的杰作之一，是当之无愧的。

（三）李林德的研究

美国学者李林德（L. L. Mark）的《〈品花宝鉴〉中的昆剧与花部戏剧》一文研究了晚清小说中所描述的戏曲现象。② 李林德指出，这部小说中有 100 多处涉及昆剧这一 18、19 世纪的主流戏剧，生动地描写了戏剧的社会背景，人物活动，以及用记叙体文字表达的对各式各样戏剧风格的评解。

在李林德的这篇文章里，他主要探讨了《品花宝鉴》的作者和主要题材、叙述中反映出的昆剧的现状、演员和主顾人的关系、中国戏曲中扮演异性角色的表演方式的影响，在这四方面的探讨中，以后两方面较为详细。

李林德认为，尽管《品花宝鉴》的叙事围绕戏剧进行，戏剧却不是它的主题。舞台演出和表演的具体细节的稀少是显而易

---

① 卡丽兹：《〈金瓶梅〉中的双关语和隐语——评第二十七回》，收录于《金瓶梅西方论文集》，徐朔方编选，沈亨寿等译，232~235 页，上海：上海古籍出版社，1987；另见包振南等编选：《〈金瓶梅〉及其他》，包振南译，168~172 页，长春：吉林文史出版社，1991。此处同时参考了两种译文，并有个别处对上述两种译文进行了改动。《金瓶梅》的引文出自《金瓶梅词话》。

② Lindy, Li Mark. The Role of Avocational Performers in the Preservation of Kunqu. Chinoperl Papers, 15 (1990), 95~114. 现行收录于《中国戏曲艺术国际学术讨论会论文集》（内部资料），北京艺术研究院，1987。另外李林德的论文还有：Tone and Tune in Kunqu. Chinoperl Papers, 12 (1983)。

见的。小说作者陈森对人确有敏锐的观察力，但却不是一个表演艺术的专家。陈森描写了年轻演员们的女性化的美和艺术家的气质。李林德认为，陈森的文笔迷人之处主要在于描述演员的人格、他们的生活方式和他们同惠顾人的关系，正像一个人物在书中所说的："我是讲究人不讲究戏，与其戏雅而人俗，不如人雅而戏俗。"（第4回）陈森注意到这些演员的人格与行为，他对这个被诋毁的行业中人们的同情从小说开头就明显地表现出来。李林德指出，男妓风尚的来源不见于历史，但中国戏曲自唐代以后就有一个长期的演员扮演异性角色的传统，但直到清代，扮演旦角才成为男人的专利，使得戏院成了封建官吏们的合法娱乐社交场所，同时男妓——《品花宝鉴》中的"花"——的风尚也就合法化了。

李林德指出，《品花宝鉴》中描写了两种男妓兼演员，即小旦和相公，前者年龄在12~15岁，有娇嫩的面容和温柔的声音，受过唱和扮演女角的训练。在小说中，这些男孩子都说来自苏州或杭州，那边白皙的肤色和秀丽的面容更为普遍。陈森描述了这些少年怎样穿着时髦、涂脂抹粉，跨坐在马车上到处炫耀，借以吸引戏剧观众。后者年龄在18~19岁以上，一些人转入男角，尤其是小生，一些人由于变声而被迫离开舞台，但他们可以继续担任乐手、教师甚至班主。小旦和相公都是作为男妓和娱乐业者，为首都官员在酒会上和出游时服务。

李林德在文章的第四部分研究了《品花宝鉴》中的戏剧。李林德指出，此小说第4回反映了昆剧艺术魅力已减。小说第41回揭示，昆剧衰落的原因可能是缺乏创新，一味依赖于固定的音乐和诗词格式。李林德并不认同这种解释，他指出，虽然依声填词缺乏创新，经常被引为昆剧衰落的主要原因，但依声填词本身并不能解决问题，因为依声填词是中国各种戏剧流派共同遵循的创作原则。况且，对小说中利用的剧本进行考察可以看出在文人当中喜爱昆剧的还相当多。

根据李林德的统计，此小说中共引用了123出剧目。这些折子戏是从各类剧本中选出的。其中有112出是昆剧传奇剧目，在《缀白裘》中亦载有这些剧目。至于非传奇剧目有6出载于《缀白裘》"花部"项下，剩下5出没有记载。李林德认为，昆剧剧目虽如此之多，并不见得一定都上演过，通过对所引用的剧目作一番研究，可看出只有15出戏是引自剧场或在私家庭筵演出的剧目或某张戏单上的，李林德由此判定陈森恐怕同他那个时代的其他文人一样酷爱阅读传奇作品，实际上他看到的昆剧演出可能很少，因为，至19世纪中期，传奇作品即使不能经常搬上舞台，也是被广泛阅读的。相反，花部诸腔的演出虽然吸引了大量观众，但其剧本过于简陋粗糙，称不上文学作品。陈森提到的花部剧目如此之少，颇能说明这一点。

李林德指出，由于昆剧传奇文学水平较高，吸引了大量的文人读者和观众，因而尽管上座率越来越低，仅能维持生存，但昆剧赞助者们的社会地位使得它们成为"官场"热。

李林德指出，《品花宝鉴》一书中所描述的昆剧衰落情况虽然同戏剧史家们的研究结果相吻合，但是，当时的北京城内尚有不少南方帮和文人群，喜欢看昆剧胜过其他的地方戏。小说里叙述的许多场演出都是在姑苏会馆里。由此看出，昆剧剧本里的辞藻的魅力使剧场亦变成了心怀官场野心的人们非正式的集会场所。当时中国其他的城市中心是否也有这样一群群的昆剧迷，虽目前无法肯定，但是有官僚政客集会，就会有昆剧演出，这一点似乎大有可能。

李林德在文章的第五部分探讨了戏剧表演艺术，涉及演出中性别的交替以及男性扮演女性的可能性。

李林德对《品花宝鉴》中的戏曲演员、男扮女装现象以及相关社会心理因素的分析，视角独特，选题很新颖，内容也很有趣，有借鉴价值。这篇文章距今已近20年了，在国内戏曲界《品花宝鉴》受到的关注仍然极为有限。笔者认为，关注戏曲与社会、戏曲异性扮装研究的学者，应该对这部清代小说予以充分重视。

（四）白之对《青衫记》、《鸣凤记》和《牡丹亭》的分析

美国学者白之的《明传奇的几个课题与几种方法》一文，讨论了3个剧目：《青衫记》、《鸣凤记》和《牡丹亭》，分析了传奇的特点、明代戏剧家卷入政治生活的情况及汤显祖的艺术成就。①

白之在文章中说，顾大典的传奇《青衫记》由元代马致远的杂剧《青衫泪》改编而来，此两剧剧情情节很相像，但二者也存在一系列不同之处。分析其主要的差异，尤其是分析顾大典为适合其主题而作的创新，可以使我们窥见明代戏剧家所关心的许多问题和他们所作出的贡献。白之认为，《青衫泪》情节粗糙，不符合史实，而且对白居易的品格有所诽谤，但仍然具有很好的戏剧效果，在舞台上仍能激动观众。整体上来说，这部剧的结构只是在白居易的经历、兴奴的经历之间来回转换而已。尽管如此，白之认为，此剧对戏剧文学的贡献是非常大的，答案应从小说角度，而不是从戏剧角度来找。

白之指出，明朝后期小说艺术有了巨大的进步，小说的一个重要课题是探索日常生活，传奇《青衫记》兴奴出场情景的描写，可以看出也是从日常生活角度来写的。鸨母规劝兴奴的台词非常接近日常生活，其文字之流畅，细节之精微，使这一段听起来像《金瓶梅》之类的小说，而不像舞台上的对话。人物性格

---

① Birch, Cyril. Some Concerns and Methods of the Ming Ch'uan-ch'I Drama. In Studies in Chinese Literary Genres, ed. Birch, Cyril. Cambridge: W. Heffer, 1972: 220~256. 收录于西利尔·白之著：《白之比较文学论文集》，微周等译，44~71页，长沙：湖南文艺出版社，1987。该文关于《牡丹亭》的观点，还可参见 Birch, Cyril. Scenes For Mandarins: The Elite Theater of the Ming. New York: Columbia University Press, 1995: 140~181.

描写,是明代小说的特有技巧,但它也是《青衫记》的特征。

白之指出,顾大典还使用了一种技巧,那就是让大部分情节围绕一个具体物而展开,从而使这具体物得到一种象征力量。这种技巧不仅加强了此剧的结构,也使此后的戏剧和小说得益匪浅。白之认为,《青衫记》的标题就点明了这一层象征,正如《石头记》这标题,书评家脂砚斋选定这个标题,而不用《红楼梦》标题,是有心计的。白之认为,传奇形式对中国戏剧至少有3个新贡献:自然主义的细节(naturalistic detail),人物的相互关系,更复杂的结构意识。所有这3点,都显示了一种戏剧与长篇小说共存的现象。

白之以王世贞的《鸣凤记》和汤显祖的《牡丹亭》为例进一步探讨了传奇与小说的关系。因篇幅有限,此处不详述。

第七节 明清传奇剧本的翻译研究

在英语世界中,研究戏曲遇到的第一个问题,是戏曲的英译问题。很多在戏曲研究上有成就的汉学家,都同时是戏曲英译的实践者,美国学者柯润璞(J. I. Crump)、奚如谷(Stephen H. West)、伊维德(Wilt L. Idema)、斯科特(A. C. Scott)、白之(Cyril Birch)、魏丽莎(Elizabeth Ann Wichmann)、海登(George Allen Hayden)、莫利根(Jean M. Mulligan)、理查德(Richard E. Strassberg)、时钟雯(Shih Chung-wen)、英国学者杜威廉(William Dolby)、加拿大学者米列娜(Delezelova-Velingerova Milena)、澳大利亚学者马科林(Colin P. Mackerras)等,概莫能外。其中,莫利根翻译了《琵琶记》。斯科特翻译的剧作有《四郎探母》、《蝴蝶梦》、《思凡》、《十五贯》、《女起解》、《拾玉镯》。柯润璞翻译的剧作有《王勃院本》、《潇湘秋夜雨》、《中山狼》(王九思的院本)、《魔合罗》。时钟雯翻译了《窦娥冤》。理查德翻译了《智取威虎山》。海登翻译了《盆儿鬼》、《陈州粜米》。伊维德和奚如谷合译了《美姻缘风月桃源景》、《汉钟离度脱蓝采和》、《香囊怨》、《复落娼》、《紫云亭》、《西厢记诸宫调》。伊维德还翻译了《园林午梦》、《王勃》。杜威廉翻译了《降桑葚》(《双斗医》中的一场)、《宦门子弟错立身》、《秋胡戏妻》、《浣纱记》、《中山狼》(王九思的院本)、《买胭脂》、《霸王别姬》、《评雪辨踪》、《苏武牧羊》等。这种实践客观上加深了他们对戏曲的感性认识，提高了他们对中国戏曲的研究水平。显而易见，在上述剧作的翻译中，经典的元明清剧作占了绝大部分，这表明，他们的翻译和研究重点比较集中在中国古代戏曲作品。在富有成效的翻译实践的基础上，也有一些学者有感而发，对中国元明清经典剧作的翻译进行了研究和尝试，如美国学者白之、柯润璞。另外，从有些学者的剧作翻译文本中，也可以发现一些值得关注的翻译理念。

　　美国学者白之的《元明戏剧的翻译与移植：困难与可能性》一文是他于1970年在美国"中国口头文学与表演文学学会"（Chinoperl-Chinese Oral Oral and Performing Literature）讨论会上的报告，原文发表于美国《东西文学》(Literature East and West)杂志第9卷第4期。① 这篇文章所关心的主要是在非汉语观众前演出中国戏剧的问题，包括在翻译以音乐性著称的昆曲时，使英语译文配上原曲调歌唱，从京剧或昆曲中的北曲找出适合于元杂剧的音乐，使元杂剧以英语译文演唱的可能性。白之探讨了元明戏剧英语翻译时涉及到的节奏因素，提出了一种折中处理方案，以解决中国戏剧以英译义演出的问题。

---

① Birch, Cyril. Translating and Transmuting Yuan and Ming Plays: Problems and Possibilities. Literature East & West; 1970; 14 (no. 4): 491~509. 收录于西利尔·白之著：《白之比较文学论文集》，徽周等译，72~87页，长沙：湖南文艺出版社，1987。

白之认为，翻译中国戏剧存在的困难举不胜举，如中国戏剧中的文字游戏即是翻译的障碍之一。文字游戏在元杂剧中已很明显，在明剧中更加泛滥。当元剧的活泼渐趋消失，剧作家们似乎躲开生活而转向语言内部以搜索灵感和素材。诸如杂剧中常见的双关语，其翻译没有多少原则可言，它们大抵上都出现于对白之中。但当翻译剧中的唱词时，情况就完全两样，必须就某些根本性的问题作出对策，决定方针。白之强调，他赞同约翰·西阿迪（John Ciardi）的"从心所欲"的（itch and twitch）翻译主张。此翻译流派认为："在译者的感受之中肯定隐含着某种理论，但在实践中我怀疑任何翻译都由一系列独立的情况所组成，每个情况都必须分别考虑，最后靠感觉（to feel）来定案。任何诗人，除了信任自己的'感觉'还能信任什么？他只有在动笔之前或搁笔后才想到理论，笔在手中时他只有从心所欲，当然他的'从心所欲'受制于他以前'从心所欲'的经验，也受制于他从这种经验中得出的理论。"但对于中国戏剧的翻译，白之认为，还是有一些基本的规则需要遵守，才能达到译者的意图。白之通过对不同剧目中【混江龙】和【步步高】曲牌的不同翻译样式译例的比较分析，来探讨中国戏曲唱词的翻译规律。

　　白之指出，【混江龙】曲牌几乎每个杂剧都有，是杂剧首折常用的仙吕调通常的引子【点绛唇】之后必须用的曲牌。唐纳德·基恩（Donald Keene）在其《汉宫秋》英译中用了素体诗（blank verse）。白之认为，素体诗虽然有其长处，但其不利之处相当严重，使它只能偶尔用之。虽然素体诗的节奏已属陈套，但很多人都受莎士比亚的影响，很难完全躲开素体诗。白之举基恩翻译的《汉宫秋》第 1 折【混江龙】素体诗样式的译文为例，指出素体诗的长处是只要用得恰当，适应范围极广，因此，基恩译文中的第 3、第 4 两行（On windless nights they jump at bamboo shadows/And loathe their curtains that only moonbeams touch.），他的节奏使他能表达出对偶句的效果,"无风"与"有月",靠两行诗中"windless"与"moonbeams"两词句法位置之对照(而不是对等)表达出来。这符合英语诗歌的传统,即在对偶句中调换位置。基恩的抑扬格节奏很流畅,也有不少变化使之不至于单调乏味,例如第5、第6行(Our carriages moving past midst flutes and strings/Must seem some magic raft, rising to the stars.),尤其第6行的确有一种向上腾升的特殊音乐效果。与之正成对比的是全曲之结尾完全合律,虽然他用了一个古词 atop 使尾行合律,当然,一个相思成病的皇帝说出几个古词完全情有可原。总之,白之认为,素体诗用于翻译在特定场景中还是可以接受的。

对《李逵负荆》第1折的【混江龙】,白之比较了柯润璞(J. I. Crump)和另一个翻译家刘若愚(James Liu)的译文。正当柯润璞的《李逵负荆》译文出版之时,刘若愚在他的《中国游侠》(The Chinese Knockout Errantry,芝加哥,1966年版)一书中也选译了此剧中的一个片段(见该书第153~157页)。这两则译文所用的节奏与原作极为相似,英语诗行中的重音音节数与原诗行音节数相同。章道犁[Dale John:"The prosody of Yuan drama", T'oung P'ao, 1970 (3): 96~146]指出此曲正格的格式是474477/344 或 7744,而柯润璞译成 4644565544,刘若愚译成 474457744。白之认为,刘若愚译比较严格遵循原作,柯润璞则打散了原作格式,用了3个音步行来译原作的第6行(7个字)和第7行(8个字)。此外,刘若愚译把衬字单放在外,印刷时用斜体字以示区别,而柯润璞则把衬字合入正文一齐译出。白之指出,这两种译文相同的是,原作的格式对译文的影响相当清楚,这样的做法很有好处,例如第3行和第4行的简单对偶("和风渐起,暮雨初收")在译文中(柯:The soft breeze gently rises/At evening the shouers cease; 刘:The mild wind gradually rises/The evening rain has just stopped.)也得到了体现。不足之处是两种译文（柯：Yonder, half hid in willows, lies the tavern/ From the bright blaze of peach blossoms peeks/The fisherman's little boat, blending with; 刘：I can see, The willow trees whose shade half hides the wine shop/The peach blossoms whose bright colour reflects the fishing boats.）都未能传达第5、第6这两行七言对偶句（俺则见杨柳半藏沽酒市，桃花深映钓鱼舟），刘若愚的译文在句法上注意了这个问题，但是在节奏上与原文第5行不相应，要从刘若愚译的第5行中读出7个音步，会很勉强。白之指出，这两种译文与原作的差异说明使用英语中七音步诗行难以传达原作风格，六音步是我们通常能忍受的极限，但使用六音步的亚历山大诗行（Alexandrine）同样是不恰当的。要解决此问题，需要另寻出路。

白之对柯润璞翻译的《潇湘雨》第1折的【混江龙】译文（1967）进行了分析，指出柯润璞利用了强有力的行中大停（Ceasing），这可能是解决上述难题的一个出路。柯润璞着意使译文音步数与原文完全相应，而且把衬字孤立出来。从译文可以看出，其第5、第6两个七音步行（则我这一寸心怀千古恨，两条眉锁十分忧。柯：Within the inches of my heart, dwell the sorrows of a thousand years/And locked between my furrowed brows, ten parts of every misery.）的效果是上引刘若愚译文所未能取得的。只要大声朗读一下，就可以明白其中原因主要是行中大停。第5行之后、第6行之后都有一个大停，因此这两行诗实际上是四行，其重音节拍为：3-4-4-3。全诗另一个7字行，即第二行（险些儿趁一江春水向东流。柯：I might better have surrendered myself and floated east on the spring-swollen stream）。白之认为，如果在之后也加入一个相当明显的停顿就会更好，此长行阅读起来就会更舒服，排印时若用斜线分割，会使之更明显。

白之举的另一个例子是《牡丹亭》第10出"情盟"中著名

的曲子【步步娇】（"袅晴丝吹来闲庭院……"），白之曾译过此出戏，听过友人张充和女士（Mrs. Hans-Frankel）的昆曲演唱录音，白之对照录音又译了3种稿，通过与录音比较，可以解决一些常见的翻译问题。白之指出，声音清晰地大声朗读中文原文和他自己的第一种译文，大约需要30秒，而张充和女士唱这支曲共用了3分10秒。根据章道犁对元杂剧北曲的研究，【步步娇】的正格是753735，白之选的两个译例是南曲，其格式是75334455。值得指出的是，从张充和女士歌唱的录音听来，每行除了二三字之外，其余字都拖长。白之的第一种译文是在听录音之前译的，是白之译《牡丹亭》全剧的一部分。在翻译上，除了习惯上的长行配长行，短行配短行这种通常做法以外，白之并没有致力于使译文与原著相应。实际上，当英译文诗行太长时，他就把它切成几行。在原文诗行次序上白之也做了调整，一至三行实际上是原文第二行倒过来译的，原文8行，白之译成了11行，至于衬字，也译入了正文。这样大胆丢开原文格式的译文，依然能配上录音节奏，并能与原唱中的拖长音相合。白之听了录音之后又译了第二种译文，以与原文的节奏更为相合，其结果是在遣词造句上更接近原文，却显得拘谨呆板，没有第一种译文中努力以求的那种华彩。不过这个译文中的重音几乎与原唱中拖长的字一一相合。白之的第三和第四种译文又有不同，第三种译文采用了素体诗格式，与节奏多变的第一、第二种译文相比，马上就显得沉闷乏味，翻译中不得不牺牲原文的许多绝妙之处，如"闲庭院"与"彩云"的那种娇慵的音调美，而得到的补偿只是英文中随手可得的繁密节奏与声响。第四种译文巧妙地做到了与原文音节数相合，而不是以音步数合原文音节数，以避免译文的啰嗦，但这种做法的效果并不好，白之感到很难认同理查德·杨（Richard F. S. Yang）译元散曲使用的这种音节与字对应法。白之认为，这样翻译的英译文，往往是无意义的电极式语言，节奏完全搞错，而且如果将译文的重音与原文唱曲中的拖长音位置相比较，则是完全不对应的。因此，白之的这种尝试得到了一个结论，那就是，翻译时需要的是对原文诗行有"体验"，译文中有通常所谓"节律对应"（prosodic correspondence），但并不需要严格遵循原文的节奏，这样译出的英语诗，默读时较别种译法要胜一筹，而且要配上原音乐困难也较少。当然也要必须保留特殊曲调的特异点，例如【梅花酒】的三叠句。

白之引用了韦恩·希莱普（Wayne Schlepp. Mufrics in Yuan San-ch'u, Wen-lin, p. 103）的观点来引证上述要遵守的翻译原则：

> 考虑曲词后面的句调，这样我们处理节奏时眼界就更开阔，因为我们会明白作者是熟悉这音乐的，他们处理曲调时就有一定的自由，我们只知道曲词抽象的格式，对此就很难理解。音乐的旋律是一种自由流动的格式，它对诗行的要求非常复杂多变，但它又很容易记住，根本不必去想它的复杂性就可以遵循其格式。它是一个整体，作者在头脑中一下子就可以把握住，因此当作者在写作时，音乐旋律的艺术结构始终如在眼前。在一个技巧娴熟的诗人手里，旋律结构上的平衡与发展在文字中自然地发展。某些作品文字和诗句并不太优美，全诗却很成功，而某些诗有佳句，全诗却是失败之作，其部分原因恐怕在于此。

在柯润璞翻译的《李逵负荆》一剧中，第4折也有一曲【步步娇】。白之以此为例，佐证了上述翻译的规则。白之认为，柯润璞翻译的【步步娇】非常成功。翻译此曲时，柯润璞并不求节奏上对等，但是他的英文诗句非常上乐，而其重读音与原唱拖长字的位置之暗合令人惊叹。

在实践上，如何让英语观众既能领略戏曲之美，又能听懂英译文，白之提出一种折中的办法，英语演员在唱这些曲子时，拖长译文中重读音节,仅仅这样做,还不能保证能让观众听得懂。白之建议采用第一行与最后一行按原唱法来唱,重音音节拖长,中间部分则让乐队用低音奏出而演员朗诵这些诗行。白之的这个建议,是有依据的。例如美国学者卞赵如兰(Chao, Rulan Pian)曾提到宋代作曲家姜夔所用的办法,可以看到音乐依据诗句而调整达到如此地步,有时甚至根本不考虑原旋律的乐句构成。姜夔的曲乐是先在的因素,可变性很大;而曲词的形式可能完全是因乐而设,在与音乐的配合中可能比较不易变动。① 白之认为,如果好好地利用音乐与曲词的这种关系,就可以取得最佳的效果,既得到原音乐,同时既不牺牲英语诗的节奏美,又能让人听得懂。

白之对于他这篇探讨戏曲翻译的文章,曾说过这样一段话:

我一向喜欢搞翻译,却讨厌谈翻译。这篇文章是唯一的一次:我竟软弱到这种地步,去讨论翻译原则与可能性。翻译者无法加害于原著,他只可能搞坏他的模仿品。因此翻译者只应当用他最完美地掌握的语言,他自己的语言,来进行翻译。②

白之是戏曲翻译大家,曾翻译《白兔记》、《浣纱记》、《蕉帕记》、《牡丹亭》、《绿牡丹》、《燕子笺》、《娇红记》、《桃花扇》(此剧与人合译)的全部或部分出目。但上面他的这段话可能并非自谦之词,而是从他自己的翻译实践和切身体会中得出的结论。同时,这也是对戏曲英译的忠告,"翻译者只应当用他最完美地掌握的语言,他自己的语言,来进行翻译"。言外之意是

---

① Chao, Rulan Pian. Song Dynasty Musical Sources, pp. 36~37.
② Birch, Cyril. Translating and Transmuting Yuan and Ming Plays: Problems and Possibilities. Literature East & West; 1970; 14 (no.4): 491~509. 收录于西利尔·白之著:《白之比较文学论文集》,微周等译,72~87页,长沙:湖南文艺出版社,1987。

说,英美人汉译英上有天然优势,中国人在英译汉方面更能得心应手。在他看来,刘若愚的译文很合乎原作曲律,但柯润璞的译文更流畅自然,更适于演唱。白之所说的这条原则显示了西方学者对于学术研究的一贯偏见。在戏曲英译上,中西译者各有自身的长处和不足,能否做到扬长避短、取长补短,能否具备娴熟的汉英双语表达能力,此外还有其他必备的条件,如跨文化认知能力、文学素养、翻译技巧、翻译经验等,在这诸多翻译素质上具有较高的综合水平,才是决定译作是否成功的根本条件。

著名的美国戏曲史专家柯润璞在其《忽必烈时代的中国戏剧》一书的第四章,简略地探讨了元杂剧英译问题。① 柯润璞指出,在翻译元杂剧的曲牌时,应该依照原作的节奏和句格来安排英语译文。比如仙吕【点绛唇】,句格为44345,表示此曲有5个小句,前2句各4个正字,第3句3个正字,第4句4个正字,第5句5个正字,在译成英语时,应安排相同的5小句,每句的重读音节数也应同原曲相等。柯润璞指出,音乐失传数百年之久的元曲,确定其句格是一个很困难的事情。但郑骞和章道犁在这方面有卓越的研究。关键的问题,是要确定曲子中的正字和衬字。曲牌变体的存在,也是翻译中存在的难题。在翻译曲辞时,柯润璞建议将正字和衬字的翻译区分出来,方式是采用半行式的半句法,以求传达原作风格。柯润璞在译《潇湘雨》前3折和《魔合罗》时用了这种方法。例如:

  As of now
  I live my borrowed time each day.
  But papa

---

① Crump, J. I. Chinese Theater in the Days of Kublai Khan. University of Arizona Press. 1980. reprinted by Center for Chinese Studies. The University of Michigan. 1990:186~187.

I still don't know if you swam or drowned.
Within the pulse of my heart dwell the sorrows of a thousand years
And locked between my furrowed brows lie all the world's miseries.
My gratitude, kindly fisherman who gave me love,
Who did not see me
As someone from the outside world
But took me
Straight to his breast as a natural child.

上面这个例子，衬字大多（并非全部）出现在前半行。其中前两句的衬字是原作中本来就有的，接下来的3句没有衬字，最后2句又出现了衬字。此例采用半句法，就直观地反映了原作的衬字有无和衬字位置。但柯润璞对这种方法的有效性并不很坚定，他在后来译《李逵负荆》时没有运用此方法。

第八节 明清花部戏剧的兴起与传播

（一）对明清花部声腔的回顾

马克林的《中国地方戏剧在明清两代的发展》一文对明清昆曲之外的花部声腔进行了梳理和回顾。[①] 主要观点如下：

1. 南戏

南戏是中国最早的地方戏，是元以前所出现最完整的戏剧形式，其中一些成分基本上毫无变动地保留于地方戏中，甚至还存在最广为中国人喜爱的京剧中。杂剧虽盛行于北方，亦很快地传

---

① Mackerras, Colin P. The Growth of the Chinese Regional Drama in the Ming and Ch'ing. Journal of Oriental Studies, 9.1 January, 1971: 14~29. 转载于中外文学编辑部：《中国古典文学论丛——戏剧之部》，苏友贞译，台北：中外文学月刊社，1985。

入南方。早在元初，杂剧已可闻于南方，并很快散布到中国的每一个角落。这可从夏庭芝（元顺帝至正时人）《青楼集》（今传本有朱经1364年序）中看出来。从记载中这些女伶扮演杂剧的地点看来，当时未知有杂剧者仅为少数几省。事实上，他所记载的女伶仅是名声为其所闻者，故如甘肃、四川、云南等省虽未被夏庭芝提及，并不意味杂剧不曾在那些地方演出。在马克林看来，元杂剧是由地方戏演变为全国性戏剧的第一个例证。

2. 海盐腔

关于海盐腔的起源，有两种说法，分别为元代和南宋时期。海盐腔绝于何时未可确定，王骥德《曲律》（1610）云："旧凡唱南调者，皆曰海盐。今海盐不振，而曰昆山。"这与《金瓶梅》中所述不符。1617年刊印之《客座赘语》则称海盐尚可闻于两京。海盐腔可能于17世纪初期失去其盛势。在其完全被他种形式取代之前，仅限于官宦之家。1639年仍见其演出（《金瓶梅》），但到17世纪末似乎已不复为一独立的腔调。

3. 余姚腔

明代另一重要的戏剧形式为余姚腔，发源于浙江余姚。余姚与海盐分据杭州湾的两边，我们无法知道余姚腔的腔调如何，有关它的起源所知亦不多。虽然我们可以确知它同海盐腔一样是演变自南戏，其流行区域，根据徐渭的描述，在今日之浙江绍兴，江苏常州、镇江、太仓（或安徽太湖）、扬州、徐州和安徽贵池。余姚腔很明显的是没落于明末之前，因在17世纪的资料中未有以其为一流行的戏剧形式者。

4. 弋阳腔

弋阳腔兴起于16世纪初期，在中国地方戏剧上造成了极大的影响，并发展成为一个包含许多中国地方腔调的戏剧体系。根据江西宜黄县一座戏神庙中所发现的石碑记载，大司马谭纶恶此腔调，此调遂"绝"于嘉靖年间（1522—1566），并"变以乐平,为徽青阳"。对于"绝"字的意义,有不同解释。马克林比较认同李啸仓的解释,所谓"至嘉靖而弋阳之调绝",当仅绝于弋阳一地。无论如何,此种腔调流传到其他许多地方,而在每一处均发生变化,以适应当地观众的口味。到了16世纪中期,弋阳腔已可闻于两京、湖南、福建、广西及广东等地。各种名称如"曼绰"、"弦索"等曾用以称弋阳腔。在北京弋阳腔被称为"京腔",在湖北、四川称为"清戏",在广东则称为"高腔"。但也有人以为,高腔最初即弋阳腔在湖北高阳广为人知而所得的名称。无论如何,高腔仍是最常用以称弋阳腔的名称。现今许多地方戏中仍可发现一种特别的腔调名为高腔,这些地方戏中最有名的是湘剧、赣剧以及川剧。前二者的高腔虽有其他腔调及成分的加入,无疑是从明代各种不同的弋阳腔所演变而来的。

马克林讨论了弋阳腔的特色"滚调",认为滚调是使通俗戏剧观众了解较典雅戏剧的必要方式。

5. 梆子腔

马克林认为,王古鲁所谓梆子腔是由弋阳腔发展而来的观点,证据并不充分,因为他所引自《缀白裘》的二出,并不能证明是属于梆子腔。就现有文献而言,张际亮在《金台残泪记》(1828)中云:"弋阳腔南方又谓下江调,谓甘肃腔。"甘肃腔应属梆子腔,但此项资料嫌太晚,而且就此点而言,并不可靠。早期的著述未证明弋阳腔曾传入西北方,故梆子腔是否由弋阳腔演进而来,值得怀疑,尤其是帮腔又并非前者的主要特点。但从另一方面来看,亦没有理由怀疑弋阳腔曾影响过梆子腔。马克林认为,不论起于何地,发生于何时,梆子腔于1770年以前确已广泛地演出,并颇受欢迎,由梆子腔在《缀白裘》的花部中占了极重要的地位可以推知。梆子腔并曾传入中国南部各省,不仅流行于湖南、湖北,且亦流行于更东的江苏等省。现今梆子腔仍流行于中国大部分的省份,尤其是北方各省,在河南、河北、山东、山西、甘肃及陕西等省,梆子腔均以不同的形式出现。

6. 皮黄系统的来源及历史

马克林指出,18世纪90年代,在北京剧坛,魏长生及其所携的四川秦腔离开后的"空档"由其他一些演员填补,其中最著名的是高月官。他们所唱的腔调在南方的省份非常流行,这种腔调统称为"皮黄",以"西皮"、"二黄"两种腔调为基础。他们所属的戏班称为徽班,徽班之名在19世纪仍用,京剧乃自徽班之主流,强调仍以西皮、二黄为主。

马克林比较认同西皮与梆子腔有极密切的关系这一说法。马克林对涉及二者关系的资料进行了梳理。马克林指出,西皮流传的方式与弋阳腔流传的方式相类似,流动的戏班将梆子腔由陕南沿汉水,穿过湖北北部的襄阳,最后到达汉口。北京的观众从1790年起就欣赏由徽班演出之西皮、二黄,故亦能接受湖北伶人演唱同一类型的腔调。湖北、安徽两省在声调演出的方式上,基本上是相似的,但其中自然也有因区域不同而造成的分别。中国地方戏剧发展的动力,即每一地区的伶人在演唱各种腔调时,均有其当地的方式。

7. 地方戏曲形式的衍生主要靠语言与音乐上的差异

在其他方面,各地方戏都是相似或相同的。大体上说来,戏剧中的故事都没什么改变。演出的技巧在各剧种间的差异不大。比起音乐上的差异,地方戏和昆曲的舞台动作区别不大。服装在各地区亦均相似,主要视戏班的财力而有所不同。布景则少见于任何地方戏中,仅《陶庵梦忆》中"刘晖吉女戏"条提及,不过文中说道刘晖吉所用乃"欲补从来梨园之缺陷",可见一般戏中是不用布景的。以观众而言,从远处来的地方戏,通常亦有一些为他所熟知的成分。这有利于流动伶人的演出,因为他们的职业是演出他们所擅长的戏剧以取悦各地的观众。即便在小村落,情形也是如此。

笔者认为，马克林对明清地方戏声腔的论述是准确的，不足之处在于一般性的论述太多，其观点多承袭中国学者，自己的新观点不突出。

（二）清朝统治阶级对戏曲的影响

马克林（C. Mackerras）的《中国传统戏曲和中国的统治阶级（1736—1911）》一文探讨了1736年到1911年间，即从乾隆登基直到清朝灭亡，中国统治阶级，主要是地主、士人和商人阶层，对戏曲的影响，包括昆剧和各种不同风格的地方戏。[①] 马克林将这种影响分为消极的和积极的两类，前者为加于戏剧的限制，后者为对戏剧的贡献。马克林对清代统治阶层施加于戏曲的影响作一分为二的分析，既明确全面，又准确适度，很有见地。

国内曾凡安对同治、光绪时期清代上层统治者于戏曲的影响有更为详细的论述。在其博士论文中专列两章分析了慈禧太后及同治、光绪二帝，以及身处上层社会的满洲贵族和汉人大臣，如曾国藩、李鸿章、张之洞、翁同龢等文人士大夫对戏曲的影响，认为他们对京剧等地方戏的蓬勃发展，对普通戏曲热情的激发、民间社会欣赏趣味的形成起到了明显的促进作用。[②] 但读来好像不很全面，上层统治阶级对戏曲的消极影响被忽略了。

[①] 马克林（C. Mackerras）：《中国传统戏曲和中国的统治阶级（1736—1911）》，收录于《中国戏曲艺术国际学术研讨会论文集》，北京：中国艺术研究院，1987。

[②] 曾凡安：《论清代同光时期的戏曲》，中山大学博士论文，56~115页，2004。

第九节 本章述评

（一）关于熊程雨的行当研究述评

熊程雨关于折子戏和角色改扮的说法不甚妥当。按照任广世博士对折子戏的研究，折子戏作为一种表演方式，早在元杂剧、南戏中就已存在。另外，北宋杂剧依照盏次演出不同伎艺的演出形式，已可视为是折子戏的演出方式。元杂剧的一本4折，受制于当时的宴飨乐次和祭祀乐次。从周代祭祀九献乐次到汉魏的食举乐，再到宋辽金的盏次用乐，是杂剧分折演出形成的一条线索。因此，可以认为折子戏的演出形式是伴随着中国戏剧的形成而天生具有的。南方的傩戏中插演的内容则可以看作是折子戏。明清时期的堂会演剧，祝寿演剧、醮仪一般演全本戏，也可以在全本中插演折子，或演毕再点折子戏，称为"找戏"。普通的宴客娱宾则基本上用折子戏。除此之外，戏园也演折子戏。除昆曲外，弋腔、徽班、皮黄、江湖班也都演出折子戏，一般是在正戏（大轴戏）之前。折子戏对剧本创作体制和表演艺术都有影响。表演方面，折子戏的演出首先是促进了中国戏剧脚色行当的分化和行当表演技巧的形成。明清传奇的脚色体制已经从南戏的生、旦、净、末、丑、外、贴七种发展到世行焦色（或江湖十二脚色），但严格说来，仍是以生、旦为主，其他都是杂色。在一本戏里，除了生、旦外，其他脚色都要兼扮许多不同身份的人物。这样，除了生、旦之外，其他脚色不容易形成自己行当的一套特有的、完整的表演体系。但在折子戏的演出形式下，人们不再满足于只看生旦戏，于是各个行当开始均衡发展。至近代，昆剧脚色更为细化，分为副末、老外、老生、官生、小生、大面、白面、小面、老旦、正旦、作旦、刺杀旦、五旦、六旦、耳朵旦。各种行当都有了正场戏、本工戏。其实，在全本戏的演出中，各个行当也在分化发展，只是折子戏的兴盛加速了行当分化和行当表演技巧的成熟。① 熊程雨对行当的改扮的分析，以具体的明清传奇剧本为依托。例如，他根据《牡丹亭》和《桃花扇》推知，生、旦主角也需要改扮其他脚色。熊程雨的分析总体上比较翔实可信。任广世博士的论文仅承袭一般的观点，没有亲自查证，因此在论文中说，除了生旦之外，其他脚色要改扮很多次要脚色，这是不正确的。

根据陈旭耀博士对诸多明刊本《西厢记诸宫调》的研究，在凌濛初校刻《西厢记诸宫调》之校本里出现的"旦莱"，是错误的，不能称其为行当角色类型。陈旭耀经与多种版本比较，证实了凌刻本乃托古改制这一学界早有的推论，并非元本和所谓周献王本。凌刻本中所谓旦莱脚色，在更可靠的刊本中原为"二旦莱上"，分别指莺莺、红娘和歌郎，是三人。凌刻本改为"旦莱上"，并指此旦莱即为红娘。在其他较早明刊本中，并非如此，凌本实谬。② 熊程雨的说法因而可能是错误的。

（二）关于海外汉学家的作用和"啰哩嗹"的功能之评价

古籍整理工作是保存优秀文化遗产、发展民族文化的重要一环。沧桑多变，历史冲刷，历史上散失流落的古籍不可胜计。鸦片战争之后，西方列强为了达到侵略和掠夺的目的，曾派遣大量的传教士、商人、外交官、学者、记者、"探险家"等形形色色的人员前来我国，搜罗了数量十分可观的文献资料。另外，也有小部分中国文献，是通过民间交流播散到国外的。中国许多珍贵的戏曲、弦管史料，由华侨和商人的带出和其他渠道的外流，分

---

① 任广世：《基于演出视角的明清戏剧文本形态研究》，中山大学博士论文，47~84页，2005。
② 陈旭耀：《明刊〈西厢记〉版本研究》，中山大学博士论文，113~114页，2006。

散在欧洲、日本和南洋各地，其中一部分有幸保存下来。西方的中国古典戏曲研究在挖掘流散异域的古代戏曲文献方面，提供了一条渠道。明代戏曲选集中，有不少珍贵史料是来自海外和境外。明刊戏曲弦管选本 3 种，即《新刻增补戏队锦曲大全满天春》和《集房居主人精选新曲钰妍丽锦》、《新刊弦管时尚摘要集》，是英国牛津大学教授龙彼得于 20 世纪五六十年代，先后在英国和德国的图书馆发现的。龙彼得先生经过努力搜求，把这些分散于四海的珍贵史料征集起来，加以汇编整理，其用心之细、用力之多，非同一般；其成果之丰硕，意义之重大，不可低估。从抢救、保护人类口头和非物质遗产以及民族优秀传统艺术的发掘继承、发展而言，龙彼得先生的发现令人敬佩，可谓功德无量。

中外学者在海外发现的珍贵戏曲史料，有时具有里程碑式的重大意义，对戏曲研究会产生巨大的震动，如叶恭绰在国外发现的《永乐大典》所载的《张协状元》、《小孙屠》、《宦门子弟错立身》三种早期南戏，其重大意义已成公论。伯希和（Paul Pelliot）在西班牙埃斯科里亚尔的圣洛伦索皇家图书馆首先发现的明刊本戏曲和散曲合集《风月锦囊》(1553)，韩南（Patrick Hanan）在大英博物馆发现的明刊本戏曲选集《乐府红珊》，以及龙彼得发现的明刊本《满天春》等 3 种戏曲时调选集，同样具有重要价值，填补了戏曲史资料上的空白。此外，明末的其他一些戏曲选集近半个世纪以来也发现了不少，如藏于英国牛津大学的《乐府菁华》，藏于日本内阁文库的《词林一枝》、《八能奏锦》、《玉谷新簧》、《摘锦奇音》、《乐府南音》、《玄雪谱》、《大明春》等。这些发现，既有中国学者的参与，也有汉学家们的功劳。对于这些汉学家的贡献，我们永远不能忘记他们。

龙彼得在其所辑录的《明刊闽南戏曲弦管选本三种》的校订本（有 1992 年台北版和 1995 年北京版）中的长篇序言中指

出,本身不带意义的"啰哩嗹"反复吟诵,犹如欧洲歌曲中出现的重复 tra-la-la,或 fa-la-la,现在南管中仍普遍应用。在成化本《白兔记》,即是对演员的保护神所念的咒。这种咒语最早见于戏台外,是牛僧儒(780—848)所撰《玄怪录》中的一则故事"来君绰"。其中大蚯蚓化身的威污蠛以"罗李来"反复唱酒令。龙彼得于注释中指出,类似的咒语在日本戏剧 toto tarari tararira 和朝鲜木偶戏 tteru tteru ta 中也存在,这类无意义的叠句当然可见于各地。饶宗颐在他收于《中印文化关系史论集:语文篇》(香港,29~38页,1990)的一篇文章中,认为"啰哩嗹"来自梵语鲁流卢楼四流音。龙彼得认为,这种解释似乎附会牵强。

在这本明代戏曲选集中收录的《戏上戏》(又名《吕云英花园遇刘奎》),主要内容是:刘奎与吕云英从小指腹为婚,但是可能是由于刘奎是贫穷的孤儿,因此云英的父母虽仍将他收容于家中,让他读书以求取功名,但却无缘无故地取消了婚约,而另将云英许配给董舍人。在一场筵席中,董舍人举止失礼,有辱云英颜面。当晚,云英与女婢翠环在花园散心。翠环假扮成傀儡师父,用手帕演傀儡戏娱乐小姐。她先请戏神相公下凡,接着唱了一曲,曲词淫秽,分为三段,每段皆以"啰哩嗹"结尾:

　　[丑]伏请相公真神下降。[旦]贼婢,张许乇状向生?[丑]娘仔,你不识,只是请神。娘仔,你共我居开去,生头择着你。[丑]我今惜你如惜金,双手揽来箴。卜箴未来箴,箴了成观音。莫待山头路尾,石步沾我身。嗟里罗嗟,嗟里罗嗟。惜你如惜玉,双手揽来捉,卜捉未来捉,捉了成弥勒。莫待山头共路尾,石步沾我肉。嗟里罗嗟,嗟里罗嗟。惜你如惜珠,双手揽来抵,卜抵未来抵,抵了成金龟。莫待山头路尾,石步沾我私。嗟哩罗嗟,嗟哩罗嗟。

龙彼得认为,此啰哩嗹是一个可当咒语的虚词副歌(refrain),与戏神相公有关。对于"啰哩嗹"的意义和性质,龙彼得先生最初在其《中国戏剧源于宗教仪式考》(1976)一文中①,另有论及。龙彼得讨论了田公元帅信仰以及啰哩嗹的意义,认为田公元帅是一喜神。而"啰哩嗹"并不是对神的祈求语,也不是驱邪的咒文,而是伴随并强调神的每一个动作的套语:神在幕后的准备,在幕前的出现及对玉帝致敬的舞步。两篇文章中的观点似乎有了变化,从早期的否认"啰哩嗹"为咒语,变为后来承认其为咒语。白之在其《一个戏剧题材的演化——〈白兔记〉诸异本比较》(1987)一文中对"啰哩嗹"也进行了分析:

  在鼓板喧天之中,他(末角,此为末角开场)唱起迎神曲。这支歌看来是唱给神仙听的,只有神仙明白这支歌是什么意思,因为全歌四十五字全是"哩"、"啰"、"嗹"三个音节毫无意义地颠来倒去。②

  从上述龙彼得和白之对"啰哩嗹"的分析看,他们似乎都认为"啰哩嗹"只是一种祈求神鬼的咒语。笔者认为,他们对于"啰哩嗹"的意义和功能理解得并不全面。《戏上戏》的"啰哩嗹"与《白兔记》中的"啰哩嗹",在功能上可能并不一样。在笔者看来,《戏上戏》中"啰哩嗹"的含义是表现和调侃男女情爱的缠绵,同时也有制造、烘托喜庆、得意情绪的作用。《白兔记》中的"啰哩嗹"用在末角开场,是敬神的言语符咒。另

---

① 龙彼得:《中国戏剧源于宗教仪式考》,写于1976年,王秋桂、苏友贞译,《中国文学论著译丛》,540页,台北:台湾学生书局,1985。
② 白之:《一个戏剧题材的演化——〈白兔记〉诸异本比较》,收录于《中国戏曲艺术国际学术讨论会论文集》,北京艺术研究院,1987;另载《文艺研究》,1987(4):71。

一方面，龙彼得所谓"啰哩嗹"最早出现于唐代的说法，可能并不准确。

康保成《傩戏艺术源流》一书对"啰哩嗹"的来源、意义和运用作了迄今为止最为全面深入的考察。① 书中指出，明清时期的学者，已把"啰哩嗹"之源上溯至两汉、先秦。《通俗编》卷九杨慎的《丹铅录》和杨雄的《方言》持此观点。不过，这结论是否靠得主，还很难说。根据目前所看到的资料，"啰哩嗹"之出现，至迟应在西晋。晋时已传入中原的"重罗黎"可能就是最早的"啰哩嗹"曲。后来，"啰哩嗹"之类的和声广泛应用于戏曲、民歌、神歌、乞歌。"啰哩嗹"的性质可根据其四种使用场合概括为4种类型：一是带有宗教意义的咒语；二是用于婚恋时喜庆或调侃的歌声；三是乞儿所唱"莲花落"的和声；四是无实际意义，只用于制造、烘托气氛的衬词。很多情况下，唱"啰哩嗹"的功能不止一种。

至于戏曲中的"啰哩嗹"，其功能主要有以下4点：序曲、音乐过门（制造音乐气氛）、和声、对戏神的赞颂和咒愿（净台）。在福建木偶戏、布袋戏和梨园戏中，开场时全场演职员要"喊棚"（或叫献棚），即唱《颂神谱》（有音无字曲）。"啰哩嗹"可视为是每场演出的序曲。有时曲末或场次的尾声也安排有唱"啰哩嗹"，叫做"嗹尾"。有时把唱"啰哩嗹"插在曲中，作为过门（或称过曲），这可叫做"嗹中"。这样，既不会使音乐气氛中断，又可以让演员得到间歇的机会。颂神谱来源于傀儡戏开台的仪式性剧目《大出苏》，它是一种祭祀仪式。开头所唱的"啰哩嗹"就是对戏神的赞颂和咒愿。唱了"啰哩嗹"的咒词，可以起到净台的作用。所以，"啰哩嗹"又被称为净台咒，或田

---

① 康保成：《傩戏艺术源流》，76~118页，广州：广东高等教育出版社，1999。

公元帅咒。艺人认为,舞台上的凶神恶煞,必须由戏班成员自己来驱除,毫无疑问,这种净台的行为,必然要借助戏神的神力。①

(三) 关于南北曲的曲牌来源,黄琼璠的说法不全面

戏曲(包括明清传奇)曲牌的来源,除了黄琼璠文中提到的民歌或里巷歌谣外,还有两类出处,一是唐宋大曲、唐宋词、诸宫调、唱赚;还有一些曲牌是出于自身衍变组合而成的新调,如犯调、集曲曲牌。北曲曲牌系统中,犯调之曲不是太多,而南曲中的集曲,是重要的曲调生成形式。②

关于南北曲牌的数目,黄琼璠的数字可能不准确。从汉魏乐府、唐宋词调以至金元剧曲散曲、明清歌谣俚曲,所用曲牌的数量时多时少,并不稳定。明《九宫词谱》共列曲牌 685 种,清《九宫大成南北词宫谱》汇集曲牌 2 094 种。若将同名异体计入,总数则为 4 466 支曲子。③ 黄琼璠文提供的数字易使人认为,《九宫大成南北词宫谱》载有近 5 000 个不同的曲牌,与实际情形出入较大。当然,戏曲曲牌究竟有多少,尚没有准确数字。南曲原始曲牌主要见于蒋孝《旧编南九宫谱》所辑,北曲原始曲牌以周德清《中原音韵》所收为据。清代周祥钰等人所编《九宫大成南北词宫谱》,是收集曲牌最多者。然而,任何一种曲谱都不能说它对曲牌的辑集汇编是全面准确的。④

(四) 关于异性装扮

白之关于明清演员的说法确有道理。我们在讨论明清戏曲方

---

① 沈继生:《晋江南派掌中木偶谭概》,59~61 页,泉州:海峡文艺出版社,1998。
② 周维培:《曲谱研究》,282 页,南京:江苏古籍出版社,1997。
③ 参《中国大百科全书·戏曲曲艺卷》"曲牌"条,301 页,北京:中国大百科全书出版社,1983。
④ 周维培:《曲谱研究》,278 页,南京:江苏古籍出版社,1997。

面的禁令与乾旦现象的关系时，往往有简单化、绝对化的思维定式，白之的话对我们应该有所启发。由此观之，清中期之后，当时官府不允许女演员登台演出的禁令，可能也只是在大城市的某些场所行得通。在乡村戏班、城市堂会、私宅的演出，女演员（或为丫环婢女，或为歌姬）变通地参与演剧的现象，并没有消失。乾旦的盛行，可能是局部现象。这种现象的产生，也不完全是由于禁令所造成的。以男扮女，在唐戏《踏摇娘》中就出现了。宋杂剧中也有男扮女的"装旦"角色和"弄假妇人"之类的戏剧表演。另一方面，在元杂剧中，除了有男扮女，也有很多女扮男的现象。异性扮装的现象，在《青楼集》有很多例证，在宋元文物壁画上也有证据。当时的史志中，并没有相关的禁令。不过，乾旦现象与一般的男扮女还不完全一样。唐宋杂剧中的装假妇人，以及后世戏剧中的男扮鸨母、媒婆、乡下婆婆，主要特征是滑稽调笑，是舞台配角。清代中后期盛行的乾旦，则多为主角，已经不是滑稽调笑所能包容的了。不论怎样，从唐宋以来，对于戏曲舞台上的异性装扮现象，早已具有良好的社会认同的现实土壤。笔者倾向于认为，禁令仅仅是乾旦现象盛行的催化剂，另外可能还有其他重要的原因，从而使男扮女取得特殊的舞台效果。这些原因可能主要有下列几点：

第一，在配角扮演上，有些类型化的女性滑稽角色，由男性改扮，可收双重滑稽效果：一是脚色本身的滑稽性质，二是男演员和观众之间对该脚色的假扮异性心照不宣，观众认同演员进行添油加醋、更为夸张的表演，演员也极力迎合观众的观剧心理，以使观众发笑的滑稽幽默为能事。

第二，出于特定的剧目内容和社会效果的考虑，使乾旦可以发挥自身的优势。在明清传奇剧中，生旦戏占有绝对的比重，生旦戏中涉及有伤风化、男女私情的内容也不少，由于男女授受不亲传统习俗的约束，表演这类内容，就产生很现实的困难，扮演生旦的男女演员在台上不能如实照本表演，因为要考虑产生的社会效果。简单化地删除这些内容，未必能为观众认可。虽然戏曲有很多象征性的手法来表现这类内容，但象征性也并非万灵药。运用乾旦的形式，则可以收到两全其美的效果，既可在舞台上保留这类内容，又可以将可能产生的不良影响减少到最低程度。既保持了表演的完整性、精彩性，吸引了观众，在理论上也可以减少社会和官府以男女授受不亲为由的指责，降低引起消极社会影响的可能性。然而在乾旦形式的遮蔽下，色情表演可能更为泛滥，而男女扮装本身也往往被视为有伤风化，明清时期也有斥责这种混杂改扮污染社会风气的禁令。魏长生被逐出及秦腔在京城的禁演，也与此有一定关系。

第三，乾旦的产生，是出自戏曲表演技巧的需要。花部戏剧中武戏比重增多，武旦、刀马旦、刺杀旦的表演所占分量增加。有些武术杂技的表演，从舞台审美形象上不适合女演员表演；还有一些动作程式，在力气、难度上，女演员做不了。这些动作如果删除，有可能会影响旦角人物形象的刻画以及演出的效果。这种情况，也是形成乾旦兴盛的重要原因。

第四，需要考虑"性别距离"的因素。一些为女性演员因司空见惯而不太予以注意的女子心理、举止特征，由于性别差异、性别距离的存在，男演员对这些特点可能更为敏感，若再加上平时的悉心观察、模仿，在改扮女性角色时，能更深入呈现这些特点。在观众的欣赏心理上，观众的欣赏期望中存在一种要对扮旦角的男演员之刻画女子心理、模仿女性举止的水平进行评判、鉴别、欣赏的欲望，故这种异性改扮本身，就存在戏剧看点。所以，乾旦也适用于表现闺门旦、青衣。总之，笔者倾向于认为，男女改扮和乾旦现象并非完全由官府针对女演员的禁令所致，也非官府的刻意提倡，而是戏剧表演本身的需要以及戏曲艺术与社会习俗协调折中的产物。

(五) 关于梦戏和嵌套式戏中戏

王爱春对中西梦戏的研究涉及戏曲中一个非常重要而又有趣的现象——梦戏。从南戏《张协状元》以来，中国的梦戏层出不穷。有论者根据梦境在杂剧中的功能把其分为预示型、托梦型、转换时空型、点明主题型、度脱型、日思夜梦型等类型，并对元杂剧涉梦剧作了统计：《元曲选》100 部作品，其中涉及梦境的作品达 21 部，占 1/5 强；《元曲选外编》62 部杂剧中涉及梦境的作品 15 部，也占到 1/5 强。可见梦境受到元杂剧作家的普遍重视和频繁使用。① 上述这些梦境的类型和纷繁的应用同样适用于明清传奇，从而形成了一种值得深入研究的现象。

在王爱春的博士论文中，《邯郸梦》、《南柯梦》仅仅被视为普通的"戏中戏"。笔者认为，汤显祖的《邯郸梦》和《南柯梦》不同于一般的"戏中戏"结构，而是具有独特的戏剧结构"套层—嵌套结构"。王爱春对此并没有论述，国内学者也没有充分认识到这一特点。相关研究也多将此二剧划入普通的"戏中戏"和梦戏，在提及它们的结构时一带而过。②

在很多其他剧目中，梦境一般不作为主体因素，只是剧情的推动因素。一般用于预示情节发展方向；或由已死的鬼魂托梦给活着的人构成剧情以推动故事；或通过一个梦，大幅度地推动时间和空间的发展，几十年几百年时间一梦而过。如《铁拐李度金童玉女》中铁拐李让金安寿入梦，使他在梦中经历仙乡梦幻，而他一梦醒来后，发现身边的一切都变了，变成"颓垣坏屋，

---

① 查月贞，叶树发：《元杂剧涉梦戏初探》，载《江西财经大学学报》，2005 (5)：96~99。
② 参任广世：《基于演出视角的明清戏剧文本形态研究》，中山大学博士论文，第四章"明清戏剧戏中戏研究"，119~217 页，2005；元鹏飞《明清小说戏曲版画演剧图像研究》，中山大学博士论文，第五章"梦境图与舞台扮演"，108~146 页，2005；张萍《古今戏中戏漫议》，载《当代戏剧》，2003 (2)：23。

枯木昏鸦",原来"恰才蓬莱一梦,尘世早四十年",金安寿由此省悟度脱;或用于点明主题,利用梦戏为他们的剧旨服务;或用于表现人的现实心理压力;或利用梦幻点度顽固不化而又具有神仙之份的凡人。

元杂剧多以梦入戏,并有少数几种剧作中的梦戏在篇幅上具有相当的规模。例如,马致远的《邯郸道省悟黄粱梦》,4折全部涉梦;范子安《陈季卿误上竹叶舟》,第1、第2、第3折涉梦;无名氏的《看钱奴买冤家债主》,第1、第4折涉梦。可以说,涉梦戏已成为元杂剧这一艺术形式的常用模式。元杂剧梦戏在历史上影响深远,汤显祖的《邯郸梦》和《南柯梦》则达到中国戏剧史上梦戏的巅峰。《邯郸梦》和《南柯梦》在主题上类似元代度脱剧,但在结构上多有不同。《南柯梦》44出,有32出写梦,梦境篇幅约占全剧的73%。《邯郸梦》30出有26出写梦,梦境篇幅约占全剧的87%。汤显祖援用纪梦的方式,分别展示了一个蚁国和一个枕中世界。剧中以虚写实,以梦魇的怪诞写现实社会的昏暗污秽、科场官场的私弊猖獗,以时政积弊和奸相庸臣的现实,给热衷于虚幻的功名理想的人以冷峻的棒喝。在这两剧中,梦境几乎构成了整本戏剧,梦境所占的篇幅、比重之大,在明清传奇中是绝无仅有的。在元杂剧中,也只有《邯郸道省悟黄粱梦》、《陈季卿误上竹叶舟》可以与之媲美。在《邯郸道省悟黄粱梦》中,正末第1折就开始入梦,一个梦从第1折开始一直做到第4折。可以说,没有梦,就没有这本杂剧。对于《邯郸梦》和《南柯梦》来说,也是如此。没有梦,就没有这两本传奇。

梦境的规模和篇幅,已经使量变引起质变,从而使梦境成为两剧的核心和主体;梦境前后的部分,则成为装饰。若将此两剧比作曲调套数,两剧结构颇似一个完整的长套,梦境前后的部分相当于套数的引子和尾声,梦境部分则相当于主体性的过曲。作者要表现的主题、剧中人要表演的戏，全蕴含于主体性的梦境部分。梦境前后的部分，虽仅仅为辅助性的戏台，但也不可缺少，否则结构就不完整，意义的表达也受到损害。梦境前的部分，其实相当于传统戏曲结构框架中的副末开场，有介绍完剧作家的创作意图和剧情大意的功能，但采用纪梦的方式，就使两剧的主人公既是梦境中的主角，和其他剧中人一起活动，抒发兴亡之感；又是间离于梦境的一个局外人。梦境之后的部分，相当于尾声，梦终究是要醒来的，醒来后的主人公成为梦境的局外人，他们的醒悟本身，构成了对梦境的评价。通过大梦醒来的介入使观众对舞台的假定世界保持一定距离，从梦境回到现实，激发人们的理性思考与批判。就在这样一个双轨结构的嵌套结构当中，显露出许多非常丰富的东西，取得了"我在桥上看风景，看风景的人在窗户里看我"一般的意味和效果。

　　从情节发展上，此两剧的结构是圆形的环，梦醒之后，主人公皆又转至原来的出发点。《南柯梦》中的梦，把老槐树下的蚁穴扩张为槐安国，槐安国中又辟出一南柯郡，淳于棼做完南柯太守，瞬间又回朝拜相，最后叶落归山，重返人间。《邯郸梦》中的梦，演出卢生一生开河、戍边、过鬼门关、升当朝首相，朝承恩暮赐死，变幻无常，最后梦醒于睡榻之上。《邯郸梦》和《南柯梦》的戏剧结构是从梦幻转向现实，是扎根于人间的，是由现实—梦幻—现实的时间变幻组成的一组对应的外在形式。这种结构并非汤显祖的创造，在《邯郸梦》和《南柯梦》的故事来源、唐代著名传奇小说《枕中记》和《南柯太守传》中就已肇始。

　　正如王爱春所指出的，中国人对梦中宣示的真理是坚信不疑的。艺术的梦幻境界往往是一种更高的真实。① 精神分析学家弗洛伊德在分析了现实生活中各类梦境之后指出：我们已经发现，

---

① 龚国光：《汤显祖与戏曲意境的开拓》，载《江西社会科学》，2003（7）：46。

梦取代了许多源于日常生活的思潮,并且形成一个完整的逻辑秩序。因此,我们不必怀疑这些思想是否源于正常的精神生活。我们认为,价值很高的思想以及极其复杂的行为,都能在梦思中找到。① 这种对于梦的解读,在西方是常常受到质疑的,至少在莎士比亚的戏剧中就存在着对于梦的怀疑。但在佛道思想大行其道的中国古代社会,人生如梦观念的盛行、解梦文化的发达,梦文学的源远流长②,涉梦戏剧之多,都是西方所难以比拟的。除了具备适宜的文学传统和社会接受的土壤外,纪梦形式本身还可以为文学创作提供诸多的自由和便利。有论者认为,运用纪梦形式,可以大大拓展人物表现的时间与空间,以自由转合机关,富于张力的结构框架去包容丰厚的思想内涵。③ 这样就不难理解汤显祖何以采用如此夸张的纪梦嵌套结构来进行戏剧创作了。

(六)民俗节日、战争动乱、定情道具、主题道具在戏剧中的功能

笔者认为,宣慕琦归纳的才子佳人剧常见模式,大体上是准确的。比如,男女主人公相遇的时间,多安排在中国传统节令,如清明、早春或其他节日。民俗节日在戏曲中具有很重要的功能,有"无节不成戏"之说。不但戏曲的演出多在传统节日,戏曲中重要、关键的事件也多发生在民俗节日之际,节日成为重要的媒介。戏曲中,常见的节日包括元宵、寒食、清明、端午、中元、七夕、中秋、年节,另外,还有观音、佛陀的诞日。民间节日具有全民狂欢性质,甚至祭祀节令清明、寒食,也成为与踏青游玩赏春并行不悖的节令,从而也具有狂欢性质。只有在这种

---

① 弗洛伊德:《梦的解析》,495页,北京:中国民间文艺出版社,1986。
② 傅正谷:《中国梦文学史》(先秦两汉部分),北京:光明日报出版社,1993。
③ 季晓燕:《临川四梦中的纪梦特色》,载《江西社会科学》,2001(8):83~88。

场合，在男女授受不亲的传统社会里平时几乎闭门不出的才子，才有机会走出书房，获得短暂的自由。锁在深闺的怀春的佳人，也特别寄希望于这些节日能有一些奇遇，找到可意心仪的郎君。接下来发生的事情，肯定是才子佳人相遇，一见钟情。正如日比科夫斯基所说的那样，这些饱读诗书的青年代表了中国社会各个阶层的希望与梦想，受到几乎所有人的爱戴与尊敬。为了获得成功（金榜题名、蟾宫折桂等），他们从小就被严格管制，刻苦攻读。不难想象，一旦双脚走出家门，离开严父严母，踏上求取功名的旅途，这些长期与异性隔绝的士子无一例外地将会爱上他们第一眼所遇到的漂亮姑娘，而不问其社会地位如何。① 佳人也同样会留情于俊俏而又风度翩翩、才华横溢的书生，而不问其为贫为富。总之，中国的传统民俗节日对于才子佳人剧来说，常常是必不可少的交流平台。

宣慕琦所说的"才子佳人戏中常会有突发的叛乱或入侵发生，而导致男主人公离职，而成为谋士或者统帅。在以唐宋为背景的戏中，安禄山叛乱和金邦入侵，分别成为反喜剧叙事并打破抒情封闭圈的主要因素。反面人物（多具有幽默、贪婪、有权力欲）不仅反对男主人公，也常会拘缚女主人公"，这一总结是很有见地的发现。戏曲讲究文武、冷热等不同场面的调剂，追求娱乐的综合性效果。一般而言，才子佳人戏的题材比较单调重复，容易出现文戏、冷场过多的现象。因此，需要加插浑闹鼓吹、民俗仪典、战争场面。黄天骥指出，杂、俗、闹是明代传奇普遍存在的状态。它是宋金以来戏曲审美观念的延续，反映了观众对戏曲娱乐功能的重视。而戏曲领域这一现象的呈现，也说明了封建时代后期五彩缤纷的城市生活，汹涌而来的世俗化潮流，

---

① Zbikowski, Tadeusz. Early Nan-his Plays of the Southern Sung Period. Warszawa: Wydwnictwa Uniwersytetu Warszawskiego, 1974: 115.

已经使文人雅士们在剧本创作中无法不食人间烟火,不可能超脱尘俗。文人尚雅,戏曲尚俗。这一来,戏剧家们便不能不考虑雅与俗、冷与热、深与浅、浓与淡如何结合的问题。利用战争场面的描写,让演出激烈火暴,这做法在明代传奇中屡见不鲜。按照《闹热的〈牡丹亭〉》一文的统计,传奇从生长到勃兴的一百多年间(约为1465—1586),就有七十多种传奇作品涉及战乱(还没有把楚汉相争、三国战乱等有关剧作计算在内),其中涉及金国入侵和安禄山叛乱的剧目就有二十多种,其他的战乱内容多为描写两宋与辽、契丹、西夏、吐蕃、高丽、匈奴、突厥、氐羌、蒙古族之间的战争以及一些军阀的叛乱。这同宣慕琦"金国入侵和安禄山叛乱是两种主要的障碍"的说法比较接近。据郭英德先生《明清传奇综录》统计,这段期间总计有传奇164种。可以说,刀枪血火已成为众多言情剧目的调剂品。有些戏,像《东窗记》、《双忠记》、《双烈记》、《投笔记》、《白袍记》、《双凤记》等,以描写战乱为主;《明珠记》、《玉合记》、《吐绒记》、《葛衣记》以及汤显祖的玉茗堂四梦,则把战乱作为男女主人公命运发展的背景或情节变化的契机。在这一历史阶段,作品插入较多战乱内容,当然与当时战乱频仍的现实生活有关;而从创作的角度看,战争与言情情节交错,一忽儿刀光剑影,一忽儿卿卿我我,必然能使舞台出现冷热场面相互映衬的戏剧效果。[1] 宣慕琦指出了才子佳人剧较多地插入战争场面的现象,并认为产生这一现象的原因同离家赴考的功能一样,是剧作家为了创造更充分的条件使男女恋人分离,由顺境转入逆境,使情节更为曲折耐看,同时也能起到冷热场面搭配的戏剧效果。这是很有见地的观点,值得赞赏。

---

[1] 黄天骥,徐燕琳:《闹热的〈牡丹亭〉——论明代传奇的"俗"和"杂"》,载《文学遗产》,2004(2):89~91。

宣慕琦的元杂剧结构非常适合悲剧性题材的观点，值得我们注意。在很多西方戏曲研究者看来，元杂剧的结构和长度，与西方话剧接近，是板块式、跳跃式结构。由于长度限制，戏剧情节、戏剧冲突需要高度浓缩、提炼。一般性的情节易于作暗场处理，只有冲突激烈、大起大落的情节才出现在戏剧中。因此，这种结构比平铺直叙、线性发展的明清传奇，更具有戏剧性，更适于表现悲剧。不过，笔者认为，文本长度并不是缺陷。理论上，如果传奇剧作家在创作结构上加以注意，增强戏剧性，减少冲淡情节冲突的内容，传奇也完全适用于表现悲剧。只是这样的悲剧写出来，却未必适合中国明清时期观众的审美理念和欣赏习惯。即使剧情很悲的剧目，明清传奇作家也好像有意地要插入一些诨科内容，刻意冲淡悲剧气氛，避免过于悲伤和压抑。《桃花扇》等剧，就存在这种情况。对于这种做法的渊源和原因，黄天骥先生《闹热的〈牡丹亭〉》一文有详细的分析。①

关于戏曲尤其是明传奇中惯用象征性物件的传统，宣慕琦的观察也很有价值。近几年，大陆学者仍然在探讨传奇中象征性物件这个问题。由此可见，宣慕琦在三十多年前提出的观点，并没有过时。国内有学者指出，明传奇习用道具为剧目，所以有"主题道具"之称。据统计，明传奇中有80%以上是以道具作剧目的。在这些以道具作剧目的戏曲中，道具为定情信物的作品又占有相当的分量，特别是在才子佳人爱情戏中，定情信物既是剧目，也是整部戏的关节。这类爱情信物，主要有珍宝、诗词、日常用品三类，一般应具有美好、便携、永恒三个特点。永恒的特点十分必要。没有人会用易于消耗或腐烂的物品作为定情信物，情人之间海誓山盟的时候，总是希望彼此的爱情海枯石烂，永不

---

① 黄天骥，徐燕琳：《闹热的〈牡丹亭〉——论明代传奇的"俗"和"杂"》，载《文学遗产》，2004（2）：84~95。

改变，所以在选择定情信物时也一定会选用经久耐磨的物品，这些物品本身的永不消耗和磨损象征了爱情的永恒不变。不管世事怎样变迁，无论时光如何流转，这些美好的信物将是他们爱情的不朽见证。① 但是，《桃花扇》中的主题道具"桃花扇"，其含义的深刻与复杂，其在剧情中的多重功能，都使它迥异于明传奇中一般的主题道具。

桃花扇为主题道具，又是定情信物，但它已然超越了爱情。它不仅仅是属于剧中男女主人公的爱情信物，更是寄托剧作家孔尚任深切反思、抒发明朝灭亡之幻灭的象征性符号。宣慕琦认为，象征性物件与戏剧的喜剧性有密切的联系。这个观点比较新。这个结论对明清传奇基本上都适用，但却不适用于《桃花扇》。因为，其中的爱情信物"桃花扇"并没有像明传奇主题道具那样带来喜剧的结尾，而是从一开始就潜伏着悲剧的结局：扇子本身即意味着易于碎裂，它不具备一般爱情信物应该具有的永恒属性；上面有象征李香君坚贞气节的斑斑血迹，点化成凄美薄命的桃花，象征着侯李爱情注定是凄美的悲剧；扇者，凉气之媒，反过来即凄凉之意，扇子之作为爱情信物，注定没有圆满结局；剧末明朝灭亡，桃花扇毁弃，男女主人公遁入空门。故事的结局实质上是悲剧性的。这样的结局，显示此剧的爱情主题是依附于王朝兴亡的悲剧主题的。由此可见，宣慕琦分析的传奇中的爱情象征物与喜剧性结局模式，实际上并不适用于《桃花扇》。

宣慕琦利用西方叙事理论分析戏曲，虽然有一定价值，但在应用中不免有生搬硬套之嫌。例如，对于中国传统文体形式的叙事性由强到弱进行减序排列，排出的顺序——史传、文人笔记小说、通俗小说、传奇小说、词话、赋、诸宫调（戏曲）、鼓子词、大曲、散曲、词、诗。这就存在可商榷之处，比如鼓子词、

---

① 张青：《明传奇中的定情信物》，载《民俗研究》，2003（2）：177~182。

大曲的叙事性，就未必弱于诸宫调、戏曲。另外，他利用易经、弗莱的四阶段论来分析传奇情节发展特点，也有些牵强。

（七）民间戏剧和贵族戏剧、场上戏剧和案头戏剧的审美差异

白之对《浣纱记》和《焦帕记》的比较分析，很有价值。因为，他在文章里提出了一个重要的问题：场上剧和案头剧。在他看来，这种区分只能是相对的。因为，几乎绝大部分传奇剧作家在提笔创作时都希望能搬上舞台。至于能否受到社会的欢迎，能否在舞台上具有持久的生命，则取决于剧作是否能满足导致成功的6个条件。白之的观点不仅适用于传奇，也可作为评价其他戏剧形式的标准。但这些标准也是具有相对性的。白之的论述意识到了这一点，但这种意识好像并不强烈，以免冲淡了他所提出的6条标准的权威性。作为总体上主要针对精英阶层观众的传奇昆曲来说，音乐价值和诗艺价值被视为生命，所以，文辞优雅雕琢的《浣纱记》在传奇中的地位要高于趋向通俗化、大众化的晚明传奇《焦帕记》。对于花部戏剧来说，上面6项因素的价值顺序可能要倒置过来才行得通，戏剧的观赏价值、模仿价值、滑稽价值的重要性，会相应提高；传奇价值的重要性保持不变，而诗艺价值、音乐价值的重要性会相应降低。

《焦帕记》不如《浣纱记》的舞台生命力旺盛，除了白之所提到的原因之外，笔者认为，可能还有西施形象的社会评价原因。《浣纱记》中的西施形象更能为社会所同情和接受。这一评价已经积淀于人们的观念之中，很难改变。《焦帕记》中的西施形象是怪异的，在反传统的道路上走得太远了，不但很难为精英阶层所接受，普通民众对这种过分的解构也会产生不习惯的感觉。在这种语境下，即使它在音乐价值和诗艺价值上大幅度提高，也不会根本改变它的舞台命运。因为，音乐和诗艺不过是戏剧的表层结构，而形象内涵却是戏剧的深层结构。

白之在文中提到在苏州（昆山）虎丘举行的昆曲大会，演出《浣纱记》多，而几乎没有《焦帕记》。白之因此认为，《浣纱记》所受的欢迎远超过《焦帕记》。白之的结论是正确的，但论证方法不妥。因为，《浣纱记》的作者梁辰鱼是昆山人，加以他的《浣纱记》影响深远，第一次成功地把"水磨调"用于舞台，堪称昆剧之祖。总之，梁辰鱼和《浣纱记》都是昆山的骄傲和招牌，在昆曲大会上《浣纱记》演出较多，是自然的现象。反之，则为不正常了。在苏州昆曲大会上，非但在艺术上不如《浣纱记》的《焦帕记》难以相比，即使艺术上超过《浣纱记》的《牡丹亭》恐怕也只能屈居其下。

（八）对《金瓶梅》考证的不同意见

徐朔方先生认为，韩南考察《金瓶梅》版本和素材来源的文章是一篇功力深厚的考证，但对韩南文章中的有些观点持保留意见，提出与韩南观点不同的3个分歧。①

韩南的博士论文《〈金瓶梅〉的成书与来源》（伦敦大学，1960年）以及徐朔方先生的文章，对《金瓶梅》所作的博洽、明辨的考证，是审慎而客观的，完全可以与中国一流的学者进行平等的对话。徐朔方提出的上述3种不同意见，无疑也都是很有道理的。但徐先生提出的商榷与韩南的本意之间好像有错位。韩南嘉许《金瓶梅》的心理刻画叙事技巧，好像并没有因此从总体上将《金瓶梅》的价值和文学地位置于《水浒传》之上。韩南指出《金瓶梅》对其他作品的大量借用反映了小说作者喜欢运用前人的文艺背景和文学经验，而且达到相当高的程度。小说作者虽然主要是以自己对周围的生活所作的观察为依据进行创作，但也经常依赖文艺背景，喜欢借用早先的文学作品，这种倾

---

① 徐朔方编选：《金瓶梅西方论文集》"前言"，沈亨寿等翻译，8~11页，上海：上海古籍出版社，1987。

向理应受到应有的重视。这样看来,徐朔方先生有可能在翻译时误解了韩南的意思。至于小说多处引用《宝剑记》和《金瓶梅》的作者问题有无关系,以及《金瓶梅》属于个人创作还是世代累积型的作品,徐先生的观点可备一说,但也未必能证明韩南的观点是错误的。

(九) 卡丽兹在其博士论文附录里列举的剧目是不全面的

对比蔡敦勇的论著《金瓶梅剧曲品探》和张进德的《略论〈金瓶梅〉对戏曲的援用及其价值》一文①,我们发现较多所缺的剧目章回,其中包括:第 11 回,《玉环记》;第 20 回,《彩楼记》;第 21 回,《西厢记诸宫调》;第 23 回,《秋胡戏妻》;第 24 回,《彩楼记》、《张生煮海》;第 27 回,《琵琶记》、《唐伯亨因祸致福》;第 31 回,《金水桥陈琳抱妆盒》、《请王勃》;第 32 回,《铁拐李度金童玉女》、《韩文公雪拥蓝关》、《韩湘子升仙记》;第 36 回,《玉环记》、《玉箫女两世姻缘》、《香囊记》;第 37 回,《西厢记诸宫调》、《张生煮海》;第 40 回,《西厢记诸宫调》;第 41 回,《玉箫女两世姻缘》;第 46 回,《子母冤家》;第 47 回,《西厢记诸宫调》;第 54 回,《倩女离魂》;第 61 回,《林招得》、《宝剑记》;第 64 回,《刘知远红袍记》②;第 65 回,《五鬼闹判》、《张天师着鬼迷》、《钟馗戏小鬼》、《老子过函关》、《六贼闹弥勒》、《雪里梅》、《庄周梦蝴蝶》、《天王降地水

---

① 蔡敦勇:《金瓶梅剧曲品探》,1—47 页,南京:江苏文艺出版社,1989;张进德:《略论〈金瓶梅〉对戏曲的援用及其价值》,载《明清小说研究》,2004(4)。

② 据蔡敦勇的说法,此剧久已失传,内容不详。蔡敦勇认为此剧可能写刘知远因红锦战袍被吊打之事。《金瓶梅词话》中所提到的《刘知远红袍记》不知是折戏还是佚曲。因无资料,无从查考。今川剧有《红袍记》,亦演刘知远的故事。我认为《刘知远红袍记》与《白兔记》肯定是同一故事,但因二者的主题道具不同,一为红袍,一为白兔;二者的剧情侧重点和主角也可能有些差异,一为刘知远,一为李三娘。由此观之,《红袍记》很可能是谢天佑改编本的底本。

风火》、《洞宾飞剑斩黄龙》、《赵太祖千里送荆（京）娘》(这10个剧目，卡丽兹在论文中提到了，但由于未详细讨论，故未列入论文附表)；第72回，《月下老定世间配偶》。但卡丽兹列举的附表中，也有中国的学者所没有注意到的剧目，如第59回的《赵氏孤儿》、第61回的《白兔记》(应为《刘知远红袍记》)、第69回的《暗度陈仓》、第83回的《竹窗雨》等。卡丽兹参照了韩南、冯沅君等人的研究成果，中国的学者显然并不了解卡丽兹的研究成果，所以未加以借鉴利用，以致到现在统计中还没有将卡丽兹发现的剧目补加进去。

第65回中出现的10个剧目的性质问题。《金瓶梅》第65回演出的《五鬼闹判》、《张天师着鬼迷》、《钟馗戏小鬼》、《老子过函关》、《六贼闹弥勒》、《雪里梅》、《庄周梦蝴蝶》、《天王降地水风火》、《洞宾飞剑斩黄龙》、《赵太祖千里送荆（京）娘》这10种短剧，卡丽兹在博士论文曾说，第65回李瓶儿丧礼上搬演的百戏不列入讨论范围，因为其中的10个剧目无剧本故事流传下来。由此可见，卡丽兹是将此10个剧目作为百戏看待的，并以故事文本无存、内容不详为由，未列入其博士论文详细探讨的范畴之中。可能她认为，这些节目并不是戏曲，也根本不可能有正式的剧本。也可能是她认为，既然这10个节目内容不详，文本无存，难以用来作为证据为她的博士论文主题服务，所以弃之不论。韩南的论文对此10个节目也回避了。查看国内的《金瓶梅》研究，除了蔡敦勇的《金瓶梅剧曲品探》一书外，其他论著对此均没有怎么关注。这值得戏曲研究者注意。笔者曾在一篇论文中论证此10个节目为仪式短剧，此处不赘述。

（十）关于翻译的最高准则——等值翻译

白之是戏曲翻译大家，曾翻译《白兔记》、《浣纱记》、《蕉帕记》、《牡丹亭》、《绿牡丹》、《燕子笺》、《娇红记》、《桃花扇》(此剧与人合译)的全部或部分出目。[①] 他从自己的翻译实践和切身体会中得出结论,对戏曲英译提出了忠告,"翻译者只应当用他最完美地掌握的语言,他自己的语言,来进行翻译"。言外之意是说,英美人在汉译英上有天然优势,中国人在英译汉方面更能得心应手。当然,这条原则是相对的,不是绝对的。在戏曲英译上,中西译者各有自身的长处和不足,能否做到扬长避短、取长补短,能否具备娴熟的汉英双语表达能力,此外还有其他必备的条件,如跨文化认知能力、文学素养、翻译技巧、翻译经验等,在这诸多翻译素质上具有较高的综合水平,才是决定译作是否成功的根本条件。白之喜欢翻译戏曲。因为,这项工作很具有挑战性,在克服困难的过程可以收获很多的乐趣。但他不愿意多谈戏曲翻译问题。在英语世界,谈论戏曲翻译的学者的确不多,除了白之外,大概只有柯润璞、斯科特、魏丽莎、卞赵如兰和专门研究京剧翻译的黄梅淑。魏丽莎、黄梅淑、卞赵如兰关于京剧翻译的文章在下一章介绍,此处不多说。柯润璞在其《忽必烈时代的中国戏剧》一书第四章,简略地探讨了元杂剧英译问题,他指出,在翻译元杂剧的曲牌时,应该依照原作的节奏和句格来安排英语译文。这个主张比较符合翻译的最高原则——等值翻译,但操作起来比较困难。

　　研究戏曲的国内学者很少会对这个话题感兴趣。因为,他们认为,这是翻译界的事情,似与戏曲界无关。所以,他们缺乏加以借鉴学习的动机。另一方面,所谓的翻译经验在很大程度上是虚的东西。如果没有良好的专业素质和大量的翻译实践,仅仅记住一些枯燥的翻译原则和所谓翻译技巧及他人的经验,是绝对不

[①] Birch, Cyril. Scenes for Mandarins: The Elite Theater of the Ming. New York: Columbia University Press, 1995;《娇红记》翻译于2001年,参 Cyril Birch. Mistress & Maid. New York: Columbia University Press, 2001。

会产生优秀译作的。其实,对于一篇好作品,在无比辛劳的翻译过程中,面对文化的差异,面对诸多源语和目的语,翻译者缺乏对应的窘境,在表达上、内容上都存在不可译的现象。这时,等值翻译的最高理想很难实现,很多时候需要忍痛割爱,这里面有太多的无奈和折中。让他们谈论翻译,他们认为教训倒有不少,却并无放之四海而皆准的经验。

但我们却不能因此低估翻译在戏曲研究中的作用。从媒介学的角度看,西方传播中国戏曲的主要途径是翻译。而为了更好地把握中国戏曲,除在译本里增添评介和注释外,还须进行深入而细致的学术研究。从译介为主发展到译研并重,正是20世纪中国戏曲文学西播的另一个基本走向。英美学者对戏曲的研究,通常把翻译置于重要位置。因为,对戏曲作品的翻译是他们的戏曲研究的基础。他们在正式的戏曲研究之前,如果研究对象没有现成的译文,他们就需要对研究对象——戏曲作品进行节译或全译。甚至有现成的译文,他们也不用,而要自己重新翻译、改译。因为,别人的翻译毕竟是第二手资料,未必可靠。同时,他们自己在着手进行翻译的过程中,可加深对作品的理解,直接提供有益的启示。

翻译体现了不断拓展和深化的趋势。在拓展方面,从名家名作到一般作家作品,从浅易作品到深奥作品,从节译到全译、重译、改译,从文学作品到文学批评和理论,从戏曲文学研究到古籍整理、戏曲表演形态、戏曲民俗研究,从戏曲史的宏观研究到系统深入的专题微观研究,从文人戏曲研究到地方戏、乡村戏剧、少数民族戏剧研究等,与我国的戏曲研究格局已没有明显的区别。戏曲作品浩如烟海,大多数还没有译为英语,因此翻译并不会被研究所取代。在深化方面,就翻译而言,许多学者边实践、边探讨戏曲翻译,归纳戏曲翻译的通则和理论,这是由实践向理论的升华。

英语世界的戏曲研究者在戏曲英译方面付出了辛勤的劳动，作为沟通中西文化的鹊桥，他们为戏曲文学的西播作出了巨大的贡献。正如李岫所言："我们怀着深深的敬意记录着或缅怀着那些尚健在的或已谢世的在20世纪100年间'盗火给人类'的普罗米修斯们的业绩。他们克服重重困难，打破语言桎梏，为构筑'巴别塔'而默默耕耘，为沟通人类心灵作出不懈的努力。"[1]

（十一）明清统治阶级对戏曲发展的影响

明清统治阶级、贵族、富商、文人对戏曲发展的影响，马克林作了客观公正的分析，对于这种影响的肯定，笔者表示赞同。马克林对待古人的平和态度值得我们学习。比如，他在文章的最后说：

> 清末，当官的作者们打算在通俗戏曲的剧本上署自己的名字，并让它演出。这种现象在19世纪之前从未有过。统治阶层对传统戏剧的贡献，主要集中在昆曲上，考虑到这一剧种历来需要他们的宠爱，也就不以为怪了。昆曲剧作家全都是统治阶层的成员，他们赞助的戏班在他们的邸宅里演出。针对戏剧的某些限制对于昆曲相对宽松，通俗戏剧却由于受到全面的禁止，所受到的消极影响远远超过昆曲。信奉儒教的统治阶层对于通俗戏剧给予百姓们心灵的影响所持有的明显的恐惧，以及他们的针对通俗剧种的明确的企图，这些不能不产生总的说来反面的冲击力。不过，统治阶层的成员也确实对通俗戏剧作出了积极的贡献。这些贡献是在两个方面，第一，他们的昆曲创作可以被改编为通俗剧种。如此广泛地应用于通俗剧种之中的故事情节是来自小说和昆曲剧本的，而有教养的名流们曾为之作出很大贡献。

---

[1] 李岫：《20世纪文学的东西方之旅》，4页，北京：人民文学出版社，2004。

另一方面，是他们对通俗戏剧的提倡扶植，这种扶植在18世纪规模很小，在19世纪里有了长足的进展，清末，它对京剧和其他通俗剧种的发展的推动作用是十分重大的，足以使我们为之表示感谢。

我们对待文人戏剧、民间戏剧、京剧、昆剧、场上剧、案头剧等问题，都应该有这种平和的态度。我们不能为了张扬文人戏剧、昆剧，就将民间戏剧、京剧说得一无是处；也不能为了凸现民间戏剧、京剧而将文人戏剧、昆剧比作万恶不赦的毒草毒药。我们难以断定"场上剧"就一定好过"案头剧"，过分强调"生于民间，死于庙堂"也是不妥当的。我们要有"足以使我们为之表示感谢"的尊敬和感恩的心态，客观公正地对待不同的戏剧形式。事实上，上述这几种形式的戏剧文本，对中国传统戏剧的发展各有自己的贡献，难以互相取代。

同样，在对待其他学者的研究上也存在态度的问题。一位侧重传统戏曲文学研究的学者指出，某某大学毫无疑问是国内戏曲研究的重镇，但他们的研究路数在国内戏曲圈处于边缘地位。笔者认为，这种评价是偏颇的。在戏曲研究领域，不同的高校和学者，有不同的学术传统和研究重心。有的侧重传统的"曲"本位研究和戏曲文学研究，有的侧重戏曲表演、文本形态和挖掘挽救民间戏剧；有的侧重文献，有的兼重文献、文物和田野考察，都无可厚非。中国有很多从事戏曲研究的学者，不同学者有不同的研究侧重点，你做你的戏曲文学研究，我做我的戏剧形态研究，两种研究齐头并进，并不矛盾。这种各有侧重的研究路数，客观上也形成一种很好的分工，难以相互取代，不应有高下之别和边缘中心之分。

第七章　中国仪式戏剧研究

第一节　李亦园的仪式剧研究

李亦园的《和谐与超然：中国传统戏曲仪式剧表演中的两层意义》一文，深入分析了仪式剧的宗教信念和仪式中人们所拥有的独特心理状态。①

李亦园在前言中指出，从表演的角度研究仪式已成为当代仪式研究的倾向，学者们开始将仪式与戏曲及其他表演艺术综合起来研究。从表演的角度研究仪式也开启了研究宗教的新领域。李亦园的这篇文章，即是从中国仪式表演被忽视的方面入手，揭示仪式表演中"超然性"的功能和意义。他认为，超然性就可以视为中国传统戏剧和仪式的公分母和共同意图。

李亦园首先分析了中国文化对于和谐平衡的追求，他构建了一种"和谐与平衡"或培育和谐与平衡的三层结构模型，用以解释各种仪式与戏曲的内容和历史。见图 7-1。

李亦园以《目连救母》为例，分析了仪式和仪式剧对均衡和谐这一中国传统基本价值的追求。李亦园着重分析了目连戏中

---

① Li, Yih-Yuan. Harmony and Transcendence: The Two Layers of Meaning in the Performance of Traditional Chinese Ritual Opera. 载《民俗曲艺》，2000（总128）：47~90。

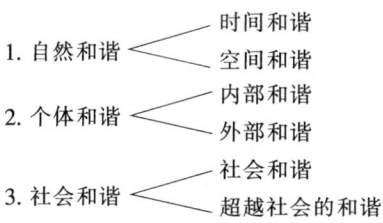

图 7-1

的个体领域层次的和谐。他认为，从剧情看，很难发现个体和谐的证据。但从个体心理分析的角度，可以发现，个体领域和谐的证据还是有的。有罪的刘青提下地狱受苦，但在现实中，刘青提并非属于罪大恶极者，她既没有杀人、偷盗，也未犯通奸、造反之罪，只是违背了不能吃肉的戒律而已。从绍兴本目连救母剧本来看，根据此剧第68、第74和第81出灶神、仆人和城隍神对刘青提的指控，可知刘青提的确违背了丈夫和儿子不可吃肉的告诫。但仅仅因为吃肉，就使城隍神暴怒，称之为大恶，而要将她送地狱且永久不能转世超生吗？李亦园认为，在中国历史上，从来没有将杀生和吃肉视为可憎恶之事。进一步来说，吃肉导致的违背誓约和对神的不敬，即使确属于背叛，但佛教素以慈悲为怀，并不像西方宗教那样强制信仰，而是坚持个人行为的提高与完善，故刘青提所遭受的严厉惩罚，并不符合佛教的特点。

李亦园认为，观众多将目光投射向目连戏地狱中受苦的悲惨人物，戏曲研究者则多研究其戏剧形态、版本及其与宗教和仪式的关系，很少有人思考这个问题，即区区一个普通饮食上的过失，怎么能招致如此严重的惩罚？李亦园认为，这种过度的惩罚实际上与饮食习俗有关，因而涉及到个体生理上的平衡问题。以绍兴本第47出刘青提的哥哥劝她吃肉及刘青提自己关于吃斋意义的回答，第24出傅相答复和尚的关于吃斋意义的唱词为例，指出从中可以发现其中心意旨在于强调,在事物与个人之间存在和谐和平衡的关系,即强调存在个体层次上的和谐追求。人体阴阳和谐、冷热和谐和血液循环系统上的和谐,可以保持身体健康,也能带来愉快和精神上的平衡,可以保持人的心智清醒和维持较高道德规范的行为举止,所以吃斋(素食)就不仅仅是简单的饮食习惯问题了,而是牵涉到滋养生活和心灵及人与神的关系,即涉及中国文化中最基本的观念"寻求和谐"。正是由于刘青提斋戒禁食期吃荤有违和谐,造成了与传统和谐观念的剧烈冲突,才导致了对刘青提的严厉惩罚。李亦园认为,从此角度来看过度惩罚的原因,才比较合情合理。

李亦园接着探讨了巫与仪式剧的关系。李亦园提出,如果中国传统仪式剧,如目连戏,其内在结构中的确存在教化和促进和谐平衡观念的主题,那么为什么这种主题会处于关键的中心地位,简单说来,这是因为此和谐平衡理念恰好与中国传统文化的基本宇宙观和生活观相一致。

李亦园指出,巫、巫觋在人类学中被称为精神中介或者萨满。萨满最初仅指居住在西伯利亚和中国东北的通古斯满语族人的精神中介,但现在学者们逐渐以此词作为其他地方和不同宗教形式的精神中介的通称。李亦园认为,世界各地的萨满仪式表演之功能可归纳如图7-2所示。

李亦园指出,不同的民族对萨满的仪式功能和表演中,其强调的内容不尽相同,中国古代的萨满也有其独特性,比较接近医者的功能。由人神的沟通,而产生和谐的追寻。但为什么舞蹈是请神降临的必要条件呢?李亦园认为,从上古时期起,最早的萨满仪式是氏族依靠身体舞蹈来增强体质以战胜天灾,邀请神灵降临以与之沟通或进入一种特殊的意识状态,并以舞蹈来锻炼身体、改善血液循环、调理关节,也就是以舞蹈来治病。后来,这种简单舞蹈逐渐趋向系统化、复杂化,才有了后来"禹步"之

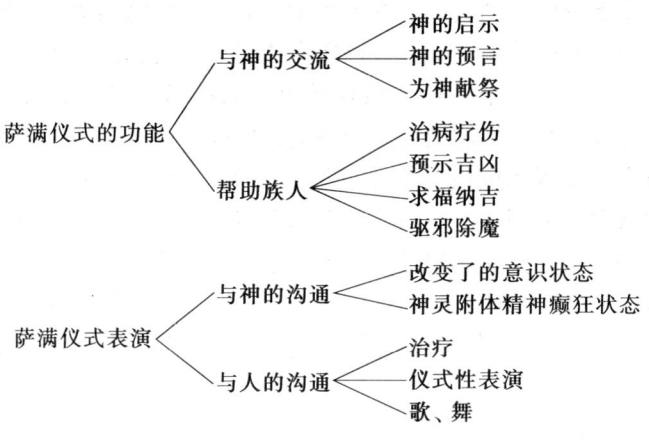

图 7-2

舞。"禹步"已具有明确的规范,是一种相对系统化了的舞蹈。根据《帝王纪事》记载,大禹因治水积劳成疾,手脚瘫痪,故后人称大禹有偏瘫之疾,一只脚不能置于另一只脚前面,称为萨满禹步。李亦园断定,大禹不仅仅是一位帝王,也是一名能治病和与神沟通的萨满。此亦可以作为气功的一个来源。《帝王纪事》侧重舞蹈的治疗作用,至道藏《东神八帝经》侧重召唤神灵、利用精怪的仪式技巧,至唐孙思邈《千金方》则进入了气功领域。李亦园认为,其发展历程如图 7-3 所示。

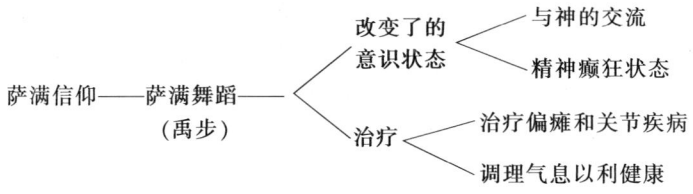

图 7-3

关于舞蹈、音乐、和谐与平衡,李亦园指出,中国古代的萨满利用舞蹈与神交流并治疗疾病,后来逐渐发展成为健身的气功,其发展过程值得研究。由歌、舞对人体生理、心理所产生的影响,李亦园以图表归纳了古代萨满信仰及其仪式舞蹈发展的过程。见图7-4。

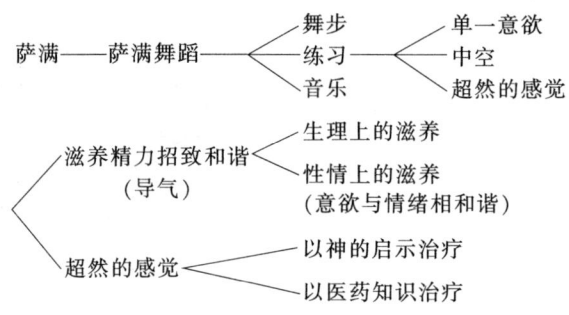

图7-4

关于解脱、超然与戏剧恍惚。李亦园指出,仪式中,个体从日常意识状态脱离出来之后,迁移过渡到超然状态,可以从这个过程来重新审视仪式剧目连戏中的事件。从"过渡性仪式"的角度看,此剧的主题是目连救母,但实际上,那只是表象而已,仅仅是一个符合中国传统价值的社会和谐总目标中的一个楔子。此剧真正关注的中心,实则是描写目连如何通过经历地狱的各种考验而取得神的启示和达到超然的状态,最后在佛祖的帮助下实现生命的提升。这个转变的过程,除了肉体上经历的苦痛和精神上的磨砺,也包含了通过严格的斋戒而实现内部净化的过程。这可以被视为首先通过个人亲身实践去追寻和谐,而后到达超然境界的一种展示。

李亦园认为,在戏剧学者看来,这种首先通过过渡性的仪式而后达至超然的过程,在中国戏剧中非常普遍,最常见的形式即所谓"超度剧"。李亦园认为，这种展示从此岸到超然彼岸的途径，是很多传统仪式剧的常见主题。除了超然意识为仪式剧的常见主题之外，仪式中表演者经历的意识上的变化，其完全进入角色的现象，同样是值得关注的问题。仪式剧表演脱胎于上古的萨满仪式表演，当萨满开始与神沟通时，通常进入到一种癫狂的状态，感到神已附体到他们身上，从而使他们的意识状态也改变了，变成了神的意识。同样的，仪式剧的表演者，如果扮演神的角色或者其他经常改变意识状态的角色，也会产生类似的体验，可称之为"戏剧性癫狂"。在这种状态下，演员的意识已不是他自己的，已为所扮演角色的意识所代替——是一种从表演中脱胎而来的超然。

李亦园指出，在中国南方，村民在举行庙会时，经常举行敬神仪式，不仅有神的塑像，还要有人扮成神将形象，并由道士使这些神将扮演者神圣化，作为神的代言人，他们还必须遵守一些禁忌。李亦园认为，傩俗及其演变，不仅引导我们思考傩的表演和面具的功能，可以用来解释超然意识的生成，而且傩俗及其演变的本身也是值得进一步研究的问题。

第二节 龙彼得的法事戏研究

英国学者龙彼得教授的《法事戏初探》一文对超度仪式上演出的戏剧及其功能进行了调查研究。[1] 龙彼得教授首先从概念上辨析了法事戏与神佛剧（朱权《太和正音谱》区分杂剧类型之术语）及西方中世纪盛行之神秘剧神迹剧的区别，然后根据其1966年至1984年间对港台及东南亚法事戏演出的田野考查研

---

[1] Loon, Piet van der. Exploration of Ritual Theatre. 载《民俗曲艺》，1993 (84): 9~30。

究了仪式剧的形态和功能,主要内容如下:

龙彼得首先对法事戏的概念进行了界定,指出法事戏是超度仪式上依传统习俗需要上演并为超度仪式有机组成部分的戏剧。龙彼得在文中并没有详细地描述和分析各地法事戏的过程,而是从宏观的角度对各地法事戏的特点分别进行了阐述。

各地的超度仪式差异很大,一方面,佛教超度仪式不同于具有很多流派的道教超度仪式。另一方面,同时也是更为重要的一个因素,是地方因素,受不同的方言和风俗的影响,这种影响对于使用方言唱白的法事戏尤其明显,上述两个因素造成了各地超度仪式的差异。

龙彼得描述分析了超度仪式中的法事戏《放赦》及其中蕴涵的杂耍、闹笑、科白、舞蹈、音乐、歌唱、帮腔、叙事等戏剧性因素,并详细描述分析了法事戏《告蛟》的表演。龙彼得指出,法事戏《告蛟》中描述性的长曲子展示了整个地狱行程,此行程以多次绕桌子行走来象征,中间偶尔穿插有哀悼对白。途中遇到的关隘及一些地名如十里亭、分水关和孽镜台也出现于其他地方的超度仪式中,但表演上与广东的相比有差异,并有戏剧故事和道德训导。

龙彼得还描述了与《过桥》相类似的台湾北部法事戏《金桥》,也是超度仪式的一部分,做功德的人家祖籍漳州,移居台湾已二百多年。此法事戏比潮州的更为生动。

叙述故事,进行道德训导的曲子和对白,在祖籍闽南的东南亚侨民所做的功德道教法事戏中也可以见到,尤其是在那里的法事戏《打城》剧里。龙彼得评析了他在那里亲眼看到的两场法事戏演出,属于居住于新加坡的闽南人请道士主持的超度仪式,这种仪式反映了20世纪三四十年代泉州的法事戏传统。

法事戏《打地狱》具有很多种不同形式,难以尽述。除上述法事戏之外,龙彼得提到还有一种法事戏,并不是超度仪式的组成部分，具有相对独立性。在超度仪式结束之后，表演《双挑》之外，在台湾南部道士还表演两个短剧，一为《孟姜女哭长城》，孟姜女来到长城，从尹经那里听到丈夫的死讯。一为《朱寿昌弃官寻母》，朱寿昌放弃官职，去寻找已50年未见的母亲，最后见到母亲以砍柴为生。这些教化剧的动人之处，体现在其表演形式的质朴单纯。

龙彼得指出台湾北部香花和尚常表演法事戏《请经》，为三藏西游终见到佛祖。不常演的法事戏有《大请经》，多从《西游记》中借用情节，在露天舞台或庙宇内演出，有时歌仔戏班也参加演出。最近，科伦坡的道士在为祖籍永春和安溪的侨民做功德法事时，在临时戏台上会身穿戏衣扮演全本大戏，如《鼓盆记》、《紫荆树》和《伍继芳》。删除这些戏，也并不影响整个超度仪式的完整。

最具有教化意味的例子要数为祖籍海南的侨民表演的法事戏。同新加坡和曼谷的情形一样，海南法事戏也不尽相同，反映了海南各地不同的习俗传统。参与法事戏演出的道士绝非业余表演者，而是具有良好的演唱演奏才能，更有做打技能。所见到的潮州经师和海南道士，有的曾经是戏班演员，有的现在仍然活跃于戏班里。在新加坡的几位广州道士，都是演员同业组织八和会馆的成员。设备与舞台的简陋并没有降低而是彰显强化了他们的表演才能。应该承认，法事戏中的对白相对来说是弱项，有时可能是念诵速度过快，有时的确是由于互相配合的叙述技巧问题。法事戏与世俗戏剧的关系因法事戏的音乐而变得比较显著，如潮州经师和尚采用潮剧声腔，海南道士用的音乐与琼剧密不可分，台南、高雄、槟城和吉隆坡的闽南道士唱南管，南洋的广州道士则以南音为自豪。与地方声腔剧种的这种联系显示法事戏的音乐在形式上是从地方戏派生而来的。换句话说，法事戏的音乐源自业已存在的曲调。但数百年来，法事戏音乐保存了很多其他地方已失传的因素,在这些法事戏音乐也最终消失之前,很值得进一步加以调查研究。

龙彼得指出,在现代社会难以期待看到已成为艺术化石的古代戏剧,但是,即使多数传统法事戏很可能已不能确切反映中国戏剧的最初形态,有一个问题仍然值得我们思考,和尚、道士等人举行的形态相似的法事戏表演是否体现了中国古时超度仪式的重要特点呢?龙彼得认为,虽然对这个问题进行历史性的探究十分必要,但目前更为急迫的事情是对现存的法事戏进行详细的实地田野调查,首先需要对某一特定地方的做仪式人员进行摸底,也包括相关的道坛、神祇、科仪本和仪式形式和内容。为了赢得道士的必不可少的支持,调查者需要有智慧和干练的专业技能。

第三节 艾伦·卡根的傀儡开台戏研究

艾伦·卡根(Alan Lloyd Kagan)的博士论文《广东傀儡戏:戏曲传统及其在中国宗教信仰体系中的角色》是英语世界中关于广东傀儡戏影戏研究的一部重要专著。① 该论著对广东傀儡戏的研究集中在乐器、偶人和舞台,并集中分析了广东傀儡戏影戏的开台戏的戏目及其音乐,以揭示其在宗教信仰体系中所扮演的角色。该文认为,广东傀儡戏影戏传统是中国戏曲的一个缩影,不论从其历史发展嬗变轨迹还是其地域性特征,均具有一定的代表性。由于主要论述的是广东傀儡戏的开台神功戏以及中国其他地方戏曲中的开台戏,具有鲜明的宗教意识功能,所以选择放在本章来评介。该论文的主要内容和观点如下:

---

① Kagan, Alan Lloyd. Cantonese Puppet Theatre: An Operatic Tradition and Its Role in the Chinese Religious Belief System. Ph. D. Dissertation, Indiana University. 1978: 1~401.

（一）傀儡戏与宗教的关系

虽然研究音乐需要参考文化语境，但涉及具体研究方法时却差异颇巨。艾伦·卡根的研究通过描述性分析揭示了中国傀儡戏是宗教信仰的产物，也是深化宗教信仰的工具。

戏剧是节日习俗的载体，使戏剧的主要功能得以显现，模型建立在族群、超自然之神、僧侣道士和戏剧演出四个要素的关系和活动之上，每个要素均有相应固定的活动、具有实体结构的场所、义务和应提供的服务。

除了广义的娱神目的之外，傀儡戏影戏的开台戏目也有较为具体的仪式功能和寓意，作为信仰体系的支撑媒介而成为满足族群和家庭需要的基础，当然，增强族群的凝聚力也是节日的核心功能。从历史文献来看，不但傀儡戏如此，敬神的场景也贯穿了整个中国戏曲史，甚至可以追溯到唐戏弄的形成与发展。戏剧的开台传达了双重信息，一是显性的，一是隐性的。《下山》既有戏剧已经开始演出的宣言意味，同时也是仙灵降临的奇特例行方式。其独特的锣鼓节奏和仪式性质，使其与观众的生理节奏及心理变化产生神秘的互动。《八仙贺寿》与《碧天贺寿》象征了追求长寿的世俗愿望，使节庆活动有了正面积极的意义。《加官》反映了人们对于功名地位的热望，但也隐含了一种古代的净化仪式，在鼓乐伴奏下所跳的哑剧式的舞蹈动作，在早期和现代的不同文献里都可找到证据。《天姬送子》反映了多子多福、传宗接代的传统观念，也反映了维系族群与神灵之间亲密和谐关系的愿望。

傀儡戏固定的开台体现在敬神戏《赐福》的特点中，既有专属的戏剧和宗教道具，也有相应的音乐道具。程式性是其特点之一，乐器选用独特，仅限于打击乐器和单一调性的乐器，即唢呐，不用戏曲中采用的其他乐器。每一种开台前奏均有其特定的音乐结构、曲调和节奏形式。使用科仪本时，他们不是演唱，而是高声喊呼，曲调旋律体现为持续的高低升降变化，充满了强弱对比和重复，以板式节奏（包含韵律、节拍和速度）的变化和乐器的变换使用来表示强调突出。与此不同的是，开台前奏《下山》的形态设计和节奏动机完全依据非音乐性的规则，即八卦命理学理论。

研究还发现，这些有特定意义和风格的音乐同时具有音乐上的不确定性，包括自由的速度和节拍，其速度正逐渐加快，却忽而又降低溶入和谐的初始速度，很难根据其先前的曲调重复和强音来推测某一曲调的最终音高。这也可以证明此等戏目之两极性（同时具有有序性与无序性），成为判定中国此类音乐风格的决定因素。

实际上，具有此类开台前奏的仪式性戏目在中国当前文化语境中是难以生存的，思想观念、社会和宗教上的变化正猛烈地瓦解着传统文化，甚至近来香港政府采取的保护傀儡戏的措施也对敬神场景之保留具有消极的影响。该措施提议傀儡戏在大公园里演出以娱乐公众，给予艺人稳定的经济保障并提高他们的社会地位。但是，由于缺乏节庆的氛围、族群的认同感、超自然力的神灵和僧侣道士，傀儡戏班已经删除了敬神开台戏。故此研究提供了一个个案，考察了一种特殊的文化和基于信仰而存在的艺术门类的原初形态，而不久以后它们就会成为一种消失了的传统。

（二）广东傀儡戏之敬神开台戏目及开演仪式

广东傀儡戏的戏目中有两类戏，各自有鲜明的特点，一类是固定类（Fixed Forms），一类是替换类（Substitution Forms）。故事性强且为傀儡戏主体演出的部分属于替换性文类，戏剧故事和演出内容的选择具有灵活性，所演故事通常由族长和戏班共同商定，一般是族群和戏班都乐意接受的古典戏，没有证据可证明这种选择具有节庆宗教性或时事关联性。从内在层面来看，"替换性"是戏剧演出实践的惯例，因为其戏剧音乐和剧本都是在类型化主题和演出与创作的传统经验相结合的基础上产生的，故此可因场合不同而选择不同的故事内容。

另一方面，与剧情无关的音乐和舞台表演则出现在固定类演出中，其中很多因素是固定不变的。其表演内容和程序在特定场合的出现，均是一贯的和可以预测的。在结构主义的术语中，"固定类"具有共时性，或处于时间之外。其"固定性"的要素主要有以下4个：①事件的仪式性；②适时性：在节庆假日期间，尤其是在演出的第一个晚上；③固定类剧目演出的次序及其与人演的戏曲的关系；④固定不变的音乐、文本和表演等内容。其选择由符合传统仪式性规则的演出情景所决定，而不是由某一族社选定。人们通常认为，中国戏曲在传统节庆之时表演戏曲用以酬神，这种固定的形式是维系戏剧表演和中国仪式之关系的明显表现。其实，这种固定形式所表演的内容同样是仪式的一个方面。

上述两类剧目的存在，并非广东傀儡戏与其他中国戏曲传统之别。相反，这是一种在中国其他地方戏剧中，既包括人演的戏曲，也包括傀儡戏，曾经很普遍的特征。固定的仪式性剧目在广东傀儡戏中的存现，是这种艺术形式顽强保留古老戏剧传统和音乐规则的一个标志，它体现了整个中国遗产通常具有的价值和信念。艾伦·卡根对神功戏的固定形式和替换形式以及北方舞台和傀儡戏的《赐福》表演进行了详细的描述和分析，篇幅关系，不赘述。

（三）开台神功戏溯源

开台神功戏可以追溯到明戏曲家（世称"周宪王"）朱有燉（1379—1439）的剧作，如《瑶池会八仙庆寿》。在他的剧作中，至少有6个可以被视为开台《赐福》剧，均载于16世纪问世的《脉望馆抄校本古今杂剧》，这几种剧除了《六国封相》外，都比后来的《赐福》剧要长得多，如《八仙庆寿》，剧本多达42

页，由3折组成，每折都有6~11段唱词及多支曲牌。每剧均有全称和简称，如简称《蟠桃会》，常用于影戏演出，其全称为《群仙庆寿蟠桃会》，然后是《瑶池会八仙庆寿》(1432)、《紫阳仙三度常椿寿》(1433)、《东华仙三度十长生》(1434)、《吕洞宾花月神仙会》(1435)，还有一《赐福》剧创作时间不明，但其内容显然与同组其他剧一样，是与酬神相联系的，其剧名为《福禄寿仙官庆会》，应为作者晚年之作。但周宪王创作的酬神剧是中国《赐福》剧的起源吗？非也！虽然周宪王自己宣称这些剧的创作目的是用于宴会节庆场合的，但周宪王的这些剧作并非为公众而写，而是面向精英阶层的，追求曲辞的雅化，是在当时民间《赐福》演剧面貌上的进一步提高。所以，他的剧作不可能是中国《赐福》剧的最初起源。另一方面，《赐福》类戏剧在周宪王之前是有先例的。史绰云曾在元杂剧里发现14个八仙剧。[①]然而，这些剧重在叙述故事，而非周宪王所称的贺祝性质的开台仪式。关于当时的开台酬神剧的信息尚不充分，学者的研究尚很欠缺。

还有一种说法，即《赐福》剧起源于宋代的傀儡戏，即《武林旧事》中记录的《六国朝》(Martin Gimm, 1966: 530)，很可能此剧即粤剧《六国大封相》。Martin Gimm 甚至提出此剧可能在唐代即已存在。但因唐宋戏剧没有此类剧本流传下来，Martin没有能够证明《六国朝》与《六国大封相》的具体联系。《宋史》记载，在公元975年的一次官方节庆活动中，有音乐和傀儡戏的表演。史书不仅将杂剧与傀儡戏并称，还列举了13支大曲，有些甚至为唐太宗所作，其中一支名为《长寿仙》。据名称可以判断此曲在仪式场景中具有特殊的功能。

然而，《赐福》最早的踪迹应该存在于9世纪唐代的音乐戏

---

① 史绰云：《元杂剧里的八仙剧》，载《燕京学刊》，1935 (18)。

剧文献《乐府杂录》中。在此书卷七鼓架部第一条，讨论了《代面》一剧的起源与演出，其描写之情形与当代的天官面具舞或哑剧非常相似，难以分辨。面具舞的仪式功能在此书的"驱傩部"亦有详述。面具舞与打击乐之间的相关性与协作性已历千年，并未改变。总之，通过对《赐福》类戏剧横向与纵向的全面考察，进一步明确了广东《赐福》剧与历史上和当代中国其他地域的同类戏剧的差异。此类剧具有固定的形态，其内容、风格、演出次序及其仪式上的特点，将其与正剧区分了开来。

第四节　贺大卫的师公戏研究

澳大利亚学者戴维·赫尔姆（汉名贺大卫，澳洲墨尔本大学亚洲研究院教授。以下以汉名称呼）的《广西柳州的仪式与仪式剧》一文，描述和分析了作者于1991年7月20日下午和晚上在广西中部柳州市附近的帽合村目睹的超度仪式和超度仪式上演出的仪式剧师公戏。[1] 贺大卫首先作了一个详细的背景介绍，包括柳州地区的地理人文环境、语言、戏剧传统、超度仪式和师公戏研究的现状、此次超度仪式的举行和师公戏演出涉及到的组织和道公师公的背景，超度仪式的两种类型"文坛"和"武坛"的特点，以及作者如何驱车赶往演出地点和如何拍照记录，等等，使我们得以立体地了解整个仪式和演出的外部环境。接着，作者非常详细描述记录了文坛和武坛的仪式表演过程。文坛仪式仅仅在动作的象征性上具有一些戏剧性。并未涉及扮演因素，没有扮尸，神灵没有显现，病人的灵魂也没有显现，道公的身份没有改变，游地狱的情节带来时空的转变，具有一定的戏剧性，但

---

[1] Holm, David. Ritual and Ritual Theatre in Liuzhou, Guangxi. Macquarie University, Sydney. 载《民俗曲艺》，1993（84）：225~278。

对这种戏剧性的认定目前学界也是有争议的，且只出现在仪式的后半部。在打城情节上，戏剧性稍微浓厚。此处只着重介绍武坛仪式和师公戏。

贺大卫详细记录了武坛仪式上道士派遣司值功曹骑着马、龙、凤、虎四处请神和诸神降临下凡飨宴的过程，各路神灵包括法坛土地灵感地官、社王、玉皇地主、肖王二帝君、三天雷祖、领法南海观音、四大天宫元帅赵邓马关、北极真武玄天上帝、云中德道三界公爷、北府老爷、南海慈悲观音菩萨、陈林李三位奶娘、曹州大庙灵应姑娘、本市本教阴阳师傅、上元唐将、中元葛将、下元周将、三元祖师、张天师、斩路雷神、斩路使者、闪电姑娘、白马灵圣仙娘。请神阶段道士时而戴面具扮张天师，跳七星步、三罡步，鼓乐伴奏，以演唱描述上述神仙的故事和神力，语言多重复。神灵降临阶段神仙各自边演唱边舞蹈（称为跳神），唱词没有重复现象。每一位神灵降临，道士即戴面具扮演该神灵，穿着相应的戏服，做舞蹈展示神灵的英勇和其他特点。之后，道士摘下面具，脱下戏衣，介绍神灵的生平，最后来一通鼓乐。不同的神灵其舞蹈特点不同，道士要将这些标志性的特点表现出来，如白马仙娘以她的闪亮肩饰和女性的虚荣见称，在舞蹈中模拟她的特点而且需要花费大量时间化妆打扮、梳理秀发。同时，她还以擅长舞剑著称。道士表演时必须对这些特点的仪式性功能比较熟悉才能表演好。而无论是演唱还是模拟性的舞蹈，从头至尾都只有锣鼓伴奏。经跳神而降临下凡的神灵，其身份由道士的演唱来揭示。演唱并不是道士的独唱，而是领唱形式，神灵降临。在场的道士跟着唱，详细地唱述神灵的生平和事迹，内容是神话性的，而不太具有戏剧性。与中国传统戏剧相比，这些唱词相当于演员的上场诗和家门。但介绍了生平事迹以后，却没有戏曲中接下来的戏剧动作，直到打城一节才接续上情节。

贺大卫指出，他这次看到的武坛仪式并不完整，神灵降临进入神灵牌位之后却没有相应的仪式活动，也没有送神环节。由于这是专门为外国学者表演的仪式活动，如此安排也可接受。贺大卫曾询问道士伴随神灵的降临是否有一种冥想超然的感觉，是否每次请神都能成功。道士回答神灵并不是经常能请到的，但仪式还是要照做。不知道士的回答是实情还是推脱之辞。贺大卫接着介绍了仪式中提到的几位重要的神灵，如三元神、雷神、白马仙娘、张天师；然后，着重分析介绍了科仪本的特点。

在观看师公戏时，贺大卫看到了一本《过神》科仪本。有了这个本子，对于仪式活动和文本之间的关系也就有了可资比较的基础。首先，仪式活动里每个神灵的唱词都是严格依照科仪本来唱的（只增加了一些无意义的衬字），唱词为7字句，在帽合村，师公演唱每一句的后半部分时咬字比较模糊，而变成哼唱曲调。其次，唱词前多冠有"三元祖师唱用"、"天师唱用"等标题字样。七字句式和标题形式与上思县及广西其他地方的瑶族科仪本非常相似。广西汉族使用的这种本子与广西其他少数民族的师公戏本子也相同，如壮族和毛南族。再次，整个科仪本有55页，共为24位神灵设计了唱词，仅是梅山教神灵"三十六神七十二相"的一部分。但在此仪式中，却只出现了4位神灵的唱词，没有证据表明完整的武坛仪式上会全部出现上述24位神灵的演唱，很可能这个科仪本只是母本资料，具体的仪式则因情况不同而选取不同的神灵。

在结论中，贺大卫分析了帽合村师公戏的源流、当地道士自称梅山弟子的来历和师公戏的仪式剧性质。他认为，中国的学者常将戏剧分为娱神和娱人两类，前者逐渐向后者转化，这种观点并不能十分准确地概括师公戏的性质。贺大卫认为，仪式剧（包括院本滑稽剧）显然是娱神的，但这种娱神特点在师公戏里并不明显。师公戏里的扮演只是一种单纯的迎神降临的机械性形式，根据所做的田野调查，师公戏中的扮演和舞蹈动作同中国西北和其他中国文化区域的模仿神灵的动作舞蹈一样，都是取其有精神复原治疗的作用。至于观众，表面上看来，根据村民百姓的反映，儿童观看师公戏带着面具表演得到的感觉通常只是恐惧和乏味。对于成年人，表演动作过于重复和简单，不太适合现代审美，因为即使在落后偏僻的村落里，人们也已深深受到电视的影响。现实中令人遗憾的情况是，多数仪式剧的表演不再能够吸引观众，只有研究者仍然对它们感兴趣。

第五节　华德英的香港粤剧神功戏研究

华德英（Barbara E. Ward）的《戏曲伶人的多重身份：传统中国戏曲、艺术与仪式》一文对香港粤剧神功戏的仪式功能和超自然性质进行了深入的分析。① 文中的描述虽取材自香港，但除小量细节外，也同样适用于台湾地区、很多海外华人社群，及1949年以前的中国内地。

华德英讨论的中心是戏曲的象征性及其演出的完整性，而不在于剧目的内容或情节。但在她看来，除一些例外，中国戏曲大部分剧目的文学性价值不高。圈内人没有"权威文本"的概念，而只接受一个剧目的不同版本；传统上没有如亚里士多德所称许的戏剧结构方式，而剧本的剧中人物只有极少的性格营造。尽管一些地方剧种（尤其是粤剧）在当代引入了不少改良，剧目的

---

① Ward, Barbara E. Not Merely Players: Drama, Art and Ritual in Traditional China，陈守仁译，载陈守仁：《实地考查与戏曲研究》，109～149页，香港：粤剧研究计划出版，1997。Barbara E. Ward 生于1919年，英国人类学者，曾任教于英国伦敦大学及香港中文大学；著有《从人类学看香港社会：华德英教授论文集》(1985)及甚具影响力的论文多篇；1983年病逝于英国剑桥。此文是 Barbara E. Ward 1978年2月11日在英国剑桥大学组咸学院举行的"夏里逊纪念讲座"的讲稿，经修改后于1979年在 Man（人类）学刊三月号发表。

剧情仍主要移植自传奇、历史演义、古老小说及其他剧目。这些故事自然也是观众所熟悉的,在一定意义上,它们也是象征符号:虽然不一定属正统,局外人仍可以从这些符号中看到"中国性"即传统价值观的象征性表达。

香港成为粤剧发展的主要基地已有一百多年的历史。广州则是粤剧的另一中心。据说,在 20 世纪初,有超过 30 个职业粤剧戏班以这两个都市为基地,并在这两个都市及邻近的乡镇巡回演出。在都市及较大城镇的粤剧演出常在商业性戏院里进行;职业戏班也常在富裕家庭及会所里演出。然而,不论是在市镇还是在乡间,大部分的粤剧演出均属神功性质,并每每在用竹枝及草席搭建而成临时戏棚里上演。香港的粤剧演出,大部分与庙会有关,每个庙会惯常上演 9 本粤剧,故整个香港每年约上演 2 000 本戏,香港人说的广府话称之为"神功戏"。这些均是职业性演出,并非乡村内村民为乡村演出的"民间"戏剧。受聘演出的演员同样也演出于商业戏院、电影及电视,所演的剧目也并无不同。这些不同的演出分别在于场合,而非演员或剧目。

庙会常在该庙的菩萨生辰期间进行。在神诞正日前 2 个星期,搭棚工人开始在庙前空地用竹子建起临时戏台,把它正对着神庙。他们也在戏台及观众席上方盖顶,并使观众席建在向戏台倾斜的地板上,再在地板上设置坐椅。搭棚工程每每仅在演出开始前完成;一台为期 5 天的演出常在菩萨生辰的"正日"前 2 天的傍晚开始,之后一连 4 天均有日、夜戏的演出。戏班的台柱及他们的首本戏只在夜晚演出,尤其是在正日前夕及当天。

戏曲演出之外,这些庙会节日常涉及一些习俗及宗教仪式,并配合包括买卖、游行、舞狮和在茶楼里举行的文鱼及赌博等其他活动。庙会节庆惯常的习俗及宗教仪式共有 2 种,其一由专业的道士执行,其二由一般人执行。后者常在正日举行,地方居民成群结队带同整只烧猪、酒、茶、橙及其他祭品(有时甚至用色彩夺目的生日蛋糕），在舞狮开路下，到达神庙，把祭品放在神像前的柜台上，让菩萨品尝各种祭品的"神髓"。同时烧香供奉、祈求恩赐及问卜解难，之后把祭品搬离神庙，并瓜分各种食物，使他们可以享用这些祭品的"物质"成分。传统中国社会习俗十分重视互相帮忙及馈赠食物和提供娱乐的礼尚往来。就正如处理人际关系般，一个受传统熏陶的村民理所当然要向菩萨们奉献服务、礼品及娱乐。因此，与香烛及烧猪一样，任何观众均会意识到戏曲演出也是向菩萨奉献的一种祭品。

华德英对神功戏的娱神性质是坚信不疑的。她提到自凌晨 2 时或 3 时开始的天光戏。即使当所有观众已入睡后，天光戏仍然持续至黎明时分，目的只为娱神。戏台朝大门打开的神庙正面而建是另一个证据。这并非偶然的，戏台的位置使菩萨（据说菩萨的灵体由天降到神像上，因此任何庙宇均有部分地方是不建上盖的）能看到戏曲的演出。当地理及环境因素令戏台无法朝庙而建，或因地方习俗认为菩萨需要在更近距离观看演出，则戏棚后方需朝戏台建一临时"庙宇"，或在观众席上方搭一小架；居民用请神仪式把神从庙中护送到戏棚，安放在临时庙宇里或小架上，直至节庆活动完毕。因此，尽管个别演员或观众在传统神功戏的演出及观赏中对神的存在会有不同程度的肯定或怀疑，他们大部分均同时意识到这神秘的"首席观赏者"的存在，而这时也为他们的观赏及演出经验整体加添另一层面的经验。明显的，至少部分神功戏的参与者认为神功戏不但是规模复杂而具备超乎尘世象征意义的娱乐形式，同时也是一种祭品；而观众不只是凡人，也包括神祇。

在华德英看来，神功戏场合的布置含有另一系列仪式的意义。任何剧场形式均常在"仪式时间"（ritual time）及"仪式空间"（ritual space）里进行，也即是在象征的时间及与日常生活殊异的空间进行；戏剧演出采取一套惯用的规制表示演出的开始及结束，也用不同的方式表示事物的距离，使演出与日常生活界限分明。公开及私人演出的中国戏曲同样采用与欧洲戏剧相似的"划界"方式，如序曲、布幕及舞台；前两者可能是近代产物，后者则肯定自古已有。在中国神功戏演出中，它运用了更多的"标识"（markers）。戏台的位置，它理想地应朝着大门开敞的庙宇。整个演出范围为一长方形，其中庙及戏棚的背面是较短的两边，观众席左右两边的界线是长的两边。整个长方形空间也大部分被戏棚的顶部盖着。这空间、庙宇、戏台及后台位置的整体规划均严格遵守着风水所强调的方向的象征意义。庙宇朝南而建，使从神坛上朝外望及背北墙而坐的神像也能向南。南面象征纯洁、吉祥及温暖等，也即是"阳"。戏台及在台上的演员均面朝北方，即象征不吉祥、冷漠及"阴"。循此推理，当神秘而纯洁的神祇朝着吉祥的"阳方"及"南方"时，面向不吉祥、"阴方"及"北方"的演员必定是神秘但不洁净。在戏台的后台，在"阳"方同时也放着便于携带的戏神神位，在"阴"方则是放置道具兵器地方。中国传统的方向象征系统包括5个方位，即东、西、南、北及中。朝南的神祇及朝北的演员均分别受到东、西两边的阳气及阴气的影响。坐在正中的观众，有如中国本土，屹立在天的下面及宇宙的中央，如图7-5所示。

　　大部分粤剧从业员对此有丰富知识，并利用此知识安排他们的事情。不但庙会戏台的布置必须符合风水象征意义，在商业戏院及为私人所做的演出，粤剧神功戏也是如此。当然，把东西按习惯的方式来处理固有其重要的实用理由。然而，在理解到实用理由之外，大部分的演员（以至布景和道具工作人员、伴奏乐手及其他部门的工作人员）深信遵守风水能令他们与天地相通，借以保佑他们工作顺利。虽然粤剧从业员在后台刻意奉行的规条有时被西方学者视为"迷信"，但却是上述观点的最佳明证。例如，没有演员胆敢在未向后台戏神上香前出台演戏；在所有神功

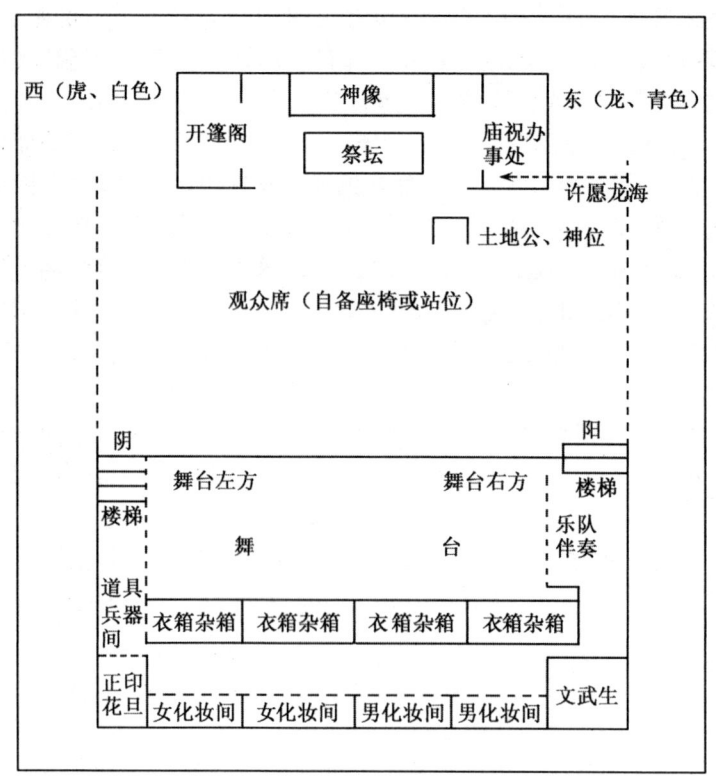

图 7-5　香港西贡滘西村农历二月十一日至十五日
洪圣诞演戏中戏棚与庙宇范围位置

场合里,戏班每一成员均亲自往庙里上香,全体成员也会在"正日"向菩萨奉献祭品作为贺诞。简言之,从演员的个人、集体以及与他们专业有关的行为来看,他们本身也是信神的。

除此之外,演员在某种意义上——或至少在某些场合里——同时具有宗教仪式主持人的身份。学者龙彼得在他一篇重要的文章(发表于1977年)里指出中国戏曲演员就是"萨满"。华德英肯定这种观点,她相信,在传统人士(也包括演员)的眼中,中国戏曲演员不单纯是一般的虔诚的信神者,也不单只是代表他们的雇主向神奉献戏曲的执行者。

上述观点是有依据的。华德英举出的第一个依据,是戏曲中常见的喜剧结尾模式。通常的解释是,或许统治者或领导者的确喜欢善有善报的剧情,以便宣扬道德教化。但华德英怀疑这种解释。她认为,这种结尾实与戏曲的神功性质有关。主办神功戏演出的另一原因是人们相信神功戏不只象征幸运及顺景,而根本能带来幸运及顺景,故在庙会期间(或任何时候)上演悲剧是不吉利、不合适、与演戏的初衷相矛盾的。

根据自己的观察及与一些局内人的交谈,华德英认为,这种信仰既适用于整台神功戏的演出,也适用于某几出时常上演的剧目。第二个依据是演神功戏与人们求"旺"的心理。演神功戏是为了求得"成功、顺景","旺"字具有"忙碌、匆忙、嘈吵及挤塞"的意思,与演戏时的气氛很相契合,戏曲演出所凝聚的群众,都是充满生气及假日情趣的人群,演戏的地方由此被带旺——人们匆忙地往来——而每人均享受着这情趣的独特意义。更重要的是人们相信演戏有一种魔力,人们希望这种"旺气"能引发一些"旺气",借以保佑五谷及渔业丰收、生意顺景、财源广进及其他。由此,一台神功戏的整体属于一种"法事",人们假设筹办它能达致一种普遍的、广泛的、神秘的及好的结果、喜剧的结局。在超自然及宗教层面来说,神功戏是一种仪式,其主持者正是戏曲的演员。

华德英分析了粤剧神功戏中的开台例戏。人们相信这些程式性的开台戏能达致与上述相类似及典范性的善果。这些例戏大部分是较短的,常上演于一台神功戏首晚,作为"开台戏",也用于神功活动的"正日",或被安排在其他情况演出,如为表扬到访的重要嘉宾。最短的一出是例戏(即《加官》),一个戴白色而呈露笑容面具的演员,在台上亮相 2~3 分钟;他不发一言,用手指向天上,最后打开写有吉祥 4 字词的卷条。这演员扮演的是一个天神,名号不详但却慈悲为怀,人们相信他能带来好运。实际上,所有神功粤剧均以此"例戏"开台,之后,紧接的是另一出短剧(可能是《八仙贺寿》),其间主要演员出场、下跪及向神诞的主菩萨叩拜。之后便又紧接演出称为《六国封相》的另一剧。虽然上演此剧主要目的是为戏班炫耀它的演员、服装及北派武师的强大阵容,但此剧也有带来吉祥的功能。在另一出短剧里,洋娃娃象征传统中国人普遍期望多子的理想,人们相信此"娃娃"有送子的效力。

上述这些例戏是一般神功戏演出中必备的,其上演是为达到一种超自然的及好的效果。它们以外,另一些同样具有超自然效力的例戏则为特定的情况及目的而演出。在这些特定例戏的演出过程里,演员更明显地扮演像"主祭者"的角色。这类例戏的其中一出是称为《祭白虎》的短剧。华德英描述了她于 1975 年在香港观看过两次的《祭白虎》的演出形态。

在粤剧《祭白虎》仪式里,演员本身担当了实际的仪式主持人。华德英认为,龙彼得教授(1977:164)的描述十分恰当。龙彼得认为,舞台上的凶煞恶鬼是由戏班的成员自己来驱除的。他们并非出于辅助的地位,也非单单发挥或阐示由法师所主持仪式的意义;他们是亲自完成整个包括请神、附身、驱邪的仪式,就好像他们自己是法师和乩童。① 《祭白虎》这程式是一种由演员执行的、特定的驱邪仪式;它不需要道士在场,当然更不用道士从旁协助。实际上,粤剧演员有时也需在戏曲以外的场合里进行这种仪式,就正如道士受聘去驱邪一般。道士上演的驱魔

---

① Loon, Piet van der.《中国戏剧源于宗教仪典考》,王秋桂、苏友贞译,载于王秋桂编:《中国文学论著译丛(下)》,539 页,台北:台湾学生书局,1985。

仪式更为得当，但由演员执行驱邪仪式为社群驱煞，其本质是一样的。《祭白虎》里，扮演白虎的演员戴起面罩，而与他敌对的演员则绘上黑色脸谱。在传统中国戏曲里，面具常用于特殊的情况，而每每用于刻画神祇或鬼魅；例如，"白虎"既是神怪兽类，则自然也属鬼魅；演员画上脸谱演戏，部分也是为刻画神或鬼。扮演神或鬼的演员须异常小心，因为人们相信在他戴起面具后，这神或鬼即附于他身上。换言之，他把自己置身于"灵媒"的神秘险境里，而需为自己及其他人着想，避开众人。同样的，其他人遇上这演员也须遵守所有与此有关的禁忌，例如不准说话，直至仪式结束后，才由叫喊声解除此禁忌。此外，众人也需受到应有的保护，例如，在前台口的一列椅子即为此而摆放。因此，在至少某些场合里，可以说中国戏曲演员不单是专门的驱邪人，而且同样也属灵媒。

第六节　元杂剧中的仪式因素

　　石广生的博士论文《元杂剧搬演中的仪式因素》结合文本和田野考察，探讨了元杂剧搬演中的仪式因素的形态和功能。①由于未获得此文的全文，难以全面介绍此文内容。只有此文的英文摘要，尽管有些过于笼统，但已概括了论文主要观点，现将摘要介绍如下。

　　石广生说，兴起于13、14世纪的元杂剧，一直以来被作为戏剧文学和戏剧表演艺术得到广泛的研究，但从仪式的角度来探讨元杂剧在中国戏剧史上的开创性贡献，还几乎没有人加以关注。石广生的这项研究，主要是通过田野考察和传统的文本分析

---

① Shih, Kuang-sheng. Ritualistic Aspects of Yuan Tsa-chu. Ph. D. diss., University of California, Los Angeles, 1992.

相结合的方式,深入分析元代戏台、演出和元剧中蕴含的仪式因素。石广生提出,中国的巫教,作为一种原始的本土宗教,应视为中国文化和文学的最早孕育者、滋养者。中国戏剧也不例外,其最早源头来源于巫教,并在发展中长期受到巫教的滋养。原始巫教兴盛时期确立的周代宗教仪式,同时具有戏剧性因素和仪式因素,其宗教功能有两种:灵魂附体和驱邪逐疫。古代纯粹的宗教仪式经过长期演变,最终发展成为仪式戏剧,这对元杂剧的仪式性具有极其重要的影响。

　　石广生在留存有元代戏台的很多地方进行了实地考察,以深入了解元代戏剧演出的表演空间和戏台结构的发展变化。经过认真分析元杂剧戏台和创作,石广生将元代戏剧的搬演,分为娱神和娱人两种不同的功能和形式,分别决定了大多数元代戏曲创作和观赏中要考虑的戏剧性因素,以及戏台结构中的仪式因素。石广生通过考察元杂剧剧本,发现有很多很明显的仪式性成分。这使他相信,原属于中国巫教的很多仪式因素,已经为剧作家所吸收,作为戏剧性的手段进行主题创作、人物刻画、情节建构。石广生认为,由这三种层面上的仪式性因素的应用可知,在元杂剧的仪式戏剧中,仪式和娱乐两种功能成为元杂剧的一体两面。同时,其中的仪式因素,已经成为后世戏剧必须遵循的重要演剧传统。这项研究的意义在于,它触及了以前未为人所关注的元杂剧的仪式意义,并考察了其演剧形式的三个重要方面:戏台、演出和剧本。此外,这部论著阐释了仪式因素用作戏剧性手段的机制,将元代剧作家和观众创作、观赏戏剧的娱乐功能、仪式功能结合在一起。因此,如同其他文化中的戏剧一样,元杂剧成为人类生活的反映。

第七节 本章述评

(一) 关于仪式戏剧的概念

在中国民间戏剧活动中,有很多具备宗教功能的仪式性表演形式,它们"有别于成熟戏曲之南戏及明代四大声腔的剧目,也不同于清代以来的地方戏剧本,是一个似仪似戏、亦戏亦仪、仪中裹戏、戏中插仪、以戏代仪的戏剧与仪式的交叉形式"①。这些戏剧形式,在全国各地有很多种不同的称呼,如法事戏、神功戏、师公戏、端公戏、打城戏、赛戏、铙鼓杂戏、北斗戏、目连戏等。除此以外,在很多戏曲剧种中也有一些仪式性表演,如粤剧正戏之外的开台、扫台、破台神功戏。学者在展开研究的时候,对上述戏剧形式有着不同的称谓,如法事戏、宗教戏剧、祭祀戏剧、仪式戏剧、傩戏。概念之间的关系,不外乎以下5种,一是两概念的含义圈完全相同;一个概念的含义圈完全包括另一概念的含义圈在其内;一个含义圈包括两个或两个以上的含义圈,而这些包括在内的含义圈既不互相包含,又共同充满包括它们的大圈;两圈互相包含另一圈的一部分;两圈同位于第三圈中,但并不充满第三圈。② 上述5个概念,法事戏、祭祀戏剧包含于仪式戏剧之中,宗教戏剧与祭祀戏剧、仪式戏剧的含义有交叉,但不完全相同。傩戏与宗教戏剧有交叉,但也不完全重合。没有一个概念可以包含所有其他4个概念。

对同一概念内涵的理解也不尽相同,如叶明生和王兆乾对于

---

① 叶明生:《道教目连细致戏剧形态及其戏史价值——福建漳平道坛演出本〈地狱册〉考述》,载《中华戏曲》,第21辑,313页,太原:山西古籍出版社,1998。

② 叔本华:《作为意志和表象的世界》,石冲白译,79~80页,北京:商务印书馆,1997。

仪式戏剧就有不同的解释。叶先生把各地目连戏演出中附着于戏之前后的神功小戏剧目称为仪式戏剧。叶先生认为，由于傀儡目连戏的演出中，有许多鬼神的出没，剧中还有一些地狱可怖的描述，而盂兰盆会及戏中破狱，都会招来许多的"孤魂野鬼"，这对演出的戏班，或是看戏的观众来说，都有不同程度的忌讳，怕因此带来不祥。因此，傀儡班就会根据当地传统习俗形式及民间信仰或传说中的神祇人物，插演一些神功短剧，取以恶治恶，以正压邪式之含义为安慰。这种戏剧多以小戏形式出现于目连戏之前后，并具有法事仪式之意义，因此称之为"仪式戏剧"，如《武出魁》（又称《武首出末》，用于开场、净棚）、《张公打洞》（用于目连戏全部演完之后的扫台戏，又称压棚戏）、《观音扫殿》（由于压棚、扫台）、《恣意拜寿》（吉祥戏，又名《七子八婿》）。① 王兆乾先生则将整个傩戏作为仪式戏剧，认为也可以称为祭祀性戏剧。② 显然，王先生的概念比叶先生的概念含义要广泛。

更完整的概念是倪彩霞博士为仪式戏剧下的定义："仪式戏剧是指具有驱邪逐疫、祈福、超度亡灵等宗教功能的仪式性表演形式，有的已经发展成为一个地方剧种，如铙鼓杂戏、僮子戏等，有的仅仅是一个剧目，甚至故事性还不是很强，如铙头戏、破台戏、扫台戏。"③ 笔者赞同这个定义。需要强调的是，仪式戏剧不仅包括故事性不强的小戏仪式剧目，如跳加官、跳灵官、跳魁星、跳财神、八仙贺寿、跳钟馗、跳相公、武头出末、祭白虎、天妃送子、子仪拜寿、观音扫殿、张公打洞、六国封相、天官赐福、玉皇登殿、进宝状元、发五猖、索拿寒林、天将定台、

---

① 叶明生：《福建傀儡戏史论》，871~878页，北京：中国戏剧出版社，2004。
② 王兆乾：《仪式性戏剧与观赏性戏剧》，载《戏史辨》，第2辑，23~24页，北京：中国戏剧出版社，2001。
③ 倪彩霞：《道教仪式与戏剧表演形态研究》，205~206页，广州：广东高等教育出版社，2004。

关公扫台、进行收煞、唐明皇、京城会、富贵长春、百寿图、团圆（生旦送客）等，也包括故事复杂、长度可观的仪式剧目，如可用作法事组成部分的目连戏、李世民游地府、大请经（西游记）、秦桧夫妇地狱受刑等；无论在乡村戏剧、城市戏剧，还是堂会戏、宫廷戏中，无论是人演的戏，还是傀儡戏、影戏，都有一些仪式戏剧的剧目和表演。

王兆乾先生则提出了"仪式性戏剧"概念，"是一种以驱邪纳吉、禳灾祈福为功利目的的剧戏活动，名称各地有所不同"。王先生的"仪式性戏剧"和前述"仪式戏剧"在概念界定上没有本质差异。但笔者认为，"仪式性戏剧"与"仪式戏剧"本来应该有一些差异，前者含义更为广泛一些，它既包括仪式戏剧，也包括仅仅具备些微仪式意味的戏剧形式。在王先生看来，仪式性戏剧和观赏性戏剧是一对对立的概念，有着明显的差异，"两者的戏剧观念不同，功利目的不同，对象不同，演出环境、习俗也不同。这两种戏剧，既有联系，又有区别。若从文化史的角度考察，仪式性戏剧原本是戏剧的本源和主流，而倡优俳儒供人调笑，这是支流。盖因古人认为'国之大事在祀与戎'。但在戏剧史里，却将观赏性戏剧作为戏剧的主流，仪式性戏剧反而成为遗漏的篇章"①。关于仪式性戏剧和观赏性戏剧的相互关系，王兆乾先生勾画了一个比较详尽的图式，见图7-6。

（二）北宋《目连救母》杂剧的性质

从20世纪80年代开始，以《中国戏曲志》的编纂为契机，推动了各省一批专业戏剧工作者的系统调查，陆续在偏僻的山村发现了过去不被人知的、与民俗活动密切结合的仪式性演出形式。这一发现，受到学术界的重视。在王秋桂教授的策划下，得

---

① 王兆乾：《仪式性戏剧与观赏性戏剧》，载《戏史辨》，第2辑，24~26页、53页，北京：中国戏剧出版社，2001。

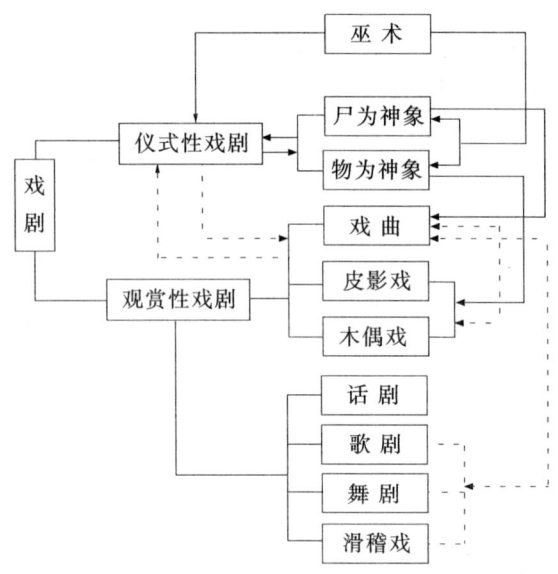

图7-6 仪式性戏剧与观赏性戏剧关系图

到中国艺术研究院、中国傩戏学研究会的配合，短短几年做了大量田野工作，出版了丰富的考察成果，保存了珍贵的历史资料。这是对中华民族传统文化研究的一大贡献。

根据上述仪式戏剧的概念，笔者认为，《大武》、《九歌》、《东海黄公》可能就是我国早期的仪式戏剧剧目。《东京梦华录》所载北宋汴梁中元节搬演7天的《目连救母》杂剧①，可能不是傀儡戏演出。因为，直到《武林旧事》中所录的"大小全棚傀儡"71个傀儡戏剧目，尚然没有目连戏剧目，其中的查查鬼、

---

① ［宋］孟元老：《东京梦华录》卷八"中元节"条，《东京梦华录》外四种，55页，北京：文化艺术出版社，1998。

耍和尚可能是仪式性短剧。① 而在元陶宗仪《南村辍耕录》院本名录中有《打青提》目连戏剧目。宋杂剧和金元院本在表演形式上本无区别，同为人戏。所以，笔者推测汴梁所演《目连救母》杂剧可能是一出由"勾肆乐人"表演的超度亡魂大型仪式戏剧，在故事的容量、仪式的复杂庄重、场面气氛的热烈上，均非傀儡戏所能比拟。之所以"观者倍增"，是因为可能有很多人交了钱，等待着目连为他们的先人进行超度。但也可能是人戏、傀儡戏同时演出，进行"双重超度"。由于仪式戏剧"戏中有仪、仪中裹戏"的表演特点，《目连救母》杂剧在表演形式上已经打破了宋杂剧只有艳段和正杂剧两部分的构成体制，而变成主要服从于仪式需要的、在情节上具有很大伸缩性的特殊剧目。不考虑仪式性特点，就难以解释《目连救母》杂剧何以连演7天。笔者认为，当时的《目连救母》杂剧并没有固定的演出时长，不一定在任何场所都演7天，或者在有些地方或年份只演三五天。根据叶明生对福建傀儡戏演出形式的考察，福建近现代的傀儡目连戏演出包括"无火目连戏"（演出1天）、"单火目连戏"（演出2天）、"七日夜傀儡目连戏"3种形式，根据戏金多寡，戏班可以有选择地演出目连戏出目。在七日夜傀儡目连戏演出里，还插演《三奘取经》（或称《西游记》）、《李世民游地府》二剧，这两剧共演3天，而《目连救母》演4天。每天上下午各演2小时，晚上演3~4小时。② 这说明，在整个演出期间，不只演《目连救母》，还可能插演其他剧目。事实上，根据康保成的分析，在北宋《目连救母》杂剧的7天演出中，除了搬演以"救母"为内容的"杂剧"外，还要举行以诵经、讲经为中心的佛教仪式活动，所谓连演7天的目连戏，其实不过是在盂兰

---

① ［宋］周密：《武林旧事》，40~41页，济南：山东友谊出版社，2001。
② 叶明生：《福建傀儡戏史论》，835~858页，北京：中国戏剧出版社，2004。

盆会期间佛教仪式和民间娱乐活动的总称。①

（三）龙彼得等学者对仪式戏剧研究的贡献

英语世界的中国仪式戏剧研究，起步比我国学者早20多年。英国的龙彼得教授早在20世纪五六十年代，就开始对福建民间法事戏进行研究。之后，他往来于中国内地和东南亚地区华侨社群进行考察，坚持了数十年。龙彼得教授和他的学生王秋桂先生，对推动我国仪式戏剧、民间戏剧研究工作的开展，在研究视野的开拓、田野考察方法的大量运用方面，是有功劳的。

龙彼得对法事戏的研究，非常细致和全面。在他的研究中，用了大量的田野材料讨论民间的祭奠演戏。对于佛教法事到戏曲的演变，国内学者叶明生、康保成等先生也进行过深入的研究，但龙彼得的研究较早。需要指出的是，在龙彼得所描述的法事戏演出中，有些情节可称为戏剧，但也有一些情节的呈现形态并不具有戏剧性，在戏剧性的程度上，龙彼得先生似乎对此一视同仁了。在《告蛟》、《金桥》、《打城》、《双挑》、《土地公送书》等法事仪式中，戏剧性较明显。但是《放赦》法事仪式，有扮演却无情节，以舞蹈为主，戏剧性较弱。对于法事戏的性质，康保成先生指出："这类从'仪中有戏'衍化而成的法事戏，宗教色彩浓厚，往往兼有仪式与戏剧的双重功能，甚至以仪式功能为主。"② 显然，法事戏是典型的仪式戏剧。

龙彼得在文章的最后说："数百年来，法事戏音乐保存了很多其他地方已失传的因素，在这些法事戏音乐最终消失之前，很值得进一步加以调查研究。在现代社会难以期待看到已成为艺术化石的古代戏剧，但是，即使多数传统法事戏很可能已不能确切反映中国戏剧的最初形态，有一个问题仍然值得我们思考，和

---

① 康保成：《中国古代戏剧形态与佛教》，246页，上海：东方出版中心，2004。
② 康保成：《中国古代戏剧形态与佛教》，322页，上海：东方出版中心，2004。

尚、道士举行的形态相似的法事戏表演是否体现了中国古时超度仪式的重要特点呢？虽然对这个问题进行历史性的探究十分必要，但目前更为急迫的事情是对现存的法事戏进行详细的实地田野调查，首先需要对某一特定地方的做仪式人员进行摸底，也包括相关的道坛、神祇、科仪本和仪式形式和内容。为了赢得道士的必不可少的支持，调查者需要有智慧和干练的专业技能。"这一观点，反映了他对抢救人类濒危口承文化的危机感。他主张先不要争论，时不我待，目前首要的工作是着手田野访查和做抢救挖掘和记录工作。他同时也对调查者在工作方法上提出了要求，对我们应该是有启发的。这不仅适用于法事戏研究，同样也适用于对所有仪式戏和各地濒危剧种及口承文化的研究。傀儡戏、皮影戏以及相当多的地方戏都面临严峻形势，对大多数学者们来说，当务之急不是讨论如何振兴以及其他空泛的议题，而是为保存、记录文化和历史做些实际工作，而要做到这一点，走出书斋、学点田野考察的方法是非常必要的。曲六乙先生说："戏曲史家除了文献，还应广泛地做些田野考察，从宗教祭礼、民族、民俗活动中以及新发掘的文物中寻找宝贵资料予以研究，将会对戏曲史的发展，作出新的贡献。"① 我们的忧虑，却不仅仅局限于对戏曲史研究的贡献，而是龙彼得所称的抢救日益消失的传统文化。挖掘、抢救工作涉及地区之广、戏剧类型之多，都超出想象，在人力、物力、时间、精力、财力上都绝非某几所高校、某几位专家学者所能单独完成的。全国各地都有这样的需要抢救的濒危戏剧和口承文化遗产，参与的人越多，希望就越大。

　　贺大卫的广西师公戏剧研究，笔者认为很好贯彻了抢救优先、搁置争议的思路。尽管他对师公戏的戏剧性还有一些怀疑，但他还是非常细致地记录了师公戏的演出过程。在文章的结论

---

① 曲六乙：《三块瓦集》，60页，北京：中国戏剧出版社，2001。

中，贺大卫提到的一个现象，很有研究的价值。贺大卫认为，中国学者常将戏剧分为娱神和娱人两类，前者逐渐向后者转化，这种观点并不能十分准确地概括师公戏的性质。一般来说，仪式剧（包括院本滑稽剧）显然是娱神的，但这种娱神特点在师公戏里并不明显。师公戏里的扮演只是一种单纯的迎神降临的机械性形式，根据所做的田野调查，师公戏中的扮演和舞蹈动作同中国西北和其他中国文化区域的模仿神灵的动作舞蹈一样，都是取其有精神复原治疗的作用。换句话说，师公戏的表演，目的不是娱乐，既非娱人，也非娱神，而是为了实用的目的：招魂或者治病救人。其中，做法事的因素是主要的，演戏还在其次。贺大卫观察到的这种现象，在叶明生、王兆乾等先生的论著中也提到了，但没有明确娱神、娱人的性质，所以这一发现很有启发意义，拓宽了我们的认识。由此，我们是否可以这样理解：戏剧的功能特点大概不是以前我们认为的两种——娱神或者娱人，而是包含有4种——娱人（观赏性戏剧）、娱神（仪式戏剧）、既娱人又娱神（仪式戏剧）、既不娱神又不娱人（仪式戏剧）。可见，仪式戏剧并非只具有一种风格，比通常认为的"娱神"要复杂得多。同样的，华德英所谓的仪式戏剧娱神说，也是不全面的。

贺大卫还提到师公戏的观众问题，他已感觉到这一问题的复杂性，但没有透彻理解仪式戏剧观众的特殊性。此问题在龙彼得的法事戏研究、艾伦·卡根的傀儡戏神功戏研究和华德英的仪式戏剧研究中，也显得比较模糊。贺大卫在文章中说："至于观众，表面上看来，根据村民百姓的反映，儿童观看师公戏戴着面具表演得到的感觉通常只是恐惧和乏味。对于成年人，表演动作过于重复和简单，不太适合现代审美，因为即使在落后偏僻的村落里，人们也已深深受到电视的影响。现实中令人遗憾的情况是，多数仪式剧的表演不再能够吸引观众，只有研究者仍然对它们感兴趣。"显然，他认为师公戏由于落后于现代的审美习惯，因而吸引不到观众,从而变得日益衰败。这种说法,有一定道理,但笔者认为,这可能不是根本原因。

前面概括了仪式戏剧的3种表演风格,在这3种风格中,既娱人又娱神的仪式戏剧,比较而言,观众会多一些。其他两种风格,则不会有太多观众,原因是专门娱神的仪式戏剧通常在特殊的时段演出,如华德英提到的天光戏;专门用于超度亡魂和治病的仪式戏剧,通常是家中有亡灵要超度或者有病人要诊治的主顾才参与,用于驱邪、扫台、破台的神功戏(送子、贺寿神功戏除外),通常在观众进场之前举行。这两类仪式戏剧,因为涉及亡魂、驱邪,比较危险、可怖,所以没有观众。一方面,这两类仪式戏剧的演出不需要观众喝彩,有时甚至拒绝观众;另一方面,观众有不同的忌讳,避之犹恐不及,根本不会去观看,以免被冲煞。必须留在现场的工作人员或主持祭煞的人,也需以符箓护身。当然,这并不是绝对的,随着现代科学知识的普及,很多人感到这两类仪式剧不像以前那样神秘、恐怖了,敢看这类戏了。还有一些有文化怀旧情绪和热爱传统艺术的人,他们跟高校和文化部门的研究者一样,喜欢观看这类仪式剧,尽管这样的戏迷是很少的。艾春柏所描述的台湾布袋戏戏迷,就属于这种心态。既然法事戏、师公戏属于既不娱神也不娱人的招魂仪式戏剧,我们也就可以理解没有观众的原因了。王兆乾先生说:"傩戏常演出至夜阑更深,仪式大都做完,所剩送神仪式,只需少数人执事。这时,一些参与者便相继回家,台下的人已不多,但演出仍然十分认真,并不因人少而影响演出。"[①] 叶明生先生说:"傀儡目连戏几乎无观众……莆仙傀儡目连戏的宗教功能十分明确,既不考虑观众的存在,也不为娱神存想,因此,它的演出目

---

① 王兆乾:《仪式性戏剧与观赏性戏剧》,载《戏史辨》,第2辑,2001:24。

的纯粹在于超亡拨度是非常明确的。"① 由这两条引文出发,我想北宋末年的《目连救母》杂剧演出,所谓"观者倍增",是否可以这样理解:这些观者可能并非闲情雅致的欣赏者,而是超亡之家。

艾伦·卡根的傀儡开台戏研究,对粤剧神功戏及一些北方剧种的开台戏都进行了详细的描述和分析,是第一篇傀儡仪式剧研究方面的博士论文,很有学术价值。他把神功戏分为两类:固定的和可选的。从而使人对神功戏的演出剧目和程序有比较清晰的概念,可能相当于我们高校教学中的必修课和选修课。但艾伦·卡根主要按照演出次序对这些神功戏进行了梳理,笔者觉得还不够。如果能从功能上再理出一条线索,就更为妥当了。例如,可进一步区分祭煞戏、祈福戏、吉祥戏、扮仙戏、开场戏、例戏等剧目。艾伦·卡根对粤剧神功戏的演出次序进行了概括,在论述北方戏剧开台戏时,只比较了与广东神功戏剧目和内容的差异,未涉及其他地方开台戏演出次序问题。那么,粤剧神功戏的演出内容和次序是否具有普遍性呢,答案是否定的。其实,各地这类仪式短剧的演出剧目和次序并不完全相同,有的是三出套(又称打三出,但这三出剧目的内容、次序,每个剧种习惯不同,也不限三出),有的是四出连,即使在广东也有差异。例如,根据邱坤良先生的研究,粤剧是第一晚开演先有跳财神、祭白虎,再演六国封相;第一日开演先演八仙贺寿、天姬送子、玉皇登殿、进宝状元。广东潮州戏的习惯是四出连——即八仙庆寿、仙姬送子、唐明皇、京城会,有时再加上《加官》。②

艾伦·卡根对于"加官"的类型和身份的理解,还不是很全面。根据戏曲志,各地有不同的"加官",福建梨园戏和潮剧

---

① 叶明生:《福建傀儡戏史论》,833~834页,北京:中国戏剧出版社,2004。
② 邱坤良:《台湾剧场与文化变迁》,54~55页,台北:台原出版社,1997。

里的加官是土地爷狄仁杰。川剧的文加官是冯道,武加官是郭子仪,女加官是杨贵妃。昆曲的加官身份也不明,或说是孙叔敖、魏征,或说是天官。还有的地方福禄寿三星、文财神都是加官。分别参见《中国戏曲志》福建卷、四川卷、江苏卷、甘肃卷。齐如山认为,加官并没有假扮某人。加官虽然没有假扮某人,神仙的身份却是一定的。① 又如对傀儡戏《祭白虎》的表演形态,艾伦·卡根的描述玄坛是拖着虎下场的。华德英对粤剧《祭白虎》的描述与此场景有所不同。在粤剧《祭白虎》里,黑面菩萨制服了白虎,骑到面伏向地的虎身上,再用由道具工友立时递上的铁链捆过虎口,骑虎朝台左边后退,而不是拖着白虎下场。② 梁俨然先生在《粤剧漫谈》中曾有一段关于《祭白虎》演出的简要描述,其中又有稍微差异,玄坛以生猪肉喂白虎然后用锁链锁虎项跨上虎背,倒骑入场。③ 之所以倒行后退,据说这样做是为保护后台演员,防止染上煞气。华德英认为,在粤剧《祭白虎》表演中,演员戴上面具,就会进入神灵附体状态,此说法不确。陈守仁认为,附体说值得商榷。陈守仁根据访问多位曾参与《祭白虎》的演员所知,演员在整个演出里均没有被灵魂附身。④ 关于《祭白虎》的形态还可参考倪彩霞《从角抵戏〈东海黄公〉到粤剧〈祭白虎〉》⑤、陈守仁《粤剧〈祭白虎〉:

---

① 倪彩霞:《"跳加官"形态研究》,载《戏史辨》,第2辑,2001:304~305。
② Ward, Barbara E. Not Merely Players: Drama, Art and Ritual in Traditional China, 陈守仁译,载陈守仁:《实地考查与戏曲研究》,128~132页,香港:香港中文大学音乐系粤剧研究计划出版,1997。
③ 梁俨然:《粤剧漫谈》,81页,广州:广州市越秀区文联,1990。
④ 陈守仁:《实地考查与戏曲研究》,148页,香港:香港中文大学音乐系粤剧研究计划出版,1997。
⑤ 倪彩霞:《道教仪式与戏剧表演形态研究》,277~298页,广州:广东高等教育出版社,2004。

仪式的微观研究》①、陈守仁《都市里的傩文化——香港粤剧"祭白虎"》、陈守仁《仪式、信仰、演剧：神功粤剧在香港》，对《祭白虎》的溯源、传播、演出形态、从业人员及禁忌等作了更为准确、详尽的考察。

李亦园的仪式戏剧研究，对于仪式中的超然状态进行深入的分析，并对目连戏中刘氏受严厉惩罚的真正原因提出了自己的看法，观点较新颖。他对禹步的分析也值得注意。以往宗教层面的禹步研究仅关注禹步的通神功能，未及其健身功能。关于禹步，《吕氏春秋·尸子》、汉扬雄《法言·重黎》、晋葛洪《抱朴子内篇·仙药》、道藏《上清灵宝济度大成金书》等书有载，倪彩霞博士认为京剧、粤剧的蹉步来源于禹步。粤剧的七星步，与道士、巫师的步法有关，其远源为禹步。但按《抱朴子内篇》所言，巫师之禹步"三步九迹"应该大体在一条直线上，并无斗折之形。道教吸收禹步后，把禹步致灵的观念与北斗崇拜结合起来，形成了"步斗"之法，广泛应用于仪式活动，成为道教仪式的基本步法。因此舞台上的这些步法并非直接出自巫步，而是从道教的"步斗"而来。② 我认为这种观点未必确当，巫师所走之禹步未必如所述般单一。虽然一只脚不能置于另一只脚前面，却并不限制转变方向（尽管与道教的"斗折"无关），所以，"三步九迹"，并不必然是直线。

华德英建构的神庙戏台方位图，是从酬神、娱人的角度来勾画的，多数地方的情况确是如此。但仪式戏剧有很多不同的功

---

① 陈守仁：《实地考查与戏曲研究》，249~270页，香港：香港中文大学音乐系粤剧研究计划出版，1997；《都市里的傩文化——香港粤剧"祭白虎"》，载《民俗曲艺》，1993 (82)：242~260；《仪式、信仰、演剧：神功粤剧在香港》，香港：香港中文大学音乐系粤剧研究计划出版，1996。

② 倪彩霞：《道教仪式与戏剧表演形态研究》，101页、115页，广州：广东高等教育出版社，2004。

能，娱神之外，还有超度驱邪功能，加以各地风俗不同，这种情况下，戏台方位可能会出现不同的考虑，并非都是朝北面向神庙。所以神庙戏台的方位，也远比华德英所描绘的复杂。根据叶明生先生对莆仙傀儡目连戏的考察，一般而言，个体家庭中的悼亡"拜忏"，或为新亡不久的"超度"仪式，傀儡目连戏棚面朝东西南三面皆可，唯独不可朝北向，据说戏棚朝北，正遇北帝黑煞神之镇压，则亡魂永不得超升。按傀儡师说，戏棚朝西方向最好，此为民间通常所熟知的"目连救母上西天"的缘故。寺庙傀儡目连戏棚之设置，除了不朝北外，还有不朝神殿的现象。它们或在庙门外左向、右向，或与神庙右向隔壁，其朝向与庙相同。①

  石广生对于仪式性戏剧和演出的考察，虽然观点并无什么特新之处，但观察的角度值得我们关注。元杂剧和元代戏台的仪式性因素，在元杂剧研究领域，确实很少有人关注。对于元杂剧研究，有关作家作品的论著数不胜数，从演剧和仪式角度进行研究的成果，还极为少见。对于元代戏台的研究，也有了很多论著加以考察研究，但结合戏台和剧本剧作结合起来进行参照研究的还没有。石广生的这篇写于20世纪90年代初的博士论文，堪称走在了前面。有些问题，若不跳出传统戏剧文学的研究视野，很难得到满意的解答。如果打通戏曲文学和人类学、民俗学两个领域，跳出原来相对狭小的视角，可能会产生一些新见。因此，从这个角度看，石广生的研究对我们是很有启发的。近年来，刘晓明先生对元杂剧《窦娥冤》的搬演从民间求雨习俗角度进行的创造性解读，就是戏剧与民俗研究相结合的成功尝试。

---

① 叶明生：《福建傀儡戏史论》，832~835页，北京：中国戏剧出版社，2004。

第八章 傀儡戏、影戏研究

第一节 英语世界中的中国傀儡戏研究

（一）艾春柏的台湾傀儡戏研究

艾春柏（音）的博士论文《台湾布袋戏：对于意义的追寻》是第一篇专门研究台湾傀儡戏的博士论文。[①] 该论文共有 6 章。第一章，艾春柏介绍了论文写作的理论基础和写作思路。第二章，回顾了中国傀儡戏的历史发展和各地方流派的特点，并提出自己的一些观点。第三章，探讨了台湾布袋戏的历史与现实。第四章，探讨了台湾布袋戏在台湾社会历史语境中的变迁，将台湾布袋戏的发展分为 4 个阶段：第一阶段 1800—1945 年；第二阶段 1945—1970 年；第三阶段 1970—1989 年；第四阶段 1990 年至今。第五章，考察了台湾布袋戏的各种因素，分别探讨了舞台及舞台设备——偶人、化装穿戴、行当及组合——戏班中的一般艺人——观众——演师——剧本。第六章，探讨了台湾布袋戏在当前社会的经营运作情况，包括台湾布袋戏的演出市场、在民间宗教中的作用、布袋戏在台湾民间宗教中的前景。其中论文的第五章，准确反映了台湾布袋戏的形制和表演特点，本书将重点加

[①] Haieh, Chun-pai. The Taiwanese Hand-puppet Theatre: A Search of Its Meaning, Ph. D. diss., Brown University, 1991: 1~340.

以介绍。

艾春柏在第五章首先介绍了布袋戏的舞台类型，认为这几种戏台各有其特点，各有利弊，如改良型木偶戏棚虽然更具有视觉冲击力，但也易分散注意力，反而减弱了观众对木偶操作本身的关注。①

艾春柏指出，影戏艺人通常自己雕刻制作影偶，而傀儡戏如提线木偶和布袋戏的木偶，通常要请专业的木偶雕刻师来制作，而雕刻师传统上也同时制作宗教神像，与宗教联系紧密。

最早的偶人面部并不是对人类容貌施以现实主义手法的简单复制，而是对传统戏曲中演员程式化脸谱的模仿。艾春柏指出，由于人戏中演员可以面部肌肉的运动配合脸谱做出比较更具有表现力的表情，偶人的面部却与木刻面具一样，具有局限性，必须比戏曲演员的戏曲脸谱表现出更加夸张和更加多变的特点来。所以，为了适应不同的演出场景，傀儡戏产生了一套比中国传统人戏更加精巧复杂的面部设计形象。

傀儡戏中角色行当之所以重要，除了遵从传统的因素之外，对于傀儡戏行业来说，最主要的价值是角色行当能帮助记忆。除增强记忆的实际功能外，角色行当在傀儡戏行业内部还具有特殊的意味，是一个只有演师才熟悉的分类系统。在学艺授徒时，学徒只能依靠自己的观察和参与辅助表演，演师很少口传心授这些

---

① 艾春柏所说的口袋式戏台是流浪艺人普遍采用的"肩担戏"表演方式。彩楼戏台宽约 45 尺，高约 4 尺，木质精工细腻雕镂涂金箔，俨若一座金碧辉煌的庙宇神龛或宫殿般的缩影。分为顶棚、底座和龙柱三个部分。顶棚包括凌霄簷和簷前的垂花筒。四角棚又称"水流内"布袋戏台，现极少见，也称为"牛车棚"。改良戏台不似传统的彩楼金碧辉煌，而是小型或大型的彩绘戏台，尤其是布袋戏在戏院内演出，为适应戏院宽大的舞台，放弃传统彩楼，加宽台面、增加布景、灯光、景片的变化，同时配合戏偶尺寸的增大，及配以节奏快速的武打剧，因而成了金光戏的产出基础。参陈木杉：《云林县布袋戏发展史及布袋戏宗师黄海岱传奇》，195~196页，台北：台湾学生书局，2000。

知识和技能，在学艺的最后阶段，演师将舞台演出本交与学徒演出，上面只有一些角色人物和相应的行当归属。显然，角色行当被视为该行业领域最重要的职业学问，是绝对不能在傀儡戏艺术传承中丢失的关键知识。演师依据舞台演出本进行排演，就如徒步旅行者拥有了画有旅行线路标识的图谱一样，上面只具有轮廓，只有从业者才能解析其符号标识所蕴含的全部信息。熟知角色行当，即掌握了该艺术的秘密，露出破绽，即会受到同行艺人的蔑视。

关于木偶的化装服饰和行当类型，艾春柏指出，在精美的木偶化装服饰刺绣中，需要注意的是这些服饰和刺绣同时也是一种揭示角色行当特点的艺术语言，如文官、武官和大将的服饰自然有别，太子或丞相、大将或副将、皇宫护卫或边关哨兵的服饰也不能相同。甚至根据头部配饰的细小差异，也可以比较容易地区分一个戏剧人物是礼部官员还是刑部大吏，是状元还是榜眼，是花花公子还是学富五车的秀才等。

布袋戏虽然没有提线木偶戏演出具有的神秘气氛，但毫无疑问，木偶也并非单纯的戏偶。① 艾春柏认为，木偶的神性首先体现在语言学的意义上。提到木偶在演出中的使用，演师很少使用"操弄"、"耍"或"玩"，这些词具有居高临下的语气，把人当成了主人，相反，艺人通常都说"请偶"，可以翻译为英语"to invite the puppet to come"或者"to solicit the help of the puppet"（值得注意的是，"请"字也常常用于祈求神助的语境中，称为

---

① 除了艾春柏论文中探讨的布袋戏，台湾也有提线木偶，但比较少见，平时也很少作娱乐性的演出，大多只是在寺庙、新居落成，或有人枉死、溺毙等时，才请戏班演出，所以演提线木偶戏的场合，在台湾都用在敬神除煞方面，比较神秘，在仪式功效上胜过布袋戏和人戏。因为人们认为演提线木偶戏能酬神镇煞，消灾赐福。因而，它在敬神信仰上，比娱乐性的成分为高。参见丁言昭：《中国木偶史》，76~77页，上海：学林出版社，1991。

"请神明")。艺人使用此套语时可能并未意识到什么特殊含义，但演师李传灿（音）在分析此措辞的弦外之音时指出，木偶是具有灵魂的，应该受到人们的尊敬看待："佛像木刻，偶人亦木刻，一如佛像，偶人亦为某种隐形存在之居所。傀儡戏艺人以之为生，故言语之间，不可不敬。其非玩偶，恭请表演。"这些隐性存在，多数艺人对此不甚了了。演师李天禄认为，这些隐性存在介于人神之间，其所享受的既定地位高于凡人而低于真神，一般在戏院闹鬼时要邀请掌中班，将所有偶人展示在戏台上，然后演出木偶仪式剧《扮八仙》，戏院的煞气便清除了。虽然其仪式功效难比提线木偶钟馗，人们普遍相信，木偶演的八仙戏却要比人演的同类仪式剧要更为灵验。①

艾春柏指出，一般偶人的地位要比天上的真神低，但也有一例外，此即傀儡戏班所奉之行业保护神——田都元帅，白面无须，属于童生行当。② 一般演出中，此神偶亦可用于戏剧角色，与其他偶人无别，但在传统上，此神偶所承受的待遇更为优越。如新年时，傀儡戏班例行演出仪式剧《扫台》，戏班艺人燃烧纸钱供奉偶人，尽管这些纸钱是供奉所有偶人的，但纸钱名义上的接受者毫无例外地都是田都元帅。演师李天禄是这样解释的：

---

① 译注：傀儡戏本为"丧家乐"，后来虽主要用于"宾婚嘉会"及娱乐性的演出，但仍保留着丧家之乐的遗迹。明清时期傀儡戏又名串客。闽南习俗，依例七八月普度，必演提线戏。时至今日，台湾北部的宜兰地区，仍用表演提线木偶呼魂。凡非正常死亡，皆在灾祸现场举行祭煞仪式。先由傀儡戏师呼魂，家属及民众在旁祭拜焚烧纸钱，再由道士普度孤魂野鬼。可见，木偶表演与丧葬、普度、祭煞有密切关系。参陈木杉：《云林县布袋戏发展史及布袋戏宗师黄海岱传奇》，5 页，台北：台湾学生书局，2000。

② 艾春柏关于台湾布袋戏戏神的说法不准确。台湾布袋戏有南管、北管两路。北管布袋戏供奉西秦王爷为戏神，南管供田都元帅。由南管布袋戏改唱北管的戏班，有的改为供奉西秦王爷为戏神，有一些是田都元帅和西秦王爷共祀。参陈木杉：《云林县布袋戏发展史及布袋戏宗师黄海岱传奇》，33 页，台北：台湾学生书局，2000。

"田都元帅掌管后台，最清楚每位偶人应分的新年礼金份额，索性交由他分配好了。"艾春柏发现，田都元帅的不寻常地位，还可以由偶人的传统装箱方式上得以证明，在保存高级别的偶人戏箱中，作为要求，田都元帅处于最上层，其他享有加入此尊贵的"一箱"待遇的偶人行当包括生、旦、老生、老旦、丑，还有一些特定角色，如关公、包公、项羽等。佛教、道教及其他神秘宗教中的诸神角色木偶，相对于布袋戏剧性角色行当，处于次要地位，这类偶人放在"二箱"。最后，花面和所谓杂角偶人则被堆放于最卑微简陋的"三箱"。

虽然这种依行当角色分类的方法，具有实际的好处，方便戏班装箱和使用，但艺人在整理归类偶人时的顾忌和认真，显示出有仪式性内容在里面。偶人的不同等级，这种观念可能承袭自木偶戏的其他传统，如妇女通常不允许到布袋戏的后台访观，其本意为不允许正来月经的妇女坐到放置田都元帅的戏箱上。

上述诸现象显示，在戏剧世界中依行当角色形成了一个等级世界，偶人本身也根据其行当角色形成了一个有等级差异的世界。偶人的既定地位并不一定与其在戏剧世界中所享有的地位相一致。如丑角，在戏剧世界中的地位通常比较低下，但在偶人世界中，却属于最高级的一类。不同偶人处于不同等级的传统系统，其背后究竟是什么主导逻辑，最有经验的演师也没能作出完满的解释。这种不可解释性，更加使人相信，木偶本身即是一个神秘的世界。

改良型木偶，可能有从日本引进因素的影响，但主要是 20 世纪 50 年代商业戏剧的激烈竞争所致，这种竞争刺激了观众对视觉冲击的追求，促使传统傀儡戏在设计上进行变革。如传统的木偶不超过 24 厘米到 30 厘米，改良型木偶增加到 36 厘米、40 厘米、50 厘米，甚至 100 厘米。木偶超过 40 厘米，五指就难以掌控，所以传统布袋戏很多灵活精细的动作在改良型木偶戏中就做不出来了。这正是改良型布袋戏常被批评艺术退化的主要症结所在。①

艾春柏指出，传统木偶戏是一门以演师讲述故事为核心的艺术，其听戏的重要性要超过视觉效果的重要性，所以，有时一场傀儡戏演出只有六七个偶人，甚至更少，也是正常现象。因此，即使因为木偶小，在远处看不见，观众听戏的热情也不会受到影响。但改良型木偶更重视演出的视觉效果，不仅舞台布置追求出奇制胜，偶人阵容的强大豪华也成为看景，一场3小时的演出，根据钟任壁的讲述，通常要运用的偶人有40个到60个之多。随着改良型木偶成为主流话语，对于排场和特异效果的强调，突然使偶人的市场需要大增，很多粗制滥造的偶人应运而生。然而，改良型木偶的最主要特点是不再遵守传统木偶的行当体制，尤其是金光戏，以戏剧故事的热闹新奇为主要追求，不以创造真实的历史语境为依归，于是根据具体真实的语境进行人物细节刻画的传统逐渐消解了（尽管也可以组成新的语境，但其稳定性、可靠性与真实的历史传说在分量上不可同日而语）。传统布袋戏所持有的偶人本身存在等级差异的传统信念，也失去了基础，所有的演师都可以自行设计违反常规象征模式的偶人，由于将取得新奇效果作为最主要考虑，从而使改良型木偶的设计变得无奇不有。

关于掌中班的乐师、下手演师等布袋戏附属人员的组成，艾春柏指出，传统傀儡戏班一般分为前场人员和后场人员，前场人

---

① 艾春柏所言确有道理。关于改良木偶的弊病，丁言昭曾有类似论述，认为由于木偶与手掌比例失调，使得表演者掌上功夫很难发挥，每个布袋戏人物只能在舞台上摇摇晃晃，细腻动作无法表现。所以台湾老一辈布袋戏艺术家认为，这种布袋戏一旦脱离电视便会失败。参丁言昭：《中国木偶史》，83页，上海：学林出版社，1991。

员主要有头手演师和二手演师,后场人员主要包括乐师,如果是改良型,则还包括调控录音机的人员,他们通常坐在后台或者演师旁边。传统的布袋戏观众中间流传着一句俗语:"三分看,七分听。"艾春柏认为,这句俗语并不是说布袋戏的本质属性是一种音乐艺术,而是意味着传统布袋戏致力于创造一种理想的戏剧节奏,将表演的视听因素有机地结合在一起,形成一个审美意义上的令人愉悦的整体。由于音乐具有的强大的合成能力,音乐成为达此目标的关键因素。为台湾布袋戏伴奏的音乐已经历了数度变化,最早期的布袋戏使用南管音乐体系,但在20世纪的头10年,由于南管音乐乐师的缺乏,很多戏班不得不雇佣擅长其时台湾流行的北管音乐的乐师。北管音乐更加活泼欢快,尤其适合为当时已逐渐成为演出主流的激烈战争场面进行伴奏,尽管从20世纪30年代以来,京剧音乐也产生某些影响,北管音乐仍然在布袋戏音乐中占据主体地位。艾春柏指出,台湾传统掌中班的乐队一般包括4人,包括司鼓(打鼓佬),负责3种打击乐器,有小鼓、扁鼓和梆子,以小鼓指挥整个乐队的节奏,以特定的节奏模式奠定整个音乐伴奏的节奏快慢和情绪基调,司鼓与首席演师之间的配合对于整个演出效果至关重要。首席弦管乐师(头手弦子),地位仅次于司鼓,负责桶鼓、胡琴、月琴、笛子和唢呐,决定伴奏的音乐旋律,还通常负责演唱。(北管音乐布袋戏表演并不插入很多演唱,一般来说,3小时的表演中,只有两个唱段,每段不超过5分钟。)次席弦管乐师,负责小锣和使用上述4种弦乐器配合头手乐师演奏。小锣刻画丑角的腔调和有节奏性的动作,用以强化幽默效果。有时,二手乐师也可以演唱。乐队中另一个重要的乐师是锣钹手,很大程度上决定着演出气氛是否热烈有力。除负责锣和钹之外,在其他乐师无暇兼顾时,他也演奏二胡和小锣。由于锣声洪亮有力,出错便难以掩盖,所以在木偶行业内有句俗语说:"锣艺不是装的。"①

艾春柏还探讨了台湾传统布袋戏的乐器和音乐伴奏。他指出,乐师并不预排,如果对要演的戏不熟悉,演奏中他们常常如同观众一样,也不知道剧情将如何发展,但是,看似漫不经心的优秀司鼓,却能根据自己神秘的推导能力和故事讲述知识努力预测戏剧动作并敲击出合适的音乐节奏,从而引导整个演奏。尽管演师会不时暗示乐师需要的节奏及音乐旋律模式,乐师们主要还是通过观察木偶、倾听角色对话进行演奏,同演师一同进行着自己的创作。艾春柏指出,乐师在这种创作方式之外,还搜集了一些模式化的音乐旋律,有些旋律专用于角色出场,如【大胖姐】表示皇帝出场,【方将】用于皇后出场,【双呈珠】代表宦官上场,【二方】则与强盗的出现相联系,【番卒马】则用于番人上场。有些旋律用于强调特定戏剧场景,如【园林好】用于夫妻团圆,【水仙子】用于行军,【江儿水】预示危险来临,【雁儿落】刻画英雄感叹命运作弄,常用的【风入松】则用于行旅、追赶和逃命。艾春柏指出,尽管这些模式化的音乐旋律为乐师提供了传统的音乐材料,但其在演出中的实际应用并非一个机械的过程,由于演出主要依靠演师的创作发挥,乐师必须根据木偶表演的时间和节奏进行灵活调度。有很多行业玩笑揭示有些乐师故意不与演师的节奏相配合,结果是非常糟糕的,即使最杰出的演师也只能承认失败,音乐节奏直接关系到木偶的动作,使之完成

---

① 艾春柏描述的台湾布袋戏的后场,与福建掌中木偶戏的后场比较相近,但也有不同,可相互参照。福建晋江南派掌中木偶戏班的旧时乐队,原为三人,一为司鼓,二为暖仔,三为下手(管钲锣、锣仔、拍板)。起初没有弦乐。增加弦乐以后,乐队变为四人制。其分工是:(1)鼓师兼弹三弦及帮腔唱"啰哩哇"。(2)正吹:吹奏高音唢呐及中吹,还要拉二弦。(3)副吹:吹奏大唢呐、洞箫、笛子,还兼打锣鼓。(4)下手打锣仔拍、大钹及双音、响盏。参沈继生《晋江南派掌中木偶谭概》,59~61页,泉州:海峡文艺出版社,1998。

和准确。为了使音乐与演师的表演丝丝相扣，不落痕迹，根据演师李天禄的说法，不仅需要乐队的演奏经验，在很大程度上也受制于司鼓是否有足够的协调能力。熟练乐师的缺乏，是目前台湾传统木偶戏面临的最大难题。

关于改良型布袋戏的音乐伴奏，艾春柏指出，在布袋戏最繁荣的20世纪50年代，一些戏班班主就已经意识到组建和维持一支有竞争力的乐队的困难。在台南，一些演师忧虑乐师流动性过强，便开始使用录音伴奏。由于戏目数量的无限增加，留声机和录音机的唱片磁带就成为伴奏的可选素材，所以常常可以看到，为一场木偶戏伴奏的音乐成为不相协调的大杂烩，既有中国传统音乐，也有电视肥皂剧音乐；有贝多芬交响曲，也有日本流行音乐；有台湾民歌小调，也有时下流行的迈克儿·杰克逊和麦当娜的歌曲。尽管这种混杂音乐中的外国音乐与木偶戏各时期服装不相协调，但演师钟任壁指出，在改良型木偶的繁盛时期，这种音乐混杂对观众根本没什么影响。录音伴奏的另一缺点，是剥夺了演师自由创作和表演的自由，以前是乐师根据观察演师的表演进行伴奏，现在颠倒过来，演师需要全神贯注地仔细听录音并配合录音的节奏。个别演师尝试按照老办法表演，让录音的调度跟上自己的表演，但机器毕竟在主动性和灵活性上比不上乐师，其结果常常并不能令人满意。

艾春柏指出，除了负责音乐伴奏的乐队或个人外，掌中班通常至少有一名助手，称为"二手"。有些助手是独立的专业演师，有些是学徒。前者可作为戏班的正常雇佣者领取薪酬，而学徒通常是无报酬的，只有头手同意给一些时才能领到一些。在演出中，助手可以操作，但不参与角色对话。由于在傀儡戏各种技巧中，语言艺术被认为是最难掌握的，所以，在负责语言部分的头手和默默操作的二手之间，其名声威望存在着重大差异。有些演师，一直不能突破表演中语言艺术的心理障碍，即使在木偶操作上达到精熟地步，也只能在旁边作为助手屈居头手之下，在职业生涯中永远默默无闻，成为布袋戏行业中注定的悲剧性人物。

艾春柏还考查了掌中班演出收入的内部分配，此处不赘述。

艾春柏详细探讨了台湾布袋戏的观众。首先是木偶戏最繁盛时期的戏迷观众。艾春柏的研究发现，在布袋戏为台湾最主要的娱乐形式时期，其观众特点可归纳为两点，其一，痴迷的观众多来自工人阶层；其二，几乎所有的戏迷基本为男性。尽管福建傀儡戏在文人雅士中也流行，但傀儡戏流传移植到台湾以后，其最热心的观众主要是劳动工人阶层。当然，有文化教养的傀儡戏艺人不乏有文化的观众，但在傀儡戏繁盛期的大多数时间内，戏迷的主体部分是由农民、工人和底层社会的人们组成的。这类观众的特点是喜欢观看直率、活泼、动作节奏快的故事，传统的武侠小说是其最爱，他们一般不会阅读，所以木偶戏很吸引他们，成为大众儒家文学的口头传承形式。劳动阶层的喜恶为台湾布袋戏的发展打上了鲜明的烙印。标志之一是台湾布袋戏戏目中武戏的比例大大超过文戏的比重，由于这些武戏多描写报仇、为荣誉而战，宣扬忠孝节义，据说，布袋戏尤其受到黑社会的欢迎，有些演师为了投这类观众所好，在演出对话中有意增加一些江湖黑话。男性观众占有特别高的比例主要与戏目的阳刚杀伐特征有关，早期的戏目多强调政治纷争、军事谋略、朝代兴亡，涉及的事通常被认为是"男人们关心的事"。而金光戏虽然格调略轻松一些，但充满凶杀场景，同样被认为只有男人才会欣赏。在这种情况下，布袋戏的演出变成了男人的社会聚会，期间偶尔有女性观看，也会感到格格不入，这使男性观众的高比例倾向不断得以强化。正由于传统布袋戏主要是愉悦男性观众的，其戏目也因此以男性角色为核心，美化了这个世界的女性角色，毫无例外地，在木偶戏世界里或者被简单地刻画成高尚、软弱的天使形象，或者是可怕、强壮而邪恶的恶魔形象。如果说戏剧人物刻画缺乏心理深度是中国很多传统艺术的共同难题,在木偶艺术中对女性角色的刻画,缺乏心理深度的缺点就更加突出。在中国传统中,女性主动追求男性相对来说并不多见,但在台湾木偶戏中这样的情节大量存在,而且,木偶戏中还有很多诱拐、强奸美丽女子的场景,这些因素肯定是为满足有大男子主义倾向的男性观众的欣赏习惯而设计的。这类场景在台湾木偶戏中的大量存在,与以男性为主体观众的组成形式有着必然的联系。

关于当今布袋戏的观众,艾春柏不无忧虑地指出,尽管很多人宣称对布袋戏感兴趣,但很少人愿意去观看木偶戏演出。目前布袋戏的拥护者可归纳为两类:其一,对古老的生活方式很留恋,以坚持观看木偶戏为最舒适的娱乐形式;其二,对台湾不加区别的全面西化感到忧虑,将布袋戏作为保护本土文化的象征。第一类观众主要由退休老人组成,他们观看布袋戏是退休后消遣时间的方式。第二类观众多数是大学和研究机构人员,并不经常观看庙宇祠堂中表演的木偶戏,他们更为热心于讲座、研讨会或者业余木偶社团。艾春柏采访中发现这些高级观众有一个共同特点,他们基本上是台湾本土人,保留有在幼年时期于乡村观看布袋戏的美好记忆,尽管接受了西方式的教育,但很多人有怀旧倾向,对同龄人热衷西方时尚感到不以为然。他们不赞同学习英语,在访问中即使用国语提问,很多人也坚持用台语(闽南话)回答。由于这些人对于布袋戏的关注基本上是其他热点问题的延伸,他们谈的更多的是本土文化面临的困境、台湾本土原居民的政治地位,而不是木偶本身。艾春柏认为,从某种意义上来说,这类观众不能称作布袋戏稳定的戏迷。只有第一类观众才可以称为布袋戏铁杆戏迷,艾春柏因而详细地分析描述这类戏迷的组成和观戏特点。

艾春柏指出,这类戏迷形成了一种长期不变的戏迷团体。演师许王的"小西园"布袋戏团是至今仍拥有固定戏迷的很少见的掌中班，戏迷们坚持着观看该戏班在各地的日常演出。在过去几十年中，尽管戏迷的规模在萎缩，但一些戏迷持之以恒的精神仍给人留下深刻印象。艾春柏指出，"小西园"布袋戏团是台北唯一全年演出的传统掌中班，许王是该戏班班主，艾春柏采访该戏班并观看此戏班演出几近一年，在大约50次演出采访中，每次演出，观众从二三十到两百人不等，但有20多张熟悉的面孔总是反复出现。这些铁杆戏迷，中间有几个中年人，但多数是60岁以上的老人。许王的戏班每天演出2场，每场3小时，每年演出超过200天。这些忠诚的戏迷显然要花费非常多的时间来观看演出。

艾春柏指出，布袋戏演到精彩处（高难的武打动作或好的唱段），观众会鼓掌或喝彩。但对于正常一般的表演部分，即使演师表现出精彩技艺，也很少出现高声喝彩。事实上，在大多数演出中，观众都是安不作声的，偶尔有声音传出，也只是简单地对台上发生的场景的描述（如"贪官要被处死了"、"白莲剑出来了"、"她更在乎情郎，连老爹都不管了"），给人总的印象是，观众基本失去了批判力。这种现象可能是现在的观众要么对木偶戏漫不经心，要么是木偶戏班忠诚的支持者。据演师李天禄讲，在木偶戏竞争最白热化的年代，有些木偶戏戏迷看戏时是非常激动的，戏迷们凶神恶煞，如同饿虎一般，他们对演师操作中出现的任何错误都会给予强烈批评，在演出中大声抗议与嘲笑，如果他们的批评被证明是正确的，按照传统，演师就要免费加演节目以向观众道歉。现在的掌中班已不再面临严厉批评的挑战，没有了非难的压力，但同时也失去了大众的热诚关注。

艾春柏根据对若干位铁杆戏迷的访谈，重构了杖头木偶戏的评价标准。而且，艾春柏发现，观众对传统布袋戏和改良型布袋戏的评价标准是不同的，应分开探讨。在评价传统布袋戏形式上的优点时，戏迷常用的修辞性语汇是"和谐"、"严密"、"动作准确"、"戏剧故事的方方面面都做得合情合理"、"有戏味"等，但仔细审视这些赞美性的评价，可以看到观众的评价标准与实际生活经验相一致，而与他们心目中关于木偶戏艺术的理想形式不同。理想样式中的很多因素应是程式化的，这也是为什么有人试图抛弃此原则而代之以逼真原则，却往往被同行斥以"不像戏"，这可能是传统布袋戏中最严厉的批评。戏迷个人通常是通过大量观摩演出和潜移默化来体味这种理想形式的特征，有些传统形式，尽管是程式化的，可以由常识来解释（比如，传统上规定，女将武斗时必须以手臂护住胸部。这种姿势成为一种打斗的程式，但也可以预防性侵犯来解释）。其他一些传统相对比较随意（如设定用一支名为【急三枪】的欢乐旋律为忧伤的场景伴奏，就是这样的例子）。但约定俗成，老年戏迷们对此变得熟视无睹，于是便将这些传统视为妥当的同义语了。观看传统布袋戏的经历，变成了一种证实自己已有的木偶戏观念的过程。如果在演出过程中能辨认出木偶戏理想形式特征的蛛丝马迹，能够证实自己对布袋戏艺术已经精通，便是传统布袋戏表演能够提供的最主要的满足感之源泉。

关于传统布袋戏的内容，艾春柏指出，多数戏迷认为戏剧故事具有教育价值是最主要的标准。为了使戏剧具有教育价值，戏剧故事必须要在对一般性材料的处理中能够加深观众对平常已知事物的理解力，尤其是牵涉到人际关系时更是如此，如很多传统布袋戏，常常用不厌其烦地描绘不同阶层的人们如何招呼、致敬、喧叙，这些场景有很多仪式性的形式，尽管重复而平淡，观众却看得饶有兴味。除了提供可以增加观众对于人际关系的认识之外，传统布袋戏的评价标准还包括它是否具有提供客观性知识的能力，如历史知识、地理知识和各种民间技艺。所以，有成就的演师，在表演中观众会期望他是一个传统知识的宝库，能够无所不知的多面手，善于使用使观众受益的生动博学的语言。传统布袋戏的这种教育价值受到很多戏迷的高度推崇。

论及改良型布袋戏的形式因素，戏迷并没有一个严格的理想模式根据，多数传统布袋戏的传统规则在改良型木偶戏中被弃置不用，直接而突出的快乐主义成为衡量改良型木偶戏的主要评判标准。不可否认，改良性木偶也有自己的传统，但却是支离破碎的、尚未定型和易于变化的传统，不同的戏班自由创造自己的传统。由于改良型木偶戏处于持续不断的变化之中，戏迷评价表演新风格的尺度也就不同。传统木偶戏可根据其与约定俗成的标准形式的一致性进行评估，改良型木偶戏则在很大程度上，依靠从其那套不稳定、处于发展中的传统里衍生出来的故事新奇程度，作为评价的依据。

演师是戏班的灵魂，艾春柏专列一节详细介绍了演师的方方面面。首先是演师的社会圈子。在艾春柏1989年所采访的48位演师中，其中有38位属于家族传承，占调查总数的近8成。这表明，台湾布袋戏演师，绝大多数是从父亲或家族中其他成员学艺的，所以，布袋戏行业演师的社会网络关系，在很大程度与家族纽带相重叠。不属于家族传承的演师，与其他演师的关系，也常常与家族关系类似，因为他们属于同一门派，根据各自在同一艺术门派系谱之树中的地位，形成了建立在有血缘关系、处于不同等级基础上的关系网络。同一流派或有亲戚关系的成员须互相帮助，维护门派声誉，尤其是在与其他门派进行竞争的时候更须如此。

艾春柏指出，在上述关系中，其核心是师徒关系。传统上，如果师傅不是学徒家族的人，学徒在3年4个月的学艺结束后，在接下来的3年，所得演出收入须拿出一半孝敬师傅，之后，从理论上讲，学徒仍须关心孝敬师傅，一生不忘师恩。中途转换门派的弟子，会被斥为叛徒，终生为同辈人所蔑视。艾春柏指出，如今台湾有两大木偶戏门派：一为梧州派，掌门人黄海岱；一为星阁派,掌门人钟任壁。在木偶戏的兴盛年代,这两派的竞争非常激烈。双方学徒见面时真是冤家路窄,此一派擅长表演的戏剧英雄角色在另一派的戏中,或被嘲弄,或被杀头。但是,改良型布袋戏的生产方式,改变了传统的师徒关系,观众关注程度的减少,减少了相互竞争产生的效益,结果,演师可以改换门派,使敌对派别的敌意逐渐消失了,不同派别的风格差异,也渐渐变得模糊不清。

关于评价演师成就的标准,艾春柏指出,由于演师特别强调语言艺术,多数演师在日常生活中如在台上一样,非常擅长言辞。其丰富多彩的语汇、生动而富有变化的声音语调、戏剧性的说话风格,毫无疑问地使他们成为引人入胜的交谈对象。但他们最喜欢的话题,是挑同行的毛病,针对同行艺术上的不胜任之处传播些谣言蜚语,是他们打发闲暇时间的最好方式,他们能够连续数小时毫不留情地抨击对手的缺点。艾春柏从这些批评中重构了评价演师演艺高低的观念,列举了被演师们认为最不可容忍的表演错误类型,依据重要性程度排定了评价标准的次序,审视了这些标准背后体现的审美原则。艾春柏指出,布袋戏行业内演师之间互相指责、影响演师声誉最为严重的错误,在圈内看来,可以归纳为以下4种类型:①表演技术不完美。②对戏剧传统的误用。③知识面狭窄。④缺乏艺术的天赋。仔细审查上述演师互相指责频率最高的几种错误类型,可以总结出下列4条信息是演师应该具备的素质:其一,熟练掌握操作技巧;其二,对布袋戏传统了然于心;其三,通晓传统知识;其四,有艺术天赋。这4种素质都是公认的演师事业取得成功的重要前提条件。但这4种素质中,按重要程度,其次序如何排列,是十分难以确定的事情。在采访中,擅长语言艺术的声称语言艺术最重要,是学不来的绝技;擅长操作的认为操作艺术是布袋戏演出得以成功的基石;擅长展示博学多识的强调传统知识的重要性;悟性高的坚信天赋的决定作用。

艾春柏专列一节探讨了布袋戏的剧本问题。艾春柏将布袋戏剧本分为三类分别进行了粗略的探讨，一是先辈戏，主要盛行于布袋戏发展初期；二为古本戏，兴起于20世纪20年代，在"二战"后比较受欢迎；三是金光戏，20世纪60年代兴起，从此渐渐成为布袋戏的主要形式。艾春柏对这3种剧本的剧名、内容和表演特点进行了详细的梳理。

关于先辈戏，艾春柏指出，早在19世纪，当布袋戏在台湾开始落根时，南管和北管是最流行的两种演出形式，布袋戏不仅以南管和北管音乐伴奏，也同化吸收了二者的多数剧目。戏剧学者詹慧戬（音）认为，早期先辈戏艺人可以演出南管和北管的全部剧目，并列出了一张戏单，包括67个南管剧目的名称，357个北管剧目的名称。詹先生认为，早期台湾布袋戏演出的剧目，与同一时期人戏演出的剧目是一样的。如果詹先生所言属实，则台湾先辈戏剧目应该在400个以上。但在访谈中，甚至当今最博学的传统布袋戏演师所熟悉的先辈戏，也不超过60个。这些先辈戏多从其他戏剧形式转借而来，（如南管和北管）取材自民间故事、历史笔记和流行小说，有些剧目的准确出处尚不得而知。作为早期布袋戏留下来的遗产，这些剧目被认为是所有布袋戏剧目中最古老的。先辈戏区别于后来剧目的另一个特点，是这些先辈戏相对来讲都比较简短。后来的布袋戏故事都比较长、成系列，往往蔓生枝节，需要数月甚至数年才能演完，先辈戏通常是独立的一个故事，平均需要3～5小时可以演完。仔细审读这些先辈戏，可以发现其内容比较丰富多样。艾春柏介绍了《康熙斩侄》、《假按君》、《朱泊艺》三个代表性剧目，有家庭纠纷剧、惩治贪官公案剧，也有人神之恋爱情神话剧。先辈戏的悠久历史，给予其受尊敬的光晕。先辈戏的戏剧对话，在演出中一个字都不能改动，虽然创作之风已成为布袋戏的大趋势，当演出先辈戏时，则必须准确地按照师父传戏时的原样进行复制。

艾春柏指出，根据布袋戏老艺人的回忆，在当年台湾岛舞台上只盛行先辈戏之时，演师在去演出的途中，根本不知道要演出什么剧目。只在演出将要开始时，演出承办邀请方才从戏单中选定当天要演的戏，当然，戏单上的戏是演师能演的全部剧目。城市里的演师往往需要能演出60个戏或更多一些，而乡村演师一生中只需能演出30~40个戏即可，反复不停地演出同样的这几十个戏。如今，先辈戏在台湾已鲜有演出，尽管有些演师以掌握一些先辈戏为自豪，他们很少将先辈戏列入自己的神庙日常演出戏单之中。许王，虽然是先辈戏方面的权威，也只在（非宗教性）特殊场合才演出先辈戏。

关于古册戏，艾春柏指出，古册戏的得名来自古书，如传统的军事传奇或流行的编年史。尽管掺和了历史、传说和幻想虚拟的成分，古册戏却成为岛民获得历史教育的主要途径。李天禄先生提供了一个详细的古册戏剧目，从中可以发现，中国历史上的每一个朝代，在布袋戏中都有相应的剧目，尽管不能全面反映历史，在布袋戏戏迷心目中，这些戏剧故事都是真实的中国历史。古册戏的故事在图书市场上都比较容易买到，从理论上讲，演师可根据这些书籍演出上述全部古册戏并不存在太大的困难。但实际上，多数演师的文化水平不高，无法直接阅读这些卷册浩繁的书籍。为了从古册戏中获取戏剧故事的资料，他们需要依靠排戏先生。排戏先生并不创作剧本，他的工作是给演师讲述古册戏中的故事，演师将故事情节分成适合布袋戏演出的若干场次，排戏先生为戏剧对话配上一些相对文雅的词句，以润色布袋戏的语言呈现。只有商业上很成功的戏班，才有自己的排戏先生，其他普通的戏班负担不起，只好从关系不错的同行那里转抄第二手甚至第三手的材料。几乎没有人能够搬演全部上述古册戏，现在的演师一般只能演出5~8个古册戏，每个戏要连续演15~30天才能演完。

关于金光戏，艾春柏指出，金光戏以离奇曲折的功夫戏为特征。"金光"二字与戏剧中的功夫传统观念有关，这种观念假定，一个人的内力经神秘的修炼，炼到一定程度，在展现功夫时人体就会发出五彩光芒。由于金光戏充满大量神魔人物，其打斗场面遂笼罩在耀眼的多彩光芒之中。

艾春柏比较了金光戏与古册戏的差异。他指出，早期的金光戏改编自传统神魔小说，这如同古册戏取材于传统的军事传奇。但金光戏并不掩饰其虚拟性，不假装符合历史事实，形成了创造、新编戏目的倾向。这种基本模式已经著名的排戏先生如吴天来（音）和陈明华（音）的实践而形成。很多演师便着手自己编造自己的金光戏剧目，舞台演出中想象开始唱主角，不再依据文学性文本。一经脱离书面文本的限制，演师便可以天马行空地放手策划虚构自己的剧目，渐渐地，从不同的剧目中选取部分情节，组合成一个新的剧目，成为一个普遍的现象。结果有很多剧目不同的戏，里面却有很多相同或相近的情节。这些金光戏大多数都比较长，而且错综复杂，如演师钟任壁花了 7 年多才将其著名的《大侠百草翁》系列剧演完，演师郑义雄则在电台转播其著名的金光戏《南北风云仇》连续用了 10 多年才全部转播完。

台湾地区的傀儡戏通过电视媒介，一出戏能够连续演出 7 年甚至 10 多年，对于傀儡戏的传播究竟起了什么作用，有无值得借鉴总结之处，是需要引起我们注意的。台湾傀儡戏的这种演出记录，据笔者所知，在大陆没有能与之相比的。在挽救傀儡戏艺术问题上，海峡两岸的中国人有必要共同努力，交流经验，群策群力，使这一濒危艺术重放异彩。

（二）龙彼得的泉州《目连救母》傀儡戏研究

英国学者龙彼得（Piet van der Loon）教授在泉腔《目连救母》一书的导言里，对泉州傀儡戏剧本泉腔《目连救母》（泉腔本）的特点进行了分析。① 龙彼得文指出，《目连救母》在中国地方戏中有不少传本，大多袭自郑之珍刊于 1582 年的《目连救母劝善戏文》，或至少深受其影响。一直到 20 世纪中叶，在闽南经常可见到目连戏的演出，特别是在泉州市和泉州府。虽然此校订本依据傀儡戏的抄本，同样的剧本也用于大戏。傀儡戏由 5 个演师操大傀儡演出；大戏则是由法事戏（或称打城戏）班演出。大多数目连戏的演出都是在农历七月中元超度之时或农历二月、六月和九月观音诞辰或成道之日，一般演 4 天。戏在空地演出，不同的戏班往往打对台，竞争热烈。近 50 多年来超度仪式遭禁，其间目连戏也少有机会演出，目前只有一些选出还能在私人家中或在寺庙的舞台上演出。

龙彼得文提到福建的傀儡戏班通常都有称为"落龙簿"的 42 种剧本，因为它们都放在笼内，可以让由 4 位演师组成的"四美班"根据观众的要求演出不同的剧目。后来，又有应特别的要求而演出较长的剧本，这时就需要加上另一位演师组成"五名家"才能表演。《目连救母》属于后者，但被认为是从"落龙簿"中的《四海龙王贺寿》增饰而来，原剧情可见于泉腔《目连救母》的第 49 出至 53 出，内容是观音和势至菩萨劝化五百贼众的故事。据龙彼得所知，这一故事并不见于他处。这段剧情对剧中主要情节的推进并没有帮助，但从这一部分起，观音开始以旦角扮演。更具意义的是，只有在这一部分，贴角不是傅罗卜的母亲刘世真，而是势至。龙彼得文指出，剧本的增饰日期难以断定，中国的学者认为以五演师操演的傀儡戏开始于 19 世纪

---

① Loon, Piet van der. Introduction to Mu-lien Saves His Mother from Purgatory. 载《泉腔目连救母》，龙彼得，施炳华校订，《民俗曲艺》丛书，1~19 页，台北：台北施和郑民俗文化基金会出版，2001。此书为龙彼得教授主持 A Collaborative Programme to Assemble and Edit Plays and Lyrics from the Classical Min-nan Theatre, String Puppetry and Art Song 计划之部分成果。

中叶或稍前。不过,泉腔本目连戏相对于郑之珍本及其他各地传本,迥异之处不仅在于观音劝化五百贼众的情节,还有其他不同于他本的地方,如泉腔本目连戏中刘世真并没有转生为狗。在剧末,由于目连孝行感动上天,观音命降龙、伏虎将刘世真的枷锁劈开,并令金童、玉女接引升天。同样重要的是,雷有声这一角色不见于其他版本。在往西天路上,雷有声因通不过良女的考验,只得再回普陀山修行。傅罗卜和雷有声前往西天见世尊的情节构成一本短剧,从过去到现在一直在福建、台湾、马来西亚、新加坡等地作为法事戏演出,成为由道士主持的亡魂超度仪式的一部分。在这法事戏中,道士不穿戏服,不在台上而在空地上演出,演出时间从半小时到一小时半不等,其中,"十里亭"(或称"六角亭")一节是必演的戏,内容是傅罗卜和雷有声约好在十里亭会面,罗卜先到,而有声并没有依约定时间出现,久等之后,罗卜想继续赶路,就在墙上题字留言(有一抄本说他以血当墨)。后来他们二人相遇同行,经过杏花村的一间酒家,有声看到饭桌上的酒肉佳肴,不禁食欲大动。他心念一动就遭惩罚,使他口中吐出肉来。当观音派遣一只老虎来到他们经过的路上,有声拿起雨伞当武器但面露畏惧之情,因此再次没能经受住考验。这两种试探都可在傀儡戏本中见到,不过情节简略得多。十里亭一节则完全不见于傀儡戏本。是否这些道士演的短剧是傀儡戏本的来源之一,无法证明,二者也可能同出一源。

  龙彼得文指出,最早记述目连戏在泉州地区演出的是荷兰学者高廷(J. J. M. de Groot),他于1877年抵厦门并停留1年。他听得懂闽南语,但可以看出他手头并没有剧本,他所见的是超度时在戏台上的演出。据高廷的描述,刘世真不是故意而是不自知地吃了一小块"她的一个儿子"("弟弟"之误)煮给她的肉,因为煮得像蔬菜的味道,所以她不知是肉。目连问到此事时,她矢口否认开荤,并发誓说她如吃了肉,愿堕阿鼻地狱。霎时她七孔流血。从地狱来的恶鬼将她的魂魄拘往地府，她即倒地断气而亡。一晚，目连的母亲前来，她衣衫褴褛，神情凄惨，目连看见地狱中其他的阴魂抢走他烧化给母亲的冥钱和纸衣，当目连的母亲饥饿难耐走近祭案要吃她儿子供奉的祭品时，又被恶鬼夜叉拦住，食物也被拿走。在梦里刘世真向儿子痛诉在地狱中所受之苦并哀求他加以超度。目连惊醒，痛下决心，服毒自尽，以便阴魂能入地狱寻母。观众接着看到目连寻母途中所经历的各层地狱以及地狱中阴魂所遭受的种种酷刑。最后，目连发现他母亲在油锅被煎熬过后被鬼卒用铁叉叉起。目连向阎王求情，愿代母亲受刑，但只获准暂时代为戴枷。最后，目连前往见世尊，世尊告诉他如何集众僧之力以超度他的母亲。回转世间后，目连大办盂兰盆盛会，于是一个天使降临，救他的母亲出狱并引领升天。龙彼得文指出，在这个情节中，有两点值得注意：第一点是世真被鬼卒捉拿和目连游地府二事在剧中有适切的交代，目连前往西天朝见世尊的经历和路上的细节却只字未提。第二点，也是更重要的一点，是剧中并没有讲刘世真轮回转世为狗，而是像目前的傀儡戏一样，直接登往天界。由此可清楚地看出泉州地区目连戏演出内容的传承性。不过，傀儡戏剧本的年代问题仍然没有解决，高廷所见到的是否就是打城戏班所演的目连戏？或者那是四平班演的？在闽南和台湾四平班至少也演另一本地狱戏《秦桧夫妇地狱受刑》。龙彼得文认为，由于没有确切的证据可以指出打城班的全本目连戏在19世纪已出现，高廷所见应是四平班的演出。相关而值得一提的是有些曲牌标"北"，如北驻云飞、北江儿水、北一封书，意味着这些曲牌源自于江西和安徽，在梨园戏中这些曲牌可以上溯至17世纪。

　　龙彼得文指出，此校对整理出来的泉腔《目连救母》傀儡戏剧本（龙施本），共参校了11种抄本。这些抄本目前藏于晋江市图书馆，都是残本，其中几个严重毁损，所幸彼此可以互补而整理出一个全本来,而且彼此重复之处往往有助文本的确立。虽然抄本都没有注明年代,可以推测是抄于19世纪末、20世纪初,这些极可能是"文化大革命"后仅存的泉腔目连戏抄本。也许这些抄本中有几种曾为著名的傀儡戏艺师杨度所见,他在1989年(逝世前7年)完成了他自己的抄本。龙施本参考杨度抄本的地方不多,主要因为他在宾白上做了很多修改。另外,参校的本子还有《目连救母》(曲本)。此书由吴孙滚和陈天恩口述,蔡俊抄记录、整理,而由杨度校对,收有词曲的简谱,于1987年油印出版。原抄本不分出。目前,目连戏剧本的分出似乎是杨度与他的同事和学生所为。一般说来,出现"并下"时表示一出戏的结束。至于舞台的提示语,"过唱"意为另一个角色接唱,"合唱"是由在场的演师与鼓师合为之。宾白方面,"亥"和"介"标示一简单的动作,或明确指定或可依演出的脉络推定。"自意"则是指较长的即席发挥。抄本双面书写而在天头装订,吊在演师面前的架上。他逐页翻到尾,然后倒转过来继续看背面的文字。这就是为什么抄本在翻页之处毁损,使得文中间有缺漏。从另一方面来说,由于演师必须大声唱念词文,因此可以保证演出的可靠性和严格照本宣科的忠实性。①

(三) 曹本冶的香港傀儡戏研究

曹本冶在《香港傀儡戏及其起源》一书中考察了20世纪20年代以来的香港傀儡戏。② 多为作者的考察之总结和介绍,对戏班、班主的介绍较详细。

据曹本冶介绍,香港的木偶戏班,除了铁枝木偶戏仍是沿用

---

① 此导言原为英文,有王秋桂中译文。另外可参考龙彼得的《关于漳泉目连戏》,傅希瞻译,载《民俗曲艺》,1992(78):53~60;《田野调查日记及道士戏复印本》;龙彼得校订的傀儡戏本《观音修行》,载《民俗曲艺》,1999(121):187~188。

② Cao, Ben Zhi. Puppet Theatres in H. K. and Their Origins. 出版社及出版时间不详。

潮语和潮剧音乐来演出以外，自福建来的提线、掌中及湖南的长颈杖头木偶戏都放弃了原来所使用的语言和地方音乐，而改用粤语及粤剧音乐，以适应以粤语为主的香港观众。剧本的来源主要是粤剧和潮剧，只是在唱及做功方面略有简化而已。在广东杖头木偶的戏班内，以"汉华年"所保持的传统特色最为浓厚，该班有不少具有古老粤剧排场的剧目。"汉华年"经常被邀请表演神功戏，在日场时，尚以"提纲戏"为主，所谓提纲戏，即不用剧本，而将某几个定型的排场串联起来作即兴表演，又称作为"爆肚戏"。而20世纪七八十年代成立的提线、布袋及杖头木偶戏班所上演的剧目，则多数以中国木偶剧团所演的剧本略作修改后即演出。

曹本治指出，香港的木偶戏班尚能保持一定场次的经常性演出，这些演出主要是由市政局安排，每一戏班大约每月有3次的演出，场地在市政局属下的各球场、公园、居住屋邨等，且多数为露天。市政局属下专门的负责单位会在演出前安装活动的舞台及音响设备，演毕亦由他们负责拆去。此种舞台有统一规格，由16件铁支架组成一长24尺、深16尺的舞台，活动范围足够使用。另一邀请单位是香港旅游协会，每月亦有安排1~2次在各大购物中心演出。演出前，旅游协会亦会供给一个15尺长、14尺深的小型舞台空地，并提供音响器材，以辅应用，因为此类演出为了节约开支和方法，各戏班已不专请演唱者和演奏者来配戏，而是播放录音带。由市政局安排的演出，要求表演时间是一个半小时；旅游协会安排的则要求一个小时。此外，电影、电视公司有时亦会约请特技或在某一背景场会中表演。唯铁枝木偶尚未见市政局或旅游协会安排演出。现今香港绝大部分的木偶戏班在演出时，其音乐部分都是采用播放录音的方法，唯铁枝木偶戏的所有演出和"汉华年"在表演神功戏时，则安排演唱者和乐师临场伴奏。而作为配戏用的录音带，其制作亦较为复杂，首先戏班的班主要根据剧目情节的安排设计一个配音的脚本，请音乐工作者配说白和音乐，然后再请专业录音师录音，制作完成后，所播放的录音便成为每次演出的依据。为了应付市政局和旅游协会在演出时间上的不同要求，同一出戏往往有两个版本，一为90分钟，一为60分钟。

第二节 英语世界中的中国影戏研究

（一）张立礼的中国影戏研究

张立礼（Chang Lily，美国东洛杉矶学院外语系）的博士论文《中国影戏寻根：影戏与人演的戏剧之比较》① 在国外中国影戏研究中是最有特点的一部专著。论文比较了中国影戏与中国人戏以及中国各地影戏之间的异同。第一部分为历史回顾，介绍了中国影戏术语，当代中国学界关于影戏起源、发展以及与人戏的关系的不同观点。第二部分集中讨论影偶。结合图例探讨影偶的设计、制作及影偶的主要特征。对影偶和人戏的相关特征进行了比较。第三部分介绍了影戏表演的主要构成，同时也与人戏的相关方面进行了比勘。第四部分追溯台湾影戏的源头，通过与濒临消亡的潮州影戏及其尚存活的后裔台湾阳窗傀儡戏的比较，以及台湾影戏与潮剧的比较，进一步确定了台湾影戏与潮剧的关系及台湾影戏的起源时代。第五部分探讨了河北影戏（即北京影戏）。通过对河北影戏和说唱文学、当地戏曲及其他活态曲艺形式进行比较，揭示出河北影戏的起源是具有多元性的，应将学者关于影戏起源的不同观点结合起来考虑。结论部分概述了论文的论点，预测了中国影戏的未来发展趋向。明确了影戏与其他活态文艺形式的关系，对它们之间的互动与影响及相关争议进行了评

---

① Chang, Lily. The Lost Roots of Chinese Shadow Theatre: A Comparison with the Actors' Theatre of China. Ph. D. diss., University of California. Los Angeles. 1982: 1 ~ 327.

价。另外，结论部分还特别阐述了影戏对于中国表演艺术的独特价值和贡献。论文既有宏观视角，如对中国影戏起源的追溯，对中国影戏之影偶、戏班、影戏音乐、影戏表演、观众与影戏功能的宏观探讨；也有微观研究，如对3个台湾影戏剧本与5个潮剧剧本的系统比较，对河北影戏剧本结构语言形式的分析，对河北影戏剧本与说唱、梆子戏、焰段、柳子戏的比较，大量采用欧美文学研究中的文本细读法（close reading），通过揭示文本形式各因素之异同来支持自己的论点，论证严谨，较有说服力，这两种视角结合得非常合理，避免了两种视角各自的片面性，在国外影戏研究中堪称最具有学术性的一部著作，其文本细读研究，在方法论上尤值得国内影戏研究者同仁的关注。

1. 中国影戏的起源与传播

张立礼认为关于中国影戏有很多传说，多数皆难以证实，故中国影戏起源仍属于未解之谜。

张立礼描绘了中国影戏在近代的生存状况。在中国国内，1900年义和团起义发生后，影戏开始衰落，虽仍有演出活动，但兴盛不再，很多影戏班解散，成千上万个影偶和影戏剧本卖给了欧美收藏家。20世纪影戏在中国大陆和台湾曾有短暂兴起，但总的来说，其颓势在延续，处于生存危机之中，影戏的危机与濒临灭绝引起不少大陆和台湾学者的关注和忧虑。西方国家在20世纪继续努力创作和模仿中国影戏，不少人专门来中国学习影戏，回去后或讲学，或创立新的影戏剧团，人员主要来自德国、奥地利、法国和美国。① 上述国家的影戏分别模仿四川影

---

① 主要包括德国的Lotte Reiniger, Max Buhrmann及其"三梅班"，奥地利的影戏班Nesher Puppets, 法国的Anne Riston, 美国的Pauline Benton, William Russell, Lou Harrison, Pam Ramsing, Andrea Ja, Atea Koon, Wilma Pang, Jo Humphrey, Evelyn Mei-Huang, Shirley Roman, Betty Chan, Susan Ma, Caroline Tom等人及其所创立的几个影戏班如Red Gate Players, Enchanting Shadow Players, The Yueh Lung Shadow Theatre等。

戏、台湾影戏、北京影戏风格，在影偶制作上或保持中国影戏原貌，或有所变动。但在影戏剧本上均不直接采用中国影戏剧本，他们以所在国语言创作影戏剧本，或采本国题材，或对中国故事进行改编，如《白蛇传》之《断桥》、《花鼓舞》等，以适应当地观众。张立礼还考察了中国影偶和影戏剧本在欧美各国的收藏情况，根据她提供的资料，散布在欧美博物馆和研究学院的中国影偶6 000多具，影戏剧本400多个，这些都是研究中国影戏的宝贵资料。

2. 中国皮影戏影偶及表演

张立礼在其研究中指出，中国影戏之影偶初为纸偶，后易以羊皮并染以颜色，有3种尺寸的影偶流派，其头部均可移动拆卸，影偶角色化，具有不同的象征性。这些共同特征存在于中国各地皮影戏之中，尽管这些影偶尺寸大小因地而异，其结构和制作程序则相同。

张立礼详细描述了影偶的结构、尺寸、材料、制作程序，并介绍了影偶的类型化、五分脸、七分脸、旦角脸、髯口、冠带、脚与手的总的特征。接着在分别分析比较了浙江影偶、台湾影偶、陕西影偶、甘肃影偶、宁夏影偶、青海影偶、山西影偶、四川影偶、湖北影偶、湖南影偶、河南影偶、山东影偶、河北影偶（西派、东派、大皮影）和东北影偶之后，在结论中指出，中国东部影偶以彩色透明见长，但影偶以直线条为主及其浓郁的类型化表情使之相对缺乏活力，中国西部影偶由于线条更加流畅飞扬、影偶角色更具个性化色彩而显得更加充满动感。浙江和台湾的影偶保留了更多的早期影戏特点。单臂影偶仅见于陕西、浙江和台湾，单个影偶骑着动物的形制只存在于台湾和陕西，台湾影偶操纵杆使用筷子的特殊方式在中国其他地方皆无。但上述特点在土耳其影戏中均存在。她认为，土耳其影偶和中国影偶存在共同性，二者都是从盛行于13世纪或更早期的中国影戏影偶发展而来的。中国13世纪或更早期的影偶特征，很多都流传了下来，主要保存在台湾、浙江和陕西影戏中,这3个地方均称影偶为"娃娃"。这个事实表明常任侠之"中国南北影戏南宋时期不同源"的说法是经不起推敲的,其"中国南部影戏源于印度"的观点也因此难以成立了。

张立礼详细介绍了影偶中"生旦净丑"文角武角各种不同角色的雕刻形制特点,包括脸部表情、髯口、冠带、坐舆等。她指出,在表演上影戏可以利用自身的特点,突破人戏表演的很多禁区。有些戏剧形象是戏曲中难以表现的,却可以在影戏中视觉化地再现。影偶中的动物形象在宋代即已出现,如《百宝总珍》中就记载有虎、马、有骑者的马等,根据现在各流派影戏普遍多动物形象的影偶的情况推测,在各个时代,动物形象的影偶都有比较多的存在。具体的动物形象很少出现在人演的戏剧中,人演的戏剧多采用道具或演员的虚拟性动作来表示。而影戏却比较擅长于现实性表现,无论四条腿的动物还是家禽,对影戏来说均非难事,神话中的动物如麒麟也可以表现。在布景与道具上,影戏亦较人演的戏剧更具写实性,立体感更强。

其实,张立礼所述影戏表演上的优势,并非为影戏所独有。提线木偶和布袋戏完全可以和影戏相比拟。这两者都因非真人扮演,可凭想象力创造不受限制,举凡超出时间、空间的特技表演,如登山涉水、腾云驾雾、飞天遁地则无所不能。孙悟空的舞棒、白素贞的耍枪、穆桂英连续不断地舞耍双投枪,还有小青拔剑、猴子挑担、泼水、兔子淋花,这些动作全凭演师控制手上的偶人,表演出来令观众疑真似假,大为叫好。至于骑马、弹古琴、饮酒、推车子、挑担子、敲碟子、旦角扑蝴蝶戏耍、持凉伞婀娜生姿,则更是昔时演师必备的功夫。遇到有繁复细致的动作,就需要两三个演师全力合作来完成。①

---

① 施叔青:《外国人看中国戏剧》,234页,北京:人民文学出版社,1988。

张立礼对影戏的艺人、影戏功能、观众、舞台和影窗、影戏音乐和唱腔（乐器，曲调【大影戏】，地方声腔，弋阳腔，南管，潮州调，二黄，西皮，帮腔）、影戏开演（开台，打通，唢呐吹台，摆台，天官，八仙，财神，福星、禄星、寿星、魁星、仙女）都详细进行了探讨。限于篇幅，不赘述。

3. 地方影戏表演艺术比较研究

一是潮州影戏与台湾影戏之比较。

潮州影偶又称纸影或皮猴。纸影之名可追溯到早期 11 世纪汴梁影偶，而 12、13 世纪临安的影偶已用皮影并染涂色彩。如同南戏和说唱，潮州皮影亦可能经浙江传入。尽管潮州影戏于明朝已然形成，多数学者仍以 1763 年的历史文献记载为其存在的最早记录。早期潮剧剧本《荔镜记》（1566）尚未被认作潮州影戏早期存在的证据，其唱词中有一段庆祝元宵节的情景描绘：

今实是好天时，上元景致正是在只；见熬山上吹唱都佃，打锣鼓动乐抽影戏……

显然此生动描绘是影戏表演，并由锣鼓音乐伴奏。由于此剧描绘的是潮州本地当时独有的人情风物，对影戏的描写应是以 16 世纪潮州影戏的实际情形为依据的。如果剧中所示潮州影戏演出在 1566 年已然活跃，影戏在夜间应亦有演出，如在庆祝元宵节之夜。1763 年的周硕勋《潮州府志》云："夜尚影戏，价廉工省，而人乐从，通宵聚观，至晓方散，唯长官严禁，嚣风斯息。"记载当时影戏彻夜演出直到拂晓，后由于官府的禁止而衰微。18 世纪亦有关于潮州影戏的记载。如《澄海县志》记载了彻夜演出、以锣鼓伴奏的影戏。汪鼎《两韭庵笔记》卷二云："潮郡纸影，眉目毕现。"该书卷三云："潮郡城庙纸影，歌唱彻晓，声达遐迩，深为观察李方赤煜之所厌。"黄钊《潮居杂诗》记录了影戏夜间酬神演出情形，"落彤照问鬼，影戏夜酬神"。李勋《说呋》则云："潮人最尚影戏，其制以牛皮，刻作人形，切以藻绘,作伐者于纸窗内燃热火一盆,以箸运之,旋转如意,舞蹈应节。"以筷子作为操纵杆操纵影偶,现仅见于台湾,台湾影偶亦用牛皮,据潮州老艺人讲,台湾影偶与潮州影偶(已于20世纪20年代消失)具有相同的特征。"皮猴"一词除用于潮州,也用于台湾和福建,因为影偶在影窗里的轮廓仿佛猴子的脸,除此之外,福建与潮州影戏还有其他相似的地方。

有些潮州影偶也用猪皮,陈坤《岭南即事诗钞》卷五有记载。其中也对影棚进行了描述:

> 潮人最尚影戏,以猪皮为人物,结白方丈,以纸障其前隅,置灯于后,将皮制人物弄影,于纸观之……

纸窗由竹子搭建而成,形似窗口,又称竹窗,影戏演出又称竹窗纸影,"纸影"指纸幕而非影偶。19世纪末,潮州产生"阳窗戏",即由此演变而来,实为一混合性的新影偶,原来的纸窗改为玻璃,受到布袋傀儡和提线木偶的影响,平面影偶变为立体形状,影身填充以稻草,手为纸制,称为"圆身纸影",后拆除玻璃,灯具亦由白天的阳光取代,影棚敞开,仍称为"纸影",又叫做"阳窗戏"。据1973年一潮州阳窗戏戏班在香港演出记录,其竹制骨架戏棚宽高各10尺,影窗离地约4尺,支撑偶人所用的木板架高亦4尺,舞台长深各10尺,分为前台和后台,由5片下垂的锦幕隔开,中幕稍短。皮影操纵者与乐师坐后台,不用的影偶悬挂在操纵者中上方的绳子上。此影班之影偶影身木制,影头上制,胳臂肘部及手有丝线操纵,手亦可以木刻,影偶手部与背部系铁质操纵杆,均有木柄。张立礼所称潮州纸影,即时下所称之潮州铁枝木偶。

台湾影戏源自潮州或福建南部。福建南部戏班进入台湾始于17世纪后期,其中不知是否有影戏班。尽管众所周知影戏已在台湾流行了近300年,影戏演出之最早文字记录见于台南市的普济殿嘉庆二十四年（1819）所立之"重兴碑记"，上云："禁：大殿前埕，理宜洁净，毋许积科以及演唱影戏。"但最早的台湾影戏手抄本抄录时间为 1818 年。①

张立礼比较了台湾和潮州两地的影戏特点，通过考察《天莱阁宋人画册》和《三才图绘》中的宋代傀儡戏图画及 14 世纪朱育的画作，而台湾影戏和潮州影戏在称谓、影棚结构、操纵杆形制上均与之相类，揭示了台湾及潮州两地的影戏舞台以及其他一些独有特点应为宋代影戏表演原貌的遗留。

台湾影戏与潮州阳窗戏也有不少相类之处，如不用的影偶的悬挂方式，影戏师傅及其学徒二人说、唱、操控所有影偶角色，影戏操纵者以假嗓唱女角，影腔均为南管，乐器戏目相似，崇拜相同的戏神田元帅等。尽管潮州原初的竹窗纸影戏消失了，其特征及称谓仍可以从阳窗戏和台湾影戏中找到线索。可以断定，台湾影戏是由潮州传入，时间是在潮州影戏为阳窗戏所取代的 19 世纪末之前。

二是河北影戏与北京皮影之比较。

在中国各地的皮影戏中，已有三百多年历史的北京皮影，具有最大的国际知名度，北京皮影实即河北皮影，又分为西城皮影和东城皮影两种流派。关于河北皮影的来源，学者们莫衷一是，各有不同意见。如：佟晶心认为，河北皮影来源于宣讲宝卷（又称宣卷）。吴晓铃不同意这种说法，却也给不出自己的答案。齐如山认为，河北皮影是由陕西皮影经河南传入。周贻白发现，河北影戏之影调与河北梆子相类似。关俊哲则认为，河北影戏音

---

① 张立礼提到的最早的台湾影戏剧本，根据《皮影之旅》（魏力群著，74 页，北京：中国旅游出版社，2005）一书，是法国汉学家施博尔教授在台湾南部搜集的内有将近二百句戏词的皮影戏手抄本，里面注有"嘉庆二十三年六月念八日抄完"的题记。

乐来自于高腔,冀西皮影来源于甘肃兰州,后又吸收了京剧皮黄唱腔,而冀东皮影是高腔、皮黄和冀东民间小调的综合体。顾颉刚认为,冀东皮影模仿了高腔和昆曲音乐,但更接近说唱音乐风格。

国外对于北京皮影的研究,最为知名的要算威姆萨特(Genevieve Wimsatt)所著的《中国皮影》①,此书主要跟踪记录了北京一个影戏班"清民升"的演出情况以及对戏班班主李脱尘的访谈。威姆萨特无意追溯北京影戏的根源,却于书中提出了没有回答的问题:北京影戏剧本来源于何处,何人将其改编采用于影戏?张立礼的论文对这两个问题进行了回答。

佟晶心认为,河北影戏之所以称为"宣卷",是因为其来源于明代流行的佛教宝卷之宣讲。佟晶心认为,影戏剧本中常见的"奉经所说"可为证据,影戏音乐用木鱼伴奏亦可表明宝卷为滦州影戏之源。吴晓铃不认同佟晶心的理解。他认为宝卷之卷与宣卷并非一回事,他比较了宝卷和影戏剧本,发觉二者在内容与形式上均不相同,所以他提出滦州影戏可能来源于其他省份的古老影戏。张立礼认为,佟晶心和吴晓铃都未注意到滦州影戏与 1800 年白莲教起义的联系。

白莲教为源出于佛教的秘密宗教组织,约北宋时成立,崇信命定论(因果报应)和节制欲望,元代时因其男女信徒杂处并供奉非佛教神明,受到儒家和正统佛教的反对,被斥为放荡堕落的温床、与魔鬼为伍,约在 13 世纪末、14 世纪初遭禁。元末韩山童、朱元璋利用白莲教发动起义推翻了元政权,因而白莲教在明初又恢复了影响。明万历时期(1600),白莲教领袖黄苏志和曹振中均为滦州人,在河北传教时以演出影戏的形式宣讲宝卷以

---

① Wimsatt, Genevieve. Chinese Shadow Show, Cambridge Mass. Harvard University Press, 1936.

增强效果，得到朝廷的支持，可知当时滦州影戏演出在河北是比较活跃的。明末，滦州影戏传入东北，受到满族人的喜爱，清朝建立定都北京后，影戏仍然是贵族阶层所喜爱的戏剧形式，不少皇亲贵族都有自备的影戏戏箱及戏班，每逢喜庆佳日，便表演影戏，称为"宫影"。滦州影戏在清初仍然受到"宣讲"的影响，因为当时冀东地区以"宣卷"形式演出影戏仍然受到朝廷的鼓励和支持，白莲教宣扬的命定论和因果报应，也是滦州影戏的主题思想，而滦州影戏音乐则先后受到昆曲、京腔（又称弋阳腔或高腔）、梆子腔（又称秦腔，其四弦、梆子均被影戏所吸收）的影响。

张立礼认为，中国北方白莲教起义与滦州影戏发生直接的联系是在18世纪末19世纪初，发动起义的是白莲教及其支脉天理教和八卦教，起义得到要求推翻清朝统治的农民的支持，一滦州起义领袖宣称"弥勒佛"即将于其家降生。河北地区的白莲教起义遭到清政府的镇压，影戏艺人被称作"宣灯匪"，清官府以"兴妖造反"之借口捉拿河北的皮影戏艺人，影偶均遭毁弃。这次正史文献记录的事件使白莲教运动与滦州影戏发生了直接联系，而这种联系可以追溯到黄苏志和曹振中在滦州演出影戏之时。这次对河北影戏艺人的迫害和对影偶的毁弃，几乎完全破坏了早期滦州影戏，残余的影戏力量继续从事宣卷演出，以木鱼伴奏，在冀东地区一直持续到1900年左右。

尽管后来的影戏内容佛教内容少而世俗色彩浓郁，佛教与影戏仍然具有不少的联系。吴晓铃居滦州多年，发现滦州影戏演出不止为娱乐，亦具有宗教功能。生病或遭受不幸的人往往要请影戏艺人演戏消灾，称为"请影"。至清末为止，当地影戏仍接待外地讲道者，如同寺庙做法，称为"挂单"。影戏艺人被视为可通神之人而受到尊重,影戏艺人乘船不用付费。① 另外,影戏艺人供奉观音。演唱观音者,必须由班主或班里最德高望重的老艺人担当,凡戏里出现观音形象时,演员必须全体肃立,直到其上场诗和独白结束为止。②

从 1850 年到 1900 年,是河北皮影的恢复期和繁盛期。此时出现了两个影戏流派,一为西城影,一为东城影,各有其艺术特色。1900 年后,义和团运动之后,河北影戏逐渐衰落。20 世纪初北京尚有 20 多个影戏班,到 30 年代,只剩下 4 个,影偶流入集市和古玩店里,欧美收藏家大量收购影偶和影戏剧本。抗日战争后,在 1945 年,北京仍然演出的影戏班只剩下 1 个,而城东皮影则在北京消失了。

张立礼认为,早期河北宗教性影戏的音乐受高腔和佛教诵经曲调的影响。影戏唱腔又称为影调,主要包括正音腔、大悲调、小悲调、大金边、小金边、南罗腔、柳子腔(或柳枝腔)、鸳鸯口、小东腔、五字书和三赶七,其念诵式唱词称作"数板"或"缩板",影调有时又专指碗碗腔,陕西碗碗腔皮影和弦板腔皮影使用相同的剧本,究竟河北影调与陕西碗碗腔有何联系,尚需进一步研究。

通过以上研究,张立礼认为,佟晶心和吴晓铃关于河北影戏起源的对立观点并非完全互不相容,而是可以互为补充。河北最

---

① 此习俗的原因,张文的解释可能不准确。魏力群的解释可能更合情理,他指出,在山西、河北两地有此习俗——影戏艺人不付乘船钱,而且每年阴历六月十五,影戏班要在当地渡口免费搭台唱影。据说影戏艺人和摆渡的船夫都是观音菩萨的门徒,艺人唱影戏是宣卷劝善,船夫摆渡是普度众生。而影匠和船夫之间还有着一段动人的故事,结下了生死之交。所以唱影的师傅过河坐船就不用付船钱。(参魏力群:《影戏之旅》,28 页,北京:中国旅游出版社,2005)

② 张文所说的供观音之俗,其实只限于陕西华阴、河北滦州和迁安、北京西城等中国北方一些地区。南方傀儡戏、影戏则供奉华光或田公元帅。

早的影戏采用了宗教性的宣讲宝卷的形式，但是，这已不是现在河北影戏的面貌了。劫后尚存的河北影戏在1850年后形式上产生的变化，可能如吴晓铃所认为的那样，是源自别的省份影戏的影响。

冀东皮影采用的剧本多改编自柳子戏，里面保存了南戏与北剧的曲调声腔。影戏中的南罗腔应来自柳子戏中的娃娃调，可能是南北宋时期戏曲中【耍孩儿】曲调的遗存。梆子腔是影响河北影戏音乐的另一源头，冀西皮影音乐源自陕西秦腔，冀东皮影音乐同样是在吸收梆子腔音乐并结合地方民间小调的基础上形成的。皮黄，即京剧，对河北影戏的影响一直比较微弱，直到20世纪，这种情况才有所改变。影响河北影戏音乐形成的因素，还包括当地的民间歌舞小调，如十不闲、秧歌戏、琴腔、数来宝和莲花落等。尽管河北东西两种流派皮影戏的影偶及在是否使用剧本方面存在不同，但二者演出的剧目有很多都是相同的，很可能冀东皮影是冀西皮影的一个分支。

众所周知，冀西皮影、陕西弦梆腔皮影和浙江皮影均不使用剧本。另一方面，陕西影偶与浙江影偶特征非常相似，都源自中国14世纪之前的传统。而台湾影戏来自潮州。由此可以推断，台湾影戏早期亦无剧本，直到16世纪南戏传入潮州，才因改编南戏为影戏而使用剧本。可见，中国影戏14世纪之前无剧本的特征，也是陕西、浙江与河北影戏的传统，并保持到现在。

4. 影戏剧本特征比较研究

张立礼选择了台湾影戏班最早的3个影戏剧本及5个16、17世纪的潮剧剧本，影戏剧本为《朱文》和两个版本的《白蛇传》，潮剧剧本是《重刊五色潮泉插科增入诗词北曲勾栏荔镜记戏文全集》、《新刻增补全像乡谈荔枝记四卷》、《新刊时兴泉潮雅调陈伯卿荔枝记大全》、《潮调苏六娘》和《重补摘锦潮调金花女》，从剧本长度和场次名称、剧本结构、角色行当、官话方言、科介称谓、公式化套语、曲牌名、曲牌情感性、曲牌功能性、音乐与宗教功能等方面做了系统深入的文本比较研究。

通过全面的文本比较研究，张立礼认为，台湾和潮剧均充满潮州特点，并都受到南戏和说唱的影响。台湾影戏和潮剧从官话演出之潮州南戏（即正字戏）中吸收了官话词句，尤其是净角表演，以及唱词曲牌体之长短句式，其短剧短场乃早期"摘锦"范式，皮影戏《朱文》即属于此类。说唱（歌书）的影响表现在全本长剧、众多的场次、唱词的七言句式（板腔体）。说唱可能是1700年之前潮州台湾影戏中官话词语的又一来源。

在文本上，潮剧剧本和台湾影戏剧本具有共同之处，如文本结构、场次命名、公式化套语和曲牌名称。差异主要表现在行当名称和某些曲牌应用情景不同，研究表明上述3个影戏剧本的年代要迟于上述5个潮剧剧本，后者的年代大约在17世纪中期或稍早一些。其中《朱文》的年代应在1650年至1700年之间，时值潮剧形成初期。此研究还证明了龙彼得的观点，即此剧的语言是潮州方言和当时官话的混合体。两个版本的《白蛇传》影戏剧本均为整本连台戏，应改编自流行于18世纪及19世纪早期的民间说唱。版本A含有净角纯正的官话语词，此应为过渡时期的产物，版本B产生了新的行当并采用一定的曲牌表示某种类型化情景，应为晚出的剧本。由于潮剧于1800年以后渐渐式微，并且其风格于19世纪中期发生巨大变化。这些台湾影戏剧本就成为研究1800年以前潮剧的珍贵参考资料。通过对照分析，张立礼认为此研究进一步确证了台湾艺人所声称的台湾影戏来源于潮州的说法，传入时间应在19世纪初或更早一些。张立礼还发现，台湾影戏剧名多取自剧中主人公，如《朱文》、《高文举》、《李彦贵》等。类似剧名在南戏中也有，包括《张协》、《吴舜英》和《小孙屠》。影戏《朱文》源于潮州南戏之正字戏，剧名为《朱文鬼赠太平钱》，此南戏没有流传下来，人们只能读到该剧的4支佚曲，影戏剧本《朱文》则为进一步研究该南戏提供了重要线索。其他一些失传的南戏可能也会在台湾影戏中存留下来，这一点多为从事中国文学研究的学者所忽视。

张立礼系统分析了河北影戏的音乐（正音腔、大悲调、小悲调、大金边、小金边、南罗腔、柳子腔或柳枝腔、鸳鸯口、小东腔、五字书、三赶七）、乐器（弦子、二胡、四胡、月琴、扬琴、笛子、唢呐、笙、低音管、单皮鼓、小鼓、堂鼓、小锣、堂子锣、小钹、大钹及梆子）、戏目和剧本，尤其对剧本的韵辙、句式（七字句、十字句、五字句、三赶七、大金边、小金边、三字经或六字头）及不同句式的声情特点进行了详细分析，并分别与说唱（宝卷）、焰段、弦板腔戏曲、柳子戏、数来宝、十不闲、秦腔进行了文本比较，用来进行文本分析和比较的影戏剧本和对应的曲种剧本分别有《白蛇传·游西湖》、《白蛇传·成婚送伞》、《双冠诰》、《三国演义·长坂坡》、《下南唐·杀四门》、《西游记·黄狼怪》、《王小赶脚》、《下南唐·双锁山》、《开店》、《庄稼佬》、《三打白骨精》、《高老庄》、《白蛇传·借伞》、《八仙庆寿》、《打金枝》、《三娘教子》、《亭下夜宿》、《王大娘补缸》(又名《锯大缸》、《百草山》)、《小上坟》、《打枣》、《打桃园》、《打面缸》、《做梦刨财》、《十不闲十片》、《高跷歌》等共25种，通过细致的比较，张立礼提出河北皮影在剧本和音乐上与秦腔和河北梆子相似，支持了周贻白先生的发现和齐如山"陕西可能为河北影戏之源"的猜想。尽管目前没有河北影戏与陕西影戏之比较研究，但多数陕西影戏流派与秦腔采用相同的剧本与音乐，而秦腔是河北梆子的前身。陕西影戏在甘肃已很流行。通过文本研究，张立礼还发现，陕西弦板腔影戏与冀西皮影在影偶和表演上具有更多相同之处。"影调"一词亦可能是陕西碗碗腔皮影和河北皮影之间的联系纽带。

张立礼认为，来自甘肃的秦腔在河北影戏中的存在表明滦州影戏的源头可能是甘肃兰州,正如关俊哲所主张的那样。所以,河北皮影可能来源于陕西或甘肃。有些影戏剧本可能如顾颉刚所言改编自说唱文学,但是并没有发现顾颉刚和关俊哲所称的高腔和昆曲之于河北影戏的影响。皮黄对于河北皮影亦没有直接的渗透,皮影吸收皮黄因素只是20世纪以后的事情。河北两种皮影可能来自陕西及甘肃皮影的不同流派,但尽管城东城西两种皮影在影偶和使用剧本方式上有鲜明的差异,它们的唱词句式和大部分戏目还是相同的,尤其是那些能够与梆子戏对应的部分。它们在音乐上的差异可能是地域差异的显示,城西皮影更多的与陕西弦板腔相似,城东皮影则更多地受冀东民间曲调的影响。

张立礼认为,柳子戏对河北影戏尤其是冀东皮影的影响,常常为学者所忽略。柳子戏可能是影戏戏目中富有乡土气息的短小幽默剧的来源。柳子戏甚至可能就是北曲的后裔。被学者忽视的数来宝、莲花落可能是影戏的另一个来源,只有李家瑞曾注意及此,十不闲也是影戏的一个被忽略的组成部分。总之,河北影戏是当地多种艺术娱乐形式的反映,有些影戏剧本保留了北方地方剧已失传的戏剧故事。但对于影戏剧本的研究少之又少,还有待于更多的发现和探讨。

(二) 陈凡平的影戏研究

陈凡平(音)的《论世界各地的皮影戏及其相互关系》一文原为英文,首先在2003年英文刊物《亚洲民俗研究》上发表,后又转载于台湾《民俗曲艺》第145期。[①] 鉴于文章篇幅很长,并已有中文译文,可详参《民俗曲艺》,现只对此文结论部分予以介绍。

陈凡平文提出,尽管世界各地的影戏传统各不相同,但是它

[①] Chen, Fan Pen Li. Shadow Theatres of the World, Asian Folklore Studies Vol 62: 25~64, 2003;转载台湾《民俗曲艺》, Fan Pen Chen 与陶友兰合译, 2004 (145): 123~170。

们之间的相互影响和联系是存在的,并且比想象的可能要密切些。中亚大草原上的游牧民族可能是皮影戏的最早表演者。他们有帐篷,帐篷里有火,而且他们在宗教仪式中会用到皮革和毡做的影偶。在蒙古周围阿尔泰山的斯基台人的古墓中发现了很多漂亮的类似影偶的皮革图像,它们的制作时间可追溯到公元前三四百年。即使影戏不是源自中亚,横跨欧亚大陆的大批经常迁移的人们也似乎成了各种影戏传统之间联系的纽带。中世纪埃及的马穆鲁克影戏可能是来自土耳其游牧部落的奴隶军人带去的,这些奴隶军人最后成为中世纪埃及的统治者。这一联系也可用来解释为什么印度和埃及马穆鲁克影戏中很多影偶的艺术形态是相同的。甚至土耳其的卡瑞格兹影戏(Karagoz)和中国东北"大巴掌"之间也有相像之处,这些影偶间的相似之处也有可能是欧亚草原联系的结果。

非洲、亚洲和东南亚之间的海洋是影戏之间的另外一个联系渠道。被认为是埃及影戏后裔的土耳其影戏与印尼影戏之间也有一些相似之处。特别是在影戏的开始都用生命之树这个影偶。最早的有关影戏的书面记载是于公元前后期在印度发现的。印度影戏所产生的影响可以在东南亚好几种影戏传统中找到。尽管印尼影戏很可能源于印度,但它很早就变成了一种复杂的地方戏(最早是在 840 年和 907 年的两个铜盘上提到),印度影戏和印尼影戏在整个东南亚留下的特征截然不同。泰国的大型影偶可以通过柬埔寨溯源到印度,柬埔寨、泰国和马来西亚使用小型手脚活动的影偶可能起源于印尼。由于它们很近,所以柬埔寨、泰国和马来西亚的影戏肯定互相影响。

世界上各种影戏传统之间互相联系的原因不都是有据可查的。陈凡平文认为,欧洲的"中国影戏"似乎不是起源于中国——土耳其的卡瑞格兹影戏和剪纸影戏可能是它的起源,中国影戏并没有在波斯的蒙古宫廷里表演过,卡瑞格兹影戏和台湾影戏之间的相似性很可能是个巧合。实际上，撇开卡瑞格兹影戏和大巴掌影偶之间的明显相似之处，有关中国影戏和其他影戏之间相互影响的说法都是有问题的。中国人很可能不是第一个享受影戏的。中国直到10世纪时才发现有证明影戏存在的可靠证据。影戏很可能是要么通过中亚、要么通过海路到达中国东部港口的，相互之间确实发生了单向或双向的影响。也许有一天会出现更加有用的研究材料。但是，不管中国的影戏是怎样起源的，显然中国许多迥然不同的影戏传统之间却有着十分惊人的相同特质。在很多方面，在世界其他影戏传统中也存在这种现象：一旦影戏被介绍到具有地域特色的文明中来，它就会发展成为一种具有自身明显特点的本土气息的文化形式。

显然，陈凡平文的结语是认为中国影戏是外来的，并在后来的发展中形成了一些自己的特点。

英语世界里关于中国傀儡戏、影戏、仪式剧的研究成果，除上面提到的以外，还有《仪式戏剧与戏剧仪式：中国民间文化里的"目连救母"》（论文集，1989）、《徽州目连戏：以神鬼传达儒家道德观》（Qitao Gu，1994）等论文，限于篇幅，不赘引。

第三节 本章述评

（一）关于龙彼得和曹本冶的研究之述评

在与郑本《目连救母》比较的基础上，龙彼得对闽南傀儡戏泉腔《目连救母》的特点进行了细致的阐析，很有说服力。曹本冶则对香港傀儡戏的历史和演出情况进行了介绍，由此可以看出当时香港政府所采取的文化保护政策的利弊，对我们当下如何保护非物质遗产应该有一定启发。

（二）关于艾春柏的研究述评

艾春柏的台湾傀儡戏研究，堪称第一篇研究中国木偶戏的博士论文,具有很高的学术价值。在一些细节论述上,还有可提高之处。如艾春柏文中提到台湾布袋戏中的丑角,并对丑角的地位感到不可解。实际上,台湾布袋戏中丑角角色与丑角偶人二者地位不一致的现象,非独傀儡戏中如此,在人戏中亦然。丑角演员地位高的原因,通常的解释是与唐玄宗或后唐庄宗曾扮丑角有关。台湾布袋戏必然是承袭了人戏中的传统,才会如此。台湾布袋戏大师李天禄以他的半个世纪的经验,觉得布袋戏中的"七丑"角色,为别的戏剧所无。这7个角色极为特殊,在日常生活中并不常见,包括大头、缺嘴、肿脚人、臭头、人相(瘦子)、黑贼仔、杀手头。① 笔者认为,在这7种丑角中,除了黑贼仔和杀手头外,其他5种丑角,从傀儡戏的宗教功能看,布袋戏的丑角偶人可能具有特别的意义,因为其形象非常近似台湾降神仪式上的尪人——一种肖神之"尸"。台湾之东王公会,降神多用尪童,有些是儿时患有致命的疾病,所以这些尪童多身具残疾,或癔症,或佝偻,或侏儒,或跛足,或失明。被认为已经与神灵有过交往,故能通鬼神。② 所以,在原为"丧家乐"的傀儡戏行当中,能通鬼神的丑角偶人,在剧情之外具有重要地位也就情有可原了。

  头箱中的偶人何以地位高,佛教、道教中的神仙精怪偶人,何以地位低于生、旦等第一箱中偶人,原因尚不能确定,笔者估计可能也与人戏惯例有关。头箱中的偶人,除田都元帅和丑角有特殊的宗教、传说原因外,其他提到的行当,其等级高应与其通常担任主角有关。元杂剧分末本、旦本,南戏传奇则分生本、旦本,故生、旦地位较高。清末京剧则常以须生为主角,民国京剧

---

① 施叔青:《外国人看中国戏剧》,224页,北京:人民文学出版社,1988。
② 王兆乾:《仪式性戏剧与观赏性戏剧》,载《戏史辨》,第2辑,胡忌主编,30页,北京:中国戏剧出版社,2001。

则以乾旦为主角，乾旦中也有以老旦为主角的。所以，老生、老旦地位也比较高。而关公、包公、项羽，世人已将他们加以神化，关公成为关圣、武圣、关帝，在行当上称为红生。包公日断阳，夜断阴，是个半神半人的形象。项羽虽未神化，却从来是被视为帝王式的悲剧英雄。除此之外，此3人出场，也基本上是担任主角的，故此3位地位较高。木偶应基于同样的原因，其在戏剧中与在偶人世界中的地位是一致的。二箱中的偶人，虽然在戏剧中有超自然的力量，但很少作为戏剧中的主角，所以在偶人中的地位下降。这种等级上的不一致，笔者认为反映了傀儡戏的世俗性和艺人现实功利性的一面。三箱中的花面和杂角，在戏剧中地位就比较低微，在偶人世界中亦然，是一致的。花面即净角，在早期的人戏中净角多为卑贱、粗俗、滑稽或反面人物角色，在近代净角的地位有了很大提高，开始扮演严肃、正面人物角色，木偶继承了人戏早期的传统。艾春柏说不可解。笔者认为，可能并不是这样的。

笔者认为，早期的传统布袋戏的重"听戏"特点值得注意，这与昆剧、京剧的重"听戏"特点，在实质上有相同之处。"这是适合文人口味的掌中戏盛行的时代，逢到生日庆寿的场合，请一出掌中班到后花园搬演。爱好诗文的文人千金，倾听演师的诗篇辞藻，稍微说一句粗话，则被斥为下品。"李天禄说，昔时的布袋戏观众，目的是在"听戏"，而非"看戏"。例如，《宝塔记》是泉州落第秀才金猫的名戏，全剧只用4个偶人。当年的演师需要很扎实的古文底子，才能准确地唱出其中的诗文口白，如《宝塔记》的表兄妹以诗文剖白心迹："［表妹］君身已悟为僧去，妾愿为尼舍色身。意愿西方长相会，久莲座下礼观音。［表兄］五更三点寺门开，摇动郎君子弟来。佛殿变成烟赛馆，僧楼化作望夫台。［表妹］情义节烈独自开，坚心守款看虚来。挥剑斩断陆贼首，吾身便是明镜台。"其他如《锦裙记》、《金印记》等不中秀才金猫的名剧，也是如此。其中充满了优雅的诗文口白，配上柔缓曼妙的南管音乐，偶人徜徉其间，低回舞弄。① 这类剧目多取自明清传奇，当然其中的情趣品位和意境与昆曲的追求非常相似。

显然，这种"听戏"是属于台湾布袋戏的南管时期。南管布袋戏是台湾布袋戏的始祖，这个时期布袋戏的表演方式，以古雅的南乐为依归。据《台湾省通志卷》学艺艺术篇所载，南管布袋戏发源于泉州，擅演文戏，唱法与声腔与昆曲极相接近，行腔吐字则更为柔曼。其剧目采用南管戏本，如《琵琶记》、《白兔记》、《西厢记诸宫调》、《杀狗记》、《陈三五娘》等著名的南北戏曲。这些戏讲究的是剧情曲折、对话优雅、唱腔温婉，尤其角色出场时，都得先吟"定场诗"，这说明它与知识分子结合的特性，所以又称为文人戏。因为重文戏，所以主演人大多是读书人。也因为南管布袋戏有着优雅的词句，爱好它的以文人居多，因此演员在演戏时必须十分谨慎、循规蹈矩。② 丁言昭也曾指出，最早的台湾南管布袋戏创始于文人之手，其乐调以古雅的南乐为主，所唱皆为南词，唱法声腔与昆曲极近，行腔吐字则更为柔和，重演技，爱好者大都是老人以及举人、秀才等读书人。③

除了南管的重"听戏"外，北管布袋戏也同样存在"听戏"的传统。早期北管布袋戏脱胎于南管布袋戏，采用漳州调，其演技不甚考究，说白杂乱而鄙俗，上演的剧目也比较狭窄，通常演通俗打斗戏，"看"、"听"兼重，更具娱乐性，其演唱留存了大量的说唱艺术的影响。乡间早期布袋戏有很多剧目取材于三国

---

① 施叔青：《外国人看中国戏剧》，213页，北京：人民文学出版社，1988。
② 陈木杉：《云林县布袋戏发展史及布袋戏宗师黄海岱传奇》，28～29页，台北：台湾学生书局，2000。
③ 丁言昭：《中国木偶史》，73～74页，上海：学林出版社，1991。

戏、水浒戏、说唐、说岳、封神榜、七侠五义等，看这类布袋戏演出，纯以艺人的添油加醋的故事情节取胜，而大体上并不计较唱腔的单调和表演上的花哨。一出戏能长至成年累月，从这一点上，布袋戏的"听戏"更具有大众化、平民化情趣，又与京、昆的"听戏"有所区别：前者是听内容，后者是听腔品味。

艾春柏提到的早期布袋戏观众的阶层和性别组成，以及女追男和性侵犯场景的创作动机，都是很值得注意的现象。我们不知道这是台湾地区所特有的呢，抑或是傀儡戏观众组成的普遍现象。类似的研究在大陆还没有看到。至少在叶明生的两卷本《福建傀儡戏史论》① 中没有提及类似现象。没有提及未必意味着不存在。很盼望今后大陆的傀儡戏研究关注这个问题。

（三）关于张立礼的研究之述评

张立礼的中国影戏研究，堪称研究中国影戏的第一篇博士论文。笔者认为，张立礼对台湾和潮州影戏的文体分析，从研究方法和研究视角上很有价值。大陆地区的傀儡戏、影戏研究起步很早，经过大半个世纪的努力，在影戏的历史和表演形态上，建树不菲。但在已出版发表的傀儡戏、影戏研究论著中，对于傀儡戏、影戏的文本研究，像张立礼这样深入、细致的分析，还确实没有出现。非但傀儡戏、影戏如此，在国剧京剧以及其他地方剧剧本研究方面，都比较薄弱。长期以来，剧本研究局限在京剧以前的杂剧、传奇之中，而对于花部、地方戏剧本十分的看不起，傀儡戏、影戏则更等而下之。

以京剧为例，京剧的生长，以至开花结果，多半都是在一种自生自长的情况底下。文人鄙视京剧文辞粗俗，泥土味太重，不愿参加编剧。所以只好让伶人一手包办整个戏剧王国。伶人多半

---

① 叶明生：《福建傀儡戏史论》，上下册，计1 230页，北京：中国戏剧出版社，2004。

只求技艺的精进，往往偏于技术的训练而已。伶人之间，经常以一个架子花的精巧美丽互相竞赛，只力求唱工、做工的漂亮。对于剧本自身散漫的结构，甚至剧情荒谬、违背常理都不被人注意，从不加以删修，重新组织。有时连戏词都不通顺，更谈不上是否注意到它的戏剧条件。由于京剧的故事大都来自小说，后台老伶工将小说改编成戏时，往往不了解戏剧与小说在实质上的差异，他们只是照章回小说式的，以平铺直叙说故事的方法，将小说的人物借舞台活化起来。至于故事情节的排列，人物的心理刻画，形象的创造完全没有系统化。有些伶人，拿来一个剧，随便改动，任意加重自己扮演的一角，而不合情理地擅自改变内容，像这样的例子很多。文人参与编剧，是在极晚近的时候。一直到京剧受人力、时间以及其他客观因素的琢磨，已经相当成熟而被文人肯定它的艺术价值时，才开始有文艺人士围绕在名伶梅兰芳等左右，帮他修改旧剧本不合理的地方，甚至编写全新的社会剧，而以京剧的方式演出。①

  作为更"老土"的傀儡戏、影戏剧本，文人躲离得更远，所以很少有学者把目光投向傀儡戏、影戏剧本的文本研究。傀儡戏、影戏剧本毫无疑问是有研究价值的，这需要我们转变研究视角，不能以杂剧、传奇的那一套标准来苛求它，而应从民间艺术和草根文化的关怀，来宽容地对待这块璞玉，深入分析研究其言语特点和文本结构，挖掘其中的宝藏。

  中国文学的传统里士大夫文人的记录文学享受了极其优越的地位，因此在戏剧研究方面，文人所编写或整理的本子，即文学本（literary text）占了绝对的评价优势。最近这种观念的偏向有所调整，把研究范畴和对象，从文学本扩大到表演本（performing

---

① 施叔青：《外国人看中国戏剧》，43~44页，北京：人民文学出版社，1988。

text),从经过改编或整理的文本扩大到口头传承的资料(oral text)。① 当前中国古代戏曲研究,应以文献尤其是剧本为核心,参照文物和田野材料,对古代戏曲文学和演出形态进行研究。这对只重案头、忽略演出是一种否定之否定。而回归案头,意味着要下大工夫开展对中国戏剧文体史的研究。② 笔者认为,在傀儡戏、影戏的历史和表演形态及相关民俗学研究领域,虽然还有很大的研究空间,还需要加大投入,但同时我们也不能忽略对傀儡戏、影戏剧本的搜集、整理和研究。笔者认为,现在是从傀儡戏、影戏的外部研究转到文本内部研究的时候了。在傀儡戏、影戏剧本研究方面,国外的起步已早了我们20年,我们需要迎头赶上。本章评介的英语世界中的中国傀儡戏、影戏研究,有好几篇都是博士学位论文,可见影戏、傀儡戏研究早已登上英语世界高校中的大雅之堂。反观我国,在学位论文中选择傀儡戏、影戏作为研究课题的,鲜得一见。所幸中山大学的学者已注意到了傀儡戏、影戏研究对于保护民间口承文化的重要性,并已组织和开展了大规模的田野考察和研究,傀儡戏、影戏研究的博士学位系列论文的出现,将指日可待。

(四) 关于陈凡平的研究之述评

陈凡平研究影戏的论文,视野开阔,对世界各地的影戏进行了综述,也值得一读。他的论文对中国、印度、印度尼西亚、东南亚、埃及、土耳其、欧洲皮影戏的起源和它们之间的相互关系进行了探讨,重点考查了世界其他地区与中国影戏之间的关系,对以前提出的一些理论进行了讨论和分析,并提出"皮影戏也

---

① 吴秀卿:《从"文本"问题看中国戏剧研究的本质回归——兼谈韩国的中国戏剧研究》,载《戏史辨》,第4辑,159页,北京:中国戏剧出版社,2004。
② 康保成:《回归案头——关于古代戏曲文学研究的构想》,载《文学遗产》,2004(1):12~18。

许起源于中亚或印度,而非传统上所认为的影戏起源于中国"。陈凡平文在论世界影戏起源时的论证原则,是"非此即彼"的单一起源论。追寻世界上影戏的起源如同追寻人类的起源一样,不一定要遵循单一起源地模式。由于笔者主要关注的是英语世界中的中国影戏研究,本书将主要评价陈凡平论文中有关中国影戏的内容,特从陈凡平文的论文观点自然引申出下列几个小论点:①影戏并不是起源于中国,中国影戏并非起源于本土;②中亚、东南亚和欧洲的影戏并非是由中国传入的。本书将主要就陈凡平文中这两个命题提出个人的意见。

1. 关于中国影戏起源

陈凡平认为,"影戏起源于中国"之论至今尚没有令人信服的证据。文中首先列举了赞同皮影戏起源于中国的国内外学者的名单,诸如冯鲁山(Von Luschan)("我们必须认为所有不同形式的影戏都有一个共同的起源,可能就是中国")、博塞得·劳弗(Berthold Laufer)("毫无疑问,影戏产于中国")、格鲁伯和克雷布斯(Grube and Krebs)("如果我们有权说艺术的家园就在它发展到顶峰、达到最完美的地方,那么中国的影戏就起源于中国")、本杰明·马奇(Benjamin March)("这种艺术起源于中国看来是无可争议的")。陈凡平在文中并没有对上述国外学者的论点进行详尽的反驳,其所反驳的对象是抱持同样观点的中国学者。陈凡平列举一大串抱持"世界其他地方的影戏是由中国传入的"论点的学者名单,可惜的是,这部分名单与后面的注释及文后参考文献存在过多的混乱和错误,如注释①所举"科1976:23"、"袁1990:62"、"童1934:4"、"王和陆1953:1"、"刘和施1991:4"、"古1994:115-116"与文后参考文献均不对应,令人难知就里。陈凡平认为,赞同派的文章中充满了传说与假设。但陈凡平在提出自己的观点时,其证据同样是道听途说和假设,其道听途说和假设的程度较之前人毫不逊色。

陈凡平提出，直到公元 10 世纪中国才有皮影戏表演艺术存在的"具体证据"，比印度尼西亚历史上首次提及皮影戏要迟。他也承认，还有一些学者认为印度或印度尼西亚是影戏的发源地，但他并没有列举这些学者的名字，故从文中比较难以区分陈凡平与这些学者观点的分界和承继关系。

有关皮影戏的不少理论都探讨"可能使用影子"这一原始起源。陈凡平提醒人们要区分"影子/捉影"与"影戏"。这种区分是很重要的一点，值得研究影戏者注意。陈凡平认为，欧洲学者 J. 皮兹路斯克（J. Przyluski）、雅格布（G. Jacob）、宣慕琦·皮切尔（Richard Paschal）和斯代其·罗森（Stache Rosen）提到的例子，如古希腊的柏拉图在其著作《共和国》中所提及的洞中影子，以及印度的斯塔嘎（Sitabenga）出现的刻有铭文的山洞，都不是真实的影子表演。前者只是一种想象，而后者是对印度山洞中铭文 saubbika 和 lenasobbika 很不确凿证据的一种过分阐释。那么，中国影戏起源于公元前 2 世纪的说法同样是捕风捉影。东汉班固的《汉书·外戚传》和宋高承《事物纪原·影戏》之记载，"影子/捉影"而已，而非"影戏"。

陈凡平之区分影子与影戏主张，有一定道理。但他似乎将二者绝对对立起来了。将影戏起源与形成（成熟）完全混为一谈，同样是有问题的。若将《史记·孝武本纪》、《后汉书·李夫人传》、《汉书·外戚传》、《搜神记》、《拾遗记》，桓谭《新论》、《北堂书钞》和《事物纪原》，晋王嘉《拾遗记》、《太平御览·武帝内传》所载相关文献结合起来研究，则难以武断判其为无稽之谈。此亦涉及影戏的概念，弄影作戏即为影戏，影偶材料并不限定，牛皮、驴皮、骆驼皮、羊皮、纸、树叶、黏土、胶片、塑料、布、真人、石头、木头，皆无不可（但并非所有由上述材料制作的偶人都可称为影偶，需要视其用途而定）。所以，有皮影、纸影、手影、乔影戏、大影戏、皮猴戏、土影戏、灯影戏等不同称呼。西汉道士李少翁以刻石为偶作李夫人状，放在轻纱帷幕之内，夜张灯烛，将影偶姗姗移动，以灯烛照李夫人像于帷幕之上，并与观众（武帝）互动，有情有意，虽未及语言、故事、音乐，戏之情致达矣，谓之哑影戏或准影戏。以之为后来真影戏的初始形态非不可也。高承称其为影戏远源，并非虚妄之言。

陈凡平云："任何看过皮影戏的人都会意识到不管这位道士怎样擅长于法术，他都很难用平面影偶来欺骗皇帝。"笔者认为，这是典型的对于中国文化的隔膜。道士李少翁类似皇帝弄臣角色，主要目的在于娱乐皇帝及抚慰皇帝伤感之情，即使存在"欺骗"，也是善意的，并不会受到皇帝的责难。即使"欺骗"不了，皇帝也不会在意，意到神知，得意忘言，得鱼忘筌。陈凡平文之论恰恰说明了他并不了解中国传统艺术的创作和接受传统。顾颉刚认为："取所致者，自非鬼，亦非人，猜想之，乃即影戏所用之影人耳。观其夜张灯烛，设帏帐，令帝居他帐，则与影戏之设备大同。而武帝所见之影，则更与影戏无疑，如不能就视，如坐如而步。最明显者，为其诗所表现。'是邪非邪'，已有不全似李夫人形貌之感觉，正与影戏之不合真象处相同。"①此与本人观点相类。

探讨影戏的起源，需要辨析影伎和影戏的概念。江玉祥认为，影戏是弄影为戏，包括弄影和影戏两个部分。弄影是指操纵影人的技巧，属于伎艺的范畴。影戏是指操纵影人模仿真人演戏。影戏也属于戏剧的一种，已跟弄影的伎艺有别，它应具有戏剧的特点。方士为汉武帝致神的方术，类似今日皮影艺人提影偶的伎艺，只可称弄影伎艺，是一种"弄影还魂术"，还不能谓之"影戏"。这种弄影还魂术，根据《墨子》和《韩非子》的记

---

① 顾颉刚：《中国影戏略史及其现状》，载《文史》，1983（19）：110~111。

载,春秋战国时期已经出现和为巫师所应用。① 同时,还要对"起源"这一概念应有严格界定,区别中国影戏的远源与近缘。否则在表述中可能产生"关公战秦琼"般的误会,甚至产生自相矛盾。春秋战国时期的弄影伎艺和西汉道士李少翁施法为汉武帝招李夫人都是一种巫术,用光将事先制作好的人形投到帏帐上,可以认为,这种影伎本身尚不能称为影戏,但可以称为影戏之起源,是中国影戏的远源;而佛教则是中国影戏形成的引缘。在佛教的催化下,影戏到唐代方告成熟,故佛教的影响与催化,可称之为中国影戏之近缘。② 完全可以认为,没有外来文化的推动,我国的傀儡戏也能通过自身运动向前发展。然而历史不能假设。事实上,佛教对我国傀儡戏的发展所起的作用是举足轻重的。③ 只有明确区分影戏的远源与近缘,才能为研究中国影戏的起源提供比较客观的参照原则,而这正是陈凡平文所缺乏的。由于陈凡平对影戏的"起源"一词缺乏严谨科学的界定,从而导致其论证缺乏严谨。

陈凡平倾向于皮影戏起源于中亚的说法。他说:"有一种说法建议皮影戏起源于中亚的游牧部落。它把这种戏的特点与土耳其部落的文化联系在一起。尽管缺乏证据,但还是有一定的道理。"证据如下,美国木偶戏名演员比尔·贝尔德(Bill Baird)曾提出:

> 游牧民族养动物,所以拥有皮革。他们搭帐篷并在里面生火,因此能做成演影戏的影窗。他们可以把50个影偶装进一个小小的袋子里。大家都知道,在公元前

---

① 江玉祥:《中国影戏》,2~11页,成都:四川人民出版社,1991。
② 康保成:《中国古代戏剧形态与佛教》,440~441页,上海:上海东方出版中心,2004。
③ 康保成:《中国古代戏剧形态与佛教》,406页,上海:上海东方出版中心,2004。

三四百年，中亚的斯基台人（Scythians）就已经学会用皮革雕刻成很漂亮的类似于皮影的动物形状。在沿着中俄之间的古老商道两旁的外蒙古附近，阿尔泰山山脉的古墓中就发现过经过切割的动物皮革，有一件是皮雕的麋鹿，它完全可以被认为是影偶。①

这种论证方法的可信度令人怀疑。拥有皮革就是皮影戏的当然发明者吗？古墓中发现的动物皮雕就"完全可以被认为是影偶"吗？这些都是大值得怀疑的。"中亚游牧民族使用由皮革、氈毛、纸、布或树皮做成的平面影偶，这可能与他们的宗教活动有关。"李昉《太平广记》引唐朝《酉阳杂俎》的记载，说突厥族用氈刻象征神的氈影，放在皮袋里用来拜祀，这种习俗在中亚的土耳其和蒙古民族中一直沿袭至近代。这些氈影显然是神圣之物，是祖先和已逝亲戚的化身。中国东北满族人在举行萨满仪式时也用树皮和纸做成人形，并用动物的影偶来陪葬。中亚的氈偶虽然由动物皮雕刻而成，但原始文献中并未显示用于影戏演出，所以称为氈偶尚可，将之称为氈影则没有道理。中亚动物皮雕的真实功能是神偶，具有宗教意义，主要起保佑祈福、驱疫逐灾作用，同东北萨满教中各种玛音神偶的性质相同，而同"影偶"和"皮影戏"并没有直接关系。所以，中亚氈偶之制作可能对后来皮影雕刻技术有积极促进作用，但断言中亚皮雕为影戏的起源则无从说起。

陈凡平坦承，尽管皮影戏的技艺可能是起源于中亚的游牧民族，但是还没有确切的证据。主要是因为这些民族都没有文字，因而没有文字记载。由此可见，陈凡平赞同的皮影戏源于中亚的观点，其实缺乏最基本的证据文献。

---

① Baird, Bill. 1973. The Art of the Puppet. New York: The Macmillan Co., a Ridge Press Book.

陈凡平之皮影戏源于印度、经由中亚传入中国的观点，显然也多是其他学者的已有之论，如宣慕琦·皮切尔（Richard Pischel）、奥脱·司皮斯（Otto Spies）、亚历西欧·邦伯斯（Alessio Bombaci）、斯亚乌丝格尔［Sab'n（Sabri）Esat Siyavusgil］、威廉·里奇威（William ridgeway）、汤姆·库柏（Tom cooper）。其证据包括米勒对《摩呵婆罗多》（Mahabbarata）（公元前400年至公元400年）、伍尔伯特（Wolpert）对巴旦加利（Patanjali）所著的《摩呵巴夏》（Mahabhasya）（公元前2世纪）这两本书中的某些词的解释，陈凡平认为，如果这些解释是对的话，"那么发现最早提及文学中的影戏的还是在印度"。

陈凡平进一步提出，如果上述现代学者的解释不可靠的话，印度古代学者对印度文学作品中某些词的解释会"比较接近"。"17世纪的学者对2 000多年前文字进行解释，它的正确性可能值得怀疑。但是下面这条解释的时间就比较近了，而且表明它不只是一个人的猜测。"吕德（H. Luder）认为，公元2世纪出现在Mahabhasya书中的saubhikas也可同样解释为演影戏的人。他从10世纪一位名叫萨默得瓦（Somadeva）的作家的作品中证实了这种说法。萨默得瓦在他的Nitivakyamrta一书中把saubhika解释为"一位能在夜间让人们从幕布上看见很多人的人"。除此之外，陈凡平另外还转引两则传闻，分别证明印度影戏可能起源于公元前200年和公元6世纪影戏从印度南部流传到印尼爪哇。

笔者认为，这种逻辑是很不严谨的。10世纪时的萨默得瓦的解释虽古，却未必正解，"不只是一个人的猜测"也不能保证多数即真理，民间传闻的附会性则更甚。

汤姆·库柏（Tom coope）提出佛教教士在佛教徒从公元6至9世纪对外扩张的鼎盛时期，大影戏从印度带到印度尼西亚和中国。陈凡平认为，"影戏随着佛教一起传入中国"的说法还有待证明。因为，他坚持"直到10世纪都没有证据证明中国有影戏"。这显然是在反驳孙楷第先生的论点。孙楷第认为，在唐朝佛教寺庙里有证据证明表演过图像讲唱，认为这种结合图像宣讲经卷就是后来影戏的滥觞。陈凡平认为，"这种说法只是个假设。在宋朝影戏所演的都是历史故事，实际上与孙楷第所讲的唐朝变文在内容上是没有什么关系的"。宋代以来，中国皮影戏虽多历史故事题材，但也不乏与佛教有关的皮影剧目，在某些表演术语、表演习俗上与佛教的关系也很密切，况唐朝变文俗讲亦非仅限于佛教题材，还有《王昭君变文》等世俗故事影戏，可见唐宋影戏内容也并不是截然分开、水火不容的。

陈凡平"直到10世纪都没有证据证明中国有影戏"之说法也是不确切的。用光的原理，使色彩、图像显现出来，即用影像的方式演出俗讲，在10世纪之前并非没有文献记载，只是陈凡平未着力查找或有选择地忽略了而已。如《隋书·五行志》下载大业九年（613）事：

> 唐县人宋子贤，善为幻术。每夜，楼上有光明，能变作佛形，自称弥勒出世。又悬大镜于堂上，素纸上画为蛇为兽及人形。有人来礼谒者，转侧其镜，遣观来生形像。或映见纸上蛇形，子贤辄告云："此罪业也，当更礼念。"又令礼谒，乃转人形示之。远近惑信，日数百千人。

隋人宋子贤已开始用纸、素（白色的生绢）剪成各种形状的影偶（佛形、人形、兽形、蛇形等）；他所利用的光源，有大镜和火。他宣传的理念，是佛教的因果报应，如今生为人，因罪业来世转为蛇，礼佛则可再转为人等。唐段成式《酉阳杂俎》亦有用影像方式演出俗讲的记载。康保成先生提出，影戏手段的产生远远早于俗讲，不是从俗讲中派生出影戏，而是俗讲利用了影戏的形式。宋代影戏乃是说话讲唱利用了影戏的形式，而不是唐代俗讲的内容。宋代影戏已开始表演世俗故事、历史故事，因而较少带有明显的佛教印记。然而,从前辈时贤所做的实地考察和有关文献看,宋以后,尤其明清以来,影戏与佛教仍有形影相随的密切关系。① 这些均可以证明陈凡平的认识是有问题的。另一方面,孙楷第提出唐朝佛教寺庙里表演图像讲唱,非臆测之论,是有历史文献作为支持的,陈凡平对此文献却避而不提。如果认为孙楷第"中国戏曲源于大影戏、肉傀儡"之说有较多猜想成分,尚可理解,如认为其"傀儡戏考源"纯系假设附会,则过矣。②

有文献证明,唐代不仅有了以光影演出变相一类影戏的雏形,而且已经有了成熟的世俗影戏。《长恨歌》和《长恨歌传》已透露出比较成熟的影戏的信息。《太平广记》卷一七五,记韦庄幼时常与邻巷诸儿会玩,后追思往事,作《又逢李氏弟兄诗》曰:"御沟西面朱门宅,记得当时好弟兄。晓傍柳阴骑竹马,夜隈灯影弄先生。巡街趁蝶衣裳破,上屋探雏手脚轻。今日相逢俱老大,忧家忧国尽公卿。"③ 可以认为,"夜隈灯影弄先生"就是玩影戏,"先生"即影偶。后世习称木偶、影偶为"先生",例如清李声振《百戏竹枝词·影戏》云:"机关牵引未分明,绿绮窗前透夜檠;半面才通君莫问,前身原是楮先生。"称影偶为"先生",韦庄大概为第一例。按韦庄出生于唐开成元年(836),彼时影戏已成为一种儿童游戏,可见成人的影戏应产生得更早。由此可知影戏最迟在中唐已成熟。元稹(779—831)《灯影》诗云:"洛阳昼夜无车马,漫挂红纱满树头。见说平时灯影里,玄宗潜伴太真游。"后二句分明写用影戏表演杨贵妃、唐玄宗的故

---

① 康保成:《中国古代戏剧形态与佛教》,452~456页,上海:上海东方出版中心,2004。
② 孙楷第:《傀儡戏考源》,载《沧州集》,209~307页,北京:中华书局,1965。
③ 李昉:《太平广记》,1 306页,北京:中华书局,1962。

事。这表明,早在中唐时期,洛阳已经有了成熟的影戏。又雍裕之《两头纤纤》诗云:"两头纤纤八字眉,半白半黑灯影帷。腽腽膊膊晓禽飞,磊磊落落秋果垂。"雍裕之为贞元后人,"半白半黑灯影帷"指表演影戏的帷帐,亦即宋代所说的"影戏棚子"。"两头纤纤"指操纵影偶的引线,"八字眉"指影偶的形象。由上述文献可知,中唐时期,影戏已从一种讲经手段蜕化为表演世俗故事。可见,所谓宋代影戏演世俗故事,只不过是中唐传统的延续而已。① 对中国影戏文献缺乏系统深入的梳理,却武断地认定中国10世纪以前没有影戏,错误的方法导致了错误的结论。

中国影戏源于中国。在后来形成发展中受到佛教影响和促进,也确为事实,从来也没有人加以怀疑或否认,但不能以此而得出中国影戏外来说的结论。中国皮影戏所受的影响不止于佛教,它与中国道教的关系、与中国传统大戏、民间曲艺的关系,都是很密切的,都有互动影响。但不论这种关系多么复杂,只要分清源与流、主与次、本与末,就不会产生混乱。陈凡平力图从比较中寻找证据来支持"中国影戏外来说",然而,以他提供的材料和分析来看,不足以得出他的结论:中国10世纪之前没有影戏,中国影戏或起源于印度和中亚。江玉祥提出,中国的影戏不是舶来品,它就诞生于中国传统文化的土壤里。中国影戏起源于秦汉道士方术的"弄影还魂术",在发展的过程中,汲取了变文的影像配说、唱、乐的形式,是以传奇为剧本而形成的一种民间新型综合艺术。形成时间大约在唐代开元、天宝时期。② 时至宋代,中国影戏达到完全成熟,形成中国历史上影戏的第一个繁盛期。清代则是影戏的第二个黄金时期。

---

① 康保成:《中国古代戏剧形态与佛教》,453~454页,上海:上海东方出版中心,2004。

② 江玉祥:《中国影戏》,19~20页,重庆:四川人民出版社,1991。

陈凡平关于中国影戏源于印度或中亚的设想,与中国的学者翁敏华关于中国傀儡戏起源的观点相似。翁敏华在《傀儡戏三辨》一文中,根据汉语和梵语"傀儡"、"傀儡子"、"郭秃"、"鲍老"的语音比较得出结论,认为中国的傀儡戏是外来演艺,东亚诸国的傀儡戏,是来自印度、西域一代的演艺形式。翁敏华在最后还意味深长地总结说:"一项学术研究课题要想有所突破,拓宽眼界、增加参照很有必要。'有比较才能有鉴别',所谓'辨',不正是'鉴别'之义吗?"① 话说得不错,但笔者觉得,单单凭借对几个词语的汉、梵语音辨析,就轻易地下断语,认为可以此一举解决中国傀儡戏探源考论问题,是否显得太轻巧了。

　　比较的方法固然很好,但运用时应该非常慎重。在比较中,要提防很容易产生的断章取义、望文生义、强合己意的弊端。如持"中国戏曲源于印度梵剧说"的德国学者布海歌女士,认为印度的库提亚特姆和中国戏曲均采用脸谱和胡须,双方之间的"相似确实是惊人的"②。而孙玫认为,双方无论是在面部的用色和构图,还是在髯口的形状和材料上都是大相径庭。孙玫指出:"当一位西方学者从东方文化之外来观察两种东方艺术形式时,是容易得出与从东方文化之内部观察者所得到的不同的印象和结论的。这也是人类学中的一个有趣的现象。"③ 不仅不同文化中的学者会产生差异,同一文化圈内的学者,如果比较的视角不同,比较的结果也会大相径庭。例如,对中印戏剧的比较就存在这种问题。持有"梵剧说"的许地山和郑振铎所采用的最主要

---

① 翁敏华:《傀儡戏三辨》,见《戏史辨》,胡忌主编,281~283页,北京:中国戏剧出版社,1999。

② Werga-Burger, Helga. Chinese Opera and the Sanskrit Drama of Kerala, India,载《戏曲研究》,第24辑,姜智译,127页,北京:文化艺术出版社,1987。

③ 孙玫:《东西方戏剧纵横》,22页,南京:江苏文艺出版社,1996。

的研究方法是通过对比指出梵剧和戏曲的一些相似之处,从而证明前者对后者的影响。但是,"至今他们指出的这些相似之处还不能支持'梵剧说'。看来,仅仅依照这种比较的方法是难以服人的。'梵剧说'若想成立,有赖于新的实证性材料的出现。"①

利用汉、梵语音比较作为中国古代文学研究的方法,对中国学者来说是一项很大的挑战,需要对印度梵语、印度文化有相当的把握,同时又是中国古代文学、文化研究专家,能做到这一点的中国学者不多。郑振铎、许地山、季羡林等先生在中印文学、文化的比较研究方面,成果比较突出,显示了开阔的学术视野,极为难得。但智者千虑,必有一失,他们的研究结论,也并非完全没有争议。

例如,黄天骥先生的《"旦"、"末"与外来文化》一文曾对于旦、末名称的来源提出新的看法。② 孙玫对这种观点作了下述分析③:

> 黄天骥先生在《"旦"、"末"与外来文化》一文中,经过详尽的考证,否定从汉语语义方面解释"旦"和"末"的可能性,努力从梵语文中寻找旦和末的来历,从而指出中国戏曲与印度文化的密切关系。诚然,前人从汉语语义方面解释角色行当名称的确凿之说,今天看来不免可笑。然而,若根据黄先生文章的考证来推断"旦"和"末"源于梵语,则还有一些问题难以解释得通。例如,黄先生根据常任侠先生的说法认为健舞就是梵语中的 Tandava,他还列出一些梵语中和舞蹈有

---

① 孙玫:《东西方戏剧纵横》,25 页,南京:江苏文艺出版社,1996。
② 黄天骥:《"旦"、"末"与外来文化》,载《文学遗产》,1986(5);收录于陆润棠、夏写时编:《比较戏剧论文集》,153 页,北京:中国戏剧出版社,1988。
③ 孙玫:《东西方戏剧纵横》,24~25 页,南京:江苏文艺出版社,1996。

关词汇，指出这些词汇中均有 Tan（旦）这一音节，从而推断"旦"是从梵语中演化而来的。而笔者阅检了《舞论》后发现其中有更多的关于舞蹈的词汇并不含有 Tan 这一音节。另外，Tandava 这一种雄健的舞蹈是属于男性人物的，而与它相对的柔性舞蹈则叫做 Lasya，由女性人物表演。再如，在梵剧的开场中，有一表演者，其功能类似于南戏中的末或副末，但是他的名称是 Sutradhara，显然，这里没有任何一个音节和 ma（黄先生认为"末"和梵语中的 ma 有联系）相关。像这一类的问题，恐怕只有由兼通梵语和中国古代表演史的学者作出进一步的研究之后，才能得出比较圆满的解释。

孙玫通过阅检《舞论》而对黄先生观点所作的反证，难道就是可靠的吗？不得而知。如果不精通梵语，其他人很难作出判断。

当然，我们完全没有资格怀疑这种研究方法的价值。更不应该因为我们自己不懂梵语，坐井观天，故步自封，自己不会做，从而因噎废食地反对其他人做。笔者只是想表明，中印比较得出的结论，所用的梵语材料，读者如果不懂梵语，很难作出判断。毕竟，兼通梵语和戏曲的大师级的人是极少的。我们希望有更多的人学一些梵语，因为印度戏剧、印度佛教对中国古代文学和戏曲表演确实有重要的影响。但总的来说，大多数中国学者还是要靠文献资料来进行考证探源，这是比较现实的办法，也较易为学术界接受。还有一层原因，是语音上的比较，能不能算作文物、文献、确凿的证据？比较中有没有考虑到语音变异的情况？语音上的相似性有无偶然性？甲与乙相似，是否就能够断定乙来源、受影响于甲？我觉得，从可靠性上看，最终还是需要有实物证据才能证明这种影响。"从艺术发生学角度的逻辑推衍毕竟不能代替事实的证据。一方面，我们应当承认，根据有限记载而悬测猜想的合理性，但另一方面，我们仍然只能坚守王国维的无证不信的原则,除非有确凿的证据,否则,推论永远只是推论,永远只是可能性而非现实性。"① 也正是如此,陈凡平通过比较梵语的几个词来推测印度影戏的起源的结论,超出笔者进行评价的范围。笔者只是希望他能够更多地应用文物、文献的方法进行论证。同时,对于西方有些学者变相地抽空中国文化与艺术的不良企图,国内学界应有所认识。

2. 关于中国影戏在世界各地的传播

陈凡平提出,中国影戏 18 世纪传播至法国之说也是值得怀疑的,他说:"法国耶稣会士杜哈德(Du Halde)神父确实写到过中国的灯戏,其中之一可能就是一场影戏的表演。"他在一部名叫《中国通史》② 的书中写道:

> 第一个月的 15 日也是一个很隆重的节日……这些灯笼特别大,有些是由固定的长方格组成的,边是用涂了日本漆的木头做成的,并镀了金;在每一个方格上他们都网上了很精致的透明丝,上面漆满花呀、树呀、动物呀,以及人的图像;其他的是圆形的,用透明的角质做的,蓝颜色,特别漂亮;他们在灯笼里放上几盏灯和很多蜡烛,这些亮光使图像看上去很活泼;这台"机器"的顶上"冠"上各种雕成的艺术作品,从上面垂下各种颜色的丝线和缎子做的饰条。有些影像很适合娱乐,吸引人们的注意力;你会看到马在奔驰,船在扬帆,军队在行军,人在舞蹈,还有其他诸如此类的场景;演员隐蔽地藏在下面,操纵着看不见的线,使所有

---

① 黄仕忠:《中国戏曲史研究》,14~15 页,广州:中山大学出版社,2001。
② Halde, Du. The General History of China, vol. 2. London: printed by and for John Watts at the Printing office in Wild-Court near Lincolns-Inn Fields, p. 1 736. translated from Description Geographique, Historique, Chronologique, Ploitique, et Physique de L'empire de la Chine.

的活动画片动起来。还有些时候，他们让王子、公主、战士、小丑和其他人物的影像出现。表演者移动影偶时特别巧妙，他们的手势与说出的话很相配，会让人觉得影偶真的在说话。

通过上面这段引文，陈凡平断言："很显然，杜哈德自己不了解中国的影戏，把影戏和走马灯混为一谈，所以他不可能把中国影戏介绍到法国。这并不奇怪。因为，根据他在前言里所说，书中很多资讯来源于他对其他住在中国的耶稣会会士的采访，以及这些会士写下的书面材料。"且不说上述陈凡平引文的翻译是否忠实，引文前半段颇似走马灯，但愈往下就愈可以肯定这就是灯影戏，因为有操纵影戏的人，有说唱，确是"唱影"，在陕西至今仍以"唱影"称呼影戏，这并不是走马灯，陈凡平只顾前段，未仔细思索下段，他说杜哈德把影戏和走马灯混为一谈，但其实真正混为一谈的并不是别人。

陈凡平也否认了张立礼（Chang Lily）"台湾影戏源自潮州影戏"的说法，理由是这两种皮影戏的操纵杆插法有不同之处。张立礼的博士论文《中国影戏寻根：影戏与人演的戏剧之比较》在国外中国影戏研究中是比较扎实的一部专著，既有宏观视角，如对中国影戏起源的追溯，对中国影戏之影偶、戏班、影戏音乐、影戏表演、观众与影戏功能的宏观探讨；也有微观研究，如对3个台湾影戏剧本与5个潮剧剧本的系统比较，对河北影戏剧本结构语言形式的分析，对河北影戏剧本与说唱、梆子戏、焰段、柳子戏的比较，大量采用欧美文学研究中的文本细读法（Close Reading），通过揭示文本形式各因素之异同来支持自己的论点，论证严谨，较有说服力。这两种视角结合的非常合理，避免了两种视角各自的片面性，在国外影戏研究中堪称最具有学术性的一部著作。① 陈凡平对张立礼的解读，脱离了具体的语境（如台湾影戏和潮州影戏在艺人传承、剧本传承和表演形式上的渊源等），单纯从影偶操纵杆来否定张立礼"台湾影戏源自潮州影戏"的观点，有穿凿附会之嫌。

陈凡平否认印度尼西亚的影戏源自中国影戏，理由是印尼的影戏被凯勒（Keeler）视为可能是"世界上最有名的一种影戏，不像中国的皮影戏只被看作戏剧中的小戏。印尼的影戏被誉为'爪哇杰出的艺术形式'。虽然中国的皮影戏比较复杂，但印尼的影戏被布兰登（Brandon）誉为'世界上最复杂，最高雅的戏剧形式之一'"。皮影戏的操纵方法一如皮影影偶的材料、影戏的语言等，均非影戏的本质，同时，影戏的传播和接受，并非完全静止和被动的行为，接受一方经常根据当地的语境进行适当变革，也由于不同地方的艺术环境不同，有开放性的，有保守性的，完全有可能出现因影戏接受者在高起点基础上又加以变革和完善致后来者居上，而影戏的发源地因各种原因发展缓慢甚至落后的情景。中国是足球、围棋的发源地，中国也是造纸术、火药、印刷术的发源地，但并不因为现在技术落后了而否定其发源地称谓，也并未因为是发源地而领先于世界。所以对于台湾影戏，不会因为操纵杆插法有异于潮州影戏就能推翻其源自潮州影戏的论点，也不能因为印尼影戏的盛名、其精美复杂性及其在印尼国内的地位超过"小戏"——中国皮影戏，就断言印尼皮影戏不可能来源于中国，还是让证据、文献来说话吧，这比引用外国学者的溢美之词更有力量。董每戡先生《说影戏》云，中国

---

① Chang, Lily. The Lost Roots of Chinese Shadow Theatre: A Comparison with the Actors' Theatre of China. University of California. Los Angeles, 1982: 1~327.

"影戏很早就很发达,并且制作技术最精的,不能不首推中国"①。笔者引这段话并不是拿中国影戏与印尼影戏比高下,而是用以说明对影戏精美程度之评价标准并不统一,有些是自封的,掺杂着感情因素,对此仅能参考,不能绝对化。尤其重要的是,精美、复杂与否,并不能作为影戏起源传承的充分必要条件。

陈凡平也质疑中国影戏之传入德国、英国、西班牙、中亚,但他所提出的理由都很勉强,不足以令人信服,如他提出在歌德的生日晚会上根本就没有表演过"中国影戏",他转引了西蒙(Simon)的材料,"在歌德32岁生日晚会上,威玛公爵夫人阿玛丽亚用穿着化装服的人的影子表演了一出'密内瓦的诞生',但那是真人表演的,不是用影人表演的'中国影戏'"。然而,陈凡平以"真人"影子而非影偶表演来否定当时宴会上所演是中国影戏,证据并不充分。因为,中国影戏除了有用影偶演影戏之主流艺术外,本来就有以真人影子演影戏的情形,此即"大影戏"或"乔影戏",也有"人偶戏"(影人和人影同台)。因此,陈凡平之论难以成立。陈凡平提出18世纪西欧影戏使用黑色硬纸剪影影偶,完全不同于中国影偶材料,所以西欧影戏非由中国传入。笔者不仅想质问陈先生,以材料不同为据,何不更举语言差异呢,西方语言不是更不同于中国语言吗,为什么不以中西语言不同而否定中西影戏之间的联系呢?语言、制作材料均非影戏的本质,陈凡平以材料不同做论据令人颇觉不可思议。周贻白认为,"凡有影戏的国家,其历史比较中国的影戏都要迟后。且中国影戏在距今800年前即臻完善程度而成为话本的表演,则尤为其他民族所不及。如英国的影戏虽与立体的傀儡时常并为一谈,其实还是18世纪前后由中国传入。至于以后的种种改进,

---

① 董每戡:《说影戏》,载《董每戡文集》,369~375页,广州:广东高等教育出版社,1999。

则为整个戏剧形式的问题，不是影戏一方面的事。"① 与笔者的意思是一致的，涉及区分什么是影戏的本质属性的问题。陈凡平还提出西欧18世纪之所以谓皮影戏传自中国，是由于当时欧洲的"中国热"所致。陈凡平的这些提法虽较新颖，但都缺乏证据，难以令人信服，想当然耳。叔本华曾说过："直观是一切真理的源泉，是一切科学的基础……无论在哪里，由证明得来的真理远远抵不上直接自明的依据。"在笔者看来，这"直观"和"直接自明的依据"若用之于戏曲研究，指的就是直接的文献或实物证据。如果令人信服的直接的知识远不可及，则只能采用演绎证明的方法。但这种主要依靠因人而异的"判断力"的行为，多半是不可靠的，因为"只有个人的判断力具有特别突出的，超过一般水平的强度时才真能使科学前进"②。

在没有发现确凿的证据以证明中亚或印度影戏传入中国之前，我们姑且仍然坚持认为中国的影戏乃起源于中国本土，在发展过程中受到佛教的影响，至唐宋时中国影戏发展成熟，并逐渐传播至中亚、欧洲、东南亚等地。虽然陈凡平文对这些传统观点的反驳在证据上是难以成立的，但却明白无误地告诉我们这样一个事实，即中国影戏的起源问题仍然有可疑之处，还需要更多的确凿的证据。虽然并非只有经过证明的东西才是完全真的，并非每一真理都需要一个证明，但"每一证明都需要一个未经证明的真理"。③ 所以，还需要学者们发现更多的证据，来进一步论证中国影戏的起源问题。

---

① 周贻白：《中国戏剧史长编》，97~98页，上海：上海书店出版社，2004。
② 叔本华：《作为意志和表象的世界》，石冲白译，107~113页，北京：商务印书馆，1997。
③ 叔本华：《作为意志和表象的世界》，石冲白译，107页，北京：商务印书馆，1997。

第九章　地方戏和少数民族戏剧研究

在英语世界里，有很多研究中国地方戏、歌舞小戏和少数民族戏剧的论文论著，覆盖了京剧、粤剧、秧歌戏、藏剧等剧种，涉及戏剧音乐、行当、舞蹈、杂技、服装、演员、戏剧英译、莎剧的京剧改编、戏剧与社会变革的关系等方面。涉及京剧的相关论文论著详见下面第一节美国学者卞赵如兰的专论。

除了卞赵如兰提到的以外，这方面的博士论文、论著还有《京剧音乐研究》(Elizabeth Ann Wichmann, 1983)、《粤剧的音乐》(Chan Sau Yan, 1987)、《粤剧音乐》(Yung Bell, 1976)、《京剧和欧洲歌剧的声乐特性比较》(Hsu Yi-lin, 1993)、《京剧中的武术杂技研究》(Yao Hai-hsing, 1990)、《河北农民戏剧改革试验》(Sun William Huizhu, 1990)、《定县秧歌戏研究》(Judith J. Johnson, 1979)、《藏族佛教戏剧研究》(Robert Hulton Baker, 1987)、《唐代舞蹈的文化影响及本时期一种舞蹈的运动特性》(P. Kim-hung Wong, 1990)、《中国表演艺术中的宫廷舞蹈》(Dallas Linda Mccurley, 1994)、《京剧剧作特殊结构和程式的翻译》(Hwang Mei-shu, 1977)、《戏剧想象：京剧与中国文化危机1890—1937》(Joshua Lewis Goldstein, 1999)、《京剧与1949年后的台湾》(Nancy Ann Guy, 1996)、《戏曲改革中导演作用的发展》(Ann Megan Evans, 2003)、《诗学置换：二十世纪中戏跨文化戏剧》(Tian Min, 2001)、《跨文化戏剧：两种莎士比亚戏剧的京剧改编》(Shi Wen-shan, 2000)、《中国乡村戏剧》(S. D. 甘布尔，

1970)、《中国舞台》(洛伊斯·惠勒·斯诺,1972)、《当代中国戏曲》(罗杰·霍华德,1978)、《京剧指南》(伊丽莎白·哈里森,1966)、《样板戏:中国的新戏剧》(莫里、李华元,1973)等。

期刊论文有《徽州戏〈琵琶记〉的研究:明清地方戏的形成和新安商人》(田中谦二,1977)、《川剧的起源和特征》(D.卡尔沃多瓦,1966)、《神话符号学:对〈智取威虎山〉的符号学分析》(Kirk A. Denton)、《文革中的样板戏戏剧理论》(Ellen R. Judd)等。

徐道经的专著《京剧三昧》(Hsu Tao-Ching, 1985),则对京剧作了全面的阐述,并列出两章比较京剧与古希腊戏剧、列出一章比较京剧与欧洲歌剧、分三章比较英国文艺复兴时期戏剧。全书近700页,堪称巨著。

第一节 欧美国家的京剧研究概况

美国哈佛大学学者卞赵如兰的《西方对于京剧研究的情况》一文对20世纪80年代中期以前的欧美京剧研究概况进行了总结概括,反映了国外(未包括日本、俄国和东欧)对于京剧的认识和看法。[1] 卞赵如兰的概括和分类主要有以下几点:

(1) 一般介绍性文献,20世纪20年代就已有很多,比如苏烈模的《中国现代戏剧与音乐》,作者是个从法国到中国来的外交官,他对中国文化、历史,已经有很深的认识。另外,还有祖克的《中国戏曲的秘密》和巴斯的《中国戏剧》[2],两位作者都

---

[1] 卞赵如兰:《西方对于京剧研究的情况》,收录于《中国戏曲艺术国际学术讨论会论文集》,北京:中国艺术研究院,1987。

[2] George, Soulie de Morant. Theatre et Musique Modernes en Chine, Paris, 1926; Zucker, A. E. The Chinese Theatre. Boston, 1925; Buss, Kate. Studies in the Chinese Drama. Boston: The Four Seas Company, 1922.

是汉学家，不是专门的戏剧或音乐学家。他们的介绍，先有个相当完整的历史的描写，从古代，到元、明、清，都要提到一些。当时在国外介绍这种个别的中国文化，是很难的工作。因为，一般人对于中国根本什么都不懂，所以难免总是要先作许多各方面的介绍，如中国历史、中国语言等问题，学问广的人不一定对京剧有专门知识，而有的京剧专家，其他方面学问又不广。卞赵如兰指出，斯科特（A. C. Scott）可以称为最早的西方京剧专家，他在这方面的著作在国外是有名的。斯科特原来是英国人，在美国教了很多年书。他的《中国古典戏剧》、《中国戏剧概论》、《中国戏剧的服装》① 引用了很多中国的专门的术语，一条一条地解释，各种上场、下场的不同方式、道白、手势等，基本上他都是借用了齐如山的书（《中国剧之组织》）里面各种术语。这些书里都有很宝贵的早期有关京剧的照片。斯科特本人也是个画家。他画的京剧人物比较有名，很有艺术价值。

（2）关于京剧历史沿革的著作，马克林的《中国现代戏剧：从1840年到今天》是比较系统的，专门讲中国戏剧的历史，其中京剧占很大分量。马克林的《中国戏剧：从起源到今天》② 古今中国戏剧7篇文章中，包括上古、元、明、清、近代，有4篇都是跟京剧有关系的。

（3）关于京剧在近代的发展，卞赵如兰认为，马克林的

---

① Scott, A. C. The Classical Theatre of China. New York: Barnes & Noble, 1957; Scott, A. C. An Introduction to the Chinese Theatre. Singapore: D. Moore, 1958; Scott, A. C. Chinese Costume in Transition. Singapore: D. Moore, 1958. New York: Theatre Arts Books, 1960.

② Mackerras, Colin P. The Chinese Theatre in Modern Times: From 1840 to the Present Day. Amherst: Massachusetts University Press, 1975; Mackerras, Colin P. Chinese Theatre: from Its Origins to the Present Day. Honolulu: University of Hawaii Press, 1983.

《中国京剧：1770—1870》① 才是完全讲京剧的发展，不过这是专从社会学角度看法写的，作者把当时演戏的艺人生活，他们在社会上的地位，来往的什么人，写得非常仔细。他参考了很多中国历史上的书籍，这两本书现在非常著名。

（4）关于京剧演员的传记，主要有斯科特的《梅兰芳：中国梨园界泰斗》。② 在国外，凡是对京剧有兴趣的人都知道梅兰芳，大概也仅仅知道梅兰芳。他在20世纪30年代来美国的确对介绍京戏功劳不小。斯科特的这本书主要的还是根据许姬传记录下来的《舞台生活四十年》一书中选择出来的材料。梅兰芳的自传介绍了各方面的京剧艺术传统，但卞赵如兰认为，梅兰芳个人在中国社会上是站在一个很特殊的地位，其背后有很多知识界的人在帮他，其艺术生活和社会遭遇在中国戏曲界并不具有普遍性。但是，国外只看得到他一个人的传记。要了解中国传统艺术界和艺人的生活，可以新凤霞或是章翠凤的自传（这都有英文翻译）作为参照，虽然她们演的是其他地方戏，而不是京戏，但是看了她们的生活的描写，对于传统中国艺术界可以了解得更全面一点。

（5）关于京剧创作，卞赵如兰认为，国内种种戏剧改革，种种创新的消息，国外也了解不少。但是，国外人连中国本来的戏剧艺术（尤其是传统戏曲艺术）都根本不大懂，现在变化这么多，对一般西方人来说有点莫名其妙。西方人分不清楚哪些是新的、哪些是原来的，结果，许多报道的文章，一方面要报道新动向，一方面又必须解释在中国历史上这种改变有什么艺术上的意义。总的说来，这些西方人写的都是比较中立、客观的报道。

---

① Mackerras, Colin P. The Rise of the Peking Opera, 1770—1870: Social Aspects of the Theatre in Manchu China. Oxford: Clarendon Press, 1972.

② Scott, A. C. Mei Lan-fang, Leader of the Pear Garden. Hong Kong: Hong Kong University Press, 1959.

卞赵如兰指出,"文化大革命"给许多人留下了很深的创痕,对于革命样板戏,中国国内有的人仍然接受不了,这是很可以理解的。从心理学上看,这也证明音乐的联想的力量作用。但从一个纯音乐或艺术史上的眼光来看,这些作品也可能占一个相当特别的地位,值得仔细研究。

(6) 关于京剧曲谱研究,卞赵如兰指出,在西方大量的京戏研究论著中,涉及曲谱的很少,上述一般介绍类的书,其中也只有少数几句,而且是用五线谱写出来的例子。卞赵如兰自己曾根据唱片谱的《霸王别姬》音谱,是根据录音反复听了写下来的,谱曲完全按照唱片所唱,但是锣鼓点的曲谱,每一拍的尺寸难以把握,很难记录准确,有时只能简单地注明"五击头"或"凤点头",类似半规定性的记谱。

(7) 关于京剧剧本的翻译,卞赵如兰指出,早期有些京剧翻译只着重故事的大纲,在20世纪60年代出了一些比较完全的剧本,斯科特比较着重介绍一个完整的戏剧,尽量把舞台上一切动作、音乐效果都表示出来,只是没能够把确实的音乐谱出来,而只是用文字来描写舞台上的声音效果。卞赵如兰也根据京剧演出的录音翻译了三出戏《打渔杀家》、《捉放曹》、《苏三起解》。

(8) 关于京剧的专题研究,有两篇文章讲京剧给西方戏剧家的印象,就是提到布莱希特(Brecht)、梅耶荷德(Meyerhold)和爱森斯坦(Elsenstein)看梅兰芳演出的情况。戴沙菲对京剧舞台上的身段动作进行了深入研究。戴沙菲是个舞蹈家,对京剧很有研究,她指出样板戏保留了很多传统身段,她用照片跟传统京剧所用的身段做了深入细致的比较。魏丽莎的《倾听戏剧:京剧的听觉维度》[1] 是对京剧音乐的深入研究。在西方深入京剧的音乐进行研究的人不多。像在东德的沈费德写过厚厚一本书,专门

---

[1] Wichmann, Elizabeth Ann. Listening to Theatre: The Aural Dimension of Beijing Opera. Honolulu: University of Hawaii Press, 1991: 1~525.

研究京剧的音乐,一直到今天这样的书仍是少有的。他研究的主要题目是京剧唱腔结构,如上下句,每句中小分句的分配等。他引用了很多中国出版的资料,参考了夏野、何为、周大凤等人的著作,主要是根据刘吉典的京剧音乐介绍和京剧唱腔、京剧曲谱的音乐举例。他讨论唱词每个字落在第几拍,配置的问题,如何把同类的唱腔依次排列,歌词配置格式的一致性等。他又将西皮、二黄所有各种不同的板腔进行比较,以揭示不同板腔互相的关系。这本书很有系统性,揭示出京剧虽然基本唱腔数目不多,但从一个基本腔能发展出多样的板腔,应用在戏剧上可以又有花样,又有统一。但卞赵如兰认为,此书的研究完全是形式上的研究,没有说出如何把这些不同的唱腔应用在一个实际的剧情当中,加之此书是用德文写的,会看德文还是比会看英文的人少,所以此书没有引起重视。

卞赵如兰自己也对京剧音乐有研究,尤其是音乐与歌词的关系。她认为,唱中国歌词不仅仅是模仿四声上下的问题,也有其他纯粹在音乐上的考虑,还有歌词内容的考虑。京剧中的节奏感很强,从京白、韵白的对比,各种板腔前后的安排,各种锣鼓点烘托的办法,可以看出这在纯艺术上已经足够复杂了,而再把它们用在戏剧里,其效果更为客观。卞赵如兰强调,京剧板腔的发展现象在民族音乐学上是一个大题目,现在英国、美国有些学者研究民间音乐,他们就是很有系统地研究曲调的变化,一支曲调的多样性,把一些调子,在名称上不同,而在事实旋律上相似的例子归纳合并成少数几大类,有时甚至于可以看出有的曲调改变的过程。京剧板腔体系不能算是民歌,它是专业的艺术家经过长久的推敲实验,有意识地或是半有意识地创造出来的。此外,再加上各种行当的变化,也是各种流派的艺术家慢慢琢磨出来的,发展成一套非常复杂的腔调体系。所以,京剧音乐的研究在民族音乐学中研究强调的变化应当占很重要的地位。

另外，卞赵如兰认为京剧与西方歌剧从纯音乐艺术结构的观点上有着很大相似性，一出京剧不管长短，什么题目，但其唱腔的安排、道白的分配、锣鼓的运用等音乐因素，的确是把京戏的演出连贯了起来，创造出一个总的艺术的完整性。这与西方歌剧音乐具有它自己的结构的特点是一致的。所以，将京剧翻译成北京歌剧（Beijing Opera）是无可厚非的。

第二节　京剧、粤剧音乐研究

（一）许仪琳的京剧与意大利歌剧声乐技巧比较研究

美国加利福尼亚大学许仪琳（音）的博士论文《京剧与意大利歌剧的声乐技巧比较》是第一部比较京剧和意大利歌剧的博士论文。[①] 论文篇幅不长，只有三章，第一章论述了京剧的音乐表演因素和声乐特点，第二章论述了意大利歌剧的音乐表演因素和声乐特点，第三章对京剧和意大利歌剧的发声技法进行平行比较。该文是一部短小精致的戏剧音乐专著，可与魏丽莎的研究互为补充。

在序言中，许仪琳指出，咽腔和口腔是发声器官中灵活的共鸣腔体，舌、唇、口的伸缩开合，直接关系声音的音色。由此可以推知，语言也是声音技巧的一个重要方面。

许仪琳在第一章第一节中回顾了京剧音乐的发展史，第二节探讨了京剧的声乐特点。这一章的内容主要包括以下几点：

（1）音高。京剧起初多在露天场所演出，后来才进入茶馆、私宅，所以其在听觉上的难题，在乐器、人声、舞台、房屋的大小上，均不同于西方戏剧。其乐队虽小，音量之大，足够使其传

[①] Hsu, Yi-lin. A Comparison of the Vocal Techniques in Peking Opera and Bel Canto Opera. University of California, Santa Barbara. 1992: 1~54.

入观众耳中,演员就必须想办法提高其声音、夸张其动作,以使距离舞台比较远的观众也能听到自己的演唱、看到自己的表演。

(2)各行当嗓音特点。京剧声乐分类不是依据意大利歌剧音量高低,而是根据戏剧行当,戏剧角色的年龄、性别和社会地位来分类,总的来说,按照生、旦、净、丑分为四类。生角类,老生(须生)扮演中老年、官员、将领及其他有地位的男性,为浑厚的男中音。小生或书生,声音尖利,多用假声唱法。武生则扮演擅长武斗的角色。旦角中,青衣扮演贞女或贤妻良母,常用假声唱法,动作优雅,垂眉低眼。花旦则比较妖娆,其动作与服饰、面部表情和眼神,都比较富有表现力。净角扮演武士、劫匪、政客和神灵,多绘脸谱,要求声音洪亮多变。丑角以日常的口语化的方式说唱。

(3)练声方法。京剧角色的声乐,在音量上的差异不如意大利歌剧那么重要,亦不关注声音之间的调和一致。在声音练习上,方法亦有特点,如著名老生谭鑫培(1847—1917),天生声音并不很好,故每天练习深呼吸,冬季,距墙尺余,面壁而立,坚持深呼吸练习,直至呼出之气壁上成冰,继之练习唇、舌、齿、鼻、喉的发声,终于练就明亮圆润的声音。据记载,明朝著名演员和教戏师周权(音)根据学生声音条件对学生进行长期培训,常常点燃一支香(笔者:计时的一种方式),一边让学生练习声音的声高或降低,一边讲戏,以使学生全神贯注,口传心授地了解剧情和发声。许仪琳文指出,16世纪,魏良辅改革声腔,消除不优雅的声音和韵律,强调曲词和韵律的和谐,气息位置较低,撮口发声,声音纯净精致,音域多在2个八度之间,但演员亦有较大自由度。京剧依四声行腔,以真声和假声演唱,又称大嗓、小嗓,旦行唱白用小嗓,生行兼用大嗓小嗓,净行用大嗓,丑行则接近日常说话方式,发声比较自由。

(4)演唱中的字正腔圆。为使演唱不被乐队声音压倒,演唱语言必须做到字正腔圆，使每个字发音响亮并具有穿透力。京剧发音最初采用《中原音韵》，后来逐渐吸收了湖广方言。现代汉语有21个声母，38个韵母，有大约416种声韵母的字音组合类型，每种组合又有5种左右的音调，由此可以理解中国音乐何以有如此多的微分音，及发声器官的运用何以如此多样化。

京剧较多运用声母、韵母，因为比较容易发音，韵母组合使用相对少一些。舌的位置强调区分尖团音，强调字头声母，以达到字正、清晰的声音效果。韵母，则避免后元音，全部替换为前元音，如长元音i和ü要补加到清辅音j, ch, sh, r和f; e要改为ou或e，以形成更靠前的舌位，或更圆的唇音; ie常改为ia，以得到一个开口更大的开口音; 在辅音p, b, m和f, 与eng, an等鼻元音之间，常要补加oo, 以使发音部位到达口腔并移向口唇靠前的部位。在中国戏曲中，口腔被认为是最佳发音区，结合喉腔和鼻腔，就能发出强有力的乐音。所以，a和i成为京剧演员最喜欢的韵母，因为a音是最响亮的开元音，而i音舌部用力向后移动，将此元音推向鼻腔。谭鑫培早晨练声，尤喜练习此二韵母发音。

添加虚词音也是戏曲发声的一个独特方法，有6个虚词音最为常用，分别是e, na, ua, ia, eh和nuoh, 在文本中并无实义，有时用于唱段过渡，也可以添加到韵母相同的字声之间以加以区别，或添加在词尾以取得感叹效果，或添加到哭声和说白中，以增加意味。上述发声规则对一般人来说非常复杂，但戏曲演员多经过长期训练，甚至在日常生活中的说话发音也模仿演戏时的情态，戏曲发声成为其习惯性发声，所以对戏曲演员来说，并非难事。

（5）演唱中的气息调节。气息对于练习京剧发声具有重要的意义。余叔岩特别强调深呼吸练习，每天早饭前，至少练习5~10分钟鼻式深呼吸。其方法步骤如下：第一步，深吸一口气,屏气息2秒,将气呼出,屏气4秒,再吸气,如此重复至少9次;第二步,按住左鼻孔,吸气,依前法做气息练习9次,然后按住右鼻孔,依前法练习气息9次;第三步,左右鼻孔各做快速深呼吸9次。如此依此方法每天练习,坚持一年,声音和音量都会有提高。声音与气联系密切,许仪琳文转引约赛夫·尼德海姆的话说:"声音的出现形成气流,空气的流动产生声音。"[1] 许仪琳文指出,上述京剧中采用的呼吸练习,对于响亮的元音的偏爱,辅音和虚词字音的使用,在意大利歌剧中也存在,但由于乐器、声乐环境尤其是语言上的差异,所产生的戏剧效果并不相同。

许仪琳在第二章第一节里简要介绍了意大利歌剧的发展历史,在第二节介绍了意大利歌剧的发声技法。在这一章作者主要探讨了以下内容:

(1) 歌剧演唱特点的演变。最早期的歌剧出现于16世纪末、17世纪初的意大利,通过声门产生的乐音轻柔、清晰、圆润,旋律优美、流畅,唱者需要先刻苦练习元音、辅音的发声,才能演唱连贯的乐句,在歌剧的早期,音量并不作要求。17世纪,从希腊戏剧的朗诵调发展出宣叙调,开始强调声音的平衡和谐,使用更多乐器,歌剧逐渐变得复杂、豪华,欣赏者局限于上流社会,成为社会地位的象征。这同19世纪中国的改良戏剧的情形相似。后来,大众歌剧院建立,歌剧音乐与剧本均受到大众趣味影响,注重场面的热闹和喜剧效果,但演唱的精细微妙减弱了,出现了很多独唱名家,宣叙调和咏叹调截然分开,分节歌曲、数字低音和阉人唱法咏叹调成为时尚。

(2) 阉人唱法的特点。18世纪的意大利歌剧以阉人唱法咏

---

[1] Needham, Joseph. Science and Civilization in China, Taipei: Caves Books, 1986, vol. 3. p. 207.

叹调为基本特色,每剧的主唱者通常唱 20 支咏叹调,以宣叙调连接。这些咏叹调根据情节而分为不同类型,如有的速度较快,难度大,表现激情、复仇、欣喜、胜利之情景(aria di bravura);有的速度适中,表现柔和情感(aria di mezzo carattere);有的节奏缓慢,表现悲伤或渴望(aria cantabile);有的焦点在剧情,通常每个音节只有一个曲调(aria parlante)。18 世纪歌剧阉人演唱取得了前所未有的发展。在 16 世纪,罗马教皇西科斯特(Sixtus)五世正式禁止女演员登台,从此剧作家开始创作由阉人歌唱的歌剧,由此形成了 1650—1750 年期间的阉人歌手黄金时期。优秀的阉人歌手,声音高昂有力,轻快灵活,声音具有很强的穿透力,如知名阉人歌手马切斯(Marchesi)的歌声具有银铃一般的纯净和明亮。阉人的歌声在甜美悦耳上丝毫不亚于女性,同时,与女性相比,其声音有更强有力的气息支持,更洪亮、丰满,气息更足。与戏曲中的男旦不同的是,阉人歌手直到 18 世纪中期以后,不但唱女角,还唱男角。其声音属性深深影响着后来的创作者,如在西柏尔(Siebel)和奥克特维安(Octavian)创作的歌剧中,男角的主唱者是由女性扮演和演唱的。阉人主唱的歌剧多属于爱情题材,阉人喜欢痴狂、牺牲和牢狱场景,这些场景能够博得观众的同情和哀怜,阉人歌手希望每一部歌剧都含有这类场景,这是阉人歌手主唱歌剧的一个特点。

  歌剧舞台成为炫耀声音技巧的场所,在舞台布景之外,器乐伴奏并未受到充分关注,剧院成为娱乐场所之外,也成为社交场所。同古代的戏曲女演员一样,歌剧阉人歌手也有卖艺兼卖身的。在罗西尼(Rossini)、切卢比尼(Cherubini)、斯邦第尼(Spontini)、德尼泽第(Donizetti)、柏利尼(Bellini)和韦伯(Weber)19 世纪初创作出完美歌剧作品之前,评价好的歌唱或意大利歌剧的标准,就是歌声和技巧的展示本身,形成了歌剧特有的抒情性、戏剧性观赏点。音乐史家所谓的"意大利歌剧的黄金时期",指的就是歌剧声乐艺术的繁盛。

(3) 歌剧的声音技法。许仪琳文指出,由希腊戏剧中的歌队(朗诵调)和后世教堂合唱队(包括独唱、合唱、轮唱、唱和式对答形式,有素歌、弥撒曲、无伴奏经文歌、众赞歌等)发展而来的意大利歌剧,由于大教堂空间广阔,对演唱者的声音要求极为严格;经过数百年的发展,已形成了有完善乐队伴奏的声乐艺术;到17世纪,已具有抒情性和戏剧性表现功能;在出色的演出中,其声乐艺术和器乐伴奏艺术在配合的和谐性和表现力上都达到了较高水平。在西方声乐教学中,通常把演唱分为3个范畴:胸声、喉声和头声,也有人将上述3个范畴以低、中、高称之,分别表示音域的发声位置。西方歌剧的各种音乐理论的共同理念,乃是最大可能地开发人体发声器官的潜力,将人体建造成自然界中最为理想的乐器。许仪琳文指出,意大利语5个元音字母:a、e、i、o、u,却能生成7个元音,包括3个前元音(i、e、ɛ),3个后元音(o、u)和1个低元音(α)。每个元音的发声都清晰可辨,发声器官的位置均不同,如舌、唇、齿、腭、下颚等,了解发声器官需要详细了解人体生理结构,尤其是头部生理结构。7个元音的发声,舌尖要与下齿前部接触,舌要保持放松和延展,舌前部和后部需要灵活、自然、有效地适应不同部位与位置的变化。因为没有舌的阻隔,口腔可保持张开畅通状态。3个前元音需要舌部前伸,在舌尖接触下齿前部的前提下,舌体向前向上朝硬腭移动,同时,双唇展开。3个后元音要求舌部向后,在舌尖接触下前齿的基础上,舌体后部向软腭移动,同时,双唇呈圆形。低元音的发声,舌位最低,舌体松弛平放,双唇既非圆形,亦非拉伸扩展,而是自然中性地张开。许仪琳文指出,不论这些元音在字词中的何种位置,重读或弱读,孤立或与其他元音结合,意大利元音都能保持其本来的声音效果,不会与其他元音混同。

(4) 意大利语对演唱的影响。意大利语的另一个突出的特点,是单元音占绝对优势,有非常多的语音只包含一个元音。单元音不同于双元音,在发声的过程中能保持本音的原态和完整,不会滑向或变成其他元音,不会受到舌、唇或下颚位置移动的干扰。这对于元音和声音旋律是非常有利的,因为元音是曲调旋律的负载者。18、19世纪的声乐名家通常坚持唱名练习、母音练唱和快速练唱,如著名的Farinelli曾花费3年时间从师于珀坡拉(Porpora)学习发音。

意大利语中辅音的性质由参与发声的器官而定。在标准的意大利语言说中,意大利语的辅音听起来纯净、清晰而准确,原因在于发声器官的运动快速有力,而且,发声部位都在口腔前部位置。

意大利语的魅力在其元音,歌唱中,除非是在双辅音之前,意大利元音发声悠长,所以即使位于两三个不同的辅音之前,元音也能保持性质不变。每个音节至少有一个元音,在歌唱中,从一个重音依次唱至下一重音,其元音发声上存在的高度连贯一致性,塑造了意大利歌剧演唱传统中的强而有力和连续流畅的旋律特点。

意大利语没有完全的声门阻塞音,被称为唯一没有/h/音的语言,所以词语内的发音不会因任何一个词而中断,从而在元音发音连贯流畅的基础上,又增加了一个连续流畅的发音特性,从而使意大利语具有突出的旋律性。

(5) 以演员为中心。意大利歌剧是以演员为中心的艺术,剧作家为演员服务,演员有很大的自由度来演绎剧本,剧本的创作,以能展现演员的技艺和方便演员为出发点,演员的想象力、审美趣味、大胆创新和精益求精的专业水平,是评价演员的主要标准,演员自由创造的权力性和义务性,一直延续到19世纪。

意大利歌剧的发声原则在17、18世纪得到发展,其多数发声技巧是立足于提高声音的表现力,这种传统在以后的200年里继续发展,对欧洲其他国家的声乐艺术产生了重要影响。

第三章,许仪琳对京剧演唱和意大利歌剧声乐技法进行了有意义的比较,包括表演因素、音乐和声乐观念。主要论点如下:

(1)表演方面。从历史角度来看,京剧和意大利歌剧均兴起于巴洛克时期,观众主要在上层贵族阶层,在18、19世纪达到顶峰,观众延展至社会各阶层,包括普通大众。京剧和意大利歌剧舞台均以男演员为主,以男演员反串女角。在表演的非声乐因素方面,京剧除了其最初局限于清宫廷演出之时,其余时间均较为写意,舞台道具较少,演员于训练中要练习武打杂技,表演中其动作姿势都是程式化的,唱与做并重。而意大利歌剧,注重豪华布景,演员更强调声音技巧,对于表演不甚重视。

(2)音响效果。京剧通常在露天场合演出,是节日活动的一部分;后来进入茶楼私宅,成为社会活动的一部分。演出过程中,观众的喧嚷声是不可避免的现象。在巴洛克时期,意大利歌剧也在富有的贵族的私宅中演出,后来才进入专门建造的歌剧院。早期的歌剧,观众也是将此视为社交活动的一部分,演出中观众的喧闹声也是比较嘈杂的。

(3)音乐观念。京剧由短小曲调组成,反复使用,变化的范围有限,其变化因个人声音特质而异,使用五声音阶,但也常用微分音和切分音式的装饰音。意大利歌剧包含长篇唱词供演唱者展示声音技巧,调式已由作曲家规定,作为整个音乐观念的固定成分。其音乐基本上是全音阶式调幅,演唱者有义务、也有权利对各种唱段进行再创作和添加装饰音。

(4)发声技法。京剧和意大利歌剧都具有独特的呼吸和发声方式,演唱者需要长期的专业技能训练才能登台演唱。元音和辅音要准确,以符合共鸣原理。但是,汉语的发声特点与规则更为复杂,涉及的声音器官更为细致繁多,而意大利语相对简单

(被称为天然的歌唱语言)。建立在大嗓和小嗓理论基础上的发声模式，京剧各个行当的发声区域相对狭窄，互相之间的差异也比较小，演唱者常强调声母发音以取得理想的戏剧效果。意大利歌剧建立在头声、喉声、胸声、头声结合发声的声乐分区理论之上，演唱者需要练习至少 2 个八度音的音域，在演唱连贯流畅的乐句时，强调元音重于强调辅音。

许仪琳认为，几百年来，中国戏曲的演唱在西方人听来多鼻音，像是猫叫。另一方面，按照西方音乐观念，意大利歌剧的演唱，所谓的"美声"，在中国人听来，像是公鸡打鸣。为了真实理解两种声乐艺术，需要了解两种声乐艺术彼此不同的文化和哲学背景，然后再认真研究这两种声乐艺术本身。

（二）魏丽莎、荣鸿曾、陈守仁的戏曲音乐研究

美国夏威夷大学魏丽莎的博士论文《京剧音乐研究》①一文，在京剧音乐研究方面，在英语世界里是权威著作。此专著分为 8 章，共 550 多页，在吸收中国学者研究成果的基础上，以《贵妃醉酒》、《四郎探母》、《玉堂春》三剧为例，对京剧语言、京剧音乐因素、京剧音乐创作模式、京剧声乐、京剧场面、京剧听觉艺术的内部关系等诸方面进行了深入系统的分析研究，是一部很有价值的学术专著。该论著中的主要观点如下：

在整个京剧表演中，听觉维度在审美和戏剧性上是最为重要的因素，观看演出被称为去"听戏"，京剧演出则称为"唱戏"。京剧的听觉维度包括 4 个方面的成分：剧本的语词、皮黄系统的音乐、演员的声音、乐队的演奏。剧本的语词包括唱段和说白。唱段主要用于抒情，说白主要用于推动情节发展并为抒情唱段铺设语境。京剧的音乐系统，皮黄，是创作唱段音乐的来源。演员

---

① Wichmann, Eliabeth Ann. They Sing Theatre: the Aural Performance of Beijing Opera. Ph. D. diss., University of Hawaii, 1983: 1~525.

首先需要选择和确定适合剧本整体风格的曲调系统和调式，然后为每一唱段选择符合其内在情感特征的节奏板式，最后创作反映唱段中每个词语和乐句准确情感内涵的唱腔旋律。

在表演中，观众实际听到的声音包括演员的声音和乐队演奏的声音。乐队伴奏烘托演员的声音。整个乐队都可用于演唱伴奏，其中的打击乐单独用于为演员的说白和动作伴奏。

在上述听觉维度的4个要素之间，最根本的相互关系是声音材料和声音之间的关系。声音材料是由剧本的语词和为剧本选定的音乐组成的。由于根据皮黄系统创作的音乐的意图是为了准确表现和抒发特定的情感，所以也可以将这种音乐视为一种具有使动意涵的语言（affective meaning）。在由乐队打击乐伴奏的说白中，演员展现了剧本语言的指示意义，故可以将说白视为指示性语言（denotative language）；在由整个乐队伴奏的唱段中，演员同时展现了剧本语言的指示意义和使动意义，可同时充当指示性语言和使动性语言（affective language）。所以，唱段展现了最为丰富的意义，既有指示意义，又有使动意义，因此是听觉维度中最圆满丰富的艺术媒介。由此可以断定，无论从戏剧性上、结构上，还是在审美角度方面，唱段都堪称听力维度中的核心要素。

由于这是一部纯粹的戏曲音乐学著作，笔者才疏学浅，对纯音乐类学术论著一时还难以翻译，故暂不对这部专著详加译介。

关于粤剧音乐，也有2篇英语博士论文，均来自美国的大学，分别是荣鸿曾（Yung Bell）的博士论文《粤剧的音乐》和陈守仁的博士论文《粤剧音乐中的即兴运用》。[1] 荣鸿曾的博士论文后来经修改扩充以《粤剧：以演出为创作过程》为书名发

---

[1] Yung, Bell. The Music of Cantonese Opera. Phd., diss. Harvard University, 1976; Cantonese Opera: Performance as Creative Process, Cambridge: Cambridge University Press, 1989.

表。该论著主要内容分为13章,包括中国戏曲概要、粤剧表演艺术的基本要素、主要乐器、演出的社会语境、剧本、粤剧的说白类型、唱词类型、粤剧语音语调、唱段衬字、粤剧调式、固定曲调、粤剧中的曲艺说唱成分、粤剧创作的3个层面。

陈守仁的博士论文共11章,除了前面几章对粤剧音乐、广东戏剧的概述外,论文主体部分探讨了粤剧的仪式性表演、演员的演出观念、演出前的沟通、演出过程中的沟通、器乐伴奏中的沟通、演唱的运用、说白的运用、插科打诨的运用。[1] 该论文于1991年在香港正式出版,后经过扩充和修改,又以中文版在香港出版,即《香港粤剧导论》(1999),主要内容包括民族音乐学语言及概念、粤剧研究、神功粤剧、演出场合与戏班禁忌——《祭白虎》、演出风格与场合、伴奏乐队——组织及演出习惯、即兴的运用——观念及行为、玩笑及作弄、演出前的沟通方式——剧本与曲本、演出中的沟通方式——提纲、手影及影头、说白的运用、小曲的运用、说唱的运用、板腔的运用、伴奏音乐的运用。[2] 关于粤剧音乐的即兴性,陈守仁指出以下几点:

在演出时乐手之间的"耳听目传"比曲谱及剧本更为重要。香港粤剧的伴奏乐队在伴奏时,不管乐队有多少人组成,只有"掌板"和"头架"需要参考剧本,以便配合演员的演出。其他中西乐手从掌板和头架发出的叫声及动作中获得提示,在适当时间作出合适的反应。这些用来沟通的叫声及动作在行内称为"影头"。由于演员的即兴表演在演出中扮演着重要的角色,加上剧本音乐提示往往只提供一个"建议性的框架",掌板和头

---

[1] Chan, Sau Yan. Improvisation in Cantonese Operatic Music. Ph. D. diss., University of Pittsburgh. 1986;1~407. 出版时名为 Improvisation in a Ritual Context: The Music of Cantonese Opera. Hong Kong: The Chinese University Press, 1991.

[2] 陈守仁:《香港粤剧导论》,香港:香港中文大学音乐系粤剧研究计划出版,1999。

架——尤其是掌板——在演出时对演出的当下诠释及理解很多时候比剧本所要表达的信息更为重要。乐队中成员大部分并不参考剧本，原因不在于剧本数量不足，而在于乐手必须把注意力集中在掌板以及头架，以加强他们对"当下演出"作诠释和理解的一致性。然而，这一致性并非是绝对的，粤剧的传统认为理想的演出是容许伴奏乐手在适当时候"加花"及调节速度。

剧本和曲本形成演出前的沟通方式。在曲本中，每一个音的时值并没有明确指示，只由乐手在演出中即兴决定，所以每次演出的效果均不相同。曲本及剧本虽然指明过门旋律中有"乙上合乙上合上乙"等音，但乐手在演奏时会自觉或不自觉地加上各种的装饰音，行内称"花音"或"花指"。"曲"及剧本中虽然大部分"提示"是为唱者而设，但其实伴奏者也在这些提示中"意会"到伴奏的方式。伴奏者在这"意会"的过程是有相当自由加入即兴的。虽然剧本及曲本上常有【大花】、【锣边花】、【急急风】、【五才】及【一才】等提示敲击乐手应打的锣鼓点，但乐手仍是密切留意演员及唱者的动作，尤其是手影及影头，于必要时即兴加入锣鼓点。常听见的有【一才】或打小锣【仓】一声等，都是敲击乐手视需要而即兴加入，不必严守剧本及"曲"的提示。剧本及曲本中所载说白和曲词为演出者提供一个大致框架。演出者在不违反说白及唱腔形式，以及不破坏剧情和气氛的情况下，可以运用增加、删减或替代的即兴技巧。

由此可知，编剧及撰曲者利用剧本及曲本向演员、演唱者及伴奏者提供最起码的提示。演出者可以会意或通过即兴决定的细节，一律不必记于剧本及曲本上。可以说，剧本及曲本的表达形式是极为经济的。在粤剧传统里，何以会产生这种高度经济及精简的记谱方式呢？可以由两方面去看。第一，虽然所有的粤剧及粤曲都原是由编剧和撰曲人记在纸上，以剧本及曲本的形式表达和记录，但它们的流传，在最初是通过口传的方式，在现代则主要是透过商业性发行的录音带、唱片和私人录音，而非透过商业性印刷、出版及发行的剧本或曲本。也并非只透过口传的方式。当一个粤曲教师需要教材，他会反复听商业性唱片或唱带并将听到的曲词及各种提示记录下来，或雇请职业记谱者代劳。无论哪种方式，可能为简省文字上的工作，抄曲者均倾向于采用精简及经济的记谱方式。第二，由另一角度来看，精简的记谱形式与粤剧演出及音乐的即兴性有密切关系。由于传统粤剧是充满高度即兴性的表演艺术，太详细的记谱只会限制演出者的即兴自由。所以，传统上演出者采用精简及经济的记谱方式，使他们有足够余地即兴地发挥细节部分，或按需要而即兴加入改动。创作者于是经济性地写作剧本及曲本。粤剧多高度即兴性需要精简的记录形式，而精简的记录形式亦加强了即兴性。

提纲、手影和影头是演出中后台和前台的主要沟通方式。在演出开始前，演员、伴奏乐手、提场及工作人员可以透过剧本或曲本和语言互相沟通；但在演出进行中，尤其是在观众视线范围内之前台，为免影响演出，演员之间、演员与乐手，以及演员与提场及其他后台工作人员均不便利用语言沟通。为了照顾演出进行中在前台及后台需要之沟通工作，粤剧的传统里，积累了一套独特的方法。用于后台的沟通方式主要有五种：剧本、提纲、语言、声响及影头。用于前台的沟通方式主要有六种：低语、动作、次要演员、手影、影头及眼色。除此之外，演员还常用各种唱腔及说白形式之结构作为沟通形式。从台前台后运用的各种沟通方式可见，即兴运用在粤剧演出中扮演系统化的角色。为了照顾行内从业人员传统以来偏低的教育水平，这个系统主要并非依赖文字，而是建立在口传、动作、语言及精简的文字表达。戏班成员在演出进行时运用各种方式沟通讯息，以应付演出上的问题及突发事件，并不是粤剧独有的演出习惯。在京剧、评剧等其他的中国戏曲地方剧种传统中也有类似沟通方式及沟通的习惯。

此外，陈守仁的论文还探讨了说白（共9种，包括口白、浪里白、锣鼓白、诗白、口古、韵白、白榄、英雄白、引白）、小曲、说唱（包括广东南音、木鱼、龙舟、板眼和粤讴五个曲种，均以广府话演唱）在粤剧中的即兴运用。

在结论中，陈守仁对即兴的运用、即兴的概念化提出了下面几点：

（1）粤剧的即兴运用存在于不同层面。演出者可以根据提纲即兴演出一出戏、一场戏，或加入一个唱段、说白片段、功架或运用装饰音以及增减衬字。我们可以把音乐上的"即兴"界定为"在演出进行中利用音色、节奏及音高等听觉媒介去创作声音及发挥声音组织的细节"。粤剧演出者需要经过长久和严格的训练，并通过大量的演出实践，才开始加入即兴创造以及细节的发挥。

（2）粤剧和粤曲的传统缺乏对各种运用即兴的行为作总括性的"概念化"。原因大概由于即兴不单存在于粤剧及粤曲传统的所有层面，也同样存在于整个中国传统戏曲的各个层面。换言之，对传统的粤剧演员来说，"做戏"就是运用即兴，但却需要遵守传统遗留下来的各种层面的艺术框架，而不是胡乱自由发挥。

笔者认为，许仪琳所作的京剧、意大利歌剧比较，从嗓音分类和特点、练声方法、语音特点对演唱的影响、气息运用、男扮女的演唱时尚和特点、音乐观念等方面，准确地描绘了这两种艺术的特点，有些论点较新，值得我们注意。

汉语的单音节语音特点以及发音位置靠前，对于京剧演唱中的吐字咬字和传情达意有非常正面的意义。笔者认为，许仪琳文的这一观察是非常有见地的，在国内同类研究中，还很少见到这样准确的论述。需要强调的是，这种正面意义在中国的明清花部戏剧和近代地方戏中表现得十分明显，人们很容易做到听音辨字。但在以水磨调和转喉唱法为特点的昆曲里，这种正面作用消失了。由于昆曲演唱装饰音过多，每一乐句中，很多单音节字被拆分开来。这样做固然达到了美听效果，品味固然优雅无比，但却有声无字，使人们听不懂了。地方戏的演唱也有装饰音，但装饰音多在乐句的尾端，所以对人们的理解造成的影响比较小。

　　对于语言特点和戏剧话语模式的关系，笔者曾在拙文《语言差异对戏剧话语模式的影响》中提出类似的看法。① 从整体上看，汉语的单音节和发音位置靠前的特点，使以汉语为媒介的演唱更容易听明白，可以做到既美听又能使人听得懂，从而达到传情达意的演唱效果。英语具有以多音节为主体以及发音位置靠后的特点，在演唱中大量的多音节被拆分，肯定会对听者的理解造成消极影响。以英语为媒介的英语歌剧，要达到传情达意的效果，其语音特点形成了天然障碍。其他如德语、法语、俄语、意大利语等西方语言也是如此。相对而言，意大利语有较多的单音节词，在西方语言中是最理想的歌剧语言媒介。事实上，在西方歌剧发展史上，追求美听和传情达意是两个相互冲突的目标，经过互为消长的长期斗争，最终还是美听派占了上风，从此西方歌剧演唱者、音乐家就把精力放在建造"人体乐器"的努力上。他们发展出高度发达的发声原理和技巧，如面罩唱法、咽音唱法等，重视声音的共鸣，充分发掘人体内部发声腔体的潜能。人们欣赏歌剧的重心逐渐偏向于欣赏演唱技巧和声音效果上，人们抛弃了歌词意义的追寻，沉浸在声音的艺术世界之中。西方歌剧走的是贵族化发展路子，不过由于在战后欧美民众整体文化素质提高，中产阶级庞大，歌剧的定位仍是合适的。

　　昆曲走的路子与欧洲歌剧有相似之处，观众若不对着剧本，

---

　　① 曹广涛：《语言差异对戏剧话语模式的影响》，载《广西民族学院学报》，2002（5）：54~59。

很难听懂。随着京剧的雅化,京剧的演唱也出现了听不懂的倾向。在相当长的时期内,这种拥抱精英阶层的做法并不合适,必然会使京剧逐渐失去广大的普通民众。以牺牲曲词意义为代价追求美听的做法对地方戏更不适用,在地方戏中,音乐的作用虽然非常大,但曲词和表演更为重要。

许仪琳对意大利歌剧阉人歌手的分析也是很有启发性的。国内对乾旦现象的分析,主要有下面几种角度:明清戏剧禁令;异性扮装产生的观众心理,新奇感;异性改扮产生滑稽感;唐戏《踏摇娘》、元杂剧的异性改扮传统;扮演武旦,男演员可以表演女性难以胜任的高难度杂技动作;男演员改扮旦角,对角色的女性特点有旁观者清的优势。许仪琳对阉人歌手演唱特征的分析表明,在演唱方面,相对于女性演员,乾旦可能也有自身的特长。

按照许仪琳的观点,阉人歌手的声音高昂有力,轻快灵活,声音具有很强的穿透力,具有银铃一般的纯净和明亮。阉人的歌声在甜美悦耳上丝毫不亚于女性,同时,与女性相比,其声音有更强有力的气息支持,更洪亮、丰满,气息更足。许仪琳提到,意大利阉人歌手也有卖艺兼卖身的,这种情形在明清戏曲男旦中也是如此。笔者认为,男旦的卖身与同性恋的存在可能也是维系阉人歌手和戏曲男旦现象的社会原因之一。幺书仪曾提到明代万历时期达官文士"以娈童崽子为性命"的癖好可能是晚明男旦地位渐趋显赫的主要原因之一。幺书仪指出,明代的著名男旦,由于在舞台上与第一流的女旦获得了对等的地位,在台下男旦与女旦一样,兼营妓业的现象也普遍存在。晚明社会同性恋(中国叫"好男风"或"好南风")风气呈现出前所未有的盛况,上自帝王达官,下至贩夫走卒,争相以此为尚,使中国从商周时代起就存在于宫廷、民间的男风崇尚从隐蔽发展到公开,从"不绝"于书到了大盛。而这些"男风"的主角中,就有相当一部分来自戏班中的男旦。① 我们从清代陈森的《品花宝鉴》中也可领略到"相公"(男旦)的演艺和生活情景。因此,当谈到明清男旦的问题时,这是一个难以回避的问题。

笔者认为,这种情景也适用于昆剧、京剧中的男旦。早期昆剧、京剧中的男旦,按照《品花宝鉴》中的描绘,与西方阉人歌手一样,都是童伶,他们的黄金舞台生命是在变声之前。变声之后,嗓音条件改变,一般情况下,就不大适合扮旦角了。变声之前,男女嗓音共同点较多,加以演唱中使用小嗓和假声唱法,是对女性自然发声方法的夸张和强化,从而显得"更女性化"。他们的声音定然是清纯、甜美、明亮、轻灵的,同时在气息上又具有男性的有力、稳定。与女性相比,他们的演唱可能会更完美、更动听、更洪亮。美国学者李林德(L. L. Mark)的"《品花宝鉴》中的昆剧与花部戏剧"一文研究了晚清小说中所描述的戏曲现象,对男旦的特点有深入的分析。② 幺书仪指出,女性扮演女角色有她本色和自然的方便,但实际上,舞台上的女角色也并非只是女性生活形态的再现。女演员虽然占了相貌秀美、音色甜润和性别上的天时地利,但男演员在 20 岁之前,男性特征尚未充分发展的时候,相貌也可以是清秀的。中国戏曲中旦行化浓妆、使用假嗓歌唱的习惯,使男旦后天的训练,也可以弥补先天的欠缺,加上男旦身材修长、中气足、声音更利于打远,似乎在舞台表演没有扩音设备、远距离观赏的同时,也占有自己的优势。③ 清末民初,昆剧、京剧中的乾旦在年龄上放宽了,京剧四大名旦一生都不改旦角行当。在变声之后仍然扮演旦角,这与他

---

① 幺书仪:《晚清戏曲的变革》,119~121 页,北京:人民文学出版社,2006。
② Li Mark, Lindy. The Role of Avocational Performers in the Preservation of Kunqu. Chinoperl Papers, 15 (1990), 95~114。收录于《中国戏曲艺术国际学术讨论会论文集》(内部资料),北京艺术研究院,1987。
③ 幺书仪:《晚清戏曲的变革》,121 页,北京:人民文学出版社,2006。

们优越出众的嗓音条件和科学的嗓音训练有关。另一方面，也与乾旦行当的衰落和人们的欣赏趣味有关。

清末民初，女性演员重新登上舞台，民国文化主管部门对乾旦的禁令，对乾旦传统产生很大冲击。但乾旦现象屡禁不止，乾旦风尚依然很兴盛，四大名旦、四小名旦享誉全国。1949年后，国内文化主管部门倾向于在戏剧角色上演员扮演与其自身性别相应的角色，很多人认为异性装扮是不自然的，主张废除乾旦，于是除了以前的一些知名旦角继续作乾旦外，不再培养新的乾旦，乾旦逐渐在戏曲舞台上消失了。梅兰芳晚年仍然扮乾旦，嗓音条件、气息运用已经有所减弱，人们的欣赏趣味已转向领会艺术家的综合性表演的超绝艺术韵味。

第三节 京剧表演形态研究

（一）姚海星的京剧杂技武术表演研究[1]

京剧中的武打艺术具有很强的戏剧性，深受观众的喜爱。但无论在中国，还是在国外，还没有学者对此进行学术性研究，因此京剧武打艺术的很多方面还不为人所知。姚海星认为，在京剧研究中，武打艺术是研究得最少的领域，这可能与人们的态度有关。很多人认为，京剧中的武打动作只是热闹好看而已，没有严肃的精神内涵，因此不值得尊崇。这种观点其实是大可怀疑的。姚海星在论文中重新确定了武打艺术在京剧中应有的地位，并深入分析了武打表演动作的内在意涵。论文共五部分，包括四章分析，最后是结论。本书将对该文第一、第二章的内容择要加以介绍。在第一、第二章中，作者的主要观点如下：

---

[1] Yao, Hai-Hsing. The Use of Martial Acrobatic Arts in the Training and Performance of Peking Opera, 1990: 1~220.

（1）戏曲舞台上武打杂技动作的发展。杂技与武打有不同的发展线索，并最终在清代融汇在一起而表现在戏曲舞台上。至迟在秦汉百戏中就有了杂技表演，这是杂技的较早文献。其中有些杂技动作如倒立和后空翻与京剧中并无不同。认为武术的起源仍然是一个谜。但摔跤作为武打的一种形式，在西汉百戏和杂耍表演中就已经出现。摔跤总是与杂耍及其他娱乐节目伴随着出现，其实质应是武技的一种，这可视为武术的最原始形态。杂技发展历史线索易于追踪。在5至10世纪，杂技继续演化发展。南北朝时期融于舞蹈。唐教坊中，有专门教习筋斗的练习。宋代宫廷中杂技舞蹈继续流行。周贻白认为，在北宋民间舞台上杂技就已融入戏剧。元代，杂技在宫廷娱乐活动中深受欢迎。但只有在大众民间戏剧中，杂技才成为戏剧有机组成部分并提高到新的高度。不仅仅用于取悦观众，更重要的是用于刻画人物，尤其是武士及匪徒，如元剧中"脱膊杂剧"类的《刘千病打独角牛》。明代时，无论在宫廷演剧，还是大众戏剧中，杂技表演成分均较多。在弋阳腔系统戏剧中尤其如此，打斗形式比元剧更为复杂，艺术上更为高超，穿着靠甲的打斗场面更为频繁。《陶庵梦忆》中有弋阳腔演目连戏的记载，里面有不少打斗场面。杂技在清代继续流行于宫廷戏和大众戏剧中，一个重要的发展是与武术结合在了一起。历史文献表明杂技在戏曲中一直呈现出日益增多的趋势，数百年来都是如此。

武术在明代以前的发展线索并不清楚。历史文献缺乏，难以追索，如少林派武术、形意拳等，都是如此。但在清代，武术方面的记载多了起来，比较清晰可辨。尤其在乾隆时期，武术发生了大的变化，京剧短打剧出现，并日益增多，并形成独一无二的武打风格，成为清代京剧的重要因素。原因主要是有越来越多的习武艺人加盟戏班。一些曾充当保镖的人、习武卖艺者和武术爱好者，适应市场对武打演员日益增多的需要而加入戏班。从19

世纪后半叶起，武打日益成为京剧的有机组成部分，武打技艺的表演日益精美化，并对其他地方戏剧产生相当大的影响。在19世纪末20世纪初，许多地方戏在表演和练习武打技艺的方法上都学习京剧的模式，湖北、广东，莫不如此。

京剧武打包括基本功、毯子功、桌子功和把子功。我们尤其应该注意与剧情结合紧密的武打表演。

武打艺术属于演员基本功，是唱、念、做、打四因素之一，被视为演员最基本的技巧，对于演员来说是不可缺少的。因为京剧中武戏非常多，很多剧目来自《三国演义》、《水浒传》，这些三国戏、水浒戏中有很多精彩的武打场景，需要通过武打表演来塑造古人勇武的英雄形象。一般来说，只有扮武角的演员需要练就高超的武打技艺。但随着京剧的发展，渐渐地包括扮非武打角色的演员也要练习武打技艺，以使演员的形体动作更为轻灵敏捷和准确，同时也易于扩大演员的戏路，这已成为京剧的传统，直到今天仍然如此。

（2）武打动作的美化。京剧中的武打动作是舞蹈化的表演，音乐伴奏主要是打击乐，武打的自然节奏和速度要加以改变，以适应特定的锣鼓经和节奏。京剧武角的"亮相"，就是一个明显的例子。

（3）戏曲中武打表演的功能。功能可分为两类：写实类和抽象类。对西方人来说，困惑常常是因抽象武打类动作而引起的。戏曲中武打艺术的完善，不是理论家、戏剧家的功劳，而是由很多可能并未接受过教育的京剧演员完成的。京剧中的每一个武打动作（如《三岔口》中的武打表演），都是约定俗成的，具有象征性并指示不同的意义。除了写实性武打动作外，武打艺术具有很强的功能性作用。一方面，因为在京剧中动作是很基本的因素，角色的情感和性格通过动作得以外化。另一方面，京剧舞台是空空的裸台，没有西方的布景，所以演员的动作就成为刻画环境的媒介和方式之一。由于动作在京剧中对于表情达意具有非常重要的作用，一般的身段姿势及舞蹈模仿性动作难以完全满足戏剧性表现的需要，因此需要武打动作加以补充，来完成一般性的舞蹈、模拟动作难以表达的内容。在所有程式性戏剧动作中，武打（写实性把子功除外）动作是最为抽象的一种，更加不受舞台时空的限制。如武打中的侧翻动作，就比一般的假哭和身段模仿（如开门、关门）更为抽象。

武打动作的功能可以概括为5种：突出典型、表现景物、强化情感、呈现剧情、刻画性格。

（1）突出典型。武打最简单的功能类型。京剧必须避免写实化的动作，所有动作应是从生活中来而又高于生活的。然而总是有一些日常动作，在表演中不属于模仿类，难以改编成舞蹈性的动作，这种情况下，武打动作就可以用来将这些过于平淡和生活化的动作加以典型化处理，从而化腐朽为神奇，收到点石成金之效。如《三岔口》中的桌子功、《挑滑车》中的倒扑虎和僵尸倒。

（2）表现景物。是武打艺术的一个主要功能。由于京剧是裸台，不用写实性布景，当需要有背景时，常用叙述性语言和象征性道具，或模仿性动作加以表现。当这些手段都难以奏效时，便用武打动作来呈现景物的特点。例如《挑滑车》中跳起后下落到陷阱的武打动作，一起一落，运用劈腿劈叉动作，生动体现了英雄落难所处的险恶环境。

（3）强化情感。传统的舞蹈性动作，只适用于文角表现情感，而对武角勇士或恶贼则显得不尽恰当。在武戏中需要以更大幅度、更有力度和更为夸张的动作，来表现和外化角色内心的强烈情感。武打技艺可以用来帮助传达这一类角色的感情。例如《三岔口》中的"铁门槛"和后空翻动作就体现了角色的疼痛难忍。

(4) 呈现剧情。这是武打技艺的一个极其重要的功能，通过武打动作，创造一个情节所需要的戏剧氛围。在一些京剧剧目中，戏中的场景氛围常利用演员说白或唱段来反映出现。但对于很多武戏，在语言运用通常比较少的情况下，这特别需要通过演员的动作来表现。而且常常要运用不止一种武打动作类型才能完整地说明戏剧情景，有时需要一连串的武术动作才能完成情景塑造的目的。如果演员善于很好地利用武打动作表达剧中的情景，可能会创设出最为精彩的舞台效果。例如《挑滑车》中的跳转和劈叉、探海和踢腿动作，对战马挣扎于陷阱之中的情景，表现得淋漓尽致。

　　(5) 刻画性格。这是武打动作最重要的功能。京剧艺术的发展是不断地雅化和革新的，这是由很多重要的演员推动的。表演是京剧的核心，最受重视，一切都是为了最大限度地促进人物形象的塑造。人物的个性化努力，在京剧中发展最快，为表达人物的性格，常通过外部动作、手势、身段、眼神和表情等各种生理性手段，来达到这一目的。其中武打动作，就是一种强有力的工具，与性格刻画关系紧密，因而被精心设计，以适合人物的个性和角色的举止规范。例如，《挑滑车》中的倒扑虎动作，这一动作包含了两层含义：一是规避，二是具有粗俗和低劣的意义，不能用于英雄人物，只能用于敌方将领。此剧中的"抢背"，也是这样，一表示被击倒，二表示低劣。武打动作有时可具备一种以上的功能，既有写实性特点，又具有象征性的各种情景因素。常见的情形是，一个武打动作既是写实的、程式化的，同时也用于塑造人物性格，如倒扑虎和抢背。

　　在笔者看来，姚海星对京剧中杂技武术的考察研究，选题比较新颖，分析得也比较细致，尤其是对杂技武术功能的分析，比国内同类研究更为具体全面。周贻白在《中国戏剧与杂技》一文中，对戏剧中杂技的发展史进行了十分详细的追溯①，从古代百戏与杂技、宋代百戏、宋代杂剧与杂技、宋元戏剧中的杂技、明代的杂技与戏剧、清代戏剧与安徽班、京剧及其他地方剧中的表演技术等7个方面，对中国传统戏剧与杂技的关系进行深入分析。周贻白在文章的结尾以《挑滑车》一剧为例，提出：

> 中国戏剧中具有杂技成分，一方面是源远流长地在中国戏剧历史上具有相并发展、互相参合的原因；一方面是从剧情和人物出发在技巧上的一种表现。在杂技团里是一项杂技，但融合到戏剧中人物的动作上来，则应当是一种表演技术。

杂技史的追溯方面，姚海星没有提出太多新的材料，但他将戏剧中的杂技与武术分开来考察，脉络更为清晰。在杂技武术的功能分析上，姚海星结合更多的京剧剧目和表演上的例子，分析得更系统、更全面、更细致和更具体，超过了周贻白。

台湾曾永义的学生蔡欣欣所著博士论文《杂技与戏曲发展之研究——从先秦角抵到元代杂剧》（1998）②，也是一部很有分量的戏剧杂技研究论著。蔡欣欣的论文分三章，第一章论及从先秦到汉唐杂技与戏曲的孕育成长；第二章论及宋金杂技与戏曲的混合掺杂；第三章论及元杂剧中杂技与戏曲的结合吸收。该论文侧重于杂技史的追述和元杂剧文本研究，虽然题目有相近之处，但研究方法不同，与姚海星文侧重表演的研究形成互补，相得益彰，各有可观之处。

从姚海星、蔡欣欣的研究中，给人一种印象，中国传统戏剧

---

① 周贻白：《周贻白戏剧论文选》，110~156页，长沙：湖南人民出版社，1982。
② 蔡欣欣：《杂技与戏曲发展之研究——从先秦角抵到元代杂剧》，台北：台湾文史哲出版社，1998。

中的杂技从孕育成长、混合掺杂到结合吸收，是一条平直上升的发展曲线。其实，杂技与中国传统戏剧的联姻过程并不是一帆风顺的，其间有曲折、有反复，在不同戏剧形式里的分布也呈现很大的差异。周贻白的论著中对此有简略的分析。康保成对这个问题的分析则更为明确。康保成指出，宋元以前的戏剧中"戏"的成分居多，其中杂技表演尤其重要。元以后的文人戏曲，"戏"的成分减少，杂技表演也渐被摒除，到后来的昆曲，简直把武戏全都排除在外。然而，民间地方戏的武戏中却较多地保留了特技表演，如近代川剧、山陕梆子、滇剧、湘剧等。黄梅戏最初是不重视特技表演的，在湘剧等剧种影响下，也发展了一些高难度的特技。地方戏中的特技表演，诉诸人的视角而不是听觉，与正统的"曲本位"南辕北辙。同时，表演本身"货真价实"，无虚假成分，与民间戏剧追求真实、忽略"韵味"的整体风格，并不矛盾。①

西方研究戏曲者对中国同行的研究成果相对比较熟悉，比如姚海星参考了周贻白的研究。中国的学者对国外戏曲研究成果了解不够，比如蔡欣欣文（1998）在参考文献中就没有提到姚海星文（1990），显然遗漏了国外相关研究成果，这是比较遗憾的。可见，中西学者之间仍然存在无形的禁闭，学术信息交流不易。他们之选择中国传统戏剧中的杂技作为博士论文题目，应算是"英雄所见略同"。

（二）怀尔斯的传统戏剧研究

美国学者亨利·W. 怀尔斯的《亚洲古典戏剧的比较》一文，对印度、中国、日本的传统戏剧作了概略的介绍和比较，认为不仅东西方戏剧艺术存在巨大的分歧，而且在东方国家之间，也存在着不同的戏剧传统，而对这种不同的研究曾一直为人们所

---

① 康保成：《中国近代戏剧形式论》，217~220页，桂林：漓江出版社，1991。

忽视。①

怀尔斯首先探讨了印度、中国、日本三大戏剧派系之间大致相同的特征。怀尔斯在探讨中国古典戏剧时指出，中国古典戏剧的发展固然与印度、日本的戏剧发展密切相关，但仍保持着鲜明的个性特征，这种特征在中国戏曲人物身上体现得尤为明显。在戏剧理论的阐释上，与其亚洲同行相比，中国戏剧家缺乏系统性与自我意识。但他们却十分清楚自己的艺术使命。中国古典戏剧不像梵剧那样带有浓厚的宗教色彩，那样高贵典雅、富有学术性；但显然却是整个中国人民生活经验的自然写照。中国戏剧很少突出表现世界或宇宙的主题，它尽管具有某种悲剧意识，但缺乏静穆感。从总体上说，中国戏剧主要表现安宁幸福、对善行美德的忠诚及称心如意的世俗生活。简言之，与亚洲的两大对手相比，它缺乏形而上学的因素或神秘感。它往往也像梵剧一样，借助某种哀怜的气氛将观众引入纯愉悦的幻境之中，只不过这种愉悦是在对人类世俗生活的表现中体现出来的。就此而言，中国戏剧已登峰造极。儒道两家的学说乃中国古典戏剧的哲学基础，二者分别从不同的方向贬低宗教的价值，所以严格地讲，切忌将中国古典戏剧称为宗教剧。至少在西方人看来，儒家过于强调伦理，道家过于追求玄妙，二者均不配被称作严格意义上的宗教。在怀尔斯看来，宗教要比前者简单，而比后者复杂，介乎两种学说之间。确切地讲，宗教既非哲理，亦非魔法。但就某种意义而言，中国戏剧既宣扬了孔孟之道的社会价值观念，又深深地沉溺在其他各家思想所珍视的民间传说和戏剧方法之中。

怀尔斯认为，中国戏剧既不像能乐那样严肃，也不像梵剧那

---

① 亨利·W. 怀尔斯:《亚洲古典戏剧的比较》，选自《中外比较文学的里程碑》，李达三，罗钢主编，北京：人民文学出版社，1997。该文原载《东西方文学》第14卷第4期，1970，原题"今日亚洲古典戏剧"，钟志清译。

样崇高。从社会角度考察，它从本质上反映了人类世俗的情感，即使不能给人以深刻的印象，但总的来说还是极富幽默情趣的。它既使人轻松愉快，又避免了轻浮浅薄，在这方面，几乎没有能胜其一筹的思想或艺术实体。由于这个原因，西方人，特别是那些对中国古籍或汉语一知半解的西方人极易将中国戏剧贬为浅薄的戏剧程式，而不是将它当作轻松明快古朴典雅的艺术。中国的戏剧舞台绚丽多彩，其设计的精雅与巧夺天工，几乎无与伦比，让那些头脑冷静的西方人简直难以置信。舞台上的人物与中国及世界各地的人们相去甚远，颇似一群身披羽翼的欢快鸟儿，故中国戏剧常被误认为严重地脱离了人间的生活，这种观念真是荒谬至极！实际上，舞台上那些打扮得难以置信的人物所谈论的正是人们日常生活中最熟悉、最关心的问题，既非无聊琐事，也非天方夜谭。总之，他们所表现的正是中国人奇迹般养成的心理均衡与淡泊宁静。

欢快愉悦，同情爱怜，幽默风趣，想象奇特，乃中国戏剧之根本特征。一般来说，中国的戏剧思想要么是儒家的，要么是道家的，鲜有例外。但也有某种折中现象的产生。由于伦理道德本身并非过于沉重，令人厌倦，偶然出现的魔幻的场景也并非均系无聊，有些戏剧也会将儒道思想兼收并蓄。符合伦理规范的行为本身就表现出优美高雅。礼与道合而为一，神奇的事物都以物质现实的必然性为基础，凌驾于道德规范与神奇事物之上的是一种优雅的生活态度和对于人生的具有反讽意味的局限与矛盾的意识。那些妄自尊大之人则常常被戏剧家与观众用一种截然不同的方式来描述。怀尔斯认为，这与西方所谓的高级喜剧（high comedy）的常规模式相似。中国的喜剧既无轻浮琐碎之嫌，也无任何华而不实的滥竽充数之作，而是包含有许多别具价值、闪烁着智慧之光的剧目。怀尔斯强调，时至如今，在西方世界变得愈加庸俗、陈腐、狂热、缺乏文明之际，中国这些剧作值得西方人考察研究。在人类的戏剧遗产中,也许要数中国戏剧最为精湛纯熟了。

笔者认为,怀尔斯对中国传统戏剧所做的分析评价,是相当客观公允的,尽管有脸谱化和片面之嫌。他对中国传统戏剧的认识,适合从宋元南戏、元杂剧、明清传奇到京剧、豫剧、粤剧等地方戏。但对于师公戏、法事戏、神功戏、祭祀戏剧、赛戏、锣鼓杂戏等众多民间傩戏形态的戏剧,还有藏族佛教戏剧等少数民族戏剧,怀尔斯的断语并不恰当。

(三) 布罗凯特对京剧表演形态的研究

美国学者布罗凯特的《世界戏剧艺术欣赏——世界戏剧史》一书之"中国的剧场与戏剧"一节,对京剧的表演形态进行了详细的介绍,虽然是一般性描述,但却具有史的严谨和准确,并关注到细微层面,揭示了西方人心目中的中国戏曲形态。[①]

布罗凯特指出,京剧文戏处理的是家庭性和社会性的主题,武戏则以武士或绿林豪杰的冒险事迹为根据,这两类常互相融合。京剧戏本多改编自历史、传说或通俗小说,有大量的剧本即取材于《三国演义》及《水浒传》。一出京剧全部的长度,时常不过是昆曲的一二出而已。现在一张晚上演出的京剧戏码,常由若干戏中的一部分所组成,或是一连串的短出,没有休息。各剧都以吉庆终场。西方的观众有时不易了解中国戏剧,因为这些折子戏每每聚焦于戏剧高潮,而把故事的发展由来委之于说白。因此,在这些折子戏中,兴趣的焦点仅仅是高潮的片刻,而不在全部故事的戏剧化。

布罗凯特指出,中国戏剧自始以来虽然历经变异,但其基本的常套成规却一直相当稳定。西方观众必须熟悉中国剧场的习俗

---

① 布罗凯特:《世界戏剧艺术欣赏——世界戏剧史》,胡耀恒译,北京:中国戏剧出版社,1987。

模式，才能充分欣赏其中的动作及道具，其原意在刺激观众的想象力，而不是给予真实的幻觉。对许多评论家而言，表现这种特点的最佳例证是检场人，他们适时带进、带出道具，或重新给予安置，他们身着常服甚至便装，从没有人企图去伪装他们的出现，观众对他们的出现视若无睹，并不认为是舞台形象的一部分。他们帮助创造了中国舞台的习套，本身也成为这习套的一部分。对待音乐师的方法就像对待检场人一样，他们也是身着常服，在整个演出中全部暴露于观众视线之下。他们自由进出而并不被认为是舞台形象的一部分，但中国今天有许多剧场已把音乐师移置于舞台下沿凹处。

布罗凯特也对京剧的音乐、行当、乾旦、脸部化妆、舞台语言和动作、京剧服饰、剧场、观众等因素的特征进行描述和分析。尤其提到京剧观众的观戏习惯，指出中国戏剧的性质很多也受到观众的影响。也许因为早期的中国剧场在茶馆，在平地上设置桌椅，使有些身份的观众能坐着品茗看戏。正厅两旁及后边有升高的平台，上置板凳以供普通观众坐用。到后来又加上了楼座，它有如西方剧场的包厢，有时专供豪富人家专用，有时又限于妇女。这种安排在民国以后有些变更，今天，绝大多数剧场中皆设置着西方式座位。但是，观众的举动却鲜有改变。他们自由地进进出出，边吃边听唱边谈话。观众各有自己喜爱的出段，凝神观赏，但对其余的又漠不关心。像剧作家一样，观众的兴趣似乎不在故事或演出的统一效果，而只在其间的精彩之处。

第四节 基于演出视角上的京剧剧本英译

在英语世界的中国戏曲研究中，京剧翻译研究是一个重要领域。从事京剧翻译研究的名家主要有美国学者卞赵如兰、魏丽莎、黄为淑等。他们对京剧英译的原则、文学翻译、以演出为目的的翻译、剧本唱词、对白、科介说明、音乐说明、上下场诗、双关语、专有名词等各方面，都进行了深入探讨，尤其是对以演出为目的的翻译研究方面，理论联系实际，时有创见，具有很高的学术性和很强的可操作性，对国内的京剧翻译工作者来说，具有十分重要的指导意义。

（一）卞赵如兰的研究

美国哈佛大学学者卞赵如兰（Chao Julan Pian）在其《西方对于京剧研究的情况》一文中指出，早期有些京剧翻译只着重故事的大纲，在20世纪60年代出了一些比较完整的剧本。美国学者斯科特（A. C. Scott）比较着重介绍一个完整的戏剧，尽量把舞台上一切动作、音乐效果都表示出来，只是没能够把确实的音乐谱出来，而只是用文字来描写舞台上的声音效果。卞赵如兰也根据京剧演出的录音翻译了三出戏《打渔杀家》、《捉放曹》、《苏三起解》。①

（二）魏丽莎的研究

美国夏威夷大学教授魏丽莎（Elezabeth Ann Wichmann）的论文《在国外演出京剧的翻译与导演工作》对京剧的翻译进行了探索，以对梅派名剧《凤还巢》的翻译实践为例，探讨了以演出（而非文学阅读）为目的、由外国演员使用并尽最大可能保留原作风味的京剧翻译问题，提出了此类翻译的基本程序和应该遵循的若干原则。② 魏丽莎首先起草了一份注释性的、文字上的（或称逐词直译的）译文，由于此翻译工作是服务于外国演员实际演出使用的，魏丽莎认为，细致地把握住原剧本的中文含

---

① 卞赵如兰：《西方对于京剧研究的情况》，收录于《中国戏曲艺术国际学术讨论会论文集》，72~87页，北京：中国艺术研究院，1987。

② Wichmann, Elizabeth Ann.《在国外演出京剧的翻译与导演工作》，收录于《中国戏曲艺术国际学术讨论会论文集》，北京：中国艺术研究院，1987。

义是非常重要的，最好再采用意译的方法对原来的直译文稿进行二次加工，力求将原作的含义、精神，以及风格保存下来。剧本的词句要让学了京剧唱念方法的演员能按照京剧的要求来唱、来念，并能够作为独立的英文剧来上演。此翻译的最终形式是一个演出本，而非文学本，这是一种让观众感到贴切、亲切而生动的"场上"戏剧的翻译，而非遥远的明显的翻译文学，而且还要保证京剧中最本质的因素不能变，让观众中那些对京剧有所了解和熟悉的人承认它是京剧。

魏丽莎对《凤还巢》的翻译，首先一个原则是忠实于原作，保持原作的风味。在翻译对白、上下场的诗句和唱词的过程中，魏丽莎强调要努力达到中英文的对应，起码是那些常用的词，或者是在原本中突出的词要尽可能找到合适的对应的英文词汇，并努力创造出尽可能相当于原作的语言水平。魏丽莎认为，此类翻译要将重点放在表演上，使英文本尽可能合乎京剧的唱念风格，要反复聆听该剧的原唱录音，译文中的每段唱腔及道白，必须跟演出磁带的唱念风格尽可能接近，虽然道白上比较容易发生歧异，但至少在总体上还是必须一致起来。魏丽莎在翻译中选择了北京京剧团梅葆玖在香港演出的《凤还巢》的录音，在整个翻译过程中，她一直头戴耳机，反复聆听。

对于对白的翻译，有些台词需要加以解释才能让外国观众明白。魏丽莎认为，对于戏剧观众来说，他们只有一次机会听到并理解剧中的每一句台词，因此那些必要的解释，过去可以把它放在节目单里或成为译本的脚注，现在则必须同英文的演出剧本中的道白结合起来——即把这样的内容嵌入道白中，尽管这样会使得道白太长，也不得不如此。如剧中人物的官衔和称谓，如果总把"大人"这样一个称谓译为"Your honor"或其他对应词，又多次在不同的场合用来称呼不同的人物，可能使不熟悉人物姓名的观众迷惑不解，这就需要给某些特殊人物以特有的称谓，如以

"Vice Minister Cheng"（程侍郎）代替"Cheng Daren"（程大人），以"Commander Hong"（洪元帅）代替"Hong Daren"（洪大人）等。又如"监军周公公"，因为英语中根本没有像"公公"这样既表示为太监，又有亲切之感的对应词，可以嵌入解释，译为 Military Supervisor Zhou, the Imperial Eunuch in charge of military affairs, has brought an edict from the emperor（周监军，襄赞军务的太监，前来下旨），在道白的人物介绍中说出。显然，这句话中间的部分，即为添加的解释，是原本中没有的。在英语的译文中，凡后来涉及称呼"周公公"的地方，则根据说话人年纪的大小，翻译成"Uncle Zhou"（周大叔）或"Grand-farther Zhou"（周大爷），以避免英语词组"Imperial Eunuch"（内宫太监），因为总用这个词显得过分拘谨，同时音节也太长。

另外，魏丽莎指出，重复一些本来人们不熟悉的词汇，可以使解释性资料的嵌入减少到最小的程度。比如《凤还巢》的剧名，在中文原本中根本没有出现这3个字，却通过戏的情节的发展将观众逐渐带入它的三重喜庆之中。魏丽莎在译文中数次嵌入这一词汇，第1次是在第15场洪功的道白中，在他和周公公同意充当媒人去说合程浦女儿的婚事时，嵌入一句简单的解释：Such an important and joyous event-like the return of the phoenix to its nest-how could not agree? Uncle Zhou, please take charge with me（此乃大喜之事——如同凤还巢一般——我岂有不允之理？请公公一同主持如何）。第2、第3处在17场，此不赘述。这使不熟悉中国成语的观众，也会由此理解，并可以直接领略到其中意蕴。

魏丽莎认为，为达到译文与原文的对应，英语词汇有时会长于中文原词，如"如此"，可译为"Since you put it in that way"；有时，对应的同义词可以用得少一些，如"Sir"在英语中并不像"Shi"（is, to be, yes）（是）在原本中用得那么经常，对一个命令作出反应时,"Sir"同"Shi"具备同样的功能和效果。喊叫很难做到完全对应,如该剧丑角朱焕然喊出的"啊呀"可译为"My Godness"(天哪、上帝呀)和"My God"。但对于人物来说,"My Godness"显得过于感伤,故最恰当的翻译是"My God"。但对于程雪娥来说,此二者都不合适。"Alas"也不妥当。因为,英语中的"Alas"在很多种情况下并不与汉语"哎呀"相对应。魏丽莎认为,除丑角之外,剧中所有人物应保留原汉语中的喊叫,因为它们的确通俗易懂,同时,这些感叹喊叫的语词,尽管对于没有听惯汉语的观众还是多少感到奇怪,但对于京剧唱念的配合、对于保留京剧的风味来说,却是必不可少的。

　　魏丽莎认为,翻译戏曲对白,译文必须体现同等水平的语言,以及插科打诨的笑话和俏皮话。大部分京剧剧作的原本对白中都有大量古文和土话,身处较高层次和社会地位的人物——老生、老旦、青衣、花衫和小生,都同他们所使用的语言一一对应。花脸的角色所使用的语言带有较大成分的古语,而土话则在较下层人物的语言中占主导地位。丑角则多使用方言俚语,多即兴科诨。英语并不具备这种界限分明的语言品类的选择。对于纯正的古语,魏丽莎认为,在英译中,可以使用某些高级的或规规矩矩的简洁的词汇来达到翻译的贴切,在原本中那种正规和拔高的程度,可以通过短语和词汇体现出来。对于土语道白,魏丽莎认为,运用完整的短语来保留古意,在某些情况下有效,但在绝大多数情况下会造成过多的、极不流畅的音节,效果不佳。对于丑角人物所运用的绝大部分土话俚语,译文中使用较为一般的英语词汇,使它们对于某种特定的时间和场合并不显得过分特殊,也应允许演员用一些即兴撰造的插科打诨进行尝试,就像中国丑角所做的一样,如程雪艳对她妹妹的逗弄:"哟!害什么臊哇!"不必直译为"Aw, what are you so bashful about!"可沿用相应的英语俚语,译为"Tsk, tsk, ……Babyish blushing!"又如,当穆居易假意叫她去屋外月光之下拜天地,骗得她离开他的书房,程雪艳叫道:"那敢情好啦!"译文为"That sounds just wonderful!"但后来在某些演出中演员即兴发挥改为"That's just peachy keen!"魏丽莎认为,在某些情况下,有些即兴撰造的插科打诨走得太远,显得有些太美国化了,但它们确实有效果,因为它们迅疾和直接地沟通了演出与当地观众的联系。

魏丽莎认为,为了忠实于原作的特色,设计出能够保持原作味道的、恰当的英语双关语,对于对白的翻译是非常重要的。在翻译《凤还巢》的对白时,在英语中寻找同中文原作达到同样效果的、幽默的双关语,并不总是可能的,但有不少双关语的译文达到了这个要求。例如,当程雪艳对朱千岁说:"你说什么呀?郎君?"他回答道:"郎君?我真狼狈了。"可译为:"What did you say, duckie-poo?""Duckie-poo? How about just plain dead duck?""dead duck"是预示灾难的英语双关语。又如程夫人和朱千岁的对白:"岳母!""贤婿!""再咸,我就吃不得啦!"这段对白要求这样的一句英语双关语——开头应是一句尊敬的称谓,然后变成一句明指食物(或吃)而隐喻遭受苦恼困扰的短语,可译为"Esteemed mother-in-law!""Esteemed son-in-law!""There's enough/steam around here to cook my goose!"这是地道的美国人的英语。我们认为,上述演员的即兴发挥和双关语英译有违翻译的"忠实"原则,损害了原文本的文化风味,是一种并不值得提倡的"文化置换"和归化译法。

魏丽莎指出,在翻译戏曲剧本的诗句时,要尽可能保持原有的形象化比喻的顺序,以免同风格化的身段姿态发生抵触。另一方面,结构与字数的对应——特别是在板式较快的唱腔中——尤为重要,比如流水和男腔散板等。在京剧剧本原作中,几乎所有的诗句——上场诗或下场诗以及唱腔中的抒情诗都是严格按照7

字句或 10 字句两两对仗的标准结构样式写成的。在译文中，这些对仗的句子也需要由 7 到 10 个音节来组成一行，往往还使得所要表达的意思受到影响。魏丽莎指出，由于京剧对白总要比唱词灵活些，为保持意思的完整，念白的译文往往要比原作的章节长。但一般说来，英语念白的长度，要大体能够与原文相近。如下例是由四人分念的两副对句：

  洪功：才子兵甲藏胸中，(7)
  周公公：书生马上也英雄；(7)
  程浦：临阵须要心仔细，(7)。
  穆居易：不附青云怎建功。(7)

其译文为：

  Hong Gong：He can cleverly compose；(7)
  Uncle Zhou：Martial scholars are heroes. (7)
  Cheng Pu：Cautious first-moves brings success；(7)
  Mu Juyi：Without support there's no redress. (8)

又如穆居易在错把程雪艳当成未婚妻后的散板唱腔：

  遭不幸遇见了这样魔障，(10)
  错当了老年伯恩高义长。(10)
  今夜晚逃出了天罗地网，(10)
  有才女还请你另选才郎。(10)

其译文为：

  What a disaster is this nightmare I find，(11)
  And I thought old uncle was noble and kind. (11)
  Tonight I'll escape this entangling doom，(11)
  Go find your sweet daughter some other bridegroom. (11)

音节数目相当接近，虽然译文的文学性降低了，但却相当清晰地传出原诗的内容和意蕴。魏丽莎指出，由于速度较快的板式，几乎都是音节化的，每个字仅占一个或极少的音符，如果在译文中加上过多的音节，会把它们统统变成无法演唱的文字。因此，中文快节奏唱段的唱词，在英文中，只能加一两个音节，再多则将无法演唱。

魏丽莎认为，翻译戏曲唱词时，必须注意京剧的音乐结构每行唱词分为三"读"，如7个音节的句子是2-2-3结构，10个音节的句子是3-3-4结构，有时10音节中的第三"读"可以进一步地划分为每两个音节一组的两个部分。但这种划分在较快的板式的翻译中，并不是绝对的。由于它们在较慢的板式中经常被音乐间奏曲分隔开来，在英文翻译中，必须把它们作为整体来措辞，以便理解。反之，如果在一个英文词的两个音节之间，或在一个形容词和它所修饰的名词之间停顿间歇，将会使整个语句的意义难以理解。魏丽莎还指出，每一"读"中，都有一个或更多的清晰的音乐重拍，如果要想使它们在演出中流畅自然，英文译文也必须同这些重拍相符。

魏丽莎指出，这些困难在较慢板式唱词的翻译中略有缓和，这是由于在唱慢板时常用装饰音的缘故。在"原板"和"慢板"中每唱一个音节，需要的音符较之快板中的要多，因此慢板中每一句的长度也灵活得多——在英文翻译中非常容易嵌入更多的音节。当英语的音节，特别是那些多音节词唱拖腔时，往往变得难于理解，这时，采用嵌入其他音节的方法以增加英语装饰音，同时减少同一英语音节的拖腔造成的难以理解的困难，就比较有效。如下面一段程雪娥的一段中文"原板"抒情唱腔中，每行的部分与部分之间，用渐弱的唱法分隔开来，英语译文中也采用相同的方法加以划分：

那一日/他来/将我骗，（3-2-3-8）
幸中/母氏/巧机关；（2-2-3-7）
如今/若再/去/重相见，（2-2-3-8）
他岂肯/将儿/空放还。（3-2-2-8）

He tried to/deceive/me that day （3 – 2 – 3 – 8）

but you/by good fortune,/had a marvelous plan,（2 – 4 – 6 – 12）

if I/go to him/and ask for his aid,（2 – 3 – 5 – 10）

don't you think/he will keep/me there if he can （3 – 3 – 5 – 11）

译文中，除第一句之外，其余的都在译文中含有相对较多的音节，尤其在每行的最后一部分，而绝大多数的装饰音也正是在这里出现的。但第一句中的动词不定式"to deceive"（欺骗）被分隔在两个旋律部分之间，魏丽莎认为，为了表现原作结构顺序，同时又不妨碍理解，与其按照正常读音规则强调"deceive"一词的第二个音节，倒不如把该词的第一音节变成重音节。首先，重音并不需要送气过强，其次，此行的第一"读"与第二"读"之间的间歇非常短暂，所以这句唱词唱出来时仍然可以听懂。

魏丽莎认为，韵脚在中文原作的诗句中，不论念诵或是唱都是极为重要和突出的特征。如《凤还巢》的最后一段唱腔，有28 行，并且所有的句子都属于同一韵脚。甚至对于中国普通话来说，这也是一种卓越的技巧。中国普通话只有 450 个彼此不相关的单音节的发音，在京剧声韵体系的"十三辙"中，每一个韵辙也因此包括了广泛的"词"的。英语因为同韵词数量有限，以及文法的限制、措辞观念（对措辞重复视为不可取的陈词滥调）等原因，以英语词汇来完全表现这种特点是根本不可能的。对于为演出服务的英语翻译来说，一方面要保留京剧原有的情趣风味，所以韵脚仍然是非常重要的；另一方面，考虑到英语本身的语言特性，应把焦点集中在韵律感上，而不必拘泥于对原作韵脚的精确无误的复制。

魏丽莎认为，英语译文中两相对仗的句子的韵脚，就像它们在中文原作中合辙押韵一样，但在大多数情况下，英语译文中仅每两相对仗的才押同一个韵——随后的对仗句子则每对有它们自己的韵脚。但这也有例外，在某些情况下，英文译文中只有开头1句或4个互相连续的句子押韵；在另外一些情况下，英文译文中，一、三、五句押一个韵，二、四、六句押另一个韵；在一些成套的两两相对仗的唱词中，只是第二和第三句押韵。如《凤还巢》译文中声韵最复杂的第5场中"导板"与"慢板"唱段的韵脚，因为它们中的装饰音允许有较多的附加音节。"导板"中的单句和"慢板"中第一句押一个韵，然后"慢板"中的二、三、四、五句押另一个韵。此外，"慢板"的第二、第三句，每句内部也押韵：

只见他/美容颜/神俊骨清，(3-3-4-10)
可叹衣/实褴褛/家道清贫；(3-3-4-10)
I saw his/handsome face, /
and his manner so refined and full of grace (3-3-11-17)
But his clothing/made me sigh, /
his family has fallen a such very
hard times (4-3-12-19)

魏丽莎认为，在选择具体的音韵，以及翻译戏曲唱词、对白中的主要字眼时，要尽可能选择与中文原作相同或相近的韵母（元音），以促进发声风格化。倘若找不到相同或相近的英语元音，应多用与"江阳"、"人辰"、"言前"，或与角色所要求的韵辙相近似的英语元音，如给小旦、小生以"衣七"、"灰堆"，给老生、老旦、花脸、丑以"发花"、"怀来"、"遥条"韵。另外，魏丽莎认为，由于汉语词汇除了"n"和"ng"以外，从不以辅音结尾，因此，京剧的发声技巧不包括英语语感中生成的尾辅音，在组织英语韵律时，将英语结尾辅音脱落是有道理的。因此，在英语译文中的声韵如果包括相近的结尾元音，可以忽略置于其后的辅音，下列词的发音可以作为同韵被加以考虑：grand，clan 和 expanse；spawn 和 long；star 和 hard；do 和 two；bird 和 assure；bold 和 foes；等等。魏丽莎认为，在演出中，英语韵脚的尾辅音可以当作中国官话中的韵尾来处理，仅仅在发声临近结束的一刹那作为"收声"来发音。

（三）黄为淑的研究

黄为淑（音）的博士论文《京剧：基于戏剧结构与戏剧程式之上的剧本翻译》(1976) 是一篇最为系统深入的探讨京剧翻译的专著，既有坚实的翻译理论，又密切结合京剧剧本翻译实践，对案头和场上剧本尤其是后者的翻译理论、翻译原则和翻译程序进行了详细的分析阐述，并从众多翻译事例的得失比较加以印证，很有说服力和操作性，对于京剧的英译具有很重要的指导意义。①

谈及翻译的目的和受众，黄为淑指出，戏剧剧本，除了所谓案头剧之类，主要还是为演出而创作的，不仅在表面形态上不同于诗歌和小说，在本质上也是不同的。因此，翻译戏剧作品时，译者要有演出的观念。当然译者也可以将剧本翻译定位于阅读的目的，事实上也的确有很多剧本翻译更多是用于文学阅读而不是演出，特别戏曲作品的英译。但我们应该明白，如果译者将本来是为演出而创作的剧本翻译出来却不适于舞台表演，这对原作来说肯定是不公平的。这样的译文与原作相比肯定缺失了某些东西。关于译作的质量评价，黄为淑认为，戏剧的翻译是最为复杂

---

① Hwang, Wei-shu. Peking Opera: A Study on the Art of Translating the Scripts with Special Reference to Structure and Conventions. The Florida State University, 1976: 1~232.

的，戏曲翻译尤其如此，因此评价标准非常难以确定，将戏曲作品从中文译为英文，既要杜绝中式英语，以免造成理解上的困难，另一方面，译者又要尽量保留原作的韵味。译者应该将原作中独特而新奇的东西介绍给读者，如果无视原作在体裁、主题、风格上的新奇性，翻译的价值也将无从实现。至于译者和翻译的环节步骤，黄为淑根据奈达的翻译理论，针对戏曲翻译，译者应对源语和目的语都有深入熟练的掌握，指出英美译者更适于承担将戏曲翻译成英语的工作，而中国的译者则适合英译汉。在翻译京剧作品时，译者需要具备诗人的敏感和音乐家的理解力。译者本身必须是艺术家，具有谦虚、富有想象力、对自己的工作具有强烈的兴趣。

翻译京剧作品的环节和过程，黄为淑在奈达提出的文学翻译9个步骤的基础上创立了京剧作品翻译的9个步骤：①译者选定好需要翻译的京剧作品，译者要确定自己是否对此作品感兴趣并能否胜任此剧的翻译；②掌握有关背景知识；③比较此剧的现有译作；④译出尽量详细完整的初稿；⑤经过一段时间的搁置，修改初稿；⑥大声朗读，感觉风格和节奏；⑦由其他人阅读译作，观察接受者的反应；⑧将译作交由其他有经验的译者审读；⑨以舞台演出和出版为目的修改译作。黄为淑还提到了一个翻译之大忌，即借用目的语中的熟语套话（如成语、谚语、典故等）。

黄为淑文的第四章专门论述了京剧舞台提示的翻译。黄为淑指出，相比较而言，舞台提示的翻译较为简单，对话翻译较难，翻译用于念诵的诗更难，翻译唱词则最具有挑战性。黄为淑以现存的京剧翻译作品为例，详细分析了京剧翻译中常遇到的问题和症状。

在京剧 The White Snake（《白蛇传》pai-she ch'uan）的第一场，舞台提示有"西湖"、"内唱南梆子倒板"、"白素贞、小青上"、"接唱南梆子小安板",在杨宪益、戴乃迭的翻译中,舞台提示被简化为"The West Lake"、"off"、"Enter White Snake and Green Snake",板式和歌唱的提示被省略。在后出的由唐纳·张(Donald Chang)和威廉·派克(William Packard)翻译的译本中,则将原作的舞台提示全部翻译了出来。由于西方读者很少有人熟悉京剧的演唱和音乐,他们对译文中的这些曲调板式也基本上不能理解。从阅读的角度来看,翻译时省略这些曲调板式,有其合理的一面。但京剧中的诗歌并非都用于演唱,一句曲辞是唱是说还是念诵,在效果上具有很大的差异,因此,即使是用于阅读,省略掉这些提示也会减少而不是增加阅读中的乐趣。从这个意义上看,阿灵顿(L. C. Arlington)和哈罗德·艾克顿(Harold Acton)的做法就更为恰当。他们翻译的 The Day of Nine Watches (《九更天》chiu keng t'ien)第二场姚氏杀夫后担忧小叔子回来一节,译有舞台提示"enters and sings in hsi-p'i yao-pan",虽然不清楚他们翻译时依据的是何本子,但读起来像是依照原作搬译的。现有的京剧本子上相应的舞台提示是"上,唱西皮摇板"、"米进图、马义同上"。

黄为淑指出,还有些译者在原作基础上额外提供关于舞台程式、角色、戏衣、动作方面的信息。如约瑟芬·黄弘(Josephinge Huang Hung)在翻译《九更天》时,英译文中姚氏杀夫这一场的舞台提示为"The sitting room of the Mi family. There are two curtained doors at the back. In the center of the stage is a table with two chairs on either side. It is early evening. As the curtain rises, Mistress Yao is seen walking in from the audience's left. She is about twenty-five, has a red knee-length jacket with a long pleased skirt. She wears a large white flower on her head to indicate she is mourning. She appears restless and worried." "Knocking is heard." "She takes off her red jacket, revealing a white one to denote she is in mourning.""She quickly hides the red jacket under the table and gestures to open the imaginary door. Enter Ma Yi and Mi Chin-t'u. Ma Yi is an old man of fifty-five, dressed as a servant, in a long black gown and black cap. Mi Chin-t'u, a virtuous young man of twenty-six, has a long blue gown and hat to match."此处的舞台提示非常详细。在此剧于 1967 年 5 月在北卡罗林纳大学（the University of North Corolina）演出之后，黄弘在译文再版时增加了更详细的舞台提示，如上面的"knocking is heard"就进一步扩展为"She sings hsi-p'i yao pan as Mi Chin-t'u and Ma Yi enter from upstage right and walk to downstage right. Mi hands the horse to Ma and goes to downstage center to knock on the imaginary door."尽管添加这些舞台提示基本是为方便演员和导演着想的，对于读者也一样有帮助。

黄为淑指出，在京剧英译中，对于舞台提示和戏剧动作的翻译，不能不提到斯科特（A. C. Scott）。在他的译作中，对于舞台上的表演、演员、音乐（包括锣鼓经）的描述更为详尽，如他翻译的 Ssu Lang Visits His Mother（《四郎探母》ssu-lang t'an-mu），杨四郎从北国返回，六郎带他去见母亲一场，可为比较典型的一例，如"The big gong is struck quickly and forcefully. Eighth elder sister and ninth younger sister, who act as ladies-in-waiting, come on and stand at the entry. They are followed by She T'ai-chun, the old mother. She learns on a long wooden staff topped by a carved dragon's head and is dressed in the fashion described previously. She goes to the nine dragon's mouth and, following three beats on the drum in the orchestra, begins to sing in san-pan time."
"The big gong is struck. T'ai Chun makes her way to the left chair, where she seats herself; the two sisters separate and stand one on either side. Sings in san-pan tiame.""The big gong is struck

quickly and forcibly. Yang Yen-chao pulls Ssu Lang on stage and they go to the front, Yen-chao at the left, Ssu Lang at the right." "sings", "sings", "The big gong is struck. Ssu Lang shows signs of agitation. He rubs his hands together in a circular motion. Yen-chao goes front stage and mimes an entry, going towards T'ai-chun at the left hand side. When he is before her he speaks in a respectful manner."黄为淑认为,这几个译例代表了京剧舞台提示翻译的主要类型,以斯科特的翻译提供的舞台表演信息最为丰富。但问题是,译者可以对原作进行随心所欲的添加表演说明吗?怎样掌握添加信息的度?对于第一个问题,黄为淑认为答案是否定的,这违背了翻译的忠实性原则,但由于视觉因素也是京剧的重要因素,原作中的舞台提示又通常过于简略,添加一些信息对于不了解京剧的外国读者还是有益的。然而,译者应注明哪些是添加的内容,正像斯科特所做的声明一样:此剧本是由斯科特翻译、描述、注解、说明的。但如果能在译文中用不同的象征符号明确地标记出与原作的不同就更为理想了。对于第二个问题,黄为淑认为比较难以回答,一要根据阅读对象对京剧的了解程度和使用译本的意图。一般读者对于舞台动作提示的关注,肯定与演员、导演和戏剧专业学生的关注度不同。对于后一类读者,即使像斯科特那样详细的描述也是不够的。舞台提示还可以做到更为详细,但无论怎样详细,也不可能使所有对京剧不熟悉的读者(包括没有接受京剧表演技巧训练的西方演员)根据舞台提示准确地重构京剧表演动作。如斯科特翻译的 The Butterfly Dream (《蝴蝶梦》hu-tieh meng),译文中田氏劈棺材的细节说明长达三整页。而译者斯科特认为,这还只是舞台动作的一个简略大纲而已,西方读者如果不了解中国戏剧舞蹈,不可能仅仅依靠译文而理解此场景的实际表演情形。黄为淑因此建议,在翻译京剧时翻译成两种模式,一种是文学性翻译,供阅读或研究,只有关于排场、演员和戏剧动作的简略舞台提示；另一种是演出翻译本，包含有更详细的舞台表演细节，如京剧音乐。黄为淑以翻译家兼戏剧家熊式一（S. I. Hsiung）和翻译家斯科特分别译的 Lady Precious Stream（《王宝剑》）为例说明演出本和文学阅读本两种翻译模式的差异。此不赘述。

　　黄为淑指出，当代中国剧作家创作的京剧剧本中，舞台提示比古典剧本更为详细，如吴晗的《海瑞罢官》(hai-jui pa-kuan)、俞大纲的《王魁负桂英》(wang-k'uei fu kuei-ying) 和京剧革命样板戏等，舞台提示都比较完备。英译这类剧本时无需或只稍微添加舞台提示即可。黄为淑举《红灯记》、《王魁负桂英》、《智取威虎山》的英译为例，说明无论中西，现代的剧作家和读者都倾向于更多的舞台提示，此也可以作为译者添加舞台提示必要性的注脚。在此章结语中，黄为淑建议对于京剧术语，无论是意译或音译，在文后最好附简要的词汇表。翻译京剧舞台提示，问题不在于要不要添加信息，而在于添加的量和添加的时机，尽管标准很难确定，但即便是演出本，添加过多的舞台提示也是不恰当的，在添加的数量上以不超过斯科特和熊式一的译本为宜。其他关于京剧戏衣、动作、舞蹈和京剧音乐等细节性的注解，如果译者要增加此类解释，以文后附录形式最好。

　　在第五章和第六章，黄为淑分别从语言文化特征（包括文字游戏）、专门用语、称谓、地名、动植物名称、暗喻、俚语、谚语等方面探讨了京剧对白的翻译。

　　在语言学分析上，关于动词和名词，汉语动词没有时态和数的变化，名词没有单复数词形变化，由于戏剧有具体的情节，多数情况下译者能比较容易地确定时态和数的恰当形式。但也有一些特殊情况需要谨慎考虑。如 The Butterfly Dream（hu-tieh meng《蝴蝶梦》）中有一段对话，"（幕内）干什么？（童儿）买棺木。（幕内）买几口？"斯科特的翻译为："(voice behind curtain)

What do you want? (servant boy) To buy a coffin. (voice behind curtain) How many do you want?"原作中缺少数词但却富有韵味,译文中冠词"a"的运用使得后面的问句"How many do you want?"显得别扭。丽莎·鲁(Lisa Lu)的译文为"(voice) What do you want? (Chun Yun) Do you sell coffins here? (voice) Yes, we do. How many do you want?"这种译法使最后一个问句逻辑上显得合理了,但在意味上与原作还是有细微差异的。此例又引出名词的冠词用法问题,如在《海瑞罢官》中有一句"清明节扫新坟烧化纸钱"。其中的"新坟"一词,在现有的3种译文中有两种用"the",一种用"a":① We've come to visit a new grave on the day of Ching-ming;② At the Ch'ing-ming Festival time we sweep the new grave and burn paper money;③ Sweeping the new tomb and burning paper money at Ching-ming festival. 黄为淑认为由于原作没有冠词,译者在翻译这种名词时应该格外小心。

关于感叹词的翻译,黄为淑认为,感叹词对于戏曲要比其他形式的文学艺术重要得多,尤其是对于以演出为目的的剧本翻译,更是如此。这些看似无意义的声音能比其他语词更能揭示角色的情感体验。黄为淑以"哎呀"(aiya)这个京剧最常见的感叹词为例探讨感叹词的英译。在 Picking up the Jade Bracelet(《拾玉镯》)中,斯科特对"哎呀"的含义进行了分析,认为这个典型的汉语感叹词在英语中找不到与之完全对应的词语,尤其是当"哎呀"用于滑稽角色时更是如此。这个感叹词含义无比丰富,不同情景下表现不同的情感。黄为淑提出,使用音译法处理感叹词的翻译在演出型译本中十分有效,因为演员还可以用手势动作辅助表达情感。但对于读者、演员和导演来说并不十分有用,因为音译的方法使他们无从知道角色的任何特定情感、情绪和感叹的方式。黄为淑认为,赵元任的方法值得提倡,如将汉语"唉"统一译为"sigh",再由演员根据语境转换成相应的英语感叹词。有些译者喜欢使用"Alas"和"Almighty God",黄为淑认为不管音译还是意译,译者都应注意以下几点要求:①有时,京剧中感叹词发声可以延长,以求自然地引导后面的唱词,在这种情况下,英语的相应叹词应以元音结尾。这可能也是音译有时为译者青睐的原因之一。②尽管英语叹词如"Almighty God"、"My God"、"Good God"实际上并没有宗教意义,但以大写字母"G"开头的"God"(上帝)对于中国传统戏曲仍然是特异的,最好避免使用,而使用"Good heavens"和"My Goodness"更为恰当。③可以用不同的英语叹词翻译同一个汉语叹词,依据语境而定。如 Picking up the Jade Bracelet(《拾玉镯》)中,刘媒婆的烟袋不小心烫疼了嘴,用"Ouch"可以很恰当地代替"Aiya";而当"Aiya"用于表示悲伤时,如 A Girl Setting out for Trial(《苏三起解》)中的苏三,用"Alas"或"Woe is me"对于西方读者来说更能理解角色的情感。总之,如果有合适的英语对应词,就没有理由不去使用它。有时候,只以舞台提示的方式注明感叹的性质也不失为一个有效的办法。

关于语体和用词频率,黄为淑认为,译者不仅应熟悉剧本的内容,还应了解剧中人物的社会属性和文化语境。如在《白蛇传》中,法海是一位圣僧,他的地位相当于西方天主教中的圣教父,所以在英译中绝不能将法海的口头语"孽畜"译为"You bitch"(Chang and Packard, The White Snake),译成"Vile monster"、"You base reptile"比较适合法海的身份。最难以翻译的语体形式是暗喻和俚语,含义丰富,且出现频率很高。另外,需要考虑的重要问题是高频词的翻译,还包括某些经常出现的搭配、句式的翻译,这些都牵涉到翻译的忠实性原则。

黄为淑还探讨了翻译中的词序和句式问题。黄为淑认为,词序对于京剧的舞台动作、视觉形象的呈现顺序和京剧翻译的戏剧效果都具有比其他文学翻译更为重要的意义。京剧 The White

Snake(《白蛇传》)于 1975 年 11 月 28—30 日和 12 月 4—7 日在美国夏威夷大学肯尼迪戏剧中心(the Kennedy Theatre of the University of Hawaii)上演,此剧的导演、翻译兼改编者约翰·胡博士(Dr. John Hu)对于词序问题有这样的阐述,他说,(《白蛇传》一剧)目前的英译文努力克服了原作音乐和舞蹈设计在翻译和演出上的困难。由于原作唱词均伴随有特定的手势动作,在翻译时就要尽力保留原作的词序。如译文中有一句按照原作词序翻译的"Here a pagoda casts its shadow on the glittering waves",白蛇和青蛇先手指高处,然后一个优美的转身,向下指着湖水。如果将"on the glittering waves"放在句首,就会使人物的手势显得不合情理;编创新的手势,将可能破坏原作的本来面貌。另一方面,为了使英语演出便于理解,一些句式和唱词的改编又是不可避免的现象。我们力图将忠实性和可理解性结合在一起。约翰·胡博士的话揭示了保留原作词序以与舞台动作和手势相一致的重要性。除此以外,还有一些情况在翻译时需要采用特殊的句式和词序才能取得戏剧性的效果,这里面牵涉到很多具体的困难。黄为淑以现代京剧《智取威虎山》为例探讨特殊词序和句式的英译问题。

　　黄为淑指出,在《智取威虎山》一剧中,有一段杨子荣和座山雕的对话"(杨子荣)说话间掏出图——(座山雕)图?(杨子荣)一卷!"有两种译文分别为"(Yang) As we were speaking he produced a map—(Vulture) Map?(Yang) A whole roll."(China on Stage, p. 69)和"(Yang) While speaking, he drew out a map. (Mountain Vulture) A map?(Yang) A map all rolled up."(The Red Pear Garden, pp. 243~244)黄为淑认为,这两种译文的译者都忽略了一个重要的因素,即"As we were speaking he produced a map"和"While speaking, he drew out a map"都是完整的英语句子,完全可以以句号作结,而原作的第一句显然是不完整的

半截句,原作首句的不完整使得座山雕的插话具有戏剧性,使杨子荣下面的接续显得更为自然。黄为淑认为如果翻译时稍微变动一下,就可以更好地保留原作的戏剧性效果,可以翻译为"(Yang) While speaking, he drew out a rolled up—(Vulture) A rolled up?(Yang) map."此剧中的另一段对话也涉及特殊的词序和句式的棘手问题"(栾平)嘿嘿嘿,好一个胡标!你……你不是……(杨子荣)我不是?是我的不是还是你的不是?我胡标够朋友,讲义气!不像你姓栾的……"栾平的"你不是……"是一个不完整的句子,杨子荣偷偷转变了"不是"的词性,其中不仅涉及词序和句式,还有一个文字游戏的问题,为翻译增添了很大的困难。现有的两种译文分别是"LUAN Hu Piao, my eye! No... you're mistaken... YANG Me mistaken or you the one who's mistaken? I, Hu Piao, was friend enough and was playing the game. Not at all like you, Luan Ping!"(China on Stage, p.9)和"LUAN PING Ha, ha, you're a really good Hu Biao! Why, you're nothing but..."(The Red Pear Garden, p.275),黄为淑认为,这两种译文显得太一般化,缺乏讽刺意味,建议译为"LUAN Hei, hei, hei. A good Hu Piao indeed! You... you are not... YANG I am nought (or 'a nought')? You cared naught for me or I cared naught for you? I, Hu Piao, was friend enough and always respect comradeship. Not like you, Mr. Luan, ..."黄为淑提出在不能同时保留原作的整个面貌的时候,译者需要选择究竟牺牲什么和保留什么。在这个例子中,黄为淑建议保留原作的喜剧性和讽刺效果。这里又引出一个重大的问题,即译者有权力进行创造吗?黄为淑认为,在戏剧翻译中,适当的创造至少比完全无所作为要好。词序的重要性也应该从美学角度来考虑,涉及意象的排列次序。

关于文字游戏,黄为淑分析了双关语的翻译。黄为淑指出,双关语的恰当运用能够增强戏剧的趣味性。汉语的双关语可分为两类，一类是声音上的联系（如上例中的"不是"），一类是根据表意符号字形上的联系。在英译中，双关语有时省略不译，有时采用加注解的方式。显然，这两种方式都不能给读者增添什么乐趣。加注解的方式对读者有一定帮助，但这需要译者特殊的努力，以使读者明白双关意义产生于何处，否则读者便无从知道应有的语义双关效果。原则上，对双关语加以解释好于省略不译。译者不必以双关语不可译为借口。这样的借口如果不是出于马虎，就是出于懒惰。如，"必须早晚殷勤伺（暗在扇上写一刺字）候了。"就可以英译为："You must morning and night attentively wait (secretly writes 'to stab' on his fan) on him from now on."剧作家使用此双关语有两重目的，一是以文字游戏形式增加趣味性，二是突出不同角色的智慧或愚蠢，从而取得喜剧性和讽刺效果。可见此句中的双关语是十分重要的。如果省略不译或仅仅加以简单的解释，无疑是一个比较大的损失。至少可以尝试将此句翻译为："From now on, you must take good care (writes 'kill' on his fan, or simply makes a gesture of killing) of His Excellency thoughtfully day and night."一般说来，由于英语不是象形语言，翻译汉语双关语显得非常困难。白之（Cyril Birch）曾提出一种方法（参见 Birch, "Translating and Transmuting Yuan and Ming Plays: Problems and Possibilities", p. 492），对于增加文字游戏翻译的可能性也许不无助益。白之指出有时"创造比忽视要好"，尤其是将汉语双关语译成英语时更是如此，以解决非象形语言翻译象形语言产生的困难。在《十五贯》第十三场，况钟梦见两人撞掉了他的帽子，由"免冠"而悟出"冤"情。白之建议将梦境改为一人用鼻子嗅况钟身上的袍子，然后那人转身翻开况钟衣服的里面嗅来嗅去，况钟发觉那人不关注袍子外面的味道，而是袍子内部的味道（the inner scent），从而悟出梦的意义即"innocent"。除此之外,黄为淑提出还有一种拆字法,在汉语和英语中都可以使用,因而可以用来改译汉语双关语。黄为淑以《鸿鸾喜》(Twice a Bride,hung luan hsi)中的一段对话为例:"(金)我说你吃饱了。(莫)吃饱了。(金)身上也暖了。(莫)身上也暖了。(金)两个山字架在一块儿。(莫)此话怎讲?(金)请出。"在约瑟芬·弘(Josephine hung)和丽莎·鲁(Lisa Lu)的两种译文中,都没有翻译此双关语。此对话的幽默之处在于,金是没有文化的,莫是秀才,但却没有猜出金的极简单的字谜。尽管省略这一字谜也无大碍,但若能转变为英语中类似的文字拼写游戏,至少能有助于保留原作的一些风趣。黄为淑建议译为:"CHIN I say you are full now. MO I am full now. CHIN You feel warm now. MO I feel warm now. CHIN Get U between O and T. MO Me between O and T. What does that mean? CHIN O-U-T, out, please!"黄为淑提出,很多双关语是不可译的,采用上述方法不失为一条途径。按照利纳德·福斯特(Leonard Forster)的观点,关键不在双关语本身(双关语很多时候是不可译的),而在于事实存在。只要能实现原作的意图,译者增加一些创造总比完全忽略好。对于字词的翻译,坦考科(D. W. Tancock)有类似的观点,认为关键不是在目的语中寻找与源语言相同替代词以指称同一事物,而是要能清楚地呈现出事物的图像……需要传达的是原作的观念或图像,而不是某一具体词语的等同指称。黄为淑认为,译者还应清楚整个文本语境的图像,重视词语所起的性格刻画作用和对比功能,同时关注词频和语体。我们认为,白之和黄为淑所谓文字游戏和双关语英译的"创造性叛逆"具有"文化归化"之嫌,是戏曲英译的一大误区。

关于人名专有名词的翻译,黄为淑指出,除最常用的采用音译之外,意译更具有趣味性和强调意义。在这两种译法中,黄为淑认为,对于剧中重要的人物,如《白蛇传》中的白蛇,《王宝钏》里的宝钏等,可采用意译。考虑到平衡问题,一些与主角有特殊关系的配角,如青蛇(白蛇的妹妹)、金钏和银钏(宝钏的姐妹),也可以运用意译法。尤其当某个人物名字对于剧情有重要的关联时,不论其为主角配角,都最好采用意译。这种现象多出现于人物绰号的翻译,如《九更天》中有一丑角叫侯花嘴,是剧中谋杀案最主要的嫌疑人。法官在庙里梦见3个恶鬼和1只猴子,猴子嘴里衔一枝花,推断出侯花嘴就是凶犯。"侯花嘴"这一名字,在阿灵顿(Arlington)和艾克顿(Acton)的译文中采用了音译(Hou Hua-tsui)加注解的方式。黄为淑认为,这种译文用于阅读尚可,但却不适合演出。约瑟芬·弘的译本采用了意译(Flowery-Mouth-Monkey),译文就简洁自然得多,既适合阅读,也适合舞台演出。在意译时,尤其是翻译丑角含有低级趣味或英语中所没有的食物之类科诨时,无需拘泥于原作词句,而应抓住其中最核心的喜剧性和讽刺性效果即可。黄为淑以《打渔杀家》中丑角调侃混江龙李俊(the Dragon that confuses the River, the Dragon Muddling the River, the River Serpent, the Dragon that Roils the River)和卷毛虎倪荣(Ni Jung, the curly haired Tiger, the Curly-haired Tiger)的绰号为例,指出剧中丑角根据这两个绰号而打趣编造的"混堂里屁精"、"混世虫没劲"、"混蛋一棍棍"、"卵毛里臭虫"、"烙饼卷大葱"、"烤白薯夹葱"等诨号,就无需直译为"the stink-bug in a ball of dung"、"louse in a mongrel's hair"等(Arlington and Acton, Famous Chinese Plays, p. 106),可译为"legion dragging mud in the river"、"neat, young, curly-haired, tight girl"(Yao Hsin-nung)、"Raving sap"、"Curl Up Tight"(Yang Hsien-yi and Gladys Yang)、"the Dragonfly that sports in the reeds"、"neat young, curly-haired up-tight girl"(Lisa Lu)。这样译没有拘泥于原来字句,但却保留了原来字句的功能和精神实质,同时,也不像原来的词句那么粗俗不堪。丑角的宾白比较自由，同样也赋予了译者相应的自由度。

关于京剧中地名的英译，黄为淑指出，通常采用音译（或加注或不加注），如果地名的意义与剧情有关，则采用意译更为恰当，无论采用音译或意译，或二者方法结合起来使用，应注意一致性。如果某一个地名的英译在同一剧中的不同地方采用不同的译名，就会产生混乱。如在《白蛇传》的一个译本中，"雷峰塔"先使用音译意译结合的译法"Lei Feng Tower"，然后又使用"Thunder Peak Pagoda"，接着是"Lei Feng Tower"，最后又使用"Thunder Peak Pagoda"（Chang and Packard）。阿灵顿和艾克顿翻译"柳林"先采用音译"liu-lin"，然后在同段中又使用音译和意译的结合"Willow Grove"来指代同一地点。黄为淑认为，不一致可能造成混乱。应着力避免，正如罗勃特·M·亚当斯（Robert M. Adams）所指出的那样，如果在所有选项中难以找到最好的，使用不是最差的那个选项也无不可。

关于职位和称谓的英译，黄为淑指出，由于文化差异，难以找到完全对应的词语是正常的现象，一般阅读性的译文中多采用音译加注解的方式。但音译加注解的方法用于舞台演出的京剧翻译则难以奏效。一般来说，京剧中职位和称谓的基本功能是仅仅显示剧中人物之间的关系，这种关系一般来说并不是很复杂，除了少数比较长的俚语如"大舅子"之外，英译并不是很困难，如职位名"夫人"（Lady, Madam）、"秀才"（student, scholar, B. A.）、"举人"（professor, Ph. D.）、"太师"（Minister, Prime Minister, Grand Tutor）等，称谓"夫人"（my wife, my mistress, my lady, Madam, her Highness）、"老爷"（Lord, Your Lordship, Master）、"娘子"（Lady, my dear）、"大姐"（my dear, my treasure, my sweet, Big Sister）、"丞相、太师、大人、老大人"（Your Excellency, Your Honor）等。从这些选自京剧剧本英译文的例子可以看出，同一个汉语名词可以译为不同的英语对应词语,同一个英语词语也可以用来指称不同的汉语称谓,具体如何翻译要根据情景和人物之间的关系。如公主的丈夫"驸马"既是职位又是称谓,在京剧《四郎探母》中杨四郎是一位驸马,在斯科特(A. C. Scott)的英译文中,对于"驸马"一词,公主使用"husband"、"my husband"、"Your Highness";丫鬟使用"Respected Sir";王后使用"Prince"、"Imperial son-in-law";宫中的其他人则用"His Highness"。黄为淑指出,翻译京剧时,译者更喜欢用自然而有意味的翻译而不是拼音,因为后者对不懂汉语的西方听众来说并没有实义。如汉语中的"郎"和"姐"在京剧中常与其他词素结合而用于情人、夫妇之间,如《汾河湾》中的"薛郎",《乌龙院》中的"三郎"、"大姐",阿灵顿在翻译时采用了音译加注解的方式,分别译为"Hsueh-lang"、"san-lang"(literally meaning third man)、"ta-chieh"(meaning elder or eldest sister)。黄为淑认为,对于这类称呼音译和直译(literal translation)都不能传达原作的韵味。在丹尼尔·杨(Daniel S. P. Yang)的英译文中,"三郎"和"大姐"译成了不同的对应英语词语"My treasure"、"My darling"、"you",这样的英译更为自然,且与原作的意思十分接近。黄为淑指出,译者还要根据语境和人物说话的方式,灵活处理人物称谓的翻译。有时第二人称"you"比其他译法更为自然,过于拘泥于原作字面意义,有时会产生荒唐的译文,如将"丞相在上,卑人有礼"、"丞相在上,末将参拜"翻译成"Your Excellency is above and I am below. I have come to pay my respects, Sir." "Prime Minister, you are above. I, Mi Heng, salute you, Sir." (Arlington and Acton)。黄为淑认为这是听起来非常不自然的译文,过于拘泥于直译而未能反映原来词句的功能。其实汉语中的称谓、寒暄语都是约定俗成的套话,不必详加解释。在上例中,完全可以套用"Your Excellency, (I), your humble servant so-and-so, am here to pay my respects"的模式,"humble"一词就揭示了"above"和"below"的对比关系。如果译者想突出一方的地位高,则使用"Your Highness"比"Your Excellency"更为恰当。又如《苏三起解》中有一段对白"金龙:犯妇因何不抬起头来?苏三:有罪不敢抬头。金龙:恕你无罪,抬起头来。苏三:谢大人"。中间的两句在中国审案中早已不再这样用了,照译出来可能会使西方读者产生错误的印象。不如像约瑟芬·弘那样,将此对白加以简化,译为"CHIN LUNG Prisoner, raise your head. SU SAN Thank you, Your Honor"。黄为淑建议,在可能会引起误解的情况下,可以对译文适当加以调整。

对于特殊的动植物名称特别是具有特定文化内涵的名称的翻译,黄为淑也结合翻译理论和京剧艺术进行了精彩的论述,如对"梧桐树"、"凤凰"、"杜鹃"、"鸳鸯"几个典型的词语的翻译。另外,对于一些特殊的指称,如谚语、引喻、典故,以及对于加注解的方法,黄为淑也进行了分析,如对京剧《沙家浜》中"宰相肚里能行船"、《乌龙院》中的"我一不做贼,二不……偷人家的"、《虹霓关》和《凤仪亭》中提到的"西施"典故、《红灯记》中的"道高一尺,魔高一丈"。因篇幅关系,此处不再赘述。黄为淑在第七章至第九章分别探讨了上下场诗、唱段的诗的因素、唱段的音乐因素的翻译,而第十章论述了京剧英译的忠实性原则和舞台表演倾向性的关系,值得加以介绍,因篇幅关系,均从略不赘。

笔者认为,黄为淑和魏丽莎主要从表演的角度,细致深入地探讨了京剧的英译问题,所作分析具有一定的价值。文中提供的翻译技巧和采用的翻译理论、原则,涉及戏剧翻译中常见的困难和问题,都很有启发性,笔者相信这对国内从事戏剧翻译的同行来说具有可资借鉴之处。尤其是魏丽莎以演出为依归的京剧英译,翻译一句曲词往往要听很多遍京剧录音带,反复比较和斟酌，这种严谨负责的翻译态度，的确令人肃然起敬。但是，这种以"可表演性"作为戏曲翻译标准的做法，其局限性也是明显的，并非戏曲英译之正途。

第五节　对中国现当代传统戏剧变革的反思

美国学者魏丽莎的《当代京剧演出中的传统与革新》一文，主要研究的问题是京剧传统与革新之间的协调问题。① 文章分三部分来论述，第一部分为概要，论述了京剧演出的主要传统特点；第二部分论述了20世纪80年代的京剧改革；第三部分分析了京剧发展面临的生存环境。综括起来，主要有以下内容：

（一）以演员为中心是京剧演出的主要传统特点

首先，纵观京剧发展史，演员是京剧美学、创作和表演的中心，比剧作家、作曲家、导演和表演理论家的作用更大。京剧中的创造主要是以演员为中心的看法，并不否认学者们和音乐家们的协作努力，特别是在20世纪更是这样，如梅兰芳就以善于探索、思考、经常听取旁人意见而著称，作为既是演员又是老板的梅兰芳和合作者们一起讨论，但是权威（"最后说了算的"）是梅兰芳。同样，京剧界其他那些既是演员又是老板的人也是有这样的创作动力。

（二）20世纪80年代京剧改革的社会背景和改革成效

总体上，改革是不成功的。改革中出现了这样的现象，许多改革是贴上去的，而不是化进去的。在经过改编的传统戏中，有一些改革走的是"为技术而技术"的路子，技术的表现超过了角色和表演的分量。对强调技巧的倾向由于各种竞赛活动而加深

---

① 魏丽莎：《当代京剧演出中的传统与革新》，载《戏曲研究》，第44期，马海玲译，胡冬生校，202~220页。

了,尽管这些竞赛的初衷是为了提高京剧的地位和培养新观众。

还有一些传统戏的改革,是想通过某些更基本的、结构上和编排上的改变来使传统表演更现代化,以便为现代观众服务。在某些情况下,也为传统戏创作一些新的音乐,以便使整个节奏加快使之具有"20世纪80年代时代感",如慢板唱段用较快的板式重新创作,如"快三眼"和"原板",来自地方音乐、民间音乐和流行音乐的表现方式也被采用,有时甚至包括"迪斯科"。这种改革并未受到普遍的认可,不但未能成功地吸引大量的新观众,反而加速了老观众的流失,京剧的传统观众是很保守的,反对任何变化,愈是大城市保守性愈强。他们认为,这种改革是扭曲和破坏了原作的优美及流派之美,希望照老样子唱下去,小城市和乡镇则相对宽容一些。

在新戏创作中,大量的导演、表演方面的革新似乎都来源于话剧,在努力提高演出质量和艺术品位的过程中,邀请话剧导演来导京剧新戏的情况已相当普遍,他们大概都受过西方表演理论的训练,因此能够把这方面的东西运用到京剧中去。《刘姥姥与王熙凤》就是由一位话剧导演导的。由话剧出身的导演来指导京剧的排演会出现很多问题,一个问题是舞台调度问题,由于话剧是"更接近生活"的,而京剧的程式化的舞台调度方式就要被更现实主义的方式所代替,演员们无法确定他们应该如何确立与他人在形体上的关系,基本的难题诸如经常出现的上场等。另一个问题涉及演员所受的训练与导演意图之间的矛盾:多数京剧演员只受过一个行当的训练,导演如果不熟悉京剧技术上的准确的分工,就可能轻易地提出演员们难以完成的要求,比如在《刘姥姥与王熙凤》中就存在这样的问题。第三个问题是在演员试图去创造更"现实主义"、"更接近生活"的人物时遇到的:在技巧的运用上有一种很强的趋势,即从外部表现情绪。这些革新,修修补补充其量也不过只有短期的价值,京剧的改革必须要有超越。强烈的导演观念,特别是那些来自话剧的导演观念,并不是必要的解决方法,对这些导演来说,京剧不一定是他们亮相的最好的地方。

(三) 京剧提高与革新过程中的主要阻碍因素

京剧提高与革新中的最大的障碍,是京剧所面临的两个根本的矛盾,或说是对京剧的认识问题。一方面,这种艺术形式被看成是"国宝",京剧和昆曲通常被认为是中国传统表演艺术的最重要的两种形式,是传统文化的丰富宝藏,这种观点导致对京剧的保守态度。在另一方面,京剧也被看成是一种"落后"的东西,由那些没有文化的演员们一直延续到了今天,只有个别的演员例外,因而应该"允许它去体面地死亡"。那种认为京剧和其他传统艺术形式是从过去的时代而来,现在陷于窘困的境地,最好把它们抛弃的观点绝不是什么新的观点,它曾流行于20世纪30年代,应该抵制这种典型的带有偏见的思潮。很多知识分子,尤其是话剧人员,认为绝大多数戏曲演员没有文化、没有受过教育,并且怀疑戏曲各剧种本身太"落后"了,认为它很难为现代创作服务,这种观点在今天是比较流行的,十分类似于20世纪初期知识分子反对戏曲的偏见,魏丽莎对此"落后"论表示异议。

上述这两方面相互矛盾的观念加在一起,就导致在实践中以及预期效果和预定目标上的矛盾。在训练方面,专业剧团面临着一个明显的难题,也是涉及这门艺术及人才的未来的问题。一是入学问题,可能受社会上对戏曲的偏见影响,只有很少一些学生申请入学。二是教学上的问题,出于让学生能成为既有文化又受过教育的一批人的初衷,希望学生在中国和西方的表演历史及理论方面有扎实的基础,因此专业课程中文化历史类、西方戏剧理论和其他课程逐渐增多,戏曲的基础美学受到怀疑,某些传统表演流派的美学(意义)还在被反复灌输,这一切要消耗很多时间。京剧新戏的创作,传统是以演员掌握表演技巧的能力(这种技巧最初是从其他戏中拿来的）和在老的基础上创造新技巧的能力为基础的，因此，新演员们所学剧目的逐渐减少，对将来的创作是一个严重的障碍。

另一个难题，表现于戏剧理论界。在理论与表演的关系上，存在着实践、预期效果和预定目标这几个方面的矛盾。

传统京剧的表演结构、技巧与近来的改革所预期的观众之间还有相当的距离。对于种种形式的改革，从根本上来讲，京剧不可能在所有的方面适合所有的人，或者其多数的做法去适应一部分人，京剧不应失去而该仍然保持它所特有的"味"，不论怎样改革，应该保证使京剧在今后的戏曲学者们的眼里和耳中仍是独立地继续存在的。

第六节 秧歌戏和藏族佛教戏剧研究

（一）秧歌戏研究

一般来说，除了京剧和粤剧外，英语世界的戏曲研究者对中国其他地方戏不太关注。在这种情况下，西方人对秧歌戏的研究就格外引人注目。不知什么原因，北方秧歌戏很为美国学人瞩目，关于河北定县秧歌戏，就有2篇英语博士论文专门研究这个剧种。约翰森·朱迪丝的博士论文《定县秧歌选研究》，在戏曲领域首次对河北定县秧歌戏进行了深入的学术性研究。[1] 另一篇是孙慧珠的博士论文《河北定县农民戏剧的尝试》，虽不是专门研究秧歌戏的，但与秧歌戏密切相关。[2] 朱迪丝的论文分为七

---

[1] Johnson, Judith J. A Critical Study of the Ting-hsien Yang-ko Hsuan. Ph. D. diss., 1979: 1~273.

[2] Sun, William Huizhu. The Peasants' Theatre Experiment in Ding Xian County (1932—1937). Ph. D. diss., New York University, 1990.

章,第一章为绪论;第二章为定县概况,包括当地历史、地理、社会政治、节日、宗教、民俗等方面;第三章为秧歌戏概述,包括文学渊源、定县秧歌概况;第四章为秧歌戏的口头创作过程,包括创作者、理论描述、秧歌戏文本的搜集、两种新出的定县秧歌剧本、口承文学理论的应用;第五章为探讨定县秧歌戏的神话因素,包括对定县秧歌文本基于结构主义视角的文学分析、《白蛇传》分析、《木匠与妖怪》分析、《反堂》分析、《扇坟》分析、对上述四剧的综合分析;第六章探讨了定县秧歌戏的音乐,包括乐器、戏曲音乐和戏曲传统、曲谱的遗存;第七章为结论,指出在戏曲口头合成创作中存在反权威倾向。

孙慧珠(音)的论文则主要探讨了美国华人熊佛西组织的华北农村秧歌戏改革尝试。这个活动由美国洛克菲勒基金会资助。从1932年持续到1937年,熊佛西等美国学者将河北定县的歌舞戏,改成西方的话剧形式,主要演出西方式的写实性社会问题剧。该论文认为,当时这种改革受到了当地农民的认可。熊佛西和他的同事向当地农民展示了西方的社会问题剧,受到当地农民的欢迎。他们自发组成戏班,学习并编演这种新的戏剧形式,并融入秧歌戏的歌舞特点。最重要的一点,是发现他们"打破了舞台界限"。由于没有将演员观众、幻想和现实截然分开的"第四堵墙"概念,当同村演员的表演跟观众的生活有密切关系的时候,农村观众常常很自然地在演出过程中走上舞台,加入到表演之中。熊佛西依据梅耶荷德和雷因哈德的戏剧理论,对这些演出进行了引导和鼓动,并使之贴近农民的实际需要。孙慧珠在论文中追溯了这场运动的历史进程,首先以话剧替代了秧歌戏,再逐渐融入秧歌戏的歌舞因素,最后发展成为参与式、情景式戏剧,以新老结合的艺术形式,来反映适应时代需要的内容。论文也探讨了偏僻的农村能够接受如此巨大的戏剧变革的内在原因,并对当代戏剧遇到的观众参与难题提供了一个可能的解决方案:

真正的观众参与，必定出现在以观众为中心的戏剧中，而且其中的演员是观众所熟悉的人。

英语世界里研究秧歌戏的成果，除了上述2篇博士论文外，还有一些单篇论文，如美国学者戴维·阿古士（汉名为欧达伟）的《华北民间小戏中的恋爱婚姻观》、《河北乡村戏曲中的伦理道德观》等。① 戴维·阿古士是一位历史学家，他在20世纪80年代后期开始研究《定县秧歌选》②，将它当成了解中国现代社会民众思想的一种下层历史文献。在上面2篇文章中，他运用法国年鉴学派的方法，考察中国特定区域的民间文艺活动史，研究民众思想对中国现代社会变迁的影响，取代了以往孤立地研究中国的上层政治史和上层文献的做法。他此一举对中国历史学界和民俗学界，都带来挑战。③

关于戏曲史研究，近年来出现一种很有启发意义的研究思路。康保成认为，中国戏剧史的发展是明暗两条线，民间戏剧傩戏、少数民族戏剧为中国戏剧的潜流，城市戏剧（含宫廷戏剧）、汉族戏剧为中国戏剧的明河。到目前为止，一般人心目中的中国戏剧史，大体上是沿着这条线索发展的：宋元以前的前戏剧或泛戏剧形态—宋元南戏、杂剧—明清传奇（混腔、弋腔）—花部（皮黄和其他地方戏）—话剧的输入。这条线索只是中国戏剧史发展的明河。此外，还应该有一条潜流。古代戏剧

---

① Arkush, R. David. Love and Marriage in North Chinese Peasant Operas, in Perry Link, R. Medsen, and P. Pickowicz, eds. Unoffiial China: Popular Culture and Thought in the People's Republic. Boulder: Westview, 1989; The Moral World of Hebei Vilage Opera, in Ideas Across Cultures: Essays on Chinese Thought in Honor of Benjamin I. Schwartz. Eds. Paul A Cohen and Merle Goldman Cambridge. Mass: Harvard Press, 1990.

② 李景汉，张世文编：《定县秧歌选》，北京：中华平民教育促进会，1933。

③ 董晓萍，欧达伟，R. David Arkush：《乡村戏曲表演与中国现代民众》，6页，北京：北京师范大学出版社，2000。

可以分为以娱乐为主要目的的城市戏剧和傩戏等乡村祭祀戏剧两大类。中国戏剧史不是一条河,而是两条河。显然,以往的研究,在城市戏剧和乡村祭祀戏剧中,忽略了后者;在汉族和少数民族戏剧中,忽略了少数民族;在戏剧史的时间顺序和逻辑顺序中,忽略了逻辑顺序。

乡村戏剧可以分为两个支脉,一为傩戏,一为民间歌舞小戏。乡村戏剧包括各地兴起的由地方性舞蹈民歌俗曲发展而来的各种形式和称谓的二小戏、三小戏,也包括有小戏演变而来的大戏。民间小戏主要有采茶戏系统、花灯戏系统、花鼓戏系统、道情戏系统、秧歌戏系统,以及其他系统,如二夹弦、五音戏、柳琴戏、庐剧、锡剧、淮剧、睦剧、丁丁腔、哈哈腔、诗赋腔、罗罗腔、茂腔、泗洲腔等①,以及弦罗腔、咳咳腔、二人台、彩扮莲花落、四平调、滩簧、僮子戏(巫师香火戏)、法事戏(师公戏、打城戏、端公戏、花朝西、桂儿戏、杨戏、师到戏、土地戏、傩唐戏、跳戏、傩歌戏、地戏)、彩调戏、牛娘戏、侗戏、瑞河戏、竹马戏、肩膀戏、山歌戏等。② 在白戏、苗戏、侗戏等少数民族戏剧中,藏戏大概是形成最早的戏剧了,很有研究的价值。

秧歌戏这样的民间戏剧,与文人创作的元杂剧、明清传奇等文人剧之间确有不同的艺术特性。但长期以来,我们对民间戏剧重视不够。直到今天,像秧歌戏这类民间戏剧还没有进入国内高校学术研究的视野之中。一方面博士生、硕士生选题困难,一方面却没有导师向学生推荐研究众多的民间戏剧,的确令人感到不胜欷歔。有学者指出:

> 长期以来,我们往往忽略了对民间戏剧史和民间戏剧审美特性的研究。德国和美国早在 19 世纪就有人研

---

① 张紫晨:《中国民间小戏》,64~87 页,杭州:浙江教育出版社,1995。
② 廖奔:《中国戏曲发展史》,67~90 页,上海:上海人民出版社,2004。

究我国的影戏,而我们至今对自己的传统重视不够。改变这种状况,有待于国内同行的努力。①

　　曲作于文人,戏源于民间。但以往的戏剧史留给民间戏剧的篇幅实在太少了,尤其从宋以后到花部形成之前,戏剧史几乎成了"曲的历史"(卢冀野先生语,见《中国戏剧概论》)……现在的研究已经表明,当宋金之际戏曲在城市形成之后,广大农村仍有非戏曲型的戏剧形式,它们渗透于民俗活动、宗教仪式之中,比城市文人戏剧的覆盖面更大、生命力更强。②

　　令人欣慰的是,十多年以来,这种状况已经有所改变,在民间傩戏研究领域表现得最为明显。在中国影戏、傀儡戏、汉剧、西秦戏、正字戏、白字戏等方面,在中山大学古代文学博士点,已经分别有博士生开始着手进行系统深入的研究。

(二) 藏戏研究

　　英语世界研究中国少数民族戏剧的论著不多,英文博士论文只有1篇,是哈顿贝克·罗伯特的《藏族佛教戏剧研究》。③ 论文分为六章,主要分析了《智美更登》(Drimeh Kundan)、《朗萨雯蚌》(Nangsa Ohbum)、《松赞干布》(Songtsan Gampo) 3个藏戏剧目为代表的藏族佛教戏剧的特点,并考察了印度古典美学和梵剧对藏族戏剧的影响。论文第一章为绪论;第二章探讨了《智美更登》研究;第三章探讨了《朗萨雯蚌》;第四章探讨了《松赞干布》;第五章分析了印度梵剧对藏族佛教戏剧的影响;第六章为结论。所选的3个剧目,属于不同的类型、来源和主题。

---

①　康保成:《中国近代戏剧形式论》,287~288页,桂林:漓江出版社,1991。
②　康保成:《苏州剧派研究》,174页,广州:花城出版社,1993。
③　Hulton-Baker, Robert. Tibetan Buddhist Drama. Ph. D. diss., New York University, 1987: 1~233.

《智美更登》取材于印度佛本生故事，是最为家喻户晓的藏剧文学作品，描绘了一位非凡的乐善好施的英雄，智美更登王子，他献出自己的所有，去救济穷人。《朗萨雯蚌》取材于藏族民间故事，描写来自日囊农家的姑娘朗萨雯蚌，在成为山官儿媳后，所遭受的一系列苦难及最终离开丈夫儿子皈依佛教的事迹。剧中展示了朗萨雯蚌随苦难生活而起的内心冲突，考验了她离开丈夫、儿子和父母成为孤苦的修行者的恒心和决心。《松赞干布》是一个历史剧，描绘了藏族第一位信奉佛教的国王统治期间的历史画面。此剧显示藏族文化身份已经建立。

论文结论主要有以下几点：

（1）佛教对传统藏剧有强大的影响，且广泛深入到藏剧各个方面。佛教在剧作中无所不在，在藏剧仪式和传统中有大量反映。佛教尤其是北派大乘佛教教义的内容。智美更登施舍一切救济穷人的誓愿，是大乘佛教的代表性法义。该剧也存在前佛教因素，如婆罗门教，但佛教思想占据绝对主体地位。该剧从头至尾弥漫着佛教的献身和教化理念，在文化上，藏传佛教与婆罗门教不存在冲突。有大量证据表明，藏族佛教戏剧和藏传佛教应该归属于大乘佛教。智美更登的誓愿显然体现了大乘佛教的一个重要的宗旨，只有坚定解救芸芸众生的信念，乐善好施，做到"无我执"，才能取得正果。《智美更登》还有一个特点，是多神信仰，这是受大乘佛教影响的另一个证据。

《朗萨雯蚌》反映了大乘佛教的另一个特点，即俗世是苦海，一切皆空，现实人生本质上是一场幻觉，虚幻无常。朗萨雯蚌离开俗世修行瑜伽，并非仅仅从一种存在状态逃避到另一种存在状态，而是远离俗世的有限相，进入到万物皆空的精神或瑜伽的绝对相。这种绝对相赋予她神奇的法力，在剧的结尾体现了出来。

大乘佛教的教义支持下面这种信念：从根本上来说，人的存在本质上是痛苦的,甚至与最亲近的人的关系,也是暂时的。这种信念体现在智美更登和朗萨雯蚌身上,他们都有意离开自己的亲人,包括配偶、儿女和父母。这显得有些不近人情,但大乘佛教并不是倡导抛弃或厌恶亲情,或者宣扬关爱亲人的虚无性,而是提出忠告:世人要么为铁链所系,要么为金链所系,无论铁链、金链,都能使人失去自由。对于亲情关爱的过于执著,有可能拘缚人的心智,使人无可挽救地陷于"我执"之中。如果想要达到超脱境界,对于这些亲情,就应"该放手时就放手"。

藏传佛教紧紧牵系着大乘佛教的上述教义,并在藏族的年节庆戏中体现出来。显然,《智美更登》和《朗萨雯蚌》就是展现和图解这些理念的典型载体。

(2)《智美更登》和《朗萨雯蚌》在戏剧结构、情节发展、主题和性格刻画上都利用了印度佛教的古典美学原则,在表演形态上与印度梵剧有密切的关系。《智美更登》的题材来源于印度文学,《朗萨雯蚌》和《松赞干布》则不是源于印度文学。从朗萨雯蚌的个性来看,此剧的题材来自于西藏本土。《松赞干布》是历史剧,取材于藏剧历史。它不同于梵剧,具有更多的藏族民间本土风格。藏族佛教戏剧来源多样,在情节因素上尤其明显,但是其最根本的性质如戏剧主旨和中心内容均是西藏特有的。

哈顿贝克的论文对《智美更登》、《朗萨雯蚌》、《松赞干布》三剧的结构逐一进行了分析,按照各剧情节的发展顺序详细进行了阐释,从每剧的开场、引子、正场充满戏剧张力的冲突场景、高潮直到每剧的结局,内容涉及剧情分析、佛教义理、意象分析(如《朗萨雯蚌》中的狮子、雄鹰、梅花鹿、水中鱼、蜜蜂、百灵鸟等)、语言艺术(谚语、民谣、成语、格言很多,富有诗情画意和哲理意味)等方面。该论文认为《智美更登》和《朗萨雯蚌》二剧虽然在主题上存在相似之处,但总体上上述三剧各有特色。无论是从哲学层面(如《智美更登》和《朗萨雯蚌》）或是从历史层面（如《松赞干布》），都可看出此三剧的共性体现于倡导大乘佛教。

梵剧的影响在《智美更登》和《朗萨雯蚌》二剧表现得比较明显。根据哈顿贝克的调查，这种影响不仅表现在剧作本身的文学特征上，而且在表演形式上也是如此。在主题上，从文化、宗教和哲学意义上，也都体现了梵剧的影响，反映了大乘佛教的乐善好施、多神崇拜和世界"虚空"的理念。智美更登的誓愿是大乘佛教理念的集中体现：施舍一切、怜悯。国王、王后尊崇多位神祇，婆罗门的化身，这些现象印证了藏传佛教的多神信仰。智美更登甘愿献出儿女、妻子给穷人作奴仆，将自己的双眼献给盲人，并将全部财富施舍给穷人。这种思想和作为充满了《智美更登》全剧，反映了"万物皆空"的理念。上述理念也体现于《朗萨雯蚌》。朗萨雯蚌最后挣脱儿女和父母亲情的羁绊，离开俗世专意于修习瑜伽，显示出她已完全接受佛教度化世人和万事皆空的信念。与智美更登相比，朗萨雯蚌离家修道面临更大的困难，尤其是惦念自己的爱子。但她最后毕竟挣脱了一切亲情的束缚，她所感受到的痛苦和矛盾与智美更登是相似的。她最后修习瑜伽，获得神功，与寺里的方丈一样，都是在精神上达到了佛教的"虚空"境界之后才获得了超自然的法力，可以像鸟儿一样自由飞升。这种法力的体现是佛教戏剧的鲜明特征之一。在宗教和哲学意义上，作为一种文化和藏民族特性的体现，藏剧具有文化里程碑的意义，从藏剧可以一睹藏族文化的独特风格。

第七节 本章述评

（一）关于布罗凯特对于戏曲表演形态的描述

布罗凯特对于戏曲表演形态的描述，虽然名义上要探讨中国剧场和戏剧，实际上所加以描述的是中国国剧京剧、城市戏剧，并不能概括其他地方戏的表演特色。一般西方人对中国戏剧的认识，通常认为京剧就是中国戏剧的全部，这其实是很不全面的。京剧至多只能代表近代中国戏剧舞台艺术的半壁江山，还有大量其他的地方戏舞台表演风格没有为西方学界所知。

康保成指出，中国地方戏的舞台艺术，与昆曲和雅化了的皮黄明显不同。从整体上看，地方戏在实际演出中很少受程式的约束，有的则根本没有程式，而是靠对现实生活的模拟进行表演，讲求模拟生活，接近生活，"装龙像龙，装虎像虎"。相对于已经雅化了的高度程式化的京剧，其他地方戏更追求感情的真实与语言的直率和表演上的写实性。有些地方戏剧种进入城市后迅速雅化，如越剧。但剧本文学上的典雅并没有妨碍它在表演方面向写实发展。固守偏僻乡村的地方戏剧种，也固守着自身淳朴、粗野的写实风格。在中国众多的地方戏舞台上，往往台上演员与台下观众直接交流，演戏与实际生活水乳交融，脉搏同跳。京剧做工每因程式化的倾向不能够更明朗地表现生活，地方戏则多没有固定的程式，重视生活细节，其做工和生活真实结合得更紧密，表达得更细腻。演员对日常生活中的动作，诸如开门、关门、上楼、下楼、推车、行船、担水、纺纱等，无不留心观察，仔细揣摩，讲究学得像，是求实的表演风格。以表演中的哭为例，地方戏演员在表演过程中的哭是接近自然哭泣的声音。昆剧、京剧不真哭，而是有哭的程式，不能真掉泪，要哭得美、哭得含蓄，否则就失去意境了。地方戏可不管"意境"和"韵味"那一套，当哭则哭，只要演出真情实感就成。在这一点上，西方戏剧文化与中国民间戏剧文化，竟具有惊人的相似之处。① 笔者幼年在豫东家乡看豫剧《卷席筒》演出，台上扮演曹张苍和曹张氏的两个演员诉苦诉冤时边唱边哭，令人断肠，离舞台近的可以看到演

---

① 康保成：《中国近代戏剧形式论》，210~221 页，桂林：漓江出版社，1991。

员泪流满面。台下老人、小孩、妇女很多跟着流泪抽泣，不能自禁。秦腔、豫剧、曲剧中有很多"苦戏"，都具有这样的催泪效果。观看戏曲电影《李拴宝吊孝》、《秦雪梅吊孝》等吊孝戏，也是如此。京剧不能这样，谭鑫培演《洪羊洞》时眼眶红了，但是不掉泪。因为按照皮黄的要求，一掉泪，就失去了"意境"。西方的戏曲研究者所认识到的中国戏剧，是以昆剧、京剧为代表的中国城市戏剧，强调程式化、写意化、象征化，讲究无歌不舞和诗情画意的美感，服装、道具、化妆、行当角色和唱念做打的规范都已高度模式化。如果他们把眼光放远一些，看到在广大农村"草台班"上演出的地方戏，如秦腔、豫剧、越调、曲剧、二夹弦、湘剧、黄梅戏、川剧、滇剧、评剧、河北梆子、粤剧等，可能会对他们的中国戏剧印象进行补充和完善。

从上述描述可以看出，西方人对戏曲的传统表演方式是认可的、可以适应的。但也有若干方面不太认同和接受。首先是对戏曲锣鼓的高音贝不是很适应。笔者认为，如果戏曲锣鼓声和唱腔声音过高以致刺耳的话，外国人不适应，国内城市里的现代观众也是不适应的。在城市的剧场里，由于有扩音器，考虑到剧场的封闭性回声较大，戏班的锣鼓和演唱在声响上应有所调整。在不同的演出环境，其音高应有相应的区别。

对于中国观众在剧场观戏时进进出出并嗑瓜子吃东西这一习惯，西方人感到很吃惊，很不习惯。其实，中国观众的习惯倒很符合观戏娱乐休闲的本意。戏曲艺术的热闹、喜庆、载歌载舞的特点不同于欧洲歌剧或完全以剧情取胜的西方话剧。现代的西方人通常将观看戏剧视为接受教育和艺术熏陶的严肃事情，跟去教堂礼拜一样。他们在剧场正襟危坐，俨然小学生听课一样。这样严肃的戏剧中国也有，那是严肃的祭祀仪式戏剧。而绝大多数的观赏性戏剧不是这样的情形。中国的观赏性戏剧本质上就是娱人的，它允许观众带着超然、轻松的心情和态度来欣赏它的魅力，折子戏尤其如此。通常，观众在剧情和表演平淡的时候才显得如此漫不经心，以吃东西来消磨时间。在演连台戏、成本戏时，尤其是到了剧情的高潮、紧张、动人处或关键的唱腔，观众会暂时停止嗑瓜子之类的忙碌，聚精会神地投入到欣赏之中。中国戏曲观众另一不同于西方观众的特点，是喜欢在演员表演精彩的时刻大声喊好、喝彩，剧场气氛热烈。比较起来，西方戏剧的演出显得太沉静了。不过，在现代国内的城市剧场里，戏曲观众正慢慢变得"文雅沉静"起来，优良的传统在消退，这是戏曲危机的象征。

（二）关于魏丽莎对京剧改革的分析评价

魏丽莎对20世纪80年代的京剧改革进行的分析评价，提及京剧改革中出现的一些典型的失误和深刻沉痛的教训，是准确和客观的，从中可以读出作者对京剧真挚的情感和深切的忧虑。在魏丽莎看来，20世纪60年代的京剧样板戏在创作上有其可以借鉴之处，不可一棍子打死，样板戏的艺术生产模式值得进一步研究。这种观点值得我们注意。80年代的改革过于取悦于时代和年轻观众，许多改革是对现代艺术形式的生吞活剥，食而不化，甚至是哗众取宠，结果是既没有吸引住年轻观众，也把铁杆戏迷赶走了。魏丽莎警告说，京剧不可能在所有的方面适合所有的人，或者其多数的做法去适应一部分人。

传统戏剧的不景气，原因很复杂。康保成指出，当代戏剧的"危机"也是世界性的。危机的原因是人们兴趣的转移和多样化。中国人以往几乎把进戏院"听戏"当作是唯一的娱乐方式。但现在，电影、电视、足球赛、奥运会，都在人们的精神需求中占据一席之地。可以说，在中国，戏曲"独霸天下"的时代一去不复返了。① 笔者认为，中国传统戏剧的危机原因固然很多，

---

① 康保成：《中国近代戏剧形式论》，288页，桂林：漓江出版社，1991。

但20世纪80年代的幼稚而盲动的戏剧改革应该负有相当的责任。笔者认为，这个教训是惨痛的。我们再也不能借改革之名，做损害传统戏剧之实的蠢事了。我们不能为改革而改革。这种所谓改革仅仅是"改变"，而不是"提高"。我们可以借鉴日本、韩国的经验，保护传统戏剧的表演传统，使传统戏剧作为具有独立性的艺术形态继续存在。所谓的改革者，尽可以去创立其他新的艺术品类，但不要在传统戏剧身上动改革的念头。中国传统戏剧作为人类非物质文化遗产，它们需要政府的特别护理。中国传统戏剧正面临危机，全面振兴的可能性很小。但每一种民族艺术都有它特定的知音，在可预见的未来，"衰而不灭"的局面会变成传统戏剧的常态。

魏丽莎对话剧出身的导演参与中国传统戏剧，以话剧的导演观念革新传统戏剧这种现象深为忧虑。主张这些导演离开传统戏剧，不要在传统戏剧中亮相。这也是很有见地的，笔者认同这种观点。民间戏剧没有导演，保留了更多的传统戏剧的原貌。城市里演出的传统戏剧，很多都让所谓的导演给"导"入歧途，要么是西化，要么是片面强调所谓的中国传统戏剧"写意性"特点。这两种倾向都不能反映中国传统戏剧的真实面貌。

魏丽莎对戏曲学校里的教学与培养模式也提出了一个很棘手的问题，文化课和戏剧理论的学习和专业的表演实践在课时分配上存在尖锐矛盾。何去何从，是培养擅长表演、能演很多戏的戏曲演员，还是培养"只懂两三出戏的博士演员"？现行的教学计划培养出来的人才，显然在朝后者的方向走。到底该怎么办呢？这个问题值得我们思考。

魏丽莎提出应该恢复京剧以演员为中心的表演传统，认为以演员为中心的戏剧形式要比以其他为核心结构的形式更持久；不能走以导演、剧作家、作曲家、学者、理论家为主导的路子；莎士比亚作为一个剧作家在全世界受到尊崇，但是他所创作的那种特殊的戏剧在他死后持续了不到 30 年。魏丽莎的这一观点和她所举的莎士比亚戏剧的例子，非常值得注意。电影、电视、流行乐坛实行的都是以演员、歌手为中心的体制。中国传统戏剧在历史上也长期实行以演员为中心的演出路数，效果都不错。不幸的是，在相当长一段时期，传统戏剧的改革逆潮流而动，开历史倒车。事实证明，这样的做法于传统戏剧的发展是不利的。民间戏剧没有实行导演制，但由于财力不足和社会变革的影响，也面临各种困难。城市中的传统戏剧在国家放手不管、推向市场以后，面临很多挑战，也有很多机遇。完全可以恢复名角挑班制，借鉴影视、乐坛的做法，对有潜力的演员花力气进行包装，虽然未必能挽救传统戏剧于衰微，但值得尝试。

在戏剧历史上，已经发生过以剧作家为中心和以舞台、演员为中心的冲突。古代职业剧作家对于中国传统戏剧曾作出巨大贡献。有学者认为，古代职业剧作家实现了中国戏剧的第一次突变，完成了"戏"与"曲"的结合，并在很长的历史时期内，剧作家在戏剧圈里很受尊崇，成为传统戏剧研究中的主导话语。但清中叶开始兴起的"花部"已开始对剧作家在戏剧中的至高无上的地位提出挑战。从李玉、李渔的时代起，观众的戏剧审美兴趣已渐渐从文学中心转向舞台中心、演员中心。如果注意到乾隆、嘉庆年间《缀白裘》中舞台演出脚本对传奇剧本的改编，《消寒新咏》中对演员和演出的评论，《扬州画舫录》对演员、戏班及演出的记载，以及道光年间《审音鉴古录》对演员身段动作的详尽提示，人们就会相信，剧作家再也没有回天之力，将戏曲的流向逆转到以文学为主导的方向上去。① 但不幸的是，传统戏剧竟然又人为地出现了以导演为中心的演出体制。古代职业剧作家和现代戏曲导演的功绩不可埋没。但人们仍然有权利思

---

① 康保成：《苏州剧派研究》，168 页，广州：花城出版社，1993。

考：为什么不能让传统戏剧依照它自身的艺术规律去发展呢？

（三）关于陈守仁对粤剧音乐即兴表演的探讨

陈守仁对粤剧音乐的即兴表演所作的探讨是很有见地的，触及中国传统戏曲中一个很根本的问题——演剧中的即兴创作和演员随机应变的才能。陈守仁这一观点的提出虽然是在 20 年前，在今天也仍然具有警示意义。粤剧的即兴发挥，不仅在戏曲音乐上如此，在表演的各个环节都需要这种才能和技巧，而且不仅仅是加减法而已。在中国戏曲史上，即兴表演具有悠久的传统，即使在文人参与戏曲创作之后，即兴表演对于戏曲艺人来说，也是再熟悉不过的表演才能。这种即兴表演的才能，可以 5 个词来概括：加法、减法、置换、重组、套语。在文人戏、城市戏曲兴起以后，在城市戏曲演出中，即兴表演相比乡村流动戏班的演出来说，其重要性有所降低，但依然非常重要。例如，汤显祖就宣称他的《牡丹亭》剧本在搬演时需要一字不移地保留不变。但实际上这是不可能的。《牡丹亭》在明清演出中被不断地加、减、置换和重组，出现了不少改本和不同的演出本。戏曲史上的其他剧作也多是如此。如《西厢记诸宫调》，仅仅在明代就有四十多个版本，里面不乏即兴运用的例子。可以这样认为，即兴表演是适应市场、适应不同观众群体和不同时尚的需要，也是戏班增强生存能力的需要。总体上来讲，在城市戏剧、戏院戏、明清堂会戏、宫廷戏中，即兴运用的重要性相对低一些，在路头戏、民间戏剧、草台戏中，即兴发挥的余地大一些。真正对即兴表演产生消极负面影响的，是前些年受到西方戏剧观念影响，出现的一种否定即兴表演价值的思潮和戏曲的表导演体制。

陶东风曾指出，在近百年的中国社会文化现代化过程中，所有中国的传统文化都受到了严重的冲击，越是具有中国特色的文化艺术类型就越是如此，城市是实验地。"破四旧立四新"的反"封建"运动使得中国民间文化几乎荡然无存，戏曲就是重灾区。在改革开放以后,由于政策的改变和现代化方式的调整,由于农村的文化活动有了一些自由的空间,传统戏剧在农村又出现了。① 笔者认为,香港粤剧的即兴表演传统应该是保存得比较好的,内地的戏曲即兴表演传统则没有这么幸运,不论在城市还是在农村,当时很可能就是被当作"封建"、"落后"的因素而被粗暴地否定了。在改革开放后,农村的戏曲演出在一定程度上恢复了即兴表现的传统。但傅谨(2001:279)指出,农村戏班也时常受到"表演水平高的剧团是演剧本戏的,只有表演水平低的民间戏班才演路头戏"等城市导演观念和价值观的消极影响。

即兴表演的传统历经兴衰,现在到了对即兴表演的功过进行重新评价的时候了。笔者认为,评价即兴表演对戏曲艺术发展的利弊及其对于传统戏曲的意义,应该联系民间戏剧的特点,分析即兴表演传统的价值,应结合城市话语的影响,从而客观辩证地看待这种现象。傅谨(2001:224~298)对路头戏(提纲戏、幕表戏)、剧本戏的得失利弊有深入精到的分析,实际上也涉及戏曲即兴表演传统的兴衰演变及评价问题。篇幅关系,不赘述。王元化和蒋锡武有关于戏曲即兴表演的对话②,他们认为,即兴创造能激发起演员的激情和灵感。演员的即兴发挥,不等于胡来,不等于没有事前准备。它是演员多年下工夫琢磨,苦学苦练,积在胸臆的技法和技能所形成的一种如别林斯基说的"创作的直接性"。这种创作才能的直接抒发,往往是经过了平日积累的间接历程,才能未经演员的思索而在表演中表现出来。这种即兴创作的情形颇似陆机《文赋》中的"应感"之说。但现在,

---

① 傅谨:《草根的力量——台州戏班的田野调查与研究》,"序",1~3页,南宁:广西人民出版社,2001。
② 王元化,蒋锡武:《关于即兴表演的对话》,载《艺坛》第三卷,1~7页,上海:上海教育出版社,2004。

演员的这种创造力,正在被消解:戏是怎么回事,有编剧;台上怎么回事,有导演;唱腔怎么回事,有作曲;穿戴怎么回事,有舞美。演员是谁的都听,甚至可以说是谁的都得听。结果呢,没有了自己。这是演员主体意识的一种失落。如果一切都给导演设定好了,演员就成了提线木偶,戏曲里面需要自我阐发的东西,"创作的直接性"和"应感之会"就都不起作用了。久而久之,演员就没有了即兴创造能力,再也迸发不出创造的激情。他的创造力都慢慢地给导演磨掉了。我们不应过于迷信西方的导演制度。其实,西方也有摈弃专职导演,而仅靠自身的即兴表演而极具创造力的优秀演员。

陈守仁认为,粤剧演员即兴发挥的才能是建立在长期严格训练和大量表演实践的基础上的。这对我们现今偏离传统模式的戏剧教育观念提出了挑战。的确,粤剧演员即兴表演才能的高低,与其所受到的教育训练模式和演出实践的多寡有着密切的关系。美国学者魏丽莎(Elizabeth Wichmann)的《当代京剧演出中的传统与革新》一文[1]曾探讨戏曲传统与革新之间的协调问题。她指出,戏曲改良的相互矛盾的观念加在一起,导致在实践中以及预期效果和预定目标上的矛盾。在训练方面,专业剧团面临着一个明显的难题,也是涉及这门艺术及人才的未来的问题。其中一个是教学上的问题,出于让学生能成为既有文化又受过教育的一批人的初衷,希望学生在中国和西方的表演历史及理论方面有扎实的基础,因此专业课程中文化历史类、西方戏剧理论和其他课程逐渐增多,戏曲的基础美学受到怀疑,某些传统表演流派的美学(意义)还在被反复灌输,这一切要消耗很多时间。例如,在中国戏曲学院,学生们在整整一个学期中,平均每周要拿出4

---

[1] 魏丽莎:《当代京剧演出中的传统与革新》,载《戏曲研究》,第44期,马海玲译,胡冬生校,202~220页。

个课时来学习一出45分钟的戏。1949年以来的大多数京剧演员都经历过8年时间的训练阶段。在20世纪50年代，学生在这样的训练阶段中最少要学到60出戏。随着文化课和其他课程的逐渐增多，这个数字到20世纪60年代就减少到了40出，20世纪70年代成了20出，而现在在某些情况下甚至还不到10出。老师和文化部门的官员们经常说，由于这种令人啼笑皆非的现象，以致"不久我们将培养出只懂两三出戏的博士演员"。魏丽莎指出，京剧新戏的创作，传统是以演员掌握表演技巧的能力（这种技巧最初是从其他戏中拿来的）和在老的基础上创造新技巧的能力为基础的。因此，新演员们所学剧目的逐渐减少，对将来的创作是一个严重的障碍。

笔者认为，这种教育上的错误倾向，在粤剧和其他中国地方戏剧种中同样存在。对即兴表演的偏见，在教育训练上对于理论和实践的关系处理不当，都导致演员即兴表演能力的萎缩，从而损害戏曲艺术的可持续发展。

（四）哈顿贝克的藏族佛教戏剧研究之述评

（1）对待民间戏剧、少数民族戏剧的态度。国内有的学者长期以来对民间戏剧、对少数民族戏剧的文学价值持粗暴的否定态度。这种偏颇的态度，造成民间戏剧、少数民族戏剧文学研究的荒芜。我们的戏剧文学基本上由元杂剧、明清传奇组成。宋元南戏刚刚沾上边，花部戏剧和近代地方戏、少数民族戏剧在戏剧文学史上基本空白，好像它们不存在一样。国外研究者较早重视民间文艺研究，将民间文学视为真正的民族史诗，是很有道理的。从上述秧歌戏和此篇对藏族戏剧剧本的研究可知，民间戏剧并非一些人认为的那样浅薄粗俗，而是蕴含着丰富的民俗、文化、哲理内容，在语言艺术上也有可观之处。比如秧歌戏，西方学者就视为了解中国民众生活和心理的可靠媒介。又如藏戏，传统藏戏用藏语、戴面具、以说唱形式在广场演出，具有很高的学术研究价值。我们以往的偏见，对民间戏剧是不公平的，至少是不全面的认识。我们应该采取科学的态度，区别对待，具体问题具体分析，并需要加大力度着手民间戏剧文学的研究，开辟戏剧文学研究新领域。

（2）哈顿贝克的论文主要从戏剧文学的角度对3种藏族传统剧本进行了分析，深入剧情，条分缕析，以微观的文本分析为主，也有宏观的影响研究。这对我们研究民间戏剧提供了一个可资借鉴的研究方法。

（3）哈顿贝克的论文明确地将藏族戏剧称为佛教戏剧，定性有待商榷。国内有学者认为，藏族戏剧属于傩戏的范畴；也有学者将藏戏视为佛教戏剧，莫衷一是，值得进一步探讨。

20世纪80年代的"傩戏研究热"以来，一些研究者认为藏戏或其中的某些传统剧目属于"傩戏型"。例如，曲六乙先生把"中国各民族"的傩分为"民间傩"、"宫廷傩"、"军傩"、"寺院傩"四类，其中"寺院傩"指的就是藏族的羌姆，并认为从羌姆中派生出的藏戏是傩戏的一个品种。[①] 有学者对此提出质疑。例如，刘志群就认为，傩戏概念覆盖不了藏戏，"事实上，藏戏不仅在戏曲中应有一个独立系统，而且也不能为'傩戏子系统'所涵盖"[②]，认为"藏戏不能与傩戏完全等同"[③]。

康保成先生则倾向于视藏戏为佛教戏剧，认为藏戏与傩戏有着本质不同，现存传统藏戏剧目仍保存了浓厚的佛教痕迹。流传于藏蒙地区的宗教舞蹈羌姆——金刚舞，是佛教战胜苯教的产

---

① 曲六乙：《傩戏·少数民族戏剧及其他》，16～19页，北京：中国戏剧出版社，1990。

② 刘志群：《藏戏与藏俗》，5页，拉萨：西藏人民出版社，石家庄：河北少年儿童出版社，2000。

③ 刘志群：《西藏祭祀艺术》，226页，拉萨：西藏人民出版社，石家庄：河北教育出版社，2000。

物，具有十分特殊的宗教象征意义，与汉族地区以驱鬼巫术为基本特征的傩舞有着本质区别。因此，藏戏并不属于傩戏，而是典型的佛教戏剧。① 从藏族传统剧目来看，在戏剧主题、人物形象、神佛形象以及藏戏的表演形态上，相对于藏族民间歌舞和说唱艺术，佛教和梵剧的影响都占绝对的优势。从这个意义上看来，说传统藏戏为佛教戏剧也不无道理。

也有一些学者持折中的态度，认为传统藏戏在表演上和文学上分别具有傩戏和佛教戏剧的特点，傩戏和佛教戏剧的概念都不能完全覆盖藏戏。丹珠昂奔在《佛教与藏族文学》一书中说：

> 藏戏，虽称为戏，其实类似歌舞剧。它的来源大致分三个方面：一是原始苯教的跳神仪式；二是佛教的跳神——据《巴协》记载莲花生大师和寂护在桑耶寺开光仪式上，传授了这类舞剧（金刚舞）；三是民间歌舞。有的同志将藏戏视为印度密宗舞蹈（剧），这是很不全面的。②

刘志群的观点与丹珠昂奔大致相同。他认为藏戏的3个源头应是：第一，藏族的民间歌舞。公元七八世纪的藏族歌舞百戏在表演形式上已与藏戏演出的形式基本相同。第二，西藏民间自古以来就十分兴盛的说唱艺术。11至13世纪产生的"折嘎"和"喇嘛玛尼"说唱艺术，对藏戏的影响非常大。藏戏的剧本就是说唱艺人的说唱故事脚本。说唱艺术的特点还清楚地反映在藏戏演出中。如藏戏演出时有剧情讲解人，他讲到哪里，演员就演到哪里，演员扮演的角色，一定要等讲解人以一种固定的念诵调介绍之后才能上场表演。第三，历史悠久而且丰富多彩的宗教仪式

---

① 康保成：《羌姆角色扮演的象征意义及其与藏戏的关系》，载《民族艺术》，2003（4）：59~69。
② 丹珠昂奔：《佛教与藏族文学》，60页，北京：中央民族学院出版社，1988。

和宗教艺术。刘志群认为，8世纪藏传佛教寺院跳神"多吉嘎羌姆"（金刚舞）已是有人物、有情节、有舞蹈、有歌唱的具有戏剧因素的表演了。①

从上述丹珠昂奔和刘志群对藏戏来源的分析，可以看出，藏戏同时具有民间歌舞、说唱艺术、宗教仪式的性质。单纯地将传统藏戏视为印度佛教戏剧或傩戏，都是不全面的。佛教虽然战胜了藏族原始宗教苯教，但苯教并没有消亡。刘志群指出，在众多的传统藏戏剧目中，所反映的护法神和祭仪有许多都来源于苯教。剧中作为反面人物的巫师、咒师或外道神主，有的还是剧中的主要角色。这实际反映了佛教传入后，佛教与苯教斗争的事实。② 藏族传统戏剧中有很多非佛教的痕迹，虽然在分量上可能比不上佛教因素，但判断藏族戏剧是不是佛教戏剧，并不能简单地依据各种因素的分量而定。如同日本、韩国的文化有很多中国文化的因素，但不能将日本、韩国文化视为中国文化一样。这已超出了纯粹学术讨论的范畴。我们如果将藏戏视同为印度佛教戏剧，藏族民众在民族感情上是难以接受的。

涉及如何看待佛教对藏族文学的影响，丹珠昂奔曾有深刻的论述：

……佛国印度文学对藏文学的影响，无论是思想内容、创作方法，或是创作理论，都或浓或淡地有所浸染。在这诸多的影响中，佛教文学和《诗镜论》尤为突出。但是有几点是应加以区分的：其一，我们应该区别吸收、借鉴和全盘照搬的界限，否则，就会将引进视为取代，乃至视藏族文学为印度文学，或说印度的傀儡文学，或

---

① 刘志群主编：《中国戏曲志·西藏卷》，9~13页，北京：文化艺术出版社，1993。

② 刘志群主编：《中国戏曲志·西藏卷》，6页，北京：文化艺术出版社，1993。

说印度文学的一支派。其二,我们应该看到藏文学不是佛教文学或僧侣文学。就流传藏土的印度文学而言,既有佛教的,也有非佛教的;既有歌颂佛、寺院、僧人的,也有歌颂人民、歌颂劳动者、反对强梁欺压和阶级剥削的。假如我们过分强调印度佛教文学,而忽视了印度非佛教文学对藏文化的影响,那许多问题也就难以说清了。一个民族文化的交错现象,同样要求我们在了解主的同时也需要了解次,有时次会与主并行,有时次甚至会变为主。藏民族在接受佛教文化的同时,也接受了非佛教的印度文化,这是显而易见的事实。其三,形式是可以学习的、借鉴的,然而民族的心理素质和一些独特的生活民俗是无法取代的,这就是一个民族和一个民族的文学不容易被别的民族和别的民族文学吞噬、取代,使之泯灭的根本原因。历史悠久的藏族文学仍然是以其独特的民族形式立于世界各民族文学之林的。①

学者们作学术探讨,尤其是涉及敏感的民族感情问题,要不要考虑非学术的问题,学术真的必须坚持客观中立吗?按照福柯的观点,所谓的学术话语从来不是存在于真空之中,世界上不存在纯粹客观中性的学术研究。我们从日本历史学家编写的历史教科书、韩国学者撰写的朝鲜民族史,对学术的特殊意图和功用可以窥见一般。赛义德说,学术领域受到社会、文化传统、世俗环境和诸如学校、政府等机构的制约和影响,因此学术从来不是自由的,而是受到其意象、前提和意图的限制,以学术形式出现的"科学"并不像我们常常认为的那样客观真实。② 笔者在一篇文

---

① 丹珠昂奔:《佛教与藏族文学》,67页,北京:中央民族学院出版社,1988。
② 赛义德:《赛义德自选集》,谢少波译,274页,北京:中国社会科学出版社,1999。

章里曾指出,价值判断不仅是不可避免的,而且也是必要的。否则,学术便无灵魂,便无方向,不知所往。① 现在,笔者仍然坚持这个观点。语言文化是有民族性的。维护文学和文化艺术的民族身份,是一个民族以主体性的姿态得以生存和发展的标志。由此观之,藏族传统戏剧并非只能在傩戏和佛教戏剧中二者必取其一。藏族戏剧既有宗教内容,也有世俗内容。因此,这两个概念都难以涵盖藏戏的性质。从比重上看,藏族戏剧中佛教内容很多,但民族文学、民族戏剧不是一般的事物,我们不能以比重为依据来为其定性。综合来看,最合适的称谓,只能是"藏族戏剧"(简称"藏戏"或"藏剧")。

---

① 曹广涛:《汉英对比研究中的权力话语》,30~32 页,载《四川外语学院学报》,2002(5)。

结　语

通过前面几章对英语世界的戏曲研究成果的评介，我们可以肯定地说，英语世界的学者在戏曲研究的广度和深度上都取得了颇为可观的成就。他们的研究范围非常广泛，可以毫不夸张地说，可以想象得到的戏曲研究领域都包括了。这些研究笼统地讲，可以分为内容研究和形态研究两大类。但在这两大类中，他们取得的成就并不是均等的。在剧作家和作品内容研究上，文化误读多一些，可资借鉴的成果相对较少。在文本形态研究上，相对更为客观，所以他们更多的成就体现在形态研究领域。对于英语世界的戏曲研究，有以下几个倾向值得注意。

（一）英语世界中的学者，在对中国戏剧的作家、作品研究时，常偏重主题思想、人物形象、隐喻、象征的文化阐释

由于作家作品研究常涉及中国古代的社会历史文化，这对身处中国文化之外的西方学者来说，是很大的挑战。社会历史文化的变化是动态的、不断变化的，在不同时期、不同地域都存在差异，在总体文化的范畴内还存在很多亚文化现象。西方学者喜欢将正心、修身、齐家、治国、平天下为代表的儒家思想作为作品分析的理论依据。他们对儒家经典和宋元理学的兴趣看起来比中国学者还浓厚。但他们对于宋元理学和儒家经典的把握，常常是静态的条条框框，并用这些框框来套用在戏曲作品的解读之中。这种以"静"制"动"的分析模式，不免会产生时代错位，因而容易形成笨拙的不准确的作品解读，有时有削足适履、隔靴搔

痒的弊病。日比科夫斯基为《张协状元》中张协负恩婚变的行为所做的辩护、伊维德对《西厢记诸宫调》中红娘为崔张当月老的动机的阐释①可能是比较明显的例子。

另一方面，对剧作家和作品中的人物评价可能会套用西方的文化观念，例如彭镜禧对元杂剧中的清官形象的分析、毛国权和埃里克·亨利、韩南等人对李渔的为人处世及其作品所做的分析评价②，都有这种倾向。彭镜禧对于清官的评价很低。在他看来，清官和贪官的区别仅仅在于前者自称具有某种道德感，其实他们之间的共同之处要远远多于他们的差异，体现在他们都严重地依赖直觉，都滥施刑罚。③ 彭镜禧对戏曲中的清官如此评价，其根源可能在于他认为清官判案应该采取正当的人性化的手段，要依靠证据。这显然是以西方现代司法观念苛求古人。西方学者特别赞赏李渔反传统的生存之道、创新精神、唯乐原则。这几个特点都是西方文化所推崇的，所以李渔受到特殊的青睐。这些阐释虽然也有一定道理，饶有趣味，堪称惊人之语。他们以外国研究者的敏锐，对于戏曲文学世界中的人与人之间的关系与社会文化观念作了堪称深刻有力的揭示。然而他们心中的戏曲世界又是充满偏见的，绝不是原典、保真的戏曲世界，应当说是已经过西方化了的戏曲世界，是他们在中国历史上永远也找不到的世界，因为此世界只存在于西方学者进行了信息处理的头脑中。在阐释中，他们自己附加的"外来成分"较多，有"过度解读"之嫌，

---

① 孙歌，陈燕谷，李逸津：《国外中国古典戏曲研究》，184～185页，南京：江苏教育出版社，1999。

② 孙歌，陈燕谷，李逸津：《国外中国古典戏曲研究》，291～301页，南京：江苏教育出版社，1999。

③ Perng, Ching-Hsi. Double Jeopardy: A Critique of Seven Yuan Courtroom Drama. Ann Arbor: Center for Chinese Studies, University of Michigan, 1978: 106～107.

其偏见和教条的理解，必然有见木不见林的弊病。

但是在内容研究方面，也不乏真知灼见之作，或者在论著的某些地方有独到恰切的见解。海登的公案剧研究就是很好的例子。① 本书所选取评介的数篇论著，如白之、莫利根、王瑷玲、宣慕琦等人的作品研究，观点相对来说比较客观公允，可资参考借鉴。

在研究中国戏曲的西方学者中，有的是出于热爱而进入了戏曲研究领域，也有的并非出于热爱，而是出于各种各样的原因。有些深受欧美文学熏陶，习惯于站在欧美现代文学的价值体系之中来评价文学，他们即使研究中国戏曲，也是硬着头皮啃苦果，感受不到阅读的乐趣，甚至觉得戏曲文学索然无味、没有文学价值，将戏曲的文学特点视为不足。甚至有些热爱戏曲的英美学者也持这样的观点，从而转向戏曲形态研究。不同文化的沟通，本来便是一种极不容易的事，如果预先有了偏见，那么接近起来便会更加困难。这种现象的存在却启发我们，不能轻看中西文学的差异和低估相互理解的难度。如果天真地认为"文学无边界"、"天下同心，人同此理"，盲目地相信英美学人也会像我们一样阅读戏曲作品，就不能正确、客观地评价跨文化理解和交流的复杂性。

（二）形式研究是西方学术传统的长处

戏曲在内容和思想上是最容易变的，而怎样写、怎样表演是不容易变的。表演和文本形式的变革是最艰难、最微妙的变化，同时也是最深刻、最本质的变化。英语世界的中国戏剧研究，对我们来说，比较有价值的部分，是他们对戏剧表演形态和戏剧文

---

① Hayden, George A. Crime and Punishment in Medieval Chinese Drama: Three Judge Pao Plays. Harvard East Asian Monograph, No. 82. Cambridge, Mass: Harvard University Press, 1978: 1~215.

本形态上的研究。

　　龙彼得的仪式戏剧研究，注重田野考察，重文物，对文本也非常重视，兼重文献，视野开阔，治学极为严谨。他重民间戏剧、濒危戏剧的研究，吸收了西方人类学研究方法。柯润璞及其高足奚如谷、章道犁，重文本和文献，重系统性、科学性，重从微观入手研究问题，多分析解剖归纳，建构很多图式模型，长于文学统计学，也属于典型的西方治学传统。魏丽莎既长于西方的分析解剖式治学方法，又重视实际考察和亲自体验，偏重于从微观文本入手探索具有普遍性的规律，重戏剧的演出，从演出角度分析戏剧文本特点和翻译。陈荔荔、米列娜、时钟雯、伊维德，重微观文本分析之外，又比较擅长借用西方文学原理。日比科夫斯基，以西方的文本观念来分析中国戏曲，如对南戏中滑稽因素和滑稽效果内在机制的分析，也有可资借鉴之处。杜威廉、马克林、海登力求用"中国"的观点分析问题，没有一般西方学者的偏见或者是文化上的隔膜，能积极汲取中国学者的研究成果。张立礼、卞赵如兰、孙玫等学者的学术观点也比较公允客观。

　　在研究中，他们共同的特点是着力避免大而空的研究模式，体现了西方学术传统的实证精神，追求精确。他们的戏曲研究，不以主观审美感受为主体标准，而是以物体解剖的"冷酷"的态度为学术取向，以实证主义为正途，以符合历史实际和文本真义为治学的最高境界。这种治学方法，是与含混与混乱不相容的。20世纪欧美的新批评方法，以及日新月异的新学科，如文化人类学、民族学、社会学、比较文学、比较文明、符号学、叙事学、阐释学、文类学、文学文体学、原型批评、女权主义批评等，在他们的戏曲研究中有所体现，很多研究具有跨学科性质。但大多数学者在应用这些理论时十分慎重，并没有满目外来语涂涂泽的文风，并不在行文中堆砌西方新学科、新理论的西方术语，而是将其内化于研究之中。这与我们国内有些学者热衷于西方文学理论的"术语轰炸"形成鲜明的对比。他们也经常采用中西比较的方式,但并不像国内一些粗浅的比较研究。他们并没有止步于粗浅的"比照",而是沿着中国戏曲研究深化的道路继续前行,因而能够在中国戏曲研究方面有所建树。

(三)英语世界的戏曲研究,是以美国为中心,英国、澳大利亚、加拿大、新西兰为辅翼的格局

在英语世界的戏曲研究方面,学者和研究成果的国籍分布极为不平衡,差别很大。美国人力之雄厚、著作之众多是其他英语国家难以比拟的。据不完全统计,美国目前讲授中国文学的教授、副教授就有上百人之多,而且每人均有译著或论著传世。[①]在戏曲研究界,享誉世界的大家巨擘,绝大部分都在美国。毫无疑问,这种以美国为中心、其他英语国家为辅翼的科研力量配置格局,将会长期保持下去。

(四)英语世界的戏曲研究体现了不断拓展和深化的趋势

在拓展方面,从名家名作到一般作家作品,从浅易作品到深奥作品,从文学作品到文学批评和理论,从戏曲文学研究到古籍整理、戏曲表演形态、戏曲民俗研究,从戏曲史的宏观研究到系统深入的专题微观研究,从文人戏曲研究到地方戏、乡村戏剧、少数民族戏剧研究等,与我国的戏曲研究格局已没有明显区别。研究的深化则受专业知识、学术思想和研究手段的制约,这三者在20世纪均得到了很大的发展。可以说,英语世界的戏曲研究已经从18、19世纪和20世纪上半叶的"业余水平"上升到了专业水平,由业余欣赏过渡到了专业批评。20世纪50年代以来,英语世界的戏曲研究有了长足的发展,越来越细分化和精致化。这是一种从业余到专业、由幼稚到成熟的深化方式。

[①] 夏康达,王晓平:《二十世纪国外中国文学研究》,237页,天津:天津人民出版社,2000。

（五）研究方法的形成与学术思潮密切相关

实证主义的治学方法是西方的学术传统，在戏曲研究中，英语世界的研究者也基本恪守这一治学原则，讲求引经据典，无论是考证，还是撰史、释义、品鉴，都要落到实处。他们的戏曲研究，是典型的西方思维方式的体现。正如季羡林所说："西方的思维模式是分析的。它抓住一个东西，特别是物质的东西，分析下去，分析下去，分析到极其细微的程度。可是往往忽视了整体联系，这在医学上表现得最为清楚。西医是头痛医头，脚痛医脚，完全把人体分割开来。用一句现成的话来说就是，只见树木，不见森林。而中医则往往是头痛治脚，脚痛治头，把人体当作一个整体来看待。两者的对立，十分明确。但是，不能否认，世界上没有绝对纯粹的东西。东西方都是既有综合思维，也有分析思维。然而，从宏观上来看，这两种思维模式，还是有地域区别的：东方以综合思维模式为主导，西方则是以分析思维为主导。这个区别表现在各个方面。"[①] 季羡林的概括可能有些过于简单化，但也不无道理。奚如谷、陈荔荔、米列娜、伊维德对诸宫调叙事模式的分析，张立礼对影戏剧本和潮剧剧本的比较，章道犁对元曲格律的统计归纳，日比科夫斯基对南戏叙事模式、滑稽因素的阐释，时钟雯、莫利根、卡丽兹、宣慕琦、白之等人对戏曲语言和意象隐喻的解析，海登对包公戏的研究，黄为淑对戏曲英译的研究等，都鲜明地体现了西方的分析思维。20 世纪以来，欧美各种流派的文学批评理论和社会思潮纷至沓来，频繁更迭，潮起潮落，但这些理论对戏曲研究的影响十分有限。相对而言，叙事学、象征和原型理论、母题研究、女权主义、新批评的影响明显一些。英语世界的研究者主要秉承西方学术传统的实证精神，在吸收和借鉴新方法、新理念上十分慎重。他们既重视精

[①] 季羡林：《论东西文化的互补关系》，载《北京日报》，2001 年 9 月 24 日。

英文学,也特别关注通俗文学,利用多种学科的方法,采用社会学、人类学、历史学等多种研究视野,不少研究者既重文本文献和文物资料,也重田野调查,采用多重印证的方法。这种多重印证的先进治学方法,主要体现在英语世界的中国仪式戏剧、傀儡戏、影戏、地方戏剧的研究之中,以龙彼得、马克林、欧达伟、艾伦·卡根、张立礼、魏丽莎、斯科特、艾春柏、华德英、贺大卫、荣鸿曾、孙玫、陈守仁等为代表。正由于西方学术思潮的繁盛,促进了英语世界的戏曲研究,拓展了西方研究者的学术视野,使他们的研究视野开阔,角度新颖,不乏独到的见解。

(六)英语世界的戏曲研究者十分重视学术交流,带有很强的国际性

他们的学术交流有内部交流和外部交流,包括访学、考察、交换学者、搞合作项目、召开学术会议等活动,尤其是外部交流,由于研究经费充裕,更成为他们的长处。他们之所以重视学术交流,是因为他们在搞某一课题研究时,不仅力求尽可能多地掌握原始资料,而且力求把古今中外具有代表性的第二手资料,也搜罗齐全,不使遗漏。龙彼得、魏丽莎、斯科特、马克林、米列娜、白之、韩南、欧达伟等学者,都曾多次来中国进行实地调研,来中国参加学术会议的学者也很多。在这方面,再次显示了西方学术的国际性。

(七)海外华人在戏曲研究上的贡献很值得一提

在英语世界的戏曲研究中,占据领头羊位置的是美英本地学者,但在数量上是海外华人占优势。事实上,他们的学术水平并不低于前者,但为何在影响上不及前者,个中原因值得探究。海外华人(移民或者留学生)对戏曲研究的贡献,值得大书一笔。对海外华人在英语世界古典文学研究中的推动作用,厦门大学的黄鸣奋教授的意见很有说服力:

海外华人是中国古典文学跨文化传播最主要的推动

力量之一。二次大战以后，海外中国学研究的大本营由欧洲转移到美国，而美国的中国学研究又集中于高等学府，以此为背景，一批批美国华人博士生选择戏曲作为自己的主攻方向，并取得了令人瞩目的学术成果。美国华人中国古典文学博士论文知多少？美国华人中国古典文学博士论文为171篇。① 两相比较，测知美国华人中国古典文学博士论文约占全世界高校相关英语博士论文的1/3，占全美中国古典文学博士论文2/5强。②

美国华人中国古典文学博士论文遍布美国各大学，截至20世纪90年代初，就有华盛顿大学、哈佛大学、威斯康辛大学、普林斯顿大学、斯坦福大学、伊利诺斯大学、印第安纳大学、加州大学、耶鲁大学、哥伦比亚大学、俄亥俄州大学、夏威夷大学、芝加哥大学、宾夕法尼亚大学、密执安大学、亚利桑那大学、德克萨斯大学、马萨诸塞大学、明尼苏达大学、宾夕法尼亚州立大学、俄勒冈大学、佛罗里达州大学、纽约州立大学等40所大学。名列前茅的大学或是福特基金会关于大学中国研究的发展规划的受益者，或位于美国华人的聚集地，或兼具上述两项条件。可以看出，来自美国社会的需要和来自华人本身的需要共同促成了美国华人中国古典戏曲研究的发展。

正如徐朔方先生所说，华裔学者是海外汉学家的重要组成之一。他们既要精通所在国的语言，努力做到在文化上和当地人融合无间，又要在研究领域中和国内学者争一日之短长，难度之大不是局外人所能想象的。由于他们的主观经历以及众所周知的种

---

① 为不完全统计，截至1993年。同时期的全世界各国高校中国古典文学英语博士论文为500篇。

② 黄鸣奋：《美国华人中国古典文学博士论文通考》，载《华侨华人历史研究》，1994（4）：42~47。

种复杂情况，他们和我们之间可能存在或多或少的隔阂和误解。随着形势的发展，特别是改革开放政策的执行和贯彻，彼此间的关系正在日益改善。从根本上说，华裔学者必将成为中国文学—文化在海外的传播者。无论对他们的故国和他们所归化的国家都将做出他们才能作出的贡献。①

---

① 徐朔方编选：《金瓶梅西方论文集》，"前言"，11~12页，上海：上海古籍出版社，1987。

参 考 文 献

一、英语文献（以音序排列）

(1) Arkush, R. David. Love and Marriage in North Chinese Peasant Operas, in Perry Link, R. Medsen, and P. Pickowicz, eds. Unoffiial China: Popular Culture and Thought in the People's Republic. Boulder: Westview, 1989.

(2) Arkush, R. David. The Moral World of Hebei Vilage Opera, in Ideas Across Cultures: Essays on Chinese Thought in Honor of Benjamin I. Schwartz. Eds. Paul A Cohen and Merle Goldman Cambridge. Mass: Harvard Press, 1990.

(3) Arlington, L. C. The Chinese Drama from the Earlier Times until Today. Singapore: Kelly & Walsh, 1930.

(4) Baird, Bill. The Art of the Puppet. New York: The Macmillan Co., a Ridge Press Book, 1973.

(5) Birch, Cyril. Scenes for Mandarins: The Elite Theater of the Ming. New York: Columbia University Press, 1995.

(6) Birch, Cyril. Mistress & Maid. New York: Columbia University Press, 2001.

(7) Birch, Cyril. Translating and Transmuting Yuan and Ming Plays: Problems and Possibilities. Literature East & West, 1970 (14)(no.4).

(8) Birch, Cyril. Some Concerns and Methods of the Ming Ch'uan-ch'i Drama. In Studies in Chinese Literary Genres, ed. Cyril Birch. Cambridge: W. Heffer, 1972.

(9) Birch, Cyril. The Dramatic Potential of Xi Shi, Elite Versus Popular Elements in Huanshaji and Jiaopaji. In Chinoperl Papers, 1981 (10).

(10) Birch, Cyril. Tragedy and Melodrama in Early Ch'uan-ch'i Plays: Lute

Song and Thorn Hairpin Compared. Bulletin of the School of Oriental and African Studies, Vol. 36. 1973 (2).

(11) Chan, Sau Yan. Improvisation in Cantonese Operatic Music. Ph. D. diss., University of Pittsburgh, 1986.

(12) Chan, Sau Yan. Improvisation in a Ritual Context: The Music of Cantonese Opera. Hong Kong: The Chinese University Press, 1991.

(13) Cao, Ben Zhi: Puppet Theatres in H. K. and Their Origins.

(14) Carl, Katharine A. With the Empress Dowager of China. New York: Century, 2006.

(15) Chang, Lily. The Lost Roots of Chinese Shadow Theatre: A Comparison with the Actors' Theatre of China. Ph. D. diss., University of California, Los Angeles, 1982.

(16) Cheng, Philip Hui-ho. The Function of Chinese Opera in Social Control and Change. Southern Illinois University at Carbondale, 1974.

(17) Chen, Fan Pen Li. Yang Kuei-fei: Changing Images of a Historical Beauty in Chinese Literature. Columbia University, 1984.

(18) Chen, Fan Pen Li. Shadow Theatres of the World, Asian Folklore Studies Vol. 62, 2003.

(19) Carlitz, Katherine N. The Role of Drama in the Chin P'ing-Mei: The Relationship between Fiction and Drama as a Guide to the Viewpoint of a Sixteenth-century Chinese Novel. Ph. D. diss., The University of Chicago, 1978.

(20) Carlitz, Katherine N. Desire and Writing in the Late Ming Play' Parrot Island. In Ellen Widmer and Kang-I Sun Chang, eds. Writing Women in Late Imperial China. Stanford, CA: Stanford University Press, 1997.

(21) Cavanaugh, Jerome Thomas. The Dramatic Works of the Yuan Dynasty Playwright Pai Pu. Ph. D. diss., Stanford University, 1975.

(22) Chao, Pian Rulan. Text Setting With the Shipyi Animated Aria, in Laurence Berman, ed., Words and Music: the Scholar's View. Harvard University, 1972.

(23) Ch'en, Li-li. Out and Inner Forms of Chu-kung-tiao, with Reference to Pien-wen, Tz'u and Vernacular Fiction, Harvard Journal of Asiatic Studies,

XXXII, 1972.

(24) Ch'en, Li-li. Some Background Information on the Development of Chu-kung-tiao, HJAS, 33, 1973.

(25) Ch'en, Li-li. Master Tung's Western Chamber Romance (Tung His-hsiang Chu-kung-tiao): A Chinese Chantefable. Translated from the Chinese and with an Introduction by Ch'en Li-li. Cambridge: Cambridge University Press, 1976.

(26) Cheung, Ping-Cheung. Melodrama and Tragedy in Yuan Tsa-chu. Ph. D. diss. , University of Washingtong, 1980.

(27) Chou, Joanne Wen-pin. Domestic Strifes in Chinese Yuan Tsa-chu and English Domestic Drama. Ph. D. diss. , University of Illinois at Urbana-Champaign, 1991.

(28) Chou, Lily Oan Shau. The Ming "Ch'uan-ch'i" drama: anatomy of a popular theatre. Harvard University, 1964.

(29) Crown, Elleanor Hazel. The Yuan Dynasty Lyric Suite (San-t'ao): Its Macro-structure, Content, and Some Comparisons with Other "Ch'u" Forms. Ph. D. diss. , The University of Michigan, 1974.

(30) Crump, J. I. Chinese Theater in the Days of Kublai Khan. Center for Chinese Studies, the University of Michigan Ann Arbor. Michigan, 1990.

(31) Cuadrado, Clara Yu. Chinese and Western Theatre: Contrasts, Cross-currents, and Convergences. Ph. D. diss. , University of Illinois at Urbana-Champaign, 1978.

(32) Dews, James Erwin. The Verb Phrase Construction in the Dialogue of Yuan "Tzarjiuh": A Description of the Arrangement of Verbal Elements in an Early Modern Form of Colloquial Chinese. Ph. D. diss. , The University of the Michigan, 1965.

(33) Dolby, A. W. E. A History of Chinese Drama. London, 1976.

(34) Dolby, A. W. E. Eight Chinese Plays. London, 1978.

(35) Dolby, A. W. E. Yuan Drama, from Chinese Theatre: From Its Origins to Present. Edited by Colin Mackerras, University of Hawaii Press, Honolulu, 1983.

(36) Dong, Lorraine. The Creation and Life of Cui Yingying (803—

1969). University of Washington, 1978.

(37) Du Halde, Jean Baptiste. The General History of China, vol. 2. London: printed by and for John Watts at the Printing office in Wild-Court near Lincolns-Inn Fields, p. 1 736. translated from Description Geographique, Historique, Chronologique, Ploitique, et Physique de L'empire de la Chine.

(38) Edmond,Yee. Love Verses Neo-Confucian Orthodoxy: An Evolutionary and Critical Study of Yu-Tsan Chi by the Ming Dramatist Kao Lien. Ph. D. diss. , University of California at Berkeley, 1977.

(39) Faurot, Jeannette Louise. Four Cries of A Gibbon': A "Tsa-chu" Cycle by the Ming Dramatist Hsu Wei. Ph. D. diss. , University of California, Berkeley, 1972.

(40) Fosque, Meredith George. Xixiang Ji: A Study of Yuan Drama. Ph. D. diss. , Georgetown University, 1983.

(41) Fu, Hongchu. Historicizing Chinese Drama: the Power and Politics of Yuan Zaju. Ph. D. diss. , University of California, Los Angeles, 1995.

(42) Giles, Herbert Allen. A History of Chinese Literature. New York: D. Appleton, 1931.

(43) Haieh, Chun-pai, The Taiwanese Hand-puppet Theatre: a Search of Its Meaning. Ph. D. diss. , Brown University, 1991.

(44) Halson, Elinzabeth. Peking Opera: A Short Guide. London: Oxford University Press, 1966.

(45) Hanan, Patrick D. The Nature and Contents of the Yue-fu Hung-shan, BSOAS, XXVI/2, 1963.

(46) Hanan, Patrick D. A Landmark of the Chinese Novel, in the Far East: China and Japan, ed. By Douglas Grant and Maclure Millar, University of Toronto Quarterly, 1961 (3).

(47) Hanan, Patrick D. The Text of the Chin P'ing-Mei, in Asia Major N. S. , 1962 (9): 1 ~ 57; The Sources of the Chin P'ing-Mei, in Asia Major N. S. 1963 (10).

(48) Hanan, Patrick D. The Development of Fiction and Drama, in Raymond Dawson, ed. , The Legacy of China. Oxford, 1964.

(49) Harrison, Jane Ellen. Ancient Art and Ritual. London: Williams & Norgate, 1913.

(50) Hawkes, David. Reflections on Some Yuan Tsa-chu. Asia Major 16, 1971.

(51) Hayden, George Allen. The Judge Pao Plays of the Yuan Dynasty. Ph. D. diss. , Stanford University, 1972.

(52) He, Yuming. Productive Space: Performance Texts in the Late Ming. University of California, Berkeley, 2003.

(53) Henry, Eric Putnam. Chinese Amusement: An Introduction of the Plays of Li Yu. Ph. D. diss. , Yale University, 1979.

(54) Hessney, Richard C. Beautiful, Talented, and Brave: Seventeenth-century Chinese Scholar-beauty Romances. Columbia University, 1979.

(55) Ho, Shang-hsien. A Study of the Western Chamber: A Thirteenth Century Chinese Play. Ph. D. diss. , The university of Texas at Austin, 1976.

(56) Holm, David. Ritual and Ritual Theatre in Liuzhou, Guangxi. Macquarie University, Sydney. Journal of Chinese Ritual, Theatre and Folklore, Vol. 84, 1993.

(57) Hsia, C. T. Time and Human Condition in the Plays of T'ang Hsien-tsu, in Self and Society in Ming Thought. ed. William T. de Bary. New York: Columbia University Press, 1970.

(58) Hsien, Chen-ooi Chin. Evolution of the Theme of Tou O Yuan. Ph. D. diss. , The Ohio State University, 1974.

(59) Hsu, Tao-Ching. The Chinese Conception of the Theatre. University of Washington Press, 1985.

(60) Hsu, Yi-lin, A Comparison of the Vocal Techniques in Peking Opera and Bel Canto Opera. University of California, Santa Barbara, 1992.

(61) Hulton-Baker, Robert. Tibetan Buddhist Drama. Ph. D. diss. , New York University, 1987.

(62) Hwang, Wei-shu. Peking Opera: A Study on the Art of Translating the Scripts with Special Reference to Structure and Conventions. 1976. The Florida State University.

(63) Idema, Wilt L. Banished to Yelang: Li Taibai Putting on a Performance. Journal of Chinese Ritual, Theatre and Folklore, Vol. 145, 2004.

(64) Idema, Wilt L. Idema W. L., West Stephen H. Chinese Theater 1100—1450: A Source Book. Wiesbaden, 1983.

(65) Jackson, Barbara Kwan. The Yuan Dynasty Playwright Ma Chih-yuan and His Dramatic Works. Ph. D. diss., The University of Arisona, 1983.

(66) Jiang, Tsui-fen. Gender Reversal: Women in Chinese Drama under Mongol Rule (1234—1368). Ph. D. diss., University of Washington, 1991.

(67) Johnson, Dale R. Yuan Music Dramas Studies in Prosody and Structure and a Complete Catalogue of Northern Arias in the Dramatic Style. Center for Chinese Studies of The University of Michigan, 1980.

(68) Johnson, Judith J. A Critical Study of the Ding-hsien Yang-ko Hsuan. Ph. D. diss., 1979.

(69) Kagan, Alan Lloyd. Cantonese Puppet Theatre: An Operatic Tradition and Its Role in the Chinese Religious Belief System. Ph. D. Dissertation, 1978. Indiana University.

(70) Laufer, Berthold. Oriental Theatricals. Chicago: Field Museum of Natural History, 1923.

(71) Leach, Edmund R. Political Systems of Highland Burma. London: Bell. 1954; Culture and Communication. Cambridge: Cambridge University Press, 1976.

(72) Lei, Daphne Pi-wei. Performing the Borders: Gender and Intercultural Conflicts in Pre-modern Chinese Drama. Tufts University, 1999.

(73) Leung, Kai Cheong. Hsu Wei as Dramatic Critic: An Annotated Translation of the Nan-tz'u Hsu-lu, Account of Southern Drama. Ph. D. diss., University of California, Berkeley, 1974.

(74) Li, Siu Leung. Gender, Cross-dressing and Chinese Theatre. University of Massachusetts, Amherst, 1995.

(75) Li, Yih-Yuan, Harmony and Transcendence: The Two Layers of Meaning in the Performance of Traditional Chinese Ritual Opera. Journal of Chinese Ritual, Theatre and Folklore, Vol. 128. 2000.

(76) Li Mark, Lindy. The Role of Avocational Performers in the Preservation of Kunqu. inoperl Papers, 15 (1990).

(77) Li Mark, Lindy. Tone and Tune in Kunqu. Chinoperl Papers, 12 (1983).

(78) Liu, Chun-ro. A Study of the "Tsa-chu" of the Thirteenth Century in China. Ph. D. diss. , The University of Wisconsin, 1952.

(79) Liu, James J. Y. Elizabethan and Yuan: A Brief Comparison of Some Conventions in Poetic Drama. Occasional Papers, No. 8. London: The Chinese Society, 1955.

(80) Liu, James J. Y. The Feng-yue Chin-nang: A Ming Collection of Yuan and Ming Plays and Lyrics Preserved in the Royal Library of San Lorenzo, Escorial, Spain, Journal of Oriental Studies, IV/1 - 2 (1957—1958).

(81) Lo, Wailuk. The Tragic Dimensions of Traditional Chinese Drama: A Study of Yuan Zaju. Ph. D. diss. , The City University of New York. 1994.

(82) Loon, Piet van der. Exploration of Ritual Opera. Journal of Chinese Ritual, Theatre and Folklore, Vol. 84, 1993.

(83) Loon, Piet van der. Les Orijines Rituelles Du Theatre Chinois, Journal Asiatique vol. 246, 1977.

(84) Loon, Piet van der. Introduction to Mu-lien Saves his Mother from Purgatory. Journal of Chinese Ritual, Theatre and Folklore, 2001.

(85) Lopez, Manuel D. Chinese Drama: an Annotated Bibliography of Commentary, Criticism, and Plays in English Translation. The Scarecrow Press, Inc. Metuchen, N. J. , & London, 1991.

(86) Lu, Charles D. A Theatre of Musicality: a Methodology for Developing a Performance Style Based on the Aesthetic Principles of Chinese Theatre. University of California, Los Angeles, 1994.

(87) Ma, Yau-woon. The Pao-kung Tradition in Chinese Popular Literature. Ph. D. diss. , Yale University, 1971.

(88) Mackerras, Colin P. The Growth of the Chinese Regional Drama in the Ming and Ch'ing. Journal of Oriental Studies, 9. 1 January, 1971.

(89) Mackerras, Colin P. The Rise of the Peking Opera 1770—1870.

London: Oxford University Press, 1972.

(90) Mackerras, Colin P. Chinese Drama: A Historical Survey. Beijing: New World Press, 1990.

(91) Mackerras, Colin P. Chinese Theater: From Its Origins to the Present Day. Honolulu, 1983.

(92) Mair, Victor H. The Columbia History of Chinese Literature. Columbia University Press, New York, 2001.

(93) Matsuda, Shizue. Li Yu: His Life and Moral Philosophy as Reflected in His Fiction, 1978.

(94) Milena, Delezelova-Velingerova. Ballad of the Hidden Dragon. Ph. D. diss., University of Washington Press, 1971.

(95) Miller, Robert Pickens. The Particles in the Dialogue of Yuan Drama: A Descriptive Analysis. Ph. D. diss., Yale University, 1952.

(96) Mulligan, Jean M. The Lute. Introduction. Columbia University Press, 1980: 1 ~ 27; The P'i-P's Chi and its Role in the Development of the Ch'uan-Ch'i Genre. Ph. D. diss., The University of Chicago, 1976.

(97) Needham, Joseph. Science and Civilization in China, Taipei: Caves Books, 1986, vol. 3.

(98) Ning, Cynthia Yumei. Comic Elements in the Xiyouji Zaju. Ph. D. diss., The University of Michigan, 1986.

(99) Perng, Ching-Hsi. Judgement Deferred: An Intragenre Criticism of Yuan Drama. Ph. D. diss., The University of Michigan, 1977.

(100) Radtke, Kurt Werner. Yuan Sanqu: A Study of the Prosody and Structure of "Xiaoling" Contained in the "Sanqu" Anthology "Yangchun Baixue" Compiled by Yang Chaoying. Ph. D. diss., The Australian National University (Australia), 1975.

(101) Rong, Waqing. An Idealism of Romance in Xixiang Ji: A Historical Study. Ph. D. diss., University of Hawaii, 1996.

(102) Ross, Gordon Victor. Kuan Yu in Drama: Translations and Critical Discussion of Two Yuan Plays. Ph. D. diss., The University of Texas at Austin, 1976.

(103) Sesar, Carl Gorden. No Drama and Chinese Literature. Columbia University, 1971.

(104) Scott, A. C. The Classical Theatre of China. London: Allen & Unwin, 1957.

(105) Scott, A. C. Traditional Chinese Plays, Vol. 1, The University of Wisconsin Press, 1967.

(106) Scott, A. C. An Introduction to the Chinese Theatre. New York: Theatre Arts Books, 1959.

(107) Scott, A. C. Mei Lan-fang: Leader of the Pear Garden. Hong Kong: Hong Kong University Press, 1959.

(108) Shen, Jing. The Use of Literature in Chuanqi Drama. Washington University, 2000.

(109) Shang, Lily Tang. The Four Dreams of T'ang Hsien-Tsu. Hamburg, 1974.

(110) Shih, Chung-wen. The Golden Age of Chinese Drama: Yuan Tsa-chu. Princeton, 1976.

(111) Shih, Kuang-sheng. Ritualistic Aspects of Yuan Tsa-chu. Ph. D. diss., University of California, Los Angeles, 1992.

(112) Stanton, William. The Chinese Drama. Hong Kong: Kelly & Walsh, 1899.

(113) Strassberg, Richard E. The Peach Blossom Fan: Personal Cultivation in a Chinese Drama. Ph. D. diss., The University of New Jersey, 1975.

(114) Sun, Mei. The Earliest Form of Xiqu (Traditional Chinese Theater), Ph. D. diss., The University of Hawaii, 1995.

(115) Sun, William Huizhu. The Peasants' Theatre Experiment in Ding Xian County (1932—1937). Ph. D. diss., New York University, 1990.

(116) Swatek, Catherine Crutchfield. Feng Menglong's "Romantic Dream": Strategies of Containment in His Revision of The Peony Pavilion. Ph. D. diss., Columbia University, 1990.

(117) Tsai, Yean. A Society Under Foreign Rule: The Characters of Kuan Han-ch'ing as Critical Statements about the Yuan Dynasty, 1280—1368.

M. A. diss. , North Texas State University, 1982.

(118) Wang, Ay-ling. The Artistry of Hong Sheng's Changshengdian, Ph. D. diss. , Yale University, 1992.

(119) Wang, I-chun. Dream and Drama: in Late Sixteenth Century and Early Seventeenth Century: China, England and Spain. Ph. D. diss. , University of Illinois at Urbana-Champaign, 1986.

(120) Ward, Barbara E. Not Merely Players: Drama, Art and Ritual in Traditional China. Man, 1979 (3).

(121) Wei, Shu-chu. Chinese Yuan and English Renaissance Theatres: A Comparative Study. Ph. D. diss. , University of Massachusetts, 1991.

(122) Wells, Henry W. The Classical Drama of the Orient. New York: Asia Publishing House, 1965.

(123) Wells, Henry W. Chinese Classical Drama: A View from the West. Literature East & West, 1970 (14)(no. 4).

(124) West, Stephen H. Vaudeville and Narrative: Aspects of Chin Theater. Franz Steiner Verlay Gmbh. Wiesbaden, 1977.

(125) Wichmann, Eliabeth Ann. They Sing Theatre: the Aural Performance of Beijing Opera. Ph. D. diss. , University of Hawaii, 1983.

(126) Wilkerson, Douglas Keith. Shih and Historical Consciousness in Ming Drama. Yale University, 1992.

(127) Wimsatt, Genevieve. Chinese Shadow Show, Cambridge Mass. Harvard University Press, 1936.

(128) Wu, Pei-yi. The White Snake: The Erolution of a Myth in China. Columbia University, 1969.

(129) Xiong, Chengyu. The Genesis and Development of Hangdang in Traditional Chinese Theatre Before the Emergence of Beijing Opera. Ph. D. diss. , Brigham Young University, 1994.

(130) Yang, Richard Fu-sen. Lu Tung-pin in the Yuan Drama. Ph. D. diss. , University of Washington, 1956.

(131) Yao, Christina Shu-Hwa. Cai-zi Jia-ren: Love Drama During the Yuan, Ming and Qing Periods. Ph. D. diss. , Stanford University, 1983.

(132) Yao, Hai-Hsing. The Use of Martial Acrobatic Arts in the Training and Performance of Peking Opera, 1990.

(133) Yung, Bell. The Music of Cantonese Opera. Ph. D. diss., Harvard University, 1976; Cantonese Opera: Performance as Creative Process, Cambridge: Cambridge University Press, 1989.

(134) Zbikowski, Tadeusz. Early Nan-hsi Plays of the Southern Sung Period, Warszawa: Wydawnictwa Uniwersytetu Warszawskiego, 1974.

(135) Zhu, Mingqi. Literary Motifs in Traditional Chinese Drama. The University of Alizona, 1996.

(136) Zung, Cecilia. Secrets of the Chinese Drama: A Complete Explanatory Guide to Actions and Symbols as Seen in the Performance of Chinese Drama. London: Kelly & Walsh, 1937.

二、中文文献

1. 基本文献和史料类

(1) 王季思主编:《全元戏曲》,北京:人民文学出版社,1999。

(2) [明] 毛晋编:《六十种曲》,北京:中华书局,1982。

(3) 龙彼得辑:《明刊闽南戏曲弦管选本三种》,北京:中国戏剧出版社,1995。

(4) 钱南扬校注:《永乐大典戏文三种校注》,北京:中华书局,1979。

(5)《中国古典戏曲论著集成》(1—10),北京:中国戏剧出版社,1959。

(6) [汉] 张衡:《西京赋》,《昭明文选》,沈阳:春风文艺出版社,1995。

(7) [唐] 段安节:《乐府杂录》,沈阳:辽宁教育出版社,1998。

(8) [宋] 吴自牧,周密:《梦粱录·武林旧事》,济南:山东友谊出版社,2001。

(9) [宋] 孟元老:《东京梦华录外四种》,北京:文化艺术出版社,1998。

(10) [元] 陶宗仪:《南村辍耕录》,沈阳:辽宁教育出版社,1998。

(11)［明］利马窦：《利马窦中国札记》，何高济，王遵仲，李绅译，北京：中华书局，1983。

(12)［清］李绿园：《歧路灯》，济南：齐鲁书社，1998。

(13)《西藏戏剧选》，拉萨：西藏人民出版社，1984。

(14)《大藏经图像》，第九卷，台北：台湾佛陀教育基金出版部，1990。

(15)《大藏经第九卷·华严部上》，台北：台湾佛陀教育基金出版部，1990。

(16)《大藏经第八卷·般若部四》，台北：台湾佛陀教育基金出版部，1990。

(17) 齐森华，陈多，叶长海主编：《中国曲学大辞典》，杭州：浙江古籍出版社，1997。

(18)《中国大百科全书·戏曲曲艺卷》，北京：中国大百科全书出版社，1992。

(19)《中国戏曲志》(福建·四川·湖南·江西·安徽·江苏·上海·山东·西藏·海南·河南·吉林·天津·湖北)，北京：中国ISBN中心，文化艺术出版社，1990—1995。

2. 研究著作（依音序排列）

(1) 布罗凯特：《世界戏剧艺术欣赏——世界戏剧史》，胡耀恒译，北京：中国戏剧出版社，1987。

(2) 蔡敦勇：《金瓶梅剧曲品探》，南京：江苏文艺出版社，1989。

(3) 陈守仁：《实地考查与戏曲研究》，香港：香港中文大学音乐系粤剧研究计划出版，1997。

(4) 陈守仁：《仪式、信仰、演剧：神功粤剧在香港》，香港：香港中文大学音乐系粤剧研究计划出版，1996。

(5) 陈守仁：《香港粤剧导论》，香港：香港中文大学音乐系粤剧研究计划出版，1999。

(6) 陈木杉：《云林县布袋戏发展史及布袋戏宗师黄海岱传奇》，台北：台湾学生书局，2000。

(7) 蔡欣欣：《杂技与戏曲发展之研究——从先秦角抵到元代杂剧》，

台北：台湾文史哲出版社，1998。

（8）弗洛伊德：《梦的解析》，北京：中国民间文艺出版社，1986。

（9）丹珠昂奔：《佛教与藏族文学》，北京：中央民族学院出版社，1988。

（10）丁言昭：《中国木偶史》，上海：学林出版社，1991。

（11）董晓萍，欧达伟：《乡村戏曲表演与中国现代民众》，北京：北京师范大学出版社，2000。

（12）董每戡：《说剧》，北京：人民文学出版社，1983。

（13）董每戡：《说影戏》，载《董每戡文集》，广州：广东高等教育出版社，1999。

（14）都文伟：《百老汇的中国题材与中国传统戏剧》，上海：三联书店，2002。

（15）傅正谷：《中国梦文学史》，北京：光明日报出版社，1993。

（16）葛桂录：《中英文学关系编年史》，上海：三联书店，2004。

（17）何为：《戏曲音乐散论》，上海：文艺出版社，1989。

（18）侯建：《国外学者看中国文学》，台北：台北"中央"文物供应社，1982。

（19）黄仕忠：《中国古代戏曲史研究》，广州：中山大学出版社，1997。

（20）黄仕忠：《琵琶记研究》，广州：广东高等教育出版社，1996。

（21）黄鸣奋：《英语世界中国古典文学之传播》，上海：学林出版社，1997。

（22）蒋述卓：《在文化的观照下》，广州：广东人民出版社，1997。

（23）景李虎：《宋金杂剧概论》，广州：广东高等教育出版社，1996。

（24）康保成：《傩戏艺术源流》，广州：广东高等教育出版社，1999。

（25）康保成：《中国古代戏剧形态与佛教》，上海：中国出版集团，东方出版中心，2004。

（26）康保成：《中国近代戏剧形式论》，桂林：漓江出版社，1991。

（27）康保成：《苏州剧派研究》，广州：花城出版社，1993。

（28）李景汉，张世文：《定县秧歌选》，北京：中华平民教育促进会，1933。

(29)李昌集:《中国古代散曲史》,上海:华东师范大学出版社,1996。

(30)李春祥:《元杂剧史稿》,开封:河南大学出版社,1989。

(31)李达三:《中外比较文学的里程碑》,北京:人民文学出版社,1997。

(32)李岫:《20世纪文学的东西方之旅》,北京:人民文学出版社,2004。

(33)梁俨然:《粤剧漫谈》,广州:越秀区文联,1990。

(34)廖奔,刘彦君:《中国戏曲发展史》(四卷),太原:山西教育出版社,2000。

(35)凌翼云:《目连戏与佛教》,广州:广东高等教育出版社,1998。

(36)刘海翔:《欧洲大地的中国风》,深圳:海天出版社,2005。

(37)刘吉典:《京剧音乐概论》,北京:人民音乐出版社,1989。

(38)刘祯:《中国民间目连文化》,成都:巴蜀书社,1997。

(39)刘志群:《藏戏与藏俗》,拉萨:西藏人民出版社,石家庄:河北少年儿童出版社,2000。

(40)刘志群:《西藏祭祀艺术》,拉萨:西藏人民出版社,石家庄:河北教育出版社,2000。

(41)龙建国:《诸宫调研究》,南昌:江西人民出版社,2003。

(42)洛地:《词乐曲唱》,北京:人民音乐出版社,1995。

(43)洛地:《戏曲音乐类种》,杭州:艺术与人文科学出版社,2002。

(44)迈克尔·巴克森德尔:《意图的模式》,北京:中国美术学院出版社,1997。

(45)毛星:《中国少数民族文学》,长沙:湖南人民出版社,1983。

(46)邱坤良:《台湾剧场与文化变迁》,台北:台原出版社,1997。

(47)曲六乙:《三块瓦集》,北京:中国戏剧出版社,2001。

(48)曲六乙:《傩戏·少数民族戏剧及其他》,北京:中国戏剧出版社,1990。

(49)任二北:《唐戏弄》,上海:上海古籍出版社,1984。

(50)任二北:《元散曲研究》,台北:里仁书局,1998。

(51)沈继生:《晋江南派掌中木偶谭概》,泉州:海峡文艺出版社，1998。

（52）施建业：《中国文学在世界的传播与影响》，郑州：黄河出版社，1993。

（53）施叔青：《外国人看中国戏剧》，北京：人民文学出版社，1988。

（54）叔本华：《作为意志和表象的世界》，石冲白译，北京：商务印书馆，1997。

（55）宋柏年：《中国古典文学在国外》，北京：北京语言学院出版社，1994。

（56）孙歌，陈燕谷，李逸津：《国外中国古典戏曲研究》，南京：江苏教育出版社，2000。

（57）孙玫：《东西方戏剧纵横》，南京：江苏文艺出版社，1996。

（58）孙楷第：《傀儡戏考源》，见《沧州集》，北京：中华书局，1965。

（59）孙玄龄：《元散曲的音乐》，北京：文化艺术出版社，1988。

（60）唐文标：《中国古代戏剧史》，北京：中国戏剧出版社，1985。

（61）佟锦华：《藏族文学研究》，拉萨：中国藏学出版社，1992。

（62）庹修明：《傩戏·傩文化》，北京：中国华侨出版公司，1990。

（63）王丽娜：《中国古典小说中国传统戏剧名著在国外》，上海：学林出版社，1988。

（64）王胜华：《云南民族戏剧论》，昆明：云南大学出版社，2000。

（65）魏淑珠：《元杂剧的戏场艺术》，台北：巨流图书公司，2001。

（66）魏力群：《皮影之旅》，北京：中国旅游出版社，2005。

（67）翁思再：《京剧丛谈百年录》，石家庄：河北教育出版社，1999。

（68）夏康达，王晓平：《二十世纪国外中国文学研究》，天津：天津人民出版社，2000。

（69）徐振贵：《中国古代戏剧通论》，济南：山东教育出版社，2003。

（70）许金榜：《中国戏曲文学史》，北京：中国文学出版社，1994。

（71）许明龙：《欧洲十八世纪的"中国热"》，太原：山西教育出版社，1999。

（72）徐洪火：《中国古代戏曲史》，重庆：西南师范大学出版社，1993。

(73) 薛瑞兆：《宋金杂剧史论》，北京：三联书店，2005。

(74) 许子汉：《元杂剧联套研究》，台北：台湾文史哲出版社，1998。

(75) 杨荫浏：《中国古代音乐史稿》，北京：人民音乐出版社，2004。

(76) 幺书仪：《戏曲》，北京：人民文学出版社，1994。

(77) 幺书仪：《元人杂剧与元代社会》，北京：北京大学出版社，1997。

(78) 幺书仪：《晚清戏曲的变革》，北京：人民文学出版社，2006。

(79) 叶嘉莹：《王国维及其文学批评》，石家庄：河北教育出版社，1997。

(80) 叶明生：《福建傀儡戏史论》，北京：中国戏剧出版社，2004。

(81) 曾永义：《戏曲源流新论》，台北：立绪文化事业有限公司，2000。

(82) 张弘：《中国文学在英国》，广州：花城出版社，1992。

(83) 张紫晨：《中国民间小戏》，杭州：浙江教育出版社，1995。

(84) 张庚：《中国戏曲通史》，北京：中国戏剧出版社，1992。

(85) 赵山林：《中国戏剧学通论》，合肥：安徽教育出版社，1995。

(86) 周贻白：《周贻白戏剧论文选》，长沙：湖南人民出版社，1982。

(87) 周贻白：《中国戏剧史讲座》，北京：中国戏剧出版社，1958。

(88) 周贻白：《中国戏剧史长编》，上海：世纪集团、上海书店出版社，2004。

(89) 周贻白：《中国戏曲发展史纲要》，上海：上海古籍出版社，1979。

(90) 周维培：《曲谱研究》，南京：江苏古籍出版社，1997。

(91) 朱光荣：《中国古代戏曲艺术论》，贵阳：贵州人民出版社，1990。

(92) 朱恒夫：《目连戏研究》，南京：南京大学出版社，1993。

(93) 倪彩霞：《道教仪式与戏剧表演形态研究》，广州：广东高等教育出版社，2004。

(94) 元鹏飞：《戏曲与演剧图像及其他》，北京：中华书局，2007。

3. 论文和论文集类

（1）查月贞，叶树发：《元杂剧涉梦戏初探》，载《江西财经大学学报》，2005（5）。

（2）陈旭耀：《明刊〈西厢记〉版本研究》，中山大学博士论文，2006。

（3）丁明夷：《山西中南部的宋元舞台》，载《文物》，1972（4）。

（4）龚国光：《汤显祖与戏曲意境的开拓》，载《江西社会科学》，2003（7）。

（5）顾颉刚：《中国影戏略史及其现状》，载《文史》，第19辑，1983。

（6）胡春霞：《〈金瓶梅〉中的戏剧生活》，载《浙江工商职业技术学院学报》，2002（4）。

（7）洪恩姬：《试论宋杂剧对南戏的影响及其削弱——兼论早期南戏的发展过程》，载《复旦学报》，1998（4）。

（8）胡雪冈：《对〈〈张协状元〉写定于元代中期以后〉一文的商榷》，载《艺术百家》，2003（2）。

（9）黄天骥，徐燕琳：《闹热的〈牡丹亭〉——论明代传奇的"俗"和"杂"》，载《文学遗产》，2004（2）。

（10）黄天骥：《"旦"、"末"与外来文化》，载《文学遗产》，1986（5）。

（11）季晓燕：《临川四梦中的纪梦特色》，载《江西社会科学》，2001（8）。

（12）康保成：《羌姆角色扮演的象征意义及其与藏戏的关系》，载《民族艺术》，2003（4）。

（13）康保成：《回归案头——关于古代戏曲文学研究的构想》，载《文学遗产》，2004（1）。

（14）康保成：《中国戏剧史研究的新思路》，载《湖北大学学报》，2005（5）。

（15）康保成：《20世纪的中国戏剧起源研究》，载《戏史辨》，第3辑，2002。

（16）李静：《明清堂会演剧研究》，中山大学博士论文，2002。

（17）梁会锡：《〈张协状元〉写定于元代中期以后》，载《艺术百家》，2000（1）。

（18）刘晓明：《"语""文"的离合与中国文学思维特征的演进》，载《中国社会科学》，2002（1）。

（19）刘晓明：《杂剧起源新论》，载《中国社会科学》，2000（3）。

（20）刘荫柏：《20世纪以前中国戏曲起源与形成问题述略》，载《东南大学学报》，2001（4）。

（21）刘辉：《〈金瓶梅〉中戏曲演出琐记》，载《艺术百家》，1986（2）。

（22）洛地：《诸宫调的"尾"——向翁敏华同志请教》，载《文学遗产》，1984（2）。

（23）倪彩霞：《"跳加官"形态研究》，载《戏史辨》，第2辑，2001。

（24）欧阳江琳：《明前中期戏文形态研究》，中山大学博士学位论文，2004。

（25）任广世：《基于演出视角的明清戏剧文本形态研究》，中山大学博士论文，2005。

（26）荣世诚：《新加坡福建莆田人的北斗戏》，见《民俗曲艺》，台北，1993（84）。

（27）宋克夫：《诸宫调体制源流考辨》，载《文学遗产》，1989（6）。

（28）王兆乾：《仪式性戏剧与观赏性戏剧》，载《戏史辨》，第2辑，北京：中国戏剧出版社，2001。

（29）翁敏华：《试论诸宫调的音乐体制》，载《文学遗产》，1982（4）。

（30）翁敏华：《傀儡戏三辨》，载《戏史辨》，第1辑，北京：中国戏剧出版社，1999。

（31）吴秀卿：《从"文本"问题看中国戏剧研究的本质回归——兼谈韩国的中国戏剧研究》，载《戏史辨》，第4辑，2004。

（32）解玉峰：《二十世纪中国戏曲起源研究之检讨》，载《戏史辨》，第3辑，2002。

（33）杨振良：《由音乐结构试论诸宫调对南戏的影响》，载《宋代文学研究丛刊》，1996（2）。

（34）杨公骥：《西汉歌舞剧巾舞〈公莫舞〉的句读和研究》，载《中华文史论丛》，1986（1）。

(35) 姚小鸥:《〈巾舞歌辞〉与中国早期戏剧的剧本形态》,载《淮阴师范学院学报》,2001 (2)。

(36) 叶明生:《道教目连细致戏剧形态及其戏史价值——福建漳平道坛演出本〈地狱册〉考述》,载《中华戏曲》,第 21 辑,太原:山西古籍出版社,1998。

(37) 俞为民:《北曲曲调的组合形式考述》,载《艺术百家》,2005 (1)。

(38) 曾凡安:《论清代同光时期的戏曲》,中山大学博士论文,2004。

(39) 张萍:《古今戏中戏漫议》,载《当代戏剧》,2003 (2)。

(40) 张青:《明传奇中的定情信物》,载《民俗研究》,2003 (2)。

(41) 张进德:《略论〈金瓶梅〉对戏曲的援用及其价值》,载《明清小说研究》,2004 (4)。

(42) 张发颖:《戏曲舞台上的第三种马》,载《寻根》,1996 (3)。

(43) 赵逵夫:《我国最早的歌舞剧〈公莫舞〉演出脚本研究》,载《中华文史论丛》,1989 (1)。

(44) 周育德:《竹马说》,载《戏曲研究》,1980 (2)。

(45) 中国戏曲学会,山西师范大学戏曲文物研究所编:《中华戏曲》,1—26 辑,太原:山西古籍出版社;北京:文化艺术出版社。

(46) 中国艺术研究院戏曲研究所:《戏曲研究》,1—75 辑,北京:文化艺术出版社。

(47)《中国古典文学论丛——戏剧之部》,台北:台湾中外文学编辑部、中外文学月刊社,1985。

(48) 温州文化局编:《南戏国际学术研讨会论文集》,北京:中华书局,2001。

(49)《中国古典戏剧论集》,幼狮期刊丛书,121 期,台北:幼狮文化事业公司,1985。

(50)《明清戏曲国际研讨会论文集》,台北:台湾中国文哲研究所,1998。

(51) 周康燮主编:《宋元明清剧曲研究论丛》,第一、二集,香港:大东图书公司,1979。

(52)《中国戏曲艺术国际学术研讨会论文集》,北京:北京艺术研究院,1987。

（53）白之著：《白之比较文学论文集》，微周等译，长沙：湖南文艺出版社，1987。

（54）乐黛云主编：《欧洲中国古典文学研究名家十年文选》，南京：江苏人民出版社，1998。

（55）王安葵，刘祯主编：《东方戏剧论文集》，成都：巴蜀书社，1999。

（56）王秋桂主编：《中国文学论著译丛》，台北：台湾学生书局，1985。

（57）周发祥主编：《中外比较文学译文集》，北京：中国文联出版公司，1988。

（58）周英雄主编：《英美学人论中国古典文学》，香港：香港中文大学，1973。

（59）徐朔方主编：《金瓶梅西方论文集》，沈亨寿等译，上海：上海古籍出版社，1987。

（60）包振南主编：《金瓶梅及其他》，长春：吉林文史出版社，1991。

后 记

《英语世界的中国传统戏剧研究与翻译》一书，是在我博士学位论文的基础上修改、完善而成的。总体来看，本书在内容上侧重于戏曲艺术形态研究。在本书写作过程中，导师康保成先生给予了无微不至的关怀和细致入微的指导，并将此书列入广东中华文化王季思学术基金和黄天骥学术基金丛书。师母李树玲老师也对本书的出版予以关心和鼓励。也十分感谢妻子王群英和女儿曹梦斐。如果没有导师和家中亲人的支持，完成本书是不可能的。

在学位论文的开题和写作过程中，黄天骥教授和黄仕忠教授曾给予我宝贵的帮助和指点。德高望重的黄天骥先生关心我的论文写作，经常过问论文进展情况，还提供了一些论文资料。新西兰惠灵顿维多利亚大学孙玫先生和北京师范大学的郭英德教授对我的论文写作提出了很有帮助的建议。论文答辩委员会的各位教授，黄竹三先生、黄天骥先生、黄仕忠先生、叶春生先生、左鹏军先生，给予我很多鼓励和帮助，也是我不能忘记的。在成书期间，广东高等教育出版社责任编辑王亚芳女士为本书付出了辛勤的劳动。在此，谨向为此书的完成提供帮助和鼓励的师长和亲友们送上我最衷心的感谢和祝福！

曹广涛
2008 年 6 月于韶关学院